金達寿とその時代

김달수와 그 시대

文学・古代史・国家

廣瀬陽一
Hirose Yoichi

クレイン

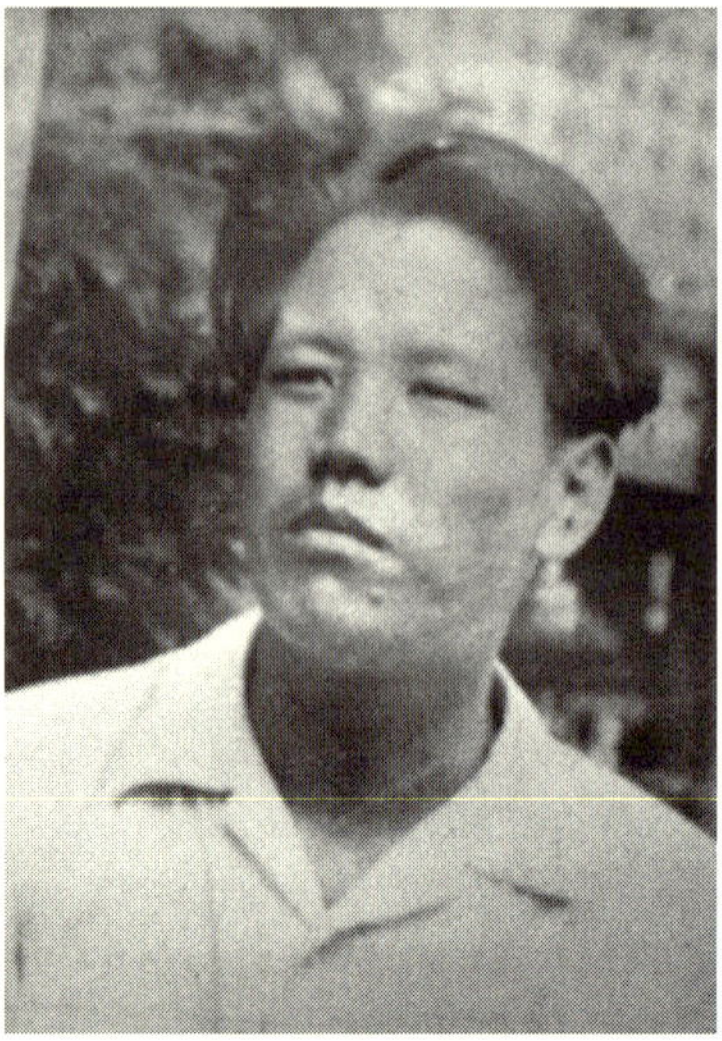

■金達寿（〈解放〉＝日本の敗戦前後と思われる）

目次

■本書掲載写真（第四章扉を除く）は、「県立神奈川近代文学館所蔵」資料

【凡例】

◆「在日朝鮮人」という呼称について。歴史的な事情から、彼らは時代によって「在日朝鮮人」・「在日韓国・朝鮮人」・「在日コリアン」あるいは単に「在日」と呼ばれ、当事者も多様に自称してきた。本書では、金達寿が長らく「在日朝鮮人」という呼称を用いていたことを考慮して、基本的に「在日朝鮮人」を用い、場合によって他の呼称も用いた。植民地時代や〈解放〉直後など、「在日朝鮮人」という呼称が存在しなかった時代についても、便宜上、「在日朝鮮人」などの呼称を用いたが、指し示す対象はすべて同じである。

◆「朝鮮人」・「韓国人」という呼称について。本書では「朝鮮人」を北朝鮮国内で暮らす人々ではなく、朝鮮民族全体の総称として用いた。韓国国内で暮らす人々や韓国からの留学生など、自分を「韓国人」と見なしている者を指す場合には「韓国人」とし、それ以外は「朝鮮人」・「コリアン」と表記した。しかし本人が自分をどのようにアイデンティファイしているか不明な者も少なくないため、誤っている可能性が排除できないことをお断りしておく。

◆国名について。本書では「大韓民国」と「朝鮮民主主義人民共和国」建国以前の朝鮮については「朝鮮」を用い、建国以後は「韓国」と「北朝鮮」の略称を用いた。「韓国」については、金達寿が長いあいだ、「韓国」よりも「韓国（朝鮮南部）」・「朝鮮南部」・「南朝鮮」などの表記を多用していたため、それを尊重して「韓国」に統一せず、文脈に応じてそれらの表記も用いた。ただし筆者自身は、そこに一切の政治的含みは持たせていない。

◆「朝鮮語」・「韓国語」という呼称について。現在の日本では、コリアンの民族言語は一般的に「韓国語」と呼ばれるが、金達寿が長らく「朝鮮語」と呼称してきたことを尊重して基本的に「朝鮮語」と呼称し、場合によって「韓国語」という呼称も用いた。国号と同様、やはり筆者自身はこの使い分けに一切の政治的含みは持たせていない。

◆（在日）朝鮮人の姓名の読みについて。小説の登場人物の中には、初出時に読み方が記されていなかったり、単行本や全集に収録される際に読み方が修正されるなど、表記が一定していないものが少なくない。このため本書では、混乱を避けるため、ルビを付けない。ただし実在の人物も登場する『行基の時代』

のみ、例外的にルビを付けた。実在の人物については、韓国史事典編纂会／金容権編著『朝鮮韓国近現代史事典』（二〇〇一年一月、日本評論社）、国際高麗学会日本支部編『在日コリアン辞典』（二〇〇一年九月、明石書店）、金容権『増補改訂　韓国姓名字典──韓国・朝鮮の人名を正しく読むために』（二〇〇七年一二月、三修社）、権寧珉編著（田尻宏幸訳）『韓国近現代文学事典』（二〇一二年八月、明石書店）などを参照したが、慣用的な読み方には例外も多いため、必ずしも統一しなかった。論者名は可能なかぎり漢字で表記するようにつとめたが、不明な場合はカタカナで記した。

◆朝鮮語・韓国語文献も含めて、基本的に旧漢字は新漢字に置きかえた。仮名遣いについては、歴史的仮名遣いで記されている場合は、歴史的仮名遣いを用いた。

◆朝鮮語・韓国語文献の題名などは、そのまま表記した。また朝鮮語・韓国語文献の日本語訳は、すべて筆者による試訳である。

◆年月日は特に断らないかぎり新暦を用いた。

◆引用文中の〔　〕は廣瀬による補足、／は改行を示す。

◆一部の国名や組織名については、以下の略語を用いた。

大韓民国　→　韓国
朝鮮民主主義人民共和国　→　北朝鮮
在日本朝鮮人連盟　→　朝連
在日本朝鮮人総連合会　→　総連
在日本大韓民国居留民団・在日本大韓民国民団　→　民団
日本共産党　→　党

◆引用文献の中には現在のところ、金達寿のスクラップブックや切り抜きでしか存在が確認できず、かつ書誌情報が不明なものがある。その文献については執筆者名の直後に（☆）印を附した。

◆引用文中には、現在では差別的表現と見なされている語（「部落」等）が出てくるが、作品が発表された時代背景などにかんがみ、原文のままとした。

◆本文では改行文頭のカギ括弧は一字下げにしているが、引用文については原文に従っている。それゆえ引用文にかぎり、一字下げと半角下げが混在している。

まえがき

今なぜ、金達寿なのか

金達寿《キムダルス》は日本の敗戦＝〈解放〉後に本格的に活動を開始し、「日本と朝鮮、日本人と朝鮮人との関係を人間的なものにする」ことを生涯の課題として、半世紀ものあいだ、日本社会と在日朝鮮人社会にまたがって活躍した在日朝鮮人知識人である。一九七〇年前後を境に前半生を文学、後半生を古代史という、まったく異なる分野を主な活動の場としながら、同時代の朝鮮半島情勢や在日朝鮮人をめぐる諸問題にも敏感に反応し、いわゆる在日一・五世や二世世代が台頭する七〇年ごろまでは、在日朝鮮人組織から一定の距離をおいた立場で日本社会に発言できる、ほとんど唯一の在日朝鮮人として奮闘した。本書は、この人物の知的活動を総合的に考察することで、近年の日本とコリア、日本人とコリアンとの関係を問い直し、「人間的なものにする」ための道筋を示そうと試みた論考である。

しかし現在、彼の知的活動を再検討しようという動きは極めて乏しく、若い日本人や在日コリアンの大多数は彼の名前さえ知らない。また、あらためて言うまでもなく、古代から現代までのあらゆる時代の日本とコリアの関係については、すでに多くの研究が積み重ねられており、過去の歴史認識を克服して共生の未来を志向しようとする著作も数多く出版されている。このような中で、今あえて金達寿に注目すべき理由がどこにあるのか、彼から同時代的に有形無形の影響を受けた人々でさえ、首を傾げるのではないかと思われる。そこで、私が彼に注目するようになった経緯を述べることから、本書の企図を説明していきたい。

私が金達寿の名前を初めて知ったのは、二〇〇〇年ごろである。日本近代文学を専攻していた私は、一九二〇年代後半から三〇年代のプロレタリア文学や転向文学をとおして、「転向」という問題をアクチュアルなものに読み替える研究に取り組んでいた。転向は一般的に、三〇年代に顕在化した、共産党員やその同調者が党から離れたり共産主義思想を放棄して、天皇制に追従するようになる現象を指す用語として流通している。しかし、このように定義するかぎり、転向は結局、特殊な時代の特殊な人間の問題でしかない。それゆえ、転向を普遍的な問題として提示しようと思えば、この限界を克服しうる、まったく新しい認識に基づいた定義が必要となる。その試みはすでに、五〇年代から六〇年代初頭にかけて行われていた。本多秋五「転向文学論」(五四年)・吉本隆明「転向論」(五八年)・鶴見俊輔を中心とする思想の科学研究会『共同研究転向』(五九〜六二年)に代表される転向研究がそれである。現在ではこのうち、思想の科学研究会による定義が、もっとも標準的な枠組みとして、批判を受けながらも様々な学問分野で参照されている。しかし、のちに思想の科学研究会のメンバーが率直に告白したように、転向制度がなくなった戦後日本の社会にも相変わらず転向現象は見られると主張しながら、彼らはその事例を具体的に取りあげて論じることができなかった[1]。それは本多や吉本も同様だった。このことは彼らの転向の定義が、時代を超えて通じる普遍性を持つものでなかったことを、如実に示すものだった。

そこで私は、転向研究の理論的限界がどこから生じたのかを探究するため、様々な著作を読み漁ったが、その一つが「朴達の裁判」（五八年）という、金達寿の小説だった。転向小説の多くが内面の暗い部分を描いた非常に重苦しい雰囲気のものであるのに対し、この小説には思わず吹き出さずにいられないユーモアが溢れていた。現在までこの小説を転向文学の範疇で読解した研究は皆無だが、金達寿は明らかにこの小説の着想を同時代の転向研究から得ていた。実際、鶴見によれば、金達寿は鶴見にこの小説を送り、「読んでもらわないと困る」とまで語ったという[2]。そこで私は、ここに従来の転向研究の理論的限界を突破しうる糸口があるのではないかと考えて、この小説の分析を試みた。だが満足できる成果は挙げられず、また当時の私は高度経済成長時代の日本社会における転向現象の解明のほうに強い関心を持っていたため、この時は金達寿についても「朴達の裁判」についても、深く考察することなく終わった。

しかしその後も私はこの小説を気にかけながら、どうすれば転向のアクチュアリティーを提示できるかを考え続けた。そして私はやがて、この小説に描かれた転向を論じるためには、在日朝鮮人の作家が書き、物語の舞台は〈解放〉後の韓国（作中では「南部朝鮮」と表記）、転向する主体も朝鮮人というこの小説を、果たして転向小説の範疇に含められるか否かを問題にしなければならないことに気づいた。そこで私は、転向が社会現象となっていた一九三〇年代に、「転向者」の中に、具体的にどのような人々がいたのかを調べてみた。するとその中には、社会変革の理想に燃えて共産主義運動に身を投じたが、様々な要因から自発的／強制的に考えや立場を変えて天皇制を賛美するようになったという、一般的な意味での転向者だけでなく、私利私欲のために共産主義運動を利用したあげくさっさと転向を表明した者や、朝鮮人をはじめ植民地の人々、女性など、従来の研究で軽視ないし無視されてきた、多種多様な「転向者」が膨大に存在していたことがわかった。また、転向した夫が妻に向かって、自分に従って転向するよう命令するなど、転向者と非転向者との関係も決して絶対的なものでないことを示す事例もあった。これらの研究をとおして私は、これまでの転向の定義が、「良心的」な「日本人」の「男性」という、全体から見れば極めて少数の人々を規範として創出されたものにすぎなかったことを知るにいたった。

こうして私は、「転向」という概念ではなく、具体的な「転向者」を問題にすることで、従来の研究の理論的限界がどこから生じたのかを認識することができた。だがなぜ私は長いあいだ、それら多種多様な「転向者」が書いた手記や、転向に関する多くの文献に目を通していながら、彼らの存在が意味するものを理解できなかったのか。それは、主観的にどう考えていようと、私自身が根本的に既存の転向研究が作りあげた言説空間の内部に閉じこめられていたからである。その殻をうち破るきっかけを作ってくれたのが、「朴達の裁判」だった。「転向」から「転向者」への視点の移動というアイデア自体は、「朴達の裁判」の読解に直結するものではなかったが、私はこの小説をとおして、転向研究を自己完結的なものにしている言説空間を外側から眺めるためのヒントを得ることができた。

こうして私は再び金達寿の活動に注目しはじめ、彼が五〇年代をつうじて、自らの文学の〈根〉と言うべき自然主義リアリズムと文学的に格闘し、新たなリアリズムの文体を確立すべく苦悩していたことや、のちに活動の重心を古代史へと移していき、最終的に文学活動を完全に辞めてしまったことを知って、少なからず衝撃を受けた。志賀直哉の文学の強い影響下で文学活動を始めたにもかかわらず、金達寿はその後、志賀文学や自然主義リアリズムへの批判をとおして、自分が文学に対して抱いてきた価値観を全面的に吟味し、実践的に乗り越えようとした。それはたんに自然主義リアリズムの問題にとどまらず、自然主義文学を頂点として序列化された日本近代文学を価値づけている文学観念への根源的な問い直しにいたらざるをえない闘争だった。そして「朴達の裁判」こそ、まさにその成果だった。さらに、この文学的闘争をつうじて彼が獲得した認識は、古代史という、一般に文学とまったく異なると見なされる学問領域にも一貫して流れていた。この意味で彼は、私が漠然と感じていた疑問に半世紀も前から取り組み、日本近代文学であれ在日朝鮮人文学であれ、さらに古代史研究であれ、それらのジャンルを互いに独立させ自己完結的なものにしている言説空間から出ようと苦闘し続けた人物だったのである。

私の中で金達寿が特別な存在になったのは、この時からである。以後、私は彼のテクストを、在日朝鮮人の文学者ないし古代史研究家が書いたものとしてよりも、むしろ、金達寿という一人の知識人が書いたものとして読解した。それは彼に関わる諸属性（在日朝鮮人・男性・文学者・古代史研究家など）を尊重しながらも、彼のテクストを、現実世界の共同体であろうと形而上学的な理論体系であろうと、その共同性や理論体系を成立させている言説空間から出ようとする者が、等しく辿らねばならない道のりがいかなるものであるかを示したものとして読むことである。彼は青年期から晩年まで何度も、自分の意識や活動を様々に価値づけている言説空間から出るための態度変更を繰りかえした。さらには活動領域を文学から古代史に移し、結果的にではあれ、文学活動を辞めてしまうという、常識では考えられないことまで実践した。そして私もテクストをとおして彼と対話し、彼の知的活動をめぐる言説空間の問い直しをつうじて、自分自身の認識を閉ざしている言説空間の死角を照射し、そこから出るべく格闘し続けた。

冒頭で述べたように、金達寿は半世紀にわたって様々な領域、特に文学と古代史を中心に知的活動を展開したが、彼をめぐる研究は事実上、「在日朝鮮人文学」の領域に限定されており、古代史研究など他の知的活動との関連性が問われることは皆無である。しかしそれでは金達寿研究は、転向研究が陥ったのと同じ、閉ざされた言説空間の中で行われるものとならざるをえない。それこそ金達寿がもっとも拒否した在り方である。我々が金達寿の知的活動から学ぶべきは、言説空間を閉ざしている理論体系の死角に立ち続けることを選んだ彼の態度である。それなしに、日本と朝鮮、日本人と朝鮮人との関係を「人間的なもの」にすることはできない。では両者の関係が「人間的」であるとはどういうことか。彼の考えでは、それは両者を対立的な関係から対立させられた関係へととらえる場所に移動することによって明らかになる在り方である。しかも彼にとって、それは抽象的なものではなかった。実際、彼は古代史研究をつうじて専門の学者と在野のアマチュア、日本人と朝鮮人の障壁を超える大きな連帯関係を創出した。日本と朝鮮、日本人と朝鮮人との間の「人間的な関係」が具体的にどのようなものであるかを想像する際、これは非常に重要なモデルとなりえると私は考える。

このようにして私は、金達寿がどこからどのようにこの態度を獲得したかを明らかにするには、彼の知的活動を学問領域で区切って個別に考察するのではなく、文字どおり総体的に把握せねばならないと考え、本書ではその第一歩として、彼の知的活動を貫くもっとも太い柱である文学活動と古代史研究に加え、韓国や北朝鮮・総連との関係に焦点をあてて論じることにした。もちろんこれ以外にもまだ、彼が関わった雑誌や二世以降の在日コリアンとの関係、ジェンダー問題など、論じるべき事柄は数多く残っている。また私の金達寿研究の端緒となった転向概念の問い直しについても、本書の範囲を超えるため、議論を充分に展開させることはできなかった。これらの問題については、今後の課題とするほかない。

本書の構成

本書の構成は次のとおりである。

序章では日本と韓国で発表された主な先行研究を紹介した上で、本書の視座を提示する。

第一章では金達寿の生涯を概観する。

第二章では文学活動に焦点をあて、次の四節に分けて考察する。

第一節では、金達寿が〈解放〉後まもなく提唱した、「日本語で書かれる朝鮮文学」という概念に焦点をあてて論じる。

第二節では、金達寿の文学を、志賀直哉の文学から学んだ自然主義リアリズムの文学の系譜に位置づけてきた従来の通説を批判し、彼が五〇年代をつうじて、いかに志賀文学や自然主義リアリズムと訣別すべく闘争したかを論じる。

第三節では「朴達の裁判」を取りあげ、朴達が実践する転向の〈奇妙さ〉がどこから生じ、それが何を意味するかを明らかにする。

第四節では、「朴達の裁判」発表と前後して本格的に運動を開始した、リアリズム研究会について考察する。

第三章では、国家や組織と金達寿との関係について論じる。彼は〈解放〉後、朝連から総連まで一貫して、反韓国・親北朝鮮系の在日朝鮮人組織に所属した。しかし八一年三月の訪韓後、自分が抱いてきた韓国イメージを自己批判し、韓国の経済的発展や民衆の活力を肯定的にとらえるようになった。本章ではここに見られる態度変更を、北朝鮮や総連との訣別と韓国への接近という二つの過程に分けて論じる。

第一節では、①金達寿の著作『朝鮮』に対する総連側の批判キャンペーン、②帰国事業への関わり、③講演会中止事件、という三つの局面を取りあげて、金達寿と総連との軋轢が深まり、最終的に訣別にいたる過程を明らかにする。

第二節では、アメリカ占領軍を背景に、李承晩《イスンマン》がかつての〈親日派〉を結集させて韓国国家を樹立させた過程を、日本国内からだけであるにせよ、同時代的に見聞している金達寿が、韓国をどのように表象し、攻撃したかを整理する。その上で、訪韓にいたった経緯と訪韓後に浴びせられた周囲からの批判、それに対する金達寿たちの反論を取りあげて論じる。

第四章は、七〇年前後から本格化した、金達寿の古代史研究に焦点をあて、次の三節に分けて考察する。

第一節では、日韓における彼の古代史研究をめぐる状況と、彼が古代史研究に関わっていく過程を整理した上で、彼の文学活動と古代史研究との間にどのような内的関連が認められるかを明らかにする。

第二節では、金達寿が〈皇国史観〉を支える鍵と考えた「帰化人」という語が意味するものをどのように問いただし、日本人自身の問題へと転回させようとしたかを論じる。

第三節では、金達寿の最後の小説となった「行基の時代」を取りあげ、小説連載中の出来事である訪韓前後の金達寿の態度と重ねて論じることで、彼が行基の生涯をとおしてあらためて問い直そうとした〈社会主義〉が何であったかを考察する。

終章では、「日本と朝鮮との関係を人間的なものにする」という課題を軸として、金達寿の認識の変化をあらためて辿り、彼の到達点を明らかにするとともに、彼の知的活動をアクチュアルに読み替えるための可能性がどこにあるかを提示する。

序　章――先行研究の検討と本書の視座

一　はじめに

金達寿は、日本の敗戦＝〈解放〉後、一九四六年四月に創刊された、在日朝鮮人社会初の日本語総合雑誌『民主朝鮮』の編集長を務めつつ、同誌に日本語で「後裔の街」などの小説を発表することから、本格的に知的活動を開始した。それとともに、日本共産党や新日本文学会、朝連や総連などの政治組織や文学団体に所属し、五〇年代をつうじて自然主義リアリズムに対する文学的闘争を展開した。六〇年代も引き続きこの問題に取り組み、日本人文学者と協同で、リアリズム研究会などの文学運動を主導した。さらに、七〇年前後を境に活動領域を文学から古代史に移すと、日本各地に残存する古代文化遺跡を探訪して、「古代、朝鮮とは日本にとって何であったか」、「同時にまた、日本とは朝鮮にとって何であったか」[1]を問い続けた。しかし古代史研究が注目されるにつれて、彼の文学活動の勢いは急速に衰えていき、小説の発表は八〇年代初頭で終わった。その後、九七年に亡くなるまで、彼は古代史研究に没頭した。

他方で彼は、日韓・日朝関係や韓国・北朝鮮関係で何か出来事が起こるとマスコミからコメントを求められたり、イベントや研究会などを主催する様々な団体から講演を依頼された。さらに金嬉老《キムヒロ》事件（九〇頁参照）では特別弁護人を務めたり、韓国の詩人・金芝河《キムジハ》が投獄されて死刑判決を受けた際には抗議のハンストを行った。この他、『民主朝鮮』・『鶏林』・『現実と文学』・『日本のなかの朝鮮文化』・『季刊三千里』・『季刊青丘』など、多種多様な雑誌の編集長や編集委員を務めた。それらは多くの日本人や若い世代の在日朝鮮人の目を、朝鮮および（在日）朝鮮人の歴史や社会・文化に向けさせるとともに、（在日）朝鮮人が置かれている社会的状況について考えさせるきっかけを作った。

　金達寿の知的活動はこのように極めて多様な領域に及んでおり、日本社会と在日朝鮮人社会の両方で彼が果たした役割の大きさを否定する者はほとんどいない。文芸時評や座談会から新聞記事まで、何らかの形で同時代的に彼に言及した資料が千数百点に達することが、それを雄弁に物語っている。しかしまとまった分量の評論や学術論文は少ない。彼に焦点をあてて書かれた単行本としては、崔孝先《チェヒョソン》『海峡に立つ人——金達寿の文学と生涯』（九八年一二月、批評社）と辛基秀《シンギス》編『金達寿ルネサンス——文学・歴史・民族』（二〇〇二年二月、解放出版社）の二冊しかない。しかも『金達寿ルネサンス』には論考だけでなく、個人的な回想や、彼の故郷訪問を取材したNHKドキュメンタリー番組制作者へのインタビューなども収録されているため、学術書というよりは貴重な証言をまとめたアンソロジーの感が強い。研究の基礎となるべき文献の収集・整理も不充分で、伝記的事実の検証作業も行われていない。この点で金達寿の研究は、李光洙《イグァンス》・金史良《キムサリャン》・張赫宙《チャンヒョクチュ》などの先行世代や、金石範《キムソクポム》・金時鐘《キムシジョン》以降の、いわゆる在日一・五世から二世世代以降に比べて、大きく立ち後れている。

　言及している記事の多さに反してまとまった評論・学術論文の少なさ——在日朝鮮人文学の始源・嚆

矢と位置づけられ、このジャンルの代表的存在と見なされながら、かくも不遇な扱いを受けてきたのはなぜなのか。本論に先立ち、以下の順序で先行研究を整理することで、その要因を明らかにしていきたい。

まず、まとまった先行研究として、①崔孝先『海峡に立つ人』、②辛基秀編『金達寿ルネサンス』所収の論考、に加えて、③宋恵媛《ソンヘウォン》『「在日朝鮮人文学史」のために――声なき声のポリフォニー』(二〇一四年一二月、岩波書店)を取りあげ、それぞれの論点を検討する。その後、①日本人が日本国内で発表した研究、②コリアンが日本国内で発表した研究、③韓国国内で発表された研究、の順に、主な評論や学術論文の内容を紹介し、それぞれの傾向と特徴を見ていく。

二―① 崔孝先『海峡に立つ人――金達寿の文学と生涯』

『海峡に立つ人』は、金達寿の文学活動および総連との軋轢から訪韓までを、初期・中期・後期に分類して論じ、年譜と著作一覧を附したものである。二〇〇二年には崔自身が同書の本文部分を韓国語訳して、『在日同胞文学研究――1世作家金達寿の文学と生涯』という題名で、韓国で出版している[2]。現在のところ、金達寿に特化した研究書としては、日本でも韓国でも、同書が唯一である。

崔はまず第一章で、金達寿の文学を「在日同胞生活史」・「社会主義者闘争史」・「古代史」の三つに分類した[3]。「在日同胞生活史」は、「在日同胞達が、日本帝国の支配者から様々な差別を受けるという悪条件の中でも〝生〟のために一生懸命に生きている姿を描いた」[4]小説に見られるものである。「社会主義者闘争史」は、「『後裔の街』以後の長編づくりで金達寿は溢れる情熱と意欲、使命感を持って、民族の正しい進路だと堅く信じていた〈社会主義改革〉の実現のため〈参与文学〉たる色を帯びて行く」[5]理念性の濃い文学である。そして最後の「古代史」は、「一九七〇年代から始まる『日本の中の朝鮮文化』シリーズで（これは金達寿のライフワークとなっている）、日本全国隅々まで歩き回る丹念な作業を経て書き続けて来た」[6]作品を指している。崔は、この三つの流れが必ずしも金達寿文学の前期・中期・後期と一致するわけではないと断った上で、「最初の民族主義に基づいて書かれたのが「在日同胞生活史」の流れであって、次に社会主義の立場から書かれたのが「社会主義者闘争史」の流れ、それから組織からのもめごとの後に来る虚無主義を切り抜けて書かれたのが「古代史」の流れである」[7]と整理した。そこで注目すべきは、崔が金達寿の思想的変遷を「転向」と表現していることである。

一般的に「転向」は、国家などの権力に強制された結果として起こる現象と見なされている。しかし崔は、金達寿の「転向」は、良心に反してではなく良心の名によって行われた、「強制力を持たない、自由意思による「心境の変化」であ」る点で、本多秋五が「転向文学論」（五四年）で論じた「ヨーロッパ的転向に近いものであった」として[8]、次のように述べた。

金達寿が民族主義から社会主義へ〝転向〟したのは、確かに自発による思想的発展・成熟であった。社会主義から虚無主義への二回目の〝転向〟は、ある意味では〈達観〉というべきもののある思想の深化といえる。このように日本の一般的転向と違う意味を持つ金達寿における〝転向〟を根底から強力に支えているのは、いうまでもなく祖国に対する情熱と愛情であろう。金達寿文学はまさしく祖国愛・民族愛の火花の文学である。しかし重要なことは作家金達寿が二回の〝転向〟をしながらも、一貫したテーマで文学の道を歩んで来たのは何を意味しているか、である。換言すれば、金達寿における〝転向〟の意味は何であろうか。結論からいえば、それは挫折を知らない気高い〈抵抗〉である。二回にかけて〝転向〟をしながらも金達寿は抵抗し続けて来たのである。それは金達寿の作品中に登場する無数の朝鮮人たちに一貫した共通点として〈抵抗〉の姿を見いだせることからも確認できる。

　金達寿の抵抗は何に向かっての抵抗であったのか。彼の生きて来た時代背景が明らかに示しているとおり、それはまぎれもなく〈帝国主義〉に対しての抵抗であった。即ち解放前は、朝鮮民族を丸ごと抹殺しようとした〈日本帝国主義〉がその抵抗の相手であり、解放後は、祖国の完全独立を阻害する〈アメリカ帝国主義〉とそれに味方する韓国政権が、金達寿における抵抗の相手であった。しかし、虚無主義を踏み場として誕生した「古代史」の流れで、その的《（ママ）》は再び日本の〈思想的帝国主義〉に向けられる。つまり金達寿文学は、全作品を通じて朝鮮と朝鮮民族を否定する〈帝国主義〉に向けられた不断の〈抵抗〉精神の表出であった。その意味で金達寿文学は「抵抗の文学」といえるのである。[9]

　こうして崔は、金達寿文学を「抵抗の文学」ととらえる立場から、第二章では「位置」を中心とする初期文学、第三章では総連との関係、第四章では訪韓に焦点をあてて論じた。また第五章では、在日朝鮮人文学全体に視野を広げ、〈解放〉後に活躍した在日朝鮮人文学者を、「民族派」・「実存派」・「融合派」

・「苦悩派」の四つの系譜に分類した。そして、在日朝鮮人文学が時代を経るに伴って多角的になりながらも、依然として在日朝鮮人文学を考える上で、「民族的なもの、朝鮮的なもの」が重要であることに変わりないと述べ、金達寿と金石範を「朝鮮的なものへの固執、民族的なものの具現という観点から見て、在日朝鮮人文学のもっとも教科書的な存在であると考えられる」[10]と述べて結論とした。

このように同書の特徴は、金達寿の文学作品だけでなく、総連との軋轢や訪韓まで対象を広げて考察している点にある。

二―② 辛基秀編『金達寿ルネサンス――文学・歴史・民族』

『金達寿ルネサンス』には三本の論考が収録されている。まず磯貝治良「金達寿文学の位置と特質」は、在日朝鮮人が敗戦＝〈解放〉後も日本語で文学活動を行ってきた点に注目し、次のように述べたものである。「日本語はかつて植民者日本によって強制された言葉であることはたしかだ。しかし「解放後」のいまもそれを使用して自己表現をしている事実を否定することはできない。われわれはみずからそれを選んだのだ。そうでないのなら、われわれの主体はいったいどうなるのか。また「実利」の面だけで日本語を使うというなら、表現の主体はどうなるのか――そのような自問を経て、言語的アイデンティティとして日本語を選択したのが、在日朝鮮人文学だった。日本語によって文学を構築しつづけた金達寿は、そういう意味でも在日朝鮮人文学が形成されるうえで、種をまいた文学者だった」[11]。

林浩治の「金達寿文学の時代と作品」は、『新日本文学』金達寿追悼号（九八年三月）に発表した同名の論文を修正して再録したものである。彼は、金達寿に代表される、〈解放〉後、日本語で詩や小説を発表した多くの在日朝鮮人に、朝鮮語で創作活動を行う能力が欠けていたことを指摘した上で、「祖国と、祖国の文化になじめない自己との間の煩悶」という主題を描いた「後裔の街」を、「戦後の朝鮮人による日本語文学を象徴する作品」ととらえた[12]。そして、そのような言語的制約の中から始まった、金達寿の文学活動を概観した。

小野悌次郎「『運命の縮図』」も、やはり『新日本文学』金達寿追悼号に発表した同名の論文の再録である。彼は金達寿の文学が「人間崩壊と人間性の回復という主題で一貫している」[13]ことを指摘し、特に小松川事件（九〇頁参照）との関わりに焦点をあてて概観した。

この三名の論に共通しているのは、「在日朝鮮人文学」を、在日朝鮮人が日本語で書いた文学作品ないしそれを制作する文学活動ととらえる立場から、金達寿をその始源・嚆矢と位置づけている点である。

二―③　宋恵媛『「在日朝鮮人文学史」のために――声なき声のポリフォニー』

『「在日朝鮮人文学史」のために』は、「通史的で網羅的な文学史」[14]はおろか、「その中に潜むヘゲモニーや権威を問い直す対象としての文学史すら、持ちえなかった」[15]在日朝鮮人文学史の状況の中で、総体的に「在日朝鮮人文学の軌跡をクロノロジカルに記述し、実体化」[16]することを目的としている著作であり、金達寿に関する研究書ではない。金達寿だけに焦点をあてて言及している箇所は、約三四〇頁の本文のうち、わずか八頁弱にすぎない。部分的に触れている箇所を総計しても三〇頁ほどである。

それにもかかわらず同書は、金達寿を在日朝鮮人文学の始源・嚆矢に位置づけることによって〈権威〉化してきた様々な言説に対する、これまでなされたもっとも根本的な異議申し立ての著作である点で、金達寿を論じる上で欠かすことのできない著書である。

宋は、従来の在日朝鮮人文学研究が、在日朝鮮人文学を日本文学の域内に位置づけてきたことや、在日朝鮮人が朝鮮語で書いた文学作品を無視してきたこと、李良枝《イヤンジ》や柳美里《ユミリ》などわずかな例を除き、「日本の高等教育を受けた〝植民地エリート〟の〝男性〟が書いた〝日本語作品〟」[17]を規範として文学カテゴリーが形成されてきたことなどを批判し、「日本語と朝鮮語の間で葛藤していた人々こそが、「解放」直後の典型的な在日朝鮮人作家の姿だったといえるのではないか」と主張した[18]。ここから見れば、〈解放〉後、日本語でのみ創作活動を行い、日本の文壇と日本人社会の中で地位を確立した金達寿は、在日朝鮮人文学の周辺に位置づけられるべき存在となる。

「我等は、我等の進むべき道を世界に表明すると同時に、過去三十六年といふ永い時間を以て歪められた朝鮮の歴史、文化、伝統等に対する日本人の認識を正し、これより展開されようとする政治、経済、社会の建設に対する我等の構想をこの小冊子によつて、朝鮮人を理解せんとする江湖の諸賢にその資料として提供しようとするものである」[19]――これは『民主朝鮮』創刊号の巻頭に掲げられた、「創刊の辞」の一節である。宋によれば、金達寿はここに示された姿勢を生涯にわたって貫いたが、彼の「この一貫性は、当時の在日朝鮮人による文化、文学運動の文脈においては特異なもの」[20]だった。にもかかわらず彼が在日朝鮮人文学を代表する地位を得られたのはなぜか。「その背後には、金達寿という一朝鮮人作家と戦後日本の文学者たちの、もちつもたれつの関係があった」[21]。それを示す一例として、宋は小田切秀雄が「玄海灘」について書いた、「在日朝鮮人の戦後の代表的な作家である金達寿は、かれの故国に爆弾をおとしに行く米軍機の爆音の下で長篇『玄海灘』（一九五二年一月－一二月『新日本文学』）を書きつづけ、自身と自身の民族の体験とを掘り下げながら被抑圧民族の苦悩と抵抗とに鮮烈なリアリスティックな表現を与え、日本語による反戦・反帝国主義の文学としての高い達成をつくりだした」[22]という評を引用して、次のように述べた。

同胞同士の殺し合いに金達寿が心を痛めながら、筆を進めていたことを疑うものではない。民族解放闘争に参加できなかったという自らの植民地期の苦い過去を、登場人物に仮託して克服しようとしたことの意味も大きいだろう。だが、「反戦・反帝国主義」の意識を高めていた当時の日本人読者たちに、時宜を得たものとして受け止められているこのような評を見ると、作者と読者の関係が予定調和的である印象はどうしてもぬぐえない。[23]

宋の考えでは金達寿の創作活動は、日本人読者の反応を意識して行われたものだった。それゆえ、「金達寿の描く朝鮮や朝鮮人像が、日本の文学者や読者たちの求めるようなそれと合致していたのは、当然のことだった」[24]。この意味で彼の文学作品は、「日本の読者とのいわば共作だった」[25]。したがって、彼がのちに小説を書かなくなった要因も、時代の変化の中で日本人読者が望むような朝鮮像を生み出せなくなったところにあった。

金達寿の文学活動の軌跡を、宋はこのように概観し、次のように結論づけた。

商業文芸誌や作品を享受する不特定多数の読者が、一九七〇年以前の在日朝鮮人文学には決定的に欠けていた。その中で金達寿が、曲がりなりにも「解放」まもない時期から作家として自立しえたのは、敗戦直後の日本人文学者や読者たちが必要とした、一つきりの被抑圧民族出身者枠を守り通したからだったとはいえないだろうか。[26]

金達寿に対する宋の評価は、極めて否定的に見える。しかし宋は彼の文学活動を認めないという立場ではない。宋の狙いはあくまでも、彼をいったん「その他大勢」の中に戻し、彼の文学ないし「日本の高等教育を受けた〝植民地エリート〟の〝男性〟が書いた〝日本語作品〟」を規範として序列化されてきた在日朝鮮人文学の歴史を解体・再構築することにあった。

三―① 日本人が日本国内で発表した研究

金達寿の活動に何らかの形で言及している文献資料のうち、圧倒的に多いのは日本人が書いたものである。しかしそれらの大部分は、文芸時評や書評など、金達寿の小説・エッセイ・著書に対するその都度のコメントが多く、論と呼べるほどのものは多くない。ここでは年代ごとに主な論評をピックアップして、彼のテクストがどのように読まれてきたかを見ていこう。

〈解放〉後〜一九五〇年

金達寿に言及した最初の文章は、彼が大澤達雄の筆名で日本大学専門部芸術科在籍時に発表した小説「をやじ」（『芸術科』四〇年一一月）に触れたものである[27]。しかし、彼の活動が注目されるのは、「後裔の街」（『民主朝鮮』四六年四月〜四七年五月）以後で、徳永直・平林たい子・小田切秀雄など、新日本文学会に結集した旧プロレタリア文学系の人々が真っ先に反応した。そしてその後もしばらく、金達寿に対する論評の書き手は、同会の会員やその周辺の人々が大半を占めた。

戦後初期に書かれた文章に、金達寿の最初の単行本『後裔の街』（四八年三月）所収の小田切秀雄「この本のこと」や、小原元「ただ一つの道——金達寿「後裔の街」」（四八年七月）と「〃うしなわれたもの〃の恢復」[28]（四九年九月）がある。それらに共通している視座の一つは、小原の論題に示されるように、植民地の人々による「〃うしなわれたもの〃の恢復」という物語を、金達寿の小説から読みとろうという姿勢である。たとえば小田切は次のように書いている。

> 幾つかのインテリゲンチヤのタイプ——日本帝国主義の支配のむき出しな壁の前に立たされてさまざまな道をとらざるを得ないこれらのひとびとの痛苦に充ちた戦争下の群像を中心に、それをめぐる屈辱と矛盾との朝鮮の現実が、東京に育つて朝鮮え《（ママ）》帰るまでは民族的自覚をもたなかつた一インテリゲンチヤを主人公に設定することで、その徐々に自覚して行く筋道のなかに多彩にくりひろげられる。[29]

小原も同様に、『後裔の街』全体に流れる「ゆたかな感情の流露がともすれば詠嘆めく感傷におぼれがちにな」りながらも、「高昌倫という日本で成長した青年が母国の現実に直面し、つまずきたおれながらもすでに決せられている「一本の道」にすすんでゆくすがたはやはり感動的であ」ると述べ、彼の「よろめきを通じて、われわれ〔日本人インテリゲンチャ〕も亦すすまねばならぬ「一本の道」をかんがえようとした」と評した[30]。

もう一つは金達寿の文学を、小田切が明確に語っているように、日本文学の圏内に位置づけようとする視座である。

なお、日本語によつて書かれたこの作品は、朝鮮民族の文学であると同時にまた日本文学の一つとして、こんにちの低迷した文学界にとつて一つのすぐれた収穫たるをうしなわない。痛苦の切実を伴わぬことにおいてまさに絶望やデカダンスとを実物と化するに至つている日本の多くの作家に対して、「後裔の街」はその現実批判のすこやかさ（それが時に通りいつぺんのものとなつているところはあるが）によつて明日につながるものとなつており、日本の民主主義文学の独自な一翼を形成している。[31]

第二章第一節で論じるように、金達寿自身、「後裔の街」を連載していた時期には、〈解放〉後も在日朝鮮人が日本語で創作活動を行い続ける意義を積極的に主張していた。それゆえ小田切のこの発言は、当時の金達寿にとって、我が意を得たものだったと考えられる。

いずれにせよ、日本人の文学関係者や文学愛好家は、金達寿の文学を、日本文学の枠組みの中でとらえ、大日本帝国が朝鮮をはじめアジア諸国に対して行った植民地支配への痛切な反省を迫るとともに、植民地支配に抵抗し続けた朝鮮民族の不屈の精神を示すものと受けとめたのだった。

一九五〇年代

金達寿は「玄海灘」(『新日本文学』五二年一月～五三年一一月)の成功により、詩人の許南麒《ホナムギ》とともに、日本の文壇に、日本語で文学作品を書く在日朝鮮人の代表的存在という地位を確立した。事実、二度も芥川賞候補に挙げられたり、五七年六月に平和文化賞を受賞するなど、金達寿の文学活動は、文学的党派や学問領域を超えて評価された。この時期のまとまった分量の論評として、平林一とはぎわら・とくしの二編がある。

平林一「国民文学の問題――「玄海灘」をめぐって」[32](五五年二月)は、五一年ごろに提起されたものの、五五年当時には停滞状態にあった「国民文学」論を前進させる手がかりとして、「玄海灘」を取りあげて論じたものである。また、はぎわら・とくしは「金達寿論ノート」(五七年八～九月、全二回)で、金達寿の文学的立場を次のように規定した上で、「位置」(『芸術科』四〇年八月)から「日本の冬」(『アカハタ』五六年八月～一二月)までの小説を概観し、特に「富士のみえる村で」(『世界』五一年五月)を高く評価した。

金達寿はその文学的出発点において、みずからの文学を《被圧迫者の味方》として方向ずけ《ママ》たのであるが、その《味方》という意味あいが被圧迫者の単なる同情者ではないということは、志賀直哉の「小僧の神様」について書いている文章をみても明らかである。(参照「志賀直哉『小僧の神様』」)金の場合の《被圧迫者の味方》とは、そのなかにあつて闘う者であり、あるときはきびしく鞭うつ者でもあるという《味方》なのである。そして、このような立場から金達寿の文学は《人間をとらえること》ができたのである。[33]

これらから窺えるように、金達寿の文学に対する議論の枠組みは、戦後直後から五〇年代になっても、特に変わったわけではなかった。

一九六〇年代前半

五〇年代に書かれた論評は、金達寿の小説の内容を取りあげたものが多かった。しかし六〇年代になると、小説の内容を解釈するだけでなく、どのように書くかという文学的方法に焦点をあてた論評も見られるようになった。

まず小原元は「文学的方法における民族の発見――金達寿『密航者』から」(六三年一〇月)で、長編「密航者」(『リアリズム』六〇年一月~六一年一二月、『現実と文学』六二年五月~六三年四月)を取りあげ、この小説は「民族意志がどのような行為や事件をつくり出してゆくか、あるいはどのような行為や事件が民族意志を発現させてゆくかというこれまでのテーマの性質とややちがっているようにみえる。それは朝鮮の民族的統一と、朝鮮人民と日本人民の真実の相互理解の方向を、民族あるいは民族の歴史とは何かという根元的な問題から照らし出そうとしている」[34]と評した。

矢作勝美は「「中山道」と記録的方法について——金達寿の作品をめぐって」（六三年一二月）で、「「朴達の裁判」から「密航者」にいたる金達寿の方法意識の発展と、それと併行して書かれた「中山道」における記録及び記録的方法についてふれようとするとき、金達寿の方法意識において「朴達の裁判」は一つの転機にあたる作品ではないか」[35]という問題意識から、「朴達の裁判」（『新日本文学』五八年一一月）以後の金達寿の文学的足跡を整理・分析するとともに、「中山道」（『新日本文学』六二年一二月）における記録的方法について考察した。

先崎金明は「多元的視点と文体の問題」（六四年七月）で、金達寿が五〇年代に主張した「多元的視点」を取りあげ、リアリズム研究会が目指す「現実の構造的把握」のための方法上の試みについて考える際、もっとも興味深いのは金達寿の「視点について」（『リアリズム』五八年一〇月）と「創作方法について」（『文学』五九年一一月）という二つのエッセイだと述べた。その上で、金達寿が「この論文の中で「多元的視点とは文体の問題であることに、はじめて気がついた」と書き、作家としての方法的実践によって「視点」を「文体」の問題にまで発展させ、この作家の傑作の一つである『朴達の裁判』を生みだしたことに、私は強烈な文学の匂いをかぐのである」[36]と高く評価した。先崎は「朴達の裁判」の文体を具体的に考察してはいないが、彼の論考は、現在にいたるまで、五〇年代における金達寿の文学的格闘と「朴達の裁判」の文体の意義に注目した、数少ないものである。

一九六〇年代後半

六〇年代中盤になると、『新日本文学全集』（六五年三月）に小説が収録されたり、初期から中期にかけて書かれた主な小説をまとめた単行本が刊行された。これに伴い、『後裔の街』・『玄海灘』・『太白山脈』（『民主文学』六四年九月〜六八年九月）を軸に、金達寿の文学活動を全体的にとらえようとする論が書かれるようになった。

矢作勝美は「民族的ドラマの幕あき——金達寿「玄海灘」」（六七年二月）で、「金達寿は在日朝鮮人の一人として、その民族的自覚からスタートした。しかし『後裔の街』『番地のない部落』『矢の津峠』など、初期の作品にはするどい生活現実を獲得したものではあったが、そこには一抹の情緒を感じさせるものがあった。／ところが、さきにあげた激しい時代の波を一つ一つあびることによって、克服され、次第に強靱な思想・世界観の形成がなされていった。そしてゆるぎない、一貫した思想方向を堅持しつつ、その構想を歴史的民族的次元にまでおしひろげ、いま各系列の所産は、現在かきすすめられている『太白山脈』に結集され、雄大な民族的ドラマを思わせる幕あきとなったのである」と概観した上で、初期の作品に見られた「一抹の情緒」を克服し、『太白山脈』にいたって「その民族的自覚が民族的歴史的次元にまでおしひろげられた」と評価した[37]。

水野明善は「「太白山脈」論——戦後朝鮮の全体像への試み」（六九年二月）で、『太白山脈』を「『後裔の街』『玄海灘』とならんで、文句なしに達寿のこんにちまでの三大代表作といえる」[38]と絶賛し、特に金達寿がこの小説の会話文を、「観念小説にでも出てきそうな没個性的な」[39]調子で書きとおしたことに対し、いかに彼が日本人読者を意識せざるをえなかったかの重要性に思いいたらないわけにはいかないと述べた[40]。

一九七〇年代前半

七〇年代に入ると、金達寿の文学活動に焦点をあてた論考はほとんど見られなくなる。その理由として、七〇年一月から、のちに『日本の中の朝鮮文化』シリーズとなる雑誌連載が始まるのと入れ替わるように、小説を発表しなくなっていったことや、六〇年代後半から、いわゆる在日朝鮮人一・五世から二世世代の小説家や詩人の文学作品が日本のメディアに登場するようになったことが大きい。特に七二年に李恢成《イフェソン》が、「砧をうつ女」で、在日朝鮮人文学者として初めて芥川賞を受賞して以後は、他の文学者や一般読者の関心は彼らに移っていった。しかし、そうかといって金達寿の古代史研究を本格的に論じた文章が書かれたわけでもない。彼は古代史研究でも大きな影響力を持ったが、それに対する論考は皆無だった。このことを念頭において、七〇年代前半の同時代評を眺めると、目につくのは次の二編である。

後藤直は「『太白山脈』論ノート」（七〇年一月）で、『玄海灘』を民族の自覚の文学ととらえた上で、『太白山脈』はそれをさらに発展させ、民族を歴史に参加させるダイナミックな文学になっていると主張し、「『玄海灘』以後の一連の作品は『太白山脈』をかくに到る実験的なものにすぎなかったように」[41]思われ、「結論をいうなら『玄海灘』が民族の自覚の文学であり『太白山脈』は、それをさらに発展させて、民族を歴史に参加させるというダイナミックな文学になっているといってよいであろう」[42]と述べて、『玄海灘』から『太白山脈』にいたる金達寿文学の系譜の重要性を強調した。

小田切秀雄「解説——金達寿の人と作品」（七三年二月）は、「朴達の裁判」を中心に、ゴーゴリや魯迅の文学と比較して、金達寿の文学活動を高く評価したものである。彼は「朴達の裁判」について、次のように述べている。

これ以上は考えられぬほどのひどい抑圧と貧困とのもとにある民衆のさまざまな姿と、そのなかから生れてきた独自な抵抗の人間像を、奔放自在に描きだしたところにこの作品のおもしろさがあり、革命家としての節操や権威をもっぱら結果論的に——つまり、つかまるとペコペコ謝って敵の手をすりぬけては、釈放されて出てくるとすぐにまた新しく実際上のたたかいを実現してゆくというやり方でつらぬいてゆく朴達的な一つの生き方が、批判と愛着をこめてここにはあざやかに描かれている。〔43〕

しかしそれと同時に、金達寿が近年、仕事の中心を古代史研究に置いていることに対して、「仕事の中心がこういうところに一時的にせよ移っているのを、わたしは残念に思っている」〔44〕とも語った。

また、新しい世代の在日朝鮮人文学者が台頭したのに伴い、この時期から世代論的な在日朝鮮人文学論が書かれるようになった。その一つに伊藤成彦「在日朝鮮人の文学とわれわれ」（七二年七月）がある。これは李恢成の芥川賞受賞が意味するものに焦点をあてたものだが、金時鐘や李恢成などの文学と、金史良や金達寿のそれとの差異についても考察している。伊藤は、金史良や金達寿の文学は、「被抑圧民族としての朝鮮人の生活・思想・感情を抑圧者である日本社会に衝きつける抵抗の姿勢で行なわれた、そしてその際に、抵抗としての表現をするもの自身の民族的主体の存在は、暗黙のうちにも自明の前提とされていた」[45]のに対し、金時鐘や李恢成など「今日の在日朝鮮人作家たちは、前世代の作家たちと同様に、民族の命運をふまえ、民族の歴史と過去と現在とに正面から向き合いながら、しかし、人間存在の背負う問題は、けっしてすべてを民族の問題にだけ還元しうるものではないという洞察と、民族的主体の確立は、いかなる径路を経るにせよ近代的主体の裏うちなしには果されないという主張を、その低音部に響かせている」[46]点で異なると述べた。

一九七〇年代後半〜八〇年

七〇年代半ばに、金達寿の短編集『小説・在日朝鮮人史』（七五年五〜七月、全二巻）と評論集『金達寿評論集』（七六年二〜三月、全二巻）が相次いで刊行された。さらに八〇年には、在日朝鮮人文学者として初めての個人全集『金達寿小説全集』（八〇年四〜一〇月、全七巻）が出版された。これらにより、ようやく金達寿の文学活動の全体像を見渡すことができる環境が整った。全集刊行を記念して渋谷の画廊喫茶「ピーコック」で金達寿展が開かれ、ピーコックや焼肉店「くじゃく亭」のオーナーだった高淳日《コスニル》によるタウン誌『くじゃく亭通信』や、リアリズム研究会会員だった後藤直の個人雑誌『季刊直』で特集が組まれた[47]。この時期のまとまった論評としては、以下の四編が挙げられる。

玉井伍一「在日朝鮮人文学と現代日本文学――金達寿と長谷川四郎の視座に據って」（七八年一〇月）は、在日朝鮮人作家の仕事と現代日本文学者の仕事、たとえば中上健次の『紀州』と金達寿の『日本の中の朝鮮文化』が呼応しているように密接な関係にあることを、大江健三郎による長谷川四郎評の一節、「「地味でひかえめな、しかし独特な人間を、全体においてすっぽり」という視点、「めだたない尋常な人間をとらえてその全体を書く」こと」〔48〕を手がかりに論じたものである。

磯貝治良は「抵抗と背信と――金達寿『玄海灘』覚書」（七八年一二月）と「在日朝鮮人文学の世界――負性を超える文学」（七九年一一月）という二つの論文を書いている。「抵抗と背信と」は、『玄海灘』に焦点をあてて、そこに描かれた民族意識への目覚めを物語に沿って考察したものである。

〔前略〕この作品には日本の植民地統治にたいするさまざまな抵抗のかたちが描かれている。それらはいずれも、朝鮮民衆による抗日独立運動が、いかにさまざまな知恵と工夫によって生みだされ、しかも底知れず深い地底にまで根を下ろして、広いひろがりを以て根をのばしていたか――そのしたたかな抵抗の位相を語っているものである。そして、この点が重要なことなのだが、それらの抵抗のかたちは、朝鮮民衆によって語り継がれ、引きつがれてきた抵抗の歴史をも示しているのである。〔中略〕

さきにみた抵抗のさまざまなかたちと、趙光瑞〔西敬泰に「皇国臣民ノ誓詞」を演説する人物〕や尹甲徳〔白家の老執事〕のような人物たちが、白省五らの抗日独立運動や西敬泰のそれへの参加を、いいかえれば、省吾や敬泰の「自己覚醒」と「自己変革」を深い底でささえたのである。

そして、この章でみた、植民地支配が生みだした「背信」と抵抗のからまり合う在りようを、一人の人物のなかに鋭く表示している存在が、李承元〔白省五を抗日独立闘争へ向かわせるべく様々な情報を伝えた特高刑事〕だったのである。〔49〕

もう一つの「在日朝鮮人文学の世界」で磯貝は、「在日朝鮮人作家の日本語文学を読むとき、まず鮮烈に印象づけられるものは」「「朝鮮的なるもの」の濃密な形象化であり、「民族のもの」の維持あるいは奪回への絶えざる意志」ではないか[50]と問題提起した。そして金史良・金達寿から在日朝鮮人二世作家までを概観した上で、「在日朝鮮人の日本語文学が今切り拓きつつあるのは、「民族のもの」の奪回をふまえ、負性を超えていくことによって、普遍的でインターナショナルな文学の地平を獲得する、ということである」[51]と論じた。

『季刊直』の金達寿特集号に発表された後藤直「『公僕異聞』のもつ現代性」（八〇年七月）は、この小説が発表当時に受けた批判を再検討するとともに、金達寿の文学は古代史に対する関心を抜きにして語ることができないと主張したものである。「金達寿は、文学活動を続けているうちに、いわゆる古代朝鮮と日本とのかかわりに興味を深めるようになったのはよく知られており、その長編が「密航者」であり、中編が「公僕異聞」だったと私は解釈している」。「金達寿文学は、古代史あるいは歴史とのかかわりなしには語れなくなっている。作者は、創作方法の上でも、視点の広がりからいっても一段と磨きがかかっているように思える」[52]。

一九八一年～九〇年代

『金達寿小説全集』が完結した翌八一年、三月二〇日から二七日にかけて金達寿・姜在彦《カンジェオン》・李進熙《リジンヒ》・徐彩源《ソチェオン》が訪韓すると、その是非をめぐって各種新聞や雑誌にはおびただしい記事が出た[53]。訪韓の翌年、「行基の時代」（『季刊三千里』七八年二月～八一年八月）が単行本化されたが、これを最後に金達寿は文学から離れ、『日本の中の朝鮮文化』シリーズなどの古代史研究に専心した。この頃になると彼の著作や活動を取りあげた論評は激減し、在日朝鮮人の文学や社会・歴史などについて書かれたものの中に、名前が登場する程度となった。その中でまとまった論と呼べるものに、次のものがある（二‐②で取りあげた林と小野の論は省略）。

山岸嵩は「大衆の目と底意をえぐる――金達寿と井上光晴」（八二年六月）で、在日朝鮮人の視点から被差別部落民を描いた「眼の色」（『新日本文学』五〇年一二月）と「富士のみえる村で」（『世界』五一年五月）を取りあげ、この二作品の主人公である被差別部落民の岩村に対しては、作者の愛がまるで感じられないと批判した[54]。「どのような痛みであれ、人は所詮自身のそれしか感じることができない。人と人を生物として分ける根源にある「川」を人は人であるかぎりこえることはできない」「が、その絶対的深淵をこえようと試みるのが文学ではなかろうか」。「相手がまるで自己意識のかたまりとなってこちらの内なる「川」をまるで無視した時、作者は思わず「私」と一緒になって相手の内なる「川」も測りそこねてしまったのである」[55]。

シロタゲン「失われた風景から――金達寿の〝旅〟に誘われて」（八六年八月）はエッセイに近いものだが、商業誌に発表された中で、『日本の中の朝鮮文化』を取りあげた文章としては、もっとも分量のあるものの一つである。「千数百年の過去、個人史の中の過去、そして現在という三つの時間軸が交錯する。私的な文体と公的な文体が交錯する。社会科学の中に、ある民族的ノスタルジアが貫いている。／誰の目からみても、それが、〝朝鮮〟を切り捨てるものとしての日本史への異議申し立てであることは明らかだろう」[56]。シロタはさらに、金達寿の、自分の研究は学者の意見に沿って足で歩いただけのものにすぎないという発言に触れて、「〝この足〟こそが、単に学問的《アカデミック》であることへの拒否となっている。意識的な〝混同〟をこそ自らの方法としようという意志をぼくは感じる。古代日本の中の〝朝鮮〟を考えることによって「今日にある両国・両民族のすがたも、はじめてはっきりした主体的なものにすることができる」という際の、著者の〝主体性〟の意味するところを理解するためのひとつの鍵が、この辺にあるのではないか」[57]と賞賛した。

黒古一夫は「在日朝鮮人文学の現在――〈在日する〉ことの意味」（八七年一一月）で訪韓に触れ、前年五月に光州《クァンジュ》事件（九四頁参照）が起こった場所を訪れても、金達寿が事件について日本の新聞記事程度にしか言及していない点を取りあげ、「ここに、「故郷＝韓国」を訪問することを許可された金達寿の思想転回を見ることも可能であるが、それよりも「祖国」が分断しているが故に〈在日する朝鮮人〉も引き裂かれたまま、屈折を重ね、そのあげく〈故郷〉にひきつけられ軍事独裁政権をも許容してしまう人間の弱さ・悲劇のドラマを見る方がより自然であろう」[58]と述べた。

川村湊「植民地文学から在日文学へ――在日朝鮮人文学論序説(1)」（九五年五月）は、在日朝鮮人文学の成立と発展に関連して、金達寿を「自覚的、意識的に「在日朝鮮人文学者」としての立場を選びとった第一の人」[59]と位置づけたものである。さらに彼は、金達寿に始まる「在日朝鮮人文学」は、たとえば在日中国人による文学と違い、「その朝鮮人という民族性と、在日性ということに依拠している」が、「民族的、国籍的に南北のいずれかの朝鮮に帰属しながら、〝市民〟〝住民〟としては日本国内に居住することは、国民（民族）国家を理念系な形とする近代国家観においては、過渡期的、例外的な存在でしかありえない」と述べた。その上で、しかしまさに「こうした曖昧で未決定という境界的な立場においてこそ、そのシリアスな文学としての存在感を日本文学の世界において獲得した」と論じた[60]。

林浩治「「金ボタンの朴」と戦後在日朝鮮人文学の終焉」（九五年八月）は、「解放直後の在日朝鮮人の文学活動を担ったのは、金達寿を中心する左翼」[61]だった点に触れ、「戦後『民主朝鮮』のような日本語雑誌が朝鮮人によって創刊された意味」として、「日本語で書くことによって日本に住む読者に訴えることができる」一方、その裏側には「朝鮮語では書けないという重大な問題」があったことを指摘したものである[62]。「在日朝鮮人一世とはいえ、幼児期から日本語を強要され、自らも日本語の文学を学んだものにとって、朝鮮語で文章を書く能力は備わっていない。日本に住み、日本語文学能力が朝鮮語文学能力と較べものにならないくらい高い者にとって、日本語で書くのが自然の成り行きであった」[63]。また「革命的民衆像は描けたか――金達寿『朴達の裁判』再読」（九六年一月）では、朴達を魯迅『阿Q正伝』の主人公・阿Qと比較し、朴達を積極的に変革をする主体的な立場にある人物とした上で、「金達寿は、阿Q的民衆像の延長線上に朴達を生み出そうとした。しかしこの民衆像は必ずしも革命的民衆像を表現し得てはいない。朴達はあくまでも革命家の亜流であって、阿Q的な民衆性からは離れている。朴達は民衆のしたたかさをもった革命家であって、民衆そのものではない。こうしたキャラクターの創造は、案外、組織批判に繋がっているのかも知れない。この小説は原則として朝鮮戦争に於ける北側＝朝鮮民主主義人民共和国支持という立場に立った小説である。しかし、その奥深いところに、懐疑の影が見え隠れする」[64]と論じた。

磯貝治良「金達寿の位置」（九六年二月）は、在日朝鮮人文学における金達寿の位置づけについて述べたものである。磯貝はまず、六〇年代半ばごろまでは、「朝鮮人の在日生活が「仮の暮らし」の時代であったのに対応して、その文学も母国語と並行して日本語で書かれた、日本に在住する「朝鮮人の文学」という性質のものだった」[65]と言う。そして、在日朝鮮人の日本語で書かれた文学作品が、総体的に「在日朝鮮人文学」と意識されなかった時代に、「金達寿は在日朝鮮人文学の根植え的存在だった」[66]と論じた。

二〇〇〇年〜現在

金達寿が九七年に死去すると、商業雑誌に発表される評論に加え、学術論文なども書かれるようになった。主なものに次の論考がある。

中根隆行「民主主義と在日コリアン文学の懸隔――金達寿と『民主朝鮮』をめぐる知的言説の進展」[67]（二〇〇一年三月）は、「一九四五年以降に在日コリアン文学が本格的に始動する〔＝「起源」という意味ではない〕という見解に立」って『民主朝鮮』に注目し、新日本文学会を中心とする日本人作家・知識人によって、彼らの文学活動がどう見なされていたのか」の検討をとおして、「金達寿の日本語文学による文化的アイデンティティ構築のプロセスを検証しながら、戦後の知的状況の中で捉え直されていく在日コリアン文学像を考察」したものである[68]。中根は、「金達寿らの知的言説は、本質主義的な立場から〈朝鮮人／日本人〉という差異を階層的属性として産出した日本近代の朝鮮人像構築の歴史への対抗であった。大切なのは、その文化的アイデンティティの問題が、金達寿の小説において積極的なかたちで主題化されていることである」と述べ、「彼らの描く文化的アイデンティティの揺らぎは、日本の敗戦を期して新たに「民族」を創出しようとする在日コリアンの行為遂行性の表象でもある」と結論づけた[69]。

宮本正明「金達寿――日本敗戦直後における在日朝鮮人作家の役割」（二〇一四年四月）は、日本の敗戦直後における金達寿の主張・活動を「創作上の用語問題」、「在日朝鮮文学」の「二重の課題」、在日朝鮮人民衆層に対する在日朝鮮人作家の役割意識」[70]の三点から考察したものである。彼は、「金達寿をめぐる議論では朝鮮総連との葛藤・決別の面が先回りして述べられる向きが見られる」[71]ことを批判し、当時の在日朝鮮人文学および在日朝鮮人社会における、金達寿の知的活動をめぐる位置づけについて、確認や検討が行われる必要があると説いた。そして彼は最後に、「金達寿をはじめとする在日朝鮮人作家たちの活動もまた、日本の敗戦後、事態の変転が急激に折り重なっていくなか、様々な地域、様々な領域において見られた、まさに〝無から有を生む〟思いで前進しようとした朝鮮人の営みのひとつであったと言えるかもしれない」[72]と締めくくった。

以上、日本人が日本国内で発表した、金達寿に関する主な評論・学術論文を年代順に概観したが、ここでその傾向と特徴をまとめよう。

文芸時評や書評のレベルまで含めると、金達寿の文学作品や単行本の多くは何らかのかたちで言及されており、完全に無視されたものは少ない。しかし評論や学術論文においては、年代を問わず小説を対象にしたものが圧倒的に多く、古代史研究をはじめとする他の知的活動や、文学の領域であってもリアリズム研究会などの文学運動、彼が関わった雑誌に注目した論考は長らく見られなかった。取りあげられる作品は「玄海灘」がもっとも多く、次いで「朴達の裁判」が多い。他の小説のうち、「後裔の街」

と「太白山脈」は、「後裔の街」から「玄海灘」を経て「太白山脈」にいたる系譜を、金達寿文学を貫くもっとも太い軸ととらえ、まとめて論じられることが多い。それ以外の小説が単独で論じられることは少ない。

次に問題設定だが、金達寿の生前に書かれた論評は、日本人に過去の植民地支配に対する反省を迫るもの、すなわち〈加害者＝日本人〉対〈被害者＝朝鮮人〉という二項対立の構図の中で彼の活動をとらえ、そこから朝鮮民族の民族的主体性を読みとろうとしたものと、金達寿を在日朝鮮人文学の始源・嚆矢と位置づけて論じたものの二つに、ほぼ大別される。二〇〇〇年代に入ると、〈解放〉直後の金達寿の活動を、当時の日本人社会や在日朝鮮人社会の状況の中に位置づけることで、彼に関する従来の通説を再検討しようとする論考が見られるようになった。

三―② コリアンが日本国内で発表した研究

日本国内で発表された非日本人による金達寿研究は、圧倒的に在日朝鮮人ないし在日コリアンによるものが多かったが、近年では韓国人留学生などによる研究論文も見られるようになった。しかし論者の中には、自分自身をどのようにアイデンティファイしているか不明な者も少なくない。そこでここでは便宜上、彼らを「コリアン」という呼称で一括し、コリアンが日本国内で発表した金達寿研究という形で述べることにする。

コリアンが金達寿の活動に言及した文章は、〈解放〉後まもなくあらわれ、「玄海灘」や『朝鮮』などに言及した文芸時評や書評がいくつか見られる。しかし五八年の『朝鮮』批判キャンペーン（八二頁、第三章第一節参照）以降は、総連の強い影響下で書かれた批判文が圧倒的な割合を占めるようになった。それゆえ取りあげるべきものは少なく、〈解放〉後の約四〇年間に書かれたもののうち、まとまった分量の論評としては、卞宰洙《ピョンジェス》の「『故国の人』を読んだ感想」および安宇植《アンウシク》の「傍観者となりうるか——在日朝鮮人作家の問題点」と「金達寿・人と作品——初期の足跡から」がある程度である。

卞宰洙「『故国の人』を読んだ感想」（五七年八月）は『故国の人』を取りあげて精読したものである。彼は、「アメリカ帝国主義の祖国への侵略に対する怒りと憎しみ、苦痛にあえぐ故国の人々への暖い愛情、二分された祖国についての悲鳴」[73]など、金達寿がどうしても書かなければならないというモティーフは充分に理解できるとしながらも、それを「三つの手記という形式で描くのではその構成に無理があった」[74]と論じた。

安宇植の論のうち、「傍観者となりうるか」（七二年五月）は金達寿論ではないが、金達寿が提示し、その後長らく不文律であり続けてきた「在日朝鮮人文学」の定義——「日本で、日本語によって文学活動をしたもの、またはその活動の内容」というだけでなく、「朝鮮人として、そして朝鮮および朝鮮人の生活を描いたものに限られる」という定義[75]——の妥当性が問われる小説が、新たな世代の在日朝鮮人作家によって書かれはじめた状況に危機感を持って書かれたものである。安は、「私見によればその書き手が「朝鮮人として」生きようとする限り、金達寿によってしめされたその枠組みは依然として持続されねばならず、また崩れ去るものではないと考える」[76]が、高史明《コサミョン》「夜がときの歩みを暗くするとき」や李恢成「水汲む幼児」などは、「疑いもなく「この日本で、日本語によって」書かれた朝鮮人の作品である。にもかかわらず、必ずしも「朝鮮および朝鮮人の生活を描いたもの」ではない」[77]と述べた。そしてこのような小説の登場という現象は、「こんにちまで在日朝鮮人文学者たちによって不文律とされてきたそれの妥当性を問われていることを意味し、さらには、その不文律がそれとして、今後とも命脈を持続しうるかどうかにかかわる問題なのだ」[78]と訴えた。

もう一つの「金達寿・人と作品」（八〇年七月）は、金達寿の文学作品や著書を個別に取りあげるのではなく、彼の文学活動の足跡を全体的に意義づけようという論考である。そこで安は金達寿の民族的姿勢について、「文学的創造というきわめて個人的ないとなみが、金達寿においてはその民族的な姿勢と分かちがたく結びついている」。「端的にいえば、作家金達寿誕生の動機は、彼の民族的な姿勢のうちに求められる」[79]と論じた。そして「金達寿にとって、民族的自己同一性を再確認すること」の意味は、「朝鮮民族のおかれた現実と民衆の意識をより全体的に認識し、「社会的集団の精神的構造に対応する作品」（ゴールドマン）すなわち「朝鮮人とその生活」を書くことにあった」[80]と述べた。

しかし、八一年三月に金達寿たちが訪韓すると、こうした論評は一気に途絶え、以後、商業誌や新聞で金達寿が評価の対象となることは絶無となった。たとえば徐龍哲《ソヨンチョル》は「在日朝鮮人文学の始動――金達寿と許南麒を中心に」（九三年五月）で、金達寿と許南麒が傑出した在日朝鮮人作家であることを認めた上で、しかし彼らの文学作品や談話からは、「自己批判の欠如、あるいは未熟や貧弱さ」[81]しか見出せないと述べ、さらに彼らの「自己批判の曖昧さ」が、「「無知」な民衆が生きるために発揮する努力と知恵、時には狡猾的でさえあるそのバイタリティーを愚かとしか見ない」[82]傲慢さにつながっているのではないかと批判した。こうした否定的な評価は、金達寿追悼号に掲載された梁石日《ヤンソギル》と針生一郎の「対談：『金達寿から遠く離れて』」（九八年三月）にも見られる。梁は、六〇年代までは、日本社会に向かって発言できる在日朝鮮人が金達寿しかいなかったことや、彼の古代史研究の重要性を指摘する一方、天皇制や韓国の政権に対する彼の認識の甘さやユーモアの欠如を批判しており、そこに金達寿の知的活動から現在性を取り出そうとする態度は見られない[83]。

　しかし日本人の場合と同様、コリアンの側からも九〇年代に入り、学術的に金達寿の活動を取りあげる研究者が登場した。その先駆けとなったのは、先述した崔孝先である。その後、二〇〇〇年代になっていくつか学術論文が書かれた。その多くは小説を個別に論じたものだが、ここで取りあげるべきものとして、二―③で取りあげた宋恵媛の著書の他、五〇年前後における日本国内の共産主義運動と在日朝鮮人運動との「共闘」問題に焦点をあてた、高榮蘭《コヨンラン》「文学と〈一九四五・八・一五〉言説――中野重治「非圧迫民族の文学」をてがかりに」（二〇〇二年五月）および「「共闘」する主体・「抵抗」する主体の交錯――東アジアの冷戦と「小説家・金達寿」「詩人・許南麒」の浮上」（二〇〇七年一月）[84]、鄭百秀《チョンベクス》「故郷喪失者の旅――金達寿『対馬まで』、『故国まで』」（二〇一五年三月）がある。

　高の「文学と〈一九四五・八・一五〉言説」は、「『新日本文学』と『民主朝鮮』誌上の「八・一五」をめぐる言説に注目し、戦争と植民地支配・被支配の記憶が、一九四五年以後、どのように「日本文学」の場に召喚されてきたのか」[85]を論じたものである。高は、中野重治が敗戦によって日本文学は「非圧迫民族の文学」となったと発言したことと、金達寿の『玄海灘』を対照的に並べ、この問題をめぐる議論が「国民文学」をめぐる言説の中でどのように扱われたかを考察し、「『新日本文学』と『民主朝鮮』の記憶の編成にはズレが」[86]見られる一方、「講和条約以後の「日本」対「アメリカ」の位置づけに関して共通の視点に立ってしまう現象がこの時期に起きていたのは確かであろう」[87]と述べた。

また「「共闘」する主体・「抵抗」する主体の交錯」は、朝鮮戦争期、日本国内で起こった「共闘」が、日本人と朝鮮人との、民族的な連帯として表象される形で議論されてきたことを取りあげたものである。これに対して高は、先の議論で指摘した、『新日本文学』と『民主朝鮮』との間にあった記憶編成のズレという観点から、五〇年前後の金達寿と許南麒の文学活動および金達寿の小説「眼の色」に焦点をあてて論じた。その上で、「当時の「共闘」を分析することの難しさは、一九五五年以前の日本共産党と朝鮮人党員の位階関係が双方の共犯的な「忘却」によって、長い間、不可視の領域におかれていたことによる」[88]と述べた。

鄭百秀「故郷喪失者の旅」は、『対馬まで』と『故国まで』という、望郷を主題にした二つのテクストを取りあげ、「金達寿文学における故郷喪失の意味とそれへの追求の意義」[89]を論じたものである。鄭は『故国まで』に描かれた訪韓に、「金達寿らの「在日左傾」たちが祖国から「捨てられた」立場から「受け入れられる」立場に変わっていく政治的立場の変化」が確認されると述べ、「「自分の故国・朝鮮のためを考えてやっていた者」を自任しながらも、金達寿文学は、「故国」共同体への政治的責任の問題を深刻に取り上げたことはなかった」と批判した[90]。そして金達寿が訪韓の際、数十年も前の韓国イメージで、「「いま」の韓国社会に広まる「反共」の雰囲気をも連想している」ことを指摘し、『故国まで』に表現された金達寿の「固定化された「故国」描写」を、「対位法的な思考能力の低下」、すなわち「離脱した故郷の現実とたどり着いた土地の現実を同時にとらえるヴィジョンの複数性」の消滅の結果ととらえた[91]。鄭の考えでは、かつて「祖母の思い出」(『民主朝鮮』四六年四月)で描いた、祖母と暮らした思い出の家にたどり着いたとき、「「故国喪失」作家金達寿の帰郷の旅は終わ」り、「故郷喪失」を書き続ける原動力を失ったのである[92]。

以上のように、コリアンが日本国内で本格的に金達寿について論じるようになったのは九〇年代以後のことであり、それ以前は大部分が総連による批判キャンペーンの中で書かれたものだった。また論の対象も、ほとんど小説に限定されている。

次に問題意識や論の立て方だが、やはり長らく植民地支配の〈加害者〉対〈被害者〉という問題系が主流だった。しかし日本人の論評、特に同時代的に書かれたものと大きく異なっているのは、この問題系に〈韓国〉対〈北朝鮮〉という対立関係の中で金達寿の活動をとらえる視座が加えられ、さらに〈民族主義〉対〈社会主義〉という対立が重ね合わせられるというように、重層的な構造になっている点である。〈韓国〉対〈北朝鮮〉という対立と〈民族主義〉対〈社会主義〉という対立とを、まるで自明のことのように重ね合わせるのは問題の単純化だが、多くの論者はこの図式にのっとって金達寿の小説を論じている。もちろん、コリアンから見れば、金達寿の立場が韓国側か北朝鮮側か、民族主義的であるか社会主義的であるかという問題は、南北分断という朝鮮半島の現実を考えれば重要なのは当然である。しかし日本人論者の多くが、朝鮮半島情勢よりも日本人と（在日）コリアンという対立関係の中で金達寿を論じてきたことと比べると、問題の立て方に差異があることは注意しておく必要がある。さらに二〇〇〇年代後半以降には、宋恵媛の著作に代表される、従来の研究が金達寿文学を様々な形で〈権威〉化してきたことを批判し、彼の文学を相対化しようとする論考も書かれるようになった。

三―③　韓国国内で発表された研究

浮葉正親は、在日朝鮮人文学をめぐる、日本・韓国[93]・欧米圏における近年の研究動向について、次のようにまとめている[94]。まず、韓国の在日朝鮮人文学研究者・尹頌雅《ユンソンア》によれば、韓国のコリアン文学研究者が在外コリアン文学に注目するようになったのは、盧泰愚《ノテウ》大統領政権下の八八年七月一九日の、いわゆる「解禁措置」[95]以後である。軍事政権下では許されなかった越北作家に対する研究が認められ、在日朝鮮人文学についても北朝鮮－総連に連なる団体で活動した文学者の作品が次々と翻訳された。こうして韓国における在日朝鮮人文学研究は、「韓国文学」の外延を広げ、窮極的には南北と在外コリアンを融合させる「韓民族文学」の構築を目指して始まった。その後、二〇〇〇年代にかけて、在日朝鮮人が朝鮮語で書いた文学作品が集中的に調査・発掘されたが、その背景には、日本語に堪能な研究者が少なかったことに加え、日本人研究者の研究が日本語で書かれた在日朝鮮人文学に偏り、朝鮮語で書かれた作品を軽視ないし無視してきたことも大きいという。

他方、日本でも、九〇年代から二〇〇〇年代にかけて、柳美里・玄月・金城一紀など新しい世代の在日コリアン作家が、相次いで芥川賞や直木賞を受賞したこともあって、あらためて研究が盛んになった。この時期の彼らの文学研究を先導した韓国人研究者・李漢昌《イハンジャン》は、それらを「同胞文学」として韓国に紹介し、先の「韓民族文学」に内包されるものと説明した。これに対して、二〇〇〇年代後半から在日朝鮮人文学を含む在外コリアンの文学を「ディアスポラ文学」ととらえる傾向があらわれた。その先駆けとなった研究が、金煥基《キムファンギ》編『在日ディアスポラ文学』（二〇〇六年）である。そこで彼は「ディアスポラ」

概念を積極的に採用して、新しい世代の変化を「解体」という観点から論じた。以後、「ディアスポラ」を表題に付した研究書などが刊行されるようになったが、李漢昌によれば、こうした新たな概念が韓国社会で受けいれられるようになった背景には、徐京植《ソキョンシク》『ディアスポラ紀行』(二〇〇五年)が二〇〇六年に韓国語訳で刊行されたこと、韓国社会のグローバル化や海外移民の増加があったという。

こうして浮葉は、近年の韓国では在日朝鮮人文学者を、未完成の「民族文学」に回収しようとする動きと、「ディアスポラ文学」という新たな視点からとらえようとする二つの研究態度が並立しているとまとめた[96]。韓国における金達寿をめぐる研究も、ほぼこの二つの視座からなされているといってよいと思われる。

さて、先述のように、金達寿の小説などが韓国で公に刊行されるようになったのは「解禁措置」以後とされている。しかし実際には、それ以前から彼の著作は、秘かに韓国国内に持ちこまれて読まれており、少なくとも「朴達の裁判」については五〇年代末に韓国の新聞や雑誌に論評が書かれたことが判明している[97]。初めて韓国語訳された『太白山脈』の出版も、「解禁措置」直前の八八年五月である。また、詳しくは第四章第一節で述べるが、八二年には金達寿は韓国の雑誌『週刊京郷』に古代史紀行を連載しており、八六年には古代史に関する単行本も出ている。しかし古代史に関するものはともかく、金達寿の小説に対する論評は、政治的・思想的な制約のない自由な状況下で書かれたものというより、反共という国家政策の影響下で書かれたものだという懸念は拭えない[98]。

とはいえ、金達寿は韓国社会では、現在にいたるまで一般に無名の存在であり、その知的活動を研究しようとする論考が継続的に見られるようになるのも二〇〇〇年代になってからである。研究対象の傾向は日本国内と同様で、『海峡に立つ人』の本編部分を韓国語訳した崔孝先の著作[99]を別にすれば、金《キム》鶴童《ハクドン》『在日朝鮮人文学と民族――金史良・金達寿・金石範の作品世界』[100](二〇〇九年四月)に代表されるように、「後裔の街」・「族譜」(『民主朝鮮』四八年一月～四九年七月)・「玄海灘」・「太白山脈」という、日本の植民地時代や〈解放〉後の南北分断状況・朝鮮戦争を主題にした民族主義的な小説を中心に論じたり、それらを李殷直《イウンジク》や金石範など他の在日朝鮮人や、梶山季之など日本人文学者の作品と比較したものが圧倒的に多い。論の傾向も日本国内でコリアンが発表しているものとほぼ同様である。金達寿の文学を「コリアン・ディアスポラ文学」の始まりに位置づけたり、韓国人文学者や中国朝鮮族文学者の小説と比較するという、日本国内ではほとんど見られない研究論文もあるが、見るべき成果が出ているとは言い難い。この他、イヂェボン「解放直後の在日韓人文壇と〝日本語〟創作問題――『朝鮮文藝』を中心に」[101](二〇〇六年四月)など、在日朝鮮人が発行した雑誌を論じた研究の中に、金達寿の活動や役割に言及したものが見られる。

四　先行研究の問題点と本書の視座

以上、日本国内における日本人とコリアンの研究、および韓国における研究の傾向と特徴を整理した。先述のように、金達寿の知的活動をめぐる同時代評や研究は非常に多い。しかし質的には、日本人とコリアンのいずれにおいても、彼の知的活動の広さや深さに比べると、議論の範囲は極めて狭く、多様な視座から検討されているとは言えない。

第一に、金達寿に関する同時代評や学術論文は、その大部分が彼の知的活動の全体像を視野に入れることなく、小説を個別に取りあげて論じた作品研究のレベルにとどまっている。特に古代史研究は彼が後半生をあげて取り組んだものであり、日本社会に与えた影響も文学活動と比べて劣るものでなかったことは明らかであるにもかかわらず、これまでまったく問題にされなかった。だが彼が文学活動しかしていなかった時期ならともかく、彼の知的活動の全体像を見渡せるようになった現在も、そのままの研究態度でよいかは大いに疑問である。

第二に、文学の領域に限定しても、彼が繰りかえし自然主義リアリズムに対する文学的闘争の必要性を訴え、自分の文学の原点とも言うべき志賀直哉の文学に対する闘争をとおして、新たなリアリズムの確立を模索し続けたことが完全に見逃されている。この結果、金達寿は志賀の強い影響下に文学活動を出発し、生涯にわたって帝国主義的支配に対する（在日）朝鮮人の抵抗や、彼らの生活世界を自然主義リアリズムの筆致で描き続けた民族主義作家と規定されてしまった。そのため、在日朝鮮人をとりまく日本社会の状況が変化し、新しい世代の在日朝鮮人文学者が登場すると、彼の文学作品は色褪せ、歴史的資料としての価値しかないように思われるようになった。

もちろん個別に見れば、金達寿の知的活動をそのようなものとしてとらえる風潮に違和感を示したり、ユニークな論点を提示した論者がいないわけではない。しかし彼らもまた、金達寿の知的活動に一貫する認識が何であるかを具体的に提示しているわけではない。この意味でこれまでの金達寿研究は、微細に見れば彼の文学作品などを再解釈したり、「ディアスポラ」など新たな概念を導入して問い直す試みが進められているものの、長年にわたって形成されてきた「在日朝鮮人文学者・金達寿」という像を、根本的に揺るがすものになっていない。

たしかに彼の文学作品の多くは、特定の時代状況の中で書かれたものであるがゆえに、社会状況の変化に伴って現在性が失われてしまう側面があることは否定できない。しかしそのことは、「日本と朝鮮との関係を人間的なものにする」〔102〕という、彼が生涯を賭して格闘し続けた課題までも、文学作品とともに古びてしまったことを意味するわけではない。むしろ九〇年前後からにわかにクローズアップされ、日韓間の竹島＝独島《ドクト》問題や日朝間の拉致被害者問題などを契機に、様々なメディア、とりわけインターネットを通じて、日韓・日朝関係が、政治的にも感情的にも急速に過激化している状況を鑑みれば、彼の課題は少しも色褪せていないどころか、現在こそまさに全力をあげて取り組むべきものだと言える。

では彼の知的活動を、そのような問題を克服する新たな可能性を提示したものとして読み替えるためには、どのように焦点を移動させればよいのか。この点について私が注目するエピソードの一つは、「朴達の裁判」にまつわる鶴見俊輔の次の回想である。


『共同研究転向』の上巻が出てしばらくして、金達寿が『朴達の裁判』という小説を送ってきた。この本は私に考えさせた。しばらくして金達寿に出会ったとき、あの本はおもしろかった、と言うと、彼は、

「あなたに読んでもらわないと困るんですよ」

と言った。〔103〕

『共同研究転向』（五九〜六二年）は、鶴見を中心とする思想の科学研究会の同人が行った転向研究の成果をまとめたもので、そこで提示された転向の定義は、現在、転向を論じる上でもっとも頻繁に参照される枠組みとなっている。鶴見たちはこの研究をとおして、一九三〇年代に顕在化した、共産党員やその同調者が、共産党の党籍や共産主義思想を捨てて天皇制を肯定するようになるという、特定の時代の特定の人々の問題とされてきた従来の転向論の限界を克服し、普遍化させようと試みた。金達寿はこのようなプロジェクトの中心人物に単行本を送り、「あなたに読んでもらわないと困るんですよ」とまで言ったというのである。

この発言が意味するものについては、第二章第三節で詳しく論じるが、ここで注目すべきは、彼の「困る」という言葉である。これは直接的には、鶴見や思想の科学研究会同人という、特定の個人や集団に向けられた批判と解釈できるが、それだけだろうか。私はむしろこの言葉は、鶴見たちの論を含め、転向研究の言説空間を支えている理論的基盤に対する、異議申し立ての言葉だと考える。そのように考えることで初めて、彼が古代史研究を始めるにあたって「帰化人」概念を批判した意味が見えてくるからである。

私は朝鮮と日本とのそれ〔関係〕に関するかぎり、これまでの伝統的な日本の歴史学にたいして、ある疑問を持っていることも事実である。疑問というのは、一つはまず、日本古代史における朝鮮からのいわゆる「帰化人」というものについてである。端的にいえば、これまでの日本の歴史では、まだ「日本」という国もなかった弥生時代の稲作とともに来たものであろうが、古墳時代に大挙して渡来した権力的豪族であろうが、これをすべて朝鮮を「征服」したことによってもたらされた「帰化人」としてしまっている。ここにまず一つの大きなウソがあって、今日なお根強いものがある日本人一般の朝鮮および朝鮮人にたいする偏見や蔑視のもととなっているばかりか、日本人はまたそのことによって自己をも腐蝕しているのである。〔104〕

金達寿の古代史研究は、韓国の詩人・高銀《コウン》が「日本に韓国の昔の姿があるということに殊更に熱をあげたり専門化したりする理由には、いま厳然としてある韓日関係や民族の現実から目をそらさせ、陶酔・麻痺させる役割が隠されているのかもしれない」〔105〕と暗に批判したように、一般的に朝鮮半島の南北分断状況や在日朝鮮人をめぐる日本社会の差別的状況といった困難な現実からの逃避であると見なされてきた。だが『日本の中の朝鮮文化』第一巻の「まえがき」に見られる先の一節は、古代史に対する彼の姿勢がそういう虚無主義とまったく無縁のものだったことを示している。それは鶴見に発した「困る」と同様に、日本の古代史研究の言説空間に対する根本的な異議申し立てなのである。

本書はこうして金達寿を、文学や古代史といった学問領域の中で活動した文学者や古代史研究家としてではなく、学問領域や党派を互いに独立させ自己完結的なものにしている枠組みの理論的基盤に対して根本的な異議を申し立て、それをとおして「日本と朝鮮との関係を人間的なものにする」ことを生涯の課題とした知識人ととらえる。そしてこの観点から彼の知的活動、特に前半生の文学活動と後半生の古代史研究とを総合的にとらえることで、現在の硬直化した日本と韓国・北朝鮮、日本人とコリアンとの対立関係を克服する、新たな道筋を提示することを目指す。

第一章 生涯と活動

■金達寿が〈解放〉後に関わった雑誌の創刊号

はじめに

金達寿は、生まれてから日本の敗戦＝〈解放〉を迎えるまでの足跡を描いた『わがアリランの歌』と、一九七〇年代までの活動を記した『わが文学と生活』という二冊の自伝を書き残している[1]。これらは、本人しか知りえない多くの貴重な証言を含んでいる点で、絶対に欠かせない一次資料である。しかし、他の著名人の自伝と同様に、事実関係を裏づけてからでなければ充分に信頼できるものとして用いることはできない。特に〈解放〉後の彼の活動については、事実関係を検証する資料が豊富に残っているので、この作業は必須である。また当然ながら、自伝の中に、私生活や公的活動のすべてが記載されているわけではない。彼の人生を可能なかぎり漏れなく概観するためには、様々な理由で彼が書かなかった部分についても、資料を発掘して補っていく必要がある。

金達寿の著作物や文献資料・年譜については、崔孝先の作成したもの[2]が、これまでもっとも詳細だった。しかし私が神奈川近代文学館の「金達寿文庫」をはじめ、各地の図書館や研究機関などで調査した結果、崔が作成した文献目録に収められていない資料が大量に存在することが明らかになった。

そこで本章では、新たに発掘したこれらの資料に基づいて、金達寿の生涯と知的活動を伝記的に概観していく。

一　誕生から〈内地〉に渡るまで（一九二〇～三〇年）

金達寿は一九二〇年一月一七日（旧暦一九一九年一一月二七日）、韓国南東部の慶尚南道《キョンサンナムド》昌原《チャンウォン》郡《グン》内西面《ネソミョン》虎《ホ》渓里《ゲリ》亀尾洞《クミドン》（現・昌原市《チャンウォンシ》馬山会原区《マサンフェウォング》内西邑《ネソウム》亀尾通《クミキル》）に生まれた[3]。昌原市は、釜山《プサン》広域市から五〇キロメートルほど西に位置し、八三年からは道庁が置かれている地方都市だが、その歴史はいささか複雑である。昌原市の日本語版公式HP[4]によると、同地が「昌原」という名称で呼ばれるようになったのは一四〇八年七月で、義昌《ウイチャン》と檜原《フェウォン》という二つの県が合わさって昌原府に昇格し、判官が置かれたことにはじまる。昌原府はその後、一四一五年に昌原都護府に、一六〇一年には昌原大都護府へ昇格した。大韓帝国時代の一八九五年には、二三府制の実施で昌原郡と熊川《ウンチョン》郡に分割・改編されたが、一九〇三年の勅令第四八号で昌原郡は昌原府に改称、熊川郡も〇八年に鎮海《チネ》郡とともに昌原府に統合・改編された。その後、日本が韓国を併合した一〇年、昌原府は馬山《マサン》府と名前を変えられて馬山港が開かれ、一四年には昌原郡が馬山府から分離した。

〈解放〉後の一九四九年、馬山府は馬山市に改称された。五五年には昌原郡鎮海邑が鎮海市に昇格、八〇年には昌原地区出張所も昌原市に昇格した。この間、七〇年に馬山市内に輸出自由地域が設置され[5]、また七四年には昌原市に昌原国家産業団地が造成された[6]。これにより同地域の都市開発は急速に進んだ。そして二〇一〇年七月一日、昌原・馬山・鎮海の三市が韓国の行政区域自律統合第一号に選ばれ、馬山市と鎮海市が昌原市に編入されて現在の昌原市となった。

亀尾通は昌原市西部に位置し、韓国鉄道慶全《キョンジョン》線中里《チュンリ》駅北東に建ち並ぶ、中里現代《ヒュンダイ》アパートのすぐ北側である。この地域は東北から東南にかけて聳える山々と、西側を縦断する匡廬川《クアンリョチョン》[7]に挟まれ、南北に細長く伸びている。中里駅の北側は高層マンションが建ち並んだ住宅地で、南側には川沿いに小さな町工場が並んでいる。馬山駅の隣の駅であるものの、中里駅周辺は現在もなお、昌原市の産業開発計画から取り残されている感じが強い。

金達寿はこの鄙びた田舎に、父金柄奎《キムビョンギュ》と母孫福南《ソンボクナム》の三男として生まれた。他に長兄声寿《ソンス》・次兄良寿《リャンス》・妹ミョンス（漢字不明）がいた[8]。金家は金海金氏《キメキムシ》を本貫《ポングァン》[9]とし、かつてはその地域に知られた両班《ヤンバン》の名家で、中程度の地主だったという[10]。祖父は達寿が生まれる前に亡くなっており、朝鮮王朝末期に「議官《ウィガン》」という役職を務めていた人物とだけ伝えられている[11]。他方、祖母は健在で、次男の柄奎のところに身を寄せていたと思われる。本家は一足先に没落し、「偏屈な伯父が妙な女をつれて、たった一人で、がらんとしたその家屋敷だけを守って」[12]いる状態で、達寿の叔母とその息子たちはすでに〈内地〉[13]に渡っていたからだ[14]。だが柄奎一家もまもなく、同じ運命を辿ることになる。

一九一〇年に韓国を併合した日本は、「武断統治」と呼ばれる武力を背景にした植民地政策を推進していった。この過程で、農民を中心とする膨大な数の朝鮮人が、自分でも知らないうちに土地の所有権や入会地を失った。辛うじてそれを免れた者も、困窮のため高利貸しに手を出したり、未来への希望をどこにも見出せず自暴自棄になったあげく、土地や家屋を手放さざるをえない状況に追いこまれた。達寿の家もやはり、将来を絶望したと推測される柄奎が遊蕩にふけって没落した[15]。このため声寿は公立普通学校に通えたが、良寿と達寿は学校どころか、集落の書堂《ソダン》（私塾）にさえ通えなかった[16]。

こうして、財産のほとんどを失った末に、一家離散の時がきた。二五年冬、両親は声寿とミョンスを連れて〈内地〉に渡ることになり、良寿と達寿は祖母と郷里に残された[17]。彼らは仕送りをあてにした生活を送ったが、両親も自分たちの生活で精一杯で、送金する余裕はほとんどなかった。そんな中、郷里では良寿がわずか一一歳ほどで病没した[18]。知らせを伝え聞いた福南は気が狂ったように悲しみ、柄奎も慣れない肉体労働と自責の念から寝込んでしまった[19]。そして柄奎はついに立ち直ることができず、故郷に戻れないまま、三七歳で死去した[20]。相次いで息子と孫を失った祖母は、「一夜のうちに髪が真っ白になってしまったよう」[21]になったが、彼女の不幸はそれで終わらなかった。三〇年、達寿を〈内地〉に連れていくため、声寿が故郷に戻って来たからである。当時の祖母と達寿は、山を越えて親戚回りをしたり、犬の糞を拾って農家に売るなどの極貧生活を送っており[22]、先の見通しなどまったくなかった。こうして三〇年一〇月か一一月ごろ[23]、達寿は声寿に連れられて〈内地〉に渡った。「日本へ行って死ねば死体は焼かれるから」と言って一人残った祖母はその後、馬山で暮らしていた娘の嫁ぎ先に身を寄せた[24]が、達寿と再会できないまま亡くなった[25]。そして達寿も、日本での「たゝかひに塗《ママ》れて、遂に祖母の死ぬことも知らなかった」[26]。

二　大学卒業まで（一九三〇～四一年）

達寿は声寿に連れられ、東京府荏原町大字中延（現・品川区内の地域）で孫福南が経営する下宿に辿りつき、無事に再会を果たした[27]。だが子どもらしい生活を味わう暇もなく、納豆売りや屑拾いなどして働かねばならなかった[28]。これを皮切りに、彼は様々な職を転々としながら家計を助け、のちには一家の生活を支えた。

しかし彼は、ただ働いて寝るだけの生活を送ったのではなかった。三一年四月、大井尋常夜学校の一年生に入学し、読み書き算術というごく簡単なものではあったが、生まれて初めて教育を受けたのである[29]。年度末には、母親に頼みこんで、東京府荏原郡源氏前尋常小学校三年生に編入した[30]。

五年生の時には、「国史」の授業で〈神功皇后の三韓征伐〉を教えられたり[31]、「ランボウものの金」という綽名が付けられるほど日本人同級生と喧嘩するなど[32]、朝鮮人の彼にとって、学校生活は衝突の連続だった。しかしその一方、彼に『少年倶楽部』や「立川文庫」などを貸してくれたり[33]、彼を遠足に行かせるためにカンパを募ってくれた日本人同級生もおり[34]、彼らとの関係は、金達寿にとって大きな財産となった。彼は後々まで、この「子どもながらのインターナショナル」[35]な関係を、大切な思い出として記憶している。

小学校での金達寿の成績は、五年生終了時には上から三〜四番ぐらいだった[36]。しかし貧困と、「朝鮮人」という理由で進学は望めなかった。もっと成績の悪い日本人同級生が中学校進学を決めているのを見て、世の中の矛盾というものを肌で感じさせられた[37]。しかも彼は結局、六年生になったところで退学を余儀なくされ、小学校卒業すら叶わなかった[38]。

その後、金達寿は兄夫婦や再婚した母親の家などで暮らしながら、乾電池工場や映写技師見習いなどの職を転々とした。しかし世界的な不況の中で安定して仕事に就くことはできず、三六年ごろから本格的に屑屋をするようになった[39]。そんな状況でも彼は向学心を棄てず、屑の中から面白そうな本を見つけるとそれを抜き取って読み耽ったり、早稲田大学出版部から出ていた、専門学校程度の学生が読む文学の講義録を背伸びして取り寄せて、独学に励んだ[40]。この時期の彼が特に惹かれたのは菊池寛の小説である。特に「忠直卿行状記」を読んだときには、「ああ、これが本当の文学というものなんだなあ」と感動を覚えた[41]。これ以後、彼は通俗小説や大衆小説から離れて、いわゆる純文学に親しむようになった[42]。

さて、金達寿と孫福南が中心になって一生懸命働いたことで、生活に多少の余裕ができてきた。そこで彼は母に、屑屋から、屑屋が集めてきたものを分別する仕切り屋に転じるとともに、大学に行って勉強したいという夢を伝えた[43]。すると彼女は、どのように説得したのか、徐岩回《ソアムヘ》という、屑屋仲間の間で有名な働き者の老人を家に連れてきた[44]。この「お爺い」のおかげで、金達寿は毎日のように屑拾いに出かける必要がなくなった。

これと前後して、彼は生涯の文学仲間となる張斗植《チャンドゥシク》と、運命的な出会いを果たした。三七年ごろ、張《チャン》永琪《ヨンギ》という人物が金達寿宅のすぐ側で、「日の丸商会」という仕切り屋を開いていたのだが、張斗植はその甥で、帳簿をつけるために呼び寄せられたのだった。初めての出会いはそっけないものだった[45]が、後日、二人が身の上を話しあってみると、お互いにまったく同じ境遇に生まれ育ったことがわかった。しかも文学を愛好し、将来それで身を立てたいと願っている点も同じだった。すっかり意気投合した二人は、昼も夜もなく語りあった[46]。そして彼らは、朝鮮人の境遇がこんなに惨めなのは文学を知らないからだと考え、集落の青年を集めて読み書きを教えたり[47]、『雄叫び』というガリ版刷りの雑誌を作った[48]。しかしいずれも「内鮮」係の特高によって、解散や廃刊を余儀なくされた。

それでも彼らは毎晩のように、文学のことや、大学で勉強することについて語りあった。といっても彼らのいう「大学」は、我々が想像するものと違い、旧制大学に付設されていた、「中学校若ハ修業年限四箇年以上ノ高等女学校ヲ卒業シタル者又ハ之ト同等ノ学力ヲ有スルモノト検セラレタル者以上」[49]の資格で受験できた「専門部」[50]のことである。しかし小学校中退が最終学歴の金達寿に、受験資格などあるはずもない。また張斗植も、中学校には進学していたものの、授業料を滞納したまま退学していたため、証明書を発行してもらうのは無理だろうと諦めていた[51]。

それでも彼らは三八年秋ごろ、なんとか入学資格を得ようと、東京に出て昼間は屑拾いをしながら学校に通うことにした。だが両立できず、二、三ヵ月ほどで実家のある横須賀に戻らざるをえなかった[52]。とはいえ金達寿にとってこの体験は無駄ではなかった。彼は屑の中から『現代日本文学全集』(改造社)の「志賀直哉集」を見つけ、すっかり熱中してしまったからである。

私は『志賀直哉集』に収められた諸作品を夢中になって読み、そして巻末にあった「創作余談」なども くり返し読んだことでわかったのは、志賀直哉はほとんどみなすべてといっていいくらい、自分自身のことを書いて小説作品としているということだった。

いわば私ははじめて、日本の典型的な私小説にぶつかったわけだったのであるが、志賀直哉がそれだったら、と私はそこで考えたのだった。それなら私は、自分たち朝鮮人のことを書こう、と。朝鮮人とはいっても、このころはまだ私の目にみえていたのは在日朝鮮人という枠内のそれでしかなかったが、その朝鮮人は日本人からは蔑視され、差別されて、みじめな生活を強いられている。

しかしながら、そのみじめな生活のなかにも、志賀直哉やまたドストエフスキーが『罪と罰』などで描いている人間的真実というものはある。だいたい、志賀直哉が描いている自分自身を中心とした人物のほとんどは、私などとはまったくちがって、生活には少しも困らないそういうブルジョアばかりだった。しかしにもかかわらず、私はその作品を読んで感動した。
それはなぜか。そこには共通の人間的真実が書かれているからである。その真実はどのような生活をしているものにも、朝鮮人、日本人と限らないどこの誰にも共通のものとしてある。そうだ、おれは自分たち朝鮮人のそれを書くのだ。そしてそれを日本人の人間的真実に向かって訴えるのだ、と私は考えたのである。[53]

これは金達寿の文学的出発点を指し示すと同時に、彼の文学全体をあらわした発言としてよく引用される一節である。しかし実際には彼は、五〇年代前半から志賀文学から学んだ文学観に根本的な疑問を抱きはじめ、自然主義リアリズムにかわる新たなリアリズムの方法を生みだすために文学的格闘を開始するのである[54]。それゆえ、ここに示された文学観は、あくまでもこの時期の考えであって、彼の文学全体にあてはまるものではないことに注意する必要がある。

さて、横須賀に戻った彼らは、他人の名前と卒業証明書を使って日本大学専門部を受験した[55]。そして三九年四月、金達寿は法文学部芸術学科[56]（昼間）に、張斗植も法文学部社会学科（夜間）に入学した[57]。さらに金達寿は半年後、大胆にも本名で、専門部芸術科の創作科への編入試験を受けて[58]合格した。しかし授業には出ず、知識不足を補おうと下宿で読書に励んだり[59]、法文学部入学後まもなく「近代文芸研究会」に顔を出し[60]、そこで仲良くなった学生たちと同人誌『新生作家』を作る[61]といった生活を送った。しかし故郷でまったく教育を受けることなく〈内地〉に渡り、朝鮮人が置かれていた差別的な環境から逃れるための勉強も日本語でしかできなかった彼にとって、学ぶとはすなわち日本語で学ぶということに他ならなかった。そのため彼は、いつの間にか朝鮮の歴史や民族文化から隔てられていた。

金達寿はそのことを、まず、『モダン日本　朝鮮版』（三九年一一月、モダン日本社）に掲載された、朝鮮人が日本語で書いた文章を読んで気づかされた。さらに追い打ちをかけたのが、金史良《キムサリャン》の小説「光の中に」（『文芸首都』三九年一一月号に発表。金達寿が読んだのは『文藝春秋』四〇年三月号に転載されたもの[62]）である。彼はこれを読んでいたたまれない気持ちになり、一気呵成に「位置」という小説を書いて、芸術科の文芸雑誌『芸術科』に投稿した[63]。「位置」は同誌の四〇年八月号に掲載された。これが活字になった、彼の最初の小説である。

投稿後、彼は夏休みを利用して、母親と兄の三人で故郷を訪問した。先述のように、祖母は既に亡くなっていた[64]。金声寿は用事のため、まもなく〈内地〉に戻ったが、残った二人は仁川《インチョン》に住んでいた叔父（母の弟）を訪ねてしばらく滞在した。金達寿はこのとき初めて〈京城《けいじょう》〉の街並みを目にして非常に強い印象を受け[65]、また金日成《キムイルソン》の名前と彼の活躍ぶりについて聞かされた[66]。

その後、四一年秋ごろから数ヵ月間、金達寿は金史良と交友を持った。鎌倉に住んでいた金史良と一緒の電車で帰ったり、彼の下宿に泊まって、未発表のものも含めて様々な話を聞くなど、計り知れない影響を受けた[67]。しかし金史良は一二月八日の真珠湾攻撃の直後、暴動を恐れた警察によって、全国各地の多くの朝鮮人と同様に、理由らしい理由もなく逮捕された。幸いにも逮捕を免れた金達寿は、すぐに『文芸首都』主幹の保高徳蔵など、金史良をよく知る日本人文学者に連絡を取り、彼らの尽力で金史良は一月末に釈放された。そして一月三〇日付の葉書が金達寿に届くと、彼はすぐに金史良に会いに行き、様々なことを話した。しかし金史良は二月初旬ごろ平壌《ピョンヤン》に帰り、二人の交友関係は途切れてしまった[68]。

この間、金達寿の学年は、戦争のために繰上げ卒業することになった[69]。そこで金達寿は急いで、与えられた「伝統文化論」のテーマで卒業論文を書いた。三木清やアナトール・フランスなど、自由主義的・社会主義的な知識人の文章を引用したため、指導教授の由良哲次に呼びつけられて修正を命じられたが、どうにか卒業することができた[70]。

三　神奈川日日新聞社就職から日本の敗戦＝〈解放〉まで（一九四二～四五年）

卒業の次に来るのはもちろん就職である。この点について金達寿は、浅原六朗（金達寿によれば当時の創作科主任教授）から日本学芸通信社への推薦状をもらっていたので、それを使えば就職は可能だったと思われる。しかし真珠湾攻撃直後に兄の金声寿も逮捕され、まだ釈放されていなかったので、彼は横須賀を離れることができなかった。このような事情で、彼は推薦状を同じ学科にいた李殷直《イウンジク》に譲り、再び仕切り屋の生活に戻った[71]。

しかし、彼はもともと、そのような境遇から抜けでるために大学に行ったはずだった。それゆえ仕切り屋を続けることは耐えがたく、横須賀市内で仕切り屋と両立できそうな仕事を探した。するとこの条件に合いそうな会社として、神奈川日日新聞社を見つけた。といっても、彼にとっての条件というだけで、同社が社員を募集していたわけではなかった。しかも彼は『神奈川日日新聞』を購読したことも読んだこともなかった[72]。

それでも彼は、三九年に〈創氏改名〉してから用いていた通名の「金光淳」（金達寿は場合によって「きんこうじゅん」、「かねみつじゅん」、「キムグァンスン」の三種類の読み方を使い分けていた[73]）の名前で、同社社長の樋口宅三郎に手紙を書いた。すると驚いたことに、樋口からすぐに返事が届き、四二年一月一九日に面接を受けて新聞記者に採用された[74]。なお、同社はまもなく、全国的に推進されていた一県一紙構想によって、神奈川県内の新聞社がすべて神奈川新聞社に統合されたためになくなり、彼は神奈川新聞社横須賀支局で働くことになった[75]。

在職中、金達寿は税務署に勤務する、「有山緑」という日本人女性と恋愛関係になった[76]。ところが彼女は彼を金光淳《かねみつじゅん》という日本人と思っており、朝鮮人であることを知らなかった。そのことが徐々に心の重荷となり、彼はあるとき彼女にそれを告白した。すると彼女からは、「朝鮮の人だって、いまはもう日本人でしょう」という返事がかえってきた。この一言に思い悩んだ彼は、四三年四月ごろ、衝動的に休暇をとって一人で仁川の叔父を訪ねた。

彼は叔父宅から毎日のように〈京城〉に通って、あちこち歩きまわった。そんなある日、彼は偶然、京城日報社の社屋の前を通った。神奈川新聞社と比較にならない規模のこの新聞社に魅了された彼は、翌日、同社の編集局社会部長に強引に面会して自分を売り込み、五月一七日付で出版局校閲部準社員の辞令を受け取った[77]。こうして彼は神奈川新聞社を辞め、京城日報社で働くことになった。赴任後、彼は有山に長い別離の手紙を書いた。これに対して有山からは、「いろいろなことが少しはわかったような気がする、それでは自分のほうから「家出」して京城に行ってもいい」という返事が届いたが、彼はそれに応じなかった[78]。有山との関係はこれで終わった。

金達寿は半年ほど校閲部で働いた後、校閲部部長に直談判して、社会部に異動してもらうとともに社員に昇格した[79]。彼は再び記者として、取材先を駆けまわった。

彼が記者となってまもなく、朝鮮人学生の「学徒出陣」が実施され、一〇月三〇日には〈京城〉で初めての壮行会が開かれた。すると同社の紙面は一変して、朝鮮人に「一死をもって皇恩に報いるべき」ことを呼びかける標語や談話で埋めつくされるようになった。金達寿もまた、〈志願〉した学生たちへの取材に追われたが、そこで彼らから、「どうしてぼくたちは戦場へ行って人を殺し、そして自らも傷つき、死ななくてはならないのですか。だいたい、何で、どうしてぼくたちは日本天皇のために命を捧げなくてはならないというのですか」[80]など、紙面には絶対に出ることのない訴えを聞かされた。金達寿は、自分がいったい日本人と朝鮮人のどちら側に立っているのか、深刻な問いに直面せざるをえなくなった[81]。

こうした日々を送る中、金達寿は遅ればせながら、京城日報社が朝鮮総督府の御用新聞社であることを同僚から聞かされて衝撃を受けた[82]。また校閲部の元上司からは、学徒出陣への〈志願〉を勧められた[83]。身の危険を感じた彼は、結婚式を挙げるからと偽って、横須賀の実家に逃げ帰った。そして一ヵ月ほど後には神奈川新聞社に復社した[84]。

重苦しい生活を送りながらも、金達寿は張斗植や、偶然再会した李殷直と彼の友人の金聖珉《キムソンミン》の四人で、

『鶏林』という手書き原稿を綴じた回覧雑誌を作り、そこに小説「後裔の街」などを書いた[85]。四四年一二月には、妹ミョンスの友人で、以前から好意を寄せてくれていた金福順《キムボクスン》と結婚した[86]。

このころから日本本土への空襲が始まり、多くの日本人が疎開していった。だが金達寿たち朝鮮人は、下手に動くと不穏分子と見なされて留置場に入れられる危険があったため、動きようがなく、ひたすら戦争が終わるのを待つほかなかった。四五年五月末に大規模な空襲が横浜を襲った際には、神奈川新聞社横須賀支部の社屋が全壊し、彼は失職者となった[87]。

そして四五年八月一五日正午。彼は仲間の朝鮮人数名と金声寿宅に集まって、ラジオから流れてくる声に耳を傾け、無事に生き延びられたことを喜んだ[88]。

四 〈解放〉から日本共産党入党まで(一九四五〜五〇年)

ラジオ放送で日本の降伏を知った金達寿たちは、翌日からさっそく、横須賀にいる朝鮮人たちの自治組織を作りはじめた。彼らは規約を作ったり、太極旗のデザインを覚えている老人を探すなど、昼も夜もなく忙しく動き回り、九月中旬ごろ、「横須賀在住朝鮮人同志会」を結成した[89]。その後、一〇月一五〜一六日に朝連が結成されると、同志会はその横須賀支部へと姿を変えた[90]。活動期間があまりにも短いため、金達寿たちの同志会が具体的に何を行ったかは不明である。しかしどんな組織に所属しようが、そんなことに関係なく、彼らがなさねばならないことは山のようにあった。

日本の敗戦=〈解放〉時、〈内地〉に何人ぐらいの朝鮮人がいたかは統計がないため不明だが、二百万人前後と推計されている[91]。彼らの大部分は、〈解放〉後も引き続き日本に住むつもりはなく、一刻も早く故郷に帰ろうと荷物をまとめて下関港などに殺到し、たちまち大混乱が起こった。そのため彼らのスムーズな帰郷を支援することが、連盟員たちのもっとも緊急の仕事となった。また各地の鉱山や工場などで強制労働を強いられてきた朝鮮人たちが、〈解放〉とともに賃金を払われないまま解雇される事態が発生したため、この措置に抗議して賃金を引きだすことも彼らの仕事だった。さらに彼らは、関東大震災時の虐殺のような悲劇が再発することにも警戒せねばならなかった。このほか、朝鮮に戻ったときに朝鮮語の読み書きができない子どもたちが困らないようにと、各地で自主的に講習会が開かれた。だが四六年二月ごろになると、一足先に朝鮮半島に渡った人々が、再び日本に戻ってくるようになった。当時の朝鮮南部は政治的にも経済的にも大混乱しており、持ち帰ったわずかな蓄えはあっという間に底をついたからである。

このような中、金達寿は、『鶏林』同人たちと、戦争が終わったら朝鮮の文化や文学に関する日本語の雑誌を作ろうと話していたことを思いだした[92]。彼は朝連神奈川県本部や横須賀支部の常任委員を務めていたので、この案を本部や支部の他の常任委員に話した。こうして四六年四月、朝連神奈川県本部を母体にして、〈解放〉後、在日朝鮮人による初の日本語総合雑誌『民主朝鮮』が創刊され、金達寿はその編集長に就いた。彼は常任委員や編集長として仕事をしながら、本名やペンネームで「後裔の街」（『民主朝鮮』四六年四月～四七年五月）などの小説やエッセイを書いた。さらに、オブザーバーとしておとなしくしていたというものの[93]、四六年秋ごろに新日本文学会の会員に推薦されて同会に入会すると、一〇月末には常任委員に選出された[94]。

こうして〈解放〉後の金達寿の知的活動は順調な滑り出しをみせた。また私生活でも、四五年一二月五日、息子の章明《ジャンミョン》が産まれた[95]。しかし妻の金福順は出産後、かつて患っていた結核を再発した。彼女は実家で養生していたが、ついに快復しないまま、四六年九月三〇日早朝に亡くなった。二一歳という若さだった[96]。

彼は悲しみに暮れる暇もなく、朝連の業務や『民主朝鮮』の編集、そして小説や雑文の執筆と、忙しく活動した。さらに四六年二月には、四六年二月にソウルで結成されていた左翼的な朝鮮人文学者の団体である「朝鮮文学家同盟」に呼応する形で、仲間の在日朝鮮人文学者と「在日本朝鮮文学者会」を設立し、朝鮮人が日本語で創作活動を行うことの意義を主張した。そしてこの是非をめぐって、四七年から四八年にかけて、やはり朝連の連盟員で、教科書編纂など在日朝鮮人の教育問題に尽力していた魚塘《オダン》と論争した[97]。

このときすでに、〈解放〉後、二年近くが経過していた。しかし朝鮮の独立はいっこうに近づく気配はなかった。それどころか、四七年三月一二日、アメリカ大統領トルーマンが「トルーマン・ドクトリン」を宣言し、共産主義圏の全世界的な〈封じ込め〉に乗り出すと、アメリカ政府の目には在日朝鮮人と、彼らの大部分が所属している朝連は、抵抗勢力と映るようになった。このため在日朝鮮人が刊行していた雑誌や新聞に対するGHQの検閲は厳しく、特に『民主朝鮮』は、他のほとんどの雑誌や新聞の検閲が緩む中でも、最後まで事前検閲の対象となった数少ない雑誌の一つとなり、毎号のように修正や削除を命じられた。のみならず、四八年四月に起こった阪神教育闘争を特集した号は、発禁処分を受けた[98]。これらの処分は発行元の朝鮮文化社に大きな経済的負担となった。また同社は、雑誌や書籍を出版するだけではなく、印刷業でも稼ごうと目論んで印刷工場を購入していたが、資金不足のためにうまく稼働させられなかった。こうして経営状況は悪化の一途をたどり、四八年末ごろ、金達寿は『民主朝鮮』の編集長を辞任した[99]。

さて、四八年は朝鮮半島でも大きな動きが起こった年だった。すなわち、八月に朝鮮南部に大韓民国が建国され、続いて九月には北部に朝鮮民主主義人民共和国が樹立されたのである。しかし韓国の建国は、三八度以南の地域だけで実施された選挙に基づくものであったため、建国前から各地で反対運動が発生した。中でも済州島《チェジュド》では四月三日に島民が武装蜂起したのに対し、アメリカ軍や警察・右翼団体などが焦土化作戦を展開し、数万名もの島民が虐殺される事件が起こった（済州島四・三事件）。李承晩《イスンマン》政権は、彼ら済州島の民衆を弾圧すべく、麗水《ヨス》に駐屯していた韓国国防軍第一四連隊の派遣を決定した。ところが彼らは麗水で反乱を起こし、さらに順天《スンチョン》に進出して、両地域で活動を展開した（麗水・順天事件[100]）。反乱は一週間ほどで鎮圧され、アメリカの写真雑誌『ＬＩＦＥ』一一月一五日号に、鎮圧後の同地域の様子や、犠牲になった兵士や民間人の死体の白黒写真が掲載された[101]。金達寿は高見順からこの雑誌を見せられ、非常に強い衝撃を受けた[102]。

その後、金達寿は四九年五月か六月ごろ、それまでの民族主義的青年から、社会主義者になることを決意して、日本共産党に入党した[103]。入党後に発表した最初の小説「叛乱軍」（『潮流』四九年八～九月）は、彼と張斗植をモデルにした青年が麗水・順天事件を知り、事件を生き延びた者がパルチザン闘争を展開している智異山《チリサン》に向かうために渡韓を決意するという内容である。金達寿がこの事件から受けた衝撃が、いかに大きいものだったかが窺える。

四九年九月八日、朝連が強制解散処分を命じられて消滅すると、在日朝鮮人が頼みとする組織は日本共産党だけになった。しかしその党も、コミンフォルムの機関紙『恒久平和と人民民主主義のために』五〇年一月六日号に、戦後の党の基本方針だった「アメリカ占領下における平和革命」を根本的な誤りと強く批判する「オブザーバー」名義の論評「日本の情勢について」が発表されると、指導部は、指摘された誤りはすでに克服されており受けいれる必要はないとするグループ（所感派：徳田球一・伊藤律など）と、率直に批判を受け入れるべきとするグループ（国際派：宮本顕治・志賀義雄など）に分裂した[104]。その後、中国共産党が機関紙『人民日報』一月一七日号に、論評を受けいれるよう勧める社説「日本人民解放の道」を出したことで、混乱はいったん終息するかに見えた。しかし六月六日、党幹部二四名が公職追放処分を受けると、徳田たち所感派幹部は地下に潜って指令を出し、党内の権力を牛耳った。こうして分裂状態が急速に末端の党員にまで伝播し、全国各地で権力闘争が繰りひろげられるようになった。この混乱状態は、まもなく朝鮮半島で戦争が勃発し、日本国内にレッドパージの逆風が吹き荒れるようになっても、収まる気配を見せるどころか、激しさを増すばかりだった。

五　党内の分裂と混乱の中で（一九五〇～五五年）

五〇年六月二五日に勃発した朝鮮戦争は、戦後復興に苦しむ日本に〈特需〉をもたらした。しかし在日朝鮮人にとっては悪夢の始まりだった。多くの在日朝鮮人と同様に金達寿も反戦活動を行い、痛憤にかられて「『大韓民国』問答――これが『大韓民国』である」という長い論文を書いた[105]。ところが彼は、まもなく国際派と見なされて除名され、党員としての活動はわずか数ヵ月で終わった。また先の論文も、GHQの検閲のため、どこにも発表できなかった。

だが除名によって、金達寿は党と関係が切れたわけではなかった。そもそも彼が常任委員となっていた新日本文学会自体、党の強い指導下にある団体だった。また彼は、五一年一月九日、朝連の後継団体として在日朝鮮統一民主戦線（民戦）が非公然的に結成されるとそこに所属したが、この組織もやはり党の指導下にあった。このため党内の権力闘争が在日朝鮮人社会に反映され、有形無形の嫌がらせを受けた[106]。嫌がらせは彼の親族にまで及び、「私は貧窮とそんなデマや中傷とに耐えられず、自殺を考えたことも一度や二度ではなかった」[107]と回想するほど、精神的に追い詰められた。

この間、彼は五〇年末に住居を横須賀市から東京都中野区に移すとともに、崔春慈《チェチュンジャ》という在日朝鮮人二世の女性[108]と結婚した。だが生活は相変わらず貧しいままで、特に五〇年代前半は、戦中や〈解放〉直後と大差なかったと思われる。彼は作家として精力的に小説などを発表していたが、『新日本文学』をはじめ多くの左翼的な雑誌は経営状態が悪く、原稿料を払う余裕がなかったからである。朝連時代には活動費をもらっていたし、『民主朝鮮』の編集業務に携わっていた時にも給料が出ていた。しかし今や朝連は解体され、『民主朝鮮』も朝鮮戦争直後に刊行されたのを最後に廃刊となっていた。このため彼は兄の会社に勤めたり[109]、古本屋を開いたり[110]、さらには作家を辞めて会社に就職することさえ考えた[111]。

六　「玄海灘」から「朴達の裁判」、リアリズム研究会へ（一九五三～七〇年）

党内抗争に巻きこまれて精神的に追い詰められながらも、金達寿は「孫令監」（『新日本文学』五一年九月）・「釜山」（『文学芸術』五二年四月）など、朝鮮戦争下の日本や朝鮮半島を舞台にした小説を発表した。さらに五二年一月からは、「深夜、頭上をアメリカ軍航空機のとんでゆく爆音をききながら、うんうん唸るような気持ちでかきつづけた」[112]という長編「玄海灘」の連載を『新日本文学』で開始した。またやはり五二年一月、党の政治的指導から文学を守りたいと考える新日本文学会員たちと『文学芸術』を創刊した。『文学芸術』は、やがて、雑誌の性格をめぐって同人の意見が対立し、金達寿を含む一部同人が離脱して一一号で終わった。だが「玄海灘」は五三年一一月号まで『新日本文学』に連載されて完結し、第三〇回芥川賞と第一回新潮社文学賞の候補に選ばれた[113]。どちらも受賞とはならなかったが、五五年には劇団生活舞台が「玄海灘」を舞台化し[114]、五七年六月には、「玄海灘」など一連の文学作品が評価されて、第四回平和文化賞を受賞した[115]。

こうして「玄海灘」は、金達寿が作家としての地位を確立するのに大きな役割を果たし、現在でも彼の代表的な小説として高い評価を受けている。ところが彼自身は、まさにこの小説を書いている最中に、自身の文学を支えてきた自然主義リアリズムに対して根本的な限界を感じるようになった。

というのは、私はさきにこの長篇《（ママ）》〔「玄海灘」〕では「日本の植民地下にあつた朝鮮民族の生活と抵抗とを、全面的にとらえようと考えた」といつたが、このやり方〔主要な登場人物二人の視点を交互に積み重ねていくことで物語を書き進めていくやり方」ではそれがどうも「全面的」とはならないのである。たとえば私は「西敬泰」一人のみではなく、もう一人「白省五」と、二つの視点を設定したが、しかし私・作者は「全面的」とはいつても、この二つの視点、この二人の視野へ入つてくるものしかとらえることができないのである。

もちろん、この二人のほかにもいろいろなものが登場する。が、私はそれらをも依然としてこの二人の視点、視野でしかとらえてはいない。とらえられないのである。これを別なことばでいえば、私・作者はこの二人の生活の範囲から外へはでることができなかつたのだ。第一に、「抵抗」といつても、その抵抗をよびおこす権力の側を、私はその内部にまで踏み入つてかくことはできなかつた。「全面的」あるいは全体的というならば、わたしはそこまですすみでなくてはならないのである。そうでなければ、窮極的には、われわれはいつまでも受身でおわるより仕方がない。自然主義から根本的に抜けでることはできない。

そこで私はこの「玄海灘」を急いでかきおわると、これの続編《(ママ)》ともいうべき「太白山脈」を準備しながら、しきりと多元的視点ということをいいだした。[116]

そこで金達寿は、李承晩政権下で巡警（日本でいう巡査）を勧めている反共的な朝鮮人青年や、スパイ活動を行う目的で党に潜り込んだ公安側の日本人を主人公の一人に設定したり、書簡体で小説を書いてみるなど、「多元的視点」を実現させるために様々な工夫を試みた。しかし周囲の評価は散々だった。出口の見えない文学的格闘をするうち、自分の文字が気になって原稿が書けなくなるほどのノイローゼ状態に陥り〔117〕、ついに五七年には一年間をとおして小説を一本も発表できなかった。

しかし五七年ごろ、彼は「文体」が「思想」の問題であることに気づき〔118〕、五〇年代後半に活発に議論されていた転向問題をモティーフにして〔119〕、「朴達の裁判」（『新日本文学』五八年一一月）を書きあげた。これは「南部朝鮮K」という架空の町を舞台に、大地主の作男として働いてきた朴達という無学な朝鮮人青年が一人で繰りひろげる奇妙な政治闘争を、金達寿いわく「説話体」で描いた小説で、それまでとは内容的にも形式的にもまったく異質なものだった。「玄海灘」と同様、この小説もまた、高い評価を受けて第四〇回芥川賞候補作に選ばれ、中村光夫や川端康成たち選者から絶賛された〔120〕。しかしこのときも、金達寿には充分な文学的キャリアがあるから資格がないという理由で、受賞とならなかった。とはいえ、彼にとってこの小説は、「多元的視点」を確立させるための、突破口になるという手応えを感じさせるものだった。

これと別に、彼は五七年一一月、五〇年代前半から一緒に研鑽を積んできた文学仲間と「リアリズム研究会」〔121〕を結成し、五八年一〇月に機関誌『リアリズム』を発刊した。この研究会はもともと、新日本文学会内の私的な勉強会として出発したもので、自然主義リアリズムにかわる新たなリアリズムの文体の確立を模索することが狙いだった。幸い、このとき党は五五年七月の第六回全国協議会（六全協）で五〇年代前半の党内抗争と「極左冒険主義」を全面的に自己批判しており、新日本文学会もやはり、これに先立つ五五年一月の大会でセクト主義を自己批判していたため、結成に際して党からはこれといった圧力は受けなかった。しかし五九年に入ると情勢が急激に変化した。

まず、『新日本文学』六月号に、竹内好が、同会の現状を批判して改組ないし解散すべきではないかという内容の意見を寄せると、リアリズム研究会の主要メンバーはそれぞれ、解散という一点を除いて竹内の意見に賛同する文章を書いた。さらに五九年から六〇年にかけて全国的に、いわゆる新安保条約に反対する闘争が展開される過程で、党と新日本文学会が対立しはじめた。このとき金達寿たちは党からも新日本文学会からも距離をおいていたが、党の機関誌紙に研究会のメンバーの小説が連載されるなどしたことから、研究会は新日本文学会に分派闘争を持ちこみ、党に忠誠を尽くすグループの集まりと見なされるようになった。実際、研究会の同人には党員がかなりの割合で参加しており、彼らをとおして党の影響力が増大した。それに伴い、研究会の大衆団体としての性格が変質しただけでなく、金達寿たち研究会の主導者たちの文学的姿勢や作品にも影響が及んだ。

こうした党派性に加えて、慢性的な財政赤字が続いたため、研究会は六五年八月の同人総会で発展的に解消することを決議し、共産党の実質的な文学団体として同年一二月に結成された民主主義文学同盟に身売りする形で消滅した。金達寿は、研究会の解散が決議された直後、新日本文学会に退会届を出し、しばらく同盟で活動した。しかし研究会時代の借金を返済し終えると、六八年六月に同盟からも脱退した。同盟の機関誌『民主文学』に連載していた長編「太白山脈」（六四年九月〜六八年九月）が完結する直前のことだった。

彼はその後、六九年に研究会の元同人たちと現代文学研究会を結成、七〇年一月から隔月刊で機関誌『現代と文学』を発行し、あらためて大衆的な文学運動を展開しようとした。しかし党の影響を断ち切ることができず、四号で自然消滅した。これを最後に、彼が文学運動に関わることは、二度となかった。

七　総連との軋轢(1)――『朝鮮』と帰国事業（一九五八～六三年ごろ）

「朴達の裁判」を発表する直前の五八年九月、金達寿は『朝鮮』（岩波新書）を出版した[122]。これは朝鮮と朝鮮民族の歴史や文化などを概観した新書で、もともと複数の著者が分担して執筆する予定だったが、諸事情により彼が一人で書くことになった。当時、この種の本が日本国内に皆無だったこともあり、日本人はもちろん、祖国を知らない在日二世の若者にも良質の手引書と好評を受けた。

ところが出版から一ヵ月ほど経つと、突然、総連の機関誌紙などに、『朝鮮』を激しく攻撃する論評が、立て続けに一〇本以上も掲載された。それらはいずれも、同書がいかに朝鮮民族としての民族的主体性を喪失した「誤りの書」であるかを批判したものである。しかしその誤りを具体的に挙げて論証したものは一つもなく、まさに彼を攻撃すること自体を目的としたキャンペーンだった。金達寿は自伝で、自分が標的にされた要因を、『朝鮮』の中で朴憲永《パクホニョン》・金科奉《キムドゥボン》・林和《イムファ》など、北朝鮮で粛清されて歴史から抹殺された人々の名前を記したことにあったと確信している[123]。

異論を許さず徹底的に論敵を叩き潰すという総連内部の傾向は、五九年の第五回総連全体大会で、韓《ハン》徳銖《ドクス》議長の姪の夫である金炳植《キムビョンシク》が、血縁関係を利用して初代人事部長という重職に抜擢されると、急速に先鋭化していった。このため金達寿が講演会や研究会などに呼ばれて行ってみると、会場には必ず総連から派遣された者が何名かおり、彼らから理不尽な非難を受けるなど、散々な目にあわされた[124]。

こうした組織的な批判キャンペーンにさらされながらも、金達寿は総連を、朝連時代から続いてきた、自分たちにとっての祖国のような組織だと思い、行事や事業への参加を求められれば可能なかぎり応じた[125]。特に五九年一二月に始まった北朝鮮への帰国事業に対しては、実現を願う在日朝鮮人民衆の現状をルポルタージュしたり、帰国事業を全面的に賞賛する文章を書き、帰国船を見送りに新潟港へ足を運んだ[126]。この翌年、韓国で民主化を求める全国的な民衆デモが起こり(四月革命)、李承晩政権があっけなく崩壊すると、金達寿の関心は韓国情勢に移り、帰国事業を扱った記事はほとんど見られなくなる。しかしそれ以後も彼は、祖国の息吹を感じたいと思うたびに新潟港に足を運んで心を癒されたり、日本人側から見た抗日戦争中の金日成の姿を小説に書くなどしており、北朝鮮や総連から離れたわけではなかった。

総連の会員たちへの個人攻撃は、五〇年代半ばから北朝鮮で本格化した金日成の神格化事業を真似て、韓徳銖を神格化する内容の学習教材を作成した金炳植が、六一年に北朝鮮から個人崇拝の行き過ぎを批判されると、表面上はいったん静まった。しかし六三年九月、金炳植が事務局長に昇任して権力を取り戻すと、再び激しくなった。さらに六七年、総連は公式に金日成の〈主体思想〉を、マルクスをも超える唯一正統な指導思想と位置づけ、それを徹底的に血肉化するよう全会員に〈指導〉した。そして七一年一月二九〜三一日の総連第九回全体大会で、金炳植は筆頭副議長に選出され、韓徳銖‐金炳植体制が確立した。こうして組織内部には、金日成と彼の思想に一点の疑心もなく忠誠を尽くすことだけが総連の会員として正しいあり方だという個人崇拝が充満し、金達寿のような知識人が身を置くことのできる場所は失われてしまった。

八　文学から古代史へ（一九六九〜七二年）

六九年三月、鄭貴文《チョングイムン》・詔文《チョムン》兄弟は、鄭詔文宅の車庫の上に新たに小さな一室を作って事務所にし、『日本のなかの朝鮮文化』という、日本の中にある朝鮮文化の遺跡や遺物、美術品などに関する雑誌を創刊した。創刊号の奥付を見ると、編集兼発行人は鄭貴文となっているが、同誌の実質的な編集長として活動したのは金達寿だった[127]。

金達寿が鄭兄弟と知り合ったのは、リアリズム研究会時代のことである。研究会の同人や会員の中に在日朝鮮人が少なからずおり、六三年一月、彼らが中心となって機関誌『朝陽《ちょうよう》』を創刊した。このとき同誌の代表となったのが鄭貴文で、金達寿は彼を通じて鄭詔文とも知り合いになった[128]。鄭兄弟は二人とも京都で総連傘下の団体の役員を務めていた[129]が、鄭貴文はかつて文学青年だったこともあるのに対し、鄭詔文はずっと実業界で生き、広隆寺の弥勒菩薩半跏思惟像が新羅から渡来したことを知ると手放しで感激するような人物だった[130]。

金達寿自身は、歴史に対しては、小学生の時に〈神功皇后の三韓征伐〉を教えられるなど、嫌な思い出しかなかったので、関心を持つどころか敬遠していた。しかし四九年ごろに新日本文学会の仲間と京都や奈良に旅行したり、小説「日本の冬」（『アカハタ』五六年八月〜一二月）や『朝鮮』の中で、いわゆる「帰化人」に触れるなど、五〇年代半ばから少しずつ、日本や朝鮮という〈国家〉や、日本人や朝鮮人という〈民族〉が成立する以前の歴史に関心を持ちはじめた。そして六〇年代に入ると、小説「密航者」（『リアリズム』六〇年一月〜六一年一二月、『現実と文学』六二年五月〜六三年四月）の登場人物に「帰化人」について語らせたり、日本列島と朝鮮半島との古代関係史についてのエッセイを発表するなど、のちの古代史研究につながる文章を書きはじめた。

鄭兄弟は彼のこうした古代史への関心に理解を示したので、三人は頻繁に顔を合わせるようになり、六七年ごろから金達寿が本格的に日本の中の朝鮮文化を探し歩く取材旅行をはじめると、鄭兄弟もたいてい同行した[131]。また鄭詔文が本格的に朝鮮の美術品収集に乗りだして古美術商巡りをはじめると、金達寿も時間の許すかぎりそれに同行した[132]。鄭兄弟が『日本のなかの朝鮮文化』を創刊した時に、金達寿がその実質的な編集長に就いたのは、このような経緯があった。

しかし金達寿は、この雑誌が売れるとは思っておらず、一〇年ほどかけて何とか元を取れれば御の字だという気持ちだった[133]。実際、雑誌の販売形態も一般書籍の流通ルートではなく、知り合いの書店や古書店のほか、東京・新宿の「あづま」や京都・木屋町の「れんこんや」など、彼らを含めて多くの知識人が常連客となっている料理屋に置かせてもらうというものだった[134]。このため存在を知られないまま終刊となってもおかしくなかった。ところが、創刊後まもなく、『神戸新聞』や『朝日新聞』などがこの雑誌を取りあげると、全国から注文が殺到し、増刷せねばならないほどだった[135]。これにより日本社会には、日朝・日韓関係の歴史に関心を抱いている人々が少なくないという事実が浮かび上がってきた。こうした人々の心を決定的につかんだのが、七〇年一月から『思想の科学』で連載を開始した金達寿の古代史紀行「朝鮮遺跡の旅」である。

これは関東地方に残っている朝鮮文化遺跡をめぐる紀行文である。金達寿は一般書でも専門書でも、日本の古代史のうち朝鮮半島に関する記述が、表面的には科学的・客観的な装いをしているけれども、相変わらず朝鮮と朝鮮民族を蔑視する書き方になっており、本質的に〈三韓征伐〉を支えている歴史観と同じであることに危機感を抱いて、この歪んだ関係を人間的なものにしなければと考えていた[136]。彼は『日本のなかの朝鮮文化』創刊号の座談会ですでに、古代史研究における「帰化人」という言葉の用法に異議を唱え、少なくとも日本が国家として確立する以前に朝鮮半島から日本列島に渡ってきた人々については「渡来人」と呼ぶべきではないかと発言していた[137]。彼は「朝鮮遺跡の旅」で自分の主張を裏づけるため、「帰化人」のものとされてきた遺跡や遺物が、はたして通説どおりのものなのかどうかを現地に赴いて確認し、その結果を公表して世に問うたのだった。

金達寿は自分の意図が日本人に抵抗なく受けいれられるよう、引用する文献は日本人が書いたものに限定するなどの工夫を凝らしたが、それでも右翼団体からの抗議を恐れて、自分の主張は控え目に抑えた。ところが「朝鮮遺跡の旅」を『日本の中の朝鮮文化』の題名で出版すると、恐れていた抗議は皆無で、逆に彼の自宅や発行元の講談社には、同書を絶賛する日本人読者からの手紙や読者カードが千通以上も届いた。その中には、案内するからぜひ自分の地元に取材に来てほしいと連絡先を添えたり、『日本の中の朝鮮文化』で訪れた地域にこういう重要な古代文化遺跡があるのに、それを見逃していると叱咤し、詳細な資料を送ってくる者もいた。金達寿はこうしたメッセージに力を得て探訪地域を日本全国に広げていき、これまで「帰化人」の残した遺跡と考えられていたり、日本固有の文化と見なされてきたものの大部分が、実際には「渡来人」の手によるものだったという確信を強めていった。

そして七二年三月二一日、専門家の間では古くから存在は知られていたものの、一般的には無名の遺跡だった奈良県高市郡明日香村の高松塚古墳から、極彩色の壁画や豪華な副葬品などが発見されると、日本中が古代史ブームにわいた。もちろん金達寿もその一人だったが、彼はこの古墳を報道したいくつかの新聞の見出しに、「帰化人」ではなく「渡来人」という語が大きな活字で記された[138]ことに感慨を覚えた[139]。「渡来人」という語自体は金達寿の発明品ではないが、この語が意味するものにこだわってきた彼としては、日本社会全体が彼の古代史研究を認めたという気持ちだった。

その後も金達寿は、高松塚古墳関係のシンポジウムに呼ばれたり、『日本のなかの朝鮮文化』を発行する日本のなかの朝鮮文化社（一九七二年三月号より朝鮮文化社に発行所名を変更）が、同誌の顧問であり『帰化人』の著作で知られた京都大学の上田正昭と金達寿を現地での講師とする「日本のなかの朝鮮文化遺跡めぐり」を企画すると、交通整理に警察が緊急出動するほど参加者が集まる[140]など、急速に古代史研究者として認知されていき、小説の愛読者とはまったく異なる、新しい読者層を獲得していった。

九　総連との軋轢(2)――講演会中止事件、そして訣別（一九七二年）

金達寿の骨折りで、『日本のなかの朝鮮文化』の創刊は、総連から実質的に許可を得られた[141]。しかしその後、総連は金達寿の古代遺跡探訪を、〈主体思想〉に従わない分派活動と見なし、そのことで彼はまたもや苦しめられた[142]。

高松塚古墳が発見されてまもない四月、金達寿は東京都国分寺市から古代史関係の講演を依頼され、承諾した。そこで市側は講演を市の広報誌やチラシで市民に知らせ、立て看板まで作成した。ところが五月一一日、総連三多摩本部から男女合わせて四名が会場となる公民館を訪問し、講師を変更するよう要請してきた。さらに一三日深夜、同本部から派遣された二〇名ほどの在日朝鮮人が突然金達寿宅に押しかけ、その後も三名が訪れて講演の中止を迫った。小説「備忘録」(『文藝』七九年八月)によれば、金達寿は二〇名ほどの在日朝鮮人に「ごろつき共」などと罵詈雑言を浴びせ、別の三名が来たときには用意していた鉄パイプを手にするほど怒ったという[143]。しかし翌日、公民館に電話を掛けて講演を中止する旨を伝えた。公民館側もそれを了承し、中止にいたった経緯を公民館だよりに公表した。総連はまた、やはり五月に京都市で予定されていた講演会にも圧力をかけ、中止に追いこんだ。祖国のようなものと思って関わってきた総連から受けるこれらの仕打ちは、もはやこの組織に対するあらゆる希望をうち砕くものだった。

総連と金達寿が永遠に訣別したのはこの直後である。議事録などの裏づけや情報源がなく、あくまでも伝聞の域を出ないが、七二年六月二七〜三〇日の総連第九期第三次中央委員大会で、金達寿は「不平・不満分子、変質者」として除名されたらしい。

他方、総連内部では、韓徳銖 - 金炳植体制が確立した直後ごろから、秘かに「朝鮮総連を正しく立て直すための闘争委員会」が組織され、韓徳銖と金炳植が総連を私物化しているのみならず、金炳植が韓徳銖の地位を狙っていることを告発する怪文書が撒かれた。この事件を報道した韓国の新聞は、この委員会の主導者として五名の名前を挙げており、その中に金達寿の名前もあった。だが、統一朝鮮新聞特集班『「金炳植事件」——その真相と背景』では彼は主導者とされておらず、韓国の新聞社がどこからこの情報を入手したのかはわからない。金達寿自身はこれをまったくのデマだと明言している。金炳植は、韓徳銖への挑戦を否認しつづけたが、最終的に七三年一二月、「非組織分子」として解任された。しかし金炳植をその地位にまで抜擢した韓徳銖の責任はうやむやにされ、韓徳銖はその後も二〇〇一年二月に死去するまで、総連議長の座にとどまり続けた。

一〇　孫斗八・李珍宇・金嬉老——在日朝鮮人死刑囚との関わり（一九五七〜七二年）

朝鮮戦争による〈特需〉を契機に、日本社会は徐々に経済的な豊かさを獲得していった。しかし他方で学校や就職・結婚などをめぐる在日朝鮮人への社会的差別の問題は置き去りにされた。このような閉塞状況や未来への絶望感から、自暴自棄になったり犯罪行為に走った在日朝鮮人もいた。金達寿は生涯の中でそうした者のうち、孫斗八《ソントゥパル》・李珍宇《イヂヌ》・金嬉老《キムヒロ》の三名と関わりを持った。彼らはいずれも裁判で死刑判決を受けた者である。本書では彼らとの関わりについて特に論じていないが、在日朝鮮人知識人としての金達寿の活動の広がりを窺い知るため、ここで記しておく。

まず孫斗八だが、彼は五一年一月一七日に兵庫県神戸市生田区で洋服店を営んでいた夫婦を殺害し、五五年一二月一六日に最高裁で死刑が確定した在日朝鮮人である[144]。彼は獄中で熱心に法律を勉強し、やがて行政訴訟を行うようになった。そのかたわら、自分の生涯を書き残しておきたいと思うようになり、アドバイスを求めて金達寿に手紙を出した。金達寿は五七年一一月ごろに返事を書いて自伝を書くよう勧め、一人称の方が書きやすいのではないか、自分の主張はなるべく避けて事実だけを書けば素晴らしいものになるだろうと具体的に助言した[145]。そして金達寿自身も「ある死刑囚の話／孫斗八の訴訟」（『アカハタ』五八年八月二六日）という文章を発表した。さらに大阪在住の在日朝鮮人詩人・金時鐘《キムシジョン》に、自分は東京にいて何もできないから孫斗八の世話を頼むと連絡した〔146〕。しかし金達寿はその後、急速に孫斗八から離れていった〔147〕。また助命運動も、孫斗八が金時鐘ら支援者に、「この運動は非常にいいことだから、所期の目的を達成するまでしっかり頑張りなさい。僕も側面から応援します」といった勘違いも甚だしい手紙を送り、自らぶち壊してしまった〔148〕。こうして彼は、せっかくの強力な支援者たちから見放され、六三年七月一七日、死刑に処された。自伝は書かれないままだった。

二人目は「小松川事件」の犯人とされた李珍宇である。五八年八月一七日、東京都立小松川高等学校定時制に通っていた女子学生が殺害され、事件の約半月後の九月一日に逮捕されたのが、同じ高校に通う一八歳の李珍宇だった。彼は強姦と殺人の罪で起訴され、未成年だったにもかかわらず、東京地裁と最高裁の両方で死刑が宣告された。この事件が日本社会に与えた影響は非常に大きく、直ちに「李少年をたすける会」が結成されたり、大江健三郎や金石範《キムソクポム》など、何名かの日本人と在日朝鮮人の作家がこの事件を題材にした小説を書いた。金達寿もまた、裁判の途中から会の活動にコミットし、六一年から六三年にかけて、『「小松川事件」の内と外』(『別冊新日本文学』六一年七月)など三つの文章を書いた。だがこの事件について特筆すべきは、金達寿夫人の崔春慈が積極的にコミットしていたことである〔149〕。一般に李珍宇の支援者として朴寿南《パクスナム》がよく知られているが、崔春慈に対する李珍宇の信頼も非常に厚く、一四歳年長の彼女を「オモニ」と呼んで慕い、一五〇通もの書簡をやりとりしたと伝えられる〔150〕。死刑に処される寸前、彼は遺書を何通か残したが、そのうちの一通も、崔春慈に宛てられたものだった〔151〕。

三人目の金嬉老は、金達寿がもっとも深くコミットした死刑囚である。金嬉老は六八年二月二〇日、借金トラブルから暴力団員を射殺し、その後、静岡県榛原郡本川根町(現・川根本町)寸又峡温泉の旅館に、経営者や宿泊客ら一三名を人質にして立てこもった。金達寿が二二日、西岡勝に連れられて東京都内の某ホテルに行ってみると、多くの文化人が金嬉老について熱心に話し合っていた。その光景に感激した彼は[152]、二三日正午のNHKテレビニュースに、日高六郎・伊藤成彦など一五名とともに出演し、金嬉老に自決を思いとどまり、法廷で闘うならば全面的に支援するとよびかけた[153]。さらにこのメッセージを直接伝えるため、日本人の弁護士や支援者四人とともに現地に向かった[154]。このときの説得は失敗に終わったが、金嬉老が逮捕され、四月二一日に金嬉老公判対策委員会が発足すると、特別弁護人に名を連ねた[155]。特別弁護人として申請した三名のうち、当初認められたのは彼だけだったが、その後、二名の日本人も追加された。

裁判がはじまると、彼は法廷で、在日朝鮮人としての立場から、自分たちが日本社会でどのような状況に置かれて暮らすことを余儀なくされているかを語り、ほとんど毎週のように委員会の会議に出席するなど、積極的に活動した。ただし金達寿自身は、当然ながら、「たといどのようなことがあろうと、人間が人間を殺すという行為を認めるものではありません」[156]という立場だった。ともあれ、こうした活動の甲斐あって、七二年に金嬉老は無期懲役に減刑された。

一一　『季刊三千里』創刊（一九七五年）

金達寿たち多くの在日朝鮮人は、六〇年に韓国で四月革命が起こると、韓国が軍事独裁国家から民主主義国家に生まれ変わるのみならず、悲願だった南北統一も近いのではないかという期待を抱いた。そこでまず、六一年三月以前に総連と民団から三名ずつ集まって会合を持ち（金達寿も総連側の代表として出席）[157]、その後、祖国平和統一南北文化促進在日文化人会議を開いた[158]。ところが六一年五月一六日、韓国で軍事クーデターが起こり、七月三日に朴正熙《パクチョンヒ》が国家再建最高会議議長に就任すると、李承晩政権に引き続いて反共を国是とする軍事独裁体制を打ち立て、政権に批判的な人々や団体を徹底的に弾圧していった。このため在日朝鮮人社会においても、南北統一の気運は一挙にしぼんでしまった。八月二〇日には政治的イデオロギーを超えた民族的団結を目指し、合同で八・一五解放慶祝文化祭を開いたものの、総連側と民団側の会合も、いつの間にか立ち消えてしまった[159]。

その後、六三年一一月の選挙で大統領に就任した朴正熙は日韓会談を推進し、六五年一二月一八日、日韓条約が締結されて日本と韓国の国交が正式に開かれた。しかしこれは、金達寿のように、韓国と北朝鮮を統一した国家こそが朝鮮半島における唯一正統な国家だという立場をとる者にとっては、かつて日本の韓国併合に同意する署名をした李完用《イワニョン》と同様の、許しがたい民族的裏切りだった[160]。金達寿は、南北朝鮮の統一が、またも遠のいてしまったと失望した。

しかし七〇年代に入ると、再び統一を期待させる出来事が起こった。七二年七月四日、韓国と北朝鮮の両政府が、外部勢力に依存せず、武器に頼らない平和的な方法をつうじて、思想や制度の違いを超えた民族的大同団結をはかるという「祖国統一三原則」を含む共同声明（七・四宣言）を発表したのである。しかし、このとき韓国・北朝鮮両国で政治的・思想的な問題が解決されていたわけではない。韓国はこの声明後も、七三年八月八日、前新民党大統領候補だった金大中《キムデジュン》を東京のホテルから拉致したり、七四年七月一三日には、朴正熙政権を諷刺した詩「五賊」を発表して逮捕されていた金芝河《キムジハ》に死刑を宣告した。さらに七〇年代には、韓国に留学していた在日朝鮮人や日本人が、スパイ容疑で突然逮捕され、死刑や無期懲役などの重罪を科せられる事件が続出していた。このような事態に対し、日本国内で救出運動が盛りあがり[161]、金達寿も鶴見俊輔たちとともに七四年七月一〇日、「金芝河らをたすける会」を結成して数寄屋橋公園でハンストを行った[162]。他方の北朝鮮でも、七四年には金正日《キムジョンイル》が金日成の後継者に実質的に決定し、「抗日遊撃隊方式」のスローガンのもと、全国民に総力戦体制を強いる体制を築きあげていった[163]。日本人が北朝鮮に拉致されはじめたのも、この時期からと推定されている。

　いずれにせよ、克服すべき課題は多々あったが、金達寿たちは「七・四宣言」を前向きに受けとめ、韓国と北朝鮮および日本と朝鮮、日本人と朝鮮人との架橋を目指し、七五年二月に新たに雑誌を創刊した。それが『季刊三千里』である。『日本のなかの朝鮮文化』の内容が、古代における日本列島と朝鮮半島との関係や、「渡来人」の残した文化遺跡にほぼ限定されていたのに対し、『季刊三千里』は古代から近現代までの日本と朝鮮との関係の歴史や朝鮮の文化、韓国社会や在日朝鮮人社会の現状など、幅広い話題を扱う総合雑誌だった。その特筆すべき成果の一例として、同誌は八〇年代になってから日韓両国の間で焦点化した、日本の歴史教科書における朝鮮の記述についての問題を、七〇年代後半にいち早く取りあげた点が挙げられる。また四号に掲載された久野収と金達寿の対談で、久野が「朝鮮人のみなさんと協力して、ＮＨＫに朝鮮語講座をおくよう運動を起こしましょうや」[164]と提案し、金達寿が賛成したことをきっかけに、「ＮＨＫに朝鮮語講座の開設を要望する会」が発足、八四年四月にＮＨＫハングル講座が開設された[165]。このように、『季刊三千里』が、文字どおり両国・両民族を架橋した功績は、いくら強調してもし過ぎることはないほど大きかった。

なお、このときもまた、『朝鮮新報』など総連の機関誌紙に、『季刊三千里』を攻撃する文章が掲載されるなどの批判キャンペーンが展開され、金達寿たち編集委員は二度にわたって座談会で反論した[166]。しかし彼らには総連の言い分が、まともに取りあげるに値するものとは思えず、この組織と戦うことの不毛さを再確認するだけに終わった。

一二　訪韓とその波紋（一九八一年）

七九年一〇月二六日、朴正煕大統領が韓国中央情報部（ＫＣＩＡ）部長の金載圭《キムジェギュ》に射殺された。しかし同年一二月一二日、保安司令官だった全斗煥《チョンドファン》が軍事クーデターによって全軍を掌握、軍事体制はそのまま維持された。これに反対する民主化デモが全国で起こったものの、八〇年五月、光州《クワンジュ》の民主化デモが戒厳軍に鎮圧されて多数の犠牲者が出る（光州事件[167]）など、韓国社会は依然として厳しい情勢にあった。

八月二七日、大統領になった全斗煥は、朴正煕と同様、学生運動をはじめ、反政府的な活動を強硬に弾圧した。朴正煕時代に勝るとも劣らないこのような厳しい軍事政権下の八一年三月二〇日、金達寿は突如、『季刊三千里』編集委員だった姜在彦《カンジェオン》と李進煕《リジンヒ》、三千里社社主の徐彩源《ソチェウォン》とともに訪韓した[168]。雑誌とは関係なく、個人の資格で、軍事政権下で死刑の判決を受けて獄中にいる在日朝鮮人「政治・思想犯」の助命や減刑を嘆願するというのが〈目的〉だった。

だが、二七日まで韓国に滞在したにもかかわらず、彼らが助命嘆願につながる活動をしたのは訪韓初日の数時間だけで、残りは用意された車で韓国全土を見聞したり、韓国の知識人たちと意見交換を行うことに費やされた。さらに、彼らは帰国後の記者会見で韓国社会の発展ぶりや民衆の活力について肯定的に語る一方、獄中にいる「政治・思想犯」の様子や、助命嘆願書に署名していない徐彩源が同行した理由については沈黙した。このため彼らの訪韓の真意がどこにあったのかが大きな議論となり、彼らとの関係を絶った者も少なくなかった。

なお、在日朝鮮人死刑囚のその後だが、八二年三月一日午後、全斗煥政権一周年を記念して彼らのうち五名の恩赦が決定したという連絡が、在日韓国大使館をつうじて金達寿に届いた[169]。

一三　晩年（一九八一〜九七年）

『太白山脈』の続きを書きたいのに現地を訪問せずには書けないと、気の狂うような思いをしていた金達寿だったが、訪韓後も続きを書くことはなかった。それどころか彼は、訪韓後に完結した長編「行基の時代」（『季刊三千里』七八年二月〜八一年八月）をもって、文学活動そのものから離れてしまった。ただし文学との訣別が意図的だったかどうかは定かではない。これ以後、小説を書かなかったという事実が残っているだけだ。また、金達寿は訪韓後、八〇年代半ばに国籍を「韓国」に切り替えた[170]が、私が彼の身近にいた人に尋ねたかぎり、彼が韓国以外の外国を旅行した話は聞いたことがないという[171]。

訪韓後も変わらず継続されたのは『日本の中の朝鮮文化』シリーズである。『日本のなかの朝鮮文化』が八一年六月に、『季刊三千里』が八七年五月に、いずれも五〇号で終刊したのちも、彼は朝鮮文化遺跡を求めて日本全国を探訪し、ついに九一年八月、同シリーズは完結した。実に二一年という長期間にわたって積み重ねられた、彼の後半生を代表すべき成果だった。一一月二五日、完結を記念して祝賀会が催され、一五〇名ほどの友人や知人が彼をねぎらった[172]。

彼としては、これで古代史研究を終える予定だった。しかし八七年八月号から「日本の中の朝鮮文化」を掲載してきた『月刊韓国文化』編集部の意向で[173]、同年一〇月号から新シリーズ「新考・日本の朝鮮文化遺跡」の連載を始め、さらに九五年一月号から彼が体調を崩す九六年七月まで、「摂、河、泉を歩く——新考・日本の朝鮮文化遺跡」を同誌に連載した。だが日本の社会はもはや、様々な理由から、彼の古代史研究に衝撃を受けることはなく、それに対する関心も失っていた。

金達寿の晩年のもう一つの重要な仕事は、『季刊青丘』の編集である。これは『季刊三千里』の後継誌に位置づけられる総合雑誌で、『季刊三千里』と同様に日本と朝鮮、日本人と朝鮮人との間に横たわる、アクチュアルな問題を中心とする論考やエッセイなどが掲載された。

九七年五月二四日午後六時四六分、金達寿は肝不全のため七七歳で死去した。近親者のみで葬儀を行い、告別式などはしない予定だったが、新聞で訃報を知った友人や知人七〇〜八〇名ほどが斎場に駆けつけた[174]。そこで七月一八日、あらためて「金達寿さんを偲ぶ会」が催された[175]。

金達寿の墓は、静岡県駿東郡にある冨士霊園内の、日本文芸家協会が管理する「文学者の墓」の第六期にある。墓には名前と生没年、そして代表作として「玄海灘」の書名が刻まれた。彼の蔵書や原稿・手紙・遺品など約一万点は、いったん青丘文化社内に設置された「金達寿記念室」設立準備委員会に預けられ[176]、その後、二〇〇三年一一月、神奈川近代文学館に寄贈された[177]。

第二章

現実を変革する文学

——「植民地的人間」からの脱却

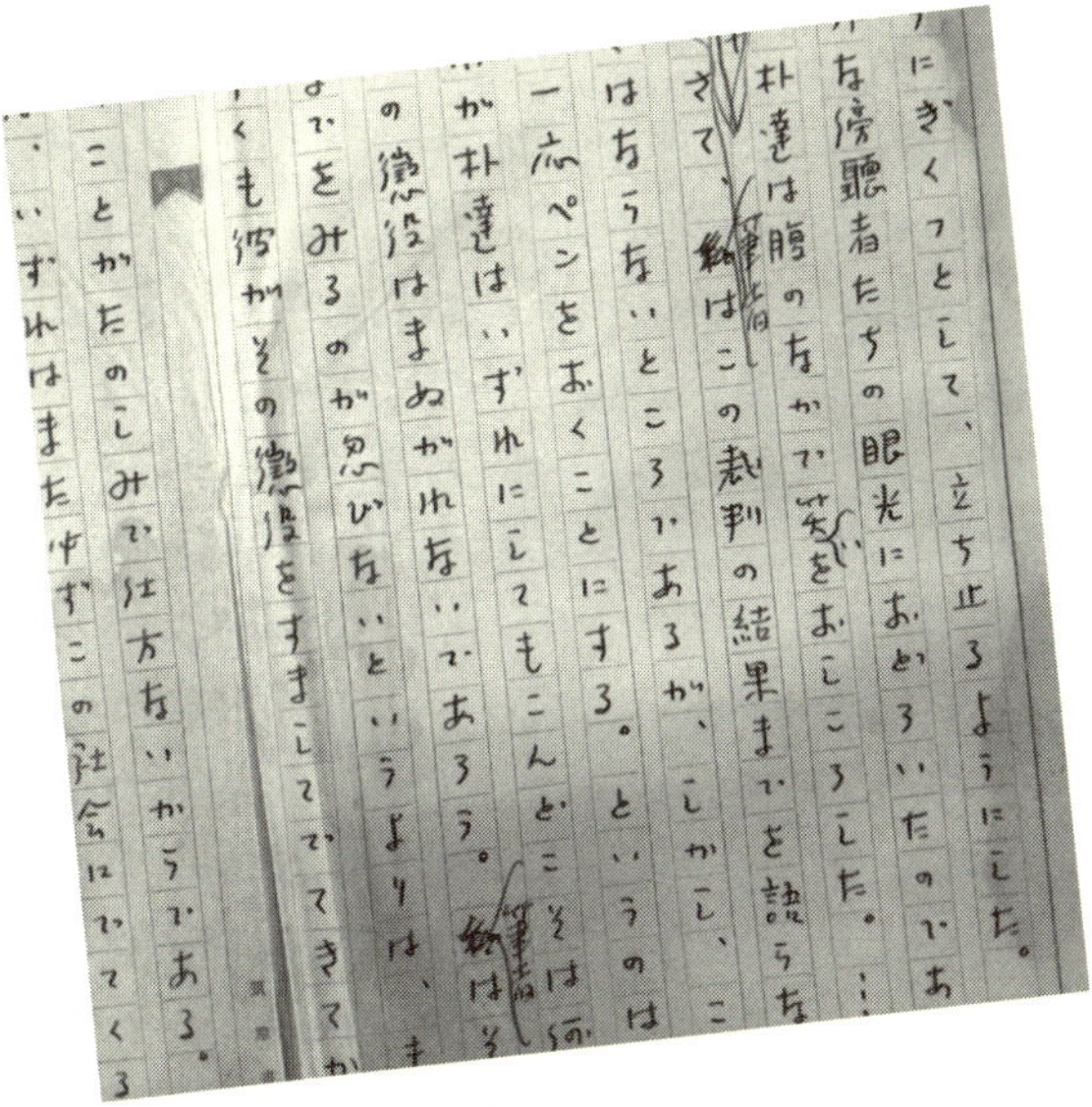

■「私」を「筆者」と書き直している「朴達の裁判」の原稿

序

本章では金達寿の前半生の主要業績である文学活動を取りあげる。一般的に彼は、志賀直哉の文学の強い影響下に出発し、生涯にわたって自然主義リアリズムの方法で小説を書き続けた作家と見なされている。また彼の文学は、いわば一つの完結した世界として論じられ、古代史研究など他の知的活動と関連づけて考察されることはなかった。しかし現在の我々は、彼が一九七〇年前後を境に、文学から古代史へと活動の重心を移したことを知りえる場所にある。それゆえ金達寿文学の研究は、古代史研究まで射程に入れて行われるものでなければならない。本章ではこの視座に基づいて、彼の文学活動を、①「位置」から「玄海灘」まで、②「玄海灘」から「朴達の裁判」まで、③「朴達の裁判」、④リアリズム研究会、の四つの時期に分けて考察する。

第一節では、金達寿が一九四六年から四八年にかけて主張した、「日本語で書かれる朝鮮文学」（日本語로 쓰이는 朝鮮文学）という概念に注目し、それが〈解放〉前後の彼の文学作品に、どのような形で実践されているのか／いないのかを明らかにする。

第二節では、「玄海灘」連載後から彼が主張しはじめた「多元的視点」に焦点をあて、それが意味するものを、志賀文学との対決をとおした自然主義リアリズムに対する文学的闘争と、戦後日本の共産主義運動に対する政治的闘争をつうじて考察する。

第三節ではまず、「朴達の裁判」の中で、朴達が奇妙な転向を実践するにいたった経緯が説明されていない点に注目し、そのことが、思想の科学研究会編『共同研究転向』に代表される同時代の転向論争に対する優れた批判となっていることを明らかにする。さらにこの小説をつうじて照射される、従来の転向研究の死角がいかなるものであるかについても論じる。

第四節では、「朴達の裁判」でかいま見せた、自然主義リアリズムにかわる新たなリアリズムの可能性を、彼がどのように発展させようとし、いかなる結末を迎えたかを論じる。

第一節 「日本語で書かれる朝鮮文学」概念の形成と実践——初期文学活動を中心に

一 はじめに

金達寿の本格的な文学活動は、彼が創刊号から編集長を務めた『民主朝鮮』(一九四六年四月創刊)に、日本語で「後裔の街」などの小説を発表することから始まった。〈解放〉後も日本語で創作を続ける理由について、彼は繰りかえし、日本人に朝鮮と朝鮮人の歴史や現状を知らせるためには、日本語で書くことがもっとも有効だからと主張した[1]。これが単なる方便でないことは確実である。しかしその裏側には、生まれ育った環境のために、非常に多くの在日朝鮮人が朝鮮語を自在に駆使できなかったという事情があったことは否定できない事実であり、彼もその例外ではなかった。それにもかかわらず彼は、

在日朝鮮人が日本語で行う文学活動もまた、朝鮮半島で展開されている、祖国独立のための革命闘争の一翼を担う可能性を有していると主張した。それを端的に示しているのが、「日本語で書かれる朝鮮文学」（日本語로 쓰이는 朝鮮文学）という概念である。

この概念は、〈解放〉後もっとも早い時期に出された、在日朝鮮人が日本語で書くことの意義を示したものである。この是非をめぐって彼は、四七～四八年に魚塘《オダン》と論争を行った。魚塘は一九一九年[2]に〈京城〉に生まれた人物で、〈解放〉後は朝連で活動し、四六年二月に開かれた朝連第二回中央委員会後に新設された「初等教材編纂委員会」[3]の委員となるなど、朝鮮語の普及と民族教育に尽力した。

> この問題を中心に、朝鮮新報紙上で金達寿、魚塘間に活発な論争が展開されたのだが、前者は所謂、日本語創作としての朝鮮文学の可能性を主張する方である。後者は日本語の創作が朝鮮文学になるなら、それは畢竟、畸形となり、日本文学に属しうるが、朝鮮文学になりえないという主張だった。[4]

この点で「日本語で書かれる朝鮮文学」は、金達寿の初期文学活動のみならず、〈解放〉直後の在日朝鮮人知識人が日本語使用についてどのように考えていたかを検討する上で、非常に重要な概念と考えられる。

しかし、〈解放〉直後に発刊された在日朝鮮人主体のメディアの多くが残っていなかったり、入手が極めて困難であるため、二人の論争や「日本語で書かれる朝鮮文学」概念に言及したものは、『朝鮮文藝』を取りあげたイヂェボンの論文[5]や宋恵媛《ソンヘウォン》の著書[6]など、ごく少数しかない。そこで本節ではこの空白を埋めるべく、「日本語で書かれる朝鮮文学」概念が意味するものを明らかにした上で、それが〈解放〉前後の金達寿の文学活動にどのように実践されたか／されなかったかを考察する。

二　「日本語で書かれる朝鮮文学」——魚塘との論争をめぐって

〈解放〉直後、一刻も早く朝鮮半島の故郷に戻ろうと、多くの在日朝鮮人が家財を処分して下関などの港に殺到した。だがすでに日本に新しい家族関係や生活環境を築いていた者も多かった。さらに四六年二月ごろからは、故郷に帰還した人々が再び日本に戻ってくる逆流現象が起こり、彼らをつうじて朝鮮南部が政治的にも経済的にも大混乱状態にあることが伝えられた。このため、在日朝鮮人の態度は、即時の引揚げより、当面のあいだ日本で暮らすことを前提とする方向へと、少しずつ変化していった。「日本語で書かれる朝鮮文学」をめぐる金達寿と魚塘の論争は、このような状況を背景に行われた。

金達寿は『民主朝鮮』創刊当初から、自分たちは日本人に朝鮮の歴史や朝鮮人の現状などを知らせるために日本語で書くのだと主張した。ここで日本語は情報伝達の道具と位置づけられているが、まもなく彼は文学作品の創作についても、自分たちが日本語を用いることには意義があると訴えはじめた。この主張が明確に唱えられた最初期の記事に、「朝鮮文学者の立場」[7]がある。そこで彼は、「音楽、美術その他はしらず文学はもちろん言語の芸術である。朝鮮語で書きおろされない朝鮮文学ということは疑問があろう」と、読者の疑念を想定し、たしかにそれは「われわれが言語をうばわれていたための一種き型《（ママ）》的な現象」であると、いったんは共感する姿勢を見せる。その上で、しかし今となっては、自分たちは日本語という「いやな運命的記憶」がつきまとう言語を、「福となす」ように用いることができると述べ、また日本語での創作は「われわれの言語の芸術をより豊富にするだろう」とも語った。この主張の是非をめぐって、金達寿と魚塘はまず、四七年七月から九月にかけて、『朝鮮新報』紙上で論を戦わせた。

　論争の直接の発端となったのは、金達寿が同紙七月二日号に発表した「日本語で書かれる朝鮮文学――その意義について」〔8〕である。これは題名が示すとおり、在日朝鮮人が〈解放〉後も日本語で書くことの意義を主張したものである。これに対して魚塘はまず、ある団体の機関誌に「文藝時感」という題名の批判文を送ったが、一ヵ月あまり経ってもその機関誌は創刊されなかった〔9〕。そのうち、金達寿が『朝鮮新報』に、「日本語で書かれる朝鮮文学（下）――その作家について」〔10〕を発表して、またもや自説を繰りかえした。

　これに憤慨した魚塘は、九月八日号と一〇日号に、「金達寿氏の日本語で書く朝鮮文学に対して」を発表した。彼は金達寿の、「在日朝鮮人が日本語で書く文学作品も朝鮮文学である」という主張を「詭弁」と断じ、それを論証するために古代に遡行して朝鮮文学の歴史を説いた〔11〕。その上で、日本語で書かれる朝鮮文学は、結局のところ、朝鮮文学において「畸形的存在」でしかなく、それをもって解放された朝鮮民族が目指すべき祖国民主革命に参与するなど、認識の錯誤も甚だしいと全面的に否定した〔12〕。

　これに対して金達寿は、九月二〇日に、「魚塘氏に答える」〔13〕を発表して反論した。金達寿は冒頭で、朝鮮人知識人の賞賛できない性格の一つに、他人の話もよく聞かずに自分の価値判断だけで物事を裁断していく傾向があるが、「該博な」魚塘氏もそういう人なら大変なことではないかと皮肉った。そして自分は日本語で書く朝鮮文学に意義があるか否かを問題にしているのに、魚塘はその点を無視して感情的に「詭弁」と言っているに過ぎないと語った。さらに彼は、金南天《キムナムチョン》たち朝鮮文学家同盟（後述）の作家たちの中には、自分たちの仕事の意義を認めて激励してくれる者もいると述べ、何語で書くかにこだわらず、世界中で朝鮮人が様々な言語で傑作を書いてくれることを希望すると締めくくった。

さらに二人は、日本語版『朝鮮文藝』[14]四八年四月号の「用語問題について」特集号でも、それぞれあらためて自説を展開した。この特集は金達寿と魚塘に加え、李殷直《イウンジク》と徳永直を加えた四名が、在日朝鮮人による日本語での創作活動について語ったものである。この中で魚塘は唯一、「日本語で書かれる朝鮮文学」に対して明確に否定的な立場をとっている。それは「文学が言語芸術である以上、その民族の文学はその民族語に従属すべきであると云ふことは、常識であるからだ、言換《ママ》すると、朝鮮語なしに朝鮮文学は、なりたゝないから」[15]である。この例として魚塘は、英語で創作活動を行っている在米朝鮮人作家の姜鏞訖《カンヨンフル》を挙げ、朝鮮の農村の素朴な風景を描写した彼の小説『The grass roof』はアメリカで刊行され、ヨーロッパ各国語にも翻訳されて広く読まれているが、それが「朝鮮文壇にとつては、何等裨益するところがなかつた事も周知の通りである」[16]と言い切った。

ただし魚塘は、在日朝鮮人が日本語で創作すること自体を否定しているわけではない。彼が否定しているのは、それを朝鮮文学の範疇に含めることである。彼の考えでは、そのようなことを主張する者はもはや、朝鮮文学者を名乗る資格がない。

現に朝鮮文学であると、日本語による文芸運動が展開されてゐるが、再三云ふ迄もなく朝鮮文学の一つの畸形であつて、先に例をとつたやうに、日本文学の一ジャンルであらう。これらの文芸誌も又朝鮮作家の日本文壇への登用門に過ぎず、朝鮮文学運動の一助とも半助ともならないのである。要するに、これらの文学者は、朝鮮文学者であると云ふ自負心を、かなぐり捨てゝ取掛つて貰いたいのである。そうでなかつたら正に朝鮮文学の伝統を汚す者である。[17]

魚塘は言う。たしかに今、純朝鮮語の文芸雑誌を発刊しても、それを読める在日朝鮮人は全体の一％もいないだろうという現実は認めざるをえない。しかし、だからこそ在日朝鮮人文学者は、「日本語で書かれる朝鮮文学」の意義を唱える前に、「朝鮮民族の過去の葬られた人間性の恢復と云ふ新しきヒューマニズムの運動」[18]という至上命題の実践、たとえば在日朝鮮人の誰もが純朝鮮語の文芸雑誌を読める状態を実現すべく取り組んでいかなければならない、それが「祖国の民主革命運動に繋がる」[19]のだと主張した。

実に理想主義的な原則論であるが、日本の植民地下で自分たちがどういう教育を強いられてきたかという記憶が生々しい当時にあっては、魚塘の主張はかなりの説得力を持っていたと思われる。しかし、もしそれが実現できる状況であれば、在日朝鮮人は何語で文学活動を行うべきかという問題自体が存在しないはずである。実際、読者だけでなく書き手の側にも、朝鮮語でも書けないわけではないが、日本語でのほうが、ずっと自由に創作活動を行うことのできる者が少なくなかった[20]。たとえば李殷直はこの特集に寄せた文章で、自分は朝鮮の郷里で小学校に通っていたときは、朝鮮語の作文の方が日本語のそれよりはるかに上手だったのに、日本語に囲まれて暮らすうちに、「いつの間にか自分の国の言葉さへ忘れかけてしまつた」と嘆き、最近「私は、自分の国語と文字で、やうやく文章の書けるうれしさに、やはり我を忘れて書いてゐる」と語っている[21]。また金達寿には、そもそも朝鮮語を／朝鮮語で学ぶ体験がなかった。このように、彼らが朝鮮語を母語として完全に身につけられないまま育ったことは、魚塘の主張を実現する上で大きな障害となったことは間違いない。

そこで金達寿が提唱したのが、理想は理想として掲げつつも、現状に合わせて日本語を戦略的に使っていくという方法である。彼も魚塘と同様、「日本語で書かれる朝鮮文学」が朝鮮文学から見て「畸型」なのは当然であり、これこそ朝鮮文学だと考える方がおかしいと言う。しかし同時に、「日本語で書かれる朝鮮文学」が問題化される背景に、「不幸きわまる原因からではあつたにしろ、過去にも、そして現在でもなおこの日本に「朝鮮人とその生活」があるということ、つまりいまわれわれがこの日本に留つているという」[22]現実があることを考えねばならないと述べる。自分たちが今なお日本語を使っているという現実は、「過去におけるわれわれのドレイ的境遇」を物語るものだが、しかし日本語での創作の方が安易だからという理由で、日本語で詩や小説を書く朝鮮人も、反対に「もろもろのたたかいの場において日本人に向つてはまだ日本語をつかわなければならぬ現実に（つまり日本に）ありながら、ただ単に日本語を嫌悪してみせることでそのドレイ的境遇＝泥沼から解放されたと錯覚している朝鮮人」も、ともに駄目だと言う[23]。なぜなら、問題は日本語を使用するか否かという点にあるのではなく、いかにして自分たちが「ドレイ的境遇」を清算して、そこから実質的に解放されるかというところにあるからだ。「これが清算されたとすれば、われわれがここで問題にしている日本語もまた英語や、ロシア語と同じように問題の焦点が別の方向をむくであらう」[24]。

こうして金達寿は、この歴史的使命を達成するためには、「たとえドレイ的境遇からであろうが、何で（ママ）からであろうがしうとくした日本語が役に立つものであつたならば、大いにそれを役立て」[25]るべきではないかと、次のように主張した。

> このたたかい、この清算のすじみちはどこに立てられるべきか。それは自己の歴史的任務からであるとぼくは信じている。それではその任務とは？今日このような愚問を発する朝鮮人はおらぬと思うが、それはいうまでもなくわが朝鮮の独立である。それではまた、われわれがいま日本にあるという現実に立つて、わが朝鮮の独立のための自己の任務をどこに見出すべきであろうか。これも愚問たることを失わぬが、この日本にあるという現実に立つては、この日本の民主革命、すなわちそれが文学者の場合ならば日本の民主主義文学運動に参加することであるとぼくは信じる。[26]

しかし、在日朝鮮人文学者が自らの歴史的任務を達成するために、日本の民主主義文学運動に参加しなければならないとすれば、「日本語で書かれる朝鮮文学」は朝鮮文学ではなく、日本文学の一種ということになるのではないか。そのとおりだと金達寿は言う。ところが彼は同時に、在日朝鮮人が日本語で書いた文学作品は、日本の民主主義文学運動の一翼を担うことによって、在ソヴィエト朝鮮人がロシア語で書いた文学作品とともに、「朝鮮文学の独特な一環としての可能性を建設」[27]すると述べる。

なぜならばこの日本においてはその歴史的地理的条件からわれわれ朝鮮人の「生活」があるからである。一人や二人の個人がどういう事情でか外国にいつて、その外国の民族生活にとけこんで文学をはじめるのとはちがい日本における朝鮮人は朝鮮人としての集団的生活をもちその生活のなかから大多数の日本人の生活にうつたえ、結符《ママ》し、刺戟しようとする表現の運動が行われるであろう《ママ》からである。これは朝鮮民族文学と日本民主主義文学の養分を間断なくとり入れて、それ自身また独特な成立を見せるであろう。これを具体的にいえば、それは日本語で朝鮮人の生活を描くであろうが、そこにはまた日本の社会的条件、民族的条件が何等かのかたちで反映し、必ずまた日本人が登場しないではいないだろう。つまりわれわれ朝鮮人の百万近い民族がこの日本においてどくとくな朝鮮人としての生活を営む限り、それは朝鮮文学を故国から輸入し、日本文字をただ購入して静止することなく、或いは日本の文学環境にしげきされてどくとくなそれ自身のなかから「朝鮮文学」が生れないではいないだろう。これをぼくは朝鮮文学の一つの可能性といいたいのであるが、それはしかし、われわれがその歴史的階級性に目ざめ、日本のこの階級と協力し、たたかうことによつて可能である。[28]

こうして彼は「日本語で書かれる朝鮮文学」を、歴史的使命を自覚した在日朝鮮人文学者が、「朝鮮民族文学と日本民主主義文学」を養分にして開花させつつある、朝鮮文学の可能性の一つと位置づけることで、自らの文学活動に根拠を与えようとしたのである。

ここで「日本民主主義文学」というとき、金達寿が、新日本文学会に結集した左翼的な文学者を運動の担い手として考えていたことは疑いない。彼は「後裔の街」が機縁となって同会から勧誘され、四六年秋ごろに入会するとまもなく常任委員に選出されたという経緯があるからだ。戦時中にプロレタリア文学の作品を読むことなく過ごした彼は、同会の文学者、特に中野重治を〈教師〉にして、多くを学んだ[29]。

それでは「朝鮮民族文学」の担い手はどうか。それは四六年二月八～九日に朝鮮南部の左翼的な文学者が大同団結してソウルで結成した、朝鮮文学家同盟[30]の盟員たちと考えられる。金達寿がこの団体を、在日朝鮮人文学者が参与すべき文学運動体と考え、有形無形の結びつきを強く意識していたことは、多くの資料から裏づけられる。たとえば金達寿は、四七年一一月の新日本文学会第三回大会で、同盟の第一回朝鮮全国文学者大会の会議録『建設期の朝鮮文学』を用いて、「八・一五以後の朝鮮文学運動」[31]という報告を行った[32]。また彼は、四七年から四八年にかけて、朝鮮文学の歴史や現状について何度も文章を書いているが、その最後は決まって、次のように同盟を賞賛し、その一翼となるべく身を投じなければならないと締めくくっている。

そのためにいまやこの闘争の主体である朝鮮文学家同盟は人民の先頭に立つて四散の状態におちいり、苛酷なそこからさらにゆるぎない闘いを継続しているのであるそ《（ママ）》してその闘いは三・一運動におけるところのような多分に気分的な無組織的なそれではなく、また多分に非科学的であつたそれでもなく、いまは三・一運動の場合のごとくは絶対に敗れることのないそれは何よりも歴史の必然とその指向に支えられていることで不敗の闘いなのである。

そして八・一五の回生を契機とするわが朝鮮文学はこの闘いのなかから生れてはじめて全的に成長する。三・一の闘いのなかから発生して発展したわが朝鮮近代文学がここにおいて、この闘いにおいて、いまこそぢぐざく《ママ》ではない、豊富なその体系をととのえるであろう。〔中略〕

つまり、重ねていえばわが朝鮮近代文学はこのように、どこかの先進の影響に促されて発生し発展したものではなく、それは自らに負荷された運命にしたがつて、これを打破し、打開するための闘いによつて獲ち得られたのである。したがつてまたその必然的な発展と方向は常にこの闘いに結びついてきたのだつた。これは不幸な運命であつたであろう。だがこの運命はついにわが朝鮮民族をきたえ、その文学を練ることとなつた。われわれはわが文学のためによろこんでこの闘争に参加するであろう。〔33〕

さらに金達寿は四七年二月、「本国の運動」に呼応して、一〇名ほどの在日朝鮮人文学者と在日本朝鮮文学者会を結成した〔34〕が、この時期に彼が朝鮮半島の文学運動について書いた文章の多くが、この引用文と同趣旨であることを考慮すると、「本国の運動」が同盟のそれを指していることは確実である。ここに見られる本国との連帯意識は、ひとり金達寿だけのものではなく、当時の左翼的な在日朝鮮人文学者が多かれ少なかれ、共通して持っていたものと推測される。そのことは四八年一月に、在日本朝鮮文学者会が他の在日朝鮮人文化団体と合同して、新たに在日本朝鮮文学会が結成された際に出された綱領〔35〕を同盟の綱領〔36〕と比べると、全五項目のうち、「日本帝国主義残滓の掃蕩」・「封建主義残滓の清算」・「国粋主義の排撃」・「朝鮮文学の国際文学との提携」の四項目が同一で、違いは同盟の綱領で「民族文学の樹立」となっているものが、文学会では「文学の大衆化」となっているにすぎないことからもわかる[37]。

この点で金達寿の立場は、徳永直の、「日本語による朝鮮作品の如何の問題も、階級的な民主主義的な見解にたたぬ限り解決はないし、それがまた朝鮮、日本両民族の発展の道である」[38]という一節に表現されている日本共産党の方針――在日朝鮮人は祖国の独立よりも天皇制打倒を第一義的な目標に掲げねばならない――とは違っている。徳永が窮極的に階級的主体を民族的主体の上位に置き、民族闘争は階級闘争に還元されると考えたのに対し、金達寿は自分たちの「ドレイ的境遇」を克服するためには、「朝鮮民族文学と日本民主主義文学」の両方が必要だという立場を堅持した。

この『朝鮮文藝』特集号が発刊されてまもなく、四・二四阪神教育闘争や朝連の強制解散など、在日朝鮮人の生活を根本から脅かす出来事が続発したためか、金達寿と魚塘のその後を窺える記事は確認できず、根本的なところで目標を共有していながら、二人はついに論争上で合意しないままになった。そして金達寿も、「日本語で書かれる朝鮮文学」自体については、これ以上は何も語っていない。このため彼の主張は論理的に整理されているとは言い難いが、要点をまとめると、次の三点に集約される。

第一に、「日本語で書かれる朝鮮文学」は、歴史的な事情はあったにせよ、現に日本国内で暮らしている朝鮮人の生活の中から生まれ育つ文学という点で、朝鮮人の民族的主体性を基盤として成り立つものである。したがって、「日本語で書かれる朝鮮文学」は、日本語で書かれていようとも、朝鮮の独立を目指すものである点で、朝鮮文学家同盟に集まった文学者たちが創出しつつある朝鮮文学と目的を同じくする。

第二に、「日本語で書かれる朝鮮文学」は、日本の帝国主義的植民地支配のもとで強いられた「ドレイ的境遇」のみならず、その境遇の中で形成された「ドレイ的」精神を、日本の民主主義文学運動と連帯してともに階級闘争を繰りひろげることで克服しようとする文学である点で、日本の民主主義文学と目的を同じくする。

そして第三に、「日本語で書かれる朝鮮文学」は、以上の目的を目指して書かれる文学であって、在日朝鮮人が日本語で書く文学作品すべてを無条件に含むものではない。在日朝鮮人の文学作品が日本語で書かれることは、一方では自分たち在日朝鮮人が朝鮮語を奪われたまま育ったという「ドレイ的境遇」を物語るものだが、他方では、どんなに抑圧されようともそれに抵抗しないではおられず、敵の武器さえ自分の武器として活用する朝鮮民族の逞しさを物語るものなのである。

こうして「日本語で書かれる朝鮮文学」は、敵の武器さえ我がものにして、民族闘争と階級闘争の両面で闘いつつ、両者を総合していこうとする文学とまとめられる。では、果たして〈解放〉前後の金達寿の文学作品は、その「日本語で書かれる朝鮮文学」を実践していたのだろうか。

三　身体に刻まれた〈負性〉――「位置」をめぐって

金達寿が「日本語で書かれる朝鮮文学」概念を提唱した時期の小説は、日大専門部芸術科在学中に同科の文芸誌『芸術科』・『新芸術』（『芸術科』改称後の誌名）などに発表したり、戦争末期に仲間内で読みあうために作った回覧雑誌『鶏林』に書いたものを、自己批判的に点検して改稿し、あらためて発表したものが多い。特に、『民主朝鮮』に発表された「塵芥（ごみ）」（四七年二月）・「塵芥船後記」（四七年四月）・「雑草の如く」（四七年六月）・「族譜」（四八年一月〜四九年七月）には、この特徴が強くあらわれている。

これらはそれぞれ、「塵芥（ごみ）」（『文芸首都』四二年三月、筆名「金光淳」）・「雑草」（『新芸術』四二年七月、筆名「大澤達雄」）・「族譜」（『新芸術』四一年一一月、筆名「大澤達雄」）をもとにしたものだが、登場人物の設定や物語の展開などに大きな違いが見られる。特に注目すべきは、金達寿と張斗植《チャンドゥシク》をモデルにした「雑草」と「雑草の如く」の差異である。張斗植をモデルにした登場人物（「雑草」では鄭守、「雑草の如く」では丁守）が就職のため面接に行くが、朝鮮人という理由で相手にされないところまでは大筋で同じである。しかしその夜、彼が金達寿をモデルにした登場人物（「雑草」では敬泰、「雑草の如く」では太俊）と一緒にカフェーで酒を飲みながらいろいろ話をする場面から大きく変わっている。「雑草」では敬泰が鄭守に、「君はもつと断言しなくちやいけない。断言しろ。放言しろ」[39]、「吾々は生れながらに問題を背負つてゐる。その条件が有効か有害か神様が定めたわけぢやない。その神様でさへ不動のものぢやないんだ」[40]などとまくしたてる。それに対して鄭守は、「君に云はれたからいま急に決意したのではないが、俺も分自《ママ》に自信を持たなくてはいけないと日頃思つて来た。俺も自分の生きることに熱意を持つて進んで行く。有難う、よく喋つてくれた」[41]と応える。そして敬泰が伝票をつかんで立ち上がり、二人一緒に店を出る。これに対して「雑草の如く」では、太俊が一方的に「われわれは生れながら問題を背負つている。しかしこれがいゝとか、わるいとかはまだ誰も証明していないのだぜ」[42]云々と語ったあと、就職すること自体が目的ではないが、自分たちに背負わされた目的を追求するためにまず、今日から学校を辞めてK新聞社に就職すると宣言して店を出る。丁守は特に応えることもなく、太俊の後に続いて店を出る[43]。

こうした改稿に窺える民族的主体の確立への志向が、もっとも顕著な形で表現されているのが、「後裔の街」（『民主朝鮮』四六年四月～四七年五月）である。これは幼少期に〈内地〉に渡り、そのまま日本で教育を受けて大学を卒業した朝鮮人青年の高昌倫が、〈京城〉で暮らす従妹からの手紙を契機に朝鮮半島に〈帰り〉、かつての友人などとの交流をとおして、朝鮮人としての民族意識に目覚めていくという小説である。「植民地時代の自己体験を民族の歴史として描く」[44]という点で金達寿文学の出発点となると同時に、「祖国と、祖国の文化になじめない自己との間の煩悶というテーマ」[45]が流れている点で、〈解放〉後の在日朝鮮人による日本語文学を象徴する作品と位置づけられるなど、現在も高い評価を受けている。

このように、この時期の彼の小説には、どんな環境の中でも逞しく生きようとする〈解放〉前後の朝鮮人の姿が写実的に描かれており、多くの日本人読者の心情に訴えるという点では、大きな価値がある。だが「日本語で書かれる朝鮮文学」に照らし合わせると、彼の主張が小説の中で実践されているとは言えない。「日本語で書かれる朝鮮文学」の出発点は、それまで自分が何の疑問も感じず自明視してきた態度が、実は「ドレイ的境遇」の所産だったことに気づかされる、その〈衝撃〉にある。しかし〈解放〉後に書かれた彼の小説の登場人物は、「雑草の如く」の太俊が典型的であるように、自分たちを「ドレイ的境遇」に置いている要因をあらかじめ想定し、その仮想敵に立ち向かうことが主体を確立させることだと考えることで、結果的に〈衝撃〉をもたらす他者との出会いを回避してしまっている。しかし、人は誰でも、予想していなかったからこそ〈衝撃〉を受けるのであり、あるいは〈衝撃〉を受けた自分の、思ってもみなかった反応に驚いて〈衝撃〉を受けるのであって、〈衝撃〉がもたらす他者性を、意志の力で消去することはできない。この点では、〈解放〉後に発表された小説よりもむしろ、デビュー作「位置」のほうがずっと、「日本語で書かれる朝鮮文学」概念の核心にあるものを描きだしている。

「位置」は『芸術科』四〇年八月号に掲載された短編である。ある雑誌に雑文を投稿した際、「大沢輝男」という筆名を使ったことから、友人にその名前で呼ばれるようになった朝鮮人大学生の張応瑞が、棚網喜作という日本人の偽大学生と一緒に、しばらくアパートで共同生活を送ることになる。ところがやがて、大沢に対する棚網の善意が、実は朝鮮人に対する差別意識からくるものだったことがわかり、関係が破綻してしまうところで物語が終わる。

「位置」に描かれているのは、日本人に対する朝鮮人の〈位置〉であるが、このとき金達寿はそれがどのようなものであるかを、棚網と大沢という、民族はもちろん性格や経済状況など、多くの点で対照的な登場人物を造形し、二人のやりとりをとおして読者に提示しようとした。結末部分には、それがもっとも劇的な形で描かれている。


「別れたいんなら判然云へよ。俺も友達が先月から来い〳〵と云つてゐるんだ。だけどかうして我慢してゐるんだぜ。その俺の気持がわからねえのか、お前には」

「何を我慢することがあるんだい。一緒に居るのが倦きたならさう云へばいゝぢやないか」

「ちえツ、だからお前は解らねえ野郎だてんだ」と云ふと彼はぷいと後ろを振返つてゐる。

「何だい云つて見給へ」

僕の語気もすこし荒くなつて来た。

「よし！　云へてんなら云ふがな、お前は一度で××××××《（ママ）自分が朝鮮人》だといふことを考へたことがあるのか」

彼は向き直ると両腕を胸に組み直して云ひ放つた。

僕は膝からガクンと力が抜けたのを覚えた。僕は慌てゝうつむいた。胸が急に詰まつて来た。

「だいいちお前、アパートの婆さん何て云つてると思ふ、俺を控《(ママ)》まえて××××《朝鮮人だと》、それはお前の友達だか知れねえ和泉も一緒になつて云ふんだぞ。始めは×××《朝鮮人》だと思つたのと抜かしやがるぢやねえか。それればかりぢやねえ！　お前の友達で来る奴来る奴みんな俺を××××××××《朝鮮人だと思って》ゐやがるぢやねえか」

〔中略〕

彼は僕の頭に向つて絶間なく浴せた。僕は畳に大粒の涙が落ちるのを彼に見られまいとして努力した。坐つてゐる身体がだん〳〵《(ママ)》縮まつて来るのを感じた。

彼は続けて喋つてゐるらしかつたが、もう聞こえなかつた。僕は急いで蟇口をとり出して畳に置いて、

「これで僕の留守に引越しをしてくれ」

と漸くに云つて表へ飛び出て行つた。〔46〕

「位置」は金達寿のデビュー作ということもあって言及した文章は少なく、ほとんどがごく簡単な内容紹介にとどまっているが、その中でまとまったものとしては崔孝先《チェヒョソン》の研究がある。崔は「位置」のテーマとして、「大沢の朝鮮人としての自覚が、棚網と一緒になってからどのように思い知らされて行くの

か」と、「友情の破綻がもたらす心理描写」の二点があることを指摘した[47]。その上で、先に引用した場面を取りあげ、大沢が棚網から暴言を吐かれたのに、「なぜ自分が朝鮮人という理由で暴言を聞かなければならないのかという問題に対する〝疑問〟も感じなければ、〝怒り〟も感じ」ず、「ただ〝泣く〟だけ」しかできないでいるのは、大沢の積極的な性格から考えて不自然であり、二人の共同生活を始めたいきさつについての説明の不充分さと合わせて、作者の意図を不鮮明なものにしていると批判した[48]。さらに、屈辱的な暴言を退けることができなかった大沢のような朝鮮人が造形された背景には、朝鮮人としての民族的自覚をはぐくむ環境が何一つないまま育ったがゆえに、「作者をも含めて大沢が、朝鮮人として、まだ民族的に自覚する以前の心理状態であった」からではないかとも述べた[49]。

しかし引用文から明らかなように、大沢は最初、棚網こそ自分と「一緒に居るのが倦きたならさう云へばいゝぢやないか」などと反論する姿勢を見せており、決して無抵抗だったわけではない。大沢が抵抗できなくなり泣いてしまうのは、棚網から「朝鮮人」と言われた瞬間からである。ここで「朝鮮人」という単語は、大沢を理屈抜きに呪縛するマジック・ワードとして機能しているが、逆に言えば「朝鮮人」という単語を耳にした瞬間、考えるより早く身体が反応してしまうほど、この単語に込められた歴史的な〈負性〉が、大沢の身体に刻みこまれていたとも言える。そしてこれは、金達寿が小学生のときに、日本人は「日本人」と言われても怒るどころか、むしろ自らすすんで日本人であることを誇りにさえしているのに、なぜ自分たち朝鮮人は「朝鮮人」と言われると怒りを感じ、また怒らずにはいられないのかと、ひとり思い悩んだように[50]、当時の朝鮮人に共通するものだった。

「位置」は大沢が財布を置いて部屋を飛び出していく場面で終わっているが、仮に物語が進めば、彼はおそらくこの後、なぜ自分はあのとき泣いてしまったのか、なぜ棚網に言い返さなかったのかなどと自問自答するだろう。だがその時すでに彼は泣いてしまっていたのであり、崔の言う「心理描写」はその事実を事後的に合理化するものでしかない。したがって、〈解放〉後に金達寿が「日本語で書かれる朝鮮文学」で提唱することになる、朝鮮人の「ドレイ的境遇」やその中で形成された「ドレイ的」精神がいかなるものであり、それをどのように克服していくべきかという道筋の端緒は、「朝鮮人」と言われた瞬間に理屈抜きに泣きだしてしまった大沢の反応にこそあった。ところが、「私はさいわい朝鮮人であってその思考方法もちがうだろうから、私は志賀直哉はとらず、西欧の、それもロシア文学の方法を自分のうえに生かしてみよう」、「思想をもって、したがってフィクションをもって小説を」[51]書こうと単純に考えていた当時の彼は、文学的闘争の出発点となるものを「位置」に描いていたにもかかわらず、そのことを自覚できなかった。

ここにあらわれた〈ズレ〉が彼にもたらした悲劇の一つは、四三年から四四年にかけて京城日報社に勤務したことである。自伝によれば、彼はそこがどういう新聞社なのか知らず、それまで勤めていた神奈川新聞社より大きいというだけの理由で入社したいと思ったという[52]。この証言の真偽は確認しようもないが、彼は〈解放〉後、そこで働いたことを、「心に痛みをおぼえずには思いだすことができない。私はこれで、自分の民族的バージンを失ったものと思っている」。「京城日報記者としての私の果した役割も犯罪的なものであった―たらざるを得なかったのである。とりかえしのつかない後悔である」と痛烈に自己批判している[53]。この告白が意味しているのは、京城日報社への転職は彼自身が希望したことだったが、〈解放〉後に振り返ってみれば、当時はこの選択が意味するものをまったく理解できていなかったということである。そして、彼にそれを気づかせる〈衝撃〉を与えたのは、「学徒出陣」していく朝鮮人学生たちの、決して紙面には載らない悲痛な叫びだった。

「あんたはなにを書こうと勝手だが、聞いてくれるというのなら聞いてもらいたい。いったいぼくたち朝鮮人の敵は、どこにいるのですか。いったいどれが、どちらがぼくたちの敵なのですか」

私はただだまって聞いているだけで、返すことばがなかった。また、なかにはこう言うものもいた。

「どうしてぼくたちは戦場へ行って人を殺し、そして自らも傷つき、死ななくてはならないのですか。だいたい、何で、どうしてぼくたちは日本天皇のために命を捧げなくてはならないというのですか」

いうならば私自身、彼らと同じ朝鮮人でありながら、どちらの側に立っているのか、と問われているようなものであった。私ははじめて、その自分について深刻に考えないではいられなかった。〔54〕

このような体験と、〈解放〉という現実の中で露出した、京城日報社で記者として働いたことに対する、埋めようのない〈ズレ〉への自責の念が、〈解放〉後の彼の文学活動の出発点となったことは疑いない。「後裔の街」や「雑草の如く」の物語がいずれも、主人公が何かを決意する場面で終わっているのは、そのことを示している。だがすでに見たように、それはたしかに主観的には自覚であるだろうが、物語の中でさえ社会の現実構造と対応することなく終わってしまった自覚であることを見落としてはならない。この点で「日本語で書かれる朝鮮文学」に基づく金達寿の文学的実践は、日本や朝鮮の近代文学に対して〈衝撃〉を与え、それらを成立させている理論的基盤を揺るがす要素を潜在的に持ちえていたと言えるかもしれないが、それ自体としては未完成なものだった。

しかし、四七年に始まったアメリカの全世界的な反共政策が、在日朝鮮人の生活を露骨に圧迫していくと、金達寿はアメリカという、かつての日本より強大な帝国主義国家が、日本と朝鮮の両方に覆い被さっていることを認識しはじめた。そしてそれは、アメリカの写真雑誌『LIFE』四八年一一月一五日号に掲載された、四八年一〇月一九日に起こった麗水《ヨス》・順天《スンチョン》事件（七五頁参照）の報道写真を見たことで確固たるものになった[55]。さらに彼は、この過程と並行して、〈解放〉後の数年間の経験から、それまで尊敬してきた新日本文学会の会員など、「進歩的知識人」の主体性に対しても疑いを持つようになった。

〔前略〕これもいずれも当代日本の代表的なインテリであり、コムミニストであり、著述家であるBCそのほかと、おなじような席でおなじようにはなしていた。談たまたま、このときは大分かたく、Bがさかんに中国や朝鮮、はては東南アジア諸国における人民闘争のことをかたり、それにくらべてこの日本は、……などといつていた。（ママ）私は、自分の祖国である朝鮮がひどく賞讃されているので、ちよつとてれる思いをしながら黙つていた。と、Cが何を思つたのか（それはすぐにわかつたが）、私をちら、ちらと横目でみながらこういうことをいうのであつた。

「それはそうだが、日本はなるほどそれはおくれているけれども、しかしやはり、さいごにはこのアジアにおける指導権は日本にあるし、日本が握るよ。」その指導権とは何であり、それを握るかどうかは別として、これがあの「大東亜共栄圏」のそのままの裏返しであることは、誰も疑わないだろう。[56]

金達寿はこの他にも、朝鮮語を「그리고」(それから)という単純な接続詞さえない言語だと思っている「著名なコムミニスト」の話などいくつか事例を挙げ、一般の日本人がこういう帝国主義的な意識を持っていることは今さら驚かないが、自他ともに「朝鮮人民の友」と認められている彼らでさえ、アジア諸国やその人民に対する意識が一般の日本人と大差ないことには驚かざるをえないと語った。

こうして彼は、進歩的であろうと反動的であろうと、このような発言を平気でする者は、帝国主義的人間というより、自分が未だ「奴隷状態」にあることとさえ意識できていない、「植民地的人間」とでも言うべき存在ではないかと考えるようになった。朝鮮人が「朝鮮人」と言われて考えるより先に怒りがこみ上げてくるように、自他ともに「朝鮮人民の友」と認める日本人の進歩的知識人の身体にもまた、別の歴史的な〈負性〉が刻みこまれたままであるなら、一般の日本人はなおさらである。この点では日本人も朝鮮人も同質ではないか――これが、「植民地的人間」という言い方で彼が示そうとしたことだった。身近にいた日本人の中には、彼が「進歩的知識人」のこうした発言に憤慨する様子を目撃した者もおり、たとえば久保田正文はそれを聞いて、贖罪意識を持って朝鮮人に接することの誤りを痛感させられたと、のちに語っている[57]。

我々はここに見られる金達寿の態度変更をつうじて、「位置」の結末部分で一瞬だけ開示された歴史的な〈負性〉の問題に、彼が自覚的に立ち戻ってきたことを認めることができる。ここにおいて彼は、抽象的な観念でしかなかった「日本語で書かれる朝鮮文学」で志向していた民族的独立と階級的連帯とを、具体的に関連づける認識をつかみとったのである。

四　おわりに

金達寿が「植民地的人間」などで示した認識は、それまで日本と朝鮮、日本人と朝鮮人とを単純に対立的に描いてきた彼の小説の書き方にも、根本的な変化を及ぼさずにおかない。そこで彼はここから、志賀直哉の文学など、自分自身のこれまでの文学活動を価値づけてきた諸観念に対する文学的闘争を開始することになる。

このように、「日本語で書かれる朝鮮文学」概念に焦点をあてることで、「後裔の街」から「玄海灘」を経て「太白山脈」にいたる系譜とは別の、新たな金達寿文学の系譜が浮かびあがってくる。それは金達寿文学を志賀文学の強い影響下に出発し、民族や階級を問わずどんな人間にも共通する「人間的真実」を、自然主義リアリズムの文体で描き続けた民族主義作家と見なしてきた従来の評価とは異なるが、実際に彼が志向した文学は、こちらの系譜にあった。この意味で、「日本語で書かれる朝鮮文学」概念は、彼の初期文学を理解するための鍵であるだけでなく、彼の文学活動全体を評価する上でも、無視できない重要性を持っている。

第二節　自然主義リアリズムとの対決――「玄海灘」から「朴達の裁判」へ

一　はじめに

前節の最後で述べたように、金達寿は『ＬＩＦＥ』誌に掲載された、麗水・順天事件の犠牲者の写真に強い衝撃を受け、今や自分たちが本当に敵とすべきものがアメリカ帝国主義であることをはっきり認識するとともに、共産主義への志向を急速に強めていった。そして四九年五月か六月ごろ、民族主義的青年から共産主義者へと新たな一歩を踏み出すべく、日本共産党に入党した。この思想的変化は早くも「叛乱軍」(『潮流』四九年八〜九月)に反映されたが、その後も「大韓民国から来た男」(『新日本文学』四九年一一月)・「孫令監」(『新日本文学』五一年九月)・「釜山」(『文学芸術』五二年四月)・「恵順の願い」(『婦人民主新聞』五二年一〇月一二日〜五三年一月二二日)などの小説をとおして、アメリカ帝国主義や李承晩《イスンマン》政権への批判を展開した。

それらの中には「大韓民国から来た男」のように酷評された[1]ものがある一方、高く評価されたものもある。特に「玄海灘」(『新日本文学』五二年一月〜五三年一一月)は、在日朝鮮人文学者としての彼の地位を確立させた小説である。これは日本の植民地下の〈京城〉を舞台に、帝国主義支配に抵抗する朝鮮人民衆の姿を、西敬泰と白省五という二人の朝鮮人青年の視点から描いたものである。単行本の「あとがき」によると、朝鮮戦争で北朝鮮の朝鮮人民軍は、「世界最強を誇るアメリカ帝国主義軍を主力とするいわゆる国際連合軍」に対して最後までよく闘ったが、その活躍ぶりは決して偶然のものではなく、彼らが「日本帝国主義によつてきたえられた朝鮮人」だったところにあることを、歴史的に裏付けようと思って書いたという[2]。この意味で「玄海灘」は、物語の時代背景こそ植民地時代であるものの、朝鮮戦争のただ中にあって、アメリカ帝国主義と戦い抜くための民族的エネルギーを、過去の闘争の歴史から汲み取ろうとしたものと言える。

日本の文壇では、当時すでに、野間宏や椎名麟三などの「戦後文学者」によって、戦争の悲惨さや日本軍の非人間的残虐さを暴きだす小説が書かれていた。しかしそれらはあくまでも日本人によるものであり、朝鮮人や中国人など日本の帝国主義支配の被害者によって書かれた小説が、日本人の目に触れる雑誌に掲載されることは皆無だった。このため「玄海灘」は連載中から、日本人にアジア諸国への侵略に対する反省を痛烈に迫るものと見なされ、第三〇回芥川賞と第一回新潮社文学賞の候補作に挙げられるなど、高い評価を受けた。

ところが金達寿自身は、まさにこの小説の連載中に、志賀直哉の文学をとおして学んできた自然主義リアリズムの方法に、根本的な限界を感じるようになった。この点について彼は、次のように述べている。

> というのは、私はさきにこの長篇《(ママ)》〔「玄海灘」〕では「日本の植民地下にあつた朝鮮民族の生活と抵抗とを、全面的にとらえようと考えた」といつたが、このやり方〔主要な登場人物二人の視点を交互に

積み重ねていくことで物語を書き進めていくやり方」ではそれがどうも「全面的」とはならないのである。たとえば私は「西敬泰」一人のみではなく、もう一人「白省五」と、二つの視点を設定したが、しかし私・作者は「全面的」とはいつても、この二つの視点、この二人の視野へ入つてくるものしかとらえることができないのである。

もちろん、この二人のほかにもいろいろなものが登場する。が、私はそれらをも依然としてこの二人の視点、視野でしかとらえてはいない。とらえられないのである。これを別なことばでいえば、私・作者はこの二人の生活の範囲から外へはでることができなかつたのだ。第一に、「抵抗」といつても、その抵抗をよびおこす権力の側を、私はその内部にまで踏み入つてかくことはできなかつた。「全面的」あるいは全体的というならば、わたしはそこまですすみでなくてはならないのである。そうでなければ、窮極的には、われわれはいつまでも受身でおわるより仕方がない。自然主義から根本的に抜けでることはできない。

そこで私はこの「玄海灘」を急いでかきおわると、これの続編《（ママ）》ともいうべき「太白山脈」を準備しながら、しきりと多元的視点ということをいいだした。〔3〕

金達寿の考えでは、自然主義リアリズムの方法で書いた自分の小説の限界は、朝鮮民族の「抵抗をよびおこす権力の側」が描けないところにあった。その姿をはっきりと読者に示せなければ、どんなに朝鮮人の生活や抵抗の様子を描いても、現実を受動的に解釈するだけにとどまり、積極的に変革していく力を生みだすものにならないというのである。ここから彼の言う「多元的視点」が、被抑圧者側と権力者側の両方を見渡すにとどまらず、両者の関係の本質を描きだすことで、その関係を変革していく力を創出する視点であることが窺える。

金達寿のこの主張は、一九二〇年代から三〇年代にかけて日本のプロレタリア文学運動が確立しようとし、戦後も新日本文学会の会員たちが中心となって復活させようとしてきた社会主義リアリズムのスローガン——「社会を書け」——を彷彿とさせる。実際、金達寿はこの時期、社会主義リアリズムの方法を、批判的にであれ継承すべき成果と考えていた。ところが実際に彼が、数年にわたる文学的闘争の果てに書きあげたのは、社会主義リアリズムの文体とは似ても似つかない文体で書かれた「朴達の裁判」(『新日本文学』五八年一一月)だった。このことを考慮すると、彼の主張した「多元的視点」に基づくリアリズムが、果たしてプロレタリア文学運動の中で唱えられた社会主義リアリズムと同じものを指しているのかは、大いに疑わしいと言わなければならない。

しかし、「日本語で書かれる朝鮮文学」を論じた前節と異なり、この点を明らかにするために、彼が「多元的視点」について語っていることを参照することはできない。なぜならそれらは、次のように一般的・抽象的に語られるだけで、まったく具体性がないからである。

たとえばここに一つの事件があるとしてそれをじゆうらいのようにあるがままの、そのままの形では決してうけとりません。まず、その本質を考えようとするのがふつうです。それはどうしてそうなり、そうあるか、そしてそれはどういう意味をもつているかということなどを自分のうちに明らかにし、それが作品として形象化され、表現された後の効果ということにまで責任をもたなくてはなりません。

ですから当然、ここでは作者のそれにたいする認識ということが問題となりますがしかしながらここでは作者はその対象から自由であるばかりか、それを征服しようとする指向がみとめられます。〔4〕

そこで本節ではまず、「玄海灘」を中心とする四〇年代末から五〇年代前半の金達寿の文学活動に焦点をあてて、彼が自然主義リアリズムに感じた限界がどのようなものだったかを、あらためて考察することから始めたい。

二　志賀直哉との文学的闘争

「叛乱軍」以後も金達寿は、「矢の津峠」（『世界』五〇年四月）・「前夜の章」（『中央公論』五二年四月）・「副隊長と法務中尉」（『近代文学』五二年一～二月）・「母とその二人の息子」（『群像』五四年五月）など、自分が過去に体験したことや家族・知人から聞いた話などを素材に、無名の朝鮮人民衆の姿を描き続けたが、それに加えて、これまで見られなかった新たな主題での創作にも積極的に取り組むようになった。その一つは共産主義社会への志向と、それを武力で弾圧し民衆を虐殺するアメリカ占領軍や李承晩政権への怒りを前面に押し出したもので、「叛乱軍」・「大韓民国から来た男」・「釜山」・「孫令監」・「恵順の願い」などがそれである。二つ目は警官や反共主義者など、金達寿からみて敵陣営に属する者が、語り手の一人ないし主要な登場人物として登場するもので、「副隊長と法務中尉」・「泣き面相」（『別冊文藝春秋』五四年二月）・『故国の人』（「故国の人――或る巡警の手記」〔『改造』五四年一一月〕・「出動」〔『新日本文学』五六年五月〕・「僧侶・朴玄培の話――一九四六年二月の京城」〔『文学構造』五六年七月〕をまとめたもの）・「日本の冬」（『アカハタ』五六年八月一八日～一二月三〇日）などがそれに当たる。さらに日本社会で差別されている者の差別意識を主題にしたものもあり、朝鮮人に対する被差別部落民のそれを描いたことで問題となった「眼の色」（『新日本文学』五〇年一二月）と、内容的にその続編にあたる「富士のみえる村で」（『世界』五一年五月）がこの系列である。しかしこれらは一挙にあらわれたわけではない。まず共産主義社会を志向する朝鮮人民衆を描いた小説と被差別者の差別意識を主題にしたものが書かれ、その後、徐々に権力側の人々に焦点があてられるようになったのである。そして「玄海灘」における行き詰まりは、金達寿に従来の文学からの転換を決定づけるものとなった。

さて、「玄海灘」は、先述のように西敬泰と白省五の視点をとおして物語が展開されており、四三～四四年に金達寿が京城日報社に勤務していた時期の体験が、全編をとおして色濃くあらわれている。中でも西敬泰は、もともと日本の地方新聞社で勤務していたこと、日本人女性との恋愛が破局して朝鮮にやってきたこと、京城日報社に強引に就職して校正係で働いたのち社会部記者になったことなど、多くの点で金達寿と等身大の人物として造形されている。他方、白省五については特定のモデルはいないものの、両班の家系の一人息子で、東京の大学に留学して卒業したのち帰郷すると、これといった目的もなく毎日を無為に過ごすなど、出世志向を持った西敬泰とは家庭環境も含めて対照的な人物である。このような二人がそれぞれ異なる体験を経て、朝鮮民族としての民族的意識に目覚めていくという物語のテーマに加え、主要な舞台が日本の植民地下の〈京城〉であることなど、「後裔の街」との共通点がいくつもあり、「後裔の街」で不充分なままに終わった主題を全面的に展開させたものと言える。

たとえば物語の視点については、「後裔の街」が高昌倫の視点からだけで物語が進められたのに対し、「玄海灘」では西敬泰と白省五の二人に増えた。また「後裔の街」で登場する権力側の人間は、せいぜい北川左衛門という日本人巡査ぐらいしかいない。しかも彼は物語の途中で依願退職をしたのち、高昌倫に酒をせびり、泥酔しては愚痴を垂れ流すなど、朝鮮人の「抵抗をよびおこす権力の側」にいる者からはほど遠い。これに対して「玄海灘」には、白省五の父で中枢院参議の白世弼や、西大門警察署の特高刑事である李承元など、朝鮮総督府の権力機構に組み込まれた朝鮮人が登場する。特に李承元は、白省五に敵の中の味方のふりをして、朝鮮が植民地に転落するにいたった歴史や、日本の帝国主義支配に抵抗する共産主義運動の存在などを教えて、彼をそちらの陣営に向かわせたあげく、彼を含む共産主義的青年を一網打尽にする情報を警察に提供することで、自らの出世を図ろうとする。この点で李承元は、北川に比べてはるかに権力志向の強い人物であり、出世のために同胞を裏切るなど、より明確に「抵抗をよびおこす権力の側」にいる者と位置づけられる。

とはいえ、語り手が一人から二人に増えたからといって、奥行きや広がりがもたらされるわけではない。また李承元も、「後裔の街」の北川と同様、朝鮮総督府の権力機構を動かすどころか、その手足として使われる末端の構成員であることに変わりはない。それゆえ、そのような人物を「抵抗をよびおこす権力の側」の人間として小説に登場させることは、まったく的外れではないにせよ、あたかも市役所の窓口の職員を国家官僚のように考えるのと同じで、問題を矮小化しかねない。さらに李承元や白世弼は、物語の語り手となることはなく、あくまでも白省五の視点からのみ語られる、客体的存在にとどまっている。金達寿は自然主義リアリズムの方法の限界が、これらの問題をもたらしたと考えたのである。

しかし彼にとって、自然主義リアリズムと闘うことは容易なことではない。というのも、彼に文学の価値を教えたのは、まさにその自然主義リアリズムの文体で書かれた文学作品、とりわけ志賀直哉の小説だったからだ。この意味で自然主義リアリズムとの文学的闘争は、これまで自分が文学に抱いてきた価値観に対する根本的な問い直しにいたらざるをえないものなのである。では金達寿はいかにしてそれと闘ったのか。この点を彼の志賀文学批判に沿って辿ってみよう。

そもそも金達寿は、なぜ志賀の文学を標的にしたのだろうか[5]。言うまでもなくそれは、彼の文学観に決定的な影響を与えたのが、志賀の文学だったからである。しかし実はもう一つ、重要な理由があった。それは金達寿が志賀を、白樺派の代表的な文学者と見なしたところにある[6]。

金達寿たち在日朝鮮人文学者にとって、白樺派は特別な意味を持っていた。当時の日本文学界では、朝鮮近代文学は白樺派の影響下に出発したという通念が支配的だったからである。たとえば小田切秀雄は、朝鮮文化社版『後裔の街』に寄せた「この本のこと」の中で、次のように述べている。

朝鮮の近代文学は日本の「白樺派」の影響の下に、その時代にはじまつたといわれているがことに昭和初年以来のプロレタリア文学運動においては、日鮮文学者の提携は強く深いものがあり、こんご時が至れば両民族の進歩的な文学は、これまでよりももつと生き生きとした豊かな交流・提携をつくりだして行くことになろう。[7]

共産主義が特権的な地位を占めていた当時にあって、小田切が何気なく書いただろうこの一節は、朝鮮人文学者にとっては、朝鮮近代文学の出発点には帝国主義に対する批判と抵抗の精神が欠けていたと指摘されたに等しかった。金達寿がこうした通説に対して、朝鮮近代文学が芽吹いたのがたまたま日本で白樺派の文学が流行していた時期だったからにすぎないと反論し、朝鮮近代文学の出発点であり起源となったのは三・一独立運動である、それゆえ朝鮮近代文学は「その当初からして闘争のなかから生れた」ものであると主張した[8]のは、このような背景があった。

こうして金達寿の志賀文学批判は、志賀文学に対する闘争であると同時に、朝鮮近代文学が「どこかの先進の影響に促されて発生し発展したものではなく、それは自らに負荷された運命にしたがつて、これを打破し、打開するための闘いによつて獲ち得られた」[9]ものであり、「日本語で書かれる朝鮮文学」もその例外ではないことを論証するための闘争でもあった。

では彼は、志賀文学にはどのような問題があると考えたのか。それを明らかにする手がかりとなるのが、志賀の短編「小僧の神様」（『白樺』一九二〇年一月）に対する彼の論考である。

まず、「小僧の神様」の粗筋であるが、次のとおりである。秤屋に奉公する小僧の仙吉は、番頭が鮨の話をしているのを聞いて食べたくなり、ある日、使いをした帰り、衝動的に番頭たちが話題にしていた鮨屋に入って海苔巻きを注文するが、持ち合わせがないため食べられず店を出る。ところが、偶然その店に居合わせた貴族院議員のAが仙吉に同情し、別の日に口実をつけて仙吉を連れ出して、その店で鮨をご馳走してやる。仙吉は何が何だかわからないながらも鮨を腹一杯に食べ、Aを神様かもしれないと思って感謝し、また苦しいときには助けに来てくれるだろうと信じることで慰められる。しかしAの方は、得体の知れない「淋しい、いやな気持」にとらわれ、二度と仙吉に会うことはなかった――。

金達寿はこの短編を丹念に読み解いたあとで、次のように述べている。

まさに「人を喜ばす事は悪い事ではない」。何かを「信じ」させて希望をもたせることも決してわるいことではないであろう。だが、そのまえにいったいAは、自分は人に「同情」をし「喜ば」してさえ得体の知れない「淋しい、いやな気持」にとらわれるのに、その同情をうける側については、全然考えてみることはないのであろうか。小僧はその「同情」をうけてただよろこんでいる。しかしこれは、すじがきとしての話としてである。つまり、Aないしは志賀直哉の安易な観念によって生れたすじがきとしての話である。あるいは、小僧はそう単純にはよろこばなかったかも知れないではないか。彼もまた何だか「いやな気持」にとらわれたかも知れない。が、それは対手は「十三四の小僧」だから、――とでもいうのであろうか。しかしそれならば、逆に「十三四の小僧」すなわち子供だから、その反応はいっそう鋭敏にはたらいたにちがいない、ともいえそうである。彼は少くともルンペンではない。ルンペンだって、内心ではどう思うか知れたものではないのだ。[10]

こうして金達寿は、この小説には結局のところ、A＝志賀の自意識しかないと批判した。そして志賀がAについて、善意でしたことのために、得体の知れない「淋しい、いやな気持」にとらわれたのはなぜなのかを追究しないまま小説を終わらせてしまったため、志賀の文学はその後、「社会というものに向って広がり、窓の開いたもの」[11]にならなかったと結論づけた。

そこで金達寿自身はこの限界を克服すべく、のちに『故国の人』としてまとめられる連作では、李印鐘という、李承晩政権下の巡警で反共主義的な青年を主人公の一人に設定し、手記形式で書いた。また「日本の冬」では、公安調査庁の役員である八巻啓介を登場させた。だが前者は「玄海灘」より落ちる、失敗作などと否定的な評価を受け[12]、後者にいたっては、全一〇章の予定が八章まで書いたところで、「どうしてもこれ以上かきなおし、かき足すことができ」[13]なくなり、中断を余儀なくされてしまった。

これらの失敗が物語っているのは、権力側の人間を登場させたからといって「敵」を描いたことにはならないという当然の事実である。仙吉が実際には何を考えているか誰にもわからないように、李印鐘や八巻もまた、実際に何をどのように思っているかは誰にもわからない。それをわかったように描くのは、作者である金達寿自身の「安直な観念」でしかない。

出口のない袋小路に追い込まれた金達寿は、自分の筆跡が気になって原稿が書けなくなるほどの「文字ノイローゼ」[14]に陥った。原稿料で生活費を稼がなければならない作家であるにもかかわらず、五七年にはついに一年間を通して一本も小説を発表できなかったことから、それがどれほど苦しいものだったかが窺える。

こうして、志賀文学に対する金達寿の批判は、自分なりに自然主義リアリズムの限界を明らかにするものではあったが、それに対する積極的な代替案を提示するにはいたらなかった。では「玄海灘」から「朴達の裁判」への転回が、志賀文学との闘争の所産でないとすれば、それはどこから来たのか。この点に関して注目すべきは、いわゆる「日本共産党の五〇年問題」と呼ばれる政治的闘争の体験である。金達寿は四九年五月か六月ごろ入党したが、一年も経たずに〈分派〉として除名された。しかし、よりによってこの時期に党員だったため、五〇年一月にコミンフォルムの機関紙に掲載された党批判に端を発した党内の大分裂と、その中で繰りひろげられる激烈な権力闘争に巻きこまれてしまった。その体験を素材にした小説が『日本の冬』である。そこで次に、小説に即して金達寿の認識の変化を追ってみよう。

三 「奴隷根性」と「ファシズムの謳歌」──『日本の冬』を中心に

『日本の冬』[15]は、五〇年問題で日本共産党を除名された在日朝鮮人の辛三植と、法務省特審局の辻井次夫（彼は実は党の地区委員でもあり、そこでは辛三植の上役である）の指令で辛三植を調査する八巻啓介を中心に展開していく。辛三植は〈解放〉後、朝連で幹部として活動していた。そして四九年に朝連が強制解散させられると、すぐに共産党に入党した。

しかし彼は、朝鮮戦争が勃発した際、党の方針に反してアメリカ軍の南朝鮮からの撤退を求めるビラを配ったため、「悪質分派」と見なされて謹慎処分を言いわたされてしまった。さらに、謹慎中に彼を訪ねてきたある在日朝鮮人党員に、「ぼくたちはこれからは、少し自分の頭で考えなくてはならないと思うんだ」[16]と語ったことから、ある会議に出席した際に突然「スパイ」として吊し上げられたあげく、除名処分を受けた。

党は辛三植に、自己批判をすれば復党を認めると告げ、他の党員もそれを勧めるが、彼は何を自己批判すればよいかわからず、また「スパイ」として除名した者を簡単に復党させようという党の在り方にも疑問を感じた。そこで彼は態度を保留したまま、肩書きのない一党員として再出発することを願いでるが、拒絶されてしまう。除名された彼は、翌月から、やはり〈分派〉として党を除名された在日朝鮮人の会合に参加するようになり、彼らとともに朝連にかわる在日朝鮮人団体を設立すべく活動しはじめた。

こうして一年を過ごした彼は、ある日の会合で、在日朝鮮人団体が主催して朝鮮戦争一周年を記念する行事が広島で開かれることや、その大会に辛三植たちの組織も参加するよう要請されたことを聞かされ、代表者に指名される。彼は「いったい中国地方はどういうふうにやっているのだろう、どういうあたらしい作風が生れているのだろう」[17]と期待を胸に広島に行くが、実際に参加してみると、大会の盛況とは裏腹に、大きな失望を感じずにはいられなかった。党の指導部と同様、彼らもまた、「党内闘争ということを、指導権の闘争としかみていない」[18]ことがわかったからである。

失意のまま東京に戻った彼は、その後も復党を求めてあちこちの党員を訪ね歩くが、まず自己批判すべきだと言われるばかりで話が進まない。それどころか、「朝鮮人のあいだではちょっと影響力のある」[19]彼を屈服させようとする辻井の策略で、彼のみならず、一緒に暮らしている母親さえもが、在日朝鮮人社会から孤立させられてしまう。

辛三植はこれらの体験をつうじて、五〇年代初頭の党内の大混乱は、共産主義運動を第二次世界大戦という犠牲の上に築きあげられた平和な世界を再び破壊しようとする侵略者の運動として描きだすことで、「サンフランシスコ講和条約、日米安全保障条約、日米行政協定等を」「意のままに生みだ」した「敵」、すなわち帝国主義者の策略にのせられてしまった結果、起こったものと感じるようになった[20]。

それと同時に、党の体質の根底にも、この「敵」の策略を防ぐことができず、自ら大混乱を招く要因があったのではないかとも思いはじめた。こうして彼は、党内の大混乱について、「組織の問題であるというよりは、より、人間の問題であるのかも知れない」[21]と考えるにいたった。

まず、朝鮮人についてみれば、三植自身をも含めて、彼らはきのうまで抑圧されていた植民地人であった。その多くは、まだ奴隷根性から抜けきっていない。抜けきっていないということを意識することからは、なおさらのことである。

日本人はどちらかというとそれを抑圧した側に立っていたが、しかし彼らの多くも、朝鮮人にたいするおなじその抑圧者から、抑圧されていたのであった。しかも彼らは、きのうまでは共産主義などとはまったく反対のもの、軍国主義・ファシズムを謳歌していたのである。

奴隷根性とファシズムの謳歌、それはおなじ根からのものだ。それによるゆがみを、否定することはできない。

党は、わずかに数人の指導者をのぞくほかは、すべてこの傷ついた（しかもそれを意識していない）ものたちによって構成されなければならなかった。そしてわずか数人の指導者にしても、これまた、そのたたかいの歴史はいくら称揚しても称揚し足りるということはないが、しかし、そのたたかい、長い獄中生活からこうむった不可避的な実害、あたらしい現実とのずれはまぬがれえないものがあった。

政治生命がどうのこうのということを平気で口にする古いタイプの指導者、傷ついたその構成員、——そこにどこかくるいがないとすれば、それはむしろそのもの、その全体がくるっているからであろう。

奴隷根性とは《ママ》まっすぐそのままつながる事大主義、ファシズムを謳歌した精神そのままでの権威主義、助平根性、神秘主義、野郎《ママ》自大、官僚主義等々、それらは党がふくれ上るのといっしょに、そのままふくれ上っていたのだ。その党が一つの小さな試煉、国際批判にあうことによってがたがたと崩れた。それがこんどの分裂であった。[22]

ここで辛三植が言う、日本人と朝鮮人に対する「おなじその抑圧者」とは、具体的には誰を指しているのだろうか。それはアメリカの帝国主義者ないし帝国主義国家としてのアメリカと思われる。麗水・順天事件の報道写真を契機に、彼がアメリカ帝国主義を自分たちの敵であることをはっきり認識するようになったことは、本節の冒頭で述べた。彼はまた、「万宝山・李ライン」というエッセイでも、かつて日本の帝国主義者は満州を侵略するため、三一年七月に起こった朝鮮人と中国人との衝突事件（万宝山事件）を利用したように、現在でも手口が巧妙化しているだけで変わっておらず、しかも今はアメリカの帝国主義者によって、日本もその手先として利用されつつあると述べている[23]。これらから、金達寿はこの小説で、「おなじその抑圧者」であるアメリカを、法務省特審局の役人と党地区委員という二つの顔を使い分けて、八巻と辛三植とを対立させる辻井に重ね合わせて描いたと推測できる。

しかし実際には、辻井もまた、「抵抗をよびおこす」「敵」であるどころか、法務省という巨大な権力機構の一役人に過ぎず、彼を日本と韓国・北朝鮮に対するアメリカと同じように理解するのは、問題の矮小化である。この点で金達寿の「抑圧者」像は、アメリカの帝国主義者や帝国主義国家としてのアメリカを彷彿とさせるものではあったとはいえ、未だ漠然としたイメージにとどまっていた。

むしろ先の引用部分で重要なのは、朝鮮人の「奴隷根性」と日本人の「ファシズムの謳歌」が同じ「根」から出てきたものであり、両者の間に本質的な差異はないという辛三植の認識である。これはそのまま金達寿の認識と考えてよい。しかしもちろん金達寿は、日本人もまた帝国主義の被害者であり、朝鮮人や中国人など植民地の人々に対する加害責任はないと述べているわけではない。彼にとって植民地の人々に対する日本人の加害責任は当然のものであり、今さら議論する余地などないものである。ヤスパースは戦争責任について、「刑法上の罪」・「政治上の罪」・「道徳上の罪」・「形而上的な罪」の四段階に区別したが[24]、これに従えば、朝鮮人の「奴隷根性」と日本人の「ファシズムの謳歌」に本質的な違いはないと金達寿が考えたことは、いったん「刑法上の罪」など、ある次元の罪をカッコに入れたことを意味している。

この点を念頭におくと、日本人の「ファシズムの謳歌」が指しているのは、植民地支配を行った日本の帝国主義者や、植民地政策を積極的・消極的に支持した人々の態度だけではないことがわかる。それは前節で取りあげた「植民地的人間」にも共通するものである。金達寿は戦後の文学運動において、主体性の確立と自己変革を最優先に取り組むべき課題と考え、その方法を新日本文学会の文学者たちから学んだ。しかし五〇年問題の中で、彼らの主体性が少しも主体的に獲得されたものではなく、むしろ日本帝国主義によって奴隷化されたことを主体の確立と思い違いしているのではないかと疑うようになった。

このような認識は、「獄中一八年」の〈実績〉をひっさげて大衆の前に姿をあらわした徳田球一や志賀義雄など、非転向の党指導者の権威に対する疑いにいたらざるをえない。丸山眞男は「戦争責任論の盲点」（『思想』五六年三月）で、死を恐れず非転向を貫いた党指導者たちの勇気に敬意を払いつつも、そのことで彼らが帝国主義戦争に抵抗できなかった政治的責任を免れることはできないのではないかという疑念を提起した[25]。金達寿もまた、彼ら「のたたかいの歴史はいくら称揚しても称揚し足りるということはない」が「そのたたかい、長い獄中生活からこうむった不可避的な実害、あたらしい現実とのずれはまぬがれえないものがあった」ということで、丸山と同じ立場に立っている。

しかし金達寿がさらに徹底しているのは、日本人の「ファシズムの謳歌」の中に朝鮮人の「奴隷根性」と等価なものを見ただけではなく、彼自身を含めた朝鮮人の「奴隷根性」の中に日本人の「ファシズムの謳歌」と等価なものを見出した点にある。これも日本人の「ファシズムの謳歌」と同様、党や在日朝鮮人団体に無批判的に従う人々だけを指しているわけではなく、指令に反してでも自主的であろうとする人々にも見られるものである。辛三植が「いわゆる国際派の牙城と世間からはいわれ、彼ら自身もその中心地とみなしていた中国地方の広島でみた」[26]光景は、まさにその典型的な事例だった。

「あすの大会で、われわれは民戦の中国地方協議会を堂々と結成する。ようくみてくれ、関東地方のそのどこかの県のように、ただの何十人かで風呂屋かどこかでやったのとはわけがちがうはずだ。だいたい、分派どもにできるのは、そんなところだ。

けれども、共産党が中国地方委員会であるのとおなじように、この民戦にしても、われわれはあえて中国地方協議会ということにした。東京へかえったら、そのことを彼らにもつたえてくれないか。そうしてわれわれはたたかう。たたかいの目標は、もうはっきりとしている。君をも含めてわれわれとしては、分派はこれを粉砕することによってはじめて統一が成立つんであって、それ以外の方法なんていうものはないということを、まず何よりもはっきりと銘記する必要があるだろう……。」[27]

朝鮮戦争一周年の記念大会の前夜、その大会の実行責任者らしい張新民からこのように言われた辛三植は、それが自分の所属している「東京における統一会議のなかの朝鮮人グループ」の代表である金民逸の意見[28]とまったく同じだと思い、失望する。彼らは主観的には自主的に考えて行動しているつもりだが、実際には党内の権力闘争の一翼を担うだけの役割しか果たしていない。のみならず、彼らは現実には党の論理に支配され、その枠組みの中でしかものを考えられず、行動することもできていないのに、意識の上では一般党員ではなく、党指導部に自分の姿を重ね合わせている。金達寿はここに、日本人の「ファシズムの謳歌」と同質の、朝鮮人の「奴隷状態」が具現化されていることを認めざるをえなかった。

ではこの「奴隷状態」は、在日朝鮮人が党を離脱して独自に組織を結成すれば克服できるものなのだろうか。たとえば「日本の冬」と同じく五〇年問題をテーマにした高史明《コサミョン》の小説『夜がときの歩みを暗くするとき』には、在日朝鮮人党員の白泰植が、やはり党員の金一竜に、日本の共産主義運動から離脱して、「朝鮮のための真の革命を追求する研究会」[29]に参加するよう呼びかける場面が描かれている。金一竜が、それは分派活動ではないかと問いかけると、白泰植は次のように返答する。

「分派だとか、そうでないとかいう問題じゃないよ。そうじゃないか、トンム〔同志〕……」白は眼鏡の奥の澄んだ目をきらっと光らせていった。「そうだろう。おれたちは朝鮮人だ。日本人が自分の祖国を第一義的に考えるように、おれたち朝鮮人が、おれたちの祖国の運命を自分の中心に据えて、どうしていけないんだ」〔30〕

これに対して金一竜は、「多くの在日朝鮮人も、日本の民族解放民主革命のために闘うことこそが、米帝と李承晩一味の戦争とドレイ化の政策をうち破り、朝鮮民族の光栄ある統一と独立をかちとり、世界平和に貢献する全民族的課題であることを、身をもってつかみつつある」という党中央の文章を白泰植に見せ、「おまえのいっていることは、このブルジョア民族主義というやつじゃないのか」と言う〔31〕。それに対して白泰植は次のように反論する。

「わかっているんだ。そして、それでトンムが何をいおうとしているのかもね。しかし、おれはこの文脈からは、トンムのようには考えられないということを、いいたいよ。むしろおれは、ここからはかつて、われわれを植民地にしていた古い日本人の思いあがりを感じるんだ。民族の主体性を認めないところにインターナショナリズムというものが成立しうるだろうか。これは国際主義を問題にしているが、その底にあるのは民族主義、それも古い旧宗主国のものだ。しかも日本の党はそれに気づきさえしていないんだ。おれはそこのところが怖いね。彼らがほんとうに国際主義ということを理解することができるかどうかは、いまアメリカの占領下にある苦痛を、かつては自分たちがその占領者であり、侵略者であったという事実とかさね合せて、どこまで深く理解できるかにかかっているはずだ。そうじゃないか。それとも何か、トンムはそういった違和感をまったく感じないのか。どうだい、キム・トンム」[32]

戦後日本の共産主義運動の中で、在日朝鮮人がどのような扱いを受けたかを思えば、このように白泰植が言うのはもっともである。白泰植のような急進的な者からみれば、党内闘争の中で排除されながらも党に忠実であろうとする金一竜や、あるいは金達寿などは、朝鮮民族としての自覚が不充分な「奴隷状態」にある者と見えただろう。だが在日朝鮮人の「奴隷状態」は、党を離れて独自に民族組織を結成することで自動的に克服されるものではない。そのことは総連が、共産党にまさるとも劣らない強力な中央集権的組織として、個々の在日朝鮮人の自主性を抑圧したことを考えれば明らかである。さらに、白泰植の言う「古い日本人の思いあがり」への批判には、金達寿の言う「植民地的人間」への批判と違い、日本人の「苦痛」と朝鮮人の「苦痛」とを関連づける視点がない。この延長線上にあるのは、日本人には在日朝鮮人が受けるような社会的抑圧は何もないがゆえに、在日朝鮮人が日常的に受けている精神的・物理的苦痛は決して理解できないという思考である。

金達寿もまた、そうした思考と完全に無縁だったわけではない[33]が、彼が五〇年問題の体験から得た認識は、白泰植とは違う。金達寿の考えでは、朝鮮人の「奴隷根性」と日本人の「ファシズムの謳歌」は異質なものではない。それらは表面的には違うように見えても、彼らが何らかの抑圧を受けていることを示す表現形態なのである。この意味で日本人と朝鮮人とは対立関係にあるのではなく、何ものかによって対立させられた関係にある。それゆえ、在日朝鮮人差別の問題は階級闘争によっては解決できないから民族闘争へと路線転換せねばならないという考え方は、辛三植＝金達寿からみれば無条件に肯定できるものではない。そう考えること自体もまた、「敵」からの抑圧を免れていないことを示す徴候だからである[34]。

こうして「朝鮮人の奴隷根性」と「日本人のファシズムの謳歌」の間に本質的な違いはないことに気づいたあとでは、金達寿にとって「闘争」の意味は根本的に変わってくる。彼はもはや、特定の階級や民族のために小説を書き、政治運動をするのではない。階級であれ民族であれ、ある特定の立場や観念が価値を持つ〈場〉を成立させている基盤を根本的に問い直すことが、彼の「闘争」となる。五〇年問題を文学化した『日本の冬』をとおして、この認識を獲得したことが、金達寿の存在を特異なものにしている。

四　おわりに

金達寿はこうして、文学的闘争をつうじて自然主義リアリズムと訣別する方向に進み、政治的闘争をとおして日本人と朝鮮人とが対立関係ではなく対立させられた関係であることを認識した。ではこの認識の変化は、「朴達の裁判」にどのように結実したのか。次節ではこの点を論じたい。

第三節　金達寿と転向――「朴達の裁判」論

一　はじめに

前節まで見てきたように、金達寿は「位置」以来、自分自身や家族・友人たちの生活体験から得た素材を、時に軽妙に、時に力強い自然主義リアリズムの筆致で描き続けた。これは「多元的視点」の確立を目指して文学的闘争を展開していた時期も、根本的には変わらなかった。そうした傾向を大きく切断した最初の小説が、「朴達の裁判」[1]（『新日本文学』五八年一一月）である。

これは「南部朝鮮K」という架空の町を舞台に、朴達という朝鮮人青年が繰りひろげる奇妙な政治運動をとおして、帝国主義的支配に対する朝鮮人の抵抗を寓意的に描いた小説である。朴達は本名を「朴達三」といい、もともと大地主に仕える無学な作男にすぎなかった。しかし、朝鮮戦争の直前に北朝鮮のパルチザンと間違えられて逮捕された際、獄中にいた政治・思想犯から、ハングルをはじめ朝鮮の歴史や文化などを教わったことで、朝鮮の独立と民族解放のために活動するようになった。だが南朝鮮で共産主義運動が認められるはずはなく、ただちに逮捕されてしまう。すると彼は泣きわめいてすぐに転向を誓い、留置所から解放してもらう。しかし釈放されると、ビラ撒きなどをして南朝鮮政府やアメリカ軍を批判しはじめ、捕まるとまたすぐに転向を誓う。こういうことを際限なく繰りかえしている。このため朴達は獄中の政治・思想犯からは相手にされていないが、町の人々の間では不思議と人気が高く、同情と共感が入り混じって一種の英雄的存在となっている。のみならず、彼を取り締まるべき警察や検察庁の中にも、彼に好意的な者が出てくる。逆に、朴達を転向させなければならない「M地方検察庁K支庁の治安検事金南徹」の方が、次第に孤立していく。

この物語内容だけでも興味深いものだが、それを物語る形式＝文体もまた、それまでの彼からは予想できないユニークな語り口が用いられている。そのことは、小説の冒頭付近の、「かのチーチコフは四輪馬車などでどこからともなくのりつけてきたが、われわれの彼は、いま、このK市の刑務所から釈放されてでてくるところなのである。／さて、筆者は、ここからこのものがたりをはじめるのであるが、――それ、でてきた。わが朴達はいまK刑務所を、裏口から放りだされるようにしてでてきた」[2]という一節を見るだけで明らかである。

金達寿は、この小説を書きあげるまでの経緯について、小説とほぼ同時に発表した「視点について」で次のように述べている。

> 私は、昨年一年間というものはまつたく、全然作品をかいてはいない。もちろんタダ遊んでいたわけではない。といつて七転《(マ)》八転《(マ)》していたというわけでもないが、とにかく、かくことができなかつたのである。そこで私はようやく、一つのことに気がついた。それは視点とは文体の問題である、と。私は昨年じゅうかかつて短い一つの作品（これのモテイーフは「転向」ということとの問題意識から出発したものである）をいじくりまわしているうちに、やつとこのことに気がついた。
>
> そこで今年になつてようやくでき上つたのが「朴達の裁判」（「新日本文学」十一月号）である。

これのさいしよのかきだしはこうであつた。

「M地方法院K支院を、裏口から、放りだされるようにしてでてきた朴達は、ふと何か忘れ物をでもしたかのように立ち止つた。目を細めて、初夏の陽光のなかにしずまつているようにみえる街のたたずまいをながめていたが、次のしゆんかん、親指をかまえて顔のところへもつていつたかとみると、ぴいつーと音を立てて鼻をかんだ。つづけて、こんどは中指をつかつてもう一丁」

一つの作品のかきだしそのものとしてみると、私はこのかきだしを、決してそう悪いものとは思わない。しかし、これは私個人の内面にわたることであるが、これでは、私はこの奔放な主人公を充分に動かすことはできない。ヘタをすると、私の方がこの主人公に呑まれてしまう。私は自分の作品の主人公を、自分の自由にしなくてはならない。そこでこの作品は次のようなかきだしにかわつた。

「南部朝鮮Kという町は、なかなかおもしろいところである。いまから約百年ほどまえ、パーウエル・イワーノギイツチ・チーチコフがどこからともなく四輪馬車をのりつけたロシアの県庁所在地もおもしろいところであつたらしいが、この町もそれにおとらずおもしろい」

〔中略〕

このかきだし、前者と後者とを引きくらべてわかることは、後者の方はゆつくりと、ある余裕をもつて、ものがたりを語りだすようなかたちで、いちじるしく説話調となつている。私はここで高見順の「描写のうしろに寝ていられない」をくりかえし、説話体の文体こそはとそれを提唱するつもりは少しもないが、ともかく、私はこうかくことで、対象からの自由を感じる。そして急にあたりの物みながみえてくるような感じで、少くとも昨年一年間の苦闘からは、ほとんど解放されたような気持ちになつている。[3]

金達寿の他の小説と同様、この小説もまた、文学関係者や読者から、モデルとなった事件や人物がいるのではないかと詮索されたり、当時の朝鮮南部の政治情勢と重ね合わせて読まれた[4]。しかしこの引用文からは、金達寿が「朴達の裁判」の着想を転向の問題から得たのであって、現実の人物や出来事の反映として読解するのは誤りであること、そして彼がこの小説を、「説話体の文体」で書きあげたことで、それまでの文学的闘争の行き詰まりから解放されたと思うほどの達成感を得たことがわかる。このうち転向の問題については、先に紹介したように、思想の科学研究会編『共同研究転向』の中心的存在である鶴見俊輔によれば、次のようなエピソードがあったという。

『共同研究　転向』の上巻が出てしばらくして、金達寿が『朴達の裁判』という小説を送ってきた。この本は私に考えさせせた。しばらくして金達寿に出会ったとき、あの本はおもしろかった、と言うと、彼は、

「あなたに読んでもらわないと困るんですよ」

と言った。[5]

『共同研究転向』上巻の刊行は、「朴達の裁判」が発表されてまもない五九年一月で、金達寿が鶴見に

送った『朴達の裁判』の単行本は、五九年五月に筑摩書房から刊行された[6]。このエピソードからは鶴見がこの小説を、自分たちの転向研究に対する非常に重大な異議申し立てと感じ、四〇年以上たっても気にかけていたことが窺える。

とはいえ、現在まで朴達の転向が意味するものに注目した論考は少なく、文体についてはさらに少ない。このことは、根本的に、五〇年代をつうじた彼の文学的闘争それ自体が、軽視ないし無視されてきたことを意味する。実際、彼の文学活動の重心を、「後裔の街」から「玄海灘」を経て「太白山脈」にいたる〈民族的なもの〉に置くかぎり、「朴達の裁判」は、ユニークではあるけれども数多い小説の一つにすぎない。しかし彼にとっては、この小説こそ、自分の文学活動に決定的な〈飛躍〉をもたらすものだった。

では「朴達の裁判」は、彼のそれまでの小説に対して、どのような〈飛躍〉を果たしたのか。またそのことと転向の問題とは、どのように関係してくるのか。本節ではこの点を明らかにする。

二　朴達の転向が意味するもの

先述のように、朴達は一人で演説やビラ撒きなどをし、逮捕されるとすぐに泣いて謝って転向を表明して釈放してもらうが、自由になるや否やすぐに活動を再開して逮捕される、ということを延々と繰りかえす。「朴達の裁判」の最大の特徴が、朴達のこの奇妙な転向にあることは疑いない。しかし作中には、朴達がなぜいかにしてこのような態度変更を実践するようになったかについて、何の説明もない。

彼は、そういうふうに志願〔留置場に入ること〕をしなくなつたばかりか、むしろ、つかまれば、こんどは一日も早くそこからでること、釈放されることばかりを考えるようになつた。そして、これもすぐ実行にうつした。つまり、いやしくも政治・思想犯であるはずのわが朴達は、すぐに「転向」をした。

「へい！　悪いことだと思つておりやした。へえ！　これからはもう決していたしやせん。えつへへ……。」彼はいままでに、自首をしていつたことをまで含めて、いつたい何度つかまり、何度こうして「転向」をしたことであろう。

あるいは読者はここで、とんでもない奴を登場させたものだと思うかも知れないが、しかし、これは筆者のこの私の責任ではない。彼がそういう人間なのだからやむをえない。いわばこの自覚した朴達は、姜春民など、留置場の政治・思想犯たちがよつてたかつてつくり上げたようなものであるが、この点では、その彼らとはまつたく異質なものができ上つてしまつたのである。

まさか彼らは、彼にそんな転向などを教えたわけではあるまい？　そんなことはない。もしそれについて教えたとすれば、それはむしろ、それとはまつたく逆のことだ。だいいち、彼らは、そのことについては彼にわざわざ教えるまでもなかつた。何よりも、彼らは自分の身をもつてそれをしめしていたからである。そして、朴達もそれはハッキリとみて知つていた。

〔中略〕

ところが、それだつたにもかかわらず、わが朴達は、これはいつたいどうしたことであろう。彼は彼なりの個性を発揮したというのであろうか。だとすればとんだ個性ということになるであろうが、しかし、そういったところでもうはじまらない。彼は、もう自分で勝手に歩きだしてしまったのだ。[7]

語り手である「筆者」は、朴達の「生涯」の物語こそが「問題の核心」をなしていると言い、小説の三分の一弱ほども分量を割いて、彼の生まれ育ちを詳細に語る。それでいながら、これこそ「どうしてもはぶくわけにはゆかない」[8]と思われる彼の転向の由来については何一つ明らかにせず、かえって「彼は、もう自分で勝手に歩きだしてしまったのだ」と筆を投げだす態度さえ見せる。これは転向を主題にした小説としては、極めて特異なことである。それにもかかわらず、多くの読者は、朴達の転向を、〈民衆〉や〈植民地の人々〉といった属性によって簡単に了解してしまい、深く問いかけなかった。

たとえば中島誠は金達寿から、「この作品を書く直前に、えらくはりきって構想を話しているのをじかに聞いたことがある。朴達のような男は南朝鮮に実在する。同時に在日する金さんが日本の読者にぜひ朴達を知って欲しかったのである。いまの韓国の実状をひそかに見ていると、無数の朴達がいることがわかる」[9]と語っている。そしてさらに、朴達の転向は、警察でさえ転向表明がその場しのぎの嘘であることを知っているのだから、偽装転向ですらないとし、「こういう図太い離れ業のできる者は、植民地の下層人民にしかいない」[10]とも述べた。また鶴見は、朴達の転向を、「無限回の転向が長い射程で見ると一つの非転向になっている」[11]と規定した上で、「私は思想のなかでもっとも重要な問題は民衆の転向の問題にこそあると思うんです」[12]と主張して、この小説に知識人（公人）の転向とは異なる「民衆の転向」が描きだされていると語った。「朴達の裁判」を、ゴーゴリ『死せる魂』や魯迅「阿Q正伝」と結びつけて評価する論考も、中島や鶴見と同様の視座に基づくものである。

しかし金達寿は朴達の転向を、日本の植民地下で虐げられてきた朝鮮民族ならではの抵抗の表現として描いたわけではない。実際、小説中には朴達と同じ貧しい朝鮮人民衆が数多く登場しているが、彼らの目にも朴達の転向は理解し難いものと映っている。物語の後半で、米軍基地に勤める朝鮮人労働者の多くが、無許可で労働組合を作ってストライキをして検挙された際、獄中で朴達と同じ転向を実践した者は誰もいなかった。朴達を慕い、彼の考えたストライキの第二弾を主導した丹仙さえ、獄中では非転向を貫く態度を見せたのである。現実にも当時の南朝鮮は、いったん共産主義者として逮捕された者が生きて釈放されることなど考えられない政治体制だった[13]。

それゆえ、中島や鶴見のような理解は、〈民衆〉や〈植民地の人々〉というものに対して知識人が抱く理想像に基づくものであり、少しも朴達の転向を解釈する助けにならない。では我々はこれをどのように考えればよいのだろうか。この点に関して参考になるのは、金達寿がのちに語った次の一節である。

『朴達の裁判』は、転向というものを考えてみる、というのが直接のモチーフです。朴達は転向ばかりしているけれど、実は全然転向していない。こういうことは、どう考えるのか。革命運動にたずさわっていても、自分は権力者にはならないと考える人間の立場があると思うんですよ。反権力闘争をしても次の権力の座にすわらない人間、そういう人間はどうなるのか。その場合、彼にとっては転向もなにもない。要するに目的を達成すればいいんだ。自分は節を保つとか、そんなことする必要もない。そういうことからあの作品は出てきたんです。僕は、そういう人がたくさん出てほしかったんだ、インテリの中からも。そうなったら面白いだろう、と。そうなると、敵が分からなくなる。どれが転向なのかどうか、そういう混乱に陥れる必要があると思うんだ。キレイゴトでは権力にかないませんよ。〔14〕

これは「朴達の裁判」発表から約二〇年後の発言なので、事後的な自己解釈が付け加えられている可能性は否定できない。しかし引用文の最後の、「どれが転向なのかどうか」わからなくさせることが権力との闘争では重要だという認識は、執筆当時から彼の頭にあったと考えられる。というのも金南徹が朴達にこの上なく苛立たせられ、困惑させられるのは、まさに朴達の内面を見透かせないことから生じる、得体の知れないいかがわしさのためだからである。

「おれのおこるのはな、」ことばつきまでが変つてきた。「まえからいつも再三いつているように、おれは法によつておこつているんだ。きさまはその法律に違反しているのだ。しかも、一度や二度ではない。きさまには、それがどうしてもわからんのか！」

「旦那、それはムリというもんでやすよ。あつしのようなムチムシキ（無知無識）者に、そんな法とか法律といわれやしても、どつちがどつちだかわかりやしねえですよ。あつしらにわかるのは、旦那たちがおこるかおこらないかでやすよ。それだけでやすよ、旦那。」

〔中略〕

「朴達、それならいうがな。おれはいつも、きさまにおこつているじゃないか。おれはきさまに、いつぺんだつておこらなかつたときがあつたか？　つまり、法はいつもきさまに向つておこつているんだ。それできさまはまたいつも、これからはもう決していたしやせん、きつと真人間になります、どうか今回だけは――、と何百ぺんもおじぎをしていつたろう。」

金はもう疲れきつているらしく、いつの間にか、その口調は珍しく説得的な調子になつていた。彼としてはおそらく、こういう説得的な調子は、自分の妻にたいしてもあまりもちいたことはなかつたであろう。

考えてみれば、こういう取調べというものはそういう調子こそが本来のスジなのかも知れないが、しかし、金南徹のばあいは、この何がなんだかわけのわからない男を、もうほとほともてあましたというかつこうであつた。それはこんどと限らず、彼は朴達を取調べていて、さいごにはきまつたように、自分はいつたい何をこうムキになつて怒つているのかわからなくなつた。

朴達の犯罪事実は、もはや明りようである。それを彼は否認しているわけでもなければ、かくしているわけでもない。別に、これという背後関係があるとも思われない。つまり、底は浅いのだ。だいたいこんな奴に、こんな奴が、――と金は彼にてにをはの全部をくつつけて思つている。[15]

金南徹は出世のために、「南部朝鮮K」にもはや共産主義者がいないことを示そうと、必死になって朴達を屈伏させようとする。しかし目的を達成するどころか彼をもてあまし、何のためにこんなに必死になって怒っているのかわからなくなってしまう。「筆者」はそれを、金南徹は「自主的な人間」でないから、これといった背後関係を持たない朴達の「底は浅い」と思っているけれども、実はこれといった「背後関係がないから、誰にセンドウされたものでもないからこそ、その底は深い」ということがわからないのだと説明している。それは金南徹が、朴達の言動と対峙して彼の転向を理解するのではなく、目の前の出来事を既存の概念に当てはめることでしか解釈することのできない、受動的な人間であることを意味している。

見通せないことからくる不安に、別の意味で苛まれているのが、植民地時代に判事を務め、現在は「南部朝鮮K」の裁判所の部長となっている柳用徳である。彼は植民地時代に日本の治安維持法による裁判もいくつか取り扱い、死刑を宣告したことも一度あった。ところが日本の敗戦とともに、それまで「許すべからざる大罪人だと思っていたものが、いまでは英雄、少なくとも自分などよりははるかに愛国の側にあ」[16]ったことに気づかされ、天地がひっくり返ったような衝撃を受けた。さらに朝鮮戦争の際、北から人民軍がやってくると、彼はまた、「朝鮮はいま明りように二つの秩序にわかれていて、一方で死刑にあたいするものが、一方では英雄」[17]であることを知り、再び政治秩序がひっくり返るのを感じさせられた。こうして「法というものがまつたくわからないものとなつてしまつた」[18]彼は、「すつかり臆病になつてしまい、とくに、それが政治・思想犯ということになると、彼の方がその被告よりも青ざめてしまつて、どうしていいかわからなくなつてしまうのである。その結果は「温情」たらざるをえなくなつてしまうのである」[19]。むろん彼のこの「温情」は、性根の優しさや「政治・思想犯」への共感からくるものではない。それは絶対的な視点を喪失したことからくる、不安のあらわれなのである。

こうして柳用徳は朝鮮の〈解放〉とともに、自らの拠り所としていた「法」への信頼を失い、「温情」

的態度を取らざるをえなくなる。そして金南徹は反対に、南朝鮮の「法」を絶対視するがゆえに、朴達の転向を了解できる視点を失って独り相撲をとってしまう。また獄中の「政治・思想犯」や町の人々、さらに小説の読者さえ、朴達の転向が国家権力への抵抗の表現であることを了解しながら、絶えず得体の知れないいかがわしさを感じさせられる。これらはすべて、作中で朴達がこの奇妙な転向にいたった経緯について語られないことと結びついている。この意味でそれは説明の放棄ではなく拒否である。ここから考えて初めて、金達寿がこの小説のモティーフを、同時代の転向論争から得たという発言が意味を持ってくる。

転向した事実を受けいれるにせよ否認し続けるにせよ、外的な要因に強いられて転向したにせよ自発的にそうしたにせよ、ほとんどの転向者は、自分がなぜいかにして転向するにいたったかを内省するところから、人生の再出発を図る。それは転向という現在の結果に向けて、過去の言動の中からこの結果にいたる必然的な原因を自己点検し、人生を再構築していく作業を行うことである。『日本の冬』の辛三植が求められた「自己批判」も本質的には同じものだ。この作業を研究者の立場から体系的に行ったのが、『共同研究転向』グループである。鶴見は研究方針を次のように説明している。

転向は、外的強制力と個人の思想とのかかわりあいとしておきるのであるから、権力の側から強制力の発動の状況として記述することもできるし、個人の側からその思想の屈折として記述することもできる。どちらから出発しても、記述はたがいにふくみあうこととなるが、どちらから出発するかによって、記述の上でのアクセントのおきかた、力の入りかたは当然にちがうものとなるだろう。この共同研究ではそれぞれの軸からの記述を交互にこころみたわけだが、記述の量的配分から言えば、個人の側からの記述に重きをおいた。記述の大部分は、したがって、伝記の形をとる。その伝記は、転向する個人の出生から死亡までを精粗なく記述したものでなく、転向にかかわりのあることに重点をおいて記述したものとなる。家系、出生、幼児の記憶、学校生活などは、転向点にたって後のフラッシュ・バックの中に、転向を特徴づけた諸条件としてとらえられる。[20]

しかし、ある人物が転向したことによって生じる思想の変化を、「家系、出生、幼児の記憶、学校生活」に遡行して、関係しそうな出来事を拾い集めて再構成した転向の軌跡によって説明しようとするならば、諸個人の転向体験から思想の可能性を取りだしたいという彼らの当初の目的とは逆の結果に辿りつかざるをえない。なぜなら、彼らがどんなに転向者の経歴を詳細に調べたとしても、転向したという事実を動かない前提として置くかぎり、彼らの研究は転向の必然性を証明するものにしかならないからである。また仮に転向にいたる原因が過去の特定の出来事にあったからといって、その出来事をあらかじめ取り除いておけば転向が起こらないということにはならない。過去に遡行して究明される原因は、転向という結果が顕在化したのちに事後的に見出されるものであって、事前に予測して取り除いておけば転向という結果にいたることはないと、証明することはできないのである。

したがって、転向を転向者の人生の足跡から説明することは、客観的な分析に見えて、実際には転向という結果には手を触れず、ただ彼の人生の足跡の意味づけや解釈を変えることでしかない。五〇年問題の中で次のような体験をして、党から一方的に迫害された金達寿には、そのことが持っている政治的暴力は、痛いほど明瞭だっただろう。

李秀夫は、自分はもう踏みきったということからであったろう、ぎらぎらと憎悪をたぎらした眼をして三植をみていた。立川、辻井、脇田は――、「除名」はきまった！

それからは、その除名を裏づけるもののようにそれぞれ勝手に、これまでの辛三植の行動について、あらゆる批判がおこなわれた。彼はインテリで、したがって理論偏重、小ブルジョア的なところがあったこと、たとえば彼は学習サークルでは党からでているパンフレットや「党活動方針」などはとり上げようとしなかった（それは党員のサークルではなかったのだ）とか、また「ブルジョア新聞を必ずよめ」といったというようなことであったが、金吉弼までがそういう批判をおこなった。そしてさいごには、誰も必ず、「私は臨時中央指導部を絶対支持します。」といちだんと声を高めて、判をおすようにしてつけ加えた。

例によって、いちばんさいごには中央民対（民族対策委員会）の鄭永夏が、それまでみんながいったこととの総しめくくりをつけるようにして、長々と話しはじめた。あらかじめしらべてあったとみえ、彼はそれまでの三植の経歴を全部引っくりかえした。

太平洋戦争中は軍需会社と関係のある倉庫会社に勤めたこと、そこから個人主義的出世主義にかられて高文にあこがれ、それに合格したこと、そもそも高文とは……、というようなことであったが、三植はもう、それはきいてはいなかった。[21]

会議に出席した辛三植の除名が決まった瞬間、それまで同志として親しく付き合ってきたはずの日本人や在日朝鮮人の党員はいっせいに手のひらを返し、除名がいかに党にとって正しいことなのかを、彼の人生の足跡を除名という現在の結果に向けて再構成することで必然化し、その行為によって彼ら自身が党の権威に忠実であることを証だてる。彼らは辛三植に「転向者」の烙印を押すため、彼の人生の足跡を辿って原因となりえるものを探しだし、それにもとづいて彼の人生を再構成していくのである。もちろん鶴見たちの転向研究は、転向した責任の所在を探すためではなく、転向にいたった原因を追究することを目的とする点で、李秀夫や鄭永夏たちとは違っている。しかし責任を問うことと原因を究明することとの区別を曖昧にしたまま、転向という事実から過去に向かって探究を開始し、現在の結果である転向を価値づけようとするかぎり、彼らの研究が、李秀夫や鄭永夏たちの態度に限りなく接近してしまうことは避けられない。

この点で、非転向／転向という二項対立および転向者に対する非転向者の無条件的な権威を絶対的な価値基準とする共産党員も、「ワナメイカー〔アメリカ人実業家で百貨店経営の先駆者〕が正札制をしいて近代の百貨店への道をひらいたように」[22]、転向の問題に対しても、従来の慣行を超えて万人に通じる基準をつくろうとした鶴見たち研究者も、「法」という諸個人の主観的判断を超える社会的規範をもちだして朴達を裁こうとする金南徹も、一方が国家権力の側から眺められた転向で、他方が個人の側から眺められた転向であるという違いはあるにせよ、本質的なところでは転向者に対して同じ態度をとっている。

金達寿が、朴達が奇妙な転向を実践するにいたった経緯を書かないことで拒否したのは、このような立場である。彼は朴達の人生を詳細に語ったが、実はそれは朴達の奇妙な転向の必然性を説明するものではまったくない。そのように考えることこそ、「安直な観念」にほかならない。そしてこの「安直な観念」が完全に内面化されたとき、金達寿の考えでは、志賀の「小僧の神様」のような小説が成立する。あらためて引用しよう。

まさに「人を喜ばす事は悪い事ではない」。何かを「信じ」させて希望をもたせることも決してわるいことではないであろう。だが、そのまえにいったいAは、自分は人に「同情」をし「喜ば」してさえ得体の知れない「淋しい、いやな気持」にとらわれるのに、その同情をうける側については、全然考えてみることはないのであろうか。小僧はその「同情」をうけてただよろこんでいる。しかしこれは、すじがきとしての話としてである。つまり、Aないしは志賀直哉の安易な観念によって生れたすじがきとしての話である。あるいは、小僧はそう単純にはよろこばなかったかも知れないではないか。彼もまた何だか「いやな気持」にとらわれたかも知れない。が、それは対手は「十三四の小僧」だから、——とでもいうのであろうか。しかしそれならば、逆に「十三四の小僧」すなわち子供だから、その反応はいっそう鋭敏にはたらいたにちがいない、ともいえそうである。彼は少くともルンペンではない。ルンペンだって、内心ではどう思うか知れたものではないのだ。[23]

金達寿が朴達の転向について書かないことで拒否したのは、このような「安易な観念によって生れたすじがきとしての話」である。

一見すると、作中には、朴達が、自らの意志でこの転向の在り方を選んでいるように思われる箇所がないわけではない。たとえば朴達は、刑務所から出たあとに立ち寄った馴染みの飲み屋で、農学校出身で労働組合を作って逮捕された経験もあるインテリの李正柱から、お前は逮捕されてもいつも死刑や懲役にならずにすぐ釈放されているが、警察が特別扱いをしているんじゃないかと尋ねられる。それに対して朴達は、「そんなことはないさ。そんなありもしなかったことが、あるはずねえじゃないか。しかし、そういうふうにさせることはできる。そいつはこっちのやることで、奴らだつて対手があつてのことだからな」と答え、「どっちかというと、お前さんはエライのさ。だからお前さんは、いつまでたつても奴らに勝つことはできないんだ。自分というもんを、大事にしすぎるのさ」と語る[24]。あるいは獄中で非転向を貫いている政治・思想犯から節操を非難されると、「へえ。――あんたさん方はそれでいいんでさあ。それで、あつしはあつしでまた、これでいいんでさあ」[25]と受け流す。しかしこれは朴達が自分の行っている転向の効果を自覚し、またその在り方を主体的に選択した証拠ではあっても、なぜいかにしてこの転向を行うにいたったかを説明するものではない。

この点で「朴達の裁判」は、「位置」の最後でかいま見せた、「日本語で書かれる朝鮮文学」概念の核心にあるものを描いた小説と言うことができる。私は本章第一節で、大沢が棚網から「朝鮮人」と言われた瞬間、反射的に泣きだしてしまった場面を取りあげ、この反応を心理描写で説明することの虚偽を指摘したが、同じことが朴達の転向にも当てはまる。作者や読者は朴達の転向について様々な解釈を与えることができる。しかしそれはあくまでも「安易な観念によって生れたすじがきとしての話」であり、それをわかったように書くのは、本当は「内心ではどう思うか知れたものではない」朴達の心情を、勝手に創作することにしかならない。心理描写や解釈といった事後的な合理化が、まるで普遍的な客観性をもって通用している事に対する批判が、「朴達の裁判」を類例のない転向小説たらしめている。

この批判意識は、語り手にもあらわれている。『新日本文学』に発表された「朴達の裁判」は、明らかに作中世界と異なる次元にいる「筆者」が南部朝鮮Kの出来事を物語るという形になっている。しかし「朴達の裁判」の直筆原稿を見ると、もともとの語り手は「私」であり、最終稿に近い段階ですべて「筆者」に変更されていたことがわかった[26]。これもまた、語り手が登場人物の誰でもないが、小説世界を支配する〈神〉でもないことを強調することで、登場人物の内面を語り手がわかったかのように描くことを拒否する姿勢のあらわれと言える。

だが「朴達の裁判」の特筆すべき点はこれだけではない。この小説は、〈解放〉後の南部朝鮮にいる朝鮮人・朴達の「転向」を描くことで、従来の転向研究の死角がどこにあるかを照射するものでもあるからだ。

三　「朴達の裁判」が照射する転向論の死角

金達寿が「朴達の裁判」を発表したのは、戦後の日本で転向問題がもっとも盛んに議論されていた時期だった。実際、この小説と前後して、本多秋五「転向文学論」(五四年)・吉本隆明「転向論」(五八年)・思想の科学研究会編『共同研究転向』(五九〜六二年)という、その後の転向研究において参照の枠組みとされる定義を打ちだした論文や著書が発表されている。それにもかかわらず、現在まで、「朴達の裁判」

に描かれた転向に注目した論考はほとんど見られない。同時代評としても、久保田正文の「朴達の生活の智慧にふれて私の心うごかされたのは、「転向」の理論が新しい観点のもとに生活的に現実化されている点であった。戦後の「近代文学」系統の「転向」についてのかんがえかたが、ここにあるかたちで生かされていると思った」[27]や、霜多正次の「〔従来の転向論の中では頭を下げた以上、その傷は消えないとするのが人間的だと考えられてきたが、〕朴達のばあいには、かれが検事の前で泣きわめいても、われわれはかれを醜悪とは感じない。そう感じさせない革命的な現実を描きえたところに、日本文学におけるこの作品の画期的な意義があり、その視点から、いま盛んな多くの不毛な転向論議がふりかえられる必要があるだろうと私はおもう」[28]と指摘した書評が出た程度である。ではなぜ朴達の「転向」は、転向研究の言説空間の中で置き去りにされたのか。それを理解するためには、「転向」が問題として顕在化した一九三〇年代に、「転向者」の中にどのような人々がいたのかを知る必要がある。

鶴見は『共同研究転向』の冒頭で、自分たちは数多くの転向者の中から、「思想史として最も重要な問題をになっていると考えられた人々を選んで重点的に記述することにした」[29]と述べている。一見すると彼らの研究では、あらゆる種類の転向者が議論の俎上にのせられているように思える。しかし実際には彼らの研究対象には顕著な偏りがある。たとえば、鶴見自身が認めているように、女性の転向者はほとんど扱われていない[30]。また片岡鉄兵のように、「勝ち組」になりたいために共産主義運動を利用したあげく、逮捕されるとさっさと縁を切るという、非常に浅薄な転向者[31]も、取りあげられていない。ただしこれらの転向者は、『共同研究転向』下巻の「転向思想上の人びと——略伝」で言及されているので、鶴見たちが彼らを無視したわけではない。これに対して、彼らの研究から決定的に欠落していたのは、朝鮮人をはじめとする植民地の人々という「転向者」である。

たとえば三五年に刊行された小林杜人編『転向者の思想と生活』という転向手記集には、小林を含め二七名の手記が収録されているが、そのうち三名が朝鮮人である。その一人、金錬学《キムリョンハク》は次のように書いている。

　自分は朝鮮民族であるが故に、民族的精神を根本から芟除剿滅《せんぢよさうめつ》することは出来ぬと、或る人は云ふかも知れぬ。然し自分はこれをも根本的に抜き去つたと答へることを躊躇しない。家族制度の日本も朝鮮も、一家に其の家を嗣ぐ子がない場合は、他家から養子を貰つて、その家門を嗣いで行く理に基き、朝鮮民族を日本といふ本家の養子として考へる場合に、朝鮮民族と日本民族の差別観念は永遠に消滅して、大なる一国家一民族といふ事になる。これ即ち自分をして民族的精神を苅《（ママ）》除、剿滅せしめたる根拠である。朝鮮民族の観念の下に××××××にしても、日本の××××には朝鮮の××はあり得ない。だが、日本の××と云ふことは全く夢想に過ぎぬ。されば日鮮の融合をもつてその発展を計るのが理想的である。仮りに日本帝国から独立するとしても経済的に回復し、生活と文化を向上さすことは出来ぬ。寧ろ先進国であり、わが本家である日本帝国と融合して一大家族制度の国家を作り、東洋平和を保つに如くはない。また見よ！　彼の満州国が軍閥の無限の搾取と圧迫と動乱の中から、経済的に回復し、平和と幸福の生活を営みつゝあるは、偏へに先進国日本のお蔭である。しかも他方、日鮮は満州国に依つて其の人口問題を解決し得るに至つた。此等の点より見るも日鮮満融合は必然性を帯びて居るのである。斯く悟つた自分の胸底からは民族的精神は根本から抜き去られ、私は茲に完全なる転向の身となつたのであつた。[32]

ここで金鍊学は自分の態度変更を「転向」と記しており、また同書でも彼ら朝鮮人転向者の手記が、日本人のそれと区別して掲載されているわけではない。『転向者の思想と生活』は藤田省三が『共同研究転向』上巻で言及している[33]ので、思想の科学研究会のメンバーが朝鮮人転向者の存在を知らなかったはずはない。それにもかかわらず、彼らは植民地の人々という「転向者」を無視した[34]。

こうして鶴見たちの「転向」の定義は、これら多種多様な「転向者」を棚上げするか無視して、「日本人」の「良心的」な「男性」という、全体から見れば極めて少数の人々を「思想史として最も重要な問題をになっていると考えられた人々」と見なし、彼らの態度変更を規範として創出したものだった。そして本多や吉本の転向論も、何を基準にして「良心的」と見なすかは異なるにせよ、議論の対象が「日本人」の「男性」に限定されている点では同様だった。ここに日本人の転向研究者の目に、朴達の「転向」が議論に値するものと見えなかった要因がある。

このような日本の転向研究に対して、九〇年代以後、(在日)コリアンから異議が申し立てられはじめた。たとえば金石範《キムソクポム》は「「親日」について」で、鶴見たちの定義を参照の枠組みとした上で、次のように述べている。

鶴見の研究対象には、日本と深くかかわってそれ故に日本とは異なる転向の形をもたらした、そして悲惨残酷な結果をもたらした朝鮮人の場合は含まれていないが、私は鶴見の考えに同意しながら、「親日」問題のいささか事情の異なるところを強調したい。私は日帝時代もさることながら、解放後の親日派の思想、行動が、彼ら自身のなかに〝実りあるもの〟を探しがたい絶望的な状況を作ってしまったのを見る。解放後の彼らの民族と歴史に対する態度が、「観過知仁」の根拠を自ら道徳的に葬ったということだろう。

「親日」の場合はまず、先に触れたようにその置かれている歴史性からして、日本帝国主義支配下での民族独立、民族解放が絶対的な価値基準として最初から前提になっている。従って転向としての「親日」は、その度合いや過程によってその過ちをも考えねばならぬにしても、そのことによって〝絶対的価値基準〟の前提は揺るがせにできない。これは教条ではない。別の表現をすれば、人間の存在の原理をなすものだ。[35]

また一九三〇年代〜四五年における朝鮮人転向者の実態を論じた洪宗郁《ホンジョンウク》も、やはり鶴見たちの定義を参照の枠組みとしつつ、彼らの研究を「対象を「日本」に制限すること、すなわち日本固有・日本特殊の強調と表裏一体の関係にあった」[36]と批判して次のように述べた。

ところが、植民地朝鮮の「転向」と日本本国の「転向」とのあいだにはズレがある。植民地では社会主義思想を放棄しても、民族主義というもう一つの思想あるいは思想以前の問題が問われざるをえなかった。そのため朝鮮の「転向」は、いきおい「親日」の姿勢を強いられ、とくに日中戦争以降の戦時期には「内鮮一体」の問題と結合しつつ、積極的な戦争協力にまで展開した。一方、日本本国の場合、伝統あるいは大衆への〝帰依〟は知識人の体制内化を意味したのに対して、植民地朝鮮の知識人にとって朝鮮の伝統や朝鮮の大衆に対する関心は、植民地の主体性の発見すなわち抵抗の契機として作用した。それゆえ朝鮮の「転向」については、共同体への回帰などといった自然さの回復として説明される日本思想史の転向解釈をそのまま通用することは困難である。抵抗と協力が複雑に絡まりあっていた朝鮮の状況は、いわゆる「転向」ではない他の何かというよりは、日本の思想史研究が見逃してきた「転向」の他の側面である。植民地の「転向」だけでなく、植民地帝国の次元における「転向」総体に対する再検討が要求される所以もここにある。[37]

彼らが主張するように、「親日」あるいは植民地朝鮮の「転向」の問題が日本人の転向に還元できない固有性を有していることは明瞭である。しかしここでの問題は、彼らがいずれも、鶴見たちによる定義に照らしあわせて「親日」と「転向」、植民地朝鮮の「転向」と日本本国の「転向」との差異を論じている点にある。先述のように、鶴見たちの転向の定義の中には、そもそも植民地の人々という「転向者」が含まれていない。したがってこの理論的欠陥を放置したまま、彼らの転向の定義を参照の枠組みにすれば、「親日」と「転向」、植民地朝鮮の「転向」と日本本国の「転向」とが異なるという結論が出るのは当然である。さらに「転向」は一般に、共産党からの離脱や共産主義思想の放棄に重点をおいて理解されているため、「親日」における民族主義思想の問題の重要性を強調することは、「転向」における民族主義思想の問題の軽視につながりかねない。

たとえば洪宗郁の言う、「共同体への回帰などといった自然さの回復」は、大量転向現象の先駆けとなった佐野学と鍋山貞親が、三三年に発表した共同声明の中で主張した、「日本の皇室の連綿たる歴史的存続は、日本民族の過去における独立不羈の順当的発展――世界に類例少なきそれを事物的に表現するものであつて、皇室を民族的統一の中心と感ずる社会的感情が勤労者大衆の胸底にある。我々はこの事実を有りの儘に把握する必要がある」[38]という一節に典型的な形であらわれている〝帰依〟を指すと考えられる。しかし実際には日本人転向者もまた、転向によって、「社会主義思想を放棄しても、民族主義というもう一つの思想あるいは思想以前の問題が問われざるをえない」状況に置かれ続けた。そのことを端的に示しているのが「日本回帰」である。

転向を主導した司法当局はもちろん、日本人転向者も口を揃えて、真に転向するためには日本人としての自覚に立ち戻ること、すなわち「日本回帰」が必要であると説いた。しかし「日本回帰」は、「自然さの回復」という美しい言葉で表現できるものではない。むしろそれは、それぞれの日本人がそれぞれに持っている、いわば私的な民族的主体というべきものを否定させられ、国家権力が与える民族観念を強制的に内面化させられる過程である。官憲が共産党員やその同調者を、転向を認めるまで長期にわたって勾留したり、家族の情愛を積極的に利用して転向を促したこと、転向後も彼らを保護観察の対象として監視下に置き続けたことは、「日本回帰」が「自然さの回復」からほど遠いものだったことを如実に示している。

こうして日本人もまた、天皇制への「転向」の過程で、階級的主体と民族的主体の両方を自己否定させられた点では、植民地の人々が歩んだ道のりと形式的に同一である。前節で私は、ヤスパースによる「罪」の区分を援用し、日本人のファシズムと朝鮮人の奴隷根性は本質的に同じだという『日本の冬』

の一節を引用したが、それが意味するのはこのことである。

これを念頭において、先に引用した「朴達の裁判」における金南徹と朴達とのやりとりを読むと、そこには金南徹が「法」の力で、現に朝鮮人である朴達を、いわば「朝鮮回帰」させること——それは日本人を「日本回帰」させることと置きかえられる——の滑稽さが如実に描かれていることがわかる。しかしこの滑稽さは、朝鮮人の価値をいささかも貶めるものではない。それが示しているのは、朝鮮人など植民地の人々からは容易に滑稽に見えることが、日本人の目にはそう映っていないことである。先に私は、朴達がこの奇妙な転向を実践するようになった理由が描かれていないことを説明の拒否、すなわち金達寿の意図的な戦略だと論じた。そのことは、金南徹が必死になって朴達を屈伏させようとする動機が明快に描かれることで際立ってくる。


彼〔金南徹〕は若く、まだ三十七、八歳にしかなつていないが、旧日本時代には裁判所書記だつた男で、いわば、それから一本に叩き上げてきた男であつた。そのうえ、当時の反共教育がすつかり身につき、この世の中から社会主義とか共産主義というものを全部叩きつぶしてしまわなくては、独立も何もないものだと考えている。

彼にとつての独立とは、個人個人が優勝劣敗の原則にしたがつて、自由にその才能を発揮して出世をするということであつた。彼は自分のこれまでをかえりみて、これこそが人間の生き甲斐を保証する唯一、すべてのものだと思つている。

旧日本時代ならば、東京・M大学をでているとはいえ、高文にもすべつていたから、彼が検事にとり立てられるなどということは思いもよらぬことであった。これも八・一五以後の独立のおかげである。独立とはいいものだ。そしてこの独立を妨害するものは共産主義である、と彼は固く信じていた。したがってそれはまた自分の出世をもじやまするものである、と彼は考えている。[39]

一見して明らかなように、金南徹が朴達を屈伏させようとする動機は、「個人個人が優勝劣敗の原則にしたがって、自由にその才能を発揮して出世する」こと以外のなにものでもない。しかし金南徹には、彼が想定する「自由」の中に、朴達が奇妙な「転向」を選んで実践する自由が含まれていることが認識できていない。そのような「自由」があること自体を発想できないのである。このことは、彼の「自由」が、「優勝劣敗の原則」から導きだされる「必然」であることを端的にあらわしている。彼はちょうど、ある進歩的知識人が「大東亜共栄圏」を彷彿とさせる発言をしても何の違和感も覚えなかったように、「自由」に対して何の疑問も感じない。ここに支配する者とされる者との関係に逆転が生じる。支配する者は相手に対して優位な場所に立つがゆえに、より深く、自分の「自由」が国家権力にとらわれた結果であることを自覚できない。こうして、金南徹と朴達とのやりとりにあらわれる滑稽さは、金南徹が自分の「自由」の源泉を自覚できないでいることを朴達が暴きだした結果として、生まれたものなのである。

四　おわりに

以上のように、「朴達の裁判」は、プロレタリア文学が引きずっていた、私小説を頂点とする自然主義文学との結びつきを切断する契機を提示した、極めて実り豊かな小説である。そしてまた、この小説は、その後の高度経済成長の中でアクチュアリティーを失っていくことになる、戦後日本の転向研究の死角がどこにあったのかをいち早く示唆した点でも、決定的に重要な転向論である。

金達寿自身はこの小説を書きあげたことで、何か新しいものをつかみつつあるという感触を得た。そこで彼は、仲間の文学者たちと結成していたリアリズム研究会で、さらに文学的研鑽を積むことで、この感触を確かなものにしようと考えた。ではそこにおいて彼の文学は、どのような道を辿っていったのだろうか。

第四節　文学と指導者意識——リアリズム研究会をめぐって

一　はじめに

前節の最後に述べたように、金達寿は「朴達の裁判」を書くことで、自然主義リアリズムにかわる、現実を変革しうる新たなリアリズムの可能性をつかんだという手応えを得た。そこで彼は、仲間の文学者とともに五七年一一月に結成していた「リアリズム研究会」という文学運動体の中で、新しいリアリズムの確立を目指してさらに研鑽を積もうとした。

だがこれまでリアリズム研究会に焦点をあてた論考はなく、金達寿も自伝『わが文学と生活』でまったく触れていない。自伝ではこの時期について、『朝鮮』（五八年九月）への批判に端を発する、総連側の組織的な圧力に苦しめられたことが記されているだけである。このため七〇年代における彼の文学から古代史研究への転回は、もっぱら総連との訣別ないし「社会主義」から「民族主義」への転向としてのみ論じられ、リアリズム研究会と結びつけられることはなかった。

たしかに彼の人生の中で、総連など「社会主義を標榜する「組織」」との関係は非常に重要な位置を占めていた。しかしそれらの組織と訣別することと、社会主義の理念を放棄することとはまったく別の問題である。実際、彼の最後の小説「行基の時代」（『季刊三千里』七八年二月〜八一年八月）が、七世紀半ばに生まれ、八世紀前半に活躍した民衆仏教僧・行基の生涯をつうじて、社会主義をあらためて考え直そうとしたものであることを念頭に置くと、彼の中で「社会主義を標榜する「組織」」と訣別することが、社会主義の放棄とイコールでなかったことは明瞭である。したがって、「社会主義を標榜する「組織」」との訣別が、社会主義の放棄あるいは民族主義への回帰であるか否かは、彼の中で「社会主義」や「民族主義」の意味するものがどのように変化したか／しなかったかを問題にしないかぎり、意味を持たない。

また、自伝に記されていないからといって、リアリズム研究会の活動が些末なものだったとは言えない。研究会よりも総連などとの関係が自伝に詳しく記されたのは、自伝を書いた当時の彼の関心がそこにあったからである。実際にはリアリズム研究会は、取るに足りないどころか、八年もの長い期間にわたって千人以上の文学関係者や作家志望者などが集まり、日本全国にいくつもの支部が結成された、巨大な文学運動体だった。

ではなぜ「朴達の裁判」という小説を書き、リアリズム研究会の主導的立場にあった彼が、七〇年前後を境に徐々に文学から離れて古代史研究に熱中するようになったのか。そしてそれは「行基の時代」を書くにいたった彼の「社会主義」や「民族主義」に対する認識とどのような関係にあるのか。本節ではこれら二つの問題のうち、文学から古代史への転回について、リアリズム研究会に焦点をあてて考察することで、「朴達の裁判」によってつかんだものを彼がどう発展させようとし、どのような結果にいたったかを明らかにする。それによって、総連との軋轢を問題にするだけでは見えてこない、文学に対する金達寿の認識の変化の根底にあるものを浮き彫りにする。

二　リアリズム研究会の設立と活動

リアリズム研究会は、一九二〇年代後半から三〇年代にかけて日本のプロレタリア文学が開拓しつつあった新しいリアリズムの方法を創造的に継承し、戦後日本の民主主義文学運動の停滞状況の克服を目指した文学運動体である。創設メンバーは小説家の金達寿・西野辰吉・窪田精・霜多正次および文芸評論家の小原元の五名で、いずれも新日本文学会の会員である。彼らは皆、一九一〇年代半ばから二〇年代半ばに生まれ、日本の敗戦から五〇年前後に文学キャリアをスタートさせた者で、二〇年代から第一線で活躍していた作家や評論家が中心となって設立された新日本文学会の中では若手といってよい。それにもかかわらず、特に小説家の四人は、研究会設立時にはすでに、「玄海灘」(金達寿)や「秩父困民党」(西野辰吉)など、それぞれ出世作と呼べる作品を発表して注目されていた。

彼らが新たに研究会を立ち上げるにあたって、進歩的文学運動を停滞させている要因と考えたものは二つある。一つは日本共産党と新日本文学会との関係に体現された、戦後日本の共産主義運動における「政治と文学」の問題であり、もう一つは自然主義リアリズムという文学形式それ自体がはらむ問題である。

新日本文学会は、二〇年代後半から三〇年代にかけてプロレタリア文学運動を主導した文学者が結集して四五年一二月末に創立され、いち早く文学者の戦争責任を追及するなど、民主主義社会の実現を目指す文学運動体として出発した。だが中心メンバーの多くが転向体験を持っていたため、宮本顕治や徳田球一など獄中で非転向を貫き、戦後、日本共産党の指導者となった党幹部の指導に強く規定された[1]。たとえば徳田直や江馬修など新日本文学会の一部の文学者が、五〇年一一月に『人民文学』を創刊し、中野重治や宮本百合子を執拗に攻撃したり、五一年一月に百合子が死去すると、彼女の記念行事をボイコットするよう呼びかけた。これについて、同誌の編集発行人だった柴崎公三郎はのちに、党が『人民文学』に口を出すことはなく財政的には独立しており、百合子への攻撃は彼女の小説のプチブル性への批判であって党内抗争とは関係なかったと語っている[2]。しかし当時そのように考えたものはほとんどいなかっただろうし、金達寿もまた同様だった[3]。

金達寿は戦後まもなく、坂口安吾・織田作之助・石川淳などの「タイハイ的」な小説が流行したことに危機感を覚え、その対極にある文学者として百合子の名前をあげて、両者の差異は「もはや文学か、文学でないかというほどの差異である。そしてこの差異は文学のジャンルの差異ではない。人間の差異である」[4]と主張したことがある。このような彼にとって、『人民文学』の批判は、編集部や執筆者の意図がどうであれ、党内のそれぞれの派閥の影響力が、文学活動の現場に持ちこまれたものとしか映らなかったと思われる。

しかしその後、まず新日本文学会が五五年一月の第七回大会で五〇年代前半のセクト主義を自己批判し、『人民文学』派との統一を果たした。次いで同年七月、党も第六回全国協議会（六全協）で、五〇年代前半の「極左冒険主義」路線を全面的に自己批判し、諸分派が合同を果たした。すでにスターリンは五三年一月に死去しており、五六年二月にはフルシチョフがスターリン批判を行うことになる。これを契機に、ソ連中心主義的な国際共産主義運動は急速に崩壊し、共産主義国の間で独自路線を模索する動きが出てきた。こうした事情を背景に、日本でも長らく党の〈小スターリン〉的・〈天皇〉的存在であり続け、五三年一〇月に中国で客死していた徳田球一への批判が公然と語られだした。さらに五五年、吉本隆明と武井昭夫が文学者の戦争責任・戦後責任の問題を新たに提起したことで、本格的に非転向の権威に疑問が投げかけられるようになった。

このような中、五七年一〇月の第八回新日本文学会大会で初めて公的に、会内部で独自に立ち上げられたサークルや研究会について報告され、それらから精力的に学ぶことの重要性が語られた[5]。このことは、党や新日本文学会の中に、金達寿たちに私的な勉強会を正式な文学運動体として公の場に押しだすことを後押しする雰囲気があったことを窺わせるものである。

次に自然主義リアリズムについてだが、メンバーの文学者はいずれも、自分の小説が自然主義リアリズムの文学に分類されることに不満を覚え、この文学方法に限界を感じていた[6]。彼らの不満は、中村光夫が『風俗小説論』（五〇年）で主張した私小説批判と、基本的に同一のものである。中村は、田山花袋の「蒲団」(一九〇七年)にはじまる私小説の潮流を、作者と作中人物との同一性を前提とするものであるがゆえに、その前年に発表された島崎藤村の「破戒」(〇六年)によって切り開かれた、文学の自立性を奪うものだと強く批判した[7]。金達寿たちもまた、プロレタリア文学がその可能性を切り開きつつあったものの、戦時下における左翼の全面崩壊によって中断され、戦後も文学に対する政治＝党の優位性に災いされて、それに対する検討がなされてこなかったと考え、プロレタリア文学の成果を創造的に継承することの重要性を主張した[8]。

こうして彼らはリアリズム研究会を、一方では文学を政治＝党の指導から解放するとともに、他方では日本近代文学を私小説に体現された自然主義リアリズムによる〈歪み〉から解放する文学運動体として結成したのだった。

彼らは五七年一一月に私的な勉強会としてリアリズム研究会を結成後、まず五八年一月から『リアリズム研究会ニュース』というガリ版刷りのパンフレットを発行し、同年一〇月からは機関誌『リアリズム』を発刊した。一号と二号は不定期刊行だったが、六〇年一月刊行の三号からいったん季刊となった。しかし六号から再び不定期刊行となった。また三号の刊行とともに研究会の規約も、二号までのグループ的な性格をあらためて全国的な文学運動体を目指すものへと修正された。全国各地に研究会の支部をつくり、それらを通じて文学的な創造運動の気運を盛り上げていこうという方針が示されたのである。

この転換後、わずか二ヵ月ほどの間に、関東地方を中心にいくつもの支部が結成され、その後も全国に続々と支部が作られていった。会員数も四号刊行時には二〇〇名ほどに達し、同号は四三〇〇部が刷られるなど、順調な滑り出しを見せた。しかし財政的には苦しい状態が続き、それを打破するため、六二年五月刊行の九号から、刊行ペースを月刊に変更するとともに、誌名を『現実と文学』に改題、発行所も新たに設立した現実と文学社に移した。そして以後、六五年一〇月に五〇号で終刊するまで、この体制で運営された。

先述のように、研究会設立時のメンバー五名はすべて新日本文学会の会員で、金達寿と西野は同会の常任委員の地位にあった。また西野・霜多・小原は共産党の党員でもあり(窪田は不明)、金達寿は総連とその傘下団体の在日本朝鮮文学芸術家同盟(文芸同)に所属していた。このうち金達寿は総連から圧力を受けていたが、党と新日本文学会からは、ともに自己批判していたため、リアリズム研究会が結成された当時には特に何の干渉もなかったという[9]。

ところが五九年になると状況が変化する。そのきっかけとなったのは、『新日本文学』五九年六月号に掲載された、竹内好「新日本文学会への提案」である。竹内は四六年夏に復員帰国した際、『新日本文学』を何冊か手にとって読んでみたところ、たとえば戦争責任の問題について、「その態度たるや、自分をタナにあげての超越的な断罪」[10]だったことに失望したというエピソードを披瀝し、現在も同会に対してそのときに感じた違和感を持っているから入会を断り続けていると語った。その上で彼は、新日本文学会は今、プロレタリア文学との継承関係を決算する時期にきていると述べ、同会は「民主主義文学」の内容を規定していない――「民主主義文学は流派なのか、スタイルなのか、方法なのか」[11]をはっきりさせていない――ために、「民主主義をめざす文学者の集団であるべきものが、民主主義文学をめざす集団に置きかえられ」[12]る誤りを犯しているので、改組ないし解散すべきだと提案した。彼の考えでは、「新日本文学会は一つの文学運動の主体ではな」[13]く「文学者の政治的な自由をまもるための組織」[14]であるべきで、そのためには同会の「組織形態は、ゆるい連帯で、随時、随所に活動できる機動力をそなえたものでなくてはならない。もし解散がダメなら、新日本文学会はこういうフェデレーションに自己を改組すべきである」[15]と提案した。

これに対して、リアリズム研究会のメンバーはそれぞれ、解散という一点を除いて、賛成する内容の文章を書いた[16]。さらに同年一一月の新日本文学会第九回大会では、「新日本文学会は文学者の「統一戦線体」＝エコール・グループの協議体であるべき」という意見を打ち出した[17]。これは彼らも竹内と同様、新日本文学会は「文学者の政治的な自由をまもるための組織」であるべきと考えたからであり、同会の政治的ヘゲモニーを握ろうとか、潰そういう意図はなかった。ところが周囲からは、『人民文学』と人脈も思想も運営方針も何らつながりのない組織であったにもかかわらず、『人民文学』的セクト主義をあらためて新日本文学会に持ち込もうとする文学者の集まりと誤解されてしまった。実際、研究会同人の墻作楽は六〇年夏、原稿を依頼した六名のうち二名から、リアリズム研究会は『人民文学』と同じ役割をしている団体だから執筆できないという返事がきたという[18]。この誤解は、六〇年前後には、一定の信憑性をもって流通していたらしい。

さらに党と新日本文学会の間にも、五九年一一月に安保闘争の学生デモが国会内に突入したことの是非をめぐって対立が起こった。安保条約については、研究会でも五月三一日付で「岸政府の暴挙に抗議する」声明を出した[19]が、デモ隊の国会突入に関する声明などは出しておらず、党からも新日本文学からも一定の距離を置いていた。しかし、五九年から六一年にかけて、『アカハタ』に研究会同人の小説が立て続けに連載され、さらに党が『新日本文学』に対抗すべく、六一年一一月に『文化評論』を創刊すると、そこでも霜多が新連載を開始するなど、党の機関紙誌への研究会同人の起用が続いた。また研究会の機関誌から、六二年七月の一一号を最後に『新日本文学』の広告がなくなる一方、『文化評論』の広告は九号から五〇号まで掲載された。こうした状況が続いたことから、党派的対立から文学運動を自立させたいという研究会同人の意図とは裏腹に、彼らが新日本文学会に対立して党に忠誠を尽くすグループだという印象が、否応なしに周囲に浸透していった。

それでも当初の目的だった、自然主義リアリズムにかわる新たなリアリズムの確立に向かって研究会の活動を進めていくことができれば、金達寿たちはこうした困難にも耐えられたかもしれない。だが結論から言えば、彼らは文学理論を深めることも、研究会を創造的な文学運動体として機能させることもできなかった。

たしかに彼らは戦後日本の文学運動を総括する座談会を活発に行ったり、自分たちがそれぞれ抱えている創作上の問題を論じる文章を書き、雑誌の合評会を毎月開いて討議した。全国各地の読者組織数も順調に増加し、六三年一一月末には会員が一〇〇〇名を超え、六四年末には一五〇〇名を突破した[20]。この会員数を背景に、研究会では六三年一〇月と六四年一〇月に全国研究集会を東京で開催した。さらに彼らは四冊の著作を刊行したほか、「リアリズム文学賞」を創設して新人発掘にもつとめた。しかしこうした発展は外見上のものにすぎず、研究会の内部では硬直化・官僚主義化が進み、金達寿の文学もその悪影響から逃れられなかった。彼の中編「公僕異聞」(『現実と文学』六五年六月)は、その顕著な事例にほかならない。

三　「公僕異聞」をめぐって

「公僕異聞」は、「私」という金達寿と等身大の主人公が、四〜五年ほど前から住んでいる「東京都N区中之町」で二年半ほど前に知り合った、「和田次郎太」なる人物をめぐる物語である。

N区中之町は、東京都内とはいえ、まだまだ古い武蔵野の面影を残している地域だが、近年の開発に伴って畑がつぶされて住宅が建つようになった。そこで地元の農家や地主たちは、さらに地価を上げるべく、区画整理をして立派な道路を敷いたが、人や自動車の往来ですぐに傷み、雨天時にぬかるみができるようになった。しかし地元の議員たちは、選挙のとき以外にこの町を訪れることはなく、誰も道路を補修しようという者がなかった。そこへ忽然とあらわれたのが、和田次郎太だった。

彼は「公僕　和田次郎太」というのぼりを古い自転車に掲げ、スコップとクワを使って日曜以外は毎日のように道路を補修した。「私」は日課の散歩中に出会って以来、彼と親しくなっていった。そしてある時、彼に道路を補修しつづける理由を尋ねたところ、かつて共産党が掲げていた、「酬いられることのない人民への献身」というスローガンの自分なりの実践だと打ち明けられた。

和田は戦後まもなく、久木元一という共産党員が中心となっていた、町の文化サークルに参加するようになった。彼は久木が「人間と社会との関係を変え、そのことによって人間をも変える」と語っているのを聞いて感動し、自分も入党しようと思うようになった。だが彼は、党が「酬いられることのない人民への献身」などのスローガンを掲げて活動していたにもかかわらず、その「人民」たちの間で評判が良くないのを疑問に思っていた。そこで入党する前に何人かの党員にその点を質問したが、納得できる返事はかえってこず、そのうち「五〇年問題」が起こって入党どころでなくなってしまった。彼はその後もしばらく、「酬いられることのない人民への献身」とは、いったい何をどうすることなのかと考え続けたが、答えを見つけることはできず、そのうちこの考えから遠ざかりたい気持ちになっていった。

そんな時、彼は勤めていたQ市の市役所で偶然、市会議員たちが、議題についての討論さえ満足にできないのに、彼の課の課長より多くの報酬をもらっていることを知って驚いた。そこで彼は自分もQ市の議員になることを思いついたが、Q市には地縁や血縁などが網の目のように組織されており、新参者が入り込めそうな余地は見あたらなかった。こうして彼が目を付けたのが、「私」の暮らしている中之町だった。中之町もまた、血縁や地縁の関係で議会に新参者が入る余地がない点ではQ市と同じだが、Q市と対照的に、住人は互いに関心を持たずバラバラに暮らしており、選挙権を持っていながら地方議員に何の関心も持っていない。そこで彼はここで「酬いられることのない人民への献身」を実践すれば、住民の目は自分に向くのではないかと思った。そうなればこの献身は酬いられないままには終わらない。住民の心をつかんで議員に当選すれば、月給十万円以上の高給取りになることができるからである。こうして「酬いられることのない人民の献身」について考え続けた和田は、お互いにバラバラで議会にも無関心な住民をとおして、酬いられない献身を酬いられるものにしようと考えたのだった。「私」は話を聞きながら、彼のこの変化が「転向」と言えるものなのかどうか判別しかねたが、和田自身はこう考えることで気持ちがすっきりしたと語った。

和田はその後も、日曜を除いて毎日あちこちの道路などを修繕し続け、町の人々の間で一種の人気者になっていった。そして次の区議会議員選挙で、彼は無所属で立候補した。「私」は選挙権のない在日朝鮮人であることの気楽さから、何かと彼の選挙を裏から応援するようになった。そして彼が見事に当選を果たすと、やれやれと思う。しかし次の瞬間、「私」は彼が「月給十万円以上の区議会議員」になったことを考え、今までのことが嘘のように落胆してしまう。「私」は彼との関係もこれまでと思い、自分からつき合いを絶った。

季節が変わり、「私」が日課の散歩をしていると、「公僕　和田次郎太」と書かれた見覚えのあるのぼりが目に入った。「私」が近づくと、彼は側溝のドブ掃除をしながら、議員になったもののやはり道路を見ると放っておけず、これからも区議会のない日は今までどおり道路を補修し続けると語った。「私」は何が何だかわからなくなったが、その代わりに何かが新たにわかったような気がして、「うむ」と唸ったままそこに立ちつくした――。

金達寿によるとこの小説は、転向を是か非かという二項対立の中で考えるのではない、別の思想を提出しようとして書いた「朴達の裁判」に続くものとして構想されたという[21]。また別のところでは、彼はこの小説を書いた意図について、次のように述べている。

> 私はそれ〔権力者がなぜ否定的な意見を封じねばならないと考えるのか〕を構造的なもの、というか、そういうものとして考えたことがある。つまり、その権力とは「選ぶ」「選ばれる」という関係によって生じるものではないか、というわけだったのである。
> もちろん、今日おこなわれている「選挙」というのもそれであるが、しかし私の考えたのはそんな卑近なものではなく、もっと別の、新しい社会というものを考えてのそれであった。そこで、も

し権力というものがその「選ぶ」「選ばれる」という関係で生じるものだとしたら、われわれはその「選ぶ」「選ばれる」という関係そのものを、まったく新しく考えなおしてみる必要があるのではないか。

そしてその関係・構造が変われば、それによって「選ばれる」人間の意識も変わるのではなかろうか、ということで、それを小説として考えてみたのが、いまから十年ほどまえに書いた中編『公僕異聞』であった。〔22〕

これらの説明から、彼が和田を朴達と同じく、実践活動をつうじて、権力をめぐる社会的諸関係を変革していこうとする人物として描こうとしたことが窺える。しかし残念ながら、「公僕異聞」は、内容的にも形式的にも、「朴達の裁判」から大きく後退していると言わざるをえない。

まず「朴達の裁判」でも「公僕異聞」でも、主人公の「転向」が物語の中心に置かれている点では同じだが、それが意味するものはまったく異なる。前節で明らかにしたように、「朴達の裁判」で朴達の転向が説明されないことは、『共同研究転向』に代表される同時代の転向研究が、転向の原因を転向者の人生の足跡から探し出すことで、結果的に転向の必然性を論証してしまったことに対する批判となっている。これに対し、「公僕異聞」で和田の「転向」が説明されないことは、黙々と道路修繕にはげむ和田の真意が「真の公僕」になることではなく、ただ月給十万円以上の高給取りになりたいだけの利己心を覆い隠すパフォーマンスではないかという、読者の不信感を増幅させる役割しか果たしていない。

また「朴達の裁判」では、朴達によって「南部朝鮮K」の権力者である金南徹が追いつめられていくことで、彼の権力基盤の危うさが浮き彫りにされ、支配する側とされる側との関係が固定的なものではなく変革しうるものであることが暗示される。ところが「公僕異聞」では、和田の存在は、N区の区議会議員たちに社会的地位を与えている選挙制度そのものが内包する「選ぶ」「選ばれる」という関係の基盤にあるものを明るみにするものになっておらず、その関係が変わるか否かは、ひとえに、当選後も道路修繕に精を出す和田の心がけに委ねられている。これは関係や構造が変われば「選ばれる」人間の意識も変わるのではないかという金達寿の考えとは正反対である。

さらに形式においても、「朴達の裁判」では作中人物とは明らかに異なる位相にある「筆者」が語り手に設定されることで、視点が特定の人物を離れて浮遊することが可能になったのに対し、「公僕異聞」では語り手が再び作中人物である「私」、しかも金達寿と等身大の人物に設定されている。このため「公僕異聞」は「私」の視点のみで語られることになり、彼が主張してきた「多元的視点」の理論を大きく損ねている。

実際にも「公僕異聞」は、わずかに平野謙が、「単に共産党とかぎらず、都議会の第一党となった社会党議員の現状をのぞいても「公僕異聞」がいわゆる革新政党の現状に対する文学的な風刺になっていることはたしかである」[23]と評価した程度で、全体としては否定的な意見が大半を占めた。研究会の同人や一般会員の評価もおおむね同じだった。たとえば『現実と文学』四八号の「リアリズム通信」欄には「本誌への発言」という項目が設けられ、そこに「公僕異聞」に対する二名の感想が掲載されている[24]。一名は好意的に評価しながらも、金達寿が作中で「和田」という姓について百科事典まで持ち出すような、日本と朝鮮との血縁関係へのこだわりに違和感を覚えるという意見で、もう一名ははっきりと不満を表明している。編集部には、他にも意見を求める批評が届くなどしたため、四九号では西野・小原・霜多の三名が、「公僕異聞」をめぐって座談会を行った。

彼らは座談会の冒頭で、各地の読者研究会などで出されたり、編集部に届いた意見を整理した。そして「公僕異聞」の内容や創作方法を検討し、この小説に多くの弱点があることを認めた上で、しかしこれらの誤解は、和田や金達寿自身の階級的立場を明らかにしながら書いていけば防げたのではないか、という意見に落ち着いた。そして最後に、「公僕異聞」は党批判の小説だから反動的でけしからん、編集部は責任を取って自己批判すべきだといった性急な意見こそ、反動的で官僚主義そのものではないかと、次のように語った。

小原　これまでの話にずいぶん出てきたけど、階級的な立場をもっとあきらかにすれば不必要な誤解を招かなくてすむということもあるだろうが、これを反動的な作品と読むという感覚がねえ、どうもよくわからんねえ。ともかく、金達寿であろうと誰であろうと、たとえ嫌な奴が書いたとしてもね、すぐ喰ってかかるというんじゃなくてね不満は不満、否定は否定でかまわないけれど、そこにいわれているような問題があるかないかということを、少くとも、我が身に照らして考えていくという態度が欲しいねえ。ちょっと批判的なところがでてくると、すぐ、党誹謗だとくる。作品内容の客観的分析をとびこして政治主義的な攻撃を加える、というのは困るなあ。

〔中略〕

霜多　まあ、小原君が言ったように、こういう批評がすぐ出てくるような要素があるから、金君がこの作品を書いたのだといえると思うけれども、こういう要素、傾向というのは、ぼくはたえず再生産されるものだと思うんだな。つまりこれは一種のセクト主義でしょう。主観主義なんだな。それは資本主義社会が必然的に生みだすブルジョア思想、あるいは小ブルジョア思想だと思うんだね。それをどう克服して労働者の思想を身につけるかということが、階級的政党の任務になる。[25]

この座談会について、金達寿はのちに、「あれはおもしろかった。欠点は欠点として指摘しながら、擁護すべきところは擁護するという態度のものだったと思う」[26]と評価している。彼自身が積極的に反論したり、自己弁護した文章は他に見あたらないので、小説の作者としては、おおむね批判を受けいれたと思われる。しかし他方、研究会を主導し運営してきた常任委員の一人としての彼は、この小説がきっかけとなって顕在化した問題、すなわち研究会内部の官僚主義的傾向をどのように受けとめたのだろうか。次にこの点を、六六年五月三～四日に開催された、『民主文学』第一回全国支部代表者会議における彼の発言を手がかりに考察する。

四　文学者の指導者意識

六五年一二月に創刊された『民主文学』は、日本民主主義文学同盟が運営する文学雑誌で、同年一〇月に終刊した『現実と文学』の後継誌である。

代表者会議では、会の現状や各支部が抱えている問題点などが報告され、これから『民主文学』を本拠地にして文学運動を盛り上げていこうという雰囲気が高まっていた。これに対して金達寿は、そこでなされている議論が、二〇年前に自分が関わり始めたころの新日本文学会の大会と、何一つ変わっていないことに危機感を覚え、参加者たちに蔓延している無意識的な大衆蔑視＝指導者意識に警告を発した。

われわれはまず、自分自身にたいして忠実であると同時に、他者にたいしてはいっそうもっと忠実でなくてはならないのです。明確な階級的立場に立つて《ママ》、つまり、人民の立場に立つわれわれが作品を書き、それを発表するということは、それをもって、他者の感覚、認識、すなわちその思想に働きかけて、それを変革するためなのですが、しかしながら、それは決して、いうところの指導、被指導という関係においてではありません。文学においては、本来、そういう関係はないものだということを、われわれははっきりと知っておかなくてはならない。

さいきんわれわれは、作品を書くうえで、よく「全存在をかける」ということばを使いますが、その全存在をかけてさえ、はたして対手を、他者をどれくらい説得することができるか、はなはだ疑問なのです。まして、自分は少しも傷つくことなく、ただ公式にだけよりかかって小手先をろうするだけでは、決して対手を説得することはできないばかりか、そこからはむしろ逆な結果が引きだされる、そういう文学者というものがもしあるとすれば、それは必ず、ほかならぬ文学そのものによって復しゅうされるものだということを、われわれは知っておかなくてはならない。

つまり、「文は人なり」ということばがあるように、文学というものは、どこからも決してごまかしは利かないものだということです。[27]

金達寿は、安易な公式に寄りかかった図式的な小説、現実と闘っているフリをしながら作者自身はまったく闘っていない小説を、感動したなどと褒める「活動家的文学者」が少なくないが、彼らの多くは意識的にであれ無意識的にであれ嘘をついていると言う。自分ではその小説を少しも面白いと思わないが、人民大衆には有益だから読ませないといけないと思っているからである。このような悪しき指導者意識と、その裏返しとしての愚民思想をもって文学に取り組むかぎり、その人は他者を説得するどころか、必ず文学に復讐されるというのだ。

一見すると彼のこの発言は、文学にかぎらず何らかの目的意識を持って組織に参加している人が抱きがちな特権意識や、政治的スローガンを振りかざして作家の自由な創作を抑圧しようとする党派的な態度に対する警告と読める。しかし彼がこの発言を、文学キャリアの長いベテラン作家が、新人やアマチュアに釘をさすように語っていると解釈してはならない。

たとえば、本章第二節で言及した『日本の冬』の中に、朝鮮戦争の勃発後まもなく、主人公の辛三植が、〈分派〉として一方的に除名されたあと、彼を訪ねてきたある在日朝鮮人党員に対して、「ぼくたちはこれからは、少し自分の頭で考えなくてはならないと思うんだ」[28]と語る場面がある。これはほぼこの時期の金達寿の考えと同一と見なしてよいが、我々はこの発言を、アメリカ帝国主義との闘いをそっちのけにして分派闘争に明け暮れている党員たちを下に見て語ったと考えてはならない。というのも、彼自身、ほんの一年ほど前、麗水・順天事件のことを知り、自分がいかに自分の頭で考えることなく過ごしてきたかを、痛烈に自己批判したばかりだったからだ。彼が入党して最初に発表した小説「叛乱軍」

にはそれが、彼をモデルにした秋薫と、張斗植をモデルにした朴仁奎との、次のようなやりとりをとおして描かれている。

「〔前略〕要するに仁奎、おれはこれ以上自分をごまかしていることができなかつたんだよ。〔中略〕つまりおれたちは、いや、おれは、おれはいま、正確にはいままでなのだろうけれども、とにかくおれはいまわれわれの独立と革命のためにたたかつているのだろう。」

と秋薫はしずかな声でいつた。

「そうだ。君は一生けん命たゝかつた。いや、いまでも君はその重要な、もつとも熱心な一人なのだ。」

「ところがだな仁奎、おれがその一生けん命たゝかつたのはいつからだい？」

「それは八・一五以後さ。」

「それなんだ、それなんだよ仁奎、問題は。それから、それまではおれは何をしていたというんだ。それまではいつたいおれは何をしていたというのだい！」

秋薫は急に顔を歪めて、子供のように泣き出しそうな表情をしてまた高い声を出して叫んだ。[29]

金達寿は『モダン日本　朝鮮版』を読んで民族に向かって目が開かれ、さらに金史良の「光の中に」を読んでいたたまれない気持ちになり、「位置」を書いた。彼はまた、四三年から四四年にかけて京城日報社で働いたことを、〈解放〉後、痛切に自己批判した[30]。『日本の冬』の辛三植や「叛乱軍」の秋薫の発言の根底には、彼が負ったこれら無数の〝傷〟があることを忘れてはならない。この文脈を消去してしまうと、辛三植の「自分の頭で考えなくてはならない」という発言は、何の変哲もないお題目になってしまう。

同じことが、代表者会議での金達寿の発言にも当てはまる。これは高所から発した警告ではない。むしろここには、彼自身もまた、リアリズム研究会をとおして、「文学そのものによって復しゅうされ」た文学者なのだという認識からくる、自己批判が含まれていると考えるべきである。

金達寿は「リアリズム研究会の生と死(6)」で、初期のリアリズム研究会は東京研究会が中心になっていたものの、全体を統括する「中央」というものがなく、各地の研究会が緩やかな横のつながりで結びついており、そのことが非常に良かったけれども、六四年三月に開かれた新日本文学会第一一回大会以後、組織が変化してしまったと述べている[31]。党と新日本文学会の対立が研究会内部に持ちこまれ、本格的に研究会が党の指導下に置かれるようになったからである。

この過程を詳しく見ていくと次のようになる。先述のように党と新日本文学会は五九年から対立関係にあったが、第一一回大会の一ヵ月前、文学会議長の武井昭夫による一般活動報告草案「今日における文学運動の課題と方向」が『新日本文学』に発表された。その中に、文学会に対する党の干渉を批判する、次のような内容が含まれていた。

また、この会内部の問題と関連して触れねばならないのは、こうした一部の会員の活動が日本共産党とその機関紙・誌にあらわれるところの、わが文学運動に対する誤解・曲解にもとづく誹謗・

中傷と結びついているという事実である。また、最近では日本共産党の下部機関の活動において、新日本文学会の活動に対するあきらかな直接妨害さえ頻発するにいたっている。われわれはこれら一連の事実について強く抗議すると同時に、われわれはこの党とわが会との間に「民主的諸組織は相互援助の立場に立って援助と相互批判とを発展させる」という原則を打ちたてる仕事を、さらに今年のひとつの課題とするべきであろう。[32]

これに対し、二月上旬から三月末まで、『アカハタ』紙上には、連日のように、新日本文学会の「分裂主義者」に対する闘争を呼びかける記事が掲載され、リアリズム研究会のメンバーも、同紙に批判記事を書いた。さらに、共産党系の文学グループで対案を出そうという話になり、西野と霜多および江口渙が連盟で文書を作成して大会で配布した。ところが今度は新日本文学会からルール違反を犯したと批判され、三名はまもなく除名されたり、自ら退会せざるをえなくなった。

同じ時期、研究会の内部では、内輪の研究会にとどまらず、全国的な文学運動体に発展させていこうという声が出ていた[33]。研究会には党籍をもつ会員が数多くおり、彼らをとおして研究会全体が党の指導下に置かれるようになった[34]。さらには組織が拡大したことで財政赤字が累積し、運営委員が金策に多くの時間を割かねばならなくなった[35]。これらの事情があいまって、研究会本来の在り方は大きく歪められ、文学運動としての理論や創作方法の問題を議論するための大衆団体から、党の指導下で活動する組織に変質してしまった。

ただし、金達寿にそのすべての責任があるわけではなく、むしろ彼の方が組織の変質に振り回されたのである。それは西野や霜多たち他の創設メンバーも同様だった。しかし当時の彼らは金達寿と比べると、党の指導下で文学運動が中央集権的に組織されることに危機感を持っていなかった。たとえば研究会内のグループが日本民主主義文学同盟の結成大会に提出するための運動方針案を作った際、党書記長だった宮本顕治が修正を命じたところ、誰一人それに反論や意見を出すことなく従ったという。そして大会ではその修正案を、霜多が「日本文学の民主主義的発展のために」[36]という題名で、裏事情を公開することなく、自主的に作成した方針案として発表した[37]。

先述のように、党員だったかどうかは不明だが、このエピソードに窺えるような党への忠誠をもっとも強力に保持したのは、窪田である。窪田は八三〜九九年まで文学同盟の議長を務め、その後も二〇〇四年に死去するまで文学同盟の中心的存在であり続けた。彼は自伝『文学運動のなかで』で、文学同盟が民主主義文学運動に参加する多くの文学者たちの自発的な意志と努力によって結成されたことを強調し、党の主導で設立されたと主張する西野の変節を嘆いた[38]。

霜多は窪田と違い、自伝「ちゅらかさ」で、文学同盟の結成において党が大きな役割を果たしたことは認めている。しかし霜多は、両者の関係は「世間では周知のこと」であるはずと言い、また「日本共産党は、いうまでもなく、大衆団体でのフラクション活動を規約で明記している。共産党にかぎらず、近代政党はみな、大衆団体での党活動なしには成立しないはずである。文学同盟の幹事や常任幹事は、ほとんどが共産党員であったから、グループ会議の決定が、たいていそのまま文学同盟の決定になるのはふつうであった」と述べて、「党の大衆団体への干渉、運動の「私物化」」を理由に、金達寿や西野が文学同盟を退会したことを批判した[39]。

この点では小原も同様だった。後藤直というリアリズム研究会以来の会員が、文学同盟の常任幹事の選出方法に疑問を感じて、あるとき、現在の常任幹事の体制では何もできないからもっと非党員を入れるべきだと意見を述べた。すると小原は彼に「バカ野郎、反共野郎」、「お前は常幹になりたいのか、そんな力量もないのに偉くなりたいのか……」と怒鳴ったという[40]。

西野も自伝的著作『戦後文学覚え書』や、窪田への反論文「文学と政治」で、研究会解散から文学同盟設立において、党の文化部長だった蔵原惟人が尽力したことは記している[41]。しかし座談会「リアリズム研究会の生と死」の出席者たちが不満を述べたように[42]、その後も彼は、具体的に党全体がどのように干渉してきたかを、事例を挙げて説明しているわけではない。さらに西野は六九年に文学同盟や党を離脱したのちは、一人で文学活動を続けた。

小原は七七年に死去し、霜多は八〇年代に入って同人雑誌『葦牙』創刊を党から強く批判されたことを契機に、八七年と九一年に、文学同盟と党からそれぞれ離脱することになるが、こうして文学同盟が結成されて数年後には、窪田・霜多・小原は党派的な論理に呑みこまれてしまい、西野は逆に組織的な運動自体を拒否する方向にむかった。これに対して金達寿はどうだったか。

金達寿が文学同盟に退会届を出したのは、六八年六月三〇日のことである[43]。すでに六五年八月三一日には新日本文学会に退会届を出しており[44]、文学同盟からの離脱は、党との関係が完全に切れたことを意味する。その後、彼は金嬉老《キムヒロ》事件の特別弁護人や雑誌『日本のなかの朝鮮文化』の編集など、文学と直接関係のないところで忙しく活動しており、この段階で新しい文学運動について考えていたかは不明である。

しかし六九年七月中旬、リアリズム研究会の同人だった塙作楽が上京した際、金達寿・矢作勝美・後藤直が集まり、また文学関係の同人雑誌を始めようという話になった[45]。そこで同年一〇月に現代文学研究会を立ちあげて、機関誌『現代と文学』創刊準備号を発行、七〇年一月からは同誌を隔月刊で発行した。しかし創設メンバーの中に、党や文学同盟に属しながら現代文学研究会にも参加してきた人々が少なくなかったため、研究会は党の影響力を完全に払拭できなかった[46]。このため結局、現代文学研究会の活動は、雑誌を四号まで出したところで自然消滅的に終わってしまった。そして以後、金達寿が文学運動に関わることは二度となかった。

これを見ると、金達寿は文学同盟退会後も、文学運動を行うとすれば、党など特定の政治的組織に従属するのではなく、創設期のリアリズム研究会のように、「中央」をもたず、横の緩やかなつながりで結びついている大衆団体が主体となって行うべきだと考えていたことがわかる。これが窪田や霜多とも西野とも違うコースなのは明らかだが、「政治と文学」の問題から自由であり続けることはできなかった。

しかし金達寿は、党からの干渉や指導だけが、リアリズム研究会や現代文学研究会が組織的に変質してしまった要因ではないと考えていた。この点に関してもやはり『日本の冬』が参考になる。辛三植は物語内の時間で二年近く、党内の権力闘争の中で分派として排除されたのだが、その果てに彼が辿りついたのは、「組織の問題であるというよりは、より、人間の問題であるのかも知れない」という認識だった。あらためて引用しよう。

まず、朝鮮人についてみれば、三植自身をも含めて、彼らはきのうまで抑圧されていた植民地人であった。その多くは、まだ奴隷根性から抜けきっていない。抜けきっていないということを意識することからは、なおさらのことである。

日本人はどちらかというとそれを抑圧した側に立っていたが、しかし彼らの多くも、朝鮮人にたいするおなじその抑圧者から、抑圧されていたのであった。しかも彼らは、きのうまでは共産主義などとはまったく反対のもの、軍国主義・ファシズムを謳歌していたのである。

奴隷根性とファシズムの謳歌、それはおなじ根からのものだ。それによるゆがみを、否定することはできない。[47]

また、やはり本章で何度も言及したように、金達寿は五〇年問題の中で、もっとも主体性を確立しているはずの日本の「進歩的知識人」が、戦前・戦中そのままの価値観や意識を引きずって活動していることに気づくようになり、彼らを「植民地的人間」と呼んでいる[48]。金達寿から見れば、リアリズム研究会から現代文学研究会にいたるまで、文学運動は党の指導下で行われるべきだと考えた会員たちもまた、そのような「植民地的人間」であることに変わりはなかった。それゆえ金達寿が、「公僕異聞」を、「選ぶ」「選ばれる」という関係そのもの」「が変われば、それによって「選ばれる」人間の意識も変わるのではなかろうか」という意図を持って書いたと言うとき、研究会の会員の関係が変わることによって、党や研究会の硬直化した組織体制を変えられるのではないかと考えていたことが窺える。

しかし先述のように、「公僕異聞」はその意図が適切に反映された小説だとは、とうてい言えない。この小説の失敗は、彼が『リアリズム』創刊号の論文「視点について」で、その確立を目指した「多元的視点」――「朴達の裁判」でつかみかけた、現実を変革しうる新しいリアリズム――を、理念としてはともかく、現実には作者の「一元的視点」の延長線上にあるものとしてしか提示できなかったことを物語っている。そしてそれは金達寿が、リアリズム研究会から現代文学研究会にいたる文学運動を「多元的視点」でとらえることができず、逆に組織の論理に呑みこまれてしまったことを意味する。これによって彼は、自分もまた、未だに「植民地的人間」の状態から抜け出せていないという現実を突きつけられたのではないか。「文学そのものによって復しゅうされ」るというのは、その文学的な表現にほかならないと考えられる。

五　おわりに

こうして、文学運動をとおして現実の変革を目指すというリアリズム研究会の野心は挫折した。そしてまた、金達寿が、「在日朝鮮人としての私たちにとっては、「祖国」のようなもの」[49]と思ってきた総連との関係も、悪化の一途を辿った。彼が古代史研究に足を踏みいれたのは、このような時期だった。ここに彼の古代史研究が、現実からの逃避などと批判される要因がある。

これに対して崔孝先は、「在日朝鮮人による〈組織〉」との軋轢の中で、金達寿はいったん「混沌の中をさ迷い虚無主義に落ちた」が、その「虚無主義を切り抜けて書かれたのが「古代史」の流れである」と述べ、金達寿の古代史研究は虚無主義の所産ではないと主張した[50]。

たしかに六〇年代後半の彼の文学活動は、「太白山脈」の連載を除くと、大きな成果は見られない。しかし、仮に金達寿が六〇年代後半に虚無主義に陥ったとして、彼はいったいどのようにしてその状態を「切り抜け」たのか。崔はそれについて何も語っていないが、ここでリアリズム研究会や現代文学研究会の失敗から学んだ認識が大きかったのではないかという仮説を立てることは可能であるように思われる。これにより、彼の文学活動と古代史研究を関連づけると同時に、彼の古代史研究が学問領域や民族の壁を超えて、多くの人々に受けいれられた理由を説明することが可能になるからである。ではそれは具体的にはどういうことか。この点については第四章で詳しく論じることにし、次章では、総連など「社会主義を標榜する」[51]在日朝鮮人組織と彼との関係や、北朝鮮・韓国に対する認識の変化に焦点をあてて考察していく。

第三章

〈北〉と〈南〉の狭間で

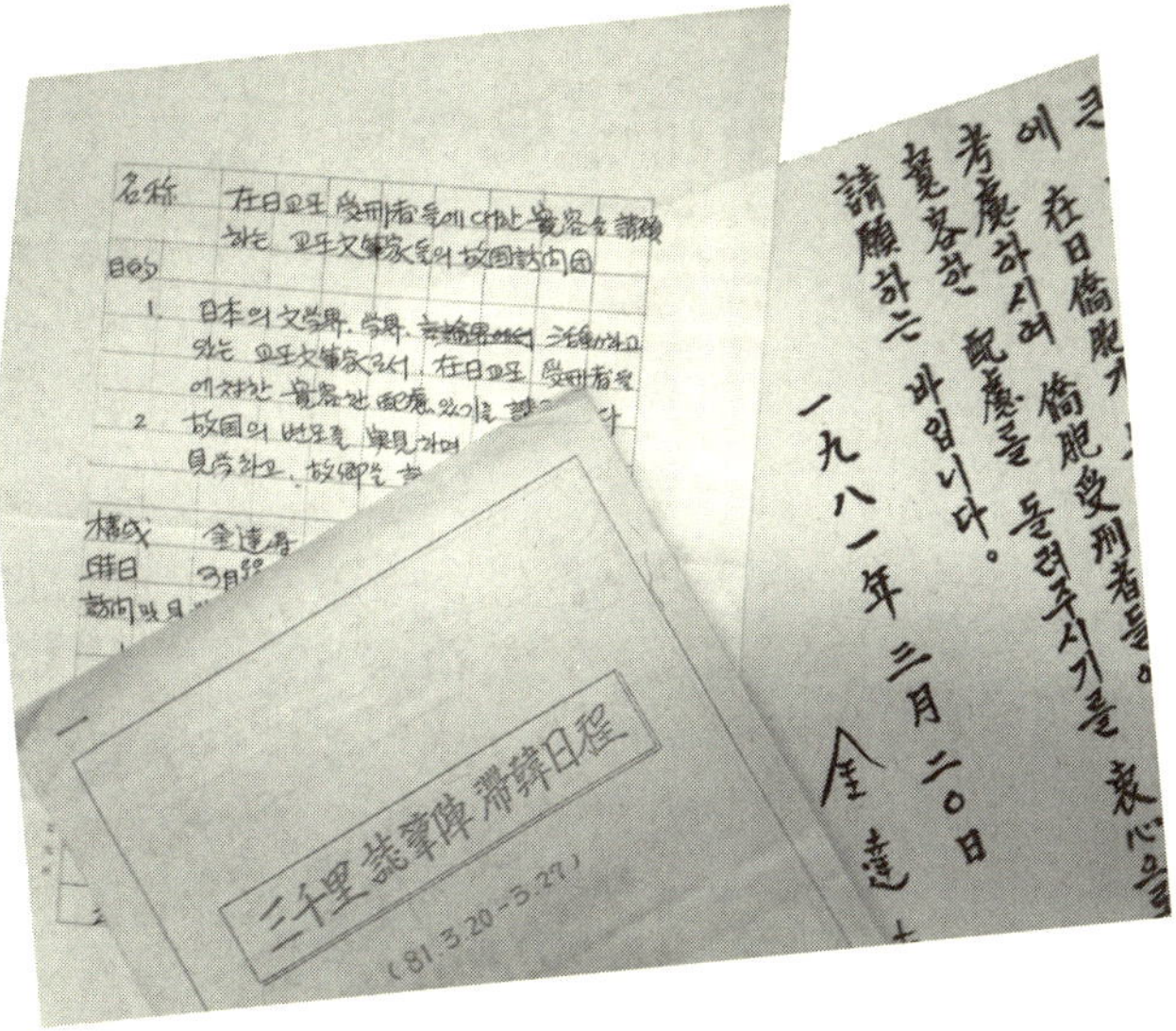

■ 1981年の訪韓に際して提出された請願書や滞在予定メモなど

序

前章で論じた、金達寿が新しいリアリズムを確立すべく文学的闘争を続けた一九五〇～六〇年代は、日本共産党や総連という、「社会主義を標榜する「組織」」[1]から受けた有形無形の圧力に苦しめられ、孤立を余儀なくさせられていった時期でもあった。特に総連との関係は、日本人主体の組織である党との関係とは比べものにならないほど、深刻な苦悩を彼にもたらした。金達寿は総連から「指導」や個人攻撃を受けるたびに不信感を強めていき、六〇年代をつうじて次第に離れていくのだが、彼が「「祖国」のようなもの」[2]だった総連を相対化できる視点を獲得するには長い時間を必要とした。

しかも、彼の政治的立場をさらに複雑にしたのは、彼が北朝鮮－総連と訣別するにとどまらず、ある時期から韓国社会に対する態度を大きく変化させたように見える発言を行いはじめたところにある。すなわち彼は、八一年三月二〇日から二七日にかけて、姜在彦《カンジェオン》・李進熙《リジンヒ》・徐彩源《ソチェウォン》とともに全斗煥《チョンドファン》政権下の韓国を突然訪韓した。在日朝鮮人「政治・思想犯」の助命や減刑を嘆願するというのが〈目的〉だった。ところが滞在中にその目的に充てられたのは初日の数時間ほどで、残りは韓国人知識人との交流や、韓国各地の見聞に費やされた。のみならず、日本に戻ってからも、韓国の政治体制や「政治・思想犯」の状況などについてはほとんど何も触れず、もっぱら韓国社会の発展や民衆の逞しさについて語った。この急激な態度の変化に、在日朝鮮人だけでなく、金達寿たちに好意的だった日本人も驚きとまどい、いっせいに「変節者」・「転向者」などと非難しはじめた。これに対して彼らはそれぞれ、韓国を観念的にしかとらえていなかった点を自己批判するとともに、訪韓は変節の結果ではないと反論し、今日にいたっている。

これを踏まえた上で、朝連時代から数えると三〇年以上におよぶ、左翼系在日朝鮮人組織と金達寿との関係の果てに起こった韓国訪問を、我々はどのように考えればよいのか。本章ではこの点について、総連と金達寿との関係および訪韓に焦点をあてて考察する。

まず第一節では、総連と金達寿との関係を論じる。両者の軋轢は事あるごとに深まっていったが、その中でも重要な出来事として、以下の三つを取りあげたい。

① 五八年に刊行された金達寿の単行本『朝鮮』をめぐる総連の批判キャンペーン。
② 五九年にはじまる北朝鮮への帰国事業に対する金達寿の協力。
③ 七二年に総連の圧力で金達寿の講演会が中止に追い込まれた事件とその直後に下された除名処分。

第二節では、〈解放〉後に金達寿が南朝鮮－韓国について書いた文章を概観した上で、彼らの訪韓に焦点をあてて論じる。

なお、本章では一部の例外を除き、雑誌や新聞などの刊行物に発表されたり、金達寿が自著で引用している資料を用いることにし、手紙や名刺など個人情報が記された未発表資料は使わない。また、総連の内部事情については、金達寿・姜在彦・李進熙・朴慶植《パクキョンシク》など、総連に攻撃された知識人による著作や証言に頼らざるをえない部分が多い。民団についても資料不足という点では同様である。本章の記述には、こうした資料的限界からくる視点の偏りを完全に克服できていない懸念があることを、あらかじめお断りしておく。

第一節 「社会主義を標榜する「組織」」との軋轢
――『朝鮮』・帰国事業・講演会中止事件・訣別

一 はじめに

金達寿は小説「備忘録」の中で、一九四九年に『後裔の街』を出版した際に朝連の文教部長に得意気に進呈したところ、「きみは得意になっているらしいが、こんな本の出版にしてもだな、組織の、おれの考え一つでどうにでもなるんだぞ」と言われて驚き、「組織というものとのある乖離を、そのときはじめてかいま見ることになった」と記している[1]。

このときはこれで終わったようだが、文教部長のこの発言にあらわれた、個人に対する組織の優越性という原則は、その後、五五年五月に総連が結成され、組織体制が固定化していくにしたがって、その度合いを強めていった。たとえば金達寿は五七年一一月から、総連の機関紙『朝鮮総連』に「練馬ずいひつ」というエッセイを連載した。ところが第四回で総連議長団の一人だった韓徳銖《ハンドクス》との出会いや彼の人柄について書いたところ、没にされたため、この連載自体を辞めてしまうということがあった[2]。

しかし何といっても、こうした総連からの圧力が、暴力的に彼に襲いかかってきたのは、五八年九月に『朝鮮』(岩波新書)を刊行した直後だった。同書に対する総連の組織的な批判キャンペーンについては、『わが文学と生活』で二〇頁以上にわたって詳しく説明されており、そのストレスが積もったからか、急性肝炎で緊急入院するほどだった[3]。それにもかかわらず、彼は「「朝連」「民戦」「総連」とつづいてきた組織は、在日朝鮮人としての私たちにとっては、「祖国」のようなものだった」から、「自分たちの組織を批判するとか、ましてそこから離脱するとかいうようなことは、少しも考えていなかったし、できることならこれまで同様、協力も惜しまないつもりでいた」[4]。

裏づけをすべてとることはできないが、六〇年代半ばごろまでは、彼はこの発言どおり、時間と事情の許すかぎり、総連やその傘下の組織による行事に参加していたようである[5]。それらの中で現在から見てもっとも重要な「協力」は、五九年一二月から始まった、在日朝鮮人の北朝鮮への帰国事業へのそれであろう。自伝に記されているように、第一船が新潟港を出発した日、金達寿は感無量の思いで埠頭で見送った。そしてその後も朝日や読売など各新聞社から腕章を借りて埠頭に立ち、何度も帰国船を見送った。さらに彼は帰国事業を主題に小説を書いたり、エッセイやインタビューなどで帰国事業を賛美した。このことで彼は、結果的に、「地上の楽園」としての北朝鮮や「民族の英雄」としての金日成《キムイルソン》のイメージを、日本社会に伝える在日朝鮮人知識人という役割を果たした。

しかしこのことは、金達寿がいなければ帰国事業があれほど盛り上がることはなかったということを意味しない。当時、北朝鮮を「楽園」と賛美していた知識人は彼のほかにも大勢おり、北朝鮮から招待されて同地を訪れた者による見聞記が新聞や雑誌に頻繁に掲載されたり、著作としてまとめられていた。また、そもそも総連は、金達寿の活動と関係なく帰国者を集めていた。近年、テッサ・モーリス＝スズキ『北朝鮮へのエクソダス』や朴正鎮《パクジョンチン》『日朝冷戦構造の誕生』をはじめ、帰国事業に関する従来の通説を覆す著作や論文が数多く発表されているが、その中に金達寿が何らかの形で主導的な役割を果たしていたことを示唆しているものは一つもない。それゆえ、彼が自主的に帰国事業に関わったことはまぎれもない事実だが、この事業の実現に決定的な役割を果たしたわけではない。

だがこうした「協力」にもかかわらず、金達寿に対する総連の攻撃は止まなかった。七二年五月には、東京・国分寺市と京都市で企画された彼の講演会が、ともに妨害されて中止に追いこまれた。そして、あくまで伝聞であるが、翌六月末に開かれた総連第九期第三次中央委員大会で、彼の除名が決定された。

こうして総連と金達寿との関係は切れてしまうのだが、五〇年代後半から六〇年代にかけての彼は、北朝鮮や総連の硬直化・官僚主義化していく組織体制に次第に疑問を抱くようになりながらも、北朝鮮による朝鮮半島統一を希求し続けた。そこでまず、総連に所属していた時期の金達寿と総連との関係を明らかにすることから議論をはじめたい。

二　『朝鮮』をめぐる総連の批判キャンペーンの中で

「民族・歴史・文化」という副題の付いた『朝鮮』が、岩波新書の一冊として刊行されたのは、五八年九月二四日である。金達寿はこの時すでに、小説だけでも一〇冊の単著を出版していたほか、エッセイ集や朝鮮文学の翻訳、『金史良作品集』の編集など、様々な著述活動を行っていた。しかし文学以外の著作はこれが初めてだった。

『朝鮮』の写真や図版・地図などのレイアウトを担当した田村義也によれば、この企画の原案は、彼が岩波書店の出版部（単行本）から新書編集部に人事異動して間もない五六年ごろ、編集部にいた塙作楽と田村が話し合って決め[6]、当初は在日朝鮮人学生五〜六名と分担執筆する予定だった（具体的に誰かは不明）[7]。ところが半年ほど経って、金達寿が単独で執筆することになった[8]。そこで彼は朝鮮近現代史研究の草分け的存在である山辺健太郎から、朝鮮の近現代史に関する資料を一〇〇冊以上も借り、さらに『朝鮮史』（五一年一二月）を著していた旗田巍や尹学準《ユンハクジュン》など、多くの先達や友人に学びながら、五八年一月から八月ごろにかけて執筆した[9]。

副題が示すように、『朝鮮』には朝鮮半島の地理や民族文化、古代から現代にいたる歴史など多様な内容が要領よくまとめられている。ところどころ挿入されている私的なエピソードや、小説家ならではの軽妙な語り口もあいまって、一般読者にもわかりやすい朝鮮に関する案内書となっている。田村によれば、刊行当初、他の岩波新書に比べて出足は良くなかったらしいが[10]、それでも初版が五万部で、初めのうちは月に二〜三度増刷するほどの売れ行きがあり[11]、金達寿は出版後、たまっていた借金の相当分を返済できた[12]。刊行後、多くの書評が書かれ、阿部知二・竹内好・旗田巍など日本人文学者や歴史家だけでなく、金圭煥《キムギュファン》・卞宰洙《ピョンジェス》など若い在日朝鮮人からも好評価を受けた。

本文の最後に、「朝鮮人は、あのたびかさなる外圧に抗して自己の民族を形成するとともに、その文化をつくりだしてきた」[13]と記されているように、同書は、朝鮮に対する日本の植民地を正当化するとともに、「朝鮮」・「朝鮮人」という単語に歴史的な〈負性〉を刻印してきた〈停滞史観〉・〈属国史観〉に対する徹底的な批判精神に貫かれている。さらに金達寿は〈解放〉後の南北朝鮮について、北朝鮮を「明るい朝鮮」、韓国を「暗い朝鮮」と色分けした上で、「近い将来、それは必ず明るい一つの朝鮮に統一されるであろう。国際情勢のうごき、それもあるが、しかしそれはやはり、朝鮮人自身の手によってなしとげられなくてはならないものなのである」[14]と記しており、誰の目にも、彼が北朝鮮を支持する側に立っているのは明らかだった。それにもかかわらず、『朝鮮』は、総連から激しい攻撃を受けた。

総連の理論的研究機関である朝鮮問題研究所が、金炳植《キムビョンシク》所長の名前で金達寿に手紙を出したのは、五八年一〇月一八日のことである[15]。二二日に『朝鮮』の読書会を開くので参加して欲しいという内容だった。だがこの手紙は遅配のために、金達寿の手元に届いたのは二八日だった[16]。その後、一〇月二五日、総連の機関誌『朝鮮民報』に、『朝鮮』を批判する林昊相《リムギョンサン》の「金達寿著『朝鮮』にあらわれた重大な誤謬と欠陥」[17]が出されたのを皮切りに、半年以上にわたって、総連の機関紙誌『朝鮮民報』・『朝鮮文化』・『朝鮮総連』・『朝鮮問題研究』と『アカハタ』、さらには北朝鮮の機関紙『文学新聞』にまで批判文が掲載された。そして五九年三月二日には、在日朝鮮文学会の常任委員会で、『朝鮮』が誤りの書だと「結論」づけられた[18]。

『朝鮮』を批判した数多くの文章は、同書が北朝鮮の立場に立っておらず階級的視点も主体性も欠いた著作という点で共通している。その一例として、呉在陽《オジェヤン》「金達寿著『朝鮮』の近代、現代史部分について」（『朝鮮問題研究』五八年一二月）の文章を見てみよう。

呉は冒頭で、「自己の祖国にたいするまじめな、科学的な研究態度の欠如、おくれた意識からくる主観主義―独断主義、傍観者的態度および民族的卑屈感から出発して、朝鮮の民族と風習および歴史と文化についてただしくつたえていないばかりではなく、多くの場合もっとも重要な問題についてはこれを矮小化し、はなはだしく歪曲している」[19]と批判し、同書に「一貫している根本的な欠陥」として、以下の四点を挙げた。

第一に、著者の主体性の欠如をあげることができる。すなわち、著者は朝鮮人民のはえある祖国―朝鮮民主主義人民共和国の公民としての立場にしっかりたって朝鮮の過去と現在を考察し、未来をながめていない。

言葉をかえていうならば、著者は、過去のかがやかしい革命的伝統をうけつぎ、解放後は朝鮮労働党の指導のもとに、アメリカ帝国主義と李承晩一味の植民地下政策に反対して北朝鮮に革命的民主基地を創設、強化し、それに依拠しながら全朝鮮の愛国勢力を結集して自己の真の祖国―朝鮮民主主義人民共和国をうちたてたばかりでなく、祖国解放戦争では、アメリカ帝国主義の武力侵略をうちやぶり、現在、北半部における社会主義建設と祖国の平和的統一のために、また世界の平和のために、千里の駒にのったいきおいでかけている英雄的朝鮮人民の隊列のなかに自分自身も加わっているという栄誉心と誇りとをもってこの書物を書いていないのである。

そこから著者は、あるときははずべき民族的劣等感と迎合的態度をもって、あるときはまた冷ややかな傍観者的態度と経験主義、事実に即さない主観的独断とをもって、朝鮮の歴史と文化を記述している。

〔中略〕

第二に、朝鮮の歴史（文化史をふくめて）を記述する場合、著者が厳密な階級的観点、史的唯物論の立場にしっかりたっていないということである。著者の歴史記述の方法は、ブルジョア史学者たちの方法とほとんどかわらない。そこには歴史発展の客観的合法則性が反映されていない。朝鮮の歴史発展の各時期における社会・経済的状態の特徴、階級的相互関係、歴史発展の推進力である人民大衆の状態と創造的役割、文化的発展等が、科学的に解明されていない。

〔中略〕

第三に、本書がもつ、もっとも重大な欠陥は朝鮮における革命運動の伝統と主流をただしく解明せず、かえってこれを卑俗化し、歪曲したところにある。すなわち、著者は、二〇年代における労働運動と民族解放斗争をただしく評価せずこのなかではたした分派団体および分派分子の犯罪的役割を暴露しなかった。

そして、三〇年代にはいりながらいっそうたかまった労働運動と民族解放斗争、とくに金日成元帥を先頭とする堅実な共産主義者たちによって展開された抗日武装斗争を皮相的に卑俗化して記述し、その役割を過小評価した。

この時期に金日成元帥を先頭とする堅実な共産主義者たちによって革命の伝統がいかにただしくうけつがれ確立されたか、革命の主流がいかに形成されたか、そしていかにただしい政治路線と組織路線とが提起され、こうして朝鮮における真のマルクス・レーニン主義の党創建のための思想的、組織的準備がどのようにすすめられたかを著者はあきらかにしていない。

そして、解放後に金日成元帥を先頭とする堅実な共産主義者たちによって朝鮮ではじめて真のマルクス・レーニン主義の党、朝鮮共産党北朝鮮組織委員会が、のちには朝鮮労働党が創建され、この党は正確な政治路線と組織路線を確立しそれにもとづいて全人民を勝利にむけて組織し動員したということについて一言半句もふれていない。

それればかりではなく、解放後の朝鮮革命における党の偉大な指導的役割についてはこれをまったく無視しているのである。

そうしながら、著者は朝鮮革命におけるブルジョア民族主義者のはたした役割を過大評価し、とくにスパイ・分派主義者である朴憲永《パクホニョン》、李承燁《イスニョプ》一味と反党、反革命分派である崔昌益《チェチャンイク》、朴昌玉《パクチャンオク》、金《キム》科奉《ドゥボン》などについてはその罪悪を暴露するかわりに、かえってかれらが革命運動においてなにほどかの「功績」をたてたかのようにのべる重大な誤りにおちいっている。

第四に、著者は、朝鮮の歴史および文化芸術史について祖国で達成された最新の科学的諸成果をほとんど摂取していない。いうまでもなく、祖国についてただしい理解をもつためには、われわれはなによりもまず金日成元帥の諸労作と党の決定および文献について真剣に学ばなければならない。それと同時に、祖国で達成された最近の科学的諸成果からも学ばなければならない。

ところが、著者はこれらをほとんど無視しているかのようである。[20]

目にする機会などまったくないような文章なので、あえて長く引用したが、呉の言う「主体性の欠如」が何を意味しているかは明瞭である。それは朝鮮の近現代史を、金日成に率いられた朝鮮労働党が、必然的に勝利する歴史として叙述していないということである。しかも呉は『朝鮮』を、客観的な歴史資料や学問的な研究成果に基づいて批判するのではなく、ただ高圧的に「〜でなければならない」・「〜とすべきである」と非難し、断罪しているだけである。

『朝鮮』に対する総連側の批判はすべて、判で押したようにこの調子で書かれており、検討する価値はない。さらにこの批判キャンペーンの問題は、内容だけでなく、敵を葬り去るために手段を選ばないその徹底ぶりにもあった。特にひどかったのは白宗元《パクジョンウォン》である[21]。

彼はまず、「歪めた民族の歴史と文化――金達寿著「朝鮮」を読んで」で、臼井吉見の名前を援用して『朝鮮』を攻撃した[22]。さらに「金達寿著「朝鮮」をめぐって（上）」で、あらためて臼井の名前を挙げ、臼井が『サンデー毎日』一〇月二六日号の書評に記したという、「日本人の侵入以後の日本人による文化財の被害の事実なども気がねなく明らかにすべきであったと思う。日本の民衆を読者とするその書物の『正しいつとめ』を心にかけた結果としても、事実は事実として遠慮なく書くべきであろう」という一節を引用して金達寿を攻撃した[23]。ところが『サンデー毎日』の該当号の、「ゆがんだイメージ」という題名のこの書評は、誰が書いたかわからない無署名の記事である。そして白が引用した文章は確かにこの書評に記されているが、しかし評者はその文章の直後で、「注文を並べたが、この著書は「明か（ママ）るい朝鮮」をめざす隣人の、誠実な訴えを、すなおにつたえたりっぱな書物である。それは、おそらくは、我々のイメージを正すというばかりでなく、どうすればこの隣人と、平和にともに生きてゆくことができるかということについての、相互理解の足場となることであろう」[24]と絶賛しており、『朝鮮』を攻撃する姿勢はまったく見られない。

実はこの匿名書評の執筆者は臼井ではなく宮川寅雄で、白は勝手に臼井の名前を使い、自分に都合のよい箇所だけ抜粋して、金達寿を攻撃したのだった。金達寿は宮川からの手紙で初めて「ゆがんだイメージ」の執筆者が誰かを知ったのだが、この一件は総連の批判キャンペーンの性質をよく示している。金達寿はこれらの批判に対して、『アカハタ』に一度だけ文章を書いた[25]（宮川はこの文章を読んで金に手紙を書いた）が、それに対する反論はなかった。

金達寿は自伝で、批判キャンペーンの先駆けとなった林炅相の文章を読んで、自分が「在日朝鮮人運動の思想体系確立」のための「批判事業」の標的にされたことを理解したと記している[26]。ただし誤解のないように述べておくと、このとき金達寿を攻撃した者がみな、本心から『朝鮮』に主体性が欠けていると考えていたとは思えない。というのも彼らの中には、後述する総連結成時の権力闘争の中で「後覚派」（非主流派）の烙印を押され、「先覚派」（主流派）の「指導」に逆らえず、『朝鮮』批判の文章を書いたと推測される者もいるからである。また金達寿自身も、自伝では、「林和《イムファ》や作家の李泰俊《イテジュン》を尊敬したので、〔彼らが粛清されたことに対する〕そのおどろきはいっそうだった」と述べている[27]が、五四年の在日朝鮮文学会第五回大会の報告では、李承燁や林和を「不順分子」と攻撃している[28]。しかしそれをもって金達寿の変節を云々することはできない。それは在日朝鮮文学会という組織が催した公的な行事の中で、会員の彼が私的な発言をすることはできなかったからにすぎない。

同じことが『朝鮮』の批判文を書いた者にも言える。「後覚派」の烙印を押された者が、総連にとどまり続けようと思えば、「先覚派」の「指導」に従わざるをえない。したがって、このときの批判キャンペーンは、あくまでも総連という組織の論理の中で行われたものであり、その意味では彼らもまた、

「在日朝鮮人運動の思想体系確立」のための「批判事業」の一環として、『朝鮮』の批判文を書くよう強いられた側面があったことは否定できない。この文脈を無視して、金達寿を被害者、『朝鮮』批判の文章を書いた者たちを加害者と、単純に色分けすることはできない。

ではこの「批判事業」の背景には、いったい何があったのか。そこにはこの時期の北朝鮮国内で、かつてそれぞれに抗日戦線を闘った諸党派、特に南朝鮮労働党を率いた朴憲永などがアメリカ帝国主義のスパイとして粛清され、金日成が率いる北朝鮮労働党のみを正統な革命の担い手とするよう歴史の書き替えが行われたこと、そしてそれに総連が追随したという事情があった。この点をより深く理解するために、朝鮮における共産主義運動の歴史および北朝鮮系の在日朝鮮人運動について概観しよう[29]。

三 『朝鮮』批判キャンペーンの文脈――なぜ「朴憲永」が問題だったのか？

朝鮮人として最初に共産主義組織を結成したのは、日本の植民地支配から逃れるためにロシアに脱出した人々である。彼らは一九一七年の一〇月革命によってソ連が誕生すると、一八年にイルクーツクとハバロフスクで、ほぼ同時期にイルクーツク共産党韓人支部と韓人社会党を結成した。前者はロシアに帰化した朝鮮人やその子弟が中心となり、後者はロシアに帰化しなかったり亡命した人々が中心となった。こうした構成員の差異により、両者は衝突を繰りかえしていたが、二〇年のコミンテルン第二回大会で韓人社会党の優位が決定的になった。この間、韓人社会党のリーダーだった李東輝《イドンフィ》は一九年四月に上海で大韓民国臨時政府（大統領・李承晩《イスンマン》）が樹立されると国務総理に選ばれた。彼はソ連から軍資金を得たにもかかわらず、他の幹部にその事実を秘匿して独占しようとした。しかし彼の腹心の部下が軍資金を着服したこともあって、彼自身も着服しているのではないかという疑惑を持たれ、臨時政府国務総理を追われた。この時の着服疑惑が事実か否かは不明だが、その後、二一年五月に上海で高麗共産党（上海派共産党）を結成した際には、李東輝は資金を着服したとされる。なお、韓人社会党は李東輝の国務総理就任とともにウラジオストックに本部を移し、上海派共産党結成後はその事実上の支部となった。他方、李東輝に疑問を感じていた彼の元支持者は、同名の別組織である高麗共産党をイルクーツクで結成した。さらに同じころ、イルクーツク共産党韓人支部も勢力を挽回すべく、二〇年七月、名称を全露高麗共産党と改称した。イルクーツクに拠点を置くこれら二つの共産党はその後、二一年五月に合同総会を開いてあらためて高麗共産党（イルクーツク派共産党）を結成し、上海に支部を置いた。この支部にいたのが、金達寿の『朝鮮』批判キャンペーンを招く要因となった朴憲永だった。

こうして上海で、上海派高麗共産党とイルクーツク派高麗共産党との、またもや激しい政治闘争が繰りかえされることになった。コミンテルンは二二年一月下旬から二月初旬にかけてモスクワで開かれた極東人民代表大会第一回会議で、左派・中間派・右派を含む広範な抗日統一民族戦線を形成した上で、大韓民国臨時政府を改編することを決定した。だが政治闘争が収まる気配はなく、ついにコミンテルンは二五年一月までに既存の朝鮮人共産党をすべて解散させ、それに代わってコミンテルン極東支部直属の「コムビューロー」が単一共産党の組織化をはかることになった。

以上はソ連と上海という、朝鮮半島の外側でなされた朝鮮人による共産主義運動であるが、今度は朝鮮内における共産主義運動に目を転じよう。朝鮮に社会主義や共産主義を伝えたのは、日本に留学後、朝鮮に戻った人々である。上海派とイルクーツク派は朝鮮内に自派の連絡拠点を形成しようと彼らに接触し、二五年四月一七日、イルクーツク派共産主義者は極秘裏にソウルで朝鮮共産党を結成した。さらに秘かに上海から朝鮮に入っていた朴憲永たちは同日、党の下部組織である高麗共産青年会を結成し、朴憲永が初代責任書記となった。ところがこの組織は、党員の軽はずみなミスから日本の警官隊に壊滅させられた。そしてその後も朝鮮では二八年にかけて四度も朝鮮共産党が結成されたが、いずれも党員が検挙されて短命に終わった。

この事態に衝撃を受けたコミンテルンは、二八年一二月に「一二月テーゼ」を発表し、朝鮮共産党の解体と、党員たちに農民や労働者の中に入っていってそのエネルギーを吸収し、特に農民の土地改革闘争を指導するよう命じた。朝鮮人共産主義者はこのテーゼに従って共産主義運動の再建を試み、朴憲永も京城コムグループという地下組織を作ったが、すべて失敗した。こうしてついに広範な勢力を結集した共産主義組織を確立できないまま、四五年八月一五日を迎えることとなった。

ではこうした朝鮮人共産主義運動の歴史のどこに金日成はいたのか。実は彼はこの歴史のどこにもいなかった。彼の一家は一七年、金日成が七歳の時に満州に移住しており、彼は中国人の学校で学んでいたからだ。彼はその後、民族主義的抗日独立運動体である国民府傘下の青年組織で活動する中で共産主義を受容するようになった。そして日本が「満州国」を樹立した三二年、南満州の朝鮮人が組織した小規模な抗日遊撃隊に参加した。この遊撃隊は同年、楊靖宇が総司令官を務める東北抗日連軍に統合され、彼は四〇年ごろに関東軍に壊滅させられるまで、そこに所属した。

関東軍から追われた金日成は、数名の隊員とともに豆満江を渡ってロシアに脱出した。そこで日本軍のスパイの嫌疑を受けてソ連軍に拘束されたが、かつて東北抗日連軍第一路軍第五軍軍長を務めた中国人の周保中と再会し、彼が身元を保証することで釈放された。その後、金日成は周保中の中国人遊撃隊に編入され、さらにソ連軍の野戦学校で訓練を受けてから、ハバロフスク近郊の秘密基地ブヤツクに新しく創設された八八特別旅団で大尉として第一大隊を率いた。そして日本が敗戦する直前の四五年七月、八八特別旅団の朝鮮人が中国人やソ連人から分離されて朝鮮工作団が結成され、金日成はその団長に選ばれた。しかし本格的な戦闘を経験することなく戦争は終わった。

日本の敗戦後まもなく、アメリカとソ連は朝鮮半島の南北に進駐して軍政を敷いた。当時の（在日）朝鮮人はアメリカ軍とソ連軍がそれぞれ出した布告を読んで、アメリカ軍を日本にかわる新しい支配者と非難する一方、ソ連軍を朝鮮人民による新しい国家建設を援助する解放軍と歓迎した。このとき朝鮮人共産主義者は、誰一人として分断状況に置かれると考えておらず、ソウルを朝鮮共産党の活動拠点と見なしていた。だからこそ〈解放〉とともに姿をあらわした朴憲永は九月三日、ソウルに朝鮮共産党を再建し、その後もソウルで活動したのである。ところがソ連は、進駐直後こそ占領に消極的だったが、まもなく三八度線を封鎖し、三八度以北に衛星国家を創設すべく尽力した。その上で、一〇月一四日、金日成を「伝説の英雄」として帰国させた。

しかし四六年前半が過ぎても金日成の支持基盤は不安定なままで、ソ連や共産主義への不満は根強かった。そこで四六年七月二〇日、スターリンは金日成と朴憲永をモスクワに呼び、ソ連占領軍司令部の主導で、まず八月二八日から三〇日にかけて、北朝鮮共産党と朝鮮新民党が統一して北朝鮮労働党が結成された。次いで南部朝鮮でも、やはりソ連占領軍司令部の指示で、朴憲永が、自ら率いる朝鮮共産党と呂運亨《ヨウニョン》率いる朝鮮人民党、そして白雲南《ペクナンウン》の南朝鮮新民党の合同を推進し、一一月二三〜二四日の大会を経て、南朝鮮労働党が結成された。だが朴憲永は結党直前の一〇月一一日、南部朝鮮でアメリカ占領軍から逮捕状がでたことを受けて越北した。

五一年七月一〇日、朝鮮戦争の休戦会談が始まると、金日成は党内の権力闘争に全力を投じた。朴憲永との関係に注目すれば、朝鮮戦争を継続するか休戦するかをめぐる対立となってあらわれた。金日成は国連軍の強大な軍事力と、ソ連・中国による休戦工作に逆らってまで戦争は継続できないと考えたのに対して、朴憲永は南朝鮮労働党員の蜂起・呼応の可能性を根拠に、戦争の継続を訴えた。

このような中、北朝鮮で最初の金日成の公式的な伝記が、『労働新聞』五二年四月一〇日から連載された。英雄としての彼を描くことが目的とされ、様々な朝鮮人共産主義者が国内外で行った運動は記述されなかった。他方の朴憲永も五二年一一月に発表した「ソ連十月革命三十五周年平壌《ピョンヤン》市民大会報告」で、朝鮮における抗日独立運動の歴史を詳細に述べた。そこには金日成の業績どころか名前すらも登場せず、朴憲永自身が深く関わった朝鮮共産党の主導的役割が強調された。

とはいえ、ソ連が休戦工作を進めている以上、朴憲永の陣営が敗北するのは明らかだった。そこで李承燁たち南朝鮮労働党派はクーデターを計画し、金日成体制の転覆後の新体制まで構想した。しかしまもなく露見し、金日成は「朴憲永徒党」を痛烈に批判した。追いつめられた南朝鮮労働党派は、五三年初旬に再び軍事クーデターを試みた。だがこれも失敗し、首謀者は朝鮮戦争の休戦協定が調印された直後の五三年四月ごろまでに、ほぼ全員が逮捕された。そして七月三〇日、南朝鮮労働党ナンバー2の李承燁を筆頭に、趙一明《チョイルミョン》や林和など、一二名の南朝鮮労働党派クーデター首謀者が最高裁判所に起訴された。検事総長の李松雲《イソンウン》は彼らに対し、「アメリカ帝国主義者に雇われたスパイ」であり、南の共産主義者に対して無差別な虐殺を行い、さらに北朝鮮政府を転覆しようとしたという罪状を挙げた。全員がこれら三つの罪状を認め、一〇名に死刑が、二名にそれぞれ一五年と一二年の懲役が宣告された。このとき朴憲永も党を除名されて逮捕されたが、彼が起訴されたのは五五年一二月三日である。やはり李松雲が起訴を指揮した。五三年に死刑を宣告された「朴憲永徒党」九名が証人として出廷して朴憲永に不利な証言を行い、朴憲永自身も一二月一五日の裁判で三つの罪状を認めた。彼はその日のうちに死刑が宣告され、まもなく処刑されたと見られる。そしてこの時まで生かされていた死刑囚一〇名も、朴憲永と同じ運命をたどった。

朴憲永の逮捕から起訴まで二年もの時間がかかった理由の一つは、朴憲永の朝鮮共産主義運動における経歴にある。朝鮮共産主義運動の最初期から活動し、何度検挙され拷問を受けても屈することのなかった彼の経歴は、金日成のそれとはとうてい比較にならない。その上、戦後も姿をあらわすや否や朝鮮共産党の再建を主導したことからも、いかに彼が信頼されていたかが窺える。それゆえ、金日成は五五年末の段階でようやく自分の権力基盤が確固たるものになったという自信を得たからこそ、朴憲永を起訴・処刑できたと言える。

この直後の五五年一二月二八日、金日成は北朝鮮労働党宣伝扇動員に対する演説で、初めて〈主体思想〉を公式的に掲げ、北朝鮮の目指すべき朝鮮革命はソ連型でも中国型でもない独自のものであることを表明した。そしてその後も〈主体思想〉を振りかざし、ソ連や中国の共産党につながる政敵を粛清していった。

このように、金日成は戦後まずソ連、とりわけスターリン個人への忠誠によって権力闘争を勝ちぬき、自己の権力基盤を確立していったのだが、その金日成個人への忠誠によって、左翼系在日朝鮮人組織の中で権力基盤を確立していったのが韓徳銖だった[30]。

日本共産党は戦後一貫して、在日朝鮮人党員に対して、天皇制打倒を第一義の目標とし、それが達成されないかぎり祖国の独立もありえないという方針を堅持し続けた。実際、第四回全国協議会（四全協）では在日朝鮮人が「在日少数民族」と規定されるなど、彼らの民族的主体の固有性は一貫して軽視ないし無視され、階級的主体に解消する方針がとられた。これに対して、左派の在日朝鮮人が何らの疑念も不満も持たなかったとは考えられない。しかしそれでも彼らが全体として党の指導下で活動したのは、当時の日本社会で在日朝鮮人の社会的状況や利害関係に目を向ける政党は共産党しかなく、また「一国一党」の原則によって、左翼的な方向で社会・政治運動を行おうと思えば、入党して党員として活動するほかなかったからである[31]。

ところが朝鮮戦争の停戦から約一年後の五四年八月三〇日、党と在日朝鮮人との関係を根本的に変える声明が、突如として北朝鮮から平壌放送をつうじて流れてきた。「日本に居住する朝鮮人民に対する日本政府の不当な迫害に反対し抗議する」という声明で、北朝鮮の南日《ナムイル》外相は、日本政府が在日朝鮮人の権利を迫害している状況を非難し、「日本に居住する朝鮮人が朝鮮民主主義人民共和国の公民としての正当な権利をもっていることを認め」るべきだと主張したのである。北朝鮮が在日朝鮮人を在外公民と認定したのはこの時が初めてだった。これを契機に在日朝鮮人組織の指導部の間で、路線転換をめぐって論争が起こった。

共産党指導部は当初、この声明を支持するのは民族的偏見のあらわれだと批判するなど、従来の立場を堅持する姿勢を見せた。しかし五五年一月一日、党として「極左冒険主義」路線をあらためる考えを示した。その直後、党中央は下部機関に「在日朝鮮人運動について」という文書を出し、「在日朝鮮人に日本革命の片棒をかつがせようと意識的に引き廻すのは、明らかに誤りである」と、それまでの運動方針を全面的に否定した。党のこの路線転換を受けて、民戦は五五年五月二四日の第六回全国大会で運動の総括を行い、解散して新しい組織を創設することが決議された。党も七月二四〜二五日に開かれた民対全国代表者会議で、民対の解消と在日朝鮮人党員の離党を確認した。そして二五〜二六日に総連の結成大会が開かれたが、このとき六名から成る議長団の一人に選出されたのが韓徳銖だった。

彼はかつて、民戦の結成時の綱領草案にあった、「われわれは朝鮮民主主義人民共和国を死守する」という文言が、その後の議論で削除されたことに強硬に反対した人物である。その後も彼は、あらゆる組織や団体は、いかなる時も北朝鮮の国旗を掲げなければならないという原則論を唱え続け、民戦解散直前には北朝鮮に本部を置く「祖国統一民主主義戦線」中央委員の肩書きを持っていた。

こうして結成された総連であるが、民戦を解散させる過程で何度も議論が繰りかえされたにもかかわらず、結成大会の会場で再び、共産党の指導下で在日朝鮮人運動がなされたことを根本的な誤りととらえるか否かという問題が提起された。この問題は、そのような運動に積極的/消極的だった人々をどのように処遇するか、彼らが五〇年問題のときに所感派と国際派のどちらに属していたかという問題とつながるものだけに、深刻だった。この問題をめぐって、総連内部は、韓徳銖を筆頭とする「先覚派」と「後覚派」に分かれた。「先覚派」は、党指導下で行われた在日朝鮮人運動を根本的な誤りと断定し、北朝鮮の在外公民であることを第一義と考えるグループで、五〇年問題の中で国際派ないし非主流派として疎外された者が少なくなかった。これに対し「後覚派」は、路線転換には賛成だが、党指導下での運動の歴史や日本の民主主義勢力との連帯の可能性を全否定してまで原則論に固執するのは清算主義ではないかと考えるグループである。両者は互いに正統性を主張しあい、決着がつかなかった。そこで先覚派は五五年八月に祖国解放一〇周年祝賀在日朝鮮人祖国訪問団を派遣し、総連の現状などを報告するとともに、この問題について北朝鮮の判断を求めた。その結果、九月二九日に同訪問団と会見した金日成から、総連の新路線を支持することや、在日朝鮮人に教育上の援助を行うという言質を引きだした。

この発言に基づいて、韓徳銖を筆頭とする先覚派はさっそく「祖国への盟誓運動」を展開し、後覚派に対して徹底的な自己批判と祖国への忠誠を強制した。運動は五六年二月まで続き、この過程で数千名もの会員が総連を去った。さらに五七年三月から六月にかけて、「学習組」という、北朝鮮体制と金日成に忠実な活動家へと思想改造するための非公然組織が制度化された。

このようにして、金日成体制の総連版と言うべき韓徳銖体制が確立されていく過程で強大な権力を握るようになったのが、金達寿を読書会に呼びだした金炳植である。彼は四九年ごろ東京の朝鮮学校の教師を務めたのち、五〇年ごろから建設通信社（のち朝鮮通信社）に勤務し、五一年からは『建設通信』や『朝鮮通信』の編集長として活動した。そしてその後、五八年五月二七〜二八日の朝鮮総連第四回全体大会で朝鮮問題研究所の所長に抜擢された。大衆運動や抗日闘争の経歴が皆無な上に、組織の要職に就いたこともない彼が任命されたのは、同大会で単独の議長となった韓徳銖の姪の夫というだけの理由だった。さらに彼は、五九年六月一〇〜一二日の総連第五回全体大会で総連中央の人事部長に就任すると、その立場を最大限に利用して、意見の異なる人々に「宗派」のレッテルを貼って自己批判と忠誠を強制するなど、徹底的に弾圧した。

以上の朝鮮共産主義運動の歴史やそれに連動した総連の動きを、金達寿『朝鮮』の記述と照らし合わせると、なぜ彼がこの時期に攻撃の標的となったかがよくわかる。たとえば金達寿は終戦直後の南朝鮮に政党が乱立したことについて、「政党としては朝鮮共産党（朴憲永）、人民党（呂運亨）、韓国民主党（金《キム》性洙《ソンス》、宋鎮禹《ソンジヌ》）、国民党（安在鴻《アンジェホン》）、独立促成中央協議会（李承晩）、韓国独立党（金九《キムグ》）をはじめおよそ一〇〇に達するものがつぎつぎとあらわれ、情勢は急速にはげしくなってきた」[32]と記し、また南朝鮮で単独選挙が行われた直後の北朝鮮の動きについては、「北部二一二、南部三六〇、計五七二名の代議員によって朝鮮最高人民会議が構成され（議長許憲《ホヨン》、常任委員長金科奉）、一九四八年九月、平壌を臨時首都とし、金日成を首相とする朝鮮民主主義人民共和国が樹立された」[33]と書いている。一見して明らかなように、これらは歴史的事実の記述であって、何ら価値判断を含むものではない。朴憲永や金科奉は名前が登場するだけである。しかし問題は、金日成と朝鮮労働党以外の朝鮮人運動家や共産主義的な組織の名前を記したこと自体にあった。

こうした「在日朝鮮人運動の思想体系確立」のための「批判事業」の標的にされたのは金達寿だけではなかった。たとえば五七年に朴慶植・姜在彦が共著で『朝鮮の歴史』という新書を出した際、北朝鮮の科学院歴史研究所所長だった金錫亨《キムソクヒョン》から、祖国の歴史の厳格な階級的視点からの把握が足りないと批判された[34]。特に近現代史の部分を担当した姜在彦への批判が分量的にもっとも多く、朴憲永の朝鮮共産党を肯定的に評価したことが攻撃の対象となった〔35〕。朴慶植と姜在彦はこの直後、金炳植から社会科学者協会の報告大会に呼びだされて糾弾された〔36〕。

『朝鮮』への攻撃は、五九年六月ごろまで続いた。そしてその後も、金達寿が勉強会や講演会を依頼されて出ていくと、そこには必ず総連から送りこまれた聴衆がおり、『朝鮮』批判が展開された〔37〕。さらに彼の小説「委員長と新分会長」（『文學界』五九年三月）も、主体性が欠如していると攻撃された〔38〕。また金達寿は五九年ごろ、法政大学の朝鮮人留学生が発行していた雑誌『学之光』を張斗植《チャンドゥシク》に見せ、若い世代の中にこのような動きがあるのだから我々も作ろうじゃないかと、新雑誌の創刊を持ちかけ、五八年二月に『鶏林』を創刊した〔39〕。すると五九年一月二一日、総連の中央宣伝部は、各県本部執行委員長・各単一団体委員長宛に、「われわれはこの雑誌（『鶏林』）についてもまた、機関において取扱うとか、同胞に対して勧誘をするとか、配布、読者獲得、財政協力、その他一切しないということを明白にする」という「公文」を出した〔40〕。

このほか、これはあくまで金達寿の推測なのだが、総連は彼の著作の翻訳も妨害したという。五八年ごろ、金達寿は東ドイツのフォルク・ウント・ヴェルト社と西ドイツのアンドレ・エッカルト（一九〇九〜二八年に神父として渡韓して伝道活動を行い、朝鮮の文化や美術に関する書物を著したドイツ人）から、『玄海灘』をドイツ語に翻訳・刊行したいという打診を受けた。彼はフォルク・ウント・ヴェルト社を選んで契約を結び、そのことを『日本読書新聞』に連載していた「日録」〔41〕に記した。しかし理由が不明なまま、その出版は中止となった。その後、金達寿が、総連傘下の文芸団体である在日本朝鮮文学芸術家同盟（文芸同）の事務局長で、金炳植に同調していた金民《キムミン》にこの件について尋ねたところ、彼は北朝鮮の朝鮮作家同盟委員長の韓雪野《ハンソリヤ》が中止したと答えた。金達寿はそれ以上何も聞かなかったが、平壌にいる韓雪野が「日録」を読んだとは思えず、金民が注進したに違いないと確信したという[42]。

しかし、こうした攻撃を受けても、金達寿にとって北朝鮮が統一朝鮮の担い手であり、総連が「祖国のようなもの」であることは変わらなかった。ではこの時期の彼の目には、北朝鮮や総連はどのように映っていたのだろうか。次にこの点について、彼が帰国事業について書いた小説やエッセイに焦点をあてて考察していく。

四　帰国事業への関わり

五九年一二月一四日、在日朝鮮人と彼らと結婚した日本人を合わせた九七六名を乗せ、二隻の船が新潟港から北朝鮮の清津《チョンジン》へ向けて出港した。北朝鮮への帰国事業の始まりである。北朝鮮による日本人拉致疑惑問題が持ちあがって以後、帰国事業をめぐる日朝両国政府をはじめとする各国の思惑、さらに中立的人道組織であるはずの赤十字社の役割の重要性に焦点をあてた研究が本格的に行われはじめ、従来の通説を根底から覆す書籍や学術論文が、次々に出ている。また、帰国申請した在日朝鮮人についても、彼らの全員が自主的に心から帰国を望んだわけではなく、家族に連れられて仕方なく帰国を決めた者なども少なくなかった。しかし当時、進歩的知識人や非保守系のマスメディアは、総じて北朝鮮を「地上の楽園」と賛美していた。北朝鮮と総連は帰国事業を、進学・就職・結婚など様々な場面で日本社会から差別的待遇を受けていた在日朝鮮人たちの「祖国願望」を叶え、彼らが自らの能力を生かして北朝鮮で未来を切り開いていくことを支援する、人道的なものだと喧伝した。そして金達寿もまた、帰国事業に朝鮮民族の未来を託し、積極的にその意義を説いてまわった一人だった。

現在では、組織的に準備された上で行われたことが明らかになっているが、帰国事業は長いあいだ、総連神奈川県川崎支部中留分会の在日朝鮮人たちが、五八年八月一日、金日成に向けて祖国に対する心情を綴った手紙を送り、それに対して金日成が九月八日の共和国創建祝賀大会で、在日同胞の帰国を歓迎する旨を言明するという、極めて人間的な共感に端を発すると言われてきた。

いずれにせよ、その後、一〇月一六日、北朝鮮の金一《キムイル》第一副首相が、在日同胞の帰国に必要な一切の負担と帰国船を日本に送ることを談話で発表すると、三〇日から総連は組織をあげて、日本各地で帰国事業の実現を要請する様々なキャンペーンを展開していった。こうした動きに関して金達寿が発言した最初は、『産経新聞』五九年二月一四日の記事である。そこで彼は、韓国政府が北朝鮮への帰国事業に対する報復措置として、「李ライン」(五二年一月に韓国政府が設置を宣言した海上の主権線)地点で拿捕されて釜山《プサン》収容所に入れられた日本人漁夫を帰さない方針を決めたことを批判して、在日朝鮮人のほとんど全員が「南朝鮮」の出身者なのに、どうして彼らが韓国ではなく北朝鮮に帰りたがっているかを考えるべきだと述べ、さらに現在の韓国は刑務所のようなもので、自分など戻ったら死刑にされるだろうとも語った[43]。そしてこれを皮切りに、金達寿は帰国事業について積極的にエッセイや小説、インタビュー記事を発表していったが、その内容は大きく四つに分けられる。

第一は、帰国事業に対する在日朝鮮人社会の盛り上がりについて書かれたものである。在日朝鮮人の間で帰国事業の話題で持ちきりだと紹介したもの[44]や、彼が五〇年まで暮らしていた横須賀地域の「朝鮮人部落」についてのルポルタージュ[45]が該当する。帰国事業開始後に書かれたものとしては、東京・芝浦の「朝鮮人部落」の様子をレポートしたもの[46]や、民団や日本の右翼勢力が帰国事業を妨害していることを批判し、誰もそれを止めることはできないと述べた記事[47]がある。また小説では、「日本にのこす登録証――呉成吉君の帰国準備」（『別冊週刊朝日』五九年一一月一日）や「孤独な彼ら」（『新日本文学』六二年三月）などに、帰国船に乗ることを決意する在日朝鮮人が登場する。それらの小説の中で、金達寿は彼らを、一方では自分たち自身の国を作るために一刻も早く帰りたいが、他方ではさんざん差別的な境遇に置かれてきたのに、いざ帰国するとなるとなぜか名残惜しさを感じるという、論理的には矛盾するが心情的には共感できる人々として描いている。たとえば「日本にのこす登録証」では、呉成吉という青年が、金達寿と等身大の「私」の自宅を突然訪問して、自分は第二次か第三次帰国船で北朝鮮に帰ることができそうだと述べて、自分の生い立ちと日本での暮らしについて語り出す。朝鮮戦争停戦とほぼ同時期の五三年七月ごろに密航してきた彼は、日本で生活するため、叔父がどこからか手に入れてきた別人の外国人登録証を持つことになる。しかし名前や本籍地などが違うのはともかく、写真がまったく別人なのは誤魔化しようがない。呉成吉はこの登録証にまつわる二つの思い出話を語ったうえで、次のように語る。

「ぼくはあと一カ月もすれば、いまももっているその外国人登録証を、この日本に残して帰るのですが、これにには、それだけの思い出がつきまとっているのです。そしてぼくは、この思い出だけは……、いや、はっはは」と呉成吉は、急にうつろな声を立てて笑った。

「いや、ふしぎなものですね。こうしてあなたにそれを話してしまうと、いまは、お忙しいあなたをわずらわして、何でこんなはなしをわざわざここまでしにきたのかとも思います」そういって、呉成吉は立ち上がった。

「どうも長いあいだ、勝手なことを聞いてもらいながら、そのうえまた勝手なことをいってすみませんでした。ぼくの話したかったのは、それだけだったのです」〔48〕

これに対して「私」は、「いや、よくわかります。ぼくにもあなたのそのお心持はよくわかります」〔49〕と言って立ち上がり、手を握って彼を見送る。どんな経緯からであれ、人生の一時期を過ごした日本を離れる朝鮮人の複雑な思いがよく描かれている。

第二に、彼自身や彼の家族・親類が帰国事業をどのように受けとめているかについて記したものがある。このうち彼の家族や親類については「わが家の帰国——在日朝鮮人の帰国によせて」〔50〕というエッセイがもっとも詳しい。それによると彼と他家へ嫁いだ妹の金ミョンスの一家以外は親族全員が帰国を申請しており、中でも兄の金声寿《キムソンス》の次男が帰国にもっとも積極的で、早くから決意を表明していた。また彼自身の帰国については、今はまだ日本でやり残したことがあるので、それを終えてから一人の労働者として北朝鮮に帰るつもりだと語っている〔51〕。

なお、彼が率先して帰国しなかった理由について、当時、新潟県帰国協力会事務局長だった小島晴則は、六〇年ごろに彼と知り合った際に、あなたは帰らないのかと尋ねたところ、自分は帰国を決めていないが身内のものが帰ることにしていると言われ、「ああ、この人は一定の距離をおいている、と感じた」と回想している[52]。この発言からは、あたかも彼が多くの在日朝鮮人を欺いていたかのような意味あいが感じられるが、金達寿は少なくとも六〇年代前半ごろまでは、いずれは北朝鮮に帰ろうという意志を持っていたと推測される。その根拠の一つは、六四年に発表したエッセイの中で、彼が「私について言えば、北半分に甥が行っており、従兄の家族も充実した生活を送っている」[53]と記していることである。仮に帰国事業が始まった時点で北朝鮮の現実を知っていたとすれば、親類が帰国申請するのを止めなかったはずがない。このエピソードからも、この時期の彼が帰国事業の意義に疑念を持っていたとは考えにくい。

したがって、彼がすぐに帰国申請しなかったのは、前記の『朝鮮』の記述をめぐる問題のために、今の段階で北朝鮮に行けば、朴憲永たちのように粛清の対象にされるかもしれないと懸念したためであろうと推測される。姜在彦や李進熙は自伝の中でそれぞれ、総連内部で自己批判の強要や粛清などが起こっており、自分たちもその対象になって苦しめられたが、過渡期の必要悪と思って自分を納得させていたと語っている[54]。金達寿も同様に、『朝鮮』をめぐる誤解が解けてから、堂々と北朝鮮に帰ろうと考えていたとするのが妥当と思われる。

第三に、帰国船を見送った時の様子や感想を綴った文章がある。先述のように、金達寿は第一次帰国船が新潟港を出発したとき、それを埠頭で見送ったが、その後も何度も見送りに行っている。その光景を記した文章はいずれも、たとえば第五七次帰国船を見送りに行ったときの様子を記した次の引用文に見られるように、感動に満ちている。

この日のひる、私は日赤のセンターで乗船を待っている帰国者たちを訪ねてすごしたが、いつものことながら、さまざまな人々がいる。とはいっても、やはり目立って多いのは老人と、これから祖国で進学をしようとする青少年たちとである。なかには、足腰の立たない老人もいる。

私はそれらの人々を見ていて、またも、わが祖国の深さというものを、しみじみと感じないではいられなかった。「故国へ死にに帰える」というあの老人たちを引きとるために、祖国は、どれだけの配慮と努力とをつくしていることか。進学をする青少年たちにしても、こちらからは学資一文持ってゆくわけではない。

夜は、歓送にきた各県の代表たちが帰国船の見学をゆるされることになり、私も金民たちといっしょに招かれた。私たちは朝鮮総聨《(ママ)》の出張所からバスで埠頭へと向かっていたが、帰国者たちのための船内の設備その他については、私がいちいちここに書いたりするまでもない。われわれのような、あの関釜連絡船の記憶しかないものにとっては、それはまさに至れりつくせりの一語につきるが、そのうえ私の目を見はらせたのは、食堂の卓にずらりとならべられた祖国からの食物のかずかずであった。

私は、必ずしも食いしんぼうではない。だが、それらの一つ一つがほかならぬわが祖国からのものの、あの祖国の人々の手によってつくられたものであるということが私の胸を打ち、食欲をそそった。私は祖国の酒を飲み、丸煮でだされている農村・協同組合で飼育された鶏の脚をとってかじった。

しかもその私たちの食事中船で働いている男女作業員たちの文化サークルによる独唱合唱、組詩がくりひろげられるというにぎやかさ――。まさに「今宵は何の夕べぞ」といったことばがしぜん思いうかぶといったしだいであったが、そのサークル員たちにこたえて、では、私たちも一つ負けずにうたおうではないかということになった。この夜はまたことのほかたのしかったとみえて、韓議長がまっさきに立って「密陽アリラン」その他をうたい、ついで私もまた、あやしげなのどをはりあげたりしたものである。

こうして私たちはまさしく夜の更けるのも忘れたものであったが、船を辞して外へ出たのは十一時近くになってからであった。[55]

そして最後に、在日朝鮮人と結婚した日本人、特にいわゆる「日本人妻」について書いたものが少なからずある。金達寿は「日本人妻」やその親類の中に、北朝鮮に行くと「自分たちが朝鮮人を差別してきたように、今度は自分たちが差別されるのではないか」と悩み、帰国船に乗ることを決意できない者が多数いることに触れて、そんな民族差別がある国は社会主義国ではないので安心して欲しいと述べた[56]。また、北朝鮮に渡った時期は不明だが、水生勝子という「日本人妻」が、『朝鮮児童作品集』という本を翻訳して新日本文学会に送ってきたことを例に出して、これから北朝鮮に渡っていく「日本人妻」たちも、水生や金達寿自身が行ってきたような仕事をしていけば、日朝関係はやがてよくなっていくに違いないと語った[57]。

金達寿が帰国事業について書いた文章の大部分は、五九年二月から六〇年四月に集中している。そのいずれもが、北朝鮮や総連は「「祖国」のようなもの」であり、できる限り協力を惜しまなかったという発言を裏づけるものばかりで、総連や帰国事業への批判を感じさせるものは見られない。このことは帰国事業や北朝鮮の社会状況に対する彼の認識が、北朝鮮や総連および北朝鮮を訪問した者の見聞録によって創出された「地上の楽園」というイメージの枠組みを超えるものでなかったことを示している。

この点は、第五七次帰国船を見送りに行った様子を記した先の引用文から窺えるように、六〇年四月以後の数年間も同様である。この時期以後に帰国事業について書かれた文章がほとんど見られなくなってしまったのは、韓国で四月革命が起こって以後、金達寿の関心が韓国情勢に移ったためにすぎない。抗日戦争中の金日成像を日本人側の視点をとおして描きだそうとした小説「将軍の像」(『文化評論』六二年一二月)を発表したり、『朝鮮商工新聞』に掲載された金日成の「新年の辞」と金日成が韓徳銖に宛てた「祝電」を家族に読んで聞かせ、夫人に「なかなか朝鮮語もうまいのね」と言われた[58]こと、さらに七一年一二月一七日に第一六二次帰国船を見送りに新潟港まで行った[59](管見のかぎり、これが金達寿が帰国船を見送ったことが確実な最後の便である)などのエピソードは、北朝鮮や総連に対する「信仰」[60]を、長いあいだ彼が保持していたことを如実に示している。

五　講演会中止事件と除名——「金炳植事件」との関わりで

七二年五月、金達寿は東京の国分寺市と京都市で、それぞれ講演を行う予定だった。同年三月に高松塚古墳から極彩色の壁画や豪華な副葬品が発見され、専門家や歴史愛好家だけでなく一般の人々の間にも、日本の古代史に対する関心が急速に高まっており、彼は「日本人と朝鮮人」というテーマで講演を依頼されたのである。

ところが総連は両市に講演会を中止するよう申し入れ、さらには金達寿の自宅にも会員を差し向けて講演中止を迫った。彼は、少なくとも国分寺市には電話を掛けて講演を辞退した。彼はこの事件の顚末を「備忘録」に記しており、そこでは「私」は組織の者を追い返した後から翌日中にかけて、虚脱状態で酒を飲んだり寝床でごろごろして過ごしながら、「おれはいったい、これまでなにをして来たのだ」、「いったい、社会主義とは何なのか」と自問自答したとある[61]。

登場人物や組織の名前などが変えられているものの、この事件を含め、「備忘録」に記された出来事の多くは伝記的事実と符合しており、「私」の自問自答も金達寿自身の頭の中で、実際に繰りひろげられたものと考えて差し支えないと思われる。しかしこの小説には二つの重要なことが記されていない。その一つは、七一年秋から七二年初頭ごろにかけて、総連の韓徳銖‐金炳植体制を批判する文書が何度も撒かれたが、その主導者の一人が金達寿だと韓国の新聞に報道されたこと、もう一つは講演会中止事件直後の六月に開かれた総連の中央委員大会で一三名が除名されたが、その中に彼が含まれていたことである。このうち除名については、本書で何度も繰りかえしているように伝聞であり、その事実を裏づける議事録などの資料があるかどうかは不明である。それを脇に置くとしても、七〇年代初頭の総連においったい何があったのか。それを理解するのに必須なのが「金炳植事件」である[62]。

先述のように金炳植は、五九年に人事部長に就任すると、北朝鮮での金日成のように韓徳銖を偶像化するため、あたかも在日朝鮮人運動の歴史が韓徳銖によって指導され、彼を中心に発展してきたものであるように描いた「在日朝鮮人運動史」という組織幹部用の学習資料を作成し、彼自身も総連中央委員会などでこの資料を用いて講義を行った。

ところが、その内容があまりにも韓徳銖を偶像化するものだったため、北朝鮮当局から金炳植を解任して資料を是正するよう命じられた。そこで韓徳銖は金炳植を人事部長から解任した。しかし常任委員の身分はそのままにしておき、六三年には事務局長に就任させた。こうして再び権力を握った金炳植は、ライバルを要職から外したり自己批判を強要したり、理由をつけて北朝鮮に送るなど、権力の掌握を目指した。そしてその後も彼は順調に出世し、六七年ごろには韓徳銖－金炳植体制を確固たるものに仕立てあげ、総連は二人の私物となった感さえあった。そして七一年一月の第九回全体大会で筆頭副議長に就任すると、七二年ごろからは総連の規約にもない「第一副議長」を名乗るようになった。彼のこの出世は韓徳銖の引き立てがあってこそのものなのだが、やがて彼は自分が韓徳銖に取って代わろうという野望を持つようになった。こうした中、七二年九月三〇日の『統一朝鮮新聞』に、韓徳銖と金炳植との主導権争いや、金炳植が韓徳銖の自宅に盗聴器を仕掛けたとする記事が掲載された。「金炳植事件」は、ここに表面化した、韓徳銖と金炳植との権力闘争を指している。

金達寿は六〇年代半ば、文芸同の非専任副委員長になり、やがて常任委員会にも参加を求められるようになっていたが、六八年ごろには辞任していた[63]。その上、彼は雑誌『日本のなかの朝鮮文化』の編集や、『思想の科学』に連載していた「朝鮮遺跡の旅」の取材と執筆などで忙しくしており、総連内部の権力争いに首をつっこむ時間も関心もなかった。ところが七一年一〇月から、「総連組織を正しく建て直すための闘争委員会」の名義で、韓徳銖－金炳植体制を批判したり、彼らの実態を暴露する文書が総連系の在日朝鮮人たちにばら撒かれる[64]と、『東亜日報』と『京郷新聞』（いずれも七二年一月二四日号）・

『韓国日報』（一月二五日号）・『週刊韓国』（二月六日号）などの韓国の新聞や雑誌が、この闘争委員会の主導者の一人として、金達寿の名前を挙げた。

前朝総連副議長の尹鳳九《ユンボング》と前中央事務局長の金永根《キムヨングン》〔金英根《キムヨングン》の誤り〕および金達寿、金相淑《キムサンスク》、朴《パク》元俊《ウォンジュン》などが主動したこの闘争委員会は中央委員、事務局、宣伝委員と一部地方委員会まで構成して『韓徳銖が犯した罪過を暴露す』という冊子を発行、関係機関に配布している。[65]

これは『韓国日報』の記事だが、『東亜日報』と『京郷新聞』の記事も、挙げている名前や中心人物などで細かい違いは見られるものの、内容はほぼ同一である。また『週刊韓国』の記事はさらに詳しく、闘争委員会の中央委員・事務局員・宣伝委員・地方委員会委員の構成者、さらに韓徳銖と金炳植による粛清対象者の名前を列挙している。そこでは金達寿は中央委員と宣伝委員とされるとともに、韓徳銖と金炳植による「其他粛清対象者」にも名前を挙げられている[66]。

『統一朝鮮新聞』では、闘争委員とされた者のうち、金達寿・李在東《リジェドン》・姜在彦の三名にそれぞれインタビューを行ったが、三名とも事実無根のデマだと全面的に否定した[67]。なお、『「金炳植事件」』によると、韓国の新聞で名前を挙げられた者のうち、関与が確実なのは朴元俊だけで、関与したことが確実なもう一人は河秀図《ハスド》だということである[68]。

以上から窺えるように、金達寿が国分寺市と京都市から講演を依頼されたのは、「金炳植事件」は表面化していなかったものの、金炳植によって韓徳銖を追い落とす様々な工作がなされたり、二人による総連の私物化を暴露した〝怪文書〟がばら撒かれるなど、総連内部が大きく動揺していた時期である。よりによってそんな時期に、韓国の新聞や雑誌を情報源として、金達寿は総連から、「闘争委員会」という得体の知れない組織の主導者の一人と疑われたのだった。このことを念頭において、講演会中止事件の経緯を見ていこう。

京都市については企画立案から中止までの具体的な経緯はわからない。「金達寿文庫」所蔵のパンフレットによれば、京都府が主催する土曜文化講座の第六五回目の講座で、演題は「日本人と朝鮮人」、京都府立勤労会館で五月二〇日午後一時三〇分から三時三〇分まで行われる予定になっていたことがわかるだけである。

これに対し、国分寺市の講演会「日本人と朝鮮人――日本人とは何か」については、後述する『統一朝鮮新聞』の記事のほか、「金達寿文庫」に、佐藤という人物が書いた、「講演会準備に関する若干の経過」という、公開を前提にしない、内輪の会議で配布されたレジュメと思われるガリ版刷りの手書きメモ（一枚、七二年五月一三日付）と、市民に配布された「講演会中止のおわびとその経過について」という、やはりガリ版刷りの手書き文書（一枚）および『こくぶんじしこうみんかん』七一号に掲載された同一の内容の文書、そして金達寿が講演会のチラシの裏側に書きとめたメモ（一枚）が残されている。そこで以下ではこれらを参照して、講演会の企画立案から中止までの経緯を詳しく見ていこう。

国分寺市の市民講演会のテーマについて、前年度の市民講座参加者有志七名と公民館職員一名が会合を持ったのは、四月七日夜のことだった。参加者による話し合いの結果、「「日本人とは何か」を考えるため、日本文化・日本人の形成に焦点をあてよう、そのためそれに大きな影響を与えてきた朝鮮との関係を考えたい」[69]ということになった。そして、それにふさわしい講演者として、金達寿と豊田（有恒か?）が候補に挙がったが、最終的に金達寿に講演を依頼することになった。そして一〇日、講演会の準備者が金達寿に依頼の電話をかけた。しかし彼は仕事で京都に旅行中だったため不在で、返事をしたのは一七日のことだった。承諾を得た講演会準備者側は、翌一八日から準備に取りかかり、五月一日に国分寺市公民館の『館報』、二日にチラシで講演会の開催を宣伝し、一〇日にはポスターと立て看板も制作した。

　ところが一二日午後一一時、突然、総連三多摩本部の四名が公民館を訪れた。応対した職員が講演会を準備した経緯を説明すると、彼らは次のように申し入れた。

一、講演のテーマが朝鮮と日本の国際的な問題であり、在日朝鮮人全般に及ぶ問題であること。
二、最近朝鮮問題が急変する中で日本国民の中に朝鮮に対する関心が高まっている情勢にあり、責任ある立場で講演をしないと、ややもすると日本の市民に間違った印象を与える心配があること。
三、最近高松古墳《（ママ）》発掘をめぐって日本文化に及ぼした朝鮮文化の影響について、いろいろな議論が行なわれており、検討中のものを話すことは日本の市民に誤解を与える憂いがあること。[70]

　さらに彼らは講師の変更も申し入れ、公民館側と四時間半にわたる話しあいの末、公民館職員で検討した上で翌一三日午前一〇時から再度話しあうことにした。一三日午前八時四五分、公民館職員八名が集まって対応を協議し、公民館側としては当初の計画どおり講演会を行いたいこと、総連側がそれを認めない場合には、「金達寿氏が講師としてふさわしくないという根拠を、その著作中から具体的に指摘してもらう」[71]。「そのうえで、企画に参加された市民、講師と相談して結論をだそう」[72]ということになった。そして一三日午前一〇時。総連側四名と公民館職員二名があらためて会合を持ち、両者がそれぞれ立場を説明した上で、「これ以後の処置は公民館の責任でとることを確認して話しあいを」[73]終えた。総連関係者の公民館への訪問は以上で終わったが、「備忘録」によれば、総連は金達寿の自宅にも人を送り、中止を申し出るよう迫った。

そして結局、金達寿は公民館側に講演の辞退を申し入れた。公民館側は急いで「講演会中止のおわびとその経過について」というチラシを配布し、『こくぶんじしこうみんかん』七一号にも同一の文章を掲載した。そこには講演会中止の理由と公民館側の基本的な姿勢について、次のように記された。

この問題についての公民館の基本的考え

一、市民有志と公民館とできめたことを中止することは、市民の学習権を社会的に保障する場としての公民館の主体性をそこなうこと。

二、公民館は、金達寿氏を(ママ)依頼する際、準備会の結論と著作等から、このテーマにふさわしい講師と判断したのであり、その正しさを確信していること。

三、講演への批判は、その場で討論をつうじて行なうのを当然と考えること。

以上が基本的考えであります。しかし今回の講演会については、次の点を考慮する必要を認めます。

一、日本と朝鮮に関する問題は、日本と朝鮮の国際間の問題であり、それについて朝鮮総連が果している役割と、そこからの今回の申入れについて留意する必要のあること。
二、金達寿氏自身からも、辞退したいとの意思が伝えられていること。
以上の二点を考慮して、今回の講演会は中止せざるをえないとの結論に達しました。[74]

『統一朝鮮新聞』は、この事件に対する総連三多摩本部の言動を、「いかなる理由をもってしても正当化されるものではな」く、「従来、「総連」韓・金一派が対内で行なってきた非盲従分子、批判分子の封殺工作を、日本人との関係においてまで拡大している一例として、無視しえぬものである」と強く非難した[75]。その上で、「金達寿氏は、数年前から、「総連」韓・金一派に盲従することを拒否し、「総連」から排除されている文化人の一人であり、先ごろ「総連」韓・金一派が対内批判分子抹殺の口実のためにねつ造した「総連を正しく建てなお《マヽ》すための闘争委員会中央委員」なるものの名単中に名前をあげられたことがあり、本紙のインタビューに応じて〝そのような組織のことは全く知らない〟と言明したこともある」[76]と記している。ここからは国分寺市の講演会中止事件が、総連の内部事情を知る者の目には、韓徳銖−金炳植体制に追随しない金達寿個人を標的にしたものであるだけでなく、韓徳銖と金炳植との権力闘争が日本社会をも巻きこむものへと拡大していく、その顕著な事例の一つと映ったことが窺える[77]。

そしてまもなく、『東和新聞』に、六月二七〜三〇日に開かれた総連第九期第三次中央委員会で、李《リ》心喆《シムチョル》・金英根など七名が「分派主義者」として、また金達寿など六名が「不平・不満、変質者」として除名されたという記事が掲載された。今のところ、この記事の内容が事実かどうかを裏づける資料はなく、事実であったとしても、彼は何の通知も受けていないようだ。彼が自分の除名処分を知ったのは、この記事が出た八月三日から一〇月上旬の間と思われる[78]。

六　おわりに

韓徳銖と金炳植の権力闘争は、金炳植の敗北に終わった。しかし彼を筆頭副議長にまで引き立てた韓徳銖は自らの責任を取らないまま、七三年二月一五～一七日に開かれた総連中央委員会第九期第四次会議で、この事件そのものをうやむやに終わらせてしまい、その後も二〇〇一年に死去するまで総連中央委員会の議長にとどまり続けた。また北朝鮮に召喚された金炳植も、失脚するどころか、朝鮮社会民主党委員長を経て、九三年には国家副主席にまでのぼりつめた。いずれにせよ、こうして、「金炳植事件」という未曾有の危機を経ても、総連の組織的な体質は根本的に変わらなかったのである。実際、金達寿たちが七五年に『季刊三千里』を創刊した際、かつて『鶏林』が創刊された時と同様に、『朝鮮新報』は、「日本語雑誌『季刊三千里』は総連と何ら関係ないだけでなく、この雑誌の発行人および編集人たちも現在総連機関や傘下団体とまったく関係ないことを読者の皆さんにお知らせします」[79]と表明した。これを見ても、仮に七二年六月に除名処分が下されたのが事実でなかったとしても、彼が総連と訣別するのは時間の問題だったろう。

しかしこのことは、七二年ごろに総連と彼との関係が修復不可能なものになったことを意味しても、彼が韓国政府や民団を支持するようになったことを意味するものではない。後者は前者から必然的に演繹されるものではない。しかも金達寿は韓国や民団がどのような経緯で成立し、現在にいたっているのかを、日本国内だけからであるにせよ、同時代的に見聞きしている世代の人間である。だからこそ八一年三月に金達寿たちが突如として訪韓し、帰国後に韓国社会の発展ぶりや民衆の活力について肯定的に語ったことが、当人たちの予想を遥かに超えて、在日朝鮮人社会と日本人社会の両方に、大きな反響を及ぼしたのである。

では彼はいかなる過程を経て韓国社会の発展や民衆の活力を肯定的に語るようになったのか。次節ではこの点を検討していく。

第二節　社会主義の放棄？／民族主義への回帰？——訪韓を中心に

一　はじめに

一九八一年三月二〇日から二七日にかけて、金達寿は姜在彦・李進熙・徐彩源と、全斗煥政権下の韓国を訪問した。国家保安法違反などの容疑をかけられ、死刑や無期懲役を宣告されて獄中にいる在日朝鮮人「政治・思想犯」の助命や減刑を請願するというのが〈目的〉だった。しかし帰国した彼らは、インタビュー記事やエッセイなどで韓国国内の「政治・思想犯」の状況などについて何も語ろうとせず、その代わりに韓国社会の発展ぶりと民衆の逞しい姿を肯定的に語るとともに、そうした様子を実際に見聞することなく韓国を攻撃し続けてきた自分たちの態度を自己批判する発言を繰りかえした。たとえば金達寿は帰国後まもなく、次のように語っている。

さて、それからは第二の目的である故国の変貌を実見し、古代遺跡を見学することだった。

〔中略〕

その間、ソウル国立博物館をはじめ、たずねた博物館だけでも六ヶ所をかぞえたが、毎日の私たちの睡眠時間は四時間ほどでしかなかった。一日数百キロを走るバスのなかでも、三人は居眠り一つしなかった。窓外に展開される三十数年ぶりの故国の情景一つ一つから、私たちは目を放すことができなかったのである。高層ビルや高層アパート群が視野いっぱいにひろがる都市もさることながら、それにもまして私たちの目をみはらせたのは農村の変貌だった。〔中略〕

わら屋根と泥壁の家ばかり並んでいた朝鮮農村の昔を知る私たちにとっては、それはほんとうにおどろきというほかなかった。都市にしても、たとえば私たちは物資のあふれている釜山のシジャン（市場）を人々にもまれながら歩いたが、どちらを向いても民衆は活気に満ちていた。

困るのは戦争です

それからまた私たちは、日本にも知られている歴史家の千寛宇《チョングアヌ》、李基白《イギベク》氏らをはじめいろいろな人々に会った。国産車の個人タクシーを走らせていた若い運転手の、「怠けてちゃしようがないですが、まじめに働けばちゃんと食えますよ」と言ったことばも印象に残ったが、年産八五〇万トンという浦項《ポハン》製鉄所の余尚煥《ヨサンファン》理事の次のことばは、いっそう強く印象に残るものだった。

「こまるのは戦争です。いったん戦争となればこれらの建設はみな灰になってしまうばかりか、そうなれば、わが朝鮮民族はもう二度と立ち上がれませんよ」

まさにそのとおり、そうであればこそなおのこと、いま韓国にとって必要なのは民主化ということにほかならなかった。その民主化こそが南北朝鮮を統一する唯一の方法であると、私はいまさらのようにそう思ったものである。〔1〕

――韓国を見て考えたことは何か。

金　民衆のバイタリティーのすさまじさだ。それと、正直いってこれまで在日朝鮮人として韓国の実情を伝える仕事をしてこなかった、と反省させられた。民衆の生活や考え方を伝えずに、軍事政権を糾弾するとか、一種の観念論に終わっていた。民衆は、政権がどう変わろうとしぶとく生きてきたし、この生きた民衆を忘れていた、と痛切に感じた。日本での韓国批判は、韓国民衆の立場に立つといいながら、タテマエの観念論でしかなかった。韓国の民衆には、納得よりも反発を生んでいたのではないか。〔2〕

司馬遼太郎をはじめ、彼らの今回の訪韓を非常に勇気ある行動と讃える人がいなかったわけではない。しかしそれ以上に、総連はもちろん、彼らを偉大な先達と仰いできた数多くの在日朝鮮人や、彼らに好意的だった多くの日本人は、彼らの突然の変わりように驚きとまどい、いっせいに非難の声をあげ、訪韓の真意がどこにあったのかと問いただした。

本節では、現在もなお、当時を知る多くの在日朝鮮人と日本人に大きなわだかまりを残している彼らの訪韓と、その後の韓国に対する金達寿の態度の変化に焦点をあてて論じる。しかしそれに先だって断っておかねばならないことがある。それは本節の目的が、訪韓前後における彼の態度変更が何を意味するかを明らかにすることにあるのであって、彼の訪韓の〈真意〉を問題にはしないということである。換言すれば本節の主眼は、彼が本当は何を考えて訪韓したかではなく、訪韓することで初めて彼の目に映った新たな問題を彼がどのように認識し、その克服のためにこれから何をどのようにしていかねばならないと考えたのかを検討することにある。

この点を念頭において、まずは金達寿たちの訪韓が、なぜ多くの在日朝鮮人や日本人に衝撃を与えたのかを確認するところからはじめよう。

二　左翼系在日朝鮮人にとっての韓国——訪韓前史

〈解放〉時、〈内地〉で暮らしていた在日朝鮮人の九五％以上は朝鮮半島南部の出身者ないしその子孫だったと言われる。金達寿たちも例外ではなく、彼と李進熙は慶尚南道《キョンサンナムド》、姜在彦は済州島《チェジュド》、徐彩源は全羅南道《チョンラナムド》と、地域は異なるがいずれも現在の韓国南部に生まれ育ち、幼少期から青年期に〈内地〉ないし日本に渡ってきた者たちである。それゆえ一見すると彼らの韓国訪問は、生まれ故郷を離れて暮らす者が里帰りをするように自然なことであり、むしろ彼らの行動に大きな衝撃を受けた在日朝鮮人や日本人知識人たちの態度の方が奇妙だと思われるかもしれない。

だがそれは近年の韓国、特にいわゆる「韓流ブーム」以後に初めて韓国社会や文化などに関心を持ち、ドラマやK－POPなどをとおして形成された韓国イメージしか知らない世代の反応であり、それ以前の韓国を知る者にとっては事情がまったく違う。彼らの目には韓国は、アメリカという強大な帝国主義国家を、日本にかえて新しい主人と仰いだ元〈親日派〉や反共勢力が、日本の植民地時代に勝るとも劣らない過酷さで民衆を暴力的に支配し、朝鮮半島の平和的統一を妨害したり、事あるごとに東アジアの政治的緊張を高めるような挑発的行動を繰りかえす、危険な国家と映っていた。金達寿も韓国を、「暗い朝鮮」・「刑務所のようなもの」など、極めて否定的な表現で形容していた。そうしたネガティブな韓国イメージを、彼はどのようにテクストに描きだしていったのだろうか[3]。

第二次世界大戦後、まもなく日本に進駐したGHQは、新聞や雑誌などのメディアを検閲し、連合国の政策に批判的な記事を掲載することを許さなかった。このためGHQ占領時代に金達寿が朝鮮半島情勢や朝鮮南部・韓国に直接的に言及した文章は多くないが、間接的な批判は随所に見出すことができる。

金達寿が朝鮮半島情勢について書いた最初の文章は、白仁《ペクイン》のペンネームで『民主朝鮮』創刊号に発表した「独立宣言は書かれつゝある」[4]である。この中で彼は、連合国軍による朝鮮の信託統治に多くの朝鮮人が反対しており、朝鮮人自身の手で朝鮮独立が勝ちとられつつあると記した。だが彼が本格的に朝鮮南部の政治情勢を、「暗い朝鮮」といった韓国イメージにつながるものとして表象しはじめるのは、四八年春ごろからである。

たとえば彼は、四八年四月二四日に神戸市で起こった阪神教育闘争を取材した記事の中で、民団やその傘下団体である朝鮮建国促進青年同盟（建青）に所属する在日朝鮮人が警察に協力して、獄中にいる仲間の在日朝鮮人だけを釈放させたり、朝連側の人々に、釈放と引きかえに以後は民団や建青を支持するという誓約書を書くよう持ちかけたことを、怒りを込めて記した[5]。ここには連合軍やＧＨＱ、朝鮮南部の政治情勢に対する言及はないが、民団や建青が李承晩を支持していたことを考慮すると、彼がこの記事で本当に攻撃したかったのが何者なのかは明瞭であろう。また、「朝鮮の現状勢とその展望」では、〈解放〉後の南北朝鮮の情勢を整理しつつ、北朝鮮民主主義民族戦線が四八年三月二五日の中央委員会で、「南北民主政党、団体の代表者が連合協議する以外に全朝鮮の統一と独立を図る道はない」[6]と南朝鮮が単独選挙を強行しようとしていることを批判して、南北連合会議を提議したことを高く評価し、「南北連合会議の実現はまた明りようにＵＮ委員団とその決定および、これを支持する李承晩博士一派と金性洙氏のひきいる韓国民主党の少数派を完全に浮き上らせるものであり、その結果はこの一派を全民族の前に明りように照らし出すことである。かくて最後にわが民族はいずれが正しいかをはつきりと把握し、世界はまた確実にその歴史の流れをさとるであろう」[7]と語った。

とはいえ、この時期の金達寿は、必ずしも社会主義的な立場に立って、朝鮮南部の政治情勢を批判したわけではない。彼の怒りは何よりも、アメリカ軍政庁が日本の植民地時代の制度を温存し、それによって親日勢力が〈解放〉後も朝鮮南部で政治権力を持ち続けたことに向けられていた。彼は自伝で、〈解放〉直後の自分は「共産主義」がどういうものかもよくわからないまま、非転向共産党幹部など獄中に囚われていた人々が出獄してくる光景を見て感激するような、素朴な民族主義的青年だったと語っている[8]。このことは彼の朝連への参加が、社会主義・共産主義への関心からではなく、民族的裏切り者としての親日勢力に対する敵意を動機とするものだったことを物語っている。実際、彼は朝鮮文学家同盟を手放しで賞賛し、それに呼応する形で在日本朝鮮文学者会を結成したが、自分たちの目指すのは民主主義的・民族主義的な文化の建設であって、封建的・帝国主義的なものでもなければプロレタリア的・社会主義的な文化でもないと繰りかえし語っていた[9]。また、誤解されがちだが、朝連はもともと、「本国では」という言葉を、ソウルを中心とする朝鮮半島全域を指すものとして用いる大衆的な団体だったのであり、最初から「社会主義を標榜する「組織」」として出発したわけではない[10]。さらに金達寿は朝連が北朝鮮支持を明確にしてからも、長いあいだ日本共産党に入党するのを躊躇っていたが、それもつい先日まで在日朝鮮人統制組織である協和会にいた在日朝鮮人が、入党して活動していることに反発を覚えたからだった[11]。

　しかし『LIFE』に掲載された麗水・順天事件の写真に衝撃を受けた彼は、共産主義者へと一歩踏み出す決意を固めて入党し、小説「叛乱軍」を発表した。続いて、朝鮮独立のための革命闘争から離脱して日本に密航してきた中泰元という青年が、朝鮮独立のために渡韓する李庸という在日朝鮮人と出会うことで、自分も韓国に戻って革命闘争に加わることを決意する「大韓民国から来た男」という小説を書いた。さらに朝鮮戦争勃発直前の五〇年六月には、現在の南朝鮮では知識人を弾圧するために日本の治安維持法を真似た国家保安法が成立しており、さらに転向制度も導入していると述べるなど、韓国が〈逆コース〉の道のりを歩んでいることを訴えた[12]。実際、李承晩政権は四九年九月、『民主朝鮮』に翻訳された「朝鮮小説史」の著者として知られた金台俊《キムテジュン》など九名に死刑を宣告して処刑しており、金達寿の目には韓国社会が日増しに閉塞しているように見えた。

それゆえ朝鮮戦争が勃発すると、彼はこれを北朝鮮の人民軍による「祖国解放闘争」ととらえ、彼らが韓国各地で快進撃を続けていく姿に喝采を送った[13]。彼は「玄海灘」を連載しながら、五二年四月には、アメリカ軍や李承晩政権によって一方的に〈アカ〉と見なされた韓国の民衆たちが、山中で処刑されていく光景を、山のふもとで暮らしている韓国人の母親が、彼らを処刑する銃声を聞いて痛哭する姿をとおして間接的に描いた「釜山」を発表した。なお、「釜山」に描かれた、韓国社会における〈アカ狩り〉は、金達寿たち元朝連側にいた在日朝鮮人にとっても他人事ではなかった。というのも、李承晩は駐日代表部をつうじて、五〇年一月一二日、共産主義的な暴力革命を志向する在日朝鮮人の強制送還を受けいれる用意があると声明しており、日韓両国政府の対応次第では、彼らは「釜山」で処刑されていく民衆と同じ運命を辿る可能性があったからだ。実際、日本政府は五〇年一二月一一日、長崎の針尾収容所にいた韓国人密入国者九五五名を強制送還し、その後も大勢の在日朝鮮人や密入国者を送還した。金達寿は五二年一〇月から五三年一月にかけて、『婦人民主新聞』に、強制送還の危険を避けるために国籍を〈朝鮮〉から「韓国」に切り替え、家族にもそれを強制する在日朝鮮人の父親が登場する小説「恵順の願い」を連載したが、その背景には、このような状況に対する強烈な危機意識と、〈朝鮮籍〉を持つ多くの在日朝鮮人が置かれている現状を日本人に知らせたいという考えがあったと推測される。

それとともに彼は、朝鮮戦争が、ようやく日本の帝国主義的植民地支配から解放された民族が互いに殺し合うという最悪の出来事であることも忘れなかった。たとえば「孫令監」には、朝鮮戦争の勃発にともなって、自宅側の幹線道路を毎日のように走っているトラックに積まれた爆弾が、ほかならぬ朝鮮半島を爆撃するために運ばれていることと、かつて平壌で暮らしていた頃に空襲爆撃を受けた体験とが、あるときぴったりと重ね合わさり、何としてもトラックを止めなければならないと思い詰めたあげく、停戦直後に幹線道路の上で死んでいる姿で発見された、ある在日朝鮮人老人が描かれている。

小説以外で韓国に言及したものとしては、彼が購読している『朝日新聞』と『東京新聞』から朝鮮戦争に関連した記事を引用して解釈していった「新聞読み」（『文学芸術』五二年一月）というエッセイがある。また彼は、朝鮮戦争勃発直後、義憤にかられて『「大韓民国」問答――これが『大韓民国』である」という長いエッセイを書いた[14]。これは圧倒的多数の朝鮮人がなぜ「大韓民国」を忌み嫌い、北朝鮮を支持するのかを、〈解放〉前後の朝鮮半島情勢から説きおこした上で、「大韓民国」が「李承晩を中心としたそれらの旧親日派および、民族反逆的資本家どもの集団」[15]によって建国され、牛耳られていることを対話形式で示したものだが、検閲のために発表できなかった。

「釜山」が発表された直後の五二年四月二八日、サンフランシスコ講和条約が発効し、GHQによる占領と検閲制度は終わった。戦中からの警察の尾行は相変わらず続いた[16]が、ともかくこれによって金達寿はようやく、アメリカ帝国主義や李承晩政権をはっきりと名指しで攻撃する自由を得た。彼はさっそく、五三年七月二七日に朝鮮戦争が停戦したことを祝うエッセイを書き、「みおぼえのある平壌や咸興《ハムン》」を廃墟にするまで爆弾やナパーム弾などを作って投下させ、自身はそれで大儲けした「平和の敵」を見すえなければならないと主張したり[17]、五四年六月一八日にグァテマラで起こった反乱と、二五日に起こった南北朝鮮の戦闘を報道した記事の文面の、ニュアンスの違いに触れながら、しかしどちらも、同じアメリカ帝国主義の「宿命」が生みだした戦闘であることに違いないと語ったこと[18]や、第二章第二節で触れた「万宝山・李ライン」[19]というエッセイなどを書き、その自由を行使した。

こうして金達寿は韓国を、民衆に一方的に〈アカ〉のレッテルを貼って処刑する李承晩政権が支配する暗黒社会であるととらえると同時に、東アジアにおける支配圏を勝ちとるためにアメリカに操られ、日本と対立するよう仕向けられている傀儡国家でもあるととらえ、またそのように描きだした。

対立させられているという彼の認識は、韓国と北朝鮮との関係についても認められないわけではない。だが、五〇年代末ごろまでに彼が書いたテクストを読むかぎり、韓国と北朝鮮は、李承晩と彼を支える親日勢力と、金日成に率いられた北朝鮮およびそれを支持する韓国国内の民衆や在日朝鮮人とが対立する関係にあるという意識が非常に強く、日本と朝鮮、日本人と朝鮮人との関係のように、何者かによって対立させられている関係にあるという認識は弱い。そのことを顕著に示している事例の一つが、前節で触れた『朝鮮』の最終章「今日の朝鮮」である。これは〈解放〉後の北朝鮮と韓国の現代史を概説した章だが、金達寿は北朝鮮が金日成の指導下で、多くの困難を伴いながらも順調な発展ぶりを見せていることを賞賛する一方、国民の生活状況も顧みず、反共に邁進する李承晩政権とその背後にいるアメリカ帝国主義が、いかに韓国社会の発展を妨げ、国民の権利を抑圧し、日本や北朝鮮に挑発行為を繰りかえしているかを批判した。ここでは触れられていないが、のちには北朝鮮への帰国事業に対する抗議が、李承晩政権の〈悪行〉として付け加えられることになる。金達寿は、そのような韓国社会を、「明るい朝鮮」としての北朝鮮と対比して「暗い朝鮮」と呼んだ上で、両者はそう遠くない将来に「明るい朝鮮」に統一されるべきだが、それは国際情勢に助けられつつも、最終的には朝鮮人自身の手で成し遂げなければならないと語った。

また、在日朝鮮人の強制送還問題を背景に、金達寿が五二年から五三年にかけて「恵順の願い」という小説を書いたことは先述したが、その後も「暗い朝鮮」から逃れて日本に密入国する韓国人の数は増えて、あふれかえっている状態だった。こうした状況を背景に、彼は五八年、『関西公論』に「密航者」という題名の小説の連載を開始(ただし雑誌自体がすぐに廃刊されたため第一回で中断。その後、六〇年からリアリズム研究会の雑誌『リアリズム』・『現実と文学』で、あらためて同名の小説が連載された)するとともに、大村収容所に収容されている彼らが、日韓会談など政治的駆け引きの道具に使われている状況を批判した。そして韓国で暮らしていた彼らがなぜ日本に密航しなければならなかったのか、なぜ彼らや在日朝鮮人の多くが現在の韓国の出身者であるにもかかわらず、北朝鮮への政治亡命や「帰国」を希望するのかよく考えて欲しいと訴えた[20]。

李承晩政権下の韓国が、金達寿の目にこのように映っていただけに、六〇年に起こった四月革命は、まさに「暗い朝鮮」に差し込んだ一筋の光だった。特に四月革命で決定的な役割を果たした民衆デモが、彼の故郷である馬山市で起こったことは、彼を心情的にコミットさせる大きな要因となったと思われる。彼はただちに、弾圧を恐れず立ち上がった学生を尊敬するというコメントを出し[21]、連日のように報道されるニュースを、本業の文筆活動などもそっちのけで注視した。こうした彼の意識の変化は、彼自身をして「朴達の裁判」の解釈を変えさせた。すなわち発表時には、彼はこの小説を、五〇年代後半に論議されていた転向論争に一石を投じるべく書いたものであり、朴達に具体的なモデルはいないと発言していた[22]。ところが四月革命から一年ほど過ぎたころから、この小説にモデルはないが、「あえてモデルということをいうならば、それは南朝鮮の今日の現実だ、とでもいうよりほかない」[23]と、自らこの小説の解釈の重心を移動させていった。また、四月革命に呼応する形で、日本国内の在日朝鮮人の間にも南北統一の気運が起こった。

　だが金達寿が四月革命でかいま見た、「明るい朝鮮」による南北統一の夢は、六一年五月一六日に起こった、朴正熙《パクチョンヒ》をリーダーとする軍事革命委員会によるクーデターによって、あえなく潰えてしまった。クーデター後まもなく、軍事革命委員会は国家再建最高会議に改称され、朴正熙が議長に就任すると、韓国国内に厳しい軍事体制が敷かれ、民衆による抗議デモや政権批判の言論が容赦なく弾圧されていった。その象徴的な事件は、韓国の新聞社『民族日報』の趙鏞寿《チョヨンス》社長など三名が死刑宣告を受けて、同年一二月に処刑されたことである。こうした「暗い朝鮮」への逆戻りに際して、金達寿はアメリカがどのように背後で動いているかについてエッセイを書いた[24]。さらに朴正熙政権が日韓会談に前向きな姿勢で臨んでいることを知ると、朴正熙たちを、日本の韓国併合に同意した李完用《イワニョン》など、韓国で「乙巳五賊」と呼ばれる売国奴・民族的裏切り者になぞらえ、日韓会談によって朝鮮半島が再びアメリカと日本の植民地になろうとしていることが誰の目にもはっきりしている今、日本人の中にどれほど、これを自分の問題として受けとめている人がいるか問いたいと訴えた[25]。それと同時に在日朝鮮人が、韓国へは反共政策によって、北朝鮮へは日本政府によって、自由な往来が不可能にされている現状に対する文章を書き、在日朝鮮人はこのような現状を変えるべく抗議活動を行っているので、ぜひ日本人にも理解と協力をお願いしたいと語った[26]。

　こうして軍事クーデター以後、金達寿は再び、朴正熙政権下の韓国社会を「暗い朝鮮」といった否定的なイメージで表象して攻撃し続けた。その後、七〇年代に入り、世界的に冷戦構造の〈雪解け〉の気運が高まると、北朝鮮と韓国の関係にも南北統一に向けて歩みよる兆しが見られはじめた。七二年七月四日に共同で発表した声明――外部勢力に頼らず平和的な方法での南北統一を目指し、思想や制度を超えた民族的大同団結を決議した「七・四共同声明」は、その大きな成果だった。しかしこの共同声明に謳われた南北統一への道のりは、七三年六月に朴正熙が、北朝鮮と韓国が互いの国家を承認し合い、国連への同時加盟を提案したのに対し、金日成が「高麗連邦共和国」という国号のもとに南北朝鮮を統一し、一つの国家として国連へ加盟すべきと反論するなど、結局は両国の主導権争いの中に埋もれてしまった。また朴正熙政権は、共同声明発表後も、七三年八月に金大中《キムデジュン》を東京のホテルから拉致したり、七四年七月には韓国非常軍法会議を開いて、一一日に民青学連事件を起こしたという〝人民革命党〟グループの七名に、さらに一三日には金芝河《キムジハ》たち七名に、それぞれ死刑判決を出した。さらに徐勝《ソスン》・徐俊植《ソジュンシク》兄弟など韓国に留学していた在日朝鮮人学生たちや、事件を取材していたジャーナリストの太刀川正樹と彼の通訳を務めたソウル大留学生の早川嘉春という日本人二人が、北朝鮮のスパイとして逮捕されて重罪を宣告された。権力体制を維持するために非常手段をも辞さない強硬な姿を見せつける朴正熙政権下の韓国社会は、金達寿の目には一貫して息苦しい社会と映った。金達寿は七三年一二月、日本人や韓国・北朝鮮系の在日コリアン知識人と共に「韓国学生・知識人のたたかいを支持するつどい」を開いて抗議し、「南北朝鮮の統一を求めた昨年の七・四共同声明の実現をはかれ」という声明文を発表した[27]。

前節で述べたように、この時期の彼の心は「社会主義を標榜する「組織」」から完全に離れていた。そこで彼は七五年二月に、やはり総連を除名されたり、自ら離脱した在日朝鮮人知識人たちとともに『季刊三千里』を創刊した。その「創刊のことば」には、「雑誌『季刊　三千里』には、朝鮮民族の念願である統一の基本方向をしめした一九七二年の「七・四共同声明」にのっとった「統一された朝鮮」を実現するための切実な願いがこめられている」[28]という一節が掲げられた。金達寿自身は韓国社会について直接的に文章を書かなかったものの、『季刊三千里』には韓国社会の現状を取材したルポルタージュや、朴正熙政権を批判する記事が、毎号のように掲載された。このことは金達寿が総連と訣別したからといって、その分だけ韓国に近づいたことを示すものではなかったことを端的にあらわすものである。

三　訪韓の経緯とその要因

以上のように、金達寿が南朝鮮－韓国に好意的な発言をしたのは四月革命の時だけであり、しかもそれは政権にではなく、政権を崩壊させた学生や一般大衆に対して向けられたものだった。この意味で彼は、韓国で暮らすある種の人々に対してシンパシーを覚えたことはあっても、韓国の政権や社会全般に親しみを覚えたことはなかった。そのような彼が全斗煥政権という、朴正熙政権以上に苛烈な軍事独裁体制下の韓国を訪問したのである。『故国まで』によれば、彼らが訪韓を決意するまでの経緯は次のようなものだった[29]。

一八年間もの長いあいだ、政権の座を維持してきた朴正熙が、七九年一〇月二六日にKCIA部長の金載圭《キムジェギュ》に暗殺されると、韓国社会は騒然とし、翌八〇年五月、全羅南道の光州《クァンジュ》で、四月革命を彷彿とさせる、学生を中心とした市民による民主化を求める闘争が起こった。ところがこれが韓国軍に壊滅させられる（光州事件）と、九月一七日には内乱を誘発したという罪状で韓国軍法会議が開かれ、金大中に死刑、文益煥《ムンイクファン》ら二三名に懲役二〜二〇年の判決が下された。そしてそのような弾圧を推進した全斗煥保安司令官が、八〇年九月一日に大統領に就任した。

しかし全斗煥政権はこうした弾圧、特に金大中の死刑判決に対する国際社会からの非難を受けると、態度を軟化させて、八一年一月には無期懲役に減刑した。ところが日本の知識人の中には、光州事件で死刑宣告を受けた三名[30]が、金大中の身代わりに処刑されるのではないかという話が広がった[31]。こうした不安を受けて、金達寿は、八一年二月二六日夜、姜在彦・李進熙と、遅ればせの新年の挨拶を交わすために広島の徐彩源宅を訪れた際、彼ら三名の死刑囚の減刑を要求するために、自分と姜在彦・李進熙が韓国に行くのはどうかと話を持ちかけた。すると徐彩源が、そういう話なら自分も何か手伝わせて欲しいと加わり、それをきっかけに四名で話しあった。そして最終的に、「死刑囚」を含む全「政治・思想犯」に対して減刑を「請願」することで一致した。

数日後、徐彩源が駐日韓国大使館に「請願」の話を持ちかけると、当初はまったく相手にされなかった。しかしその後、大使館側でどういう話があったのかは不明だが、光州事件の三名の死刑囚などの政治犯に対してなら、「請願」を受けつけると態度を変えた。他方、在日朝鮮人「政治・思想犯」に対しては、彼らは政治犯ではなく国家保安法違反の「スパイ」だから応じられないとも回答してきた。実際、三月三日に全斗煥が第一二代大統領に選出されると、それを記念して五二二一名もの政治犯に対する大規模な恩赦が実施されたが、国家保安法違反などの容疑で服役中の在日朝鮮人「政治・思想犯」には恩赦が適用されなかった。こうした状況の中、服役中の在日朝鮮人「政治・思想犯」が明日にでも処刑されるのではないかと新聞記事などで取りざたされたこともあって、金達寿たちは危機感を募らせていった。そこで彼らはあらためて駐日韓国大使館と交渉し、一五日ごろ、ついに「請願」のための韓国訪問が認められた。この時に交わされた「合意メモ」が『故国まで』に引用されている。

一、名称　在日僑胞受刑者たちに対する寛容を請願する僑胞文筆家たちの故国訪問団。

二、目的　⑴日本の文学界、学界で活動している文筆家として、在日僑胞受刑者に対する寛容な配慮を法務部長官に請願する。⑵故国の変貌を実見するとともに、古代遺跡を見学し、故郷を訪問する。

三、訪問先・見学先　⑴法務部長官。⑵当局が許可する産業施設、扶余《フヨ》・南原《ナムオン》・光州・慶州《キョンジュ》の古代遺跡および文化施設。⑶各自の故郷。

四、費用その他　一切の費用は自費とし、故国での行動は公開とする。政治的問題については言及しない。[32]

これは最終的に交わされた「合意メモ」と思われるが、「金達寿文庫」には交渉途中のものと思われるメモ（原文は朝鮮語／韓国語）が残されており、それを見ると、微妙に削除されたり変更された箇所がある。まず、「目的」の項目だが、「金達寿文庫」のメモでは「日本の文学界、学界、言論界で」云々と記されており、「言論界で」に×印がつけられている。また「訪問先・見学先」の項目では「扶余・南原・光州・慶州の」という部分に、やはり削除をあらわす傍線が引かれているが、『故国まで』の「合意メモ」に記されているところを見ると、この点については金達寿たちの要求が通ったものと思われる。

さらに「金達寿文庫」のメモでは、「目的」の項目と「訪問先・見学先」の間に「構成」・「時日」という二項目が記されている。このうち「構成」には「金達寿、姜在彦、李進熙」とあり、また「時日」では、もともと「三月一九日〜二八日」と記されている日付に斜線が引かれて「三月二〇日〜二七日」と変えられている。おそらく金達寿が『故国まで』に引用した際に省略しただけで、韓国大使館と交わした「合意メモ」にも、この二項目は記されていたと思われる。このうち、「時日」については、何も問題はない。しかし「構成」に徐彩源が含まれていないのはなぜなのか。たしかに彼は金達寿たち三名と違い、「日本の文学界、学界で活動している文筆家」ではない。だが、『季刊三千里』社長であることを念頭におけば、「構成」に含まれていなければ訪韓できなかったのではないかと思う人は少なくないだろう。しかしここには裏取引めいた政治的事情は何もない。というのも彼はこのときまでに韓国籍を取得していたので、韓国大使館から「旅行証明書」を発行してもらう必要がなかったからである。徐彩源の韓国旅行については、李進熙の自伝に次のように記されている。

七九年二月下旬、妻〔呉文子《オムンジャ》〕と娘が大使館発行の「旅行証明書」をもって初めて韓国へ渡った。話は前後するが実は娘が桐朋音大に合格した七八年春、義父は小沢征爾や中村紘子が出た大学に合格したといって大変喜び、合格祝いに孫娘を韓国へ連れて行きたいと言ってきたので、私は妻と娘にぜひ行ってくるよう説得した。〔中略〕しかし、このときはなぜか実現しなかった。その後も義父は孫娘に韓国を見せるべきだとする姿勢を崩さず、一年後にようやく実現したのである。

義父ははじめから同行し、徐彩源（三千里社社主）も途中から合流して慶州・扶余・ソウルなどの古都をまわり、古い寺や民俗村を見学させる。また順天では老妓を呼んで、民俗芸能パンソリまで聴かせるのである。それから妻と娘は私の故郷・金海《キメ》に向かい、両親と祖父母の墓参りをした。[33]

「義父」すなわち呉文子の実父と徐彩源は同郷の先輩後輩で、五八年に彼女が李進熙と結婚するにあたり、徐彩源は賛成した[34]。この韓国旅行の時点ですでに、徐彩源は韓国籍を取得していた[35]。したがって、「構成」に徐彩源の名前がなかったのは、政治的な問題からではなく、韓国大使館に特別ビザの発給を申請する必要がなかったからだった。

ともあれ、『故国まで』によれば、以上が金達寿たちの訪韓が実現するまでのいきさつである。次に韓国滞在中の彼らの行動だが、これについても「金達寿文庫」に「滞韓日程」が残されている。これを『故国まで』と照らし合わせると、事実としては同書に記されているとおりだと推測される。『故国まで』には、彼らが訪韓を決意するまでの経緯から滞在中の行動、そして二七日午後二時に、釜山の金海空港で大阪空港行きの飛行機に乗るまでが詳細に記録され、登場人物や地名などもすべて実名で、韓国各地をまわるルートも「滞韓日程」と同一である。ただし二五日と二六日については、「滞韓日程」では二五日午前中に慶州を観光して午後八時に釜山に到着、二六日は一日中、釜山を見学することになっているが、『故国まで』によると、予定が遅れたために二五日を慶州観光、翌二六日を釜山観光に変更したとある。しかし『故国まで』にはもともとの予定も一部記述されており、それを見るとやはり日程表のとおりである。

さて、「合意メモ」に戻ると、彼らの訪韓目的として、「請願」のほか、韓国社会の変貌を実見することが挙げられている。実際に彼らは、訪韓日の午後一二時半に金浦空港に到着したのち、午後三時に法務部を訪問して長官に「請願書」を提出した。そしてその後の日程の大部分を韓国各地の見学に費やした。このことが帰国後の彼らに、訪韓の目的である「請願」は表向きの理由で、誰にも話せない真の目的や裏事情があったのではないかと疑われる大きな要因となった。

たしかに金達寿は、八一年以前から訪韓する機会をうかがっていた。その最初は四月革命の直後で、東京のある新聞社で彼を特派員として現地に派遣する企画が出された。しかしこの時は駐日韓国大使館の代表部から訪韓を拒否されて叶わなかった[36]。わかっている限りでは、次に彼が訪韓を試みたのは七七年四月である。金芝河に七五年六月末、ロータス賞（アジア・アフリカ会議主催の文学賞）が授与され、その賞を彼に伝達するための委員会が日本人知識人の間で作られた。それを知った金達寿は自分もその一人に名前を連ねることで、訪韓を果たそうとした[37]。しかし東京と横浜の韓国総領事館は伝達委員会の誰にもビザの発行を認めず、理由も述べなかった。このため彼の淡い期待は、再び夢となった。さらに七八年五月には、『日本のなかの朝鮮文化』発行人の鄭詔文《チョンチョムン》と編集委員の金達寿・李進熙が、司馬遼太郎から和歌山市古座川の彼の山荘に招待されて行った際、司馬から「韓国へ行こう。僕が同行するから」と切りだされ、金達寿と李進熙は乗り気になったが、鄭詔文が強硬に反対して怒号が飛び交う喧嘩になり、立ち消えてしまった[38]。これとは逆に、韓国筋から何度か訪韓を持ちかけられたこともあったという。しかしこのときは、政治的に利用されることを恐れて、彼の方で申し出を拒絶したり、『故国まで』に記されたように、金芝河の釈放と引き替えなら、という交換条件を出したが容れられず、実現しなかった。

このように、金達寿が機会を見つけて訪韓を果たそうと試みた理由はいくつかある。一つはもちろん、そこが総連と違って「「祖国」のようなもの」ではなく、まさに彼が幼時を過ごした故郷のある「祖国」そのものだったからだ。彼は「対馬まで」という小説で、「ある新聞社が東京のデパートで催した「弥生時代展」」に行った際、「対馬から朝鮮（釜山）を望む」と題した航空パノラマ写真にうっすらと韓国の陸地が映っているのを見て胸が熱くなり、その後、七三年に『日本のなかの朝鮮文化』の取材で同地を訪れることになると、友人たち数名に呼びかけて行ったが、分厚い雲に遮られて見ることができなかったという話を描いている。彼はそのときの自分の姿について、「私は目から涙があふれ出てならなかった。私はみんなにそれをみられるのがいやで耐えていたのだが、胸に詰まったものが込み上げてきて、どうしようもなかった。抑えようとすると、こんどは咳き込むようにしゃくり上げてきた」[39]と記している。しかし同行していた上田正昭によれば、金達寿は号泣していたという[40]。翌七四年、李進熙が朝鮮通信使の調査で対馬に行くことになり、金達寿は彼と鄭詔文の三名で再び対馬を訪問、今度は陸地を見ることができた。

もう一つの理由は、彼がライフワークとして取り組んでいた、『後裔の街』・『玄海灘』に続く長編小説『太白山脈』である。彼は『玄海灘』単行本の後書きに、この続編に取りかかる旨を宣言しており、彼自身もそのつもりでいたが、小説にリアリティーを与えるためには現地取材をしなくてはどうにもならず、そのため彼は年に数度ほど、ほとんど気が狂いそうな状態に陥ったという[41]。結局、彼はなんとか『太白山脈』を書きあげたものの、この続きとして構想していた「洛東江」という題名の小説[42]を書くためには、もはや現地取材なしには一行も書けないというところまで追い詰められた。

これに加え、北朝鮮でも彼を失望させる出来事があった。八〇年一〇月一〇～一四日に北朝鮮で開かれた朝鮮労働党第六回大会で、金日成の息子の金正日《キムジョンイル》が政治局常務委員（序列四位）・書記局書記（序列二位）・軍事委員（序列三位）に選出されたのである。朝鮮労働党の三大中枢機関であるこれら三つの委員会すべてに名前を連ねたのは、金日成と金正日の二名だけだったため、金正日が金日成の次期後継者に正式に選ばれたことを国内外に示す人選と受けとめられた。金達寿はこれに対し、社会主義を自称する国で指導者が世襲制で選ばれるなどあるべきではないとコメントした[43]。もはや彼は北朝鮮に完全に幻滅し、すでに訣別していた総連と合わせて、いかなる未来も見出せなくなった。

他の三名にとっても同様で、やはり「韓国」が故郷のある地だという思いは共通だった。また姜在彦と李進熙は、在野で活動していた金達寿と違い、長いあいだ、総連近畿学院という総連の幹部を養成するための学校と朝鮮大学で、それぞれ教鞭をとっていた。それだけに総連の組織がこの上なく硬直化し、北朝鮮の指導者が世襲制で選ばれるという事態にいたったことで、金達寿以上に北朝鮮や総連に未来を見出せなかった。また李進熙は、中国・吉林省にある広開土王陵碑の研究をとおして日本の考古学界に重要な問題を提起していたが、考古学者として研究を続けていくためには現地に行かなければどうしようもないという思いがあった[44]。朝鮮近代史に関する研究を行い、七〇年代初頭から、一九三〇年代の満洲における抗日パルチザン闘争の実態解明に取り組んでいた姜在彦も、やはり同様だった。これに対して、徐彩源が訪韓時に何か個人的な目的を持っていたかは不明である。しかし彼は訪韓から半年後の一〇月、順天に暁泉《ヒョチョン》徐彩源奨学会を設立し、八四年四月には順天暁泉高校を自費で建設した[45]。当時、「本来は、二一、三十億円ぐらいでできるものを、その二倍も三倍もかけた」という[46]。これを見ると、学校建設という明確な目的を訪韓前に持っていなかったとしても、彼が在日社会でも突出した成功を遂げた商工人として、故郷に何らかの貢献をしたいという気持ちを持っていたのではないかと推察される。

四　訪韓が投げかけたもの

金達寿が『故国まで』で書いているように、駐日韓国大使館との約束でもあったが、横やりが入って訪韓が不可能になることを恐れ、事前に、訪韓の目的はおろか、訪韓すること自体、『季刊三千里』編集委員など極めて少数の人にしか話さなかった。なお、『季刊三千里』編集部で働いていた佐藤信行氏によれば、三月一四日ごろに編集会議が開かれて訪韓について伝えられ、金達寿たちは編集委員だった李哲《リチョル》と金石範《キムソクポム》に、一緒に訪韓するよう誘った（創刊時から編集委員だった朴慶植と尹学準は、この時期までに編集委員を辞めていた）。これに対して李哲と金石範はともに、納得はできないが行くのは仕方がない、自分は行かないと答えた。二人とも、特に反対する様子はなかったという[47]。

ともあれ、こうした事情から、帰国した彼らは多くの人から様々な批判を受けたり、本当の意図を告白して欲しいと訴えられた。特に総連は、彼らの訪韓を、〈偉大な指導者〉である金日成に対する重大な裏切りであるとか、これによって彼らの「民主人士」という化けの皮が剥がれて韓国のスパイだったことが暴露されたなど、口を極めて攻撃した[48]。しかしこれらは充分に予想されるものであり、うんざりさせられるものではあっても、真摯に検討すべきものはなかった。

総連からの攻撃を除くと、彼らの訪韓に対する批判は、事前にほとんど誰にも知らせなかったこと・

時期・目的の三つに分類される。まず訪韓を事前に公表しなかったことに焦点をあてて批判したのは、主に七〇年代から在日朝鮮人「政治・思想犯」の救援活動を展開してきた諸グループである。たとえば在日韓国人政治犯の救援組織である「11・22在日韓国人留学生・青年不当逮捕者を救援する会」（11・22救援会）事務局長で牧師の桑原重夫は、「もし「在日韓国人政治犯の救援」が今回の訪「韓」の本当の目的であったのなら、やはり、これらの家族や、それと関係を持つ人たちに連絡をとってその実情を知り、そこで必要とされる問題に即して行動してほしかったと思うのです。そして、その前にも後にも、これらの人たちに対して在日僑胞知識人としての激励やアドバイスを与えてほしかったと思うのです」[49]と嘆いた。

訪韓の時期に対しては、桑原も述べたように、光州事件の鎮圧を主導して再び苛烈な軍事独裁体制を敷いた、全斗煥政権下の韓国を訪問したことに向けられた。第一二代大統領に就任し、それを記念して大々的な恩赦が挙行された直後に、在日朝鮮人知識人を代表する金達寿たちが韓国を訪問すれば、全斗煥政権は間違いなくそれを自己宣伝の材料に使うだろう、誰の目にもそれが明らかなのにどうして訪韓したのかというのが、大部分の在日朝鮮人や日本人の共通した意見だった。これに対してごく少数ではあるが、佐藤勝巳のように、そもそも金達寿たちは韓国社会では無名なので、彼らの訪韓は宣伝材料になりようがないという反論もあった[50]。

だが、もっとも批判が集中したのは、やはり訪韓の目的である。訪韓の主目的は在日朝鮮人「政治・思想犯」に対する助命や減刑を「請願」することにあるはずだった。ところが何度も繰りかえすように、彼らがそのために行ったのは訪韓初日に法務部部長に請願書を渡しただけで、獄中の在日朝鮮人「政治

・思想犯」に会うこともなく、残りの日程すべてを別の目的に使った。のみならず彼らは、駐日韓国大使館から、日本に帰ってからであれば自由に発言してよいと言われていたのに、在日朝鮮人「政治・思想犯」の状況について一言もコメントしなかった。このため彼らに対して、訪韓の本当の目的は里帰りにあったのであり、それを実現させるための隠れ蓑として在日朝鮮人「政治・思想犯」を利用したのではないかとか、そんな小細工を労しなくても、望郷の念が募ったから訪韓したのだと語ってくれた方がましだったといった批判が続出した[51]。

これらに対する金達寿の反論は、本節の冒頭で述べたほか、山崎幸雄がインタビューした際に、次のように答えているとおりである。

「〔前略〕僕らが朴政権なり全政権なりを利することを拒否してきたことの前提には、そのことで守るべきものがあったんです。その守るべきものが、少なくともこの十数年来、なくなってしまった。そのことを僕はいつか、金日成主席の後継者問題（編集部注・子息の金正日氏が後継者とみなされるようになったこと）に関して、いよいよ絶望的になったと発言しました。それが一つ背景にある」

――「北」の体制への失望？

「守るものがなくなってしまったということですよ。そのうえ、僕らが韓国へ行く、行かない、という踏み絵的議論をしていたとき、いかに拘束的観念で物を見ていたかという痛切な反省があるんです。

政権を見ずして政権を語る。アメリカ映画の一本も見ないでアメリカ帝国主義を語れないように、韓国を見ないで韓国と闘えますか。向こうも利用価値があるから入れるんでしょうが、いいじゃないですか。逆手にとることもできるんだから。それを純血主義で拒否していては、もうどうしようもない」[52]

また李進熙は、「三月の訪韓について」で次のように述べた。

今回の訪韓が一部で政治的に利用され、また非難・中傷が行なわれるであろうことを私たちは十分予想していた。しかし、人命を救うのがより大切なことではないかと判断し、訪韓にふみきったのであった。生命が助かればその後に新たな展開もひらけるだろうと考えたからだが、今はただ人事を尽して天命を待つのみ、というのが私たちの心境である。[53]

李進熙はこのように、自分たちの名前や社会的立場が相手側に利用されることよりも、人命を救うことの方が重要だったからと反論した。また姜在彦も、「祖国への旅／祖国の一体の「在日」が課題」の中で、次のように述べた。

在日朝鮮人の受刑者に対する救援活動は、従来日本人を中心としてつづけられてきており、われわれは同族でありながら、表面に立ったばあいのマイナス結果を恐れて、手も足も出せないことを情けなく思っていた。金浦空港に着くと同時に法務部長官を訪れ、三人の連名による請願書を伝達したことはいうまでもない。

韓国における共産主義への対決姿勢は、全国いたる所にかかげられている「滅共・防諜」の標語に象徴されているように、予想以上にきびしく、訪韓の目的を報道陣に説明する機会はえられなかった。国内に向けた新聞報道は、反体制派の訪韓をも歓迎するという全斗煥大統領の新しい政策によって、左翼の在日知識人たちが訪韓した、という趣旨のものであった。

全斗煥政権に体制内化されたとするこのような報道は、今後われわれの活動に種々の制約と困難をもたらし、またそれを材料にして、真意をゆがめた宣伝も予想される。しかし、あれこれ気にしていたのでは何一つ身動きがとれない。今はただ、人事を尽くして天命を待つばかりである。[54]

さらに姜在彦は、のちに発表した「わが研究を回顧して」でもこの文章を引用しているが、この引用文の直前に次のように記している。

いろいろな批判のなかで、「訪韓」を決意してよかったと思った。すでに当時、われわれが希望を託してきた北朝鮮にも、その出先団体である朝鮮総連にも絶望していた。とりわけ一九七四年二月に、金日成から金正日への権力継承が公然化し、在日の出先団体が父子へのたんなる忠誠組織に転落するのを見て、北朝鮮への一かけらの幻想も、完全に打ち砕かれてしまった。もう一つの祖国をじかに見て、いろいろな問題をかかえてはいるが、そこに希望を託せる確信をえた。「祖国不在」の宙に浮いた生活は、もう植民地時代だけでたくさんだ、これが植民地時代を体験したわれわれの祖国観である。[55]

この点に関して、私が二〇一四年一月二三日にインタビューをした際も、同氏はこの箇所と、先に引用した『朝日新聞』の文章を指さして、自分の考えが現在も変わっていないことを示された[56]。仮に現在、金達寿にインタビューしても、同じ答えが返ってくるだろうと推測される。

だがこれは果たして、金達寿が社会主義者から民族主義者へと態度変更する道筋につながっていくものなのだろうか。私はそのようには思わない。まさに金達寿たちが『季刊三千里』に掲げた、あくまでも北でもなく南でもない統一朝鮮という第三の立場に立ち続け、そこから分断状況を固定化させているものを検討して克服するという立場を堅持し続けることも、理論的には考えられるからだ。したがって金達寿が第三の道ではなく、韓国社会の発展や民衆の活力を肯定的に語るようになったことを説明するには、その根拠を社会主義／民族主義という対立軸とは別のところに求めねばならない。

五　おわりに

金達寿は訪韓後、彼を知る人々から驚かれるほど、韓国社会の発展ぶりや民衆の活力を肯定的に語った。それは実際に韓国各地を旅行して自分の眼で実感した率直な感想であった。しかしその一方、彼は韓国の新聞『中央日報』の取材に対して、自分は北朝鮮と訣別したし、またソ連や中国が掲げるものとも違うけれども、依然として社会主義者であることに変わりはないと語っている[57]。

ここから明らかなように、彼自身にとって訪韓は戦略的なものであっても、北朝鮮から韓国へ、社会主義から民族主義へと、単純に態度変更したことを意味するものではなかった。しかしこの戦略は、反権力的な意識を持ったまま、現実的には権力側に取り込まれ、そのお先棒を担ぐことになってしまう危険性と隣り合わせにある。では果たして彼はこの困難を免れることができたのだろうか。この点を、訪韓前後にまたがって『季刊三千里』に連載された小説「行基の時代」を取りあげて論じていく。しかしその前にまず、金達寿の後半生の主要な知的活動である古代史研究に焦点をあてて、その上で「行基の時代」を考察したい。

第四章
運動としての古代史研究

■『日本の中の朝鮮文化』(講談社)全12冊

序

序章で概観したように、金達寿の知的活動に関する同時代評や学術研究は、文学に関するものが圧倒的に多く、古代史研究を正面から扱ったものは書かれていない。しかしそれは彼の古代史研究が、歴史学者や歴史学を学ぶ学生から見て荒唐無稽だったからではない。たとえば門脇禎二は「蘇我氏の出自について」の冒頭部分で、次のように記している。

> ことに最近、本誌〔『日本のなかの朝鮮文化』〕の敬畏すべき活動と役割も含めて、朝鮮および朝鮮史への差別的なみ方を改めるべきだとする声が強くなったが、新しい主張と自己の旧説とのかかわりや否定を明らかにしたうえで新見解の《（ママ）》展開するというやり方をしているのはほとんどない。いわば、旧説は旧説のままとして、それを云い書きした当人が、いわばなし崩し的に新しい見解へ転進しているのである。それも一つのやり方とは思うが、わたくしは当面の主題にかかわってくる問題についての古く誤っていた点を、この機会にまず明らかにしておきたいと思う。
>
> すなわち、わたしも亦、かつては古代朝鮮史について、任那経営とか朝鮮進出などの視覚をもって論述したことがある。また北鮮とか南鮮とかの表現もした。これらは一切、根本的な誤りであった。それに気付いたから、拙著『古代国家と天皇』（一九五七年刊）を再版する出版社のすすめな

どにも応じなかったことである。また、朝鮮出兵によってその獲得をめざしたとしたり、渡来した「帰化人」を、一元的に技術奴隷と規定した諸説もすでに棄てている。〔中略〕奴隷制の問題は、依然として根本的な重要課題だが、少なくとも渡来人についての、右の一元的な規定をすでに廃棄していることは、本紙に寄稿の責を果すこの機会に、自己批判としてまず明らかにしておきたい。〔1〕

ここで門脇は金達寿の名前を出していないが、金達寿が編集長を務めた雑誌『日本のなかの朝鮮文化』で展開されている「帰化人」批判が、専門の古代史研究者にとっても無視すべきものでなかったことを指摘している。また石母田正は『日本古代国家論』の「はしがき」で、「右の三篇だけでは一書をなさないので、旧稿のうちから、それに関連する若干の論稿をえらんで収録した。そのさいの訂正は、二、三のかんたんな補筆のほかは、字句の修正にとどめた。たとえば金達寿氏等の提言にしたがって、「帰化人」を「渡来人」と改めたのもその一つである」〔2〕と記した。さらに森浩一の次のエピソードは、金達寿の古代史研究が歴史学を学ぶ学生たちに多大な影響を与えていたことを如実に示している。

金さんは小説家と言おうか、古代史家と言おうか、たとえばわが大学でゼミをやっておりますと、突然学生が「これから金達寿流の発想に切り替えます」と堂々とやり出すのです。これはぼくのところの大学だけかと思っていると、ある時東京大学の井上光貞さんと一緒になったら「東大でもまったく一緒だよ」ということで、井上さんがどう言おうと「金さんはこう言っている」ということで、金さんの学説というものはなかなか風靡しています。

これは四年ほど前のことですが、しかし現在もそれがどんどん続いているのですね。〔3〕

これらのエピソードは、金達寿の古代史研究が専門家にとっても無視できないものであり、また従来の日本古代史研究の方法に飽き足らなかった多くの学生たちの目に、極めて新鮮に映ったことを示している。

さらに金達寿の古代史研究で頻繁に槍玉に挙げられる、地名などを朝鮮語に由来するとする「言葉遊び」的な説も、その大部分は彼の勝手な創作・捏造ではない。たとえば金達寿は『日本の中の朝鮮文化』第三巻で、「奈良」という地名は朝鮮語の「ナラ」（国の意）に由来すると述べているが、その典拠として中島利一郎『日本地名学研究』の次の文章を引用している。

松岡静雄〔柳田國男の弟〕氏は『日本古語大辞典』に、

ナラ（那良・那羅・奈良）　大和の地名旧都として有名である。崇神紀に軍兵屯聚して、草木を踏みならした山を、那良山と号けたとあるのは信じるに足らぬ。ナラは韓語ナラで、国家という意であるから、上古此地を占拠したものが負わせた名であろう。此語は我国でも用いられたのが、夙に廃語となったのか。或は大陸系移住民のみが用いて居たのであろう。

と述べ、奈良、朝鮮語説を提供したのであった。私自身としても、夙にこの説を採っていたのである。

朝鮮語　Nara　国、平野、宮殿、王

の四義を有するもの。今日では「国」及び「野」の義だけで、「宮殿」「王」の義は、全く朝鮮人からは忘れられている。わが奈良に、皇都を初めて設けられたのは、元明天皇の和銅年間であるが、それ以前平城の地には朝鮮人部落があったものの如く、現に奈良市内に、東大寺の地主神ということで、韓国神社というのが存している位である。従って奈良という地名は、最初から朝鮮人によって名づけられたものであると思われる。[4]

松岡の『日本古語大辞典』は一九二九年三月、中島の『日本地名学研究』は五九年一〇月に、それぞれ刊行された[5]。周知のように、言語学や民俗学は、〈大東亜共栄圏〉の正当化に利用され、多くの学者がそれに加担した。そのような歴史的文脈の中で、松岡が辞典に「奈良＝韓語ナラ」という説を記し、それが日本の敗戦後も引き継がれたのである。したがって、日本各地の地名や遺物の名前が朝鮮語に由来するという金達寿の説を、ただちに自民族中心主義的なものと批判することはできない。もしそのように言うのであれば、その前に、そのような説を唱えた日本人学者の学問的態度や、彼らの〈大東亜共栄圏〉への加担を問うべきではないだろうか。

以上のように、金達寿の古代史研究が学問的に検討されてこなかったのは、その説が荒唐無稽だったからではない。門脇が指摘したように、多くの歴史学者が「旧説は旧説のままとして、それを云い書きした当人が、いわばなし崩し的に新しい見解へ転進し」たのみならず、彼らに学んだ多くの歴史学者も先人の態度を踏襲した結果と言わねばならない。この点を踏まえ、本章では、金達寿の後半生の主要な業績である古代史研究に焦点をあて、彼が批判し続けた〈帰化人史観〉の構造を考察するとともに、彼の古代史研究の現代的意義を明らかにする。

第一節では、金達寿の古代史研究の主著である『日本の中の朝鮮文化』を取りあげ、彼が文学から古代史へ重心を移動していった過程を跡づけるとともに、古代史研究と文学活動とが密接に関連していることを明らかにする。

第二節では、「帰化人」批判に焦点をあてて、彼の「帰化人」批判が、古代における「帰化人」の役割の大きさを積極的に評価した多くの人々の主張と根本的に異なるものであることを明らかにする。

第三節では、小説「行基の時代」とその連載中に敢行された訪韓を関連づけ、彼が行基の社会活動をとおして目指した〈社会主義〉が何であるかを明らかにするとともに、訪韓前後における韓国社会に対する彼の態度変更が何を意味するかを考察する。

最後に、「倭」と「日本」の使い分けについて記しておきたい。国家としての「日本」の成立時期について、現在の歴史学では、白村江の戦いが終わった後の七世紀後半と考える見方が広がっている。たとえば上田正昭は『新唐書』や『三国史記』などに基づいて「日本国の具体化の上限は六七〇年であり、その下限は七〇〇年ということを見定めることができる」[6]と述べている。韓国の古代史学者・盧泰敦《ノテドン》も、やはり『三国史記』の記述に基づき、六七一年以前を「倭」、以後を「日本」と区別している[7]。そこで本章ではこれらの研究成果の上限を採用し、六七〇年を境にそれ以前を「倭」、以後を「日本」と表記する。国王の称号も、六七〇年以降から「天皇」とし、それ以前は称号を付けない。

第一節　『日本の中の朝鮮文化』論——文学活動と古代史研究における連続性と飛躍

一　はじめに

金達寿は「在日朝鮮人文学」というものの存在を、文学の領域を超えて広く日本社会に認めさせるのに決定的ともいえる役割を果たした小説家とされる。しかしそれは彼の、いわば前半生の業績にすぎない。彼は七〇年代から本格的に日本の古代史研究に没頭しはじめ、二〇年以上にわたって日本各地に残存する朝鮮文化の痕跡を探究することに心血を注いだのである。『日本の中の朝鮮文化』全一二巻として残されているこの膨大な紀行文を読むことなしに、彼の後半生の知的活動、ひいては前半生の文学活動の意義をも理解することはできない。

しかし現在のところ、日韓いずれにおいても、金達寿に関する学術的な研究は彼の小説や彼が関わった雑誌に集中しており、彼の古代史研究に焦点をあてた論文はない。他方、商業雑誌・新聞・同人誌などでは、主に七〇〜八〇年代にかけて、その活動に関して断続的に言及されている。それらの中には彼の研究を高く評価する声がある一方、朝鮮半島情勢や在日朝鮮人差別といった政治的な現実からの逃避[1]、「古いものはなんでも朝鮮に結びつけやがる」と不快感を示したもの[2]も見られる。

しかし、金達寿の古代史研究が困難な現実からの逃避の所産であるなら、なぜそのような批判精神を喪失した素人の提言が、金達寿自身、「〔『日本の中の朝鮮文化』第一冊が出てから、私は日本全国の読者からたくさんの手紙をもらった。そしてまた、第一冊のあいだにはさまれた「愛読者カード」もたくさん寄せられ、これもいま一千数百通に達している。これらはそのうちのわずか数通をのぞいて、いずれもみな私のこの仕事に強い共鳴を示したものばかりであった。私はこれまでにも何冊かの本を出し、そしてそれ相応の反響にも接してきたものであるが、しかしそれがこれほどにも直接的で、大きなものははじめてだった」[3]と驚くほど、アカデミックな学者からアマチュアの歴史愛好家まで、幅広い人々の賛同を得られたのか。この点を見ても、彼が文学者として知的活動を出発させたからといって、彼の古代史研究を文学者の素人学と片付けるのは早計であろう。まして文学から古代史への態度変更を現実からの逃避と断定することは、彼の古代史研究が日本社会に与えた影響をまったく考慮しない議論である。

では彼は古代史研究において果たして何をしたのか。そしてそれは彼の文学活動とどのような関係にあるのか。本節ではこの点を、『日本の中の朝鮮文化』に焦点をあてて考察することで明らかにしたい。

二　『日本の中の朝鮮文化』シリーズをめぐる連載・出版をめぐる日韓の状況

『日本の中の朝鮮文化』全一二巻は、『思想の科学』七〇年一月号に掲載された「朝鮮遺跡の旅」に始まり、『月刊韓国文化』九一年八月号に掲載された「日本の中の朝鮮文化（終回）——東北・北海道」まで、二一年間にわたって様々な雑誌に連載された紀行文と、連載を終えた感想を記したエッセイ[4]をまとめたものである。連載と並行して、まず単行本が七〇年一二月から九一年一一月にかけて講談社から刊行、次いで八三年七月から九五年一二月にかけて講談社文庫として刊行された。二〇〇一年六月からは文庫版を底本として講談社学術文庫から再刊されたが、二〇〇二年五月に三冊目となる「筑前・筑後・豊前・豊後」の巻（単行本および講談社文庫では第一〇巻にあたる）が出たところで中断されている。講談社文庫への収録に際して、大病を患った時期に刊行された第七巻を除き、いずれも補足・補章が数十ページ加えられている。これらは文庫化にあたって新たに書き下ろされたものだが、文庫版の各巻の「あとがき」には本文もかなり加筆したと記されている。しかし実際に初出と文庫版の本文を対照してみると、小見出しがつけられているのと改行が多くなっている程度で、大きく加筆・修正されている箇所はそれほど多くなかった[5]。

金達寿は当初、一二巻の完結をもって古代史研究を終えるつもりだったが、編集部からの要望もあって[6]、『月刊韓国文化』九一年一〇月から九四年一二月まで新たに「新考・日本の朝鮮文化遺跡」全三八回を連載、さらに九五年一月からは「摂、河、泉を歩く――新考・日本の朝鮮文化遺跡」の連載を開始した。しかし九六年七月まで一九回続いたところで体調不良のために中断され、再開されないまま終わった。なお同誌には、連載の中断や終了の事情について、編集部からのコメントは何も掲載されていない。

次に韓国における金達寿の古代史研究の発表・出版状況だが、彼は〈解放〉後、早くから反李承晩《イスンマン》政権の立場を鮮明にし、長いあいだ北朝鮮と緊密に結びついた在日朝鮮人組織に身を置いてきたため、韓国政府からは極左系人物と見なされて、八八年七月一九日の「解禁措置」[7]以降まで、彼の文学作品は公に刊行できなかったと言われる。しかし実際には「解禁措置」直前の八八年五月には、『太白山脈』が翻訳・刊行されていた。古代史研究に関してはさらに早く、訪韓[8]の翌年には、「京都の開拓者は高句麗人」[9]が韓国の週刊誌『週刊京郷』に連載されている。これは京都の祭や神社などを紹介しながら、京都における朝鮮文化について論じたものである。次いで八五年一二月から、『朝鮮日報』に、「日本に生きる韓国」[10]が四三回にわたって連載された。京都・奈良・大阪など関西地方と東京・埼玉・神奈川・茨城など関東地方における朝鮮文化について論じたものである。

また単行本としては、まず八六年に『日本の中の韓国文化』[11]が出版された。これは『朝鮮日報』連載の「日本に生きる韓国」を加筆し、新たに写真などを付け加えたもので、一～五章が関西地方、六章が韓国の加耶と九州地方の関係、七章が武蔵国とその周辺における朝鮮文化遺跡について書かれたものである。次に刊行された『日本列島に流れる韓国魂』[12]（九三年）は全一〇章構成で、『日本の中の朝鮮文化』全一二巻を一冊に圧縮したものである。以上のように『日本の中の朝鮮文化』はダイジェスト版のみの刊行だが、「新考・日本の朝鮮文化遺跡」は『日本の中の韓国文化遺跡を探して』（九五～九九年、全三巻）という題名で全訳されている[13]。

また、これは金達寿自身の仕事ではないが、『日本の中の朝鮮文化』をもとにして、八八年にドキュメンタリー映画『神々の履歴書』（監督：前田憲二）が作られた[14]。これは日本と韓国の各地の古代朝鮮文化遺跡をめぐりながら古代における両国関係の深さを明らかにしようと試みたもので、金達寿自身も解説者として出演している。

三 「日本の中の朝鮮文化」との出会い

金達寿は『日本の中の朝鮮文化』第一巻の「まえがき」で、「かつての古代、朝鮮とは日本にとって何であったか」、「同時にまた、日本とは朝鮮にとって何であったか、ということ〔中略〕をここに書かれたような「旅」をつうじて考えてみようとした」と述べている[15]。創作とまったく畑違いの、このような紀行文を彼が書こうと考えたのは、それまでの日本の歴史学に対して、いくつかの疑問を持っていたからだという。その一例として彼が挙げるのは「帰化人」という用語である。

論者によって時代や定義に差異はあるが、一九七〇年ごろには「帰化人」は、三、四世紀から七世紀ぐらいにかけて朝鮮半島から日本列島に渡り、大和朝廷に仕えた人々を指す語として用いられていた。だが彼によれば、このような理解には少なくとも二つの大きな問題がある。一つは大和朝廷が成立した後に渡来した人々も、統一国家としての「日本」がなかった時代に渡来した人々も、同じ「帰化人」と呼ばれていることであり、もう一つは彼らが侵略によって得られた略奪品や大陸の君主からの贈与品として日本にやって来た人々と見なされたことである。金達寿はそのような「帰化人」観の典型的な例として、マルクス主義歴史学者・藤間生大の、次の記述を挙げている。

「帰化人」という名称には、みずからの意志で日本にきて、土着を好んでしたかのようにうけとれる内容がある。これは事実にそむく。「帰化人」の内にはそうした人もいるが、「帰化人」の多くは略奪されてつれてこられたり、大陸の君主の贈与によって日本にきたのである。大陸で不自由な境遇にあった「帰化人」が、自分たちの解放のために努力し、その成果をわがものにしようとして大陸から日本にきた者もいるが（本稿の「四、中国における工人の戦い」参照）、その人数は少ない。したがって本稿では大陸出身の日本土着の工人、大陸からつれてこられて日本に土着させられた人といったような表現で、「帰化人」をあらわすことにする。[16]

この論文が扱っているのは四~五世紀の東アジアと日本であるが、金達寿はこうした考え方に対して、果たしてこの時代に国家としての「日本」があったのか、仮にあったとしても農耕や機織、鍛冶や製陶にいたるまで「帰化人」の技術を必要とした人々が、どうすればそうした先進技術を持った国の人々を征服できたのかと疑問を投げかけている[17]。彼の考えでは、この疑問に答えられない以上、「帰化人」=奴隷・贈答品という解釈は、歴史的事実というより、まず大和朝廷ありきの発想に基づいて、歴史を権力者に都合のいいように再構成した物語にほかならない。彼はここに、かつて自分が小学五年生の時に習った〈三韓征伐〉がそのまま形を変えて生き延びているのを感じ、戦前の〈皇国史観〉と表裏一体となった〈帰化人史観〉こそ、「今日なお根強いものがある日本人一般の朝鮮および朝鮮人にたいする偏見や蔑視のもととなっているばかりか、日本人はまたそのことによって自己をも腐蝕している」[18]と考えた。

しかし、このような疑問は、七〇年前後に突如として彼の脳裏にひらめいたわけではない。自伝などによれば、彼の古代史への関心の端緒は、戦時中に「朝鮮人が行くと先祖が来たといって喜んでくれる村がある」という噂を聞いていた、埼玉県高麗村(現・日高市)へ、四七年か四八年ごろに遊びに行ったり[19]、金閣寺の壁画が失火で焼失した直後の四九年三月ごろ、友人の小原元や水野明善たちに誘われて初めて京都・奈良を旅行したことにあった[20]。特に京都・奈良旅行では、彼はその風景に、何となく朝鮮と似たような感じを覚えて親しみを持ち、以後一年に一~二回ほど訪れるようになったのだが、ある時、その何度目かに買った『大和めぐり』という旅行案内書に、次のような記述があるのに気づいた。

大和盆地が、四方山で囲まれ、内部の統一や自衛に便利であったことや、盆地の中央を流れて大阪湾にそそぐ大和川が瀬戸内海を通って大阪へ来る大陸文化の輸入路となったことは、大和が早くから開けた原因の一つである。当時、帰化人（漢氏・秦氏）が多く、それらの多くは、南大和の高市郡飛鳥地方に居住して、あるいは史部となって朝廷につかえ、あるいは兵士となり、あるいは工芸に従事してわが国の文化や産業の発展に大きな力を尽くした。なお、仏教が伝来してから、飛鳥の地はいよいよ栄えて、多くの大寺院が建てられ、ついには都をここにひきつけ、のちしばしば大和以外の地に遷都が計画されても、飛鳥の勢力には勝てなかったほどである。これが飛鳥地方に多くの宮跡があるゆえんである。これら帰化人は奈良朝末期になっても、高市郡の人口の八割ないし九割を占めていたという。[21]

『大和めぐり』には、「これら帰化人は奈良朝末期になっても、高市郡の人口の八割ないし九割を占めていたという」という一文の出典は記されていなかったが、彼はのちにそれが、『続日本紀』の宝亀三年（七七二年）の条の「凡そ高市郡内は檜前忌寸及び十七の県の人夫地に満ちて居す。他姓の者は十にして一、二なり」[22]であることを知った。高市郡は飛鳥地方に現在もある地名で、檜前忌寸《ひのくまいみき》はのち坂上田村麻呂を輩出する、代表的な「帰化人」氏族である漢氏《あやうじ》を指しており、先の一節は田村麻呂の父・坂上苅田麻呂によるものである。

当時の日本の歴史学では、大和朝廷は四〜五世紀には支配体制を確立していたとされており、それに従えば『続日本紀』のこの条は、それから少なくとも二〇〇年以上も後に書かれたことになる。それほどの年月を経てもなお、大和朝廷の本拠地というべき飛鳥地方の住人の、実に八〜九割が「帰化人」と書かれていることに、彼は驚きを隠せなかった。この文章を文字どおり受けとれば、八世紀後半になっても、「「大和朝廷」のあった飛鳥の地には、いわゆる「帰化人」のほかにはだれもいなかった」ことになるからだ。しかも日本の歴史教科書に書かれているように、朝鮮半島に進出した大和朝廷が連れ帰ってきた「帰化人」によって、初めて文字をはじめ牧畜や機織の技術、皮革・金属器・陶器の製作などがもたらされたのだとすれば、それ以前の「「大和朝廷」なるものは、人間としての生活をしていなかった集団」だったとしか言いようがない[23]。このように考えてみると、日本の古代史研究における「日本人」と「帰化人」との関係あるいは両者を区別する言説の根本には、〈神功皇后の三韓征伐〉や〈任那日本府〉経営を虚構と一蹴するだけでは解決できない、根深い問題があるのではないか――これが『大和めぐり』の記述を目にしたときに感じた彼の驚きだった。しかしもちろん、古代史への疑問をこのような形で言語化するようになるのはずっと後の話で、京都や奈良に旅行しはじめたころの彼は、日本共産党の分裂抗争で翻弄されており、古代史について考える余裕も関心もなかった。

彼が日本の古代史について言及しはじめるのは、五〇年代半ばごろからである。たとえば「日本の冬」(五六年)の中には、主人公の辛三植が以前、ある日本人言語学者の党員から、「ワッショイ」の語源が朝鮮語のワッソ(来ました)であることを教えられたことを思い出す場面が描かれている[24]。また『朝鮮』(五八年)では、冒頭で「帰化人」が取り上げられている[25]。『朝鮮』は日本について書いたものではないだけに、非常に興味深い。

『朝鮮』の記述で特に注意すべきは、天皇など権力側の人間や大和朝廷に優遇重用された者だけが「帰化人」ではなかったと述べていることだ。「なかでもまた有名なのは、私が現にいま住んでいる武蔵野の、高麗若光王を先頭とする一七九九人の高句麗人である〔中略〕／もとの高麗郡、いまの埼玉県入間郡日高町にはいまでもこの白鬚サマ（若光王のこと）を祭る高麗神社があり、韮塚一三郎の調査研究『武蔵野における朝鮮文化』によると、それの「あるところ帰化朝鮮人、すなわち高麗人が居住した遺蹟とみなすことができ」るというこの神社」の、五八代続いている「高麗家系譜をみると、ここからわかれている（朝鮮の族譜でいうと別派をなした）姓氏だけでも次のようなものがある。高麗井（駒井）、井上、新、神田、新井、丘登（岡登、岡上）、本所、和田、大野、加藤、福泉、小谷野、阿部、金子、中山、武藤、芝木などなど」[26]。この記述の目的は、これらの名字の人々を朝鮮人と認定することではなく、「自然科学的な概念をもってする人種」と「歴史的な概念による民族」との差異を明らかにし、自分が『朝鮮』で問題にするのは民族としての朝鮮人の歴史や文化であることを説明するところにあった[27]。だが、たとえそうであっても、彼がこの時期すでに、権力の中枢にいなかった無数の「帰化人」を視野に入れていたことは注目してよい。

六〇年代に入ると、彼はこうした無数の「帰化人」に対する自分の関心を、小説とエッセイの両方で探究するようになる。小説「密航者」第四章（『現実と文学』六二年七〜一〇月）で、韓国から日本に密航してきた林永俊は、かつての友人で今は日本で事業家として成功している河成吉を頼って自宅を訪問した際、松本昌房と出会う。松本は河たち数人の事業家から援助を受けて、一人で日本各地の「帰化人」の足跡を調査している人物である。林永俊は松本から「帰化人」がどのように現在の自分たちとつながっているか——松本は自分を、四〇〇年前に豊臣秀吉が朝鮮を侵略した際、薩摩に連れてこられた陶工の子孫だと語っている——について教えられる。また「公僕異聞」(『現実と文学』六五年六月)では、語り手である「私」が「和田次郎太」なる奇妙な「公僕」の名字がなぜか気になったが、ある時ふと、自分がかつて和田を高麗家から分かれた「帰化人」の名字の一つと書いたことがあることを思い出してびっくりする。ちなみにその際、前頁の註[26]の文章がそのまま引用されている[28]。さらに「苗代川」(『民主文学』六六年四月)でも、秀吉の朝鮮侵略の際に連れてこられ、そのまま苗代川に住みついた陶工たちに焦点があてられ、語り手の「私」が友人たちと、この地方でもっとも有名な陶工の子孫である一四代沈《ちん》寿官《じゅかん》に会いに行って意気投合する[29]。

他方、エッセイではまず、「日本のなかの朝鮮文化」(六二年一月)で古代史に触れている。金達寿はそこで、当時の文部大臣・荒木万寿夫の、「自分たち日本民族の進んだ文化は先祖の努力のたまものだ、朝鮮人やアフリカ土人などに生まれなくてよかった」という〈失言〉を取り上げ、奈良を中心にした日本の国宝的文化財の数々はみな朝鮮から渡来したものか、渡来した技術者の手によることがはっきりしていると述べた上で、荒木のいう「日本民族」の「先祖」とは何者なのかを問うた[30]。また翌年の「高麗神社と深大寺」(『朝陽《ちょうよう》』六三年一月)では、武蔵国に残る朝鮮由来の文化遺跡の一例として、高麗神社と深大寺を取り上げて紹介した。だがこの時期の彼はまだ、「古代朝鮮人の足跡とその遺産とは、そのほとんどが奈良・京都に集中しており、当時の辺境であった関東・東京はのちの、いわば朝鮮三国(高句麗・百済・新羅)の興亡にともなう、一部遺民たちの移住の地にすぎなかった」[31]と言うように、のちに彼が〈帰化人史観〉と批判することになる、大和朝廷中心主義にとらわれていた。ちなみに彼によれば、六三年に岩波新書で『高麗神社と深大寺』の出版が企画されたらしい[32]が、実現しなかった。さらに「朝鮮史跡の旅――北陸路・福井（越前）」[33]（『民主文学』六九年三～五月、全三回）では、福井を中心とした越前地方における古代文化遺跡が紹介された。これが『日本の中の朝鮮文化』に見られるスタイルで書かれた最初の紀行文である。

以上からわかるように、「日本の中の朝鮮文化」を探究する金達寿の旅は、まず、武蔵国における朝鮮文化遺跡と秀吉の朝鮮侵略時に連行された陶工の足跡を訪れることから始まった。このうち武蔵国については、先述した高麗村訪問や、彼が一〇歳で渡日してからずっと住み続けてきた神奈川県や東京都など、地元への関心に由来すると考えられる。また苗代川の陶工については、姜魏堂《かんぎどう／カンウィダン》という、秀吉の時代に日本に連行された朝鮮人の子孫を自称する「日本人」がきっかけとなったと思われる。さらに六〇年代初頭に、鄭貴文《チョングィムン》・詔文《チョムン》兄弟に出会ったことも大きい[34]。特に鄭詔文は、京都の骨董品店で白磁の壺を買って以後、朝鮮王朝時代の焼き物に魅了され、パチンコ店などを経営するかたわら、朝鮮の美術品を収集することに熱中し、八八年には私財を投じて「高麗美術館」を設立したことで知られる。

その後、鄭兄弟が六九年三月に『日本のなかの朝鮮文化』という雑誌を発行することになった際、金達寿はその実質的な編集長として活動した[35]。創刊号では司馬遼太郎・上田正昭・村井康彦に金達寿が加わって座談会が企画されたが、金達寿はそこで「帰化人」に関してこれまで自己のうちに秘めていた疑問を、初めて公に提起した。

金　〔前略〕ぼくは新聞で〔滋賀県の穴太古墳のことを〕知ったのですが、その新聞記事がおもしろいんですね。ある新聞によると、この古墳は新羅と隋からの帰化人のものだというんです。隋とはずいぶんおかしな話だと思いますが、（笑い）なかには、ただ、中国からの帰化人うんぬんというのもあります。まあ、それはともかく、京都へきたついでにきのう行ってみました。ところが、ここからは須恵器が出ているんです。須恵器が出るとなると、これは中国とは関係ないことになると思いますが、それよりも、ぼくはいま何でこんなことをいいだしたかといいますと、いわゆる「帰化人」という問題なんです。誰でもふつう帰化人、帰化人といっておりますけれども、日本のばあい、これはいったいどこからが帰化人で、どこまではそうではないのではないかということなのです。ぼくはだいたい、大和政権が確立される以前のものはこれを渡来人といい、それら以後のもの、つまり、時代が飛鳥から奈良へ移る以後のものを帰化人といっていいかと思いますが、これについてはみなさんどう思われますか。〔36〕

ここで彼が「渡来人」という概念を、無限定に使っているわけではないことに注意すべきである。彼は国家としての「日本」が成立する以前に日本列島に移住した人々を「渡来人」と呼ぶべきと主張したにすぎず、「帰化人」という語自体を使うべきではないと言ったわけではない。

この意見に対して司馬は即座に、「帰化という言葉の入ってきたのもずっとあとです」〔37〕と反応し、六五年に『帰化人』を著した上田も、「帰化」という言葉は『日本書紀』に登場するが『古事記』にはないと述べ、「渡来人」という言葉にも問題はあるがと留保をつけた上で、しかし両者を区別する必要については同意した[38]。

こうして金達寿は、武蔵国の朝鮮文化遺跡や苗代川の陶工といった、非常に具体的な歴史の痕跡をとおして、次第に、〈三韓征伐〉などの形で教えられてきた日本と朝鮮との関係が、現在もなお「帰化人」という概念に集約的に表現されていることを認識し、それが含んでいる問題性を明確化していった。『日本の中の朝鮮文化』は、これらの疑問に対する批判をあらためて、しかも全面的に展開したものにほかならない。

四　二つの「武蔵野」――国木田独歩と金達寿

先述のように『日本の中の朝鮮文化』は、小説家として著名だった金達寿が日本各地に残っている古代文化遺跡を探訪した紀行文である。彼のように、独自の視点から日本の古代史の実態や謎を読み解いていった作家としては、戦後だけでも坂口安吾・松本清張・黒岩重吾・司馬遼太郎などがいる。特に司馬の「街道をゆく」シリーズ（『週刊朝日』七一～九六年）は、『日本の中の朝鮮文化』シリーズと雑誌連載の時期が重なっていたことや、金達寿と司馬が雑誌『日本のなかの朝鮮文化』をつうじて親しい関係にあったことから、しばしば互いの著作に互いが登場するばかりか、二人が同行して取材し、互いにその様子を記す場合さえあった[39]。

しかし古代史研究に取りかかって間もなく死去した安吾はともかく、清張・黒岩・司馬がいずれも、古代史について様々に論じつつも、活動の重心を文学に置き、最後までそこから離れなかったのに対し、金達寿は「行基の時代」(『季刊三千里』七八〜八一年)を最後に、文学活動から完全に離れてしまった。このことで、小説家としての彼の業績と古代史研究家としての彼の業績とは無関係であるように論じられてきた。しかし、いくら領域が違うからといって、二〇年以上も在日朝鮮人文学の第一線で活躍し続けた彼が、そこで学んだことを古代史研究に生かさなかったということなど考えられるだろうか。この点を考察するため、ここで『日本の中の朝鮮文化』第一巻と国木田独歩「武蔵野」(『国民之友』一八九八年。原題は「今の武蔵野」。以下、「武蔵野」と表記)とを比較したい。

独歩の「武蔵野」は、題名が示すように武蔵野の自然風景を描きだした短編で、一八九六年から九七年にかけて渋谷村で暮らした際の体験がもとになっている。他方、『日本の中の朝鮮文化』もまた、武蔵国および相模国に残る朝鮮文化遺跡を探訪するところから始められた。といっても金達寿は、もちろん独歩の「武蔵野」は知っていたが、独歩を意識してそうしたわけではなく、おそらくは自分がこれまで暮らしてきた地域から手をつけたというだけのことだろう。しかし、そうであっても、この一致は、偶然として片づけてよいものではない。第二章第二節で論じたように、金達寿は「玄海灘」連載中に自然主義文学の観念に疑問を感じるようになったが、独歩の「武蔵野」は、まさに日本近代における自然主義文学の先駆的作品として高い評価を与えられてきた作品だからだ。この意味で『日本の中の朝鮮文化』は、日本近代文学が自然主義的な小説を頂点として序列化されていく過程で消去されたものが何であるかを如実に示した著作である。

たとえば独歩は武蔵野の風景について、次のように書いている。

秋の中ごろから冬の初、試みに中野あたり、或は渋谷、世田ケ谷、又は小金井の奥の林を訪ふて、暫く座て散歩の疲を休めて見よ。此等の物音、忽ち起り、忽ち止み、次第に近づき、次第に遠ざかり、頭上の木の葉風なきに落ちて微かな音をし、其も止んだ時、自然の静蕭《ママ》を感じ、永遠《エタルニテー》の呼吸身に迫るを覚ゆるであらう。武蔵野の冬の夜更て星斗闌干たる時、星をも吹き落しさうな野分がすさまじく林をわたる音を、自分は屢々日記に書た。風の音は人の思を遠くに誘ふ。自分は此物凄い風の音の忽ち近く忽ち遠きを聞ては、遠い昔からの武蔵野の生活を思ひつゞけた事もある。[40]

ここで独歩が「永遠の呼吸」を感じたり、「遠い昔からの武蔵野の生活を思」ったりした「中野あたり、或は渋谷、世田ケ谷、又は小金井の奥の林」を、金達寿の側から見るとどうなるのか。残念ながら『日本の中の朝鮮文化』ではこれらの地域は取材されていない。そこで「多摩川はどうしても武蔵野の範囲に入れなければならぬ」[41]という記述を手がかりに、独歩の「武蔵野」の範疇に入ると思われる、世田谷区の西、多摩川の東岸に位置する狛江町（現・狛江市）を取りあげる[42]。

金達寿が狛江町を取材に訪れたのは、市制が施行されて狛江市となる直前の七〇年九月以前である。狛江町は俗に〝狛江百塚〟と言われるほど数多くの古墳があることで古くから有名な地で、多くは住宅などの下敷きになってしまったが、兜塚古墳や亀塚古墳など、破壊を免れたいくつかを見たいと思ったのだ。

彼はまず、小金井市の南西にある府中市の武蔵国分寺跡を取材した後、京王線に乗って調布駅で下車し、そこからバスで狛江町に向かった。狛江市役場前にバスが到着したところで下車。教育委員会を訪ねて『こまえ』というパンフレットをもらい、帆立貝式前方後円墳である亀塚古墳の場所を教えてもらうが、方向音痴の彼にはさっぱりわからない。通りがかりの人や住人に道を尋ねながらなんとか亀塚古墳にたどり着くと、そこには「狛江亀塚」と記した石碑が建っているだけで、小高い築山のような古墳は笹の生い茂るままになっていた。彼は「やれやれ」と思いながら石碑の裏面に刻まれた解説文を読み、石碑の写真を撮った――。

以上が、『日本の中の朝鮮文化』に記された狛江町での取材のすべてである。直ちにわかるように、独歩が武蔵野の自然風景に注目したのに対し、金達寿が見たのはこの地域が持っている固有の歴史性である。そしてこの差異はそのまま、二人が引用する文章の差異としてあらわれている。

独歩はたとえば、二葉亭四迷が翻訳したツルゲーネフの「あひびき」の、樺の林の中に座している主人公が、林の叙景が移り変わっていく様子を描写した箇所を長々と引用した上で、次のように書いている。

〔前略〕自分がかゝる落葉林の趣きを解するに至つたのは此微妙な叙景の筆の力が多い。これは露西亜の景で而も林は樺の木で、武蔵野の林は楢の木、植物帯からいふと甚だ異て居るが落葉林の趣は同じ事である。自分は屢々思ふた、若し武蔵野の林が楢の類でなく、松か何かであつたら極めて平凡な変化に乏しい色彩一様なものとなつて左まで珍重するに足らないだらうと。〔43〕

また「あひびき」を引用した別の箇所でも、その後に「これは露西亜の野であるが、我武蔵野の野の秋から冬へかけての光景も、凡そこんなものである」[44]と記しており、独歩が武蔵野を、二葉亭が訳したツルゲーネフの文章をとおして価値づけていったことがわかる。これに対して金達寿はどうか。

先に見たように、彼の取材は事前準備もない行き当たりばったりのものだが、『日本の中の朝鮮文化』を際立たせているのは、取材の様子ではなく、頻繁に挿入される引用文にある。たとえば狛江町の場合、狛江という地名の由来についての文章（「地名風土記」『東京新聞』夕刊）、多摩川についての文章（『多摩町の今昔』）、多摩川における朝鮮渡来人のことを詠んだ小西秋雄の詩（「調布布田村」『民族の河』所収）、亀塚古墳の石碑に刻まれた狛江町教育委員会による解説、そして原稿を書いている段階で偶然『朝日新聞』三多摩版に掲載された「狛江亀塚」の記事と、文庫版でわずか一〇頁ほどの中に五つもの長い文章が引用されている。それらはいずれも日本人が狛江における「帰化人」や彼らの文化について書いたものであるが、金達寿はそれらの文章の中に大きな問題点があることを指摘する。

> 調布市、世田谷区砧町、北多摩郡狛江町は、いずれも東京西郊の多摩川に近いところにあり、この三つの地名は、ともに七、八世紀のころ移住してきた朝鮮からの帰化人に縁がある。〔中略〕狛江の狛は、高句麗（こうくり）のことを日本で高麗（こま）とよんだのからきており、ここは六六八年に滅びた高句麗の遺民である高麗人（こまびと）が、はるばるやってきて住みついた狛江郷のあとである。[45]（「地名風土記」）

日本には六玉川と称して玉川は六ヶ所あり、ここの多摩川は古来から調布の玉川と称している。

奈良朝の頃、朝鮮の帰化人が武蔵国の開発に当り、この多摩に住み麻を栽培して、その繊維で布を織り、朝廷に貢とした。その布を多摩川で晒し、布の目をつまらせるために砧で打った。このため調布・砧・染屋等の地名が残り、高麗人が住んでいたので狛江という名が残っている。〔46〕(『多摩町の今昔』)

前者は玉川大教授の浅井得一の文章で、後者は多摩町長〔47〕が書いた文章である。いずれも狛江が七〜八世紀に、大和朝廷に従属する高麗人によって開発され、それが地名として残っていると述べている点で共通している。これに対して亀塚古墳の石碑にはまったく異なる説明が刻まれている。

〔前略〕昭和二十六年以来村は国学院大学教授大場磐雄博士に委嘱し数次に亘り発掘調査を行いたる結果周囲に濠及び埴輪の存在を知り内部主体は後円部頂上に木炭槨二基前方部付近に組合式箱形石棺を安んじ槨内より鏡・玉・武器・馬具類多数を発見せり。

就中、中国渡来の神人歌舞画像鏡と高句麗文様を毛彫せる金銅飾板とは最も珍秀とするに足る。蓋し古墳は西紀六世紀頃此地に在住せし豪族の墳墓にして狛江郷の発祥に至大の関係あるものなるべし。〔48〕

先の二つの文章では、狛江に住みつき、開発したのは、七〜八世紀にこの地に移住した高麗人だとされていたのに、亀塚古墳の石碑にはこの「古墳は西紀六世紀頃此地に在住せし豪族の墳墓」であると記されている。一見するとこれは矛盾であり、少なくともどちらか一方の誤りであるように思えるが、しかし金達寿は、二つの説明は両立すると考えた。

高句麗が南方の新羅によってほろぼされたのは、たしかに六六八年のことで、それは七世紀の半ば以後である。ところが、この亀塚古墳は六世紀のものである。

そうすると、狛江にこのような古墳をつくった朝鮮・高句麗からの渡来氏族は、高句麗の滅亡とは関係なく、それよりずっと以前から来ていたものでなくてはならない。すなわち、相模（神奈川県）の大磯や武蔵（埼玉県）の高麗郷に展開した高麗王若光を中心としたものとは、これはまた別のものたちだったのである。[49]

高麗王若光は、高句麗滅亡直前に日本にやってきたのち、七一六年に大和朝廷によって武蔵国に高麗郡が新設された際に移住させられたとされている「帰化人」集団の中心的存在である。金達寿はそれら大和朝廷に従属した「帰化人」が武蔵国に移住する以前にも、彼らとも、あるいは大和朝廷とも無関係に、武蔵国には高句麗からの移住者が住みついて一定の勢力を有していたと推定し、亀塚古墳はそのことを示す歴史的遺物ではないかと考えた。そしてその自説を補強するものとして、最後に引用したのが、『朝日新聞』三多摩版の記事である。

高句麗系の帰化人がいつごろから狛江付近に住みついたか、という点で、亀塚は一つの手がかりを与えてくれた。築造されたのが六世紀前半ということになっているから、それよりも前、五世紀の後半から六世紀の初めごろ、という計算になる。その後朝鮮半島では高句麗が戦争に敗れ、多数の高句麗人が日本に亡命、帰化したが、そのころ狛江郷の帰化人は二世、三世の時代になっていたと考えられる。〔50〕

このような先住者の存在は、さらにその「前」にもまた別の、独自に移住してきた者がいるのではないかという想像をかきたてる。金達寿はこの記事について何もコメントをしておらず、その判断を読者にゆだねている。だがこれは彼の戦略である。彼は『日本の中の朝鮮文化』で非常に多くの文章を引用しているが、それらはほぼすべて日本人が書いたものであり、韓国・北朝鮮の学者が書いたものは数えるほどしかない。しかもそのときには必ず日本人が書いたものを合わせて引用している。これは在日朝鮮人である彼が、自説を我田引水だと思われることを警戒したためだが〔51〕、執拗に他人の文章を引用しながら、あまり自分の意見を書かないのもこの戦略に関連している。ここで「五世紀の後半から六世紀の初めごろ」に狛江郷に住んだ高句麗人を「帰化人」と「渡来人」のいずれで呼ぶべきかは、どの時代に国家としての「日本」が成立したかどうかにかかってくるが、それは在日朝鮮人である「私」ではなく、「帰化人」と呼ばれてきた人たちの子孫である「あなたがた日本人の一人一人」があらためて考えるべき問題ではないかと暗示しているのだ。

こうして金達寿の引用文は、独歩のそれとは逆に、狛江や亀塚古墳を価値づけているさまざまな言説を解体し、言説空間を支えている基盤を露呈させる役割を果たしているのである。

この違いは一方が小説で他方が紀行文だというところから生じるように思われるかもしれない。しかしそれは表面的な見方である。狛江町をめぐる歴史学的言説に対する金達寿の批評性は、たんに現地に赴いて亀塚古墳を見たから生じたのではなく、自然主義リアリズムに対する文学的闘争からきたものだからだ。

第二章第二～四節で論じたように、金達寿は「玄海灘」連載中から本格的に自然主義リアリズムとの文学的闘争を開始し、「朴達の裁判」を書きあげたことで、現実を変革しうる新たなリアリズムを確立する可能性を感じた。そこで彼はリアリズム研究会の活動をとおして、その可能性を追究したが、ついに具体的な形式を獲得するにいたることなく運動は挫折した。彼が「日本の中の朝鮮文化」を探訪するようになったのはその後である。しかしこのことで彼は、「朴達の裁判」で獲得した認識を放棄したわけではない。逆に、古代の文化遺跡を探訪するなかであらためて、それらがかつて自然主義リアリズムに感じたのと同じものにおおわれていることを発見したのである。

たとえば独歩は武蔵野の自然の美について次のように書いている。

> 武蔵野の美はたゞ其縦横に通ずる数千條の路を当もなく歩くことに由て始めて獲られる。春、夏、秋、冬、朝、昼、夕、夜、月にも、雪にも、風にも、霧にも、霜にも、雨にも、時雨にも、たゞ此路をぶら〳〵（ママ）歩て思ひつき次第に右し左すれば随所に吾等を満足さするものがある。これが実に又た、武蔵野第一の特色だらうと自分はしみ〴〵感じて居る。武蔵野を除て日本に此様な処が何処にあるか。北海道の原野には無論の事、奈（那ヵ）須野にもない、其外何処にあるか。林と野とが斯

くも能く入り乱れて、生活と自然とが斯の様に密接して居る処が何処にあるか。実に武蔵野に斯る特殊の路のあるのは此の故である。[52]

これは一見すると、武蔵野の自然の美をただありのままに感じることが大事だと述べているように思える。実際、独歩は「武蔵野」の冒頭で、自分が武蔵野について書きたいと考えたのは「画や歌で計り想像して居る武蔵野を其俤《おもかげ》ばかりでも見たいもの」[53]だと思ったからだと記している。しかし柄谷行人が指摘したように、名所旧跡ではない平凡な風景が「風景」として価値づけられるためには、そこが歴史的な意味におおわれた場所であるという認識が切断されなければならない。この点に関して柄谷は、独歩が日露戦争後に北海道へ移住した体験をもとにした短編「空知川の岸辺」で、「社会が何処にある、人間の誇り顔に伝唱する『歴史』が何処にある」[54]と書いていることに対して、次のように述べている。

しかし、いうまでもなく、空知《ソラチ》という地名が示すように、そこにはアイヌが居住していたのだ。それは充分に「歴史」的空間である。国木田独歩による「風景」の発見は、そのような歴史と他者を排除することによってなされたのである。このとき、他者はたんに「風景」でしかありえない。日本の植民地文学、あるいは植民地への文学的見方の原型は、独歩においてあらわれている。[55]

まったく同じことが「武蔵野」に対しても言える。なるほど独歩は、文政年間にできた武蔵野の地図に「武蔵野の俤は今纔《わずか》に入間郡に残れり」と記されていることや、入間郡小手指原久米川が古戦場だったという書き込みを目にしている[56]。しかし、仮に古戦場だった歴史を回復させたとしても、それはたかだか日本国内の問題でしかない。この意味で独歩の文学は、どこまでいっても自己完結している。これに対して金達寿が、たとえば狛江町での取材をとおして発見したのは、武蔵野における「植民地への文学的見方」によって排除された、亀塚古墳のような文化遺跡の存在である。それは日本という国家や民族としての日本人が自己完結的に自立することを許さない事物である。

こうして『日本の中の朝鮮文化』は、古代の日本と朝鮮半島との関係を発見する紀行文であると同時に、日本近代文学についてはまったく触れられていないにもかかわらず、日本近代文学によって価値づけられた観念に対して絶えず異議申し立てを行った著作でもある点で、文学的言説に対する批判の続きなのである。

五　『日本の中の朝鮮文化』の方法

金達寿の古代文化遺跡に対するこのような態度は、かつて坂口安吾が主張した「探偵」の方法の系譜上にあるものである。安吾は「歴史探偵方法論」で、検証された確実な物的証拠に基づいて物事を判断する点で歴史研究は探偵の仕事と同一であると述べた上で、しかし「史家や歴史愛好家には往々にして歴史評論の偏見の支えを、史実判定の方法に混同して怪しまずに用いている傾きが見られる」[57]と言う。「神話によって史実を立証する不当を知り、記紀の基準を疑うことを知る人にしてはじめて史家でありタンテイである」[58]のに、多くの史家や歴史愛好家は日本列島各地の遺跡や口承といった物的証拠よりも、記紀に書かれていることの方を優先する。それは「文化の低い古代人がそんな複雑なことはできない」とか「文化が低くても複雑なカラクリを行う能力がある」などと頭から決めてかかって物的証拠を判断するようなものだ[59]と言うのである。

この「探偵」の方法に基づいて日本各地を探訪した安吾の認識が、日本の歴史を常に朝鮮半島や中国、さらにはヨーロッパとの関係においてとらえるものだったことはよく知られている。たとえば安吾は「高麗神社の祭の笛」（五一年一二月）で、次のように書いている。

つまり天皇家の祖神の最初の定着地点たるタカマガ原が日本のどこに当るか。それを考える前に、すでにそれ以前に日本の各地に多くの扶余族だの新羅人だのの移住があったということ、及び当時はまだ日本という国の確立がなかったから彼らは日本人でもなければ扶余人でもなく、おそらく単に族長に統率された部落民として各地にテンデンバラバラに生活しておったことを考えておく必要がある。[60]

さらに安吾は、日本の古代史における権力争いを朝鮮半島における勢力争いの続きととらえ、次のように記した。

すでに三韓系の政争やアツレキは藤原京のこのころから地下にくぐったことが分るが、日本地下史のモヤモヤは藤原京から奈良京へ平安京へと移り、やがて地下から身を起して再び歴史の表面へ現れたとき、毛虫が蝶になったように、まるで違ったものになっていた。それが源氏であり、平家であり、奥州の藤原氏であり、ひいては南北両朝の対立にも影響した。そのような地下史を辿りうるように私は思う。彼らが蝶になったとは日本人になったのだ。〔61〕

金達寿は安吾のこのような認識を、「古代史家坂口安吾の復活」（『中央公論』一九七三年四月）や「歴史家としての坂口安吾――古代日本と朝鮮」（『ユリイカ』一九八六年一〇月）などで繰りかえし絶賛し、日本の古代史研究は安吾から出発せねばならない、自分の古代史研究は安吾がやったことの続きでしかないと語った。実際、安吾の古代史研究を知っている人の目には、金達寿の古代史研究が安吾の強い影響下で行われたように見えてもおかしくない。しかし安吾と彼との関係はそう単純ではない。

たしかに金達寿は安吾の「高麗神社の祭の笛」を発表時に読んでいた。ところが彼はその内容をまったく理解することができず、古代史研究を始めたころには、読んだことさえ忘れていた〔62〕。むしろ「高麗神社の祭の笛」が発表された当時の彼は、安吾の文学について、「坂口安吾氏のごときはそのマンネリズムだけがもうほとんどタイハイ的となっている」〔63〕と徹底的に批判していた。

その彼が古代史研究者としての安吾を知るきっかけとなったのは、松本清張と水野祐の対談「古代史の謎」と門脇禎二の論文「蘇我氏の出自について」である〔64〕。これらはいずれも、蘇我氏が百済系の出自であることを論じたものである。これらを読んだ金達寿は、別の仕事で半藤一利と一緒になったとき、蘇我氏が朝鮮からの渡来人であることを最初に言いだしたのは松本清張ですけど……と言った。すると半藤は彼の方を向いて、それは坂口安吾ですよ、と答えたという。

このエピソードは『日本のなかの朝鮮文化』一二号（七一年一二月）に門脇の論文が投稿された後で、かつ金達寿が『文藝春秋』七二年四月号に「近つ飛鳥と竹の内街道」という紀行文を発表する前なので、七一年秋から七二年春ごろと推測される。したがって、古代史研究家としての安吾を知ったあとでは安吾の探偵の〈方法〉を意識したかもしれないが、古代史研究における金達寿の態度は、のちに『日本の中の朝鮮文化』としてまとめられる、雑誌の連載当初から一貫しており、安吾の影響下で行われたものではない。

ともあれ、金達寿はこうして日本各地の文化遺跡を探訪し、大和朝廷との関係を自明視する従来の歴史観が覆い隠してきた日本列島と朝鮮半島との関係や、大和朝廷以後の行政区分によって切断された各地域の関係を、そうした関係をつくる主体である「渡来人」たちの、いわば生の歴史をとおして明らかにしていった。

六　おわりに

金達寿は半世紀におよぶ活動の前半を小説家として、後半を古代史研究家として過ごした。しかし、変わったのは活動領域だけであり、ある言説空間を成立させている諸条件を批判的に問い直す立場は根本的に変わっていない。本節の冒頭で触れた、『日本の中の朝鮮文化』に対する直接的で大きな反響は、専門の学者から歴史愛好家、さらには日本の植民地支配を真摯に反省して、日本とコリアの関係改善を目指したいと考える人々が、彼の説にリアリティーを感じ取ったことを如実に示している。のみならず金達寿とこれらの人々とは、単なる作者と読者という一方通行的な関係に終わらなかった。
すなわち、以前から郷土の歴史を研究してきた郷土史家の中から、金達寿に資料を提供したり現地案内などの支援を申し出る者が出てきた。また『日本の中の朝鮮文化』をきっかけとして、自主的に研究会を作って郷里の古代文化遺跡を見直す活動を始め、論文集や雑誌を発行してその成果をまとめる者もあらわれた。そして金達寿も「日本の中の朝鮮文化」を紹介しつつ、彼らの活動から多くを学び、自分の研究に生かしていった。

このようにして彼が古代史研究をとおして構築した、日本人とコリアンとの協同的なネットワークは、かつて彼がリアリズム研究会などの文学運動をとおして目指した、「中央」のない緩やかな横の繋がりによる連帯と言うべきものである。私は第二章第四節の最後で、リアリズム研究会や現代文学研究会の失敗から学んだ認識が、古代史研究に生かされているのではないかという仮説を提示したが、そのように考えられる理由がここにある。そしてこのネットワークは、『季刊三千里』を舞台に形成されたものと比べても、決して劣るものではなかった。

しかし金達寿の古代史研究の目的は、日本各地の古代文化遺跡をとおして、朝鮮や朝鮮人に対する日本人の偏見や蔑視をただすことだけにあったのではない。日本人の身体に刻みこまれた歴史的〈負性〉を明らかにすることもまた、彼の〈帰化人史観〉批判の大きな目的だった。〈帰化人史観〉は日本人を自己腐蝕させるものだという主張がそれである。そこで次節ではこの問題に焦点をあてて、金達寿の〈帰化人史観〉批判のアクチュアリティーを究明していきたい。

第二節　「帰化人」とは誰か？

一　はじめに

金達寿は古代史研究において、少なくとも二つの点で決定的な役割を果たした。その一つは「渡来人」という語を積極的に用いることで、「帰化人」という語の近代日本の社会における政治性を浮き彫りにし、「帰化人」から「渡来人」への用語の変更を促したことである。もう一つは、郷土史家など在野の古代史研究者やアマチュアの歴史愛好家のみならず、〈皇国史観〉に基づく歴史教育を受けた年長者から、日本の植民地支配を真摯に反省して、コリアとの関係改善を目指そうと考える若者まで、多様な人々の目を全国各地の古代文化遺跡に向けさせ、日本古代史研究をつうじた協同的なネットワークを構築したことである。ただし彼は市民を上から主導して、このような潮流を作りだしたわけではない。それは多くの人々、とりわけ日本人からの有形無形の支援や賛意によってもたらされた、嬉しい誤算の結果だった。

しかしこの影響力に反して、金達寿が「渡来人」の語に込めた〈帰化人史観〉批判が意味するものについては、誰もが容易にその政治的メッセージを理解できるものと見なされ、あらためて検討されなかった。すなわちそれは、「今日なお根強いものがある日本人一般の朝鮮および朝鮮人にたいする偏見や蔑視」［1］への異議申し立てとしてのみ理解されたのである。

たしかにそれが彼の研究の大きな目的だったことは疑いない。しかしここで注目すべきはむしろ、彼が先の文章に続けて、「日本人はまたそのことによって自己をも腐蝕している」[2]とも記していることである。ここで言う〈日本人の自己腐蝕〉は、マジョリティーとしての日本人が、朝鮮人などアジア諸国の人々や、被差別部落民・アイヌ・琉球人など国内のマイノリティーに対する差別意識を持つことで、自らの価値を貶めるということではない。それは日本人が自分で自分の出自を貶めるということなのである。この点について彼は、一九七二年三月に高松塚古墳から豪華な壁画が発見された時期の、あるエピソードを紹介しながら、次のように語っている。

ここで一つのエピソードを話しますが、ある日ぼくをたずねて来たある雑誌の編集者が、こういうことをぼくにいいました。

この編集者は、そのまえにある学者をたずねてからぼくのところに来たものだったのですが、編集者はさきのそこでこれからぼくをたずねる予定だというと、その学者は注意してこういってくれたというのです。「このごろ古代史についてもいろいろいっている金さんには、『帰化人』ということばを使うと怒るから気をつけたがいい。それは『渡来人』といわなくてはいけない」（笑い）と。

いま、ぼくも笑って、そしてみなさんも笑いましたが、これはどういうことでしょうか。ぼくが怒ると思われたことには、いまもいいましたように、古代朝鮮からのいわゆる「帰化人」ということばにはおのずと蔑視観がこめられているからなのですが、しかし考えてみれば、これはまったく、それこそおかしなことではないでしょうか。

といいますのは、そのいわゆる「帰化人」とは、これまでみてきたことでも明らかなように、あなた方日本人の祖先ではあっても、ぼくとは直接何の関係もないわけです。なぜなら、ぼくは朝鮮で生まれ、そして数十年前にその朝鮮からやって来ている朝鮮人であって、そのいわゆる「帰化人」の子孫でも何でもない。

しかしながら、日本人であるみなさんは、その「帰化人」の子孫であるかも知れない。ですから、蔑視のこもったその「帰化人」ということばを、もし怒るとすれば、それは日本人であるあなた方のほうでなくてはならない。

そうではないでしょうか。もう一度いいますが、朝鮮人であるぼくと、古代のその「帰化人」とは、直接何の関係もないのです。[3]

この学者が「帰化人」や「渡来人」という語に対してどのような立場を取っている人なのかは不明だが、当時はこの学者のように、「帰化人」は差別的な意味合いを持つ用語なので、(在日)朝鮮人の前でこの言葉を使うと、彼らに対して蔑視の感情を持っていると受けとられかねないと考える日本人が多かった。古代において日本列島には様々な地域から様々な人々が渡ってきていたにもかかわらず、この学者の「忠告」に窺えるように、「帰化人」という語で指示される対象は、実質的には朝鮮半島から渡来した人々にほぼ限定されていたからである。したがって「帰化人」という語の差別性を批判する者の多くは、この言葉が在日朝鮮人など日本国内の民族的マイノリティーや、「帰化人」の子孫とされた被差別部落民などに対する日本人の差別意識を再生産するから用いるべきではないと主張し、「帰化人」が日本人の祖先だったことや、古代における彼らの重要性を強調した。この点では金達寿の問題意識は、彼らと大差ないように見える。

しかし金達寿が言うように、「帰化人」と呼ばれた人々が日本人の祖先であったなら、金達寿の前で「帰化人」の語を使うことが彼への差別につながると考える必要はない。彼は死ぬまで日本に帰化しなかったのだから、語の定義上、「帰化人」ではないからである。また彼の言う「渡来人」は、あくまでも国家としての日本が成立する以前に日本列島に渡来した人々を指す用語なので、一九三〇年に〈内地〉に渡ってきた彼は「渡来人」でもない。これは金達寿と同様、国家としての日本が成立して以降に渡日し、帰化せずに日本国内で生活している在日コリアンも同様である。さらに、すでに帰化した在日コリアンやその子孫、コリアンと日本人の間に産まれた子どもについても、やはり日本という「国家」や民族としての「日本人」が成立した後に生まれた人々である点で、一九七〇年前後に一般的に用いられていた意味での「帰化人」と歴然と異なる。

このように、金達寿の考えでは、古代の「帰化人」が、近現代のマジョリティーである日本人とではなく、在日朝鮮人や被差別部落民などの民族的・社会的マイノリティーと結びつけられてきたところにこそ、日本人一般の朝鮮・朝鮮人に対する偏見や差別を再生産させると同時に、日本人自身を自己腐蝕させ続けている〈ズレ〉がある。〈皇国史観〉と表裏一体になった〈帰化人史観〉とは、この〈ズレ〉を隠蔽し続けることで成立している、日本古代史の言説空間にほかならない。

しかし金達寿にとって〈自己腐蝕〉という問題は、この時期に浮上してきた新しい問題ではない。第二章第一節で論じたように、彼は「位置」（四〇年）ですでに、「朝鮮人」という語が個々の朝鮮人にいかに歴史的な〈負性〉を刻みこんでいるかを描きだしていた。そして〈解放〉後、彼は新日本文学会や日本共産党に関わり、党派的な内部抗争に巻きこまれる中で、日本人の身体にも、朝鮮人とは違う形ではあるが、やはり歴史的な〈負性〉が刻みこまれていることに気づきはじめた。彼のこの認識の根源を遡っていくと、少年期に感じた、日本人は「日本人」と言われても怒るどころかそれを誇りさえするのに、自分たち朝鮮人はなぜ「朝鮮人」と言われると腹が立つのだろうかという疑問[4]にまでたどり着く。このように、彼にとって〈自己腐蝕〉という問題は、新しいどころか、知的活動の原点に位置するものなのである。

それならなぜ、ここであらためてこの問題に注目すべきなのか。それは金達寿が文学活動をつうじてついに、日本人一般の身体に歴史的な〈負性〉を刻みこみ、「植民地的人間」の状態に置いているマジック・ワードを示すことができなかったからである。彼はわずかに、「転向」という言葉が、党員や党の同調者という限られた日本人の身体に、〈負性〉を刻みつけているのを認めるにとどまった。「帰化人」は、そのような彼がようやく見つけだした言葉だった。ここに彼が、「帰化人」や「渡来人」という語に、過剰と思えるほど固執した理由がある。

では〈帰化人史観〉はどのように、日本人に歴史的な〈負性〉を再生産しているのか。それに対して金達寿はどのようにして、日本人自身を自己腐蝕させ続けている〈ズレ〉を可視化していったのか。本節ではこの点について考察したい。

二　「帰化人」が刻みこむ歴史的〈負性〉

金達寿は六九年三月に鄭貴文・詔文兄弟と雑誌『日本のなかの朝鮮文化』を創刊し、七〇年一二月には『日本の中の朝鮮文化』第一巻を出版した。そのどちらも発売後まもなく、彼ら自身が驚くほど大きな反響を呼んだ。しかしそれは必ずしも、突然に起こったブームではない。その背景には、六〇年代をつうじて、〈皇国史観〉的発想に基づく日本古代史や天皇制の記述、あるいは日本の植民地支配や戦後の日朝・日韓関係に注目が集まる出来事や現象がいくつもあった。

まず日本国内に目をやると、六八年に明治百年を迎えるのを機に、日本が再び軍国主義に回帰するのではないかという不安や危機意識が広がっていた。実際、六六年一二月には建国記念日が制定され、六七年七月には教育課程審議会が小学校の社会科の授業への神話や伝承の導入を盛りこんだ、「小学校教育課程改善についての中間まとめ」を発表した。これに対し、知識人や日教組などからは、学校で神話を教えることへの批判が相次いだ。しかしその方針は、六八年七月に告示された「小学校学習指導要領」に取りいれられた。六八年一〇月には明治百年記念式典が武道館で開催され、これを記念して、一一月には恩赦が出された。この間、家永三郎が六五年と六七年にそれぞれ、国を相手に、六二年と六六年に自身が単独執筆した教科書『新日本史』(三省堂)について、検定で不合格とされたことを違憲とする民事訴訟を起こしていたことも、日本社会の右傾化を感じさせる雰囲気を高めた。

次に日朝・日韓関係に目を転じると、五九年一二月に始まった北朝鮮への帰国事業と六〇年四月に韓国で起こった四月革命は、当初、日本社会で大きな関心を集めた。だが北朝鮮への帰国希望者が急激に減少したことや、韓国に朴正熙を大統領とする軍事独裁政権が誕生したことから、日本社会にとって両国は再び、「近くて遠い国」となった。しかし他方では、関東大震災四〇周年となる六三年、初めて本格的に当時の犠牲者に対する調査が行われ、証言集や資料集などが刊行された。さらに日本社会が高度経済成長を遂げたことを受け、七〇年ごろには、それを成しえた日本社会の構造や日本人の精神構造を分析する「日本論・日本人論」が流行した。このことも、雑誌『日本のなかの朝鮮文化』や金達寿の古代史研究が日本人に受けいれられる素地を作った[5]。

こうして六〇年代後半には、日本の古代史は、たんに空想をかきたてるロマンの源泉というだけでなく、第二次世界大戦の敗戦を経てもなお克服しえていない、戦後日本社会の諸問題の根源と見なされるようになった。それは「帰化人」をめぐる議論についても例外ではなかった。「帰化人」への差別は、近代日本で長らく、朝鮮人や、「帰化人」の子孫とされた被差別部落民に対する民族的差別と密接に結びついてきた。それが「帰化人」研究の言説空間で明確に問題化されたのは、上田正昭『帰化人――古代国家の成立をめぐって』（六五年）においてである。

上田はその「まえがき」で、「日本人の一部にはいまだに「帰化人」を特殊視したり、あるいは極端に差別されていたかのように考えたりしている人々がある。しかし、そのような見方は不当な認識にもとづくものであり、民族的差別を合理化する結果になる。こういう考えは、古代の支配者層がいだいていた蕃国の観念や近代日本の為政者らがつくりだした民族的偏見にわざわいされているものである」[6]と述べた。そして本文の最後であらためて、「帰化人」への差別観念の形成を通史的に整理した上で、次のように記した。

これらの主張〔被差別部落民の起源は、中国や朝鮮より渡来してきた「帰化人」の子孫とする見解〕が、十八世紀のおわりごろからしだいに抬頭してくる背後には、商品経済の発展によって階級の分化が進み、幕府および各藩の支配体制がますます動揺してきたこと、全国的な商品流通がはじまり、他方ロシアの蝦夷地への南下などがあって、しだいに民族的意識がめばえてきたことが介在している。しかし、彼らのそうした主張が明確な史実にたつものでなかったことは多言するまでもない。朝鮮の人々にたいする差別観が、部落の人々にたいする差別観と裏腹になって結合してゆくのである。明治以降の朝鮮侵略政策のなかで、こうした朝鮮蔑視観がますます露骨となる。内外の朝鮮人にたいする圧迫と部落差別とが二重うつしとなって拡大され再生産されてゆくのである。

在日朝鮮人にたいする民族的差別と、部落民にたいする身分の外被をまとった階級的差別の歴史とは、必ずしも同じ軌跡をたどったものではない。しかるに、日本における近代国家の成立のなかで、両者は不可分にかさなりあわされ、政治の矛盾のもっとも集中する差別実態として位置づけられるようになったのである。われわれは、みずからを反省するなかで、その両者をつないで体制の維持と強化を計った時代のしくみを見抜かねばならぬ。〔7〕

この文章を含む最後のパラグラフの小見出しが、「差別の克服」であることからも明らかなように、上田は明確に、古代の「帰化人」と近現代の在日朝鮮人や被差別部落民との関係を自明視する言説空間の問題性を強く意識していた。鄭兄弟が『日本のなかの朝鮮文化』を創刊する際、金達寿が上田に目を付けて、彼らを上田の講演会などに連れていった[8]理由は、ここにあったと推測される。

なお、上田以前の重要な「帰化人」研究として、関晃『帰化人――古代の政治・経済・文化を語る』（五六年）がある。これは古代において「帰化人」の重要性が非常に大きいにもかかわらず、「国学者流の偏狭な態度や、国粋主義の独善的な史観のために、その活躍がことさらに軽く見られる傾向が強かった。また、そうでない場合でも、正当な史料批判を経ないで、記紀などの記載をそのままに、彼らの歴史を構成」したり、「史料批判の上に立って彼らの活躍をできるだけ跡づけることを省略し、理論などによって直ちに古代社会の形成を考える」近年のあり方を批判し[9]、実証的に研究を行ったもので、戦後の「帰化人」研究の出発点と位置づけられている。しかし関の著書では、議論は古代社会に限定されており、近現代の問題と関連づけられているわけではない。この点で上田の研究は、関の成果を継承しつつ、「帰化人」概念について、より深く踏みこんだものと言える。この他、同時代の注目すべき「帰化人」研究者として、五〇年代から全国各地の「帰化人」に関する古代文化遺跡を探訪したり伝承を収集するなどの研究を行い、六五年からその成果を『帰化人の研究』（全八巻）としてまとめた今井啓一、「秦氏の研究」や「八・九世紀における帰化人身分の再編」などの研究で知られる平野邦雄がいる。ちなみに平野はのちに、「帰化人と渡来人」の中で、古代において「帰化」は、「渡来にはじまりその国の礼・法の秩序に帰属するまでの一連の行為ないし現象をさす概念であって、そのような手続きを経なければ帰化は完了しない」[10]という立場から、「帰化」とは「〝政治現象〟であり、「渡来」または「渡来人」というような〝物理的な移動〟を示すことばでは、歴史用語とはならないであろう」[11]と述べ、歴史用語として「帰化」や「帰化人」という語を用いることの正当性を主張している。たしかに歴史用語としてのこれらの言葉それ自体には、何らの差別的な意味はない。しかし、それならばなぜ、古代から遠く離れた近現代において、被差別部落民や朝鮮人が「帰化人」の名のもとに差別されてきたのか。李成市《リソンシ》が批判したように、歴史用語としての「帰化」や「帰化人」の重要性を主張する者は、これらの語が批判され、「渡来」や「渡来人」という語に置き替えられるにいたった歴史的・社会的背景について考える必要があるのではないか[12]。

ともあれ、こうして少しずつ、従来の「帰化人」概念に疑義を唱える研究が出はじめたが、六〇年代にはまだ、これらの研究が影響を及ぼす範囲は限定的で、用語の妥当性をめぐる議論も、「帰化人」研究の言説空間内に限られていた。

この状況が大きく変化したのは七二年である。まず三月二一日、高松塚古墳で色鮮やかな壁画や豪華な副葬品が見つかり、二七日に新聞で報道されると、日本中が古代史ブームに沸いた。特に装飾壁画は日本初の発見だっただけに大きな注目を集め、どこから影響を受けたかが議論された。そこで注目すべきは、発見直後から少なからぬ学者が、朝鮮三国とりわけ高句麗との関連性に言及したことである。このことは古代の日本文化の形成を、もっぱら中国からの影響だけで考えてきた従来の通説に、大きな変更を迫るものであった。こうして高松塚古墳の発見は、専門家から一般の人々にいたるまで、古代における朝鮮半島からの「帰化人」の存在に目を向けさせ、彼らの技術や文化の重要性を認識させるきっかけを作った。

続いて同年一〇月、李進熙《リジンヒ》が『広開土王陵碑の研究』を出版し、歴史的事実と見なされていた「任那日本府」経営の根拠となった広開土王陵碑の文字の一部が、実は陸軍砲兵中尉の酒匂景信により、日本側に有利になるように改竄されていたという説を唱え、こちらも多くの人々に衝撃を与えた。彼の説は、古代における日本の朝鮮半島進出と支配を歴史的事実としてきた日本古代史研究の成果を根本から覆すものだった。これを機に、古代の日本はユーラシア大陸から渡ってきた騎馬民族が征服して打ち立てた国家だとする江上波夫の「騎馬民族征服説」や、古代の日本列島は高句麗・新羅・百済の三国によって分割支配されていたとする、北朝鮮の歴史学者・金錫亨《キムソクヒョン》の「日本列島分国説」に、あらためて注目する者が少なからずいた。金達寿の古代史研究もまた、たとえば吉田晶が、「金錫亨氏の学説が紹介され、これを受けて日本のなかに現在も存在する朝鮮文化を丹念に追及する金達寿氏の一連の業績なども発表されるに及んで」[13]と記したように、江上や金錫亨の歴史観に基づき、発展させた業績として理解されるのが一般的だった。

こうした位置づけは、近年においても見られる。たとえば李成市の、「金錫亨の分国論が日本に紹介されると、在日朝鮮人作家の金達寿は、金錫亨が『古事記』『日本書紀』『新撰姓氏録』やいくつかの地方の風土記に見える朝鮮関係氏族の居住地、神社、神宮の所在地などを分国所在の有力な痕跡と見た手法にならい、日本全国の地名、寺社の縁起をめぐりながら、それらの由来が朝鮮半島から渡来した人々の痕跡が残されていることを掘り起こした」[14]という記述は、その一例である。

金達寿は古代史研究を始めるにあたって、日本人が書いたものに依拠して持論を展開する戦略をとったため、金錫亨に言及した文章は皆無である。しかし彼の説に注目していたことは容易に推測される。他方、江上の説に大きな関心を持っていたことは確実で、江上の説を支持する人々の方も金達寿の説に魅力を感じていた。それを如実に示しているのは、江上を支持する市民などが中心になって、七二年一一月に結成された「東アジアの古代文化を考える会」である。事務局長となった鈴木武樹は、「天皇陵古墳顕彰会」という名称を考えて、金達寿に代表者になって欲しいと打診した。金達寿はその場で断ったが、会の名称は「東アジアの古代文化を考える会」がよいのではないかと提案し、江上を代表者に推薦した[15]。

とはいえ彼の古代史研究を、金錫亨や江上の説の延長線上に位置づけることは適切ではない。彼らと違って金達寿の意図は、古代における日本と朝鮮の支配－被支配関係を逆転させることではなく、そうした二項対立を無化するような、民族や国家成立以前の〈日朝関係〉を描きだすことにあったからである。では彼はどのようにして、それが可能であると考えたのか。この点に関して、彼はまず、「帰化」・「帰化人」という言葉が意味する範囲を検討するところから議論をはじめた[16]。

誰もが指摘するように、「帰化」は、「帰化」という制度をもった国家の成立を前提とする。そしてある人を「帰化」させるか否かを決定する主体は、個人ではなく国家にある。「帰化」はこうして、国家と個人との関係をあらわし、かつ国家の側の視点から「帰化」する人間を一方的に国家の下方に位置づける言葉なのである。それゆえ「帰化人」という語を用いるかぎり、「日本人」／「帰化人」あるいは土着民／外来者という二項対立の構造と権力関係は、克服されるどころか再生産され続けてしまい、日本国家の成立以前に渡ってきた者と成立以後に渡来して「帰化」した者とがいつまで経っても混同され続けてしまう。金達寿が「渡来人」という語を提唱した理由がここにある。彼は「渡来」を、「帰化」と違って個人が移動する状態をあらわす語であり、しかもその主体があくまでも移動する人間にあるため、日本国家の成立以前に日本列島に渡ってきた人々をあらわすのに適切と考えたのである。

さらに金達寿は、〈人種〉と〈民族〉とを区別する必要性を訴え、自分が探究している「日本の中の朝鮮文化」が、日本国内にある朝鮮民族の文化ではないことを強調した。たとえば彼は、日本の国宝第一号である法隆寺の夢殿観音を「朝鮮作の最上の傑作」と讃えたフェノロサに対して「朝鮮にのみ著しい独創性を認めて、日本に認めないのはなにによるのであろうか」と批判した和辻哲郎と、その逆に日本の「国宝中の国宝と呼ばれねばならぬものの殆ど凡ては、実に朝鮮の民族によってつくられたのではないか。〔中略〕それ等は日本の国宝と呼ばれるよりも、正当に言えば朝鮮の国宝とこそ呼ばれねばならぬ」と主張した柳宗悦に対し、二人とも〈人種〉と〈民族〉を混同していると批判した。

これには人種と民族というものが混同されているわけで、たしかに人種は古代朝鮮から渡来したものと同じですが、しかしその後の長い歴史と風土とによって形成された民族ははっきりと別なものになっているからです。ですから柳氏のこれは、「実に朝鮮渡来の人々によってつくられたものではないか」となるべきものだったのです。したがって、「それ等は日本の国宝と呼ばれる」ものとなっているのです。[17]

ここで金達寿が言う〈人種〉や〈民族〉とは何なのか。まず〈民族〉については、金達寿は『朝鮮』で、スターリンの民族論に基づいて、「同地域内での共通な歴史の積みかさねのもとにある、共通な言語による意識共同体」[18]と定義づけたが、古代史研究でも同じ意味で用いていると考えられる。これに対して〈人種〉は、日本の歴史学や考古学・人類学の言説空間で議論されてきた、縄文人と弥生人の連続性／断絶性の問題に基づくものである。専門の学者は別として、一般の人々の間では長らく、縄文時代の人々は狩猟を行いながら移動する生活を送り、弥生時代の人々は農耕とくに稲作を行う定住生活を送ったというのが、この時代についての通念だった。このイメージは、発掘調査や遺物の分析方法の飛躍的な発展によって、全面的な見直しが進められている[19]が、金達寿が古代史研究を行っていた時代はまだこの通念が一般的だった。そしてこの区別はそのまま、日本人の起源が縄文人＝「原日本人」か弥生人＝朝鮮半島などからの「渡来人」か、日本文化の源流が南方か北方かという問題と直結していた。言うまでもなく、金達寿は、縄文人と弥生人との〈人種〉交替説を支持し[20]、そのことでアイヌや琉球人など「原日本人」と考えられた人々の存在や彼らの文化を重視する立場の人々と、しばしば論争した。とくに谷川健一とは、著書としてまとめられるほど、次のような対立を何度も繰りかえした。

金　〔前略〕これ〔高松塚古墳の壁画などに描かれた朝鮮古代の服装〕は、当時の飛鳥での貴族社会のであって庶民の服装でないことは、だれがみても明らかだ。しかし、これが日本文化であった。ところが、平安期を通じてずっと変質してくる。

だから、いまおっしゃったように大和への原形みたいなものであるとも考えられる。文化というのは地からわいたものでも天から降ったものでもなくて、そういう形で変質したものである。朝鮮文化だってそうだし、どこの文化だってそうなんじゃないか。

谷川　ところが、ぼくはそう思わない。

金　原点中の原点は、どこにあるのかわからないよ。

谷川　縄文時代から日本に何千年と伝わっているものがベーシックだと思う。その上にこの壁画もつぎ木されたと思う。だから、壁画自体は日本に固有な文化とはぜんぜん別のものだ。

金　ぼくは、そうは思わない。縄文式文化と弥生式文化の断層というものを考えなければならないと思う。

谷川　断層はあるかもしれない。縄文の文化がそこで払拭され、新しく弥生の文化がどっと入ってきたことは認める。けれども、縄文の文化がそれによってまったくなくなってしまったかというと、ぼくは絶対そうは思わない。

金　しかし形としてはなくなっている。

谷川　いや、それはいろいろな形でまた出てくる。

金　しかし、両者の断層は明らかだ。[21]

また金達寿はその後も、小山修三「縄文時代の人口」(日本人類学会編『人類学——その多様な発展』八四年所収)の、日本列島の人口が弥生時代に入って急激な増加を見せたという説を援用するなどして、「日本人」を形成することになった主体が「渡来人」であることを主張し続けた[22]。

金達寿はその生涯を、日本と朝鮮、日本人と朝鮮人との関係を人間的なものにすることに力を尽くした知識人であり、古代史研究もまたその例外ではない。しかし彼がそれを日本人の差別意識の分析からではなく、「帰化」という日本の古代史研究で広く使われている用語の批判的検討から始めたことは重要である。というのもこのことは彼が、現代の日本人の朝鮮や朝鮮人に対する有形無形の差別を、日本人の意識や感情の表出ではなく、「帰化」という単語が示している関係の顕在的な表現と考えたことを意味するからである。さらに彼が〈人種〉と〈民族〉を区別し、「日本の中の朝鮮文化」が〈人種〉としての朝鮮渡来の人々による遺物であると主張した[23]ことは、彼の古代史研究が民族主義的な動機に支えられていたことは否定できないにせよ、日本民族や日本文化の起源を朝鮮民族や朝鮮文化に求めるという、自民族中心主義的な思考に基づくものではなかったことを示している[24]。

彼はこうして〈人種〉の同一性という観念を根底に置くことで、古代の日本列島と朝鮮半島には、最初から互いに異質な存在と考える〈民族〉観念を持った人々や彼らが作った国家があったのではなく、〈人種〉として同じ人々が暮らし、移動し、海を越えて「渡来」する、錯綜した地域空間が広がっているだけだったというイメージを、読者に提示した。そして彼は、「渡来人」を媒介とした古代の〈日朝関係〉を参照することで、現代においても日本と朝鮮、日本人と朝鮮人との関係を人間的なものにすることができると考えたのである。

だが彼はこの過程を、「同じ〈人種〉なのだから話せばわかる」式の、素朴な相互理解をとおして実現されると考えたわけではない。両国・両民族の人間的な関係の回復は、彼の考えでは、古代史の真実を啓蒙的に教えることによってではなく、彼自身が過去に何度も体験したように、決して消去できない他者からの〈衝撃〉なしには実現しえない。そして多くの日本人にその〈衝撃〉を与える役割を果たしたものこそ、日本各地に残存する古代文化遺跡だった。

三　〈日本人の自己腐蝕〉と「朝鮮隠し」

金達寿は『日本の中の朝鮮文化』第一巻の序文で、「私のこの「旅」は日本の学者たちの研究にしたがって、それを手にして、この足で歩いてみたまでのものにすぎないが、しかしじつをいうと、私はその遺跡がこれほどまでに広く詳細にわたって分布しているとは知らなかった」[25]と書いている。それほど、想像以上に「渡来人」の手になると考えられる文化遺跡の数は多く、彼は「古代、これら朝鮮からの「帰化人」といわれるものたちがのこしたもののほかに、「日本の文化遺跡」はいったいどこにあるのか」[26]と思わずにはいられなかった。

実際、『日本の中の朝鮮文化』の読者は誰もがまず、朝鮮半島と関わりの深い文化遺跡の途方もない数と種類の多様さ、そして身近さに驚かされる。単行本第一巻を謹呈された本多秋五が、羨望を込めて、「趣味と学問と生計の道とを一本に練り堅め、一生かかってもタネの尽きない商売を見つけた男万歳」という趣旨の礼状を送った[27]のもうなずけるほどである。金達寿によれば、朝鮮や朝鮮人に対して日本人が個人的にどういう考えを持っていようが、彼らはすでに「朝鮮」（朝鮮渡来の人々の遺物）に囲まれて生活していたのである。そしていったんこのことに気づくと、その人にとって朝鮮や朝鮮人は、マスコミ等の情報から形成される、得体の知れない不気味な影ではなく、社寺仏閣から地名・人名まで、自分の生活圏内にある文化遺跡の形をとって立ちあらわれる、きわめて具体的な存在となる。この点で文化遺跡は、民族・階級・地域・年齢・性別・職業・考え方などの区別を超えて、日本人に朝鮮が「近くて近い国」であることを実感させるのに、格好のものとなった。

しかし金達寿の旅は、それらの文化遺跡を探しだし、いかに朝鮮半島と深い関係を持っているかを示すことで終わるのではない。彼はそれら文化遺跡を作った「渡来人」たちの、水平的かつ重層的な結びつきを回復させることで、〈帰化人史観〉が日本人を自己腐蝕させるカラクリを暴きだすことを目指したのである。以下ではこの点を、彼が挙げた事例をとおして具体的に見ていく。なお、彼の古代史研究の方法が、前節で述べた安吾の影響を受けたものでないことや、後述するように、各地の郷土史家や古代史愛好家が金達寿の影響を受けて初めて郷土の古代文化遺跡と朝鮮半島との関わりを調べはじめたわけでないことを示すため、事例はなるべく初期のものを取りあげることにする。

さて、金達寿によれば、〈帰化人史観〉による「朝鮮隠し」は、様々な形で行われている。地名や人名などの由来を朝鮮から中国に書き替えるのは、その一例である。たとえば彼が「朝鮮遺跡の旅」の連載第一回（『思想の科学』七〇年一月号）で、神奈川県秦野市を取材で訪れた際、駅前の書店で石塚利雄『秦野地方とその産業の推移について』を購入して読んだところ、かつて「秦野で織物業をしているという と、では帰化人の子孫か、といわれたことがある」[28]という一節が目に止まった。秦野の織物業と帰化人とはいったいどのような関係にあるのか。石塚は、「『新撰姓氏録』によると、応神天皇の十四年、秦の始皇帝の裔弓月君が百二十七県の百姓を率いて帰化し、仁徳天皇の御代に、これを諸国に分置して、機織りの業に従わせ、波多氏と称した。幡多郡は、それが集団的に配置されたところで、今の秦野地方がこれに当る、としている。したがって秦野の沿革についても、本町は他の秦野諸町村と共に、古代の幡多郡に属し、秦の帰化人を集団的に配置した故の名称である、と記している」と書き、「以上のような次第として、秦（シン）の帰化人が秦野に住んで、機織り（ハタオリ）をやっているのか、といわれたわけである」[29]と説明した。これに対して金達寿は、「上田正昭氏『帰化人』ほかをみても明らかなように」、「これは中国にたいする事大、ないしは朝鮮にたいする賤視思想から出たもので、秦氏というのは古代朝鮮の新羅・加耶から渡来した豪族の一つであった」[30]と批判した。金達寿はこの他にも、京都最古の寺院である広隆寺の前身だった蜂岡寺を建立した秦河勝を、観光バスのガイドが「中国からの帰化人」と解説したり[31]、やはり朝鮮渡来氏族の漢氏《あや》について、「阿知使主は後漢の霊帝の子孫といい、そのひきつれてきた人びとは漢人と呼ばれた」と記した、藤本篤『大阪府の歴史』の文章[32]を例に挙げている。

また、歴史学者が文献史料に注釈を加える際に、〈帰化人史観〉に合うように読み替えて朝鮮に対する日本の優越性を付加するという形で、「朝鮮隠し」が行われる場合もある。たとえば金達寿が大阪府大阪市住吉区にある住吉大社を取材した際、大阪府警察本部編『大阪ガイド』の住吉大社の項目を眺めたところ、次のように記されていた。

底筒男・中筒男・表筒男三神と神功皇后をまつる。住吉三神は『古事記』に阿曇連（あずみのむらじ）の祖神と見えるように、この三神を酋長とする一族は、南方から移住して西日本から朝鮮半島にかけてひろがった海神（わだつみ）族の一派であるが、神功皇后が三韓征伐のとき海上の案内をしたという縁により、航海の神として崇敬せられる。[33]

ここで金達寿が問題にしたのは、「南方から移住して西日本から朝鮮半島にかけてひろがった」という箇所である。というのも、彼が引用している別の著作によれば、安曇族（＝阿曇族）は「彼らは朝鮮系の民族とされているが、おそらく北陸地方から入って来て土着したものであろう」〔34〕（景山春樹）や、「北九州の玄海灘を本拠に活躍した〔中略〕彼らは各地に発展し、その足跡は南は淡路から、東は北信州の安曇郡一帯にまで及ぶが、その一隊は、敦賀、小浜をへて湖西の地にまで進出したとみられる」〔35〕（原田伴彦）と記されており、彼らが「南方から移住して」きたことを示す記述はどこにもない。それにもかかわらず『大阪ガイド』では「南方から移住して」と断定的に記されている。それはなぜか。金達寿は、「それはこの文章にすぐつづく、「神功皇后が三韓征伐のとき海上の案内をした」ものということにつなげるためにほかならないからでもあった。そうでなくては、「神功皇后が三韓征伐……」ということとつじつまが合わないからである」と推理し、「それほどにもこの人たちが、「神功皇后の三韓征伐」「朝鮮遠征」に固執するのはどういうわけかわからない」と、安曇族をつうじた「朝鮮隠し」の手法を批判した〔36〕。

これはまだ、彼が古代史研究をはじめて間もないころの文章であるため、遠慮が見られる〔37〕が、彼の研究が広く支持を集めるようになると、「朝鮮隠し」に対する彼の口調もときに強いものになった。特に彼が厳しく問うたのは、『日本古典文学体系　風土記』（岩波書店）の校注者・秋本吉郎の学問的姿勢である。

金達寿は、瀬戸内海の大山島にある大山祇神社を取材するにあたり、まず吉野裕訳『風土記』（平凡社・東洋文庫）の「伊予国風土記」の箇所を読んだところ、いくつか疑問点が出てきた。そこで次に、秋本吉郎校注『日本古典文学体系　風土記』の同じ箇所の原文と読み下し文に目をとおした。すると、原文で「此神自二百済国一度来坐　而津国御島坐」と記されている箇所が、読み下し文にすると、「此神、百済の国より渡り来まして坐《いま》しき。而して津の国の御島に坐《いま》しき」となるべきはずなのに、秋本は一つ目の「坐」と「而」の二文字を訳さず、「此神、百済の国より渡り来まして、津の国の御島に坐しき」〔38〕と読み下していることに気づいた。吉野の訳も同様だったが、これでは「此神」（大山積神＝大山祇神）は百済からではなく、津の国の御島からやって来たことになってしまう。果たして秋本は、「百済の国より渡り来まして」という箇所について、「韓国の百済から帰って来てか。百済を本国として来朝した意ではあるまい」と、また「津の国の御島に坐しき」について、「大阪府高槻市三島江（淀川右岸の地）の式内社三島鴨神社。そこから伊予国に移ったというのである」と注記していた〔39〕。つまり、「此神」は百済から伊予国に渡ってきたのではなく、百済に渡ったあと御島に帰り、そこから伊予国に移ったというのである。この他、秋本は、「是の神は、難波《なにわ》の高津の宮に御宇《あめのしたしろ》しめしし天皇《すめらみこと》の御世に顕れましき」の「顕れましき」という箇所に、「神が現身をあらわして行為することをいう。韓国出征の時にこの神があらわれて航海神として神徳を発揮した意」とも注記していた〔40〕。金達寿は、秋本がどのようにして、「顕れましき」に「韓国出征」という文脈を読みこんだのか、なぜ大山積神が百済からではなく、津の国の御島から伊予国に移ったことになっているのかまったくわからないと述べ、「いったい「校注」とはどういうことなのか。本文にないことまで、自分勝手に「注」するということではないはずである。しかも本文のある部分を勝手に抜いてしまって、「――そこから伊予国にうつったというのである」としているこれなどは、学問的サギというよりほかないであろう」〔41〕と批判した。

しかし、もっとも頻繁に客観性を装って行われている「朝鮮隠し」は、全国各地の文化遺跡の存在を、その地域に大和朝廷の政治権力や文化的影響力が及んでいたことを裏づける証拠と見なすやり方である。これについては、金達寿の最初の探訪先である関東地方（東国）を例に挙げて見てみよう。

七〇年前後の古代史研究の言説空間では、東国は文化的に遅れており、大和朝廷をつうじて先進文化を取りいれた地域と見なされていた。たとえば考古学者の和島誠一は、『岩波講座　日本歴史』で、「大陸の農耕文化を早くうけ入れ、弥生時代の最も先進的な地域で、古墳時代になって大和連合政権が主動《ママ》的な役割をもつようになってからも、朝鮮侵略の尖兵として大陸との交渉を直接的に行なっていた北九州に対して、畿内より遅れて農業社会を発達させ、以後も引き続いて畿内をつうじてのみ先進文化をとり入れざるをえなかった」[42]と東国を位置づけた。その上で、もっとも早く古墳が成立した地域である南武蔵野多摩川中流域の白山古墳と観音松古墳から出土した副葬品から、「早ければ四世紀後半、遅くも《ママ》五世紀初頭には、多摩川中流域に大和政権と結びついて共同体を支配する族長が現われた」[43]と述べた。また歴史学者の井上光貞は、『日本古代国家の研究』で、「大化の改新を遡る一世紀以前すなわち六世紀中葉には、大和朝廷の勢力が広く関東地方に及んでいたものの、毛野の国造の威力もまた盛大であって、これと南に境を接する武蔵国造は、その勢力下におかれることもあったのである」[44]と述べ、六世紀中葉にはまだ、大和朝廷は東国を完全に支配できておらず、一定の独立性を有した地方豪族もいたことを記している。だが東国に、大化改新以前の国造制である伴造的国造が広く分布していたという事実を説明する際には、「東国が大和朝廷の支配下に入ったのは、大和朝廷が西日本の朝廷としての権力と行政機構を発展させた後であり、他方、東国地方の文化的発展度は、西日本に比べものにならないほどに低かった」[45]と述べており、やはり東国の文化的後進性を当然視した。

　しかし金達寿は、実際に東国の文化遺跡を探訪していく中で、この地域が文化的に遅れていたわけでも、大和朝廷から送られた「帰化人」によって初めて開発されたわけでもないと考えるようになった。

文献史料に残された「帰化人」の東国への移住の前に、すでに高句麗・百済・新羅から、多くの「渡来人」が東国にやって来て根を下ろしており、複雑なネットワークを構築して生活圏を広げていった様子が、文化遺跡から窺えたからである。

このうち高句麗人については、前節で狛江町の文化遺跡をとおして簡単に触れたが、狛江だけが彼らの定着地だったのではない。金達寿は神奈川県小田原市大磯の高来神社や神社の背後に聳える高麗山、同県足柄下郡箱根町にある箱根神社、埼玉県入間郡高麗村（現・日高市）の高麗神社などを取材しながら、様々な資料を引用して、彼らの広がりは「『移る』というより、これは大磯をさいしょの根拠地とした、その一族や集団の展開過程といったほうがよい」[46]と述べ、七一六年に大和朝廷が武蔵国に高麗郡を新設した際、大磯からそこに移住したという高麗王若光と彼の一族も、その「展開過程」の中で移住した集団の一つにすぎないと語った。狛江の亀塚古墳はその一例だが、金達寿は他に、埼玉県川越市の三王塚古墳群の山城も、高麗王若光一団の移住以後のものであるかどうか疑わしいと言う[47]。

百済人が開発した地域と考えられている埼玉県狭山湖一帯も、やはりその主役は大和朝廷から送りこまれた「帰化人」ではないのではないかと言う。それを裏づけるものとして、金達寿は松井新一が『武蔵野の史跡をたずねて』の中で記した、現在は狭山湖に水没している入間郡勝楽寺村一帯に「は帰化人が多く、六世紀頃この地に多数の寺院が存在したことによって、その繁栄がうかがわれる」[48]という一節を引用し、「六世紀といえば、仏教が百済によって日本に公伝されたのが五三八年であるから、「この地に多数の寺院が存在した」のは同世紀のことで、大和に法隆寺のできるよりもさきだったことになる。とすると、ここにはすでにその当時から、大和のそれに劣らぬ文化的勢力のものがいたとみなくてはならない」〔49〕と語った。

金達寿はさらに、上野国にも「大和のそれに劣らぬ文化勢力」がいたことにも言及した。群馬県高崎市にある上野三碑（多胡碑・山ノ上碑・金井沢碑）を取材した彼は、それらの碑を建立した新羅人が展開していた甘楽《かんら》郡「はおそらく「大化の改新」以前、国・郡設置以前から鏑川流域一帯にわたって広汎な地域を占めていたものと思われる」〔50〕と述べ、それを裏付ける史料として、三つの中でもっとも古い山ノ上碑に「辛巳の年」すなわち六八一年に建立されたと刻まれていることを挙げた。それは「『古事記』の出現に先立つこと、ちょうど三十年であった。『高崎市史』㈠が誇らかにのべているように、『古事記』よりも早い六八一年に、「文字を使用して石碑が建立されたのであるから注目すべきことで、すでに山名、根小屋、吉井あたりの文化が進んでいることがこの上野三碑の存在によって知られるので」あるが、これもそこ〔甘楽郡〕が「韓《から》」であったことと切り離してはけっして考えられないのである」〔51〕。

このようにして彼は、日本各地の古代文化遺跡を大和朝廷と結びつける〈帰化人史観〉の発想を一つ一つ覆していったのだが、彼の古代史研究は、〈神功皇后の三韓征伐〉や〈任那日本府〉経営など、古代史上の出来事や地域の歴史を個別的に取りあげて、それを支える言説空間を変更するにとどまらなかった。彼は、古代史研究者がこれまで大和朝廷内部の権力争いや大和朝廷と地方の豪族との争乱など、もっぱら日本国内の問題として論じてきた出来事や事件を、朝鮮半島情勢と関連づけることによって、古代史研究の言説空間で自明視されてきた諸関係の総体を、根本的に変更することを目指した。

金達寿のこの態度は、たとえば大化の改新（六四五年）から壬申の乱（六七二年）にいたる過程を読み解く彼の視座に顕著にあらわれている。まずこの過程を教科書的に概観すると次のようになる。大化の改新は六四五年、中大兄と中臣鎌足が蘇我蝦夷・入鹿父子を殺害し、蘇我氏宗家を滅ぼしたことに始まる。この直後、皇太子となった中大兄は六四六年に改新の詔を出し、中臣鎌足とともに、孝徳のもとで集権的な政治体制の確立を目指した。孝徳が死去すると六五五年に斉明が即位したが、六六八年に中大兄が即位して天智となり、政治改革を押し進めたものの、六七一年に死去した。その後、天智の弟である大海人皇子と、天智の息子である大友皇子の間で権力闘争が起こり、大海人皇子が挙兵して六七二年に大友皇子の勢力を打ち倒して天武天皇となった。

金達寿はまず、大化改新について、『日本書紀』の記述を一つ一つ「解読」しながら、長らく倭の権力を握ってきた蘇我氏などの百済系氏族を、新羅系氏族を中心とする勢力が、「母国」新羅の支援を得て打ち倒してヘゲモニーを確立した事件ととらえた。しかし朝鮮半島における百済の新羅攻勢が強く、数年後には新羅系氏族による政権は崩壊し、孝徳の後を継いだ斉明の時世の政権は、ふたたび百済系氏族中心に戻ってしまう。さらに百済が唐・新羅連合軍に滅ぼされると、大量の百済人が日本列島にやってきて「救国運動」を行い、それに応じて倭は大量の援軍を派遣する。そのもっとも大きな戦闘が白村江の戦いであった。だがこの「救国運動」は失敗に終わり、朝鮮半島は新羅に統一された。ところが今度は新羅と唐の対立関係が顕在化した。そしてこの情勢の変化を反映して、吉野にいた大海人皇子は新羅系氏族の濃厚な地である美濃に移り、東国の豪族の助力を得て、大友皇子を打ち倒した。金達寿によれば、これが壬申の乱である。大海人皇子は即位して天武天皇になると、その政権は新羅と非常に緊密な関係を持った。しかしその後、天武天皇が死去して持統天皇の時代になると、またもや百済系氏族が政権の中枢を担うことになった[52]。

金達寿が大化の改新や壬申の乱に言及した一九七〇年代前半には、中大兄や中臣鎌足による蘇我氏打倒の企ては、天皇をも超える蘇我氏の甚だしい専横ぶりに不満を抱いた勢力による政変と見なされていた。また壬申の乱も、皇位継承をめぐる内乱と考えるのが一般的だった。これに対して金達寿は、先に述べたように、この過程全体を、朝鮮半島が新羅によって統一されていく過程と同時並行的にとらえたのだった。これは現在の古代史研究では常識となっている視点だが、彼はそれを、七〇年代前半という早い時期に提示していた。

金達寿はこのように、各地の古代文化遺跡を探訪し、それぞれの地域や、日本列島と朝鮮半島との関連性を回復させていく作業をつうじて、日本古代史研究の言説空間における様々なレベルでどのように「朝鮮隠し」が行われ、日本人の身体に歴史的な〈負性〉が刻みこまれ続けているかを明らかにしていった。

しかし、金達寿が引用している各種の資料から明らかなように、これは彼が初めて発見した事がらではない。個別的には、全国各地の郷土史家や古代史愛好家たちの間ですでに、多くの文化遺跡が朝鮮半島から渡ってきた人々と深い関係があることや、それら文化遺跡の中には、大和朝廷から一方的に政治的・文化的に影響を受けて作られたものとは考えられないものがあることは知られており、詳細に調査・研究されていた。彼らにとってそれらの文化遺跡は、否定しようのない厳然たる事物であり、それが存在する以上は、たとえ本人がどんなに〈皇国史観〉ないし〈帰化人史観〉に忠実であろうとしても、郷土と朝鮮半島との間に、大和朝廷を媒介としない、何らかの直接的な関係を認めないわけにはいかなかった[53]。金達寿が「日本の中の朝鮮文化」の初めての発見者でも、初めて古代史研究の言説空間における「朝鮮隠し」の実態を暴いた知識人でもないというのはこの意味である。
ではなぜ彼らの調査・研究ではなく、金達寿の『日本の中の朝鮮文化』が大きな影響力を持ったのだろうか。この点に関して示唆的なのは、田中史生が関晃と金達寿の「帰化人」研究の差異について述べた、次の文章である。

以上のような渡来人と「日本人」に境界を設けない〔金達寿の〕議論は、「日本」の中に「帰化人」を内在化させる関の議論とも似ていよう。ただ、関が大陸的「特殊性」を持つ「帰化人」とその他列島の「日本人」とを区別しつつ、その血と文化の「日本的」結合に新たな「日本」の創造を見出そうとしたのに対し、金は古代史を民族形成以前の「日・朝関係史」として構想し、古代における「日朝」の境界そのものを吹き飛ばしてしまった。[54]

ここで田中が指摘した、関と金達寿の差異は、多くの郷土史家や古代史愛好家と金達寿の差異でもある。彼らが行った調査や研究は、あくまでも「日本」という国家や民族としての日本人を前提とした上でなされたものだったために、郷土の古代文化遺跡が大和朝廷よりも朝鮮半島と関係が深かったことをどれほど明らかにしても、〈帰化人史観〉を部分的に修正する役割を果たすにとどまった。これに対して金達寿の研究は、国家としての日本や朝鮮、民族としての日本人や朝鮮人が成立する以前の歴史空間を開示し、それをつうじて〈帰化人史観〉を総体的かつ全面的に変更する道筋を指し示すものだった。金達寿の古代史研究がこのようなものだったからこそ、彼が探訪した全国各地の古代文化遺跡が、多くの日本人に決定的な〈衝撃〉を与え、自らの身体に刻みこまれた歴史的な〈負性〉を自覚させる契機となりえたのである。

四　おわりに

以上の考察から明らかなように、金達寿が、〈帰化人史観〉によって日本人は自己腐蝕していると主張し、自分は「帰化人」の子孫でも「渡来人」の子孫でもないと述べたことには、既存の「帰化人」研究に対する異議申し立てにとどまらず、彼自身が受けた差別体験と切り離せない、明確な意図があった。そこには何よりもまず、古代の「帰化人」・「渡来人」と近現代の（在日）朝鮮人とを切り離すことで、（在日）朝鮮人の身体に刻みこまれた、「朝鮮人」という言葉が持つ歴史的な〈負性〉の虚構性を明らかにすると同時に、日本人が「日本人」と呼ばれて誇りを感じることにもまた、別の意味で日本人の身体に歴史的な〈負性〉が刻まれていることの証拠であることを示す狙いがあった。さらに彼は、「帰化人」と「渡来人」を区別することで、「はじめに国家ありき」の発想で日本と朝鮮の関係に優劣をつけようとする態度を批判して、かつて国境や民族意識で隔てられる以前の〈日朝関係〉があったことを示し、「渡来人」を媒介とした〈日朝関係〉を参照することで、現代においても両者の関係の再構築が可能であることを提示しようとしたのであった。

この実践の代表と言えるものが、七二年四月九日から一〇年近く続いた、「日本のなかの朝鮮文化遺跡めぐり」ツアーである。これは金達寿と上田正昭を現地の講師として、日本各地の古代文化遺跡を実際に歩きまわろうという、日本のなかの朝鮮文化社主催のツアーである。「河内飛鳥」をテーマにした第一回には定員一〇〇名のところ五〇〇名以上の申し込みがあり、仕方なく二〇〇名に絞った。しかし『毎日新聞』が集合時間と場所を明記して記事を発表してしまったため、参加証を持参していない参加者が続々と集まり、地元の警察が急きょ交通整理にあたらねばならないほどの盛況ぶりを見せた[55]。このツアーはその後も、一年に二〜三回程度の割合で企画され[56]、金達寿は参加者から、「あなたは小説も書くんですか」[57]と尋ねられるほど、急速に古代史研究家として認知されていった。

とはいえ私は、アカデミックな学者による歴史の叙述が虚偽で、金達寿の提示する日本古代史の姿の方が真実だと主張したいわけではない。実際、金達寿の古代史研究の中には、彼の認識不足からくる誤りや、その後の発掘調査などによって修正されたり放棄されたものも少なくない。「輸入」という語をめぐる議論は、その一例である。

金達寿は、古代において大陸から日本列島に風習や地名などが「輸入」されたと論じられていることに異議を唱え、誰がそのような風習や地名などを「輸入」したのか、その主体について考えねばならないと主張した[58]。これは正しい指摘である。しかし彼は同時に、弥生時代の日本列島に金属器などが「輸入」されたことについては、「当時の北九州地方の人々はいったい中国や朝鮮とにまたがって、どういう貿易をしていたというのであろうか。それは「覚書貿易」だったのか、「条約貿易」だったのか。それからまたその決済は、いま問題となっているドルでしたのか、円でしたのか、といいたくなるようなはなしである」[59]と述べ、経済的な次元での「輸入」の存在を否定している。しかし実際には、鉄生産と交易をつうじて発展した伽耶連合国[60]がそうだったように、古代においては共同体や国家それ自体が、貿易を行う「会社」だった。金達寿はそれを完全に見落としている。

その他にも、田中が指摘したように、金達寿の提示した〈日朝関係〉のイメージは、歴史主体としての「渡来人」の存在を強調する一方、彼らが渡来する以前に日本列島に暮らしていた人々＝「原日本人」の存在を、限りなく軽視するものとなったことは否定できない。金達寿が繰りかえし、『続日本紀』の「凡そ高市郡内は檜前忌寸及び十七の県の人夫地に満ちて居す。他姓の者は十にして一、二なり」という記述に言及したり、縄文人と弥生人、縄文文化と弥生文化の間に決定的な断絶を認める態度は、それを如実に示すものである。また、〈民族〉に代えて〈人種〉の同一性を持ち出しても、「絶対化された他者との境界を前提とする、「内側」の水平的融和」[61]を新たに創りだすことに変わりない。田中はここに、「差別の克服を目指した金が結果的にマジョリティーとみる渡来人以外の列島住人の歴史について冷やかとなった」[62]要因があると述べた。さらに田中は、金達寿を含む従来の「帰化人」・「渡来人」研究者が、「渡来」は人の移動をあらわす用語であるにもかかわらず、日本列島内の移動を考慮していなかったり、日本列島にやって来てそのまま定住した者についても「渡来人」という言葉を用いるなど、本来の語義に合致しない用い方をしている点も批判した[63]。

これらの批判の中には、当時の資料的な制約からくる誤りなど、金達寿が全面的に責を負うべきものでないものもある。しかし、それを差し引いても、当時の在日朝鮮人をとりまいていた朝鮮半島情勢や日本社会の状況、そして何より「奈良＝韓語ナラ」のような、現代の日本語と朝鮮語を結びつけ、その関係を古代に投射する方法が、彼の自民族中心主義のあらわれと解され、彼の古代史研究は現在ではまったく顧みられなくなった。それとともに、本節の冒頭で引用した、古代の「帰化人」と現代の在日朝鮮人とを関連づける思考への彼の異議申し立てや、そのことがもたらす〈日本人の自己腐蝕〉に対する警告も、また忘れられた。さらに彼自身も、「帰化人」と呼ばれてきた人々は日本人の先祖であって、在日朝鮮人とは何の関係もないと言いながら、古代の「帰化人」と現代の日本人とがどのような関係にあるのかを具体的な事例をあげて説明しなかった。だがこれらは、彼の認識が現実から遊離した空疎なものだったことを意味するわけではない。

現在から見て、金達寿の「帰化人」批判が様々な弱点を抱えていることは確かである。しかし、彼は古代史研究を、歴史の〈真実〉や、「渡来人」・「帰化人」の実態を明らかにするために行ったのではない。それゆえ、むしろそうした批判が出てくることは、金達寿が日本人研究者の文章をとおして〈帰化人史観〉に異議を唱えたことを考えれば、ある意味では彼の戦略どおりの展開になったと言える。なぜならそれらは金達寿個人に対する批判にとどまらず、日本の植民地支配を正当化する〈帰化人史観〉を作りあげてきた、近代日本の古代史研究の言説空間そのものへの批判にいたらざるを得ないものだからである。この意味で金達寿の古代史研究は、日本人に、「植民地的人間」の状態から抜け出るための、その最初の一歩をどこから踏み出せばよいかを示したものなのである。

第三節　〈社会主義〉の源流を求めて――『行基の時代』を中心に

一　はじめに

「行基の時代」（『季刊三千里』一九七八年二月～八一年八月）は、七世紀半ばに生まれ、八世紀前半に多くの寺院を建立したり、「布施屋」という緊急用の旅行者救護施設の設置や灌漑などの社会事業を主導したことで知られる行基の生涯を、史実と虚構を織りまぜて描いた金達寿の小説である。彼は単行本のあとがきで、この小説を書いた動機について、次のように記している。

一九七六年七月にだした私の『日本の中の朝鮮文化』シリーズ第六冊目をみると、「韓泊と鶴林寺」というのに「行基像に思う」という小項があって、本書のはじめにみられるような行基のことをかんたんに紹介したあと、私はそのこと（「行基の時代」執筆動機）をこういうふうに書いている。

――私はこれまで伝記というものを書いたことはないが、しかしどういうものか、民衆仏教者として弾圧されたりしていながら、日本最初の大僧正となっている行基の生涯には強い興味をそそられる。私はいずれ、かれの生涯をその人間と時代とに即して、明らかにしたいものと思っている。――

〔中略〕しかしいざそうなってみると、いわゆる伝記として書くことは、いろいろな意味で不可能なことがわかった。で、これは、『ルーツ』の作家アレックス・ヘイリーのいう、事実と虚構とを自在にするファクション（記録小説）として書かれることになった。〔1〕

ここで金達寿が引用している「行基像に思う」の文章は『日本の中の朝鮮文化』の文章そのままではない。しかし彼が行基を僧侶としてよりも、社会主義者として見ようとしていた点ではまったく変わらない。「行基像に思う」で彼は、「行基は奈良の東大寺建立に関連し、日本さいしょの大僧正となったものだったが、彼は当時、奈良・天平時代の社会主義者のようなものであった」〔2〕と記したが、『行基の時代』でも次のように書いている。

〔前略〕要するに、私は行基のことを書くことによって、奈良時代のすぐれた社会主義者といってもいいその行基から、たくさんのことを学ぶことになったのである。

同時に、混迷している今日の社会主義というものについても、いろいろなことを考えさせられたものであった。で実をいうと、私がこの作品を書きたかったモティーフの一つは、原初的なそれであった奈良時代における行基の行動をつうじて、今日・現代の社会主義というものを、私なりに考え直してみたかったからでもある。〔3〕

ここで彼が自分なりに考え直したかったという「今日・現代の社会主義」について、朴正伊《パクチョンイ》は、金達寿の描く行基像を、彼が作中で言及した古代史研究者の井上薫・田村圓澄・二葉憲香・井上光貞による行基像と比較して論じた。朴は、四名がいずれも行基を宗教家として論じたのに対し、金達寿は行基を宗教家または僧侶としてより、あえて社会主義者として見ようとしたと述べた上で、その裏側に、「社会主義国家であったからこそ長年、支持して来た「北朝鮮」体制への敗北感、失望感」[4]があったことを指摘した。

たしかに金達寿は、この時期にはもはや「社会主義を標榜する「組織」」にいかなる希望も見出せなくなっていた。だが『行基の時代』を「「北朝鮮」体制への敗北感、失望感」の反映ととらえるだけでは、彼が「今日・現代の社会主義」を行基の生涯をとおしてどのように考え直そうとしたのか、そしてその結果として〈社会主義〉に対していかなる態度をとるようになったのかを明らかにすることはできない。特に後者は、小説の連載中に訪韓という大きな出来事があっただけに、避けられない論点である。

そこで本節では、『行基の時代』に描かれた行基の生涯と、金達寿の訪韓をめぐる問題とを重ね合わせて論じることで、彼が行基に見出そうとした〈社会主義〉がどのようなものだったのかを明らかにしていく。

二　『行基の時代』における史実と虚構

『行基の時代』は、「行基年譜」や「行基菩薩伝」などの歴史的史料と、行基研究の著作や論文などを参考にして、史実と虚構を織りまぜて行基の生涯を描いたものである。しかし作中では、どの出来事が史実でどれが金達寿の創作なのかが明らかにされていない。さらに彼が史実と考えた出来事の中にも、明らかな虚構があったり、現在も史料的な裏づけがなかったり不充分なために、専門の研究者の間でも一致した結論が出ていないものも少なくない。そこで彼が考え直そうとした〈社会主義〉について考察するに先だち、文献学的・考古学的研究によって得られた行基に関する史実、史料的な裏づけがあるかないかにかかわらず、金達寿が実際にあったと考えた行基に関する「史実」[5]、金達寿が創作した部分に区分して整理する。まず『行基事典』に基づいて、行基の生涯を概観する[6]。

行基は六六八年、河内国大鳥郡蜂田里に生まれた。父親は西文《かわちのふみ》系の高志《たかし》才智、母親は蜂田《はちだの》古《こ》爾《に》比売《ひめ》で、ともに百済から日本列島に渡ってきた渡来人系の中級氏族の末裔である。六八二年に一五歳で出家した。出家後は、六五三年に入唐して玄奘三蔵に師事したあと、六六一年に法相宗など数多くの教典を持ち帰った道昭が禅院を建てていた飛鳥寺（元興寺・法興寺とも称する。以下では金達寿の記述に従って「法興寺」と呼ぶ）で学び、六九一年に二四歳で高宮寺の徳光禅師から具足戒を授かって正式な僧侶となった。七〇四年、三七歳の時に自宅を家原寺にあらためたのを皮切りに、畿内の各地で様々な社会事業を主導した。こうした活動に対して七一七年、「小僧行基」を僧尼令違反として布教を禁圧する詔が出たが、七三一年になると一転して「行基法師」の弟子の一部に出家を許す詔が発せられた。実質的に社会活動を認められた行基は、以後、本格的に社会事業を展開するようになった。そして七四三年、七六歳で奈良の大仏造営に起用され、七四五年には史上初となる大僧正に任命された。だが大仏完成前の七四九年に入滅、遺言によって火葬された。

以上が行基の生涯に関する最大公約数的な史実である。これに基づき、金達寿が考える「史実」と創作部分を区別する。これについては彼が「なるべく「小説」の部分はとりはらった記録のみ」[7]に沿って行基の生涯を描きだした小伝を書いているので、それと小説を対比させることで区別できる。

まずは行基が生まれてから出家するまでの幼少年時代である。この時期については小伝も小説も、連載当時に出版されていた唯一のまとまった伝記である井上薫『行基』の内容を踏まえて書かれている。生地や父母については前述のとおりなので省略するが、行基が現在の医者や薬剤師にあたる薬師の家系である母方に育てられたこと、父親について特に何もわからないことも井上説のとおりである。そして行基がどのような幼少年時代を過ごしたかについても、史実では具体的なことは何もわからない。しかし金達寿は、行基が古爾比売の父である蜂田首虎身《はちだのおびととらみ》のもとで育ち、基本的な学問をはじめ薬の知識などを学んだことを「史実」とし、小伝と小説の両方で、次のように記している。

行基は五歳ごろになると虎身から『千字文』に始まり四書五経を教わったが、一三、四歳頃には虎身の知識を追いこしてしまった。他方では、虎身の薬房で働く者たちと一緒に野山に行って薬草の知識を教わったり、虎身が治療するのを見ていた。その際のエピソードとして、虎身がひきつけを起こした子どもの指先を針で突いて瀉血させて治したり、肩や腰などが痛む患者に灸をすえる様子に興味を持ったこと、そして粉薬を飲むのが苦手な患者のために、丸薬にすることを思いついて虎身を感心させたことを記している。その後も行基は勉学に興味を持ち、やがて虎身に寺院に入って勉強したい旨を伝えた。そこで虎身は父方の高志氏族の者とも相談し、行基を法興寺に入れた。

以下のエピソードは、小説だけに描かれた金達寿の創作である。①虎身の八親等にあたる蜂田宇足《うたり》という人物が虎身の薬房をしばしば訪れて、朝鮮半島情勢や近江・飛鳥の都の様子などの情報を虎身に伝えたこと。②虎身の工房に、行基より一歳年下の佐久也《さくや》という奴婢がおり、行基と仲が良く、行基は彼から薬草の知識を教わる代わりに彼に乞われて文字を教えたこと。③虎身に治療してもらったことのある船高雄という農場主が、道昭と同じ船氏族の出身者だったことから、彼のコネで、行基は法興寺という当代一流の寺院に入ることができたこと。このうち道昭の出自が船氏族なのは史実だが、佐久也・蜂田宇足・船高雄の三名はいずれも、金達寿の小伝にも登場しない架空の人物である。

次に行基が法興寺に入ってから、高宮寺で正式に僧侶となり、自宅を家原寺とするまでの青壮年期である。この約二〇年間についても、幼少年時代と同様、史実としては不明な点が多い。特に行基の全国行脚については、生涯畿内から出なかったというのが史実であり、金達寿も小説中でわざわざ、「行基年譜」に修行時代の行基が新羅の大臣の恵基とともに諸国を遊行したと記述されている点を取りあげ、それは「行基年譜」の筆者が事実を誇張して記したと断っているほどである[8]。だがそれにもかかわらず、彼は小説であえて行基を、現在の関東地方から九州・四国まで行脚させている。このように行基の修行時代は、彼がもっとも作家的想像力を発揮して描いた部分と言える。

金達寿が「史実」とし、小伝と小説の両方に描いた出来事は次の四点である。①出家後の行基が道昭から決定的な影響を受けたこと。②高宮寺で僧侶となったこと。③七〇〇年に道昭が火葬された際に立ちあった、ないし火葬直後に現場に行ったこと。④自宅を家原寺としたこと。この点を踏まえて、以下、小説に沿って行基の修行時代を概観していく。道昭と徳光禅師以外はすべて架空の人物である。

法興寺に入った行基は、道昭の他の九名の弟子とともに勉学に励んだが、そのうち行基に近づいてきた一人に、扶来《ふらい》という沙門（修行僧）がいた。扶来は行基が自分と同じ百済氏族の出自だったことから近づいたのだが、行基が何世代も前の渡来人の子孫だったのに対し、扶来は百済で生まれてすぐ親と一緒に来たか、親が渡って来てまもなく生まれるかした者だったため、百済人としてのアイデンティティーを強烈に保持していた。彼は、宇足が虎身に様々な情報を提供したように、行基に都の様子や朝廷内の権力闘争などを伝えたり、性交のことを教えて驚かせたりもした。

こうして行基が修行を続けていた六八七年初めごろ、道昭の禅院では修行が打ち切られ、道昭は全国行脚の旅に出ることになった。行基は扶来から、近江の百済寺に一緒に来るよう誘われたが断り、道昭に随行したいと申しでた。しかし道昭はすでに洪俊という弟子を随行させることを決めていた。代わりに道昭は行基に、葛城山にある高宮寺の徳光禅師のもとに行き、修行を続けることを勧めた。

高宮寺では、雨や雪の日には読書や写経などをし、晴れた日には寺地の開墾や畑仕事をする修行を行った。さらに修行僧たちは一〇日に一度ずつ、三人交替で乞食（托鉢）に出た。こうして半年ほど過ぎた旧暦八月、行基はやはり高宮寺で実践されていた山林修行をすることになった。これは、場所はどこでもよいが、最低七日から一〇日間は山に籠もり、その間は決して人里に降りてはならないという修行だった。行基は葛城山でそれを行ったが、修行中にナヨという娘と性交してしまった。我に返った行基はすぐに下山し、徳光禅師にその旨を告白した。すると禅師は行基に、本来の師である道昭を探しだして、性交したことを告白してから還俗《げんぞく》するように命じた。ここに行基の全国行脚の旅が始まる。

行基は扶来から、道昭が東国に行ったという話を聞き、現在の房総半島まで旅したが、会うことはできなかった。そこで東山道を経て大和に戻り、山陽道を目指すことにした。だが彼は、信濃と飛騨の国境付近で宿を求めた際に寡婦と性交し、またも戒律を破ってしまった。彼は自分を責めながら、徳光禅師に告白すべく高宮寺を目指した。そしてその途中で、宇治川で架橋工事を指揮していた道昭に再会した（道昭が架橋工事に関わったことは史実）。行基が高宮寺を出て三年後のことである。行基は道昭に一度目の破戒について告白した。すると道昭は、何も言わずに高宮寺に戻って修行を続けるように勧め、徳光禅師への手紙を持たせた。そこで再び行基は高宮寺で修行に励み、約一年後に正式に僧となった。

行基はその年の一一月、九州地方を含めた西国に旅立った。なるべく寺院には立ち寄らずに「民人たち」からの布施で日々を暮らし、農民たちに灌漑用の用地を作るよう助言したり、肥料や薬草についての知識を教えるなどの「お返し」をした。こうして三年ほど経ったところで、四国を経て大和地方に帰ることにした。しかし讃岐の阿良里《あらのさと》に着いたところで、地域の長である阿良小目《あらのそもく》の病を治したのをきっかけに、阿良里の人々に土地の開墾や肥料・薬草の知識などを教えることになった。さらにその年の秋に祭が行われると、行基は村人たちによって、阿良小目の一人娘・留女《るめ》がいる部屋に閉じこめられ、三たび戒律を破ることとなった。しかし今度は、前の二度の破戒の時と違って深刻に煩悶することなく、留女を事実上の妻とし、僧衣を脱ぎ捨てて里の人々とともに働いた。

こうして二年ほど暮らしたところで、行基は大和の寺院や道昭のことを思いだして再び僧衣を身にまとい、阿良里の人々とも留女とも別れた。高宮寺に戻ると彼は、徳光禅師が三年前に死去していたことや、高宮寺で一緒に修行し、今はその住持（住職）となっている新乗から、道昭が薬師寺に入って大僧都になっていたことを知らされた。そこで行基は徳光禅師の供養を終えると薬師寺に向かい、道昭と再会した。以後、七〇〇年に道昭が入寂するまで、行基は薬師寺で暮らしながら彼の身の回りの世話をした。しかし道昭が入寂する直前、宇足から虎身が間もなく死去しそうだと聞かされて生家に戻った。そして虎身の供養をした後、薬師寺に戻る途中で泊まった寺で、道昭の入寂を知らされた。

道昭は火葬されて散骨された（道昭が火葬されたことは史実）。入寂の直前、彼は自分の持っている元暁[9]の書物をすべて行基に譲り渡すと遺言していた。祖父と二人の師を相次いで失った行基は飛鳥を去り、生家に戻って元暁の書物を読むことに専念した。幸い佐久也が蜂田性を名乗って虎身の後を継いでいたので、家業に支障はなかった。そのうち、かつて阿良里にいた分太という若者が訪ねてきた。行基は彼をつうじて、摂津・河内・和泉という都の近くで暮らしている農民たちもまた、阿良里の人々と同様に、肥料の存在や、溜池を作る発想を持っていないことを知った。さらに行基は、分太をつうじて農民だけではなく、陶工などの工人の存在も知るようになった。そこで彼は生家を、薬房を兼ねた寺院とすることにし、母親や佐久也に相談して賛同を得て、七〇四年に家原寺とした。

これを皮切りに、行基は生涯にわたって様々な社会事業を展開していくことになるが、ここから入寂までは、文献学的・考古学的研究が進んでおり、金達寿もそれらの研究を踏まえて小伝と小説を書いている。

まず史実として、行基が活動を始めたのは、七〇八年に元明天皇が都を近江の藤原京から飛鳥に遷都することを宣し、平城京の造営工事のために全国各地から民衆が動員された時期にあたる。彼らは徭役を終えても帰りの食料などを支給されず、そのため帰途で餓死したり、都の付近にとどまらざるをえない者が数多くいた。また各地では徭役を逃れるために郷里を離れた者も多かった。こうした人々のために行基は布施屋を作った。このため彼を慕う者が増え、七一七年、先述した「小僧行基ならびに弟子ら」に対する詔が出された。しかし行基たちは処罰されなかった。その理由について金達寿が「史実」と考え、小伝と小説の両方で挙げているのは次の三点である。①行基集団があまりにも強大だったこと。②

行基の社会事業があくまでも民衆を救うための社会改良にとどまり、政権の転覆を図るものでなかったこと。③処罰すべき立場の僧綱（僧による僧尼の統制機関）に元暁の影響を受けた者が何名もおり、彼らが元暁の教えを実践している行基の処罰に消極的だったこと。小説でもこの三点を理由として挙げているが、なかでも③が強調されている。

　ともあれ、こうして行基集団を処罰できないまま、史実としては七二〇年、時の権力者だった藤原不比等が死去し、七二四年には聖武天皇が即位する。その後、七三七年に天然痘が大流行し、藤原四卿が相次いで死去した。彼らにかわって橘諸兄が台頭すると、聖武天皇と彼は行基を積極的に活用する方向に政策を転換し、七四三年には奈良の大仏と東大寺の建立を宣した。そして七四五年一一月、行基は大僧正に任命されると、七四九年に入寂するまで事業を指揮した。これらの史実を踏まえて、金達寿は行基を最後まで政治的野心のない、ひたすら民衆に尽くした人物だったということを「史実」だとした。すなわち、行基が大僧正の地位を受け入れて大仏造営を主導したことや、造営のために勧進（民衆から寄付を募ること）したことを、民衆に対する裏切りとする批判[10]があることに触れ、小伝と小説の両方で、行基が朝廷側についたこと自体を虚構と主張したのである。小伝では彼は、歴史的史料である「行基伝」や『大僧正舎利瓶記』の記述や二葉憲香や山口光円の研究を援用し、聖武天皇や橘諸兄が行基に近づいて帰依したのであり、行基が朝廷にすり寄っていったのではないということを「史実」とした。さらに小説では、この誤解が生じた理由を明らかにするため、再び扶来を登場させ、彼が藤原家や橘諸兄に行基を取り込むように進言することで、自分の政治的野心を満たそうとする様子を創作した。これによって、行基の方から朝廷に接近していったと見えたのは、行基集団にいた様々な人々のうち、扶来のように政治的野心を持った、いわば分派の行動を行基自身の行動と混同したからだと解釈した。

最後に行基の入寂であるが、金達寿は小伝と小説の両方で、行基が光信という尼僧に後を託したことを「史実」とした。しかし光信が行基の弟子であり、後を託されたことは「行基伝」にあるが、性別は不明であり、女性というのは彼の創作である。さらに小説では光信を阿良里で別れた留女と同一人物として創作した。

三 「行基」が意味するもの――学術研究との比較

以上、『行基の時代』と小伝「行基」を比較することで、『行基の時代』のどの部分が金達寿による創作なのかが明らかになった。だが金達寿が小伝で「史実」とした部分の中にも、行基が丸薬を思いついたというように、彼が創作した箇所は多い。たとえば虎身が瀉血で子どものひきつけを治したエピソードについて、金達寿は七一七年に出た禁圧令の一節「指臂《ゆびひじ》を焚き剝ぎ」と結びつけて治療行為と解釈したが、これも裏づける史料はない。ほぼすべての研究者は、その一節を指の臂を剝いで写経して奉納するなどの捨身的行為を指すと解釈している。

また史料に何らかの形で記されているものでも、研究者の間で解釈が分かれてきた部分も少なくない。たとえば金達寿は、行基が虎身など母方の氏族から薬の知識を学んだと記している。これは井上薫が『行基』で、『姓氏録』に神別の蜂田首と藩別の蜂田薬師の二氏がおり、『続日本後紀』や『三代実録』などを根拠に、「蜂田氏には帰化人で和泉に住むものが多い」と述べた[11]ことに基づき、渡来人の末裔である行基は蜂田薬師の系譜だろうと考えたからである。しかし吉田靖雄は反対に、行基の母方は蜂田首であって薬とは何の関係もなく、父方の高志史の中に、施薬院の下級官人だったと考えられる高志広道という人物がいたことから、行基の薬の知識技能は父親から継承されたものだと主張した[12]。また道昭との関係についても、井上は道昭が中国から持ち帰った法相宗の教義を学び、さらに両者の後年の社会事業の類似性を考慮すると、行基が道昭から深く影響を受けたことは妥当と考えられる[13]とした。これに対して吉田は、行基が出家した当時はまだ、新しい唯識学である法相唯識学への理解は皮相なものにとどまっており、行基は古い唯識学である摂論宗系の唯識学を学んだと考えられ、したがって道昭との師弟関係はほぼなかったと述べている[14]。さらに行基を、社会事業を実践した僧侶という点で元暁の系譜に位置づけることに関しても、田村圓澄が行基は元暁の民衆布教活動に励まされる形で社会事業を実践し続けたことを重視した[15]のに対し、吉田は、元暁は民衆の中にはいって布教した点では行基と同じだが、方法や内容はむしろ相対立すると論じ、元暁－行基の系譜は成立しないと主張した[16]。さらに近年、行基関連遺跡の発掘調査が進み、考古学の側からも行基の社会事業が積極的に考察されるようになった[17]。

こうして『行基の時代』には、金達寿が「史実」と考えた部分でさえ、執筆当時から否定されていたり、彼が知り得なかった後の文献学的・考古学的成果によって大幅に修正された点が少なくない。しかしそれにもかかわらず、この小説は、金達寿の古代史研究を貫く認識が文学的な形で表現されている点で、非常に興味深い。それは行基が生きた時代を、朝鮮半島情勢と関連づけてとらえる視点である[18]。

行基が百済系渡来人の末裔であることは先述した。百済は行基が生まれる前の六六〇年、唐・新羅の同盟軍によって滅ぼされており、さらに行基の生年である六六八年には高句麗も唐・新羅軍に滅ぼされた。この時期までに倭は、朝鮮半島東南部にあり製鉄や鉄製品の産地として栄えていた伽耶連合国が新羅に併合されたことから、新羅と対立していた百済と友好関係を結んでおり、六六三年には百済を復興させるべく、高句麗や倭に支援を要請していた福信に応じて、二万名以上もの兵士を派遣した。しかし数的にも戦術的にもまさる唐・新羅軍に大敗した（白村江の戦い）。相次いで滅ぼされた百済と高句麗からは、大量の人々が日本列島に渡ってきた。他方、この敗戦で強い危機感を持った倭では、壬申の乱を経て国家としての「日本」が形成された。金達寿が「行基の時代」を書くにあたって政治的背景としたのは、こうした朝鮮半島情勢だった。宇足や扶来はそれらの情報を、虎身や行基に伝えるだけでなく、読者にも提供する役割を担う人物として造形されたのである。

元暁－道昭－行基という系譜についても同様である。先述した田村圓澄は、金達寿が「行基の時代」を連載する前から、古代日本仏教に対する朝鮮仏教の影響力や重要性を主張していた研究者だった。金達寿は作中で、田村説に繰りかえし言及するだけでなく、道昭が唐から持ち帰った法相宗の重要な教典『金剛三昧経』の著者が元暁だったとする、京都大学教授の木村宣彰の説を紹介した新聞記事[19]を引用し、元暁－道昭－行基という系譜の重要性を強調した。

しかしその一方で、宇足と虎身、扶来と行基との間に、朝鮮半島情勢に対して温度差があるように描かれていることにも注意しなければならない。宇足や扶来が常に、倭－日本の中央政権内の政治抗争を、百済と新羅との対立関係でとらえていたのに対して、虎身や行基はそれに何の興味も示しておらず、金達寿も行基が百済系渡来氏族の末裔であったことは、彼の性格や精神の形成に何の関係もなかったと記している[20]。ここには二つの考えが込められている。一つは、扶来と違って何代も前に渡来した虎身や行基は、ちょうどアメリカに移住した外国人が、世代を経るにつれて先祖の国との精神的結びつきが薄れて「〜系アメリカ人」となっていったように[21]、「百済系渡来人」と言うべき人物となっていたという認識である。もう一つは、行基の少年期にはまだ、日本という国家も民族としての日本人も確立されておらず、さらに「古代の河内や和泉においては、百済系渡来人というのがむしろ一般的な住民にほかならなかった」[22]ため、ことさら自分を高句麗人や新羅人、先史時代に日本列島に渡って来ていた人々と区別する意識を持つ理由がなかったという認識である。このことは、金達寿が古代における朝鮮渡来の人々の役割の大きさを強調しつつも、行基を評価することで、日本人や日本文化に対する朝鮮人や朝鮮文化の優越性を主張しようとしたわけでなく、行基を在日朝鮮人の誇るべき先祖と考えたわけでもないことを意味する[23]。

四 〈社会主義〉の理念――「行基集団」を支えたもの

このように『行基の時代』は、朝鮮半島情勢と倭 - 日本との関係、および倭 - 日本で暮らしている渡来人の重層性を背景として展開されていく小説なのだが、しかしそれは物語の背景以上のものではない。金達寿の主眼は、出家して僧侶となった行基が、いかにして社会事業を行うようになったか、そしてそれらの社会事業を支えた認識の源泉が何であったかを探ることにあった。

『行基の時代』を読むかぎり、彼がその秘密を、一五歳の時に出家してから二三歳の時に道昭が入寂するまでにおこった二つの転回、すなわち自利から利他への転回と、理論から実践への転回に見出そうとしたことは、疑問の余地がないように思える。行基は学問を修めるべく出家して修行に励んだが、そもそも学問を修めるために出家するという動機自体が、極めて自己本位的なものだった。作中で、道昭のもとで修行をはじめた行基にとって、「自我こそが最大の「敵」だった」[24]と書いているのはそれを示している。しかも「自我」が彼を修行へ駆り立てたのであれば、修行に励めば励むほど、その「敵」は強大になるばかりである。ナヨと性交したことはもちろん、道昭に告白するための東国への旅さえ、金達寿の考えでは、自己本位的な動機に駆り立てられた結果なのである。だが徳光禅師のもとでの晴耕雨読的な修行や東国への旅は、僧院と法相宗の教義にとらわれていた行基に、仏教の理論とはまったく縁のないところで暮らす下層民の存在を教えた。そして宇治川で、道昭が架橋工事を指揮している場面に出くわし、道昭のお供をしていた洪俊から、道昭がこのような活動をしているのは、「われにもよくはわからないが、来世のことよりも現世に生きている人々、その民人こそ大事なものだ、ということではないかな。つまり衆生ということだが、それを目に見えない来世へ向けて生かすよりは、現世において生かすことこそが大事だ、ということではないかと思う」[25]と言われたのを契機に、次第に「民人と共に生きること」について考えるようになった。こうして正式に僧侶となったあとも、西国に旅をしながら、自覚的に「民人」たちと交わったことで、特定の教義にとらわれることなく、「民人と共に生きること」を実践する術を身につけた。晩年に大僧正に任命され、大仏の造作を主導したことも、「民人と共に生きること」の延長線上の実践活動にすぎない。この意味で、聖武天皇や橘諸兄らが行基に帰依したのであって、行基が彼らにすり寄ったわけではない、と金達寿は結論づけた。

以上から、金達寿が行基に何を仮託したかは明瞭である。これまで論じてきたように、金達寿は〈解放〉後、文学をとおして日本と朝鮮、日本人と朝鮮人との関係を人間的なものにするための活動をはじめた。そして「玄海灘」連載中に自身の文学理論に根本的な疑問を感じて闘争し、さらにリアリズム研究会を結成して大衆的な文学運動を展開した。それが閉塞状況に陥っていくのと並行して、「日本の中の朝鮮文化」を探訪する旅に熱中しはじめたが、実際に古代文化遺跡があった現場を訪れる中で、自分がこの旅をはじめる以前から、日本全国にはすでに、同じような疑問を持って地域の古代史に取りくんできた日本人の郷土史家や歴史愛好家たちが数多くいたことを知り、それらの人々と協力して、「日本の中の朝鮮文化」の存在を世に広く知らしめた。この過程は、「民人」たちの中に佐久也や分太、須恵器を生産していた工人など、アカデミー（＝寺院）とは縁のないところで生きているにもかかわらず、優れた知識や技術を見につけた者がいることに気づき、彼らから様々なことを学んだ行基の転回と同一である。金達寿は、そうした緩やかな連帯関係に、社会主義を標榜する国家や組織が失ってしまった〈社会主義〉の姿を見出そうとした。しかしこのように読むだけでは、行基の自利から利他への転回と、理論から実践への転回が、行基本人にさえ事後的にしか説明できない〈飛躍〉を伴うものであることが見えてこない。

たとえば金達寿は『行基の時代』で、行基が道昭のもとで法相宗の教義を学んだり、徳光禅師のもとで修行したこと以上に、道昭を探すための旅を契機に様々な人々と出会ったから、道昭の入寂後に彼の意志を継いで社会事業を実践するようになったと書いているように見える。しかし人は勉強をしたからといって必ずしも知見を深められるとは限らないし、旅をして様々な人々に出会ったからといって根本的に新たな認識を得られるわけではない。むしろ勉強することで逆に視野を狭めてしまったり、旅をしたからこそ故郷のかけがえのなさに気づいて、文化的多様性を拒絶する方向に向かう場合も珍しくない。金達寿は小説家として文学講座に招かれるたび、小説の書き方や文学理論を学ぶことと、小説を書けるようになることとは、まったく別の問題だと語った〔26〕が、五〇～六〇年代をつうじて、自然主義リアリズムの限界を突破する新たなリアリズムの方法を探究し続け、自分の文字が気になって文章が書けなくなるほどの「文字ノイローゼ」に陥ってしまった彼は、身をもってその困難を痛感していただろう。

ここから彼が、理論と実践の間には絶対に埋められない断絶があることや、「位置」や「朴達の裁判」を論じた第二章第一節と第三節で述べたように、ある人の態度変更の原因を、人生の足跡から説明することが、事後的な合理化にすぎないことを認識していたことは明らかである。この意味で『行基の時代』には、表面的には行基の成長を描いた伝記的小説としながらも、いたるところで彼の人間的成長や認識の発展を、歴史主義的な視点から説明することを拒絶し、行基の態度変更が、ちょうど朴達の「転向」と同様、説明できない〈飛躍〉であることを示す場面が見られる。

たとえば『行基の時代』の中に、徳光禅師のもとで修行をしていた時に行基が乞食の托鉢をするために野原に出たところ、草を摘んでいた娘たちが握り飯を差しだす場面がある。

そんな思い〔道昭はどうしているかといったこと〕にとらわれていたので、行基は気づかなかったが、いつの間にか草摘み娘が二人、かれに近寄って来て、彼女たちの弁当として持って来ていたものらしい、竹皮に包んだ二つの握り飯を、かたわらにおいた乞鉢のなかに入れた。どちらも十七、八の愛らしい顔をした娘だった。

行基は、はっとなって立ち上がったが、そのことの意味がわかったので、手を合わせて礼をした。そしてかれは思わず、〈経文を〉とそれを唱えようとした。しかし考えてみると、野原で二人の娘に経文を誦するというのはおかしなことだったので、ほかになにか返すものはないかと、あたりを見まわしてみた。[27]

このあと行基は、娘たちの籠に入っている草の薬効を説明するのだが、ここで注意すべきは、野原で彼女らに「経文を誦するというのはおかしなことだったので」、代わりに彼女らが摘んだ草の薬効を一つ一つ説明してみせたことである。これはもちろん行基自身の考えではなく、作者である金達寿の推測なのだが、ではなぜ彼はこのように書いたのか。それは行基が、修行僧としての自分が草摘み娘らに行うべきことと、彼女らが必要とするものとの間には、何か〈ズレ〉があることを感じ取ったことを示そうとしてのことだったからではないだろうか。

行基が宇治川で道昭や彼のお供をしていた洪俊と再会した場面では、先の草摘み娘との場面で感じた〈ズレ〉に対する意識が、劇的な形で示されている。行基は洪俊から、道昭があるとき洪俊に、「見えているのはこの現世だけだが、しかしその現世にしても、ほんとうには見えているのかどうかわからない」[28]と言ったり、道昭が民人たちのために宇治川の架橋工事を主導している話を聞かされ、「その間、〈われはいったいなにを見、なにをしたのだろうか〉と思わないではいられなかった」[29]。行基はナヨと性交してしまったことを告白するために、道昭を探して旅をしたのだが、道昭はすでに、それが問題となるような教養の〈場〉から身を移動させてしまっていた。このエピソードからは、行基が旅をして様々な人と交わったにもかかわらず、先の草摘み娘とのやりとりで感じた〈ズレ〉への意識を深めることがなかったことに気づかされ、大きな衝撃を受けたことが窺える。金達寿はここに行基が、学問や修行をつうじて形成してきた観念を根本から揺さぶる〈衝撃〉を受けた瞬間を見出そうとした。この〈衝撃〉が行基をして、あらためて西国への旅に向かわせ、ひいては「行基集団」と呼ばれる巨大で多様な人々を結びつける「社会主義者」へと成長させたと金達寿は考えたのだ。

この意味で彼が、「行基の時代」で、全国行脚など史実でないことまで描いたのは、行基がいかなる過程を経て社会事業に携わったかを伝記的に明らかにするためにではなく、予想もしなかった〈衝撃〉を真摯に受けとめ、無名の「民人たち」と協同作業的に社会事業を進めていく行基の態度こそが重要だったからである。そしてそこに自分が、リアリズム研究会などの文学活動とその挫折をつうじて獲得した〈社会主義〉の理念を、古代史研究の中で全国の郷土史家や歴史愛好家たちとの協同作業的な結合という形で実践した過程と重ね合わせ、自分の先人としての行基を認めたのである。

五　『行基の時代』と訪韓――新たな〈衝撃〉と〈躓き〉

七〇年ごろを境とする、金達寿の文学から古代史への移動について、文学関係者の多くはそれを批判的に受けとめたのに対し、アカデミックな学者や郷土史家や歴史愛好家は、『日本の中の朝鮮文化』に目をひらかれた。その結果、金達寿の文学活動と古代史研究の両方を評価しようとした者は、鶴見俊輔などごく少数にとどまった。とはいえ彼らもまた、文学と古代史研究の両方を関係づける視点を持って、金達寿の知的活動をとらえたわけではなかった。だが金達寿は文学活動から遠ざかっても、そこで獲得した認識を放棄することはなかった。むしろ彼が描いた、行基の生涯における転回を見れば、金達寿の文学から古代史研究への転回は、五〇年代における「玄海灘」から「朴達の裁判」への転回の反復というほうが適切である。この意味で「行基の時代」連載時の彼は、かつて「朴達の裁判」において一瞬開示したラディカルな認識を保持していた。

しかし金達寿は、新たな認識を獲得する過程だけではなく、この認識を再び失ってしまう過程まで反復してしまった。第二章第四節で論じたように、「朴達の裁判」を発表後、リアリズム研究会の運動を展開する中で、金達寿は研究会内部の官僚主義化・硬直化の悪影響を受け、それが日本版「朴達の裁判」として書かれた小説「公僕異聞」の失敗につながった。形式的にこれと同じ過程が古代史研究でも起こったのである。そしてその躓きの石となったものこそ、八一年の訪韓だった。

第三章第二節で取りあげたように、訪韓後、金達寿たちは多くの批判や非難にさらされた。彼らはこうした批判が出ることを、出発前から覚悟していたので、心の準備はできていたが、その中に彼が予想していなかった反応が少なくとも一つあった。それは多くの日本の友人から、「よく生きて帰って来られた」とねぎらいの言葉をかけられたことだ。

――韓国を論ずる一部在日の人々の側にも、問題があったと考えているのか。

金　その点が考えるべき問題だと思う。日本の友人から「よく生きて帰って来られた」と、電話をたくさんもらった。友情には感謝するが、考えさせられた。そんな韓国認識を伝えてきたのかと。もちろん、金大中事件や光州事件を起こした韓国自身にも責任はある。〔30〕

この発言は短いものだが、訪韓後の彼の態度変更を考える上で決定的なものだと思われる。何度も繰りかえしているように、彼自身は「日本と朝鮮との関係を人間的なものにする」ことを目指して活動してきたつもりだった。だが彼が実際に日本や日本人と対比していたのは、北朝鮮と韓国の両方を合わせた統一朝鮮ではなく、その北半分にあたる北朝鮮という国家やそこに暮らす人民でしかなかった。別の言い方をすれば、「日本と朝鮮との関係を人間的なものにする」と言うとき、それが暗黙のうちに意味していたのは、韓国や韓国人を共通の敵として想定することで築かれる日本と北朝鮮、日本人と北朝鮮の人々との関係であった。彼が主観的にどう考えていたにせよ、少なくとも彼と直接的に交流したり彼のテクストを読んできた者は、「日本と朝鮮との関係を人間的なものにする」という彼の理念をそのように解釈して受けとめた。友人たちから、「よく生きて帰って来られた」と言われたとき、彼はこの認識の〈ズレ〉に直面し、その責任の一端が、自分自身の韓国に対するこれまでの攻撃的な発言にあることを痛感させられたのだった。金達寿が訪韓後、韓国社会の発展ぶりや民衆の活力を肯定的に語るようになったのは、「よく生きて帰って来られた」という一言に込められた韓国イメージを、何とかして払拭させたいという彼の希求のあらわれだったと考えられる。

したがって、金達寿はたとえ自分が韓国社会の発展や民衆の活力を肯定的に語ったからといって、韓国の軍事独裁体制に賛同するつもりはなかったし、全斗煥《チョンドファン》大統領にすり寄ったわけではないと考えていた。それは『行基の時代』で、行基が朝廷にすり寄ったのではなく、聖武天皇や橘諸兄など時の権力者が行基に近づき、帰依したのであり、行基自身は少しも揺るがなかったと記していることに重ね合わせることができる。また彼は、「行基集団」の中に、行基を利用して政権に取り入ろうとする扶来など、勝手な活動を行う人々がいることに危機感を感じた分太たちに対して、行基が次のように諭す場面を描いている。

「俗諦《ぞくたい》だか何だか、そういうことになるとあっしにはよくわからねえですが、しかし大徳さまの教えに従えねえ者は、追っぱらっちゃうべきじゃねえですかね」

「いや、そんな必要はない。それでいいのだよ」と、行基はさらにまたそう言って、分太を押えた。「それでもし、わしらのやっていることがだめになるとしたら、それはそれで仕方がない。だとしたら、はじめからそれはだめなものだったのだ」

要するに、行基集団の中心であった行基は、いわゆる一枚岩の団結を求めているのではなかった。さまざまな人々の集合体であってみれば、当然、そこにはいろいろさまざまなことがあってしかるべきだった。

そのいろいろさまざまなことが行基のいう「俗諦」であり、同時にまたそれが「真諦《しんたい》」なのでもあった。つまり、真諦とはそのような俗諦を克服してこそあらわれるもので、したがってそれは決して一日にして成るものではなかった。長い、長い道程＝修行が必要なのであった。[31]

異なる意見を持つものを排除しない態度、あるいは互いの差異を認めた上で自利から利他の方向へと進んでいく態度こそ、金達寿が最終的にたどりついた〈社会主義〉であろう。それは行基の活動を、エンゲルスが「空想的社会主義」[32]と批判したサン＝シモンやロバート・オウエン、シャルル・フーリエが実践した、宗教運動としての〈社会主義〉と同列のものと見なすものである。しかもそれは、ちょうどエンゲルスの弟子のカール・カウツキーが、キリスト教を「原始共産主義」と呼んで再評価した[33]のと同じ意味で、たんなる空想ではなく、既存の社会制度に対する批判の実践としての宗教批判の運動なのである。金達寿は行基のような姿勢を持って、各個人が自発的にこの理念を追求した果てにこそ、北朝鮮や総連、ソ連や日本共産党など、「社会主義を標榜する「組織」」に抹殺されてしまった、可能性としての〈社会主義〉社会は実現されると考えた。

だが〈社会主義〉にかぎらず、異質なものを排除しないという理念は、理念として掲げられているかぎりでは美しさを保っているものの、その社会の実現に向けて実践しようとした瞬間、異論を許さない絶対的な権力として抑圧的に働いたり、排他的な制度を温存させる危険性を常にはらんでいる。「社会主義を標榜する「組織」」に悩まされ続けてきた彼が、その危険性を認識していなかったとは考えられない。

しかし訪韓後に思いもよらない言葉をかけられて衝撃を受けた彼は、その危険性よりも、天皇制という、まったく〈社会主義〉の理念と相容れない政治体制の権威を用いてでも、韓国に対する日本側のイメージを変え、両国でともに〈社会主義〉を実現させる道を選んでしまった。それを端的に示しているのが、八四年九月六日、韓国の大統領として初めて全斗煥が訪日した際に催された宮中での晩餐会で、昭和天皇が発した、「我が国は、貴国との交流によって多くのことを学びました。例えば、紀元六、七世紀の我が国の国家形成の時代には、多数の貴国人が渡来し、我が国人に対し、学問、文化、技術等を教えたという重要な事実があります」という「お言葉」に対する金達寿の次の反応である。

〔前略〕このくだりにもいろいろと問題はあるが、しかしにもかかわらず、これはなかなかおどろくべきことであった。まずだいいち、これまでの教科書などでは四世紀となっているそれを引き下げ、「紀元六、七世紀の我が国の国家形成の時代」としたことで、いまなお問題になっている四〜五世紀の「大和朝廷」によるそれという、いわゆる「任那日本府」を天皇自ら否定したことである。

このことについては、たとえば、いま日本でもっとも多く使われている高校歴史教科書『詳説日本史』をみると、「朝鮮半島への進出」という項があってこう書かれている。著者は井上光貞、笠原一男、児玉幸多という、日本一流の歴史学者である。

「大和朝廷は四世紀後半から五世紀初めにかけて、すすんだ生産技術や鉄資源を獲得するために朝鮮半島に進出し、まだ小国家郡のままの状態であった半島南部の弁韓諸国をその勢力下におさめた。これが任那である。大和朝廷はさらに百済・新羅をおさえ、高句麗とも戦った」

典型的な皇国史観＝大和朝廷史観であるが、それがこんどの天皇の「お言葉」によって否定されることになったのである。古代日朝関係史にかかわっている私としてはやっとここまで来たかという感じでもあるが、なぜそうかというと、天皇の「お言葉」に「紀元六、七世紀の我が国の国家形成時代には」と、はっきり述べられていたからである。したがってこれは、その国家がまだ形成されていない四、五世紀には「朝鮮半島へ進出」した「大和朝廷」などあるはずがなく、いわゆる皇国史観＝大和朝廷史観は虚構のそれであったことを語ったものにほかならなかったからである。〔34〕

金達寿は天皇の「お言葉」には、まだいろいろな問題があるとしながらも、「紀元六、七世紀の我が国の国家形成時代には」という発言を、自分の古代史研究の正しさを天皇自身が認めたものと考えずにはいられなかったと思われる。実際、彼はその後も繰りかえし「お言葉」に言及し、日本古代史学者たちに国家としての「日本」の成立時期について、認識をあらためるよう批判した。

しかし、金達寿が絶賛した坂口安吾が次のように指摘したように、実際には天皇の「お言葉」はこのように用いられたときに、もっとも効果的に機能するのである。

いまだに代議士諸公は天皇制について皇室の尊厳などと馬鹿げきったことを言い、大騒ぎをしている。天皇制というものは日本歴史を貫く一つの制度ではあったけれども、天皇の尊厳というものは常に利用者の道具にすぎず、真に実在したためしはなかった。

藤原氏や将軍家にとって何がために天皇制が必要であったか。何が故に彼等自身が最高の主権を握らなかったか。それは彼等が自ら主権を握るよりも、天皇制が都合がよかったからで、彼らは自分自身が天下に号令するよりも、天皇に号令させ、自分が先ずまっさきに号令に服従してみせることによって号令が更によく行きわたることを心得ていた。その天皇の号令とは天皇自身の意志ではなく、実は彼等の号令であり、彼等は自分の欲するところを天皇の名に於て行い、自分が先ずまっさきにその号令に服してみせる、自分が天皇に服す範を人民に押しつけることによって、自分の号令を押しつけるのである。[35]

金達寿は「天皇に号令させ」なかったが、「お言葉」を用いて歴史学者を批判する態度は、「自分が天皇に服す範を人民に押しつけることによって、自分の号令を押しつけ」るものにほかならない。「天皇の尊厳」を利用することを、彼自身はどう考えたのだろうか。結果的に日本人の歴史認識が改善されることにつながるのであれば、自分はどう言われても構わない、それに耐えることもまた、晩年の行基が指し示した「真諦」にいたる過程とでも思ったのかもしれない。しかしこれは果たして、そのように言って済ませられる問題だろうか。

六　おわりに

金達寿たちが訪韓した際、多くの人は訪韓自体を問題にした。つまり彼らが韓国の軍事政権やアメリカ帝国主義など、それまで敵としてきたものとの闘争を放棄した結果ととらえた。しかし訪韓を「行基の時代」と重ね合わせると、訪韓は闘争の結末に位置づけられる出来事ではなく、むしろ新たな課題に立ち向かうための闘争の始まりだったことがわかる。私は第二章第一節で金達寿の小説「位置」を取りあげた際、朝鮮人の「ドレイ的精神」を克服していく端緒が、大沢が棚網から「朝鮮人」と言われた時に理屈抜きに泣きだしてしまった、その「泣く」という行為にあったことを指摘した。同じことが「よく生きて帰って来られた」というねぎらいの言葉にも言える。それは訪韓後の金達寿が、自分がそれまで主張してきた、「日本と朝鮮、日本人と朝鮮人との関係を人間的なものにする」という課題の片側である「朝鮮」や「朝鮮人」の中に何が含まれていなかったかを自己批判的に認識する、その端緒となるべき〈衝撃〉だった。この意味で訪韓したこと自体は、様々な議論の余地はあるものの、非難されるべき行動ではない。問題は、この新たな課題を解決するために、「天皇の尊厳」を利用することも辞さなかった彼の選択にあった。金達寿において訪韓が躓きの石になったのは、まさにこの点にある。

金達寿は九一年に『日本の中の朝鮮文化』を完結させた後も、『月刊韓国文化』編集部に請われ、九六年七月まで同誌に続編を発表し続けた。しかし皮肉なことに、古代における日本列島と朝鮮半島との交流の実態が少しずつ解明され、「日本」という国家が成立した年代が、六世紀どころか七世紀後半にまで引き下げるべきだとする見方が、古代史研究の言説空間で支配的になっていくにつれて、彼の業績は顧みられなくなっていった。古代の日本列島に起こった出来事を朝鮮半島との関係を抜きにしては理解できないという彼の主張は、もはや日本の歴史学にも日本社会にも何ら衝撃を与えるものではなくなってしまったのである。そして彼自身もまた、『日本の中の朝鮮文化』シリーズを始めた当初に持っていた鋭い認識を少しずつ失っていき、新たな領域を開拓できないまま死去した。

しかし金達寿が忘れられたのは、日本と朝鮮、日本人と朝鮮人との関係が人間的になったからではないし、彼が追求した〈社会主義〉社会が実現したからでもない。二〇〇〇年代に、いわゆる「韓流ブーム」が起こったものの、その後、両国の関係は悪化の一途をたどっている。インターネット上で、日本が「集団的自衛権」を保持すべきか否かをめぐる議論の中で、日本列島にも朝鮮半島にも国家が確立していなかった時代の戦闘である「白村江の戦い」が引きあいに出されているほどである[36]。インターネット上の議論をただちに現実社会の人々の意見と考えることは短絡的であるにせよ、現在の日本社会は、金達寿以前の歴史認識に戻りつつあると言わざるをえない状況にある。

もちろん彼の仕事が忘れられたことと日韓関係の悪化との間に、直接的な関係があるわけではない。だが彼が古代史研究をとおして民族の差異や学問領域の壁、専門家とアマチュアの間に横たわる大きな隔たりを越えた連帯運動を作りだした人物だったことは疑いない。そこには彼の個人的な資質や立場も大きく作用しただろうが、それ以上に決定的だったのは、文学活動の中で培われ、古代史研究において開化した彼の〈社会主義〉への認識である。

ではどのようにすれば、彼の認識を持続的に保持していけるのだろうか。これこそ我々が今、あらためて考えていくべきことではないか。

終　章

一　はじめに

前章まで、金達寿《キムダルス》の知的活動を、文学活動と古代史研究および北朝鮮－総連や韓国との関係という三つの領域に焦点をあてて論じてきた。その企図は、学問領域や民族の障壁を超えて日本と朝鮮、日本人と朝鮮人との間に人間的な関係を構築するために、何をどのようにすればよいかを常に考え、失敗を恐れず率先して自らを実験台にのせて実践し続けた、知識人としての金達寿の姿を浮き彫りにすることにあった。これを受けて本章では、彼が「日本と朝鮮との関係を人間的なものにする」ための道筋をどのように見出していったかを、彼の認識や行動の変化に即して明らかにしたい。

二　「植民地的人間」としての朝鮮人への自覚

金達寿の「日本と朝鮮との関係を人間的なものにする」ための第一歩は、彼自身を含めた朝鮮人全体が、日本の植民地支配の下で「植民地的人間」の状態に置かれていることとの自覚から始まった。それは、朝鮮人である自分が本来的に、そして事実として劣等なのではなく、植民地支配によって劣等的な状態に置かれるのみならず、その価値基準を内面化させられてきたことに気づく過程である。たとえば彼は自伝の中で、日本人は「日本人」と言われても怒るどころかそれを誇りにさえしているのに、なぜ自分たち朝鮮人は「朝鮮人」と言われると怒りを感じてしまうのだろうかと、少年期にひとり思い悩んでいたと語っている[1]。また彼は別のエッセイでも、次のように述べている。

日本全体が、「欲しがりません勝つまでは」という耐乏生活を強いられていた頃です。そうした生活の困窮に、さらに民族的な圧迫が加わり、みじめな明け暮れでした。人間というものは、どんなに貧乏でも、空腹でも、何とか生きていけるものです。しかし、自分が人間として劣っている、しかも民族ぐるみ劣っている、とされていること程つらいことはありません。ともかくあの頃は、神国である日本に対し、朝鮮及び朝鮮人というのは、どうしようもなく劣った民族である、劣等民族である、と言われもし、見られてもいた時代です。恐ろしいことに、そんなふうに見られているうちに、見られている本人自身が自己疎外を起こし、そのひずみに落ち込むようになる。毎日の暮らしの中で、それを目のあたりにし、実に人間というのは恐ろしいものだと、つくづく思いました。[2]

この劣等感が植民地支配の結果であることを彼に自覚させる契機となったのは、『モダン日本　朝鮮版』に掲載された朝鮮人の文章や金史良《キムサリヤン》の小説「光の中に」だった。これらに〈衝撃〉を受けた金達寿は、いたたまれない気持ちになって「位置」を書きあげた。その中で彼は、民族はもちろん生まれ育った環境や経済状態も対照的な日本人偽学生と朝鮮人との同居生活とその破綻をとおして、「植民地的人間」の状態に置かれている朝鮮人の姿を描きだした。だが第二章第一節で指摘したように、この時期の金達寿はまだ、自分自身もまた「植民地的人間」の状態を脱しえていないことに対する認識が不充分だった。朝鮮総督府の御用新聞社である京城日報社に勤務したことは、そのことを端的に示している。

〈解放〉後、彼は自分の民族的自覚の弱さを痛感し、朝連の連盟員として積極的に活動する一方で、〈解放〉前に発表した小説を改稿したり、未完の長編小説「後裔の街」の続きを書くところから知的活動を始めた。その結果、〈解放〉後まもない時期の彼の小説には、朝鮮人としての民族意識への覚醒という主題が色濃く流れることになった。しかし彼がそれらの小説を朝鮮語ではなく日本語で書いたことは、在日朝鮮人の間で少なからず問題視された。そうした批判に対して彼は、「日本語で書かれる朝鮮文学」を提唱し、〈解放〉後も在日朝鮮人が日本語で創作活動を行うことが、「過去におけるわれわれのドレイ的境遇」[3]を物語るものであることを認めながらも、植民地時代から〈解放〉後をつうじて、日本に暮らし続けている朝鮮人の生活の中から生まれる文学であるがゆえに、朝鮮文学の枠組みを広げる一つの可能性となりうるものだと主張した。

こうして金達寿は、少年時代の民族的劣等意識が、植民地支配によって植えつけられたものであることを認識し、日本語での創作活動をつうじて、〈解放〉後もなお（在日）朝鮮人が置かれている「植民地的人間」の状態がどのようなものであるかを描きだし、日本人に訴えることに積極的な意義を見出していたのである。

三　対立関係から対立させられた関係への認識の変化

一九四〇年代の金達寿は、日本人と朝鮮人とを支配／被支配という二項対立的な関係の中でとらえていた。しかし彼は新日本文学会の文学者など左翼的な日本人知識人と付きあううちに、日本人もまた「植民地的人間」の状態に置かれているのではないかと疑うようになった。そしてこの疑念は、五〇年代初頭に起こった日本共産党内部の激烈な権力闘争に巻きこまれることで、確信へと変わった。

まず、朝鮮人についてみれば、三植自身をも含めて、彼らはきのうまで抑圧されていた植民地人であった。その多くは、まだ奴隷根性から抜けきっていない。抜けきっていないということを意識することからは、なおさらのことである。

日本人はどちらかというとそれを抑圧した側に立っていたが、しかし彼らの多くも、朝鮮人にたいするおなじその抑圧者から、抑圧されていたのであった。しかも彼らは、きのうまでは共産主義などとはまったく反対のもの、軍国主義・ファシズムを謳歌していたのである。

奴隷根性とファシズムの謳歌、それはおなじ根からのものだ。それによるゆがみを、否定することはできない。[4]

四〇年代の金達寿は、「植民地的人間」を植民地支配の所産ととらえていた。それは文字どおり、植民地支配の暴力的な制度が朝鮮人を「植民地的人間」にしたと考えることである。そのかぎりでは、朝鮮を植民地化した日本人は、どんなに貧しくて社会的地位が低い者であっても、朝鮮人が日常的に受けている有形無形の抑圧や差別とは無縁な存在ということになる。

しかし五〇年代前半の党内の権力抗争に巻きこまれる過程で、金達寿の中で「植民地的人間」が意味するものは根本的に変化する。それは金達寿の小説『日本の冬』の登場人物である辛三植の、「ぼくたちはこれからは、ことではない。それは金達寿の小説『日本の冬』の登場人物である辛三植の、「ぼくたちはこれからは、少し自分の頭で考えなくてはならないと思うんだ」[5]という言葉に端的に示されているように、階級や民族に関係なく、国家や組織の論理を無批判的に内面化して、そのことに疑念を抱かない受動的な人間全体を指し示す概念となる。金達寿はこの視座の移動によって、日本人と朝鮮人は支配／被支配という二項対立的な関係にあるのではなく、実は「植民地的人間」へと作り替えられた日本人と朝鮮人とが対立させられている関係にあると認識するようになった。

もちろんこのことは、私が第二章第二節でヤスパースの「罪」の概念を援用して断り書きをしたように、日本人の加害責任をいささかなりとも軽減するものではない。そのことを理解した上で、金達寿は「刑法上の罪」など、ある次元の罪をカッコに括ることで、日本人と朝鮮人との関係を、何ものかによって対立させられた関係として認識するにいたったのである。

「玄海灘」以降の金達寿の文学的闘争は、そうした認識の変化を、どのように文学活動の中で実践するかという課題をめぐって行われた。それは何よりもまず、志賀直哉の文学に対する批判としてあらわれた。金達寿は志賀の「小僧の神様」を批判的に精読し、志賀の文学がこの後、社会に向かって閉じられていく分水嶺となったのがこの小説だったと位置づけた。そして彼自身は、志賀の文学から学んだ自然主義リアリズムの文体にかわる、現実を能動的に変革しうる新たなリアリズムの文体の確立を目指した。この文学的闘争から得た大きな成果が、「朴達の裁判」だった。

しかし金達寿にとって「日本と朝鮮との関係を人間的なものにする」という課題は、文学作品の中だけで実現できれば、それで済むわけではなく、何よりも現実の中で達成されねばならないものだった。そしてその実験場となったのが、リアリズム研究会だった。第二章第四節で論じたように、この文学運動は党の影響力と財政難が大きな要因となって失敗に終わった。しかしそれらの要因がなかったとしても、挫折を運命づけられていたという見方もできないわけではない。「小説の書き方」というものは、結局のところ、金達寿自身が次のように語っているとおり、自分の努力とセンスで獲得するよりほかにないものだからである。

それ〔浮いた感じのしない文章がどういうものかということ〕は結局、規則みたいなもの――文法というものがもちろんあるけれども、そういう法則みたいなものじゃなくて、細部にわたる重大な問題は、文章の流れそのものです。そのことは訓練を経て、それが密着している、あるいは、リアリティを持っていることだ、ということをわかってゆくよりほかはない。初めからそれをちゃんとしたものとして書くということは日本語の場合はむずかしいですね。それはやっぱりたくさんの文章を書く経験を重ねることによって、――最初いったこともそれですが、文章は感得するものであるということ、人に説明することもできなければ、人から説明を受けることもできない、そういうところのものだと思うんです。〔6〕

金達寿はあちこちで何度も、文学の素人や、文学と縁のないところで生活している人々からも、学ぶべきものはいくらでもあると語っている。しかし質の良い文学作品を書くことができるかどうか、「質が良い」ことをどのように判断すべきかは、個々人が「感得」するほかない。この点で研究会の会員間に、「感得」した文学エリートと「感得」が不充分なアマチュアという絶対的な上下関係が生じることは避けられない。金達寿は日本民主主義文学同盟の第一回大会で、会員の間に蔓延している無意識的な文学者の指導者意識に対して警告したが、指導者意識は党派的な権力意識からだけではなく、文学作品の創作や作品の評価を見定める批評眼の質の差からも生じる。本書では言及しなかったが、私はここにもリアリズム研究会が失敗せざるをえない要因があったのではないかと推測する。

ともあれ、金達寿の小説が、多くの日本人に、朝鮮や朝鮮人に対する認識をあらためる大きな契機となったことは確かである。しかし日本人が書いた同時代評を読むかぎり、植民地支配に対する反省や、その上に立った朝鮮・朝鮮人に同情したり共感する姿勢は見られても、日本人もまた朝鮮人とは別の形で「植民地的人間」の状態に置かれていることに対する自覚はほとんど見られない。この点で金達寿は、「日本と朝鮮との関係を人間的なものにする」という課題を、文学運動をつうじて解決するための道筋を、日本人の目に見える形で提示することはついにできなかった。しかしこの結果だけをとらえて、彼の文学運動を云々するわけにはいかない。というのも五〇年代の文学的闘争の過程で、彼はこの課題を実現するための認識を獲得していたからである。彼に欠けていたのは獲得した認識を実践する〈場〉だった。そして彼にその〈場〉となったものこそ、古代史の領域にほかならない。

四　人間的な関係の構築の実現

『日本の中の朝鮮文化』第二巻の「まえがき」に、「第一冊が出てから、私は日本全国の読者からたくさんの手紙をもらった。そしてまた、第一冊のあいだにはさまれた「愛読者カード」もたくさん寄せられ、これもいま一千数百通に達している。これらはそのうちのわずか数通をのぞいて、いずれもみな私のこの仕事に強い共鳴を示したものばかりであった。私はこれまでにも何冊かの本を出し、そしてそれ相応の反響にも接してきたものであるが、しかしそれがこれほどにも直接的で、大きなものははじめてだった」[7]と金達寿自身が記しているように、彼の古代史研究が日本人に与えた〈衝撃〉の大きさは、文学活動がもたらしたそれの比ではなかった。

序章で指摘したように、金達寿の知的活動をめぐる同時代評や学術論文は、文学活動に関するものが圧倒的多数であり、古代史研究については無視されるか、文学活動をとおした現実社会との闘いからの逃避と見なされた。そしてたしかに、金達寿をもっぱら在日朝鮮人文学者と規定し、文学作品を書いてこそ彼の知的活動に価値があると考えるならば、いくら反響が大きいからといって、文学から古代史へと活動領域を移すのは、小田切秀雄が「仕事の中心がこういうところに一時的にせよ移っているのを、わたしは残念に思っている」[8]と嘆いたように、本来の目的からの逸脱ないし大衆迎合と見えるかもしれない。しかし金達寿の知的活動の目的が、「日本と朝鮮との関係を人間的なものにする」ことにあったと考えれば、反響の大きい領域へ活動の場を移すことは、むしろ当然の選択であり、知識人としての節を曲げることにはならない。実際、李進熙《リジンヒ》によれば、金達寿は後年、小説をもっと書くべきだという周囲の声に、次のように答えたという。「このごろ地方へ行くと、あなたは小説も書くんですかとよく言われるけど、それでいいんだ。僕は小説をずいぶん書いてきたけれど、それだけでは日本人と朝鮮人の関係が人間関係になかなか戻らないんだよ。しかし、これ〔『日本の中の朝鮮文化』〕を書いたら、考えを変えてくれる人がたくさん現れる。だから、われわれがすべき仕事として、日本人の朝鮮観を変えることが重要なウェートを占めてるべきだと思うよ」〔9〕。そしてこの言葉どおり、彼は日本各地の古代文化遺跡を探訪する過程で、日本人と朝鮮人との民族的な障壁を超え、専門の古代史研究者から郷土史家やアマチュアの歴史愛好家にいたるまで、多元的な連帯関係を築いていった。このことを考えれば、文学から古代史への移動は、決して否定的にとらえられるべきものではなく、むしろ肯定的に評価されてしかるべきものであろう。それは日本社会とコリアン社会の両方が共有して記憶すべき、貴重な財産と言わねばならない。この意味で金達寿の古代史研究は、文学活動に匹敵する重要性を持った知的活動と見なすべきものである。そもそもこの二つを分離して論じること自体に問題がある。彼にあっては、それらは密接に関連する知的活動なのである。

とはいえこのことは、彼の文学活動の価値を軽んじるものではない。たとえば〈皇国史観〉的発想が「帰化人」をめぐる問題系に支えられているという視座は、まぎれもなく文学活動の中で彼が獲得した認識の賜物である。彼の古代史研究は、文字ノイローゼになるほど深刻な状況をもたらした文学的闘争があってはじめて開花したものであり、最初から古代史研究者として出発していたなら、彼の古代史研究はまったく違ったものになっていたかもしれない。また文学から古代史へと活動の領域を移さず、あくまでも文学の枠に固執していたなら、彼は「日本と朝鮮との関係を人間的なものにする」という課題を解決できる道筋を文学運動の中で見出せないまま、リアリズム研究会におけるような失敗を繰りかえすだけに終わってしまったかもしれない。少なくとも、「玄海灘」から「朴達の裁判」にいたる鮮やかな認識論的転回に匹敵するものを、彼の六〇年代の文学活動の中から探しだすことは困難である。一言でいえば、文学活動なくして古代史研究が花咲くことはなく、古代史研究がなければ文学活動の成果は蕾の状態にとどまった。

ところで、以上の金達寿の知的活動に、北朝鮮‐総連および韓国との関係はどのような役割を果たしたのか。この点について、何らかの積極的な評価を見出すことは難しい。〈解放〉後の彼は、朝鮮半島全体を統一する独立国家が樹立されることに希望を抱き、さらに韓国と北朝鮮が相次いで建国されたのちは、北朝鮮による朝鮮統一を心の支えにして知的活動に励んだ。しかし『朝鮮』への組織的な批判キャンペーンが展開されて以降、彼にとって北朝鮮や総連がプラスに作用したことは皆無であろう。「あれはいったい何だったのだ。振りまわされてばかりいて、自他ともずいぶんバカなことをしたものだ」[10]と、彼はのちに回想している。

「振りまわされ」たという点では韓国も同様である。韓国の建国過程にはじまり、その後の展開を、日本国内だけからであるにせよ、同時代的に注視してきた金達寿にとって、韓国の軍事独裁体制はとうてい許容できるものではなかった。八一年に訪韓したのも全斗煥《チョンドファン》政権を認めたからではまったくない。ところが訪韓後の彼は四方八方から非難を浴び、訪韓から三〇年以上が経過した現在もなお、当時を知る多くの日本人や在日朝鮮人の心に暗い影を落としているのだが、それは彼の意図した結果ではなかった。

もちろん姜在彦《カンジェオン》や李進熙、張斗植《チャンドゥシク》、徐彩源《ソチェウォン》など、個人的に金達寿と行動を共にしたり彼の活動を支えたり、あるいは金達寿の存在を心の支えとして、日々の生活を前向きに営んだ在日朝鮮人が数多くいたことは確かである。しかし韓国や北朝鮮という国家や総連という組織が彼を、日本社会と在日朝鮮人社会で果たしている役割にふさわしい、敬意を払うべき存在として遇することはなかった。朝鮮半島の南北分断状況と、その現状を反映した国家と組織の論理が、金達寿をそのような存在として扱うことを許さなかった。こうして、金達寿が知的活動を展開させていく上で、北朝鮮－総連や韓国の政権もしくは政治組織と状況との関係が果たした役割は、皆無と言ってよいほど小さいものだったと言わねばならない。

しかし我々は、金達寿の知的活動を、手放しで賞賛して終わることはできない。〈帰化人史観〉によって日本人が自己を腐蝕させ、「植民地的人間」の状態にとどまっていることを自覚させるために、彼が天皇の「お言葉」までも利用することも辞さなかったことを考えれば、そこに理論的な死角があることもまた、否定できないからだ。

五　死角と可能性——アクチュアリティーをめぐって

金達寿は、他者からの〈衝撃〉によって、自分自身が「植民地的人間」の状態におかれていることを自覚し、その状態を脱した日本人と朝鮮人によってこそ、初めて「日本と朝鮮との関係を人間的なものにする」ことが可能だと考えたが、この論理の中で重要なことがある。それは自分が「自分の頭で考え」

て行動しているのか、それとも「植民地的人間」の状態に置かれているのかを判断する主体が、あくまでも自分の内部に置かれている点である。金達寿は『モダン日本　朝鮮版』や金史良「光の中に」にはじまり、訪韓後に友人たちからかけられた、「よく生きて帰って来られた」というねぎらいの言葉にいたるまで、幾度となく他者からの〈衝撃〉を受け、そのたびに自分が未だ「植民地的人間」の状態に置かれていることを痛感し、自己批判するとともにその状態から脱するべく闘争を展開した。だが他者からの〈衝撃〉は、自分の意志では決して消去できないものであり、また意識の中で消去してはならないものである。金達寿は〈衝撃〉をもたらした他者と闘争して打ち勝つことこそ、「植民地的人間」から脱却する第一歩と信じ続けたが、この闘いは、ちょうど金達寿が批判した志賀の文学のように、自分が小説世界を支配する「神」の視点に立つまで終わらないものであり、したがって永遠に「植民地的人間」の状態を脱することはできない。この発想を根本的に切断できなかったところに、金達寿の知的活動の限界がある。

しかし金達寿の知的活動の中に、この論理構造の外部に出る契機が示されなかったわけではない。「玄海灘」から「朴達の裁判」への認識論的転回や、「帰化人」という用語に支えられた日本古代史の言説空間に対する異議申し立ては、彼の知的活動の中に、「日本と朝鮮との関係を人間的なものにする」ための闘争の在り方の可能性が残されていることを示している。そしてこれは、彼が「在日」という〈場〉に立っていたことと、切り離して考えることができないものである。彼の残した課題を解決する道筋を見出すためには、これらで一瞬だけ開示された可能性を再検討することから始めねばならない。これこそ日本人とコリアンの両方が、彼の知的活動の遺産として担っていくべきものであろう。

註

【まえがき】

[1] 大野力・後藤宏行・しまね・きよし・高畠通敏・鶴見俊輔・西崎京子・橋川文三・藤田省三・安田武・山嶺健二・横山貞子（以上、出席者）・石井絵梨・佐貫惣悦・仁科悟郎（以上、誌上参加者）「『転向』以降の転向観〈共同討議〉」（思想の科学研究会編『改訂増補版 共同研究転向 下』一九七八年八月、平凡社）四三二～四三九頁。

[2] 鶴見俊輔「国民というかたまりに埋めこまれて」（鶴見俊輔・鈴木正・いいだもも『転向再論』二〇〇一年四月、平凡社）二二頁。

【序 章】

[1] 金達寿『日本の中の朝鮮文化 一』（一九八三年七月、講談社文庫）三頁。

[2] 崔孝先『재일 동포 문학 연구――1세작가 김달수의 문학과 생애』（二〇〇二年一月、문예림〔文藝林〕）。

[3] 崔孝先『海峡に立つ人――金達寿の生涯と文学』（一九九八年一二月、批評社）一〇頁。

[4] 同前、一〇頁。

[5] 同前、一〇頁。

[6] 同前、一〇頁。

[7] 同前、四八頁。

[8] 同前、四九頁。

[9] 同前、四九～五〇頁。

[10] 同前、一六二頁。

[11] 磯貝治良「金達寿文学の位置と特質」（辛基秀編『金達寿ルネサンス――文学・歴史・民族』二〇〇二年四月、解放出版社）九頁。

[12] 林浩治「金達寿文学の時代と作品」『金達寿ルネサンス』同前、四〇頁。

[13] 小野悌次郎「『運命の縮図』」『金達寿ルネサンス』同前、六七頁。

[14] 宋恵媛『「在日朝鮮人文学史」のために――声なき声のポリフォニー』（二〇一四年一一月、岩波書店）三頁。

[15] 同前、三頁。

[16] 同前、三頁。

[17] 同前、三七頁。

[18] 同前、三五頁。

[19] 無署名「創刊の辞」（『民主朝鮮』一九四六年四月、民主朝鮮社）ノンブル無し。

[20] 『「在日朝鮮人文学史」のために』前掲、三〇頁。

[21] 同前、三〇頁。

［22］小田切秀雄「朝鮮戦争と文学」（『講座　日本近代文学史　五』一九五七年六月、大月書店）二〇八頁。

［23］『「在日朝鮮人文学史」のために』前掲、三三二頁。

［24］同前、三三三頁。

［25］同前、三三四頁。

［26］同前、三三四頁。

［27］野村尚吾「同人雑誌作品時評」（『早稲田文学』一九四一年一月、早稲田文学社）一六六頁。

［28］小原元「〝うしなわれたもの〟の恢復」（『民主朝鮮』一九四九年九月、民主朝鮮社）。

［29］小田切秀雄「この本のこと」（金達寿『後裔の街』一九四八年三月、朝鮮文藝社）二三九頁。

［30］小原元「ただ一つの道――金達寿「後裔の街」」（『文学時標』一九四八年七月、文学時標社）三一頁。

［31］「この本のこと」前掲、二四〇頁。

［32］平林一「国民文学の問題――「玄海灘」をめぐって」（『日本文学』一九五五年二月、未来社）。

［33］はぎわら・とくし「金達寿論ノート(2)」（『多喜二と百合子』一九五七年九月、多喜二・百合子研究会／岩崎書店）一七頁。

［34］小原元「文学的方法における民族の発見――金達寿『密航者』から」（『現実と文学』一九六三年一〇月、現実と文学社）四三頁。

［35］矢作勝美「「中山道」と記録的方法について――金達寿の作品をめぐって」（『現実と文学』一九六三年一二月、現実と文学社）五四頁。

［36］先崎金明「多元的視点と文体の問題」（『現実と文学』一九六四年七月、現実と文学社）一七頁。

［37］矢作勝美「民族的ドラマの幕あき――金達寿「玄海灘」」（『民主文学』一九六七年二月、日本民主主義文学同盟）一五一頁。

［38］水野明善「「太白山脈」論――戦後朝鮮の全体像への試み」（『民主文学』一九六九年三月、日本民主主義文学同盟）八八頁。

［39］同前、九〇頁。

［40］同前、九〇～九二頁。

［41］後藤直「『太白山脈』論ノート」（『現代と文学』一九七〇年一月、現代文学研究会）二四～二五頁。

［42］同前、二五頁。

［43］小田切秀雄「解説――金達寿の人と作品」（金達寿『朴達の裁判』一九七三年二月、潮文庫）二〇三頁。

［44］同前、一九八頁。

［45］伊藤成彦「在日朝鮮人の文学とわれわれ」（『文学的立場』一九七二年七月、日本近代文学研究所）三四頁。

［46］同前、三六頁。

［47］『くじゃく亭通信』（一九八〇年六月一五日号と九月一日号、「くじゃく亭通信」編集部）。『季刊直』（一九八〇年七月号、季刊『直の会』）。

［48］玉井伍一「在日朝鮮人文学と現代日本文学――金達寿と長谷川四郎の視座に據って」（『思想の科学』一九

七八年一〇月、思想の科学社）一二頁。
〔49〕磯貝治良「抵抗と背信と——金達寿『玄海灘』覚書」（『新日本文学』一九七八年一二月、新日本文学会）一二三〜一二五頁。
〔50〕磯貝治良「在日朝鮮人文学の世界——負性を超える文学」（『季刊三千里』一九七九年一一月、三千里社）二四頁。
〔51〕同前、三七頁。
〔52〕後藤直「『公僕異聞』のもつ現代性」（『季刊直』一九八〇年七月、季刊『直の会』）二九頁。
〔53〕この点については第三章第二節で詳しく述べる。
〔54〕山岸嵩「大衆の目と底意をえぐる——金達寿と井上光晴」（梅沢利彦・平野栄久・山岸嵩『文学の中の被差別部落像　戦後編』一九八二年六月、明石書店）九四頁。
〔55〕同前、九五頁。
〔56〕シロタゲン「失われた風景から——金達寿の〝旅〟に誘われて」（『文藝』一九八六年八月、河出書房新社）三一二頁。
〔57〕同前、三一三頁。ルビは原文ママ。
〔58〕黒古一夫「在日朝鮮人文学の現在——〈在日する〉ことの意味」（『季刊在日文芸民濤』一九八七年一一月、民濤社）九五〜九六頁。傍点は原文ママ。
〔59〕川村湊「植民地文学から在日文学へ——在日朝鮮人文学論序説(1)」（『季刊青丘』一九九五年五月、青丘文化社）一五四頁。
〔60〕同前、一五八頁。
〔61〕林浩治「「金ボタンの朴」と戦後在日朝鮮人文学の終焉」（『ウリ生活』一九九五年八月、在日同胞の生活を考える会〔仮称〕）一二三頁。
〔62〕同前、一二二頁。
〔63〕同前、一二二頁。
〔64〕林浩治「革命的民衆像は描けたか——金達寿『朴達の裁判』再読」（『新日本文学』一九九六年一月、新日本文学会）九八頁。
〔65〕磯貝治良「金達寿の位置」（『新日本文学』一九九六年二月、新日本文学会）七一頁。
〔66〕同前、七一頁。
〔67〕中根隆行「民主主義と在日コリアン文学の懸隔——金達寿と『民主朝鮮』をめぐる知的言説の進展」（『昭和文学研究』二〇〇一年三月、昭和文学会）。のち加筆・修正されて『〈朝鮮〉表象の文化誌——近代日本と他者をめぐる知の植民地化』（二〇〇四年四月、新曜社）に収録。以下では単行本から引用する。
〔68〕同前、二六五頁。
〔69〕同前、二九一頁。
〔70〕宮本正明「金達寿——日本敗戦直後における在日朝鮮人作家の役割」（趙景達《チョギョンダル》・原田敬一・村田雄二郎・安田常雄編『講座　東アジアの知識人　五　さまざまな戦後』二〇一四年四月、有志舎）一九三頁。

［71］同前、二〇八頁。

［72］同前、二〇八頁。

［73］卞宰洙「「故国の人」を読んだ感想」（『青丘』一九五七年八月、青丘文学会）一九頁。

［74］同前、二〇頁。

［75］安宇植「傍観者となりうるか――在日朝鮮人作家の問題点」（『群像』一九七二年五月、講談社）二一四頁。安が引用した金達寿の定義の典拠は、金達寿「在日朝鮮人の文学」『講座　日本近代文学史　五』前掲、二五六～二五七頁。

［76］同前、二一四頁。

［77］同前、二一四頁。

［78］同前、二一四頁。

［79］安宇植「金達寿・人と作品――初期の足跡から」（『季刊直』一九八〇年七月、季刊『直の会』）一〇頁。

［80］同前、一六頁。「ゴールドマン」は、フランスの社会学者・哲学者リュシアン・ゴールドマンのこと。

［81］徐龍哲「在日朝鮮人文学の始動――金達寿と許南麒を中心に」（『復刻『民主朝鮮』別巻』一九九三年五月、明石書店）五四頁。

［82］同前、五五頁。

［83］梁石日・針生一郎「対談：『金達寿から遠く離れて』」（『新日本文学』一九九八年三月、新日本文学会）二七～二八、三一頁。

［84］高榮蘭「文学と〈一九四五・八・一五〉言説――中野重治「非圧迫民族の文学」をてがかりに」（『日本近代文学』二〇〇二年五月、日本近代文学会）、「「共闘」する主体・「抵抗」する主体の交錯――東アジアの冷戦と「小説家・金達寿」「詩人・許南麒」の浮上」（『日本文学』二〇〇七年一月、日本文学協会）。のち、加筆・修正されて、それぞれ高榮蘭『「戦後」というイデオロギー――歴史／記憶／文化』（二〇一〇年六月、藤原書店）六章と七章に収録。以下では単行本より引用する。

［85］同前、二四五頁。

［86］同前、二七四頁。

［87］同前、二七五頁。

［88］同前、三二〇頁。

［89］鄭百秀「故郷喪失者の旅――金達寿『対馬まで』、『故国まで』」（『櫻美林世界文学』二〇一五年三月、櫻美林世界文学会）四頁。

［90］同前、七頁。

［91］同前、一八頁。

［92］同前、一二～一三頁。

［93］この節でのみ、基本的に「韓国」・「韓国語」と表記する。しかし「在日朝鮮人」については、この節でもこの語を用いる。

［94］以下の二段落の内容は、浮葉正親「在日朝鮮人文学の研究動向とディアスポラ概念」（『名古屋大学　日本語・日本文化論集』二〇一三年三月、名古屋大学留学

生センター）に基づく。

[95] 無署名「越北작가 百20여명 解禁／文公部 洪命憙 李箕永 韓雪野등 5명제외〔越北作家百20余名解禁／文公部、洪命憙・李箕永・韓雪野など5名例外〕」（『東亜日報』一九八八年七月一九日、東亜日報社、一〇面）、無署名「社説 越北作家 解禁의 의미〔社説 越北作家解禁の意味〕」（『東亜日報』一九八八年七月二〇日、東亜日報社、二面）など。

[96] 「在日朝鮮人文学の研究動向とディアスポラ概念」前掲、五頁。

[97] それらのうち、日本語訳されて発表された事例として、李無影《イムヨン》（☆）「「朴達の裁判」への批評 上 虚構の世界と文学」がある。金達寿のメモ書きによれば、『国際タイムス』一九五九年八月一三日に発表。訳者や面数は不明。この続きについても不明。

[98] 実際、「解禁措置」以降も、韓国政府が文学作品に「介入」した事例は見られる。たとえば八九年三月二五日、全国民族民主運動連合（全民連）顧問の文益煥《ムンイクファン》牧師ほか二名が秘密裏に北朝鮮を訪問して金日成と面会した。韓国の進歩的知識人や学生・市民らは彼らの行動を積極的に歓迎したが、韓国治安本部は、彼らの行動を「反国家団体潜入罪」に当たるとして法的措置をとる構えを見せた。続いて公安合同捜査本部を設置し、全民連の幹部などを連行・調査した（権寧珉《クォンニョンミン》〔田尻浩幸訳〕『韓国近現代文学事典』二〇一二年八月、明石書店の「文益煥牧師北朝鮮訪問事件」を参照）。出版物もこの影響を受け、金達寿『太白山脈』（韓国語版）など一五点について捜査が行われた（無署名「治安取り締まり強化／韓国方針 反国家発言に保安法」『朝日新聞』一九八九年三月二六日、朝日新聞社、七面）。

[99] 『재일 동포 문학연구』前掲。

[100] 김학동『재일조선인 문학과 민족――김사량・김달수・김석범의 작품세계』（二〇〇九年四月、국학자료원〔国学資料院〕）。

[101] 이재봉「해방 직후 재일한인 문단과 '일본어' 창작문제――『朝鮮文藝』를 중심으로」（『한국문학논총〔韓国文学論叢〕』二〇〇六年、한국문학회〔韓国文学会〕）。

[102] 金達寿「無題」（『わがアリランの歌』を出した金達寿の会編『『わがアリランの歌』を出した金達寿の会』一九七九年三月）四九頁。

[103] 鶴見俊輔「国民というかたまりに埋めこまれて」（鶴見俊輔・鈴木正・いいだもも『転向再論』二〇〇一年四月、平凡社）二二頁。

[104] 『日本の中の朝鮮文化 一』前掲、三～四頁。

[105] 高銀（編集部訳）「韓国では文学は何を意味するか」（『季刊在日文芸民濤』一九八九年二月、民濤社）二六七頁。

【第一章】

［1］金達寿『わがアリランの歌』（一九七七年六月、中公新書）、金達寿『わが文学と生活』（一九九八年五月、青丘文化社）。

［2］崔孝先『海峡に立つ人——金達寿の文学と生涯』（一九九八年一二月、批評社）一六三〜二七九頁。

［3］『わがアリランの歌』前掲、四頁。

［4］http://jpn.changwon.go.kr/new/jsp/sub01/01_03_02_n.jsp（二〇一五年一〇月二七日閲覧）。以下、昌原市の歴史はこの頁の記述に基づく。

［5］東海自由貿易地域管理院のＨＰ（http://www.ftz.go.kr/donghae/homeJap/donghaeFreeTradeArea/AFTZ.jsp、二〇一五年一〇月二七日閲覧）によれば、「自由貿易地域」とは、「自由な製造、物流、流通及び貿易の活動などが保障される地域として、外国人投資による貿易の振興、雇用創出、技術の向上を期して、国家及び地域経済発展に寄与することを目的に指定された地域」である。

　また、馬山自由貿易地域管理院のＨＰ（http://www.ftz.go.kr/jap/masanFTZ/aboutMFTZ.jsp、二〇一五年一〇月二七日閲覧）によれば、「馬山自由貿易地域は、外資誘致を通じて輸出の振興、雇用拡大、技術向上を図り、国と地域経済の発展に資することを目的に、一九七〇年一月に設立された特殊法人」で、「「輸出自由地域設置法」で規定された韓国初の外国人専用の産業団地」である。二〇〇〇年七月一二日までは「生産中心の「輸出自由地域」（Free Export Zone）として運営された」が、一三日より、「「自由貿易地域の指定等に関する法」により、生産に加え、貿易、物流、流通、情報処理、サービス業など、新しい機能を取り入れた「自由貿易地域」（Free Trade Zone）として拡大・再編」された。

［6］昌原国家産業団地は、「韓国政府の第3次経済開発5カ年計画（1972‐76年）に基づいて造成された」もので、「「重化学工業の国際競争力強化を通じ、機械工業分野で100億ドル輸出」「1980年代に先進工業国入り」という目標を掲げて立ち上げられた」地域である（無署名「昌原産業団地40周年、韓国産業の未来に向かって」『朝鮮日報』二〇一四年四月一〇日、朝鮮日報社（http://www.chosunonline.com/site/data/html_dir/2014/04/10/2014041003169.html、二〇一五年一〇月二七日閲覧）。

［7］金達寿は『わがアリランの歌』前掲、三頁でこの河川を「匡蘆川」と記しているが、「匡盧川」が正しい。ちなみにハングルでの表記は「광려천」である（馬山市史編纂委員会編『馬山市史』一九九七年二月、馬山市史編纂委員会、四四頁。原文韓国語）。

［8］『わがアリランの歌』同前、三〜四頁。

［9］金達寿「金海金氏の後裔」（『人物往来』一九五七年一〇月、人物往来社）一九〜二〇頁。「本貫」とは、

宗族の始祖発祥の地を指すものである。

［10］ 金達寿「母の教えのこしたもの」（『人生読本4　愛について』一九七二年一一月、筑摩書房）一一八頁。

［11］ 金達寿「祖父の神位」（『歴史と人物』一九七四年四月、中央公論社）七七頁。なお祖父も祖母も、名前は不明である。

［12］ 「母の教えのこしたもの」前掲、一二二頁。

［13］ 本書では、本州・九州・四国・北海道・琉球諸島・小笠原諸島など、第二次世界大戦の敗戦まで、慣例的に日本本土と見なされていた地域を指して、〈内地〉と呼称する。なお法学者の間では、〈内地〉と〈外地〉を区別する基準は、帝国議会で制定された法律などが直接適用される地域か否かにあるとする見解が一般的である（向英洋『詳解　旧外地法』（二〇〇七年七月、日本加除出版、八～一〇頁）。

［14］ 『わがアリランの歌』前掲、五頁。

［15］ 同前、六～七頁。

［16］ 同前、五頁。

［17］ 同前、九～一〇頁。

［18］ 同前、一二～一三頁。没年齢は数え年の可能性が高い。

［19］ 同前、三八頁。

［20］ 柄奎の没年齢は、同前、一四頁によれば三八歳、「母が教えのこしたもの」（前掲、一二六頁）によれば、数え年で三七歳である。なお、柄奎の没年月日だが、『わがアリランの歌』（同前、一四頁）では旧暦一九二八年一〇月二三日、『わが文学と生活』巻末の自筆年譜（前掲、二八二頁）では、没年は不明だが月日は一二月五日となっている。同じ一九二八年だとすれば、旧暦一〇月二三日は新暦一二月四日である。一九二六年から、金達寿が〈内地〉に渡る三〇年までの間で、旧暦一〇月二三日＝新暦一二月五日となる年はない。

［21］ 『わがアリランの歌』同前、一四頁。

［22］ 同前、二〇～二五頁。

［23］ 同前、三六頁。〈内地〉に渡った時期が旧暦か新暦かは不明。

［24］ 同前、三〇頁。

［25］ 同前、一九一～一九二頁。

［26］ 孫仁章「祖母の思ひ出」（『民主朝鮮』一九四六年四月、民主朝鮮社）三八頁。

［27］ 『わがアリランの歌』前掲、三五～三六頁。

［28］ 同前、五二～五七頁。

［29］ 同前、六一～六三頁。

［30］ 同前、六四～六五頁。なお校名は、三二年一〇月に「東京府東京市源氏前尋常小学校」に改称された（「源氏前小学校　名前の歴史」http://school.cts.ne.jp/genjimae/syuunenn/syuunen.html、「源氏前小学校　学校の歴史」http://school.cts.ne.jp/genjimae/gakkouannmai/rekisi.html〔二〇一五年一二月一〇日閲覧〕）。

［31］ 『わがアリランの歌』同前、七五～七九頁。

〔32〕同前、六九頁。
〔33〕同前、七四～七五頁。
〔34〕同前、八二～八三頁。
〔35〕同前、八三頁。
〔36〕同前、八四頁。
〔37〕同前、八四頁。
〔38〕同前、八四頁。
〔39〕同前、一一〇頁。
〔40〕同前、一三四頁。
〔41〕同前、一三五頁。
〔42〕同前、一三五頁。
〔43〕同前、一三九頁。
〔44〕同前、一四〇～一四二頁。
〔45〕張斗植『定本・ある在日朝鮮人の記録』（一九七六年九月、同成社）三二三～三二四頁。
〔46〕『わがアリランの歌』前掲、一五三～一五四頁。
〔47〕『定本・ある在日朝鮮人の記録』前掲、三二七～三三六頁。
〔48〕同前、三三七～三三九頁。
〔49〕「専門学校令」（文部省『学制百年史　資料編』一九七二年一〇月、帝国地方行政学会）一五四頁。
〔50〕大学や大学予科が大学令に準拠したのに対し、専門部は一九〇三年三月二七日に公布された「専門学校令」に準拠した「高等ノ学術技芸ヲ教授スル学校」と位置づけられ、修業年限は三年以上とされた（文部省『学制百年史　記述編』一九七二年一〇月、帝国地方行政学会）三七二～三七六、四九五～四九六頁。
〔51〕『わがアリランの歌』前掲、一六五頁。
〔52〕同前、一六八～一六九頁。
〔53〕同前、一六九～一七〇頁。
〔54〕この文学的闘争については、第二章第二節で論じる。
〔55〕『わがアリランの歌』前掲、一七一頁。
〔56〕金達寿は同前、一七一頁で「法文学部の専門部国文科をえらんだ」と記しているが、日本大学芸術学部五十年史刊行委員会『日本大学芸術学部五十年史』（一九七二年一一月、日本大学芸術学部、一六一頁）によれば法文学部芸術学科が正しい。専攻は文芸学と思われる。
〔57〕『わがアリランの歌』同前、一七一頁。
〔58〕金達寿は同前、一七七頁で、「同じ日大芸術科（いまの芸術学部）専門部の創作科に編入試験を受けてみる」と記しているが、『日本大学芸術学部五十年史』前掲、一七四～一七五頁によれば、彼が編入したのは、専門部芸術科内に置かれた八科のうちの創作科である。
〔59〕『わがアリランの歌』同前、一八六～一八七頁。
〔60〕同前、一七五頁。
〔61〕同前、一七六～一七七頁。
〔62〕同前、一九〇頁。
〔63〕同前、一九〇～一九一頁。
〔64〕同前、一九一頁。

［65］同前、一九二〜一九三頁。

［66］金達寿（聞き手・鶴見俊輔）「語りつぐ戦後史　第三十一回　盛装したい気持ち」（『思想の科学』一九六九年九月、思想の科学社）一一四頁。

［67］金達寿と金史良との関係については、『わがアリランの歌』前掲、一九七〜二〇六頁のほか、金達寿「戦死した金史良」（『新日本文学』一九五二年一二月、新日本文学会）、金達寿「金史良と私」（『朝鮮人――大村収容所を廃止するために』一九八六年六月、朝鮮人社）に詳しい。

［68］金史良の逮捕から平壌へ帰るまでの経緯については、『わがアリランの歌』同前、二〇七〜二〇八、二一二〜二一三頁を参照。

［69］この措置は日大独自のものではない。「日米開戦を目前にした昭和十六年十月、勅令によって大学・専門学校および実業専門学校等は、十六年度から在学年限または修業年限を、臨時措置として一年短縮することができると定めた。これにより、十六年度は三か月短縮して十二月に卒業させることを決定した」（『学制百年史　記述編』前掲、五九二頁）とあるように、全国的に実施されたものだった。

［70］『わがアリランの歌』前掲、二〇九頁、金達寿「母校を訪ねて／カンニングで点をかせぐ」（『東京新聞』夕刊、一九五六年七月五日、東京新聞社、八面）。

［71］『わがアリランの歌』同前、二〇九頁。

［72］同前、二一〇頁。

［73］同前、二一一頁。

［74］同前、二一一〜二一二頁。なお樋口宅三郎の経歴は「回想五十五年」（『砂に書く』一九七五年一〇月、神奈川新聞社）に詳しい。また樋口から見た金達寿のことは「同根の花」（『砂に書く』所収）を参照。

［75］神奈川新聞社への統合の経緯については、神奈川新聞社編『神奈川新聞小史』（一九八五年五月、神奈川新聞社）五三〜五七頁を参照。

［76］以下、有山との出会いから〈京城〉旅行までの経緯については、『わがアリランの歌』前掲、二一五〜二二〇頁を参照。

［77］同前、二二八頁。

［78］同前、二三〇〜二三一頁。

［79］同前、二三二頁。

［80］同前、二三四頁。

［81］同前、二三三頁。

［82］同前、二三七頁。朝鮮総督府が『京城日報』を創刊した経緯や両者の関係については、李相哲『朝鮮における日本人経営新聞の歴史（一八八一―一九四五）』（二〇〇九年二月、角川学芸出版）九八〜一〇三、一八〇〜一八四頁を参照。

［83］『わがアリランの歌』同前、二三八頁。

［84］同前、二三九〜二四七頁。なお樋口によれば、四四年ごろになると、特高がかなり露骨に金達寿や、やは

り同社に勤めていた張斗植の解雇を迫ったが、「〝天ン邪鬼〟の私は「どうぞ公文書でご指示下さい」で柳に風で対手にしなかった。両君もこの間の事情をうすうす感じていたらしいが「言動だけは注意してくれ」という注意をよく聞き、戦局は話題にもしたことがなかった」という（「同根の花」前掲、二三九～二四〇頁）。

[85]『わがアリランの歌』同前、二四九～二五一頁。金達寿（☆）「回覧雑誌のころ」一八～一九頁。金達寿のメモ書きによれば、『文芸山脈』一九五九年五月に発表。『鶏林』（一九五九年六月、鶏林社）に再掲載。

[86]『わがアリランの歌』同前、二五一頁。

[87]同前、二五一～二五二頁。金達寿「私の八月十五日／光る特高、憲兵の目／〝朝鮮独立〟のことばに感動」（『神奈川新聞』一九七〇年八月一一日、神奈川新聞社、九面）。

[88]『わがアリランの歌』同前、二五三～二五四頁。

[89]『わが文学と生活』前掲、一二六～一三〇頁。

[90]同前、一三一頁。

[91]論者によってこの数字には数十万程度の差がある。ここでは金英達《キムヨンダル》『金英達著作集Ⅲ　在日朝鮮人の歴史』（二〇〇三年一月、明石書店）四四頁に基づいた。

[92]『わが文学と生活』前掲、一三九～一四〇頁。

[93]金達寿「事実を事実として――新日本文学会員の十年」（『新日本文学』一九五七年七月、新日本文学会）一五三～一五四頁。

[94]『わが文学と生活』前掲、一四九～一五三頁。

[95]同前、一四七頁。

[96]同前、一四七～一四九頁。没年齢は数え年の可能性が高いと思われる。

[97]この論争については、第三章第一節で論じる。

[98]『わが文学と生活』前掲、一五六～一五八頁。

[99]同前、一五八～一五九頁。自伝的小説という形ではあるが、この経緯については、李殷直『物語「在日」民族教育・苦難の道　一九四八年一〇月～五四年四月』（二〇〇三年一二月、高文研）一八四～一八七頁を参照。

[100]この事件は現在、「麗水・順天一〇・一九事件」・「麗順反乱事件」など様々に呼称されるが、本書では金達寿が用いた「麗水・順天事件」を用いる

[101]事件の写真は現在、『ＬＩＦＥ』誌の同号に掲載されなかったものも含め、ＬＩＦＥ社のＨＰ（http://life.time.com/history/korea-photos-from-the-october-1948-rebellion/#1）で見ることができる。

[102]金達寿「写真について」（『統一評論』一九六二年九月、統一評論社）六二～六三頁。

[103]『わが文学と生活』前掲、一五九～一六〇頁。

[104]「日本共産党の五〇年問題」と呼ばれるこの内部分裂については、小山弘健『戦後日本共産党史』（一九六六年一一月、芳賀書店）を参照。

[105]原稿は神奈川近代文学館「金達寿文庫」所蔵。

[106]『わが文学と生活』前掲、一八四～一八五頁。

〔107〕 金達寿「わが戦後史④ 分裂抗争を経て」（『朝日新聞』一九七二年一〇月三〇日、朝日新聞社、一三面）。

〔108〕 先妻がこの女性の従妹だった尹健次《ユンコオンチャ》によれば、この女性の名前の漢字は「崔春子《チェチュンジャ》」である（「「三つの国家」のはざまでの苦闘と悲惨——作家・金達寿の場合」『人文研究』二〇一四年九月、神奈川大学人文学会、一〇頁）。しかし金達寿は「李珍宇の死」（『現実と文学』一九六三年八月、現実と文学社）一四頁で「私の家内、崔春慈」と記しており、野崎六助も『李珍宇ノオト——死刑にされた在日朝鮮人』（一九九四年四月、三一書房）で「崔春慈」と書いている。管見のかぎり、金達寿が「崔春子」と表記した文章は一つもない。そこで本書では金達寿に従って、彼女の名前を「崔春慈」と記すことにする。

〔109〕 金達寿「私には尻尾がある」（『文学芸術』一九五三年八月、文学芸術社）五七頁。

〔110〕 古本屋のエピソードについては、金達寿「わが古本屋繁盛記／「理想」は破れぬ「夢」は去りぬ」（『日本読書新聞』一九五五年三月七日、日本出版協会、七面）を参照。また金達寿の小説「古本屋の話」（『新日本文学』一九五五年四月、新日本文学会）にも詳しい。

〔111〕 金達寿「私の文学修業」（『新日本文学』一九七八年一二月、新日本文学会）五一頁。

〔112〕 金達寿『玄海灘』（一九五四年一月、筑摩書房）三四一頁。

〔113〕 誌上での賞の発表は芥川賞が『文藝春秋』一九五四年四月、新潮社文学賞は『新潮』一九五五年一月。このときの芥川賞は受賞作なし、新潮社文学賞は三島由紀夫「潮騒」が受賞した。

〔114〕 舞台化の詳細については『劇団生活舞台ニュース』（二号、一九五五年二月二六日、劇団生活舞台）一～二面を参照。

〔115〕 無署名「今年度平和文化賞きまる」（『朝日新聞』一九五七年五月二七日、朝日新聞社、六面）、無署名（☆）「第十一回　日本文化人会議総会を開きます」（『日本文化人会議　月報』一九五七年五月、日本文化人会議、頁数不明）などを参照。この記事は奥付も一緒にスクラップされているため、発行年月などは確認済み。なお、受賞に対する金達寿の言葉については、金達寿（☆）「感想」を参照。金達寿のメモ書きによれば、『日本文化人会議　月報』一九五七年六月に掲載、頁数不明。

〔116〕 金達寿「視点について——どうかくかの問題・ノト」（『リアリズム』一九五八年一〇月、リアリズム研究会）二一頁。

〔117〕 金達寿「文字ノイローゼ」（『2日』一九五七年一〇月ごろ、2日会）を参照。この号は奥付がないため、正確な発行年月日は不明である。しかし無署名「馬耳東風」（『東京新聞』夕刊、一九五七年一〇月三〇日、東京新聞社、八面）に同誌創刊の記事があるので、こ

の頃と推定される。

〔118〕「視点について」前掲、二三頁。

〔119〕金達寿「〝朴達〟ちがい／テレたり、驚いたり、あきれたり」(『図書新聞』一九六〇年四月一六日、図書新聞社、一面)。

〔120〕中村光夫・瀧井孝作・丹羽文雄・舟橋聖一・石川達三・佐藤春夫・井伏鱒二・川端康成・井上靖・永井龍男・宇野浩二「芥川賞選評」(『文藝春秋』一九五九年三月、文藝春秋新社)を参照。

〔121〕リアリズム研究会については第二章第四節で論じる。

〔122〕以下、『朝鮮』批判キャンペーンに始まる金達寿と総連との軋轢については、第三章第一節で論じる。

〔123〕『わが文学と生活』前掲、二三二～二三三頁。

〔124〕同前、二三三頁。

〔125〕同前、一九六、二四八～二四九頁。

〔126〕帰国事業に対する金達寿の関わりについては、第三章第一節で触れる。

〔127〕松本良子「『日本のなかの朝鮮文化』の十三年」(『季刊三千里』一九八七年五月、三千里社)二一六頁。

〔128〕鄭兄弟と金達寿との出会いについては、備仲臣道『蘇る朝鮮文化――高麗美術館と鄭詔文の人生』(一九九三年一二月、明石書店)一三二～一三三頁を参照。

〔129〕『わが文学と生活』前掲、二五五頁。

〔130〕同前、二五五頁。

〔131〕同前、二五五～二五六頁。

〔132〕同前、二六六～二六九頁では、鄭詔文が本格的に朝鮮に関わる書画や陶磁器を買い求めるようになったのは、六八年末ごろ、出入りの大工から白磁の壺を購入したことに始まると記されている。しかし『蘇る朝鮮文化』前掲、では、五五年に「骨董店「柳」で白磁の壺を手に入れ、ついで親しい大工からも壺を買い取る。こうして始まった詔文の美術品蒐集は」(一二二頁)云々と書かれている。両者の記述の間には大きな時間差があり、どちらが正しいのかは不明である。しかし、いずれにせよ、六〇年代後半に鄭詔文が朝鮮に関わる美術品を熱心に収集していたことに変わりはない。

〔133〕『わが文学と生活』同前、二六四頁。

〔134〕同前、二六四頁。

〔135〕「『日本のなかの朝鮮文化』の十三年」前掲、二一七～二一八頁。

〔136〕『わが文学と生活』前掲、二五三～二五五頁。

〔137〕上田正昭・金達寿・司馬遼太郎・村井康彦「座談会日本のなかの朝鮮」(『日本のなかの朝鮮文化』一九六九年三月、日本のなかの朝鮮文化社)二九頁。

〔138〕高松塚古墳の装飾壁画が新聞各紙で初めて報道されたのは七二年三月二七日であるが、たとえば『朝日新聞』は、早くも翌二八日付の記事の見出しに、「古墳の〝主〟は男3人／石室から人骨を発見／貴人？大陸の渡来人？」(朝刊、二三面)と記している。なお、この見出しの「大陸の渡来人」は、「朝鮮など大陸から

の渡来人」を指して用いられている。

〔139〕『わが文学と生活』前掲、二六四頁。

〔140〕同前、二六九頁。水野明善「河内飛鳥めぐりの記――日本のなかの朝鮮文化遺跡めぐり」（『日本のなかの朝鮮文化』一九七二年六月、朝鮮文化社）五八～六〇頁。

〔141〕『わが文学と生活』同前、二五六～二五八頁。

〔142〕以下、総連による金達寿の講演妨害から除名の経緯については、第三章第一節で論じる。

〔143〕金達寿「備忘録」（『文藝』一九七九年八月、河出書房新社）一四八～一四九頁。

〔144〕孫斗八については、丸山友岐子『逆うらみの人生――死刑囚・孫斗八の生涯』（一九八一年九月、社会評論社）を参照。

〔145〕同前、一四三～一四四頁。

〔146〕同前、一四五頁。

〔147〕同前、一五四～一五五頁。

〔148〕同前、一六八～一六九頁。

〔149〕李珍宇と金達寿との関わりについては、『李珍宇ノオト』前掲、一二三～一二五頁を参照。また李珍宇と崔春慈との関わりについては同書、一五四～一五五頁、一六二～一六九頁、「李珍宇の死」前掲を参照。

〔150〕『李珍宇ノオト』同前、一五四、一六二～一六三頁。

〔151〕「李珍宇の死」前掲、一四頁。

〔152〕金達寿がこの事件に関わるようになった経緯については、金達寿「金嬉老のこと」（『中央公論』一九六九年一〇月、中央公論社）を参照。

〔153〕無署名「文化人も説得」（『読売新聞』夕刊、一九六八年二月二三日、読売新聞社、一〇面）。

〔154〕同前、一〇面。

〔155〕特別弁護人としての彼の活動については、『金嬉老公判対策委員会ニュース』（全四〇号、一九六八年六月～七六年一〇月、金嬉老公判対策委員会）を参照。

〔156〕金達寿「特別弁護人の申請にあたって」（『金嬉老公判対策委員会ニュース』一九六八年一二月、金嬉老公判対策委員会）一二頁。

〔157〕金達寿（☆）「신뢰의 마당으로〔信頼の広場で〕」。書誌情報は不明。ただし本文中で安道雲《アンドウン》「楽しい夢」（『新しい世代』一九六一年九月、朝鮮新報社）が引用されているので、六一年九月以降に発表されたものと推定される。

〔158〕『わが文学と生活』前掲、二三七～二三八頁。

〔159〕この経緯については、朴慶植『解放後　在日朝鮮人運動史』（一九八九年三月、三一書房）四〇二～四〇六頁、宋恵媛『「在日朝鮮人文学史」のために――声なき声のポリフォニー』（二〇一四年一一月、岩波書店）二三八～二四〇頁に詳しい。

〔160〕金達寿「正直な、余りに正直な／日韓会談と「七人の指導者」」（『図書新聞』一九六一年一一月二五日、図書新聞社、一面）。

〔161〕これら在日朝鮮人「政治犯」救援運動については、『11・22通信』（一九七六年一月ごろ～、11・22在日韓国人留学生・青年不当逮捕者を救援する会。創刊号の発行年月日は不明だが、一面の「この間の動き」欄より、七六年初頭に刊行されたと推測される。また「金達寿文庫」には一九八一年一一月の三三号までまとめた縮刷版が所蔵されているが、記事の中には「詳しい報告は次号で」と記されたものもある。しかし三四号以降も続いたかどうかは不明）、吉松繁『在日韓国人「政治犯」と私』（一九八七年一月、連合出版）などを参照。

〔162〕無署名「日仏米などの文化人33氏が「たすける会」／金芝河氏らの行為は当然と訴え」（『朝日新聞』一九七四年七月一一日、朝日新聞社、三面）、無署名「鶴見俊輔ら参加／金芝河氏釈放要求　ハンストまた四人」（『朝日新聞』一九七四年七月二八日、朝日新聞社、三面）などを参照。

〔163〕和田春樹『北朝鮮現代史』（二〇一二年四月、岩波新書）一三七～一三八頁。

〔164〕久野収・金達寿「対談　相互理解のための提案」（『季刊三千里』一九七五年一一月、三千里社）三三頁。

〔165〕ＮＨＫハングル講座開設までの経緯については、南《ナム》相瓔《サンヨン》「ＮＨＫ「ハングル講座」の成立過程にかんする研究ノート――日本人の韓国・朝鮮語学習にかんする歴史的研究（その2）」（『金沢大学教養部論集　人文科学篇』一九九四年八月、金沢大学教養部）、荻野吉和『大阪から釜山へ――内なる国際化の旅』（一九八八年八月、駸々堂出版）、高淳日編『始作折半――合本くじゃく亭通信・青丘通信』（二〇一四年六月、三一書房）五一二～五一三頁の資料を参照。

〔166〕姜在彦・金達寿・金石範・李進熙・李哲《リチョル》「『朝鮮新報』の批判に答える――付・『朝鮮新報』による批判全文」（『季刊三千里』一九七七年五月、三千里社）、姜在彦・金達寿・金石範・李進熙・李哲「総連・韓徳銖議長に問う」（『季刊三千里』一九七九年一一月、三千里社）を参照。

〔167〕この事件は現在、「光州民主化運動」・「光州民衆蜂起」など様々に呼称されるが、本書では金達寿が用いた「光州事件」を用いる。

〔168〕彼らの訪韓については第三章第二節で論じる。

〔169〕無署名「在日韓国人政治犯の死刑囚五人／韓国、恩赦で減刑か／在日大使館筋　金達寿氏に連絡」（『朝日新聞』一九八二年三月二日、朝日新聞社、三面）。

〔170〕李進熙は八四年に国籍を「韓国」に切り替えた（李進熙『海峡――ある在日史学者の半生』二〇〇〇年四月、青丘文化社、二二三頁）が、呉文子氏によれば、金達寿が「韓国」籍に切り替えたのもこの頃ではないかという。二〇一五年一一月三〇日、呉文子氏より聴き取り。

〔171〕二〇一四年一月二三日、姜在彦氏より聴き取り。二

〇一五年一一月三〇日、呉文子氏より聴き取り。

〔172〕 祝賀会の様子については、無署名「金達寿さんおめでとう／21年の苦労実る」（『東洋経済日報』一九九一年一一月二九日、東洋経済日報社、一一面）、無署名「「日本 속의 朝鮮文化」完結／金達寿씨 12巻出刊 現地資料바탕 文化伝播 実証〔「日本の中の朝鮮文化」完結／金達寿氏　12巻出刊　現地資料に基づき文化伝播実証〕」（『한국일보〔韓国日報〕』日本版、一九九一年一二月四日、韓国日報社、二四面）、無署名「朝鮮文化シリーズが完結／金達寿氏を祝う会」（『神奈川新聞』一九九一年一二月五日、神奈川新聞社、一一面）などを参照。

〔173〕 金達寿「「渡来人」とはを求めて――「新考・日本の朝鮮文化遺跡」の背景」（『統一日報』一九九六年一月六日、統一日報社、八面）。

〔174〕 李進熙「金達寿さんの足跡」（『新日本文学』一九九八年三月、新日本文学会）一八頁。

〔175〕 無署名「『玄海灘』作家　金達寿さん死去」（『東京新聞』一九九七年五月二六日、中日新聞東京本社、二三面）。

〔176〕 無署名「著作権継承者届出」（『文芸家協会ニュース』一九九七年一〇月、日本文芸家協会）八頁。

〔177〕 神奈川近代文学館に寄贈されるまでの経緯については、「「三つの国家」のはざまでの苦闘と悲惨」前掲、三一一頁を参照。

【第二章第一節】

〔1〕 （キム）「編輯室から」（『民主朝鮮』一九四六年一二月、朝鮮文化社）八八頁など。

〔2〕 生年が新暦か旧暦かは不明。

〔3〕 初等教材編纂委員会の概要については、金徳龍《キムドンリョン》『朝鮮学校の戦後史――一九四五‐一九七二　増補改訂版』（二〇〇四年一月、社会評論社）三七～三九頁を参照。

〔4〕 朴三文《パクサンムン》編『在日朝鮮文化年鑑　一九四九年版』（一九四九年四月、朝鮮文藝社）六九頁。ただし引用は、朴慶植《パクキョンシク》編『在日朝鮮人関係資料集成〈戦後編〉五』（二〇〇〇年九月、不二出版）一四九頁より。原文朝鮮語。なお、『在日朝鮮文化年鑑』に記述された金達寿と魚塘の論争を参照するにあたっては、魚塘が同書の執筆者の一人だった点に留意する必要がある。

〔5〕 이재봉「해방 직후 재일한인 문단과 '일본어' 창작문제――『朝鮮文藝』를 중심으로〔「解放直後の在日韓人文壇と〝日本語〟創作問題――『朝鮮文藝』を中心に」〕」（『한국문학논총〔韓国文学論叢〕』二〇〇六年四月、한국문학회〔韓国文学会〕）。

〔6〕 宋恵媛『「在日朝鮮人文学史」のために――声なき声のポリフォニー』（二〇一四年一一月、岩波書店）。

〔7〕 キム・タルス（☆）「朝鮮文学者の立場／「在日本朝鮮文学者会」に就て」。金達寿のメモ書きによれば、『国際タイムス』一九四七年四月一〇日、国際タイムス

社に発表。面数不明。

[8] 金達寿「日本語로 쓰이는朝鮮文学――그意義에대하야」(『朝鮮新報』一九四七年七月二日、朝鮮新報社、二面)。

[9] この経緯については、魚塘「金達寿氏의日本말로쓰는朝鮮文学에対하양《ママ》〔金達寿氏の日本語で書く朝鮮文学に対して〕」(『朝鮮新報』一九四七年九月八日、朝鮮新報社、二面)を参照。

[10] 金達寿(☆)「日本語로 쓰이는朝鮮文学(下)――그作家들에대하야」(『朝鮮新報』朝鮮新報社、面数不明)。魚塘、同前によれば、この記事は同紙の八月二三日号に発表されたという。

[11] 「金達寿氏의日本말로쓰는朝鮮文学에対하양《ママ》」前掲、二面。

[12] 魚塘「金達寿氏의日本말로쓰는朝鮮文学에対하양《ママ》」(『朝鮮新報』一九四七年九月一〇日、朝鮮新報社、二面)。

[13] 金達寿「魚塘氏에答함」(『朝鮮新報』一九四七年九月二〇日、朝鮮新報社、二面)。

[14] 『朝鮮文藝』は日本語版と朝鮮語版がある。詳しくは「해방 직후 재일한인 문단과 '일본어' 창작문제」前掲、三六二～三六七頁を参照。

[15] 魚塘「日本語による朝鮮文学に就て」(『朝鮮文藝』一九四八年四月、朝鮮文藝社)一〇頁。

[16] 同前、一〇頁。

[17] 同前、一一頁。

[18] 同前、一〇～一一頁。

[19] 同前、一一頁。

[20] 「朝鮮文学者の立場」前掲、頁数不明。林浩治『戦後非日文学論』(一九九七年一一月、新幹社)一三～一四頁。

[21] 李殷直「朝鮮人たる私は何故日本語で書くか」(『朝鮮文藝』一九四八年四月、朝鮮文藝社)八～九頁。

[22] 金達寿「一つの可能性」(『朝鮮文藝』一九四八年四月、朝鮮文藝社)一六頁。

[23] 同前、一五頁。

[24] 同前、一五頁。

[25] 同前、一六頁。

[26] 同前、一六頁。

[27] 同前、一七頁。

[28] 同前、一七～一八頁。傍点は原文ママ。「結符」は「結び付けること」の意味。

[29] 金達寿「私の「大学」」(『現実と文学』一九六三年九月、現実と文学社)五二～五三頁。中野重治との関係については、金達寿『わが文学と生活』(一九九八年五月、青丘文化社)一九七～二一一頁を参照。

[30] 朝鮮文学家同盟については、権寧珉《クォンチョンミン》編(田尻浩幸訳)『韓国近現代文学事典』(二〇一二年八月、明石書店)の「朝鮮文学家同盟」の項目を参照。

[31] 金達寿「八・一五以後の朝鮮文学運動」(『民主主義

文学運動　一九四八年度版』一九四八年九月、新日本文学会）。

[32]『わが文学と生活』前掲、一六九頁。

[33] 金達寿（☆）「不敗のたたかい――朝鮮近代文学の発展と方向（下）」面数不明。書誌情報は不明だが、金達寿のメモ書きによれば、金達寿（☆）「闘争より生成――朝鮮近代文学の発展と方向（上）」が『国際タイムス』一九四八年三月一日に発表と記されているので、三月ごろと推定される。なお、「つまり」以降の最後の一段落が、全体的に一文字分下がっているが、原文どおりである。

[34]「朝鮮文学者の立場」前掲、頁数不明。

[35] 徐龍哲《ソヨンチョル》「在日朝鮮人文学の始動――金達寿と許南麒を中心に」（『復刻『民主朝鮮』別巻』一九九三年五月、明石書店）五〇頁。

[36]「八・一五以後の朝鮮文学運動」前掲、二二五頁。

[37] ただし宋恵媛によれば、在日朝鮮《（ママ）》文学会の綱領は「一、日本帝国主義残滓の掃蕩　二、封建主義残滓の清算　三、国粋主義の排撃　四、民主主義民族文学の建設　五、朝鮮文学と日本文学との提携　六、文学の大衆化」の六項目であるという（『「在日朝鮮人文学史」のために』前掲、一二九頁）。

[38] 徳永直「日本語の積極的利用」（『朝鮮文藝』一九四八年四月、朝鮮文藝社）一二頁。

[39] 大澤達雄「雑草」（『新芸術』一九四二年七月、日本大学芸術科）九六頁。

[40] 同前、九六頁。

[41] 同前、九七頁。

[42] 金達寿「雑草の如く」（『民主朝鮮』一九四七年六月、朝鮮文化社）四七頁。

[43] 同前、四七頁。

[44] 磯貝治良「金達寿文学の位置と特質」（辛基秀編『金達寿ルネサンス――文学・歴史・民族』二〇〇二年二月、解放出版社）四頁。

[45] 林浩治「金達寿文学の時代と作品」『金達寿ルネサンス』同前、四〇頁。

[46] 金達寿「位置」（『芸術科』一九四〇年八月、日本大学芸術科）五八頁。×部分は初出の伏せ字。伏せ字部分に付したルビは、金達寿が〈解放〉後、この小説を単行本に収録するにあたり、当時を思いだしながら書き起こした文字を、廣瀬が初出の文章に付け加えたもの。

[47] 崔孝先『海峡に立つ人――金達寿の文学と生涯』（一九九八年一二月、批評社）七七頁。

[48] 同前、七八頁。

[49] 同前、七八頁。

[50] 金達寿『わがアリランの歌』（一九七七年六月、中公新書）八〇頁。

[51] 金達寿「労働と創作（二）――私の歩いてきた道に即して」（『岩波講座　文学の創造と鑑賞　四』一九五

五年二月、岩波書店）二二六頁。傍点は原文ママ。（二）とあるが、連載第二回という意味ではない。これだけで完結している文章である。

［52］『わがアリランの歌』前掲、二二四〜二二五頁。

［53］金達寿「責任ぼかす客観報道／新聞記者としての後悔」（『新聞協会報』一九五四年二月二五日、日本新聞協会、四面）。

［54］『わがアリランの歌』前掲、二三四頁。

［55］金達寿「写真について」（『統一評論』一九六二年九月、統一評論社）六二〜六三頁。

［56］金達寿「しょくみんちてきにんげん」（『近代文学』一九五二年四月、近代文学社）四六頁。

［57］久保田正文「贖罪主義からの解放」（『季刊三千里』一九八〇年二月、三千里社）を参照。

【第二章第二節】

［1］たとえば小田切秀雄は、「一九四九年の総決算(3)低迷する民主主義文学」（『アカハタ』一九四九年一二月二七日、日本共産党中央委員会、二面）で、民主主義文学の全体的な低調を嘆き、この低迷が、「「番地のない部落」（新日本文学会近刊）というすぐれた作品を書いた金達寿」が、「大韓民国から来た男」というようなひどい通俗ものを書くに至つた《ママ》と微妙につながつている」と述べている。

［2］金達寿『玄海灘』（一九五四年一月、筑摩書房）三四〇〜三四一頁。

［3］金達寿「視点について――どうかくかの問題・ノオト」（『リアリズム』一九五八年一〇月、リアリズム研究会）二一頁。

［4］金達寿「創作相談室」（『新日本文学』一九五五年七月、新日本文学会）一四九頁。

［5］以下の三段落は、拙稿「金達寿伝(5)」（『イリプスIInd』二〇一四年一一月、澪標）一九〇頁に基づく。

［6］金達寿「志賀直哉『小僧の神様』」（『岩波講座　文学の創造と鑑賞　一』一九五四年一一月、岩波書店）一〇一頁。

［7］小田切秀雄「この本のこと」（金達寿『後裔の街』一九四八年三月、朝鮮文藝社）二四一頁。

［8］金達寿（☆）「不敗のたたかい――朝鮮近代文学の発展と方向（下）」（『国際タイムス』一九四八年三月ごろ、国際タイムス社）面数不明。書誌情報については第二章第一節註［33］を参照。

［9］同前、面数不明。

［10］「志賀直哉『小僧の神様』」前掲、一一六〜一一七頁。

［11］同前、一一八頁。

［12］本多顕彰「文芸時評㊦「古い新しさ」と表現」（『東京新聞』一九五四年一〇月二八日、東京新聞社、八面）、平野謙「文芸時評　印象に残る私小説（上林暁）／失敗した金達寿の作品」（『図書新聞』一九五四年一一月六

日、図書新聞社、四面）など。
［13］ 金達寿『日本の冬』（一九五七年四月、筑摩書房）二五一〜二五二頁。
［14］ 金達寿「文字ノイローゼ」（『2日』一号、一九五七年一〇月ごろ、2日会）。発行月については、第一章註［117］を参照。
［15］「日本の冬」（『アカハタ』一九五六年八月一八日〜一二月三〇日、日本共産党中央委員会）。本書では『日本の冬』（一九五七年四月、筑摩書房）から引用する。
［16］ 同前、九七頁。
［17］ 同前、一七二頁。
［18］ 同前、一八九頁。
［19］ 同前、一八頁。
［20］ 同前、二一八〜二一九頁。
［21］ 同前、二一九頁。
［22］ 同前、二一九〜二二〇頁。
［23］ 金達寿「万宝山・李ライン――日本における帝国主義と朝鮮人」（『日本資本主義講座』月報四、一九五三年一二月、岩波書店）。
［24］ カール・ヤスパース（橋本文夫訳）『戦争の罪を問う』（一九九八年八月、平凡社ライブラリー。原著の刊行は一九四六年）四八〜五四頁。
［25］ 丸山眞男「戦争責任論の盲点」（『思想』一九五六年三月、岩波書店）。
［26］『日本の冬』前掲、二二〇頁。
［27］ 同前、一八八頁。傍点は原文ママ。
［28］ 同前、一六五頁。
［29］ 高史明『夜がときの歩みを暗くするとき』（一九七一年九月、筑摩書房）一三七頁。
［30］ 同前、一三八頁。
［31］ 同前、一三八頁。
［32］ 同前、一三八〜一三九頁。
［33］ 金達寿はのちに、「紙つぶて　ベトナムの韓国軍」（『中日新聞』夕刊、一九七一年七月一三日、中日新聞社、一面）の中で、ベトナムで韓国軍がアメリカの傭兵となって活躍しているという話を聞いて、「ほんとうに恥ずかしい」と書き、「だいたい私は、南朝鮮の韓国軍がそんなマネをするまでは、日本の友人たちがよくいっていたこと、「かつて日本が朝鮮を侵略し、中国を侵略したことを恥じている」といったことばを、ほんとうには信じていなかった。それを私は、近所の子を泣かして来た子どもの親が、泣かされたほうの子の親に向かって、「うちの子は力が強くて――」といってわびるのとおなじようなものだくらいにしか思っていなかった。／だが、韓国軍なるもののベトナム出兵によって、それがそういうものではなかったことを、私は痛切に思い知らされたものだった」と記している。
［34］ 当時の多くの朝鮮人と同様、金達寿もまた、在日朝鮮人運動の路線転換それ自体には賛成の立場だった（金達寿『わが文学と生活』一九九八年五月、青丘文

化社、一九四頁)。しかしここで彼が語っているのは、党員として活動しようと独自に在日朝鮮人組織を結成して運動を展開しようと、「自分の頭で考え」(『日本の冬』前掲、九七頁)て行動しなければ、「敵」からの抑圧を克服することはできないということである。

【第二章第三節】

[1]「朴達」は一般的に「パクタリ」と半濁音でルビ表記されることが多い。しかし初出のタイトルや作中の地の文には、彼の名前にルビ表記はない。ルビが振られるのは他の登場人物が彼の名前を呼ぶ会話文の中だけで、しかも「バクタリ」と濁音で表記されている。金達寿が最後に手を入れた『金達寿小説全集』収録の同作品では、地の文の大部分にも濁音のルビが付いているが、半濁音のルビが振られた部分もある。私も長らく彼の名前を半濁音でルビ表記してきたが、『金達寿小説集』(二〇一四年一二月、講談社文芸文庫)を編集した際、編集部より指摘されて初めて気づいた。この時は、断り書きをつけた上で半濁音のルビを付けた。しかし先述のように、初出の地の文にルビ表記がないため、第三者である読者には彼の名前を濁音と半濁音のどちらで呼ぶのが正しいのかは判断できない。今後、「朴達」のルビ表記が「パクタリ」と「バクタリ」のどちらに統一されるかはわからないが、現在はまだ、「朴達」を「バクタリ」と読むのは非常に特殊であるため、本書では「凡例」どおりルビを付さず、注意を喚起するにとどめておく。

[2] 金達寿「朴達の裁判」(『新日本文学』一九五八年一一月、新日本文学会)七頁。

[3] 金達寿「視点について――どうかくかの問題・ノート」(『リアリズム』一九五八年一〇月、リアリズム研究会)二三〜二四頁。

[4] 金達寿「〝朴達〟ちがい/テレたり、驚いたり、あきれたり」(『図書新聞』一九六〇年四月一六日、図書新聞社、一面)。

[5] 鶴見俊輔「国民というかたまりに埋めこまれて」(鶴見俊輔・鈴木正・いいだもも『転向再論』二〇〇一年四月、平凡社)二二頁。

[6] 上田正昭・姜在彦・鶴見俊輔・辛基秀「シンポジウム「金達寿さんを偲んで――その半生と文学・歴史観を語る」」(辛基秀編『金達寿ルネサンス――文学・歴史・民族』二〇〇二年二月、解放出版社)一六三頁。

[7]「朴達の裁判」前掲、二〇〜二一頁。傍点は原文ママ。

[8] 同前、一六頁。

[9] 中島誠「現代における転向論の意義」(『月刊世界政経』一九七五年九月、世界政治経済研究所)一七二〜一七三頁。

[10] 同前、一七三頁。

[11] 鶴見俊輔『戦後思想三話』(一九八一年七月、ミネ

ルヴァ書房）九二頁。

［12］同前、九三頁。

［13］たとえば、梁石日《ヤンソギル》は針生一郎との対談で、朴達はつかまっては転向して出てくるが、「そんなことは、李承晩時代に万にひとつもありえないことで、あまりにも状況を知らなさ過ぎる。／あの時代は連行されたらもう終わりです。金さん自身あの作品を、そうした状況を知らなくて書いたんじゃないでしょうか。知っていればあんな風には書けないはずですよ」と批判している（梁石日・針生一郎「対談：『金達寿から遠く離れて』」『新日本文学』一九九八年三月、新日本文学会、三一頁）。しかし金達寿は、五九年二月の談話で、「南へ帰ることは刑務所へはいるようなものだ。私なぞは死刑になるだろう」（金達寿「あきれはてた話／私は南に帰らぬ」『産経新聞』一九五九年二月一四日、産経新聞社、九面）と語っており、梁が指摘したような当時の韓国社会の実情を知らなかったとは考えられない。

［14］金達寿・針生一郎「反権力の個人史と創作活動」（新日本文学会編『作家との午後』一九八〇年三月、毎日新聞社）一九四頁。

［15］「朴達の裁判」前掲、四七〜四八頁。傍点は原文ママ。

［16］同前、三九頁。傍点は原文ママ。

［17］同前、四〇頁。

［18］同前、三九頁。

［19］同前、四〇頁。

［20］鶴見俊輔「序言　転向の共同研究について」（思想の科学研究会編『共同研究転向　上』一九五九年一月、平凡社）九〜一〇頁。

［21］金達寿『日本の冬』（一九五七年四月、筑摩書房）一〇八〜一〇九頁。傍点は原文ママ。

［22］「序言　転向の共同研究について」前掲、九頁。

［23］金達寿「志賀直哉『小僧の神様』」（『岩波講座　文学の創造と鑑賞　一』一九五四年一一月、岩波書店）一一六〜一一七頁。

［24］「朴達の裁判」前掲、一一頁。傍点は原文ママ。

［25］同前、二七頁。

［26］神奈川近代文学館所蔵の「朴達の裁判」の原稿による。

［27］久保田正文「苦しんで到達した文体／作品の方法・技術の面から見て」（『週刊読書人』一九五九年六月一日、読書人、三面）。

［28］霜多正次「『朴達の裁判』を読んで／独得なパルチザン／〝転向〟に革命的な視点を与える」（『図書新聞』一九五九年六月一三日、図書新聞社、五面）。

［29］「序言　転向の共同研究について」前掲、一〇頁。

［30］同前、二六頁。

［31］拙稿「「勝ち組」になりたい！——流行作家・片岡鉄兵の日本回帰」（『昭和文学研究』二〇〇九年九月、昭和文学会）を参照。

［32］ 金錬学「北鮮に更生青年会を組織するまで」（小林杜人編『転向者の思想と生活』一九三五年九月、大道社）三三一〜三三二頁。ルビは原文ママ。「艾除」は刈り取る、取り除くの意。

［33］ 藤田省三「昭和八年を中心とする転向の状況」『共同研究転向 上』前掲、四八頁。

［34］ 鶴見はのちに、李光洙《イグァンス》の転向を論じた橋川文三「国体論・二つの前提」（『思想の科学』一九六二年九月、思想の科学社）に触れて、「朝鮮人の眼から日本国家を見ることができたならば、日本の知識人は十五年戦争下に軽々しく転向はできなかっただろう」と述べている（思想の科学研究会編『改訂増補 共同研究転向下』一九七八年八月、平凡社、五七八〜五七九頁）。ただし鶴見がこれによって、自分たちが創出した転向の定義をどこまで問い直さねばならないと考えたかは不明である。

［35］ 金石範「「親日」について」（『転向と親日派』一九九三年七月、岩波書店）二九〜三〇頁。「観過知仁」は、「過ちを観て仁を知る」という『論語』の一句。

［36］ 洪宗郁『戦時期朝鮮の転向者たち——帝国／植民地の統合と亀裂』（二〇一一年二月、有志舎）四頁。

［37］ 同前、四〜五頁。

［38］ 佐野学・鍋山貞親「共同被告同士に告ぐる書」（『改造』一九三三年七月、改造社）一九五〜一九六頁。

［39］ 「朴達の裁判」前掲、四〇頁。傍点は原文ママ。

【第二章第四節】

［1］ 戦後の日本共産党と新日本文学会との関係については、田所泉『新編「新日本文学」の運動』（二〇〇〇年一〇月、新日本文学会）、特に「新日本文学会の二〇年」の章を参照。

［2］ 道場親信・鳥羽耕史「文学雑誌『人民文学』の時代——元発行責任者・柴崎公三郎氏へのインタビュー」（『和光大学現代人間学部紀要』二〇一〇年三月、和光大学現代人間学部）二一七〜二一八頁。

［3］ 次の記述は、拙稿「金達寿伝⑷」（『イリプス IInd』二〇一四年五月、澪標）一七六頁に基づく。

［4］ 金達寿「文芸時評 昏迷の中から」（『朝鮮文藝』一九四七年一〇月、朝鮮文藝社）一一頁。

［5］ 中野重治「日本文学の現状とわれわれの任務——新日本文学会第八回大会報告」（『新日本文学』一九五八年二月、新日本文学会）、小田切秀雄「新日本文学会第八回大会組織報告 組織の問題、その新しい焦点——新しい協同の方式をつくりだすために！」（『新日本文学』一九五八年三月、新日本文学会）を参照。

［6］ たとえば西野はのちに、奥野健男がある同時代評（「文芸時評 保守的「進歩的文学」」『群像』一九五六年八月、講談社）ではないかと推測で、「杉浦明平の「ノリソダ騒動記」やぼくの「秩父困民党」は自然主義リアリズムの作品でしかない」と述べたことに対し、「ずいぶん乱暴なブッタ切りだと思」った、「そ

ういう批評に対抗しなければならないという緊張感が、リアリズム研究会を名のらせたんだろうと思う」と述べている（西野辰吉・矢作勝美「リアリズム研究会の生と死(1)」『季刊直』一九七七年六月、『直』発行所、一四頁）。

〔7〕 中村光夫『風俗小説論』（一九五四年五月、河出文庫）二八～三一頁。

〔8〕 リアリズム研究会同人による戦後民主主義文学運動の再検討については、西野辰吉・小原元・窪田精・金達寿・霜多正次「座談会　現実変革の思想と方法——民主主義文学運動の再検討」（『リアリズム』全三回、一九六〇年一月・四月・七月、リアリズム研究会）、霜多正次・小原元・金達寿・窪田精・西野辰吉「座談会　現実変革の思想と方法」（『現実と文学』一九六三年二月、現実と文学社）を参照。

〔9〕 「リアリズム研究会の生と死(1)」前掲、一四頁。西野の発言。

〔10〕 竹内好「新日本文学会への提案」（『新日本文学』一九五九年六月、新日本文学会）一〇三頁。

〔11〕 同前、一〇四頁。

〔12〕 同前、一〇四頁。

〔13〕 同前、一〇五頁。傍点は原文ママ。

〔14〕 同前、一〇五頁。傍点は原文ママ。

〔15〕 同前、一〇五頁。

〔16〕 西野辰吉「文学創造と組織問題——「新日本文学会」論」・窪田精「一つの方策」・霜多正次「文学運動について」（いずれも『リアリズム』一九五九年七月、リアリズム研究会）。

〔17〕 『新編「新日本文学」の運動』前掲、七七頁。

〔18〕 塙作楽「「私の報告」」（『リアリズム』一九六〇年一二月、リアリズム研究会）五二頁。

〔19〕 無署名「事務局から」（『リアリズム』一九六〇年七月、リアリズム研究会）一〇〇頁。

〔20〕 それぞれ、無署名「リアリズム通信No.18」（『現実と文学』一九六四年一月、現実と文学社）一一四頁、リアリズム研究会運営委員会「訴えとお願い——年末財政危機突破のために」（『現実と文学』一九六五年一月、現実と文学社）一三〇頁。ただし矢作によれば、会員数はあくまでも入会した会員の数であって、退会した会員は差し引かれていない可能性があるため、実数とはある程度の差があるという（金達寿・矢作勝美・塙作楽・後藤直「リアリズム研究会の生と死(6)」『季刊直』一九七九年六月、直の会、一〇頁）。

〔21〕 金達寿（聞き手・鶴見俊輔）「語りつぐ戦後史　第三十一回　盛装したい気持ち」（『思想の科学』一九六九年九月、思想の科学社）一一八頁。

〔22〕 金達寿「権力というもの」（『展望』一九七六年四月、筑摩書房）一四～一五頁。

〔23〕 平野謙「今月の小説（下）ベスト3」（『毎日新聞』夕刊、一九六五年九月二八日、毎日新聞社、三面）。

〔24〕 無署名「リアリズム通信No.37　本誌への発言」(『現実と文学』一九六五年八月、現実と文学社) 一一五〜一一六頁。
〔25〕 西野辰吉・小原元・霜多正次「「公僕異聞」について」(『現実と文学』一九六五年九月、現実と文学社) 九六〜九七頁。
〔26〕 「リアリズム研究会の生と死(6)」前掲、一二三頁。
〔27〕 金達寿「文学と指導者意識について――全国支部代表者会議での討論」(『民主文学』一九六六年八月、日本民主主義文学同盟) 八七頁。
〔28〕 金達寿『日本の冬』(一九五七年四月、筑摩書房) 九七頁。
〔29〕 金達寿「叛乱軍(下)」(『潮流』一九四九年九月、彩流社) 八九〜九〇頁。
〔30〕 金達寿「責任ぼかす客観報道/新聞記者としての後悔」(『新聞協会報』一九五四年二月二五日、日本新聞協会、四面)。
〔31〕 「リアリズム研究会の生と死(6)」前掲、八頁。
〔32〕 武井昭夫「今日における文学運動の課題と方向――新日本文学会第十一回大会への一般活動報告　草案」(『新日本文学』一九六四年三月、新日本文学会) 二二一頁。
〔33〕 「リアリズム研究会の生と死(6)」前掲、八頁。
〔34〕 同前、一二頁。
〔35〕 同前、一一頁。
〔36〕 霜多正次「日本文学の民主主義的発展のために――日本民主主義文学同盟創立大会、運動方針報告」(『民主文学』一九六五年一二月、日本民主主義文学同盟)。
〔37〕 このエピソードについては「リアリズム研究会の生と死(6)」前掲、一三〜一四頁、および北村耕「「神々」たちの館」(『新日本文学』一九七八年二月、新日本文学会) を参照。
〔38〕 窪田精『文学運動のなかで――戦後民主主義文学私記』(一九七八年六月、光和堂) 五四〇〜五四五頁。
〔39〕 霜多正次「ちゅらかさ――民主主義文学運動と私」(一九九三年五月、こうち書房)。ここでは霜多正次全集刊行委員会編『霜多正次全集』第五巻(二〇〇〇年二月、沖積舎) 六三八頁より引用。
〔40〕 金達寿・矢作勝美・塙作楽・後藤直「リアリズム研究会の生と死(最終回)」(『季刊直』一九七九年九月、直の会) 六頁。
〔41〕 西野辰吉『戦後文学覚え書――党をめぐる文学運動の批判と反省』(一九七一年八月、三一書房) 一三二〜一三八頁、および西野辰吉「文学と政治―そして歴史――窪田精「戦後民主主義文学私記」について」(『季刊直』一九七八年一月、『直』発行所) を参照。
〔42〕 「リアリズム研究会の生と死(6)」前掲、一二頁。
〔43〕 窪田精「金達寿氏のこと」(『民主文学』一九九七年八月、日本民主主義文学同盟) 一九三頁。
〔44〕 新日本文学会幹事会「声明　日本民主主義文学同盟

の結成について」（『新日本文学』一九六五年一一月、新日本文学会）一二三頁。

［45］塙作楽「苛立ちと焦り」（『現代と文学』一九七〇年一月、現代文学研究会）二二頁。

［46］「リアリズム研究会の生と死（最終回）」前掲、八〜一〇頁。

［47］『日本の冬』前掲、二一九〜二二〇頁。

［48］金達寿「しよくみんちてきにんげん」（『近代文学』一九五二年四月、近代文学社）。

［49］金達寿『わが文学と生活』（一九九八年五月、青丘文化社）一九六頁。

［50］崔孝先『海峡に立つ人――金達寿の文学と生涯』（一九九八年一二月、批評社）四八頁。

［51］『わが文学と生活』前掲、一八五頁。


【第三章序】


［1］金達寿『わが文学と生活』（一九九八年五月、青丘文化社）一八五頁。

［2］同前、一九六頁。


【第三章第一節】


［1］金達寿「備忘録」（『文藝』一九七九年八月、河出書房新社）九六〜九七頁。なおこのとき渡した『後裔の街』は、世界評論社版（一九四九年五月）のもの。

［2］その後、この文章は金達寿「韓徳銖について」（『学之光』一九五八年七月、法政大学朝鮮文化研究会）に、没になった経緯を含めて掲載された。

［3］金達寿『わが文学と生活』（一九九八年五月、青丘文化社）二三四頁。入院の経緯については、金達寿「病院・入院の記」（『鶏林』一九五九年一二月、鶏林社）を参照。

［4］『わが文学と生活』同前、一九六頁。

［5］同前、二四七〜二四九頁。

［6］田村義也「『朝鮮』刊行の周辺」（『追想　金達寿』刊行委員会編『追想　金達寿』一九九八年五月）一二七頁。

［7］金達寿『朝鮮』（一九五八年九月、岩波新書）二二六頁。

［8］同前、二二六頁。「『朝鮮』刊行の周辺」前掲、一二七頁。

［9］『朝鮮』同前、二二六〜二二七頁。

［10］「『朝鮮』刊行の周辺」前掲、一三四頁。

［11］『わが文学と生活』前掲、二二六頁。

［12］同前、二二六頁。

［13］『朝鮮』前掲、二二四頁。

［14］同前、二二四頁。

［15］金炳植から送られた最初の手紙の経緯については、『わが文学と生活』前掲、二二六頁。

［16］　同年六月から、全逓労組が超過勤務拒否闘争を展開していたため、一〇月には東京都内だけで五〇万通以上の郵便物が遅配している状況だった（無署名「深刻化する〝郵便遅配〟」『朝日新聞』夕刊、一九五八年一〇月四日、三面）。

［17］　림경상「김 달수저《朝鮮》에 나타난 중대한 오유와 결함」（『朝鮮民報』一九五八年一〇月二五日、朝鮮民報社）。

［18］　無署名「〝革命的伝統を無視〟／在日北鮮系朝鮮人金達寿『朝鮮』を批判」（『図書新聞』一九五九年三月一四日、図書新聞社、一面）。なお、この時の委員長は許《ホ》南麒《ナムギ》。

［19］　呉在陽「金達寿著『朝鮮』の近代、現代史部分について」（『朝鮮問題研究』一九五八年一二月、朝鮮問題研究所）五九頁。

［20］　同前、五九～六一頁。ルビは廣瀬が付けた。

［21］　以下のエピソードについては、『わが文学と生活』前掲、二一八～二二三頁に詳しい。

［22］　白宗元「歪めた民族の歴史と文化――金達寿著「朝鮮」を読んで」（『朝鮮総連』一九五八年一一月一一日、在日本朝鮮人総連合会中央本部、二面）。

［23］　白宗元「金達寿著「朝鮮」をめぐって（上）」（『アカハタ』一九五九年二月六日、日本共産党中央委員会、四面）。

［24］　無署名「ゆがんだイメージ」（『サンデー毎日』一九五八年一〇月二六日）六三頁。

［25］　金達寿「『朝鮮』にたいする〝批判〟について――白宗元氏の批判（二月六、七日付本紙）にこたえる」（『アカハタ』一九五九年二月二四日、日本共産党中央委員会、四面）。

［26］　『わが文学と生活』前掲、二一七頁。

［27］　同前、二二九頁。ルビは廣瀬が付けた。

［28］　김달수〔金達寿〕「우리 문학 운동의 전진을 위하여――재일 조선문학회 제五회 대회 일반 보고〔私たちの文学運動の前進のために――在日朝鮮文学会第五回大会一般報告〕」（『조선문학〔朝鮮文学〕』一九五四년三월〔一九五四年三月〕、재일 조선문학회〔在日朝鮮文学会〕）一頁。

［29］　以下、北朝鮮の歴史についての記述は、主に金学俊（李英訳）『北朝鮮五十年史――「金日成王朝」の夢と現実』（一九九七年一〇月、朝日新聞社。原書の刊行は一九九五年）、韓国史事典編纂会／金容権編著『朝鮮韓国近現代史事典』（二〇〇二年一月、日本評論社）に基づく。

［30］　以下、左翼系在日朝鮮人組織の歴史についての記述は、朴慶植『解放後　在日朝鮮人運動史』（一九八九年三月、三一書房）、朴慶植編『朝鮮問題資料叢書一五　日本共産党と朝鮮問題』（一九九一年五月、三一書房）所収の資料、統一朝鮮新聞特集班『「金炳植事件」――その真相と背景』（一九七三年六月、統一朝鮮新聞

社）、梁永厚《ヤンヨンフ》『戦後・大阪の朝鮮人運動　一九四五－一九六五』（一九九四年八月、未来社）などに基づく。

［31］　呉圭祥《オギュサン》『ドキュメント　在日本朝鮮人連盟──一九四五－一九四九』（二〇〇九年三月、岩波書店）八七頁。

［32］　『朝鮮』前掲、一九九頁。ここでは表記を統一するため、ハングルの音読みのルビを廣瀬が付けたが、原文では「朴憲永」「金性洙」「宋鎮禹」にそれぞれ、「ぼくけんえい」「きんせいしゅ」「そうちんう」と、日本語読みでルビ表記されている。

［33］　同前、二〇三頁。ルビは廣瀬が付けた。

［34］　姜在彦「体験で語る在日朝鮮人運動」（姜在彦・竹中美恵子『歳月は流水の如く』二〇〇三年一一月、青丘文化社、三〇頁）によれば、金錫亨の批判文は『朝鮮新報』に掲載されたとあるが、少なくとももう一つ、『朝鮮問題研究』に掲載されている（金錫亨「朴慶植・姜在彦著「朝鮮の歴史」について」一九五八年四月、朝鮮問題研究所）。『朝鮮新報』の記事は未発見のため、直接比較できないが、内容的には両者はまったく同じだという。二〇一五年一一月一二日、姜在彦氏より聴き取り。

［35］　「朴慶植・姜在彦著「朝鮮の歴史」について」同前、五二～五三頁。「体験で語る在日朝鮮人運動」同前、三〇～三一頁。

［36］　「体験で語る在日朝鮮人運動」同前、三一頁。

［37］　『わが文学と生活』前掲、二三三頁。

［38］　류벽（柳碧）（☆）「偽装은 벗겨지고야 말리라──김 달수 작《支部委員長と新分会長》에 対하여（偽装は暴かれねばならない──金達寿作《支部委員長と新分会長》に対して）」など。金達寿のメモ書きによれば、この記事は『朝鮮民報』（一九五九年三月一四日、朝鮮民報社）に発表。面数不明。

［39］　尹学準《ユンハクジュン》「張斗植の死」（『季刊三千里』一九七八年二月、三千里社）一〇九～一一〇頁。

［40］　（然）「公ろん・私ろん」（『鶏林』一九五九年三月、鶏林社）一八頁。

［41］　金達寿「日録」（『日本読書新聞』一九五八年一一月三日、日本出版協会、七面）。

［42］　以上の経緯については、『わが文学と生活』前掲、二四三～二四六頁。

［43］　金達寿「あきれはてた話／私は南に帰らぬ」（『産経新聞』一九五九年二月一四日、産経新聞社、九面）。

［44］　金達寿「北鮮帰国ばなし」（『産経新聞』一九五九年二月二〇日、産経新聞社、八面）。

［45］　金達寿「帰るもの残るもの──立つ鳥あとを濁さず、北鮮帰還の悲喜劇」（『文藝春秋』一九五九年一〇月、文藝春秋新社）。

［46］　金達寿「帰国の準備にあけくれる朝鮮人部落」（『東京新聞』夕刊、一九五九年一二月二四日、東京新聞社）。

［47］　金達寿「社会主義の祖国に帰る朝鮮の同胞」（『学習の友』一九六〇年一月、学習の友社）。

[48] 金達寿「日本にのこす登録証――呉成吉君の帰国準備」(『別冊週刊朝日』一九五九年一一月一日、朝日新聞社)一六一頁。
[49] 同前、一六一頁。
[50] 金達寿「わが家の帰国――在日朝鮮人の帰国によせて」(『鶏林』一九五九年六月、鶏林社)。
[51] 金達寿「無題(『朝鮮』を出版した人々)」(『アサヒグラフ』一九五九年九月一三日、朝日新聞社)。
[52] 小島晴則「回想　帰国運動から五二年、作家金達寿さんのことなど」(『光射せ!』二〇一一年一二月、北朝鮮帰国者の生命と人権を守る会)一五二頁。
[53] 김달수〔金達寿〕「조국에 대한 생각〔祖国に対する思い〕」(『朝鮮新報』一九六四年二月二六日、朝鮮新報社、四面)。この「甥」が、前記の金声寿の次男かどうかは不明。
[54] 姜在彦「体験で語る在日朝鮮人運動」前掲、三六頁。李進熙『海峡――ある在日史学者の半生』(二〇〇〇年四月、青丘文化社)一二二～一二三頁。姜在彦氏は六三年ごろまでは北朝鮮が「地上の楽園」であることを信じており、日本に残った家族に宛てた帰国者の手紙を何通も読むうち、ようやく疑念を持つようになったという。二〇一四年一月二三日、姜在彦氏より聴き取り。
[55] 金達寿「祖国の息吹をもとめて/久しぶりにいった新潟」(『朝鮮時報』一九六一年五月二〇日、朝鮮時報社、四面)。
[56] 金達寿「夫の国朝鮮へ帰る〝日本人妻〟」(『婦人公論』一九五九年五月、中央公論社)、金達寿「差別の国から希望の国へ」(『婦人倶楽部』一九五九年五月、講談社)を参照。
[57] 金達寿「帰国する朝鮮人/〝日本人〟も朝鮮へ」(『読売新聞』夕刊、一九五九年二月一九日、読売新聞社、三面)。
[58] 金達寿「一九六四年一月」(『現実と文学』一九六四年四月、現実と文学社)四三頁。表紙や裏表紙の発行年月日は「一九六四年二月一日」となっているが、四月が正しい。
[59] 金達寿「紙つぶて　盗聴器」(『中日新聞』夕刊、一九七一年一二月二一日、中日新聞社、一面)。
[60] 申成淳(記録)「〝日人의 対韓偏見 시정에 앞장〟――37년만에 祖国을 찾았던 金達寿씨는 말한다〔〝日本人の対韓偏見事情に音頭〟――37年ぶりに祖国を訪れた金達寿氏は語る〕」(『中央日報』一九八一年四月一三日、中央日報社、五面)。
[61] 「備忘録」前掲、一五〇～一五一頁。
[62] 以下、「金炳植事件」の経緯については、『解放後在日朝鮮人運動史』前掲、『「金炳植事件」』前掲、に基づく。
[63] 『わが文学と生活』前掲、二四〇～二五三頁、金達寿「全く知らないこと」(『朝鮮統一新聞』一九七二年

三月四日、統一新聞社、二面）。

［64］『解放後　在日朝鮮人運動史』前掲、四三三頁によれば、七一年一〇月から七四年一月にかけて、一〇種類のパンフレットがばら撒かれたという。

［65］無署名「朝総連 内紛 격화／指導層除去에 暴露전술〔朝総連内紛激化／指導層除去に暴露戦術〕」（『韓国日報』一九七二年一月二五日、韓国日報社、一面）。ルビは廣瀬が付けた。

［66］『週刊韓国』一九七二年二月六日号。原本未発見のため、ここでは無署名「「総連」韓・金一派　〝怪文書〟口実に卑劣な策動」（『統一朝鮮新聞』一九七二年二月一二日、統一朝鮮新聞社、二面）より再引用した。

［67］金達寿「全く知らないこと」・李在東「人を陥入れる為のもの」・姜在彦「私は全然関係なし」。いずれも『統一朝鮮新聞』（一九七二年三月四日、統一朝鮮新聞社、二面）。

［68］『「金炳植事件」』前掲、八二～八三頁。

［69］無署名「講演会中止のおわびとその経過について」（『こくぶんじしこうみんかんだより』一九七二年六月一日、国分寺市公民館）三頁。

［70］同前、三頁。

［71］佐藤「講演会準備に関する若干の経過」（一九七二年五月一三日付、非公開のレジュメ）ノンブル無し。

［72］同前、ノンブル無し。

［73］同前、ノンブル無し。

［74］「講演会中止のおわびとその経過について」前掲、三頁。

［75］無署名「「総連」、日本人主催講演会に圧力」（『統一朝鮮新聞』一九七二年五月二〇日、統一朝鮮新聞社、三面）。

［76］同前、三面。「名単」は名簿・リストのこと。

［77］金達寿と直接的な関係がないため、ここでは触れなかったが、実際には民団内部でも、六〇年代から七〇年代前半をつうじて、激しい内部抗争が繰りひろげられていた。本節の冒頭で断ったように、組織から自由な立場で団体の歴史や出来事について書いた著作や論文がないため、著者の立場によって記述や解釈は大きく異なるが、ここでは朴慶植『解放後　在日朝鮮人運動史』前掲、に基づいて記す。朴によれば、「一九七一年ごろから民団の規約は形骸化していて、民団運動の運営をはじめ、直轄処分、停権除名処分、言論統制など、一切の権限は中央本部団長が掌握する独裁維新体制」となっており、七三年九月には民団中央は、韓国民族自主統一同盟（六五年七月結成）・民団自主守護委員会（七一年五月結成）・韓国民主回復統一促進国民会議日本支部（七三年八月結成）を敵性団体と規定した（四五三頁）。これらの団体はいずれも、六一年五月に韓国で朴正熙らが起こした軍事クーデターとそれに続く軍事独裁体制の確立、六五年六月の日韓条約締結、七二年一二月の維新憲法公布への支持をつうじ

て、「民主的挙族体制を分裂させ、韓国維新政権に媚をうる与党体制派閥」（四五二頁）になっていった民団中央執行部に批判的な勢力が設立したものである。もちろん民団中央の側から見れば、この「混乱」の過程は、総連と裏で結びついていたり、容共的な「不純分子」による「破壊活動」から民団を守り抜いた歴史となることは言うまでもない（民団30年史編纂委員会編『民団30年史』一九七七年一二月、在日本大韓民国居留民団、一〇〇〜一〇五頁）。民団内部の諸団体や内部抗争の歴史については、これらの他、『統一朝鮮新聞』掲載の記事、李《リ》瑜煥《ユファン》『在日韓国人60万――民団・朝総連の分裂史と動向』（一九七一年一二月、洋々社）、李瑜煥『日本の中の三十八度線――民団・朝総連の歴史と現実』（一九八〇年三月、洋々社）も参照。

[78] 「金達寿文庫」に、無署名（☆）「朝総連から除名さる」という記事の切り抜きが残されており、記事の右横に「72・8・3（木）東和新聞（大阪で入手）」とメモされている。『東和新聞』該当号を未発見のため、書誌情報の裏づけを取ることはできていない。この時期に金達寿本人が大阪に行ったという伝記的事実を見つけられてはいないが、「朝鮮遺跡の旅」がこの時期、近畿地方を取りあげていたため、その取材や『日本のなかの朝鮮文化』の編集会議で彼が大阪に行った可能性は充分にある。そのときにこの新聞記事を見つけたのであれば、八月三日に彼が自分の除名処分を知った可能性があり、これが想定されるもっとも早い時期である。逆に想定されるもっとも遅い時期としては、金達寿「わが戦後史① 南北の雪どけ」（『朝日新聞』一九七二年一〇月一六日、朝日新聞社、一三面）に、「ついさきごろ」知った話として、韓国の新聞社の東京特派員から除名処分についての話を聞いたと記されているので、この記事を書く直前の一〇月上旬まで、ということになる。

[79] 無署名（☆）「知らせること――総連となんら関係ない 日本語雑誌『季刊 三千里』」（『朝鮮新報』一九七五年二月一五日、朝鮮新報社）。原本未発見のため、書誌情報の裏づけを取ることはできていない。ここでは姜在彦・金達寿・金石範《キムソクボム》・李進熙・李哲《リチョル》「座談会 『朝鮮新報』の批判に答える――付・『朝鮮新報』による批判全文」（『季刊三千里』一九七七年五月、三千里社）一三七頁より再引用した。

【第三章第二節】

[1] 金達寿「37年ぶりの故国」（『読売新聞』夕刊、一九八一年四月一〇日、読売新聞社、一一面）。傍点は原文ママ。ルビは廣瀬が付けた。

[2] 金達寿・重村智計（聞き手）「ゆうかんインタビュー／独立後初めて祖国の土を踏んで」（『毎日新聞』夕刊、一九八一年四月二八日、毎日新聞社、三面）。

［3］ 以下、韓国の歴史についての記述は、文京洙《ムンギョンス》『韓国現代史』（二〇〇五年一二月、岩波新書）、徐仲錫《ソチュンソク》（文京洙訳）『韓国現代史60年』（二〇〇八年一月、明石書店。原著の刊行は二〇〇七年）に基づく。
［4］ 白仁「独立宣言は書かれつゝある」（『民主朝鮮』一九四六年四月、民主朝鮮社）。
［5］ 朴永泰《パクヨンテ》「挑発者は誰か？——日・鮮反動勢力の連合の正体をばくろ」（『民主朝鮮』）。ただし阪神教育闘争を特集した号は発禁のため刊行はされていない。全文は『メリーランド大学カレッヂパーク校マッケルデン図書館東亜図書部・ゴードン・W・プランゲ文庫　第一期　検閲雑誌（昭和二〇年〜二四年）』（一九八二年、雄松堂書店）のマイクロフィルムに集録されている。
［6］ 朴永泰「朝鮮の現状勢とその展望」（『民主朝鮮』一九四八年五月、朝鮮文化社）一一頁。
［7］ 同前、一三頁。なお「UN委員団」は、「一九四七年十一月の国連総会において朝鮮問題を討議した結果、米ソ両軍の同時撤退によってこの問題の解決をはかろうとして、これを提案主張するにいたるソ連の反対を押し切って構成されたフランス・シリア・ヒリッピン・中国・キヤナダ・印度・濠《（ママ）》州・サルバドル等の代表からなる「国際連合朝鮮委員会」のことである」（同前、三頁）。
［8］ 金達寿『わが文学と生活』（一九九八年五月、青丘文化社）一三三〜一三五頁。
［9］ キム・タルス（☆）「朝鮮文学者の立場／「在日本朝鮮文学者会」に就て」面数不明、など。書誌情報は第二章第一節註［7］を参照。
［10］ 呉圭祥《オギュサン》『ドキュメント　在日本朝鮮人連盟——一九四五‐一九四九』（二〇〇九年三月、岩波書店）五四頁。
［11］ 金達寿・針生一郎「反権力の個人史と創作活動」（新日本文学会編『作家との午後』一九八〇年三月、毎日新聞社）一八一頁。
［12］ 金達寿「朝鮮文化・文学の問題」（『新日本文学』一九五〇年六月、新日本文学会）。
［13］ 『わが文学と生活』前掲、一七〇頁。
［14］ 同前、二八五頁。
［15］ 金達寿「『大韓民国』問答——これが『大韓民国』である」（神奈川近代文学館所蔵）原稿用紙四六枚目。
［16］ 金達寿「私には尻尾がある」（『文学芸術』一九五三年八月、文学芸術社）。
［17］ 無署名「朝鮮停戦とわれわれの眼」（『文学報』一九五三年八月、在日朝鮮文学会）。この記事は無署名だが、金達寿が『わが文学と生活』一八九〜一九一頁で自分が書いたと記している。ルビは廣瀬が付けた。
［18］ 金達寿「グァテマラの『叛乱』」（『婦人民主新聞』一九五四年七月四日、婦人民主新聞社）。
［19］ 金達寿「万宝山・李ライン——日本における帝国主義と朝鮮人」（『日本資本主義講座』月報四、一九五三年一二月、岩波書店）。

〔20〕　金達寿「これは人道問題ではないか――日韓抑留者相互釈放に関して」（『世界』一九五八年三月、岩波書店）。
〔21〕　金達寿「朝鮮人のひとりとして思う」（『朝日新聞』一九六〇年四月二三日、朝日新聞社、六面）、金達寿「李承晩と学生／新しい歴史の日「4・19」／怒りが身内を吹き抜ける」（『神戸新聞』一九六〇年四月二六日、神戸新聞社、三面）。
〔22〕　金達寿「〝朴達〟ちがい／テレたり、驚いたり、あきれたり」（『図書新聞』一九六〇年四月一六日、図書新聞社、一面）。
〔23〕　金達寿（☆）「「朴達」問答」。金達寿のメモ書きによれば、東京大学合同演劇勉強会六一年度春期講演パンフレットに発表された。発行年月日や頁数は不明。
〔24〕　金達寿「日朝外交の史的責任――日韓会談の妥結気運に際して日本の知識人に問う」（『現代の眼』一九六二年一一月、現代評論社）など。
〔25〕　金達寿「「乙巳条約」と同じ状態／日韓会談　在日朝鮮人の対話」（『フクニチ』一九六五年四月七日、フクニチ新聞社、六面）など。
〔26〕　金達寿「どうぞよろしく」（『現代の眼』一九六三年一〇月、現代評論社）など。
〔27〕　無署名「両朝鮮の知識人が共同声明／東京で朴政権に抗議」（『朝日新聞』一九七三年一二月六日、朝日新聞社、一八面）。
〔28〕　無署名「創刊のことば」（『季刊三千里』一九七五年二月、三千里社）一一頁。
〔29〕　以下、訪韓実現までの経緯については、金達寿『故国まで』（一九八二年四月、河出書房新社）一七～二六頁に基づく。
〔30〕　「首謀者とされる元全南大生、鄭東年（三七）を含む三人」を指している。無署名「死刑判決は三人だけに／光州暴動の軍法会議」（『朝日新聞』一九八一年一月一日、朝日新聞社、七面）。
〔31〕　和田春樹「韓国内部の声なき声の勝利」（『朝日新聞』一九八一年一月二四日、朝日新聞社、二二面）。
〔32〕　『故国まで』前掲、二四～二五頁。ルビは廣瀬が付けた。
〔33〕　李進熙『海峡――ある在日史学者の半生』（二〇〇〇年四月　青丘文化社）一八七頁。ルビは廣瀬が付けた。
〔34〕　同前、六九頁。
〔35〕　二〇一五年一一月三〇日、呉文子氏より聴き取り。ちなみに徐彩源が初めて韓国を訪問したのは七〇年である（『追想の徐彩源』刊行委員会編『追想の徐彩源』一九八八年九月、二〇二頁）。
〔36〕　『故国まで』前掲、七頁のほか、金達寿（☆）「朝鮮への自由往来を……」も参照。後者は共同通信の記事で、金達寿のメモ書きによると一九六三年七月に配信された。しかし実際に発表されたかどうかは不明である。

[37] この顚末については、金達寿「故国は遠くにありて」（『文學界』一九七七年七月、文藝春秋）を参照。
[38] 『海峡』前掲、一八三頁。
[39] 金達寿「対馬まで」（『文藝』一九七五年四月、河出書房新社）三〇頁。
[40] 上田正昭「無題」（『追想　金達寿』刊行委員会編『追想　金達寿』一九九八年五月）二九頁。
[41] 金達寿「わが戦後史⑤　さもあらばあれ」（『朝日新聞』一九七二年一一月一三日、朝日新聞社、一三面）など。
[42] この小説の構想については、金達寿・西田勝（聞き手）「金達寿氏に聞く――光州事件の意味するもの」（『文学的立場』一九八〇年一〇月、日本近代文学研究所）一二八～一二九頁を参照。
[43] 金達寿「あるべき方向ではない」（『朝日新聞』一九八〇年一〇月一八日、朝日新聞社、四面）。
[44] 『海峡』前掲、一九二～一九三頁。
[45] 順天暁泉高校建設の経緯については、大橋生己・栗栖智幸・坂本重幸・田中宣美・錦織亮雄・李進熙「暁泉高等学校建設の思い出」『追想の徐彩源』前掲、金《キム》富山《ブサン》「「在日力」を示した男・徐彩源――『三千里』と「順天暁泉高校」はなぜ創られたか」（『望星』二〇〇〇年一月、東海教育研究所）を参照。
[46] 金達寿・姜在彦・李哲《リチョル》・李進熙「思い出の徐彩源さん」『追想の徐彩源』同前、一二二頁。李進熙の発言。
[47] 二〇一五年一二月二日、佐藤信行氏より聴き取り。
[48] 康恵鎮《カンヘジン》「なぜファッショ独裁を助けるのか／金達寿ら「三千里」関係者の南朝鮮訪問をめぐって」（『朝鮮時報』一九八一年四月九日、朝鮮時報社、三面）など。
[49] 桑原重夫「いったい、何のために／金達寿氏らの「請願訪韓」への疑問」（『朝鮮新報』一九八一年五月一四日、朝鮮新報社、四面）。
[50] 佐藤勝巳「金達寿、姜在彦、李進熙三氏への手紙」（『朝鮮研究』一九八一年五月、日本朝鮮研究所）二～三頁。
[51] 金時鐘《キムシジョン》「「光州事態」の内と外」（『日本読書新聞』一九八一年五月二五日、日本出版協会、一面）、卞宰洙「金達寿訪「韓」への疑問　下　苦しむ人々への侮辱」（『朝鮮新報』一九八一年七月二日、朝鮮新報社、四面）。など。
[52] 金達寿（インタビュー・山崎幸雄）「朝鮮人作家・金達寿氏、三十七年ぶり訪韓後の四面楚歌」（『週刊朝日』一九八一年一〇月九日、朝日新聞社）三四頁。
[53] 李進熙「三月の訪韓について」（『季刊三千里』一九八一年五月、三千里社）二三五頁。
[54] 姜在彦「祖国への旅／祖国の一体の「在日」が課題」（『朝日新聞』夕刊、一九八一年四月七日、朝日新聞社、五面）。
[55] 姜在彦「わが研究を回顧して」（姜在彦・竹中美恵子『歳月は流水の如く』二〇〇三年一一月、青丘文化

社）七三〜七四頁。

〔56〕 二〇一四年一月二三日、姜在彦氏より聴き取り。

〔57〕 申成淳《シンソンスン》（記録）「〃日人의 対韓偏見 시정에 앞장〃――37년만에 祖国을 찾았던 金達寿씨는 말한다〔〃日本人の対韓偏見事情に音頭〃――37年ぶりに祖国を訪れた金達寿氏は語る〕」（『中央日報』一九八一年四月一三日、中央日報社、五面）。

【第四章序】

〔1〕 門脇禎二「蘇我氏の出自について――百済の木劦満致と蘇我満智」（『日本のなかの朝鮮文化』一九七一年一二月、日本のなかの朝鮮文化社）五九頁。傍点は原文ママ。

〔2〕 石母田正『日本古代国家論　第一部――官僚制と法の問題』（一九七三年五月、岩波書店）v〜vi頁。

〔3〕 森浩一「無題」（『わがアリランの歌』を出した金達寿の会編『『わがアリランの歌』を出した金達寿の会』一九七九年三月）三七〜三八頁。

〔4〕 金達寿『日本の中の朝鮮文化　三』（一九八四年三月、講談社文庫）一三一頁。

〔5〕 松岡静雄『日本古語大辞典』（一九二九年三月、刀江書院）九五五頁、中島利一郎『日本地名学研究』（一九五九年一〇月、日本地名学研究所）四八一〜四八二頁。

〔6〕 上田正昭『渡来の古代史――国のかたちをつくったのは誰か』（二〇一三年六月、角川選書）三六頁。

〔7〕 盧泰敦（橋本繁訳）『古代朝鮮　三国統一戦争史』（二〇一二年四月、岩波書店）六頁。

【第四章第一節】

〔1〕 たとえば韓国の詩人・高銀《コウン》は、訪韓した金達寿・李《リ》進熙《ジンヒ》・姜在彦《カンジェオン》や、韓国の歴史学者・千寛宇《チョングアヌ》の名前を挙げ、彼らのように「日本に韓国の昔の姿があるということに殊更に熱をあげたり専門化したりする理由には、いま厳然としてある韓日関係や民族の現実から目をそらさせ、陶酔・麻痺させる役割が隠されているのかもしれない」と暗に批判した（高銀〔編集部訳〕「韓国では文学は何を意味するか」『季刊在日文芸民濤』一九八九年二月、民濤社、二六七頁）。また金時鐘《キムシジョン》は金達寿『小説在日朝鮮人史』の書評で、彼の小説を高く評価しつつも、「矢の津峠」の「お爺」が「独立できるか？」と問いかけたことに対して金達寿の古代史研究は答えられているのか、著者自身にはそれなりの必然性もあろうが、「やはり責めを負わねばならない照り返しの中の反問ではあろう。「お爺」に返す金達寿の肉声はいつ聞かれるであろうか」と問いかけている（金時鐘「同胞の哀歓、苦悩描く」『北海道新聞』一九七五年八月二六日、北海道新聞社、九面）。

［2］　たとえば鈴木敏夫は、朝鮮から世界最古の印刷物が発見されたことについて、日本の学者がいかに韓国の学者の意見や研究を軽視しているかに触れ、その一例として金達寿が「古いものはなんでも朝鮮に結びつけやがる」という批判を浴びていることを挙げている（鈴木敏夫「相つぐ世界〝最古〟の印刷物の発見」『潮』一九七三年八月、潮出版社、二九五頁）。また秦恒平は、金達寿の『古代の日本と朝鮮』を読んで「何が何でも「朝鮮」こそが「古代の日本」であったのだ！　とばかり、都合のいい羅列と排除とが、かなり放漫になされている」ことに強い不満を持ったと述べている（秦恒平「李参平とジュリアおたあ」『こみち通信』一九八五年一二月、径書房、六五頁）。

［3］　金達寿『日本の中の朝鮮文化　二』（一九八三年一〇月、講談社文庫）五頁。

［4］　金達寿「シリーズの前と後――「日本の中の朝鮮文化」をおえて」（『月刊韓国文化』一九九一年九月、韓国文化院／自由社）。

［5］　拙稿『「在日コリアン文学」の始源としての金達寿文学――その総合的研究』（二〇一四年度、博士学位論文）巻末の「附・『日本の中の朝鮮文化』異同一覧」（「廣瀬陽一のホームページ」〔http://srhyhrs.web.fc2.com/k2-ni3.pdf〕で全文公開）を参照。これを踏まえ、本書では最終版である講談社文庫『日本の中の朝鮮文化』より引用する。

［6］　金達寿「「渡来人」とはを求めて――「新考・日本の朝鮮文化遺跡」の背景」（『統一日報』一九九六年一月六日、統一日報社、八面）。

［7］　無署名「越北작가 百20여명 解禁／文公部 洪命憙 李箕永 韓雪野등 5명제외〔越北作家百20余名解禁／文公部、洪命憙・李箕永・韓雪野など5名例外〕」（『東亜日報』一九八八年七月一九日、東亜日報社、一〇面）、無署名「社説　越北作家 解禁의 의미〔社説　越北作家解禁の意味〕」（『東亜日報』一九八八年七月二〇日、東亜日報社、二面）など。

［8］　訪韓を報道した韓国の新聞では、金達寿は、姜在彦・李進煕とともに「史学者」と紹介されていた。

［9］　金達寿（金永奎《キムヨンギュ》訳）（☆）「京都의 개척자는 고구려인」（『週刊京郷』京郷新聞社）。金達寿のメモ書きによれば、一九八二年一〇月二四日号から少なくとも一四回連載。連載終了年月日は不明。なお「京都의 개척자는 고구려인」は連載一回目のみのタイトルで、二～一四回は「京都（일본의 옛서울）개척자는 한국인〔京都（日本の古都）の開拓者は韓国人〕」となっている。文章の最後に毎回「계속〔継続〕」と記されているが、切り抜きの第一四回は頁の左半分が破れて文章の最後の部分が失われているため、連載がさらに続いたのかは不明。

［10］　金達寿（訳者不明）「日本에 살아있는 韓国」（全四三回、『朝鮮日報』一九八五年一二月六日～一九八六年

二月二一日、ソウル・朝鮮日報社)。この連載は「今なお日本に生きる韓国《からくに》」(ルビは原文ママ)というタイトルで、『アジア公論』(韓国国際文化協会)一九八六年三月〜七月まで五回にわたって掲載された。なお、『アジア公論』の文章は日本語だが、「日本에 살아있는 韓国」を誰かが翻訳して掲載したものか、「日本에 살아있는 韓国」として翻訳される前の、金達寿自身が日本語で書いた原文のどちらなのかは不明。

[11] 金達寿(訳者不明)『日本속의 韓国文化』(一九八六年一〇月、ソウル・朝鮮日報社)。

[12] 金達寿(呉文泳《オムンヨン》・金日亭《キムイリョン》訳)『일본 열도에 흐르는 한국혼』(一九九三年一月、ソウル・東亜日報社)。

[13] 김달수〔金達寿〕(배석주〔ペ・ソクジュ〕訳)『일본 속의 한국문화 유적을 찾아서』(全三巻、一巻・一九九五年八月、二巻・一九九七年七月、三巻・一九九九年六月、ソウル・大願社)

[14] 無署名「『日本に宿る朝鮮』映画化」(『朝日新聞』夕刊、一九八八年四月一五日、朝日新聞社、一八面)。なおこのDVDは、二〇一六年現在も、NPO法人ハヌルハウス(http://blogs.yahoo.co.jp/hanulhouse5996)で入手可能である。またこの映画が制作されるまでの経緯については、萱沼紀子「『日本の中の朝鮮文化』の映像化にあたって」(『季刊直』一九八七年五月、直の会)を参照。

[15] 金達寿『日本の中の朝鮮文化 一』(一九八三年七月、講談社文庫)三頁。

[16] 藤間生大「四・五世紀の東アジアと日本」(『岩波講座 日本歴史 1』一九六七年五月、岩波書店)二七九頁、注(3)。

[17] 藤間に対する批判は金達寿『わが文学と生活』(一九九八年五月、青丘文化社)二五四〜二五五頁を参照。藤間のような「帰化人」観全般に対する批判は、金達寿「「帰化人」をめぐって」(『季刊三千里』一九七七年五月、三千里社)、同「「帰化人」とはなにか」(『季刊三千里』一九七七年一一月、三千里社)に詳しい。

[18] 『日本の中の朝鮮文化 二』前掲、四頁。

[19] このエピソードについては、同前、四八〜五一頁を参照。

[20] 『わが文学と生活』前掲、二五三〜二五四頁、『日本の中の朝鮮文化 二』前掲、一六〜一七頁を参照。

[21] 日本交通公社『新旅行案内13 大和めぐり』(一九五四年八月、日本交通公社)四〜五頁。ただし金達寿「見直される古代の日本と朝鮮」(『THIS IS 読売』一九九三年一二月、読売新聞社)二五五〜二五六頁には、一九六〇年の版のものが引用されているので、彼がこの案内書を見たのは六〇年以後の可能性がある。

[22] 原文は「凡高市郡内者、檜前忌寸及十七県人夫、満レ地而居。他姓者十而一二焉」(青木和夫・稲岡耕二・笹山晴生・白藤禮幸校注『新日本古典文学大系15 続日本紀 四』一九九五年六月、岩波書店、三八〇頁)。

なお、本書での訳文は金達寿が各所で引用しているとおりのものであり、『新日本古典文学大系』の訳文ではない。

〔23〕「帰化人」をめぐって」前掲、二二九～二三〇頁。

〔24〕金達寿『日本の冬』（一九五七年四月、筑摩書房）二一六頁。

〔25〕金達寿『朝鮮』（一九五八年九月、岩波新書）二～一五頁。

〔26〕同前、一二～一三頁。

〔27〕同前、一三～一四頁。

〔28〕金達寿「公僕異聞」（『現実と文学』一九六五年六月、現実と文学社）八九頁。

〔29〕実際に金達寿は一九六六年一月三日に一四代沈寿官に会いに行っている。金達寿「苗代川の「朝鮮」」（『小原流挿花』一九六八年一二月、小原流出版事業部）を参照。

〔30〕金達寿「日本のなかの朝鮮文化」（『新しい世代』一九六二年一月、朝鮮青年社）五四～五五頁。

〔31〕金達寿「高麗神社と深大寺」（『朝陽』一九六三年一月、リアリズム研究会）五三頁。

〔32〕無署名「「朝鮮」価値回復が目的」（『統一日報』一九九一年七月二七日、統一日報社、三面）。

〔33〕第二～三回のタイトルは「朝鮮遺跡の旅」となっているが、これは「朝鮮史跡」ということばは正確さを欠き、誤解をあたえるかも知れない」（金達寿「朝鮮遺跡の旅（中）――北陸路・福井（越前）」『民主文学』一九六九年四月、日本民主主義文学同盟、一〇〇頁）という指摘を受けて、変更されたものである。

〔34〕彼らの出会いについては、備仲臣道『蘇る朝鮮文化――高麗美術館と鄭詔文の人生』（一九九三年一二月、明石書店）一三一～一三二頁を参照。

〔35〕松本良子「『日本のなかの朝鮮文化』の十三年」（『季刊三千里』一九八七年五月、三千里社）二一六頁。また、この雑誌を発行するための総連とのやりとりについては、『わが文学と生活』前掲、二五六～二五八頁を参照。ちなみに、この雑誌の創刊後まもなく、韓徳《ハンドク》銖《ス》の主導で総連内部に「文化史跡調査委員会」なるものが発足された。しかし何ら成果を挙げられないまま、七一年一月に突如解散となった（李進熙『海峡――ある在日史学者の半生』二〇〇〇年四月、青丘文化社、一一五頁）。

〔36〕上田正昭・金達寿・司馬遼太郎・村井康彦「座談会日本のなかの朝鮮」（『日本のなかの朝鮮文化』一九六九年三月、日本のなかの朝鮮文化社）一九頁。

〔37〕同前、二九頁。

〔38〕同前、二九～三〇頁。

〔39〕同じ場所を一緒に取材し、同時期に発表した例として、岡山県津山市がある。金達寿『日本の中の朝鮮文化 六』（一九八八年一一月、講談社文庫）二〇八～二一二頁には、司馬遼太郎『街道をゆく 七』（一九

七九年一月、朝日文庫）二九七〜三〇〇頁の文章が引用されている。

［40］ 国木田独歩「武蔵野」（一八九八年）。ここでは『定本　国木田独歩全集　二（増補版）』（一九九五年七月、学習研究社）七一頁より引用。以下も全集より引用する。ルビは原文ママ。

［41］ 同前、八二頁。

［42］ 以下の取材の様子は、『日本の中の朝鮮文化　一』前掲、八九〜九八頁より。

［43］「武蔵野」前掲、七〇頁。

［44］ 同前、七三頁。

［45］『日本の中の朝鮮文化　一』前掲、八九〜九〇頁より引用。

［46］ 同前、九〇〜九一頁より引用。

［47］『多摩町の今昔』は多摩市図書館にも所蔵がなく、著者は不明である。しかし地名としての「多摩町」が存在したのは六四年から七一年の間で、この間に町長を務めたのは富澤政鑒しかいない。それゆえ同書の筆者は、富澤の可能性が高い。

［48］『日本の中の朝鮮文化　一』前掲、九五〜九六頁より引用。

［49］ 同前、九七頁。

［50］ 同前、九七〜九八頁より引用。

［51］ 金達寿（聞き手・〔王〕）「藤ノ木古墳が証す日韓古代史の秘密／「日韓同祖論」金達寿氏に聞く」（『週刊東大新聞』一九八八年一一月九日、東大新報、二面）。

［52］「武蔵野」前掲、七五頁。

［53］ 同前、六五頁。ルビは原文ママ。

［54］ 国木田独歩「空知川の岸辺」（一九〇二年）。ここでは『定本　国木田独歩全集　三（増補版）』（一九九五年七月、学習研究社）二三頁より引用。

［55］ 柄谷行人「韓国語版への序文」（『定本柄谷行人集　一　日本近代文学の起源』二〇〇四年九月、岩波書店）二九二頁。ルビは原文ママ。

［56］「武蔵野」前掲、六五頁。ルビは原文ママ。

［57］ 坂口安吾「歴史探偵方法論」（『新潮』一九五一年一〇月、新潮社）。ただし引用は『坂口安吾全集　一六』（一九九一年七月、ちくま文庫）四六一頁。

［58］ 同前、四六二頁。

［59］ 同前、四六四頁。

［60］ 坂口安吾「高麗神社の祭の笛――武蔵野の巻」（『文藝春秋』一九五一年一二月、文藝春秋新社）。ただし引用は『坂口安吾全集　一八』（一九九一年九月、ちくま文庫）五九八頁。

［61］ 同前、六一六頁。

［62］ 金達寿「古代史家坂口安吾の復活」（『中央公論』一九七三年四月、中央公論社）二一五頁。

［63］ 金達寿「文芸時評　昏迷の中から」（『朝鮮文藝』一九四七年一〇月、朝鮮文藝社）一一頁。

［64］ 以下のエピソードは、「古代史家坂口安吾の復活」前

掲、二一〇～二一二頁より。

【第四章第二節】

[1] 金達寿『日本の中の朝鮮文化　一』（一九八三年七月、講談社文庫）四頁。

[2] 同前、四頁。

[3] 金達寿「日本の古代文化と「帰化人」」（江上波夫・金達寿・李進熙・上原和『倭から日本へ――日本国家の起源と朝鮮・中国』一九七三年九月、二月社）七六～七七頁。

[4] 金達寿『わがアリランの歌』（一九七七年六月、中公新書）八〇頁。

[5] 金達寿は「紙つぶて　日本人とは――」（『中日新聞』夕刊、一九七一年一二月七日、中日新聞社、一面）で、新聞や雑誌の来年の企画がどれも「日本人論」で、自分のところにもそれに関する原稿や座談会の依頼ばかり来ることについて、どうして今のタイミングで各紙がそういう特集をするようになったのか考えないわけにはいかないと述べている。

[6] 上田正昭『帰化人――古代国家の成立をめぐって』（一九六五年六月、中公新書）二頁。

[7] 同前、一八三頁。

[8] 金達寿『わが文学と生活』（一九九八年五月、青丘文化社）二六〇頁、上田正昭「無題」（『追想　金達寿』刊行委員会編『追想　金達寿』一九九八年五月）二七～二八頁。

[9] 関晃『帰化人――古代の政治・経済・文化を語る』（一九五六年、至文堂）。ここでは講談社学術文庫版（二〇〇九年六月）三頁より引用。

[10] 平野邦雄「帰化人と渡来人」（『帰化人と古代国家』二〇〇七年四月、吉川弘文館）七頁。この論文は、八〇年に平野が発表した二本の論文を要約したもの。

[11] 同前、九頁。

[12] 李成市「古代史研究と現代性――古代の「帰化人」「渡来人」問題を中心に」（http://ksfj.jp/wp-content/uploads/2012721.pdf）七頁。二〇一五年一〇月二五日閲覧。

[13] 吉田晶「古代日朝関係史再検討のために」（吉田晶・鬼頭清明・永島暉臣慎・山尾幸久・門脇禎二『共同研究　日本と朝鮮の古代史』一九七九年四月、三省堂）五頁。

[14] 「古代史研究と現代性」前掲、八頁。

[15] 金達寿「八〇年代後半になって」（『東アジアの古代文化』一九八七年一月、大和書房）三八～四二頁。

[16] 金達寿「「帰化」ということば」（『日本のなかの朝鮮文化』一九七〇年六月、日本のなかの朝鮮文化社）。

[17] 金達寿「日本古代史と朝鮮」（『日本古代史と朝鮮』一九八五年九月、講談社学術文庫）三〇六頁。

[18] 金達寿『朝鮮――民族・歴史・文化』（一九五八年九月、岩波新書）一四頁。

[19] 藤尾慎一郎によれば、考古学の言説空間を超えて広く一般に、縄文時代のイメージが根本的に変化するきっかけとなったのは、一九九二年から青森県教育委員会が行った、青森市の三内丸山遺跡の発掘によってである（藤尾慎一郎『縄文論争』二〇〇二年一二月、講談社選書メチエ、六〜二四頁）。縄文時代観の変遷や論争などについても同書を参照。

[20] 「原日本人」に対する金達寿の疑問については、金達寿「原日本人とは何か——渡来人と「帰化人」」（『歴史と人物』一九七二年六月、中央公論社）を参照。

[21] 金達寿・谷川健一・岡崎敬「日本文化と朝鮮文化——玄界灘の歴史的意味」（『別冊経済評論』一九七二年九月、日本評論社）二九頁。

[22] 金達寿「縄文・弥生時代の人口」（『目の眼』一九八七年四月、里文出版）三〇〜三一頁。

[23] 金達寿は喜田貞吉や金沢庄三郎など、いわゆる日鮮同祖論者の研究に一定の評価を与えている。「金沢氏は、学問的にはひじょうにすぐれたところがあるにもかかわらず、全体的としての立場が戦前・戦中の皇国史観であったために、本来の価値をおとしめている」（金達寿「伊勢神宮と古代朝鮮（四）「民族名ソ」のこと」『季刊酔筆』一九八三年秋、井坂商店、六頁）。それは彼らが古代日本における朝鮮の重要性を訴えたからである。しかし彼らの主張が、日本人と朝鮮人はもともと同一の〈人種〉だったのだから、現在また一つに融合・同化できる／すべきであるという結論にいたったのに対し、金達寿は決してそのように考えなかった。なぜなら長い歴史を経て、日本人と朝鮮人はもはや別の〈民族〉となっており、〈民族〉成立以前の状態に戻ることは不可能だからである。この点で金達寿の古代史研究は、日鮮同祖論とは決定的に異なっている。

[24] たとえば金達寿は「わが内なる皇国史観——「任那日本府」をめぐって」（『展望』一九七四年八月、筑摩書房）で、韓国の考古学者・金廷鶴《キムジョンハク》が、韓国の雑誌『新東亜』一九七三年一月号に発表した論文「任那日本府説の虚構」で、任那日本府の存在を示す考古学的裏づけとなる資料が何もなく、存在自体が虚構であると主張していながら、井上光貞『日本の歴史　三』（一九七四年一月、小学館）について井上と対談した際には、任那に日本の統治機関のようなものが成立していたとまでは言えないが、「軍事的な駐屯があったということは認められます」と、「日本歴史学界の権威といわれている東京大学教授の井上光貞にゴマをすっている」態度を批判している。ちなみに金廷鶴は、小学館版『日本の歴史　別巻一』の著者である。また井上も『日本の歴史　三』で、「「任那」の地名考証については、しろうとのさかしらはやめて、原則として、名著『任那興亡史』の著者、末松保和氏の説によることにした」と述べ、「朝鮮にかんする記述について、その他の点で

は、あやまりを避けるために、滞日中の釜山大学教授、金延鶴氏の校閲をわずらわすこととした」と記している（ここでの引用は、同書を文庫化した、井上光貞『飛鳥の朝廷』二〇〇四年七月、講談社学術文庫、二〇頁より）。

さらに、金達寿たちが八一年に訪韓して韓国各地を見物した際、慶州で金庾信《キムユシン》将軍（新羅の将軍。三国統一に最大級の貢献をした）の墓の説明板に、「百済征伐」うんぬんと書いてあるのを徐彩源《ソチェウォン》が見つけ、彼が「われわれは日本では『三韓征伐』とか『朝鮮征伐』ということの不当・不合理をただすために努力しているのだが、これではまるで日本のそれと同じではないか」と抗議したことに賛同している。韓国側の案内人から対案を求められた金達寿は、「百済を攻めおとしたというのだったら、『攻略』としたらどうですか」と提案し、その後、案内板の表示は変更されたという。彼は『故国まで』（一九八二年四月、河出書房新社）一七五〜一七六頁でこのエピソードに触れ、「いうなれば、韓国にも日本の「皇国史観」のようなものがそのようなかたちで残っていたのである」と記している。

[25] 『日本の中の朝鮮文化　一』前掲、四頁。

[26] 同前、四頁。

[27] 本多秋五「ある日の金達寿君」『追想　金達寿』前掲、五五頁。

[28] 石塚利雄『秦野地方とその産業の推移について』、引用は金達寿『日本の中の朝鮮文化　一』前掲、一九頁より。

[29] 石塚、同前。引用も『日本の中の朝鮮文化　一』同前、一九頁より。

[30] 『日本の中の朝鮮文化　一』同前、二〇頁。

[31] 『日本の中の朝鮮文化　二』（一九八三年一〇月、講談社文庫）三三三頁。

[32] 藤本篤『大阪府の歴史』、引用は『日本の中の朝鮮文化　二』同前、一三三頁より。

[33] 大阪府警察本部編『大阪ガイド』、引用は『日本の中の朝鮮文化　二』同前、一一五頁より。

[34] 景山春樹『近江路――史跡と古美術の旅』、引用は『日本の中の朝鮮文化　二』同前、一一七頁より。

[35] 原田伴彦『近江路――人と歴史』、引用は『日本の中の朝鮮文化　二』同前、一一七頁より。

[36] 『日本の中の朝鮮文化　二』同前、一一七〜一一八頁。

[37] 金達寿はのちに振り返って、『日本の中の朝鮮文化』第一巻刊行にあたり、「明治以後をとってみても、百年以上にわたる皇国史観でやしなわれた日本の国民感情が、はたしてどう応じてくれるだろうか」と危惧していたと語っている（『日本の中の朝鮮文化　一二』（一九九五年一二月、講談社文庫、三三四頁）。

[38] 秋本吉郎校注『日本古典文学体系　二　風土記』（一九五八年四月、岩波書店）四九七頁。

[39] 同前、四九七頁。

〔40〕　同前、四九七頁。ルビは原文ママ。
〔41〕　金達寿「『風土記』の校注について――伊予「御島」のばあい」（『季刊直』一九八六年二月、直の会）三一頁。
〔42〕　和島誠一「古墳文化の変質」（『岩波講座　日本歴史二』一九六七年五月、岩波書店）一七〇頁。
〔43〕　同前、一七〇～一七一頁。
〔44〕　井上光貞『日本古代国家の研究』（一九六五年一一月、岩波書店）三六〇頁。
〔45〕　同前、三七七～三七八頁。
〔46〕　『日本の中の朝鮮文化　一』前掲、三九頁。
〔47〕　同前、五九頁。
〔48〕　松井新一『武蔵野の史跡をたずねて』、引用は『日本の中の朝鮮文化　一』同前、一一八頁より。
〔49〕　『日本の中の朝鮮文化　一』同前、一一八頁。
〔50〕　同前、二六八頁。
〔51〕　同前、二六九頁。ルビは原文ママ。
〔52〕　以上の記述は、金達寿「大化の改新について」（『日本のなかの朝鮮文化』一九七四年六月、朝鮮文化社）、金達寿「壬申の乱について」（『日本のなかの朝鮮文化』一九七四年九月、朝鮮文化社）に基づく。
〔53〕　たとえば福岡県糸島郡前原町（現・糸島市前原）の郷土史家・原田大六は、一九六九年に開かれた伊都国王墓展の図録の記事に、伊都国の古代文化は「朝鮮半島への倭軍の侵攻による逆流文化と見られる」と記していたが、金達寿が同地を取材した際には同行しながら、ここが朝鮮そのものだと語った。また原田に『日本のなかの朝鮮文化』の座談会に出席してもらったときには、金達寿らの期待に反して、彼は「皇国史観」に沿うような発言をし、それがもとで座談会が喧嘩別れになってしまったという。金達寿は振り返って、「いわば原田さんは、「私的」なばあいのそれと、「公的」なばあいとではちがっていたのである」と語っているが、少なくとも「公的」には〈皇国史観〉に沿う発言をする郷土史家でさえ、「私的」なところでは違う意見を持っていたことを示している。金達寿『日本の中の朝鮮文化　一〇』（一九九三年一一月、講談社文庫）六二～七二頁を参照。
〔54〕　田中史生「古代の渡来人と戦後「日本」論――一九七〇年代までの歴史学界をめぐって」（『関東学院大学経済経営研究所年報』二〇〇二年三月、関東学院大学経済経営研究所）一九九頁。
〔55〕　水野明善「河内飛鳥めぐりの記――日本のなかの朝鮮文化遺跡めぐり」（『日本のなかの朝鮮文化』一九七二年六月、朝鮮文化社）五八～六〇頁。
〔56〕　上田正昭によれば、このツアーは三二回開かれたという（上田正昭・姜在彦・鶴見俊輔・辛基秀「シンポジウム「金達寿さんを偲んで――その半生と文学・歴史観を語る」」（辛基秀編『金達寿ルネサンス――文学・歴史・民族』二〇〇二年二月、解放出版社、一一一頁）。

しかし現在、確認できる最後のツアーは、『日本のなかの朝鮮文化』終刊と同時期の一九八一年五月一七日に開催された第三〇回のもの（『日本のなかの朝鮮文化』一九八一年三月二五日、朝鮮文化社、六六頁の広告。「金達寿文庫」に、当日配布されたと思われるレジュメが残されているので、実際に開催されたと考えられる）であり、それ以後の開催事実は不明である。なお各ツアーのレポートは、そのつど、『日本のなかの朝鮮文化』に掲載されている。

〔57〕 金達寿「小説も書く」（『文藝』一九七四年五月、河出書房新社）一三三頁。

〔58〕 金達寿「「輸入」ということば」（『日本のなかの朝鮮文化』一九七一年九月、日本のなかの朝鮮文化社）一二～一四頁。

〔59〕 同前、一二頁。

〔60〕 李盛周（木村光一・原久仁子訳）『新羅・伽耶社会の起源と成長』（二〇〇五年五月、雄山閣）や東潮『倭と加耶の国際環境』（二〇〇六年八月、吉川弘文館）などを参照。

〔61〕 「古代の渡来人と戦後「日本」論」前掲、二〇一頁。

〔62〕 同前、二〇一頁。

〔63〕 田中史生『倭国と渡来人――交錯する内と外』（二〇〇五年一〇月、吉川弘文館）一三～二六頁。

【第四章第三節】

〔1〕 金達寿『行基の時代』（一九八二年三月、朝日新聞社）三八八～三八九頁。以下、本節では単行本から引用する。

〔2〕 金達寿『日本の中の朝鮮文化　六』（一九八八年一一月、講談社文庫）一六八頁。

〔3〕 『行基の時代』前掲、三八九～三九〇頁。

〔4〕 朴正伊「金達寿『行基の時代』における「行基」像」（『神女大国文』二〇〇四年三月、神戸女子大学国文学会）九六頁。

〔5〕 以下、金達寿が史実としたものは「史実」とカッコ書きして、文献学的・考古学的研究に基づく史実と区別する。

〔6〕 以下の記述は井上薫編『行基事典』（一九九七年七月、国書刊行会）所収の井上薫「総論　行基の生涯」、北条勝貴「行基関連略年表」に基づく。

〔7〕 金達寿「行基」（『歴史の群像7　挑戦』一九八四年一二月、集英社）三五頁。

〔8〕 『行基の時代』前掲、二七八～二八九頁。

〔9〕 元暁は新羅における法相宗の開祖とされる高僧で、田村圓澄によれば、「多数の仏教関係の著述をのこし、思想的に日本の仏教界にも影響を及ぼしたが、いっぽう讃仏歌をつくって民衆と共に唱い、千村万洛に入って在家の人びとに方言で仏法を説いた」人物である（田村圓澄「行基と新羅仏教」『日本のなかの朝鮮文化』

一九七五年六月、朝鮮文化社、五五頁)。後述のように、金達寿は社会主義者・民衆仏教者としての行基像を描きだすにあたり、元暁と行基の親和性を強調した田村の説を取り入れている。

〔10〕 たとえば北山茂夫は、「行基論」(『東方』一九四九年一二月)で、行基は大僧正となったのちも民衆のために尽くし、入寂の際にも、「彼の最期の回想にまざまざ浮んで来たものは、民衆とともにあった日の民衆の献身によって建てられたあの地方の多くの道場であり、そしておそらく彼を慕い集まって来た老若男女幾千の群衆の姿であったろう」。しかし民衆は、藤原「広嗣の乱とそれにつづく造都遷宮、大仏建立の徭役」や「橘奈良麻呂ら貴族一派の反乱」に直面していた。そこで「働いて生き抜くためには、かれら〔民衆たち〕は行基とはまったく別な道を歩むほかはなかった」と述べ、「朝廷のなかに老軀を託して」以後の行基は、民衆の反対側に立っていたと結論づけた(引用は平岡定海・中井真孝編『日本名僧論集　一　行基・鑑真』一九八三年三月、吉川弘文館、六三頁より)。

〔11〕 井上薫『行基』(一九五九年七月、吉川弘文館)、ただしここでは新装版(一九八七年九月)九〜一〇頁より。

〔12〕 吉田靖雄『行基と律令国家』(一九八七年一月、吉川弘文館)八〜九頁。吉田は井上薫が『行基』同前で、「神別の蜂田連は実は藩別であるのを神別と称しているに過ぎないのではあるまいか」(一〇頁)、「蜂田氏で国史にみえる人名が少なく、官位の最高は文主の正六位、滝雄の民部少録であることから推すと、蜂田氏は下級の帰化人氏族であ」(一一頁)ると記していることに対し、蜂田首と蜂田薬師を同一視していると批判した(『行基と律令国家』同前、二四頁、注〔36〕〔37〕)。

〔13〕 『行基』同前、三〇頁。

〔14〕 『行基と律令国家』前掲、三八〜四一頁。吉田によれば、法相唯識学と摂論系唯識学の最大の差異は、前者が人間には先天的に仏性の有無があると説く教義であるのに対し、後者はどんな人も仏性を有するという「一切民人悉有仏性」を説いたところにある(四〇頁)。

〔15〕 「行基と新羅仏教」前掲、六三頁。

〔16〕 吉田靖雄「行基における三階教および元暁との関係の考察」(『舟ヶ崎正孝先生退官記念　畿内地域史論集』一九八一年六月、舟ヶ崎正孝先生退官記念会)二九一頁。

〔17〕 近藤康司『行基と知識集団の考古学』(二〇一四年二月、清文堂出版)など。

〔18〕 以下の記述は盧泰敦(橋本繁訳)『古代朝鮮　三国統一戦争史』(二〇一二年四月、岩波書店)、大津透・桜井英治・藤井讓治・吉田裕・李成市編『岩波講座　日本歴史　一』(二〇一三年一一月、岩波書店)所収の論考、特に田中俊明「朝鮮三国の国家形成と倭」などに基づく。

［19］『行基の時代』前掲、二四三～二四四頁。

［20］同前、二六頁。

［21］金達寿「「帰化人」ということば」（『日本のなかの朝鮮文化』一九七〇年六月、日本のなかの朝鮮文化社）三七頁。

［22］『行基の時代』前掲、一八頁。

［23］金鶴童《キムハクドン》は「在日作家金達寿の『行基の時代』と古代朝鮮半島渡来人の形象化」で、金達寿が行基の生涯を描くことを通して古代の日本列島における「渡来人」の役割の大きさを示し、新たな「渡来人」としての在日朝鮮人に対する認識の変化を日本人に促そうとしたものと論じた（김학동「재일작가 김달수의『행기의 시대（行基の時代）』와 고대 한반도 도래인의 형상화」『日本研究』二〇一三年九月、韓国外国語大学校外国学総合研究센터〔センター〕日本研究所）。しかし彼は、私が前節で指摘した、金達寿が現代の在日朝鮮人は古代の「帰化人」でも「渡来人」でもないと発言したことを見落としている。

［24］『行基の時代』前掲、七六頁。

［25］同前、一七四頁。

［26］金達寿「私の創作体験」（中野重治・椎名麟三編『現代文学Ⅱ　創作方法と創作体験』一九五四年八月、新評論社）一九四～一九五頁など。

［27］『行基の時代』前掲、一一九頁。

［28］同前、一七四頁。

［29］同前、一七五頁。

［30］金達寿・重村智計（聞き手）「ゆうかんインタビュー／独立後初めて祖国の土を踏んで」（『毎日新聞』夕刊、一九八一年四月二八日、毎日新聞社、三面）。

［31］『行基の時代』前掲、三四三頁。ルビは廣瀬が付けた。

［32］フリードリッヒ・エンゲルス（大内兵衛訳）『空想から科学へ――社会主義の発展』（一九六六年三月、岩波文庫。原著の刊行は一八八三年）を参照。

［33］カール・カウツキー（栗原祐訳）『キリスト教の起源――歴史的研究』（一九七五年八月、法政大学出版局。原書の刊行は一九〇八年）を参照。

［34］金達寿「天皇の「お言葉」」（『季刊直』一九八四年一二月、直の会）二八～二九頁。

［35］坂口安吾「堕落論」（『文学季刊』一九四六年一二月、実業之日本社）。ただしここでは「続堕落論」（『坂口安吾全集　一四』一九九〇年六月、ちくま文庫）五八六～五八七頁より引用。

［36］佐藤達弥「温故知新　白村江の戦い／最古の集団的自衛権？　ネットで話題」（『朝日新聞』二〇一四年六月二日、朝日新聞社、三一面）。

【終　章】

［1］金達寿『わがアリランの歌』（一九七七年六月、中公新書）八〇頁。

〔2〕 金達寿「自分史の中の崔承喜」（『GRAPHICATION』一九七七年七月、富士ゼロックス）一六頁。
〔3〕 金達寿「一つの可能性」（『朝鮮文藝』一九四八年四月、朝鮮文藝社）一五頁。
〔4〕 金達寿『日本の冬』（一九五七年四月、筑摩書房）二一九〜二二〇頁。
〔5〕 同前、九七頁。
〔6〕 金達寿「私の創作体験――「玄海灘」をめぐって」（日本文学学校編『現代文学講座 Ⅲ』一九五八年一二月、飯塚書店）一八二〜一八三頁。
〔7〕 金達寿『日本の中の朝鮮文化 二』（一九八三年一〇月、講談社文庫）五頁。
〔8〕 小田切秀雄「解説――金達寿の人と作品」（金達寿『朴達の裁判』一九七三年二月、潮文庫）一九八頁。
〔9〕 李進熙・大和岩雄「対談 金達寿氏を悼む」（『東アジアの古代文化』一九九七年八月、大和書房）一九九頁。
〔10〕 金達寿『わが文学と生活』（一九九八年五月、青丘文化社）一八八頁。

関連人物紹介

［五十音順。地名・校名等は当時のもの］

上田正昭（一九二七〜二〇一六）……歴史学者。兵庫県豊岡市生まれ。戦後、京都帝国大学文学部史学科を卒業、同大学大学院で学びつつ、京都府内の高校で教鞭を執り、被差別部落民や在日朝鮮人への差別の問題に取り組む。広く東アジア史の観点から日本の古代史や神話等を研究し、『帰化人』（六五）、『日本神話』（七〇）、『私の日本古代史』（二〇一二）など多数の著書を刊行。京都大学助教授、教授を経て同大学等の名誉教授、また歴史や人権等に関する様々な会の委員や顧問、館長等を歴任。

魚塘（オダン、一九一九〜二〇〇六）……教育者・地理学者。〈京城〉生まれ。京城普通商業学校を卒業後に渡日、法政大学で人文地理を専攻。『解放新聞』などの編集員や朴三文編『在日朝鮮文化年鑑 一九四九年版』（四九）の執筆に携わる。また朝連の教科書編纂委員として民族教育の普及に力を尽くした。大学卒業後、東京朝鮮中学校教員を経て朝鮮大学校教員を務めた他、総連中央委員や時代社の副社長などを歴任。著書に『朝鮮の民俗文化と源流』（八一）、『朝鮮新風土記』（八四）など。

小原元（一九一九〜一九七五）……文芸評論家、文学研究者。鬱陵島生まれ。四〇年、法政大学文学部に入学。戦後、新日本文学会創立と同時に入会。四八年、法政大学高等師範部講師となって以後、同大学で教鞭を執り続けた。五〇年代以降、金達寿らと『文学芸術』やリアリズム研究会、日本民主主義文学同盟、現代文学研究会を主導し、常任幹事や中央委員などを務めた（同盟は六九年に退会）。著書に『日本の近代小説』（六七）、『リアリズム文学への道』（七七）など。

姜在彦（カンジェオン、一九二六〜）……朝鮮近代史・思想史研究者。済州島済州市生まれ。一九四五年に済州島農業高校を卒業。済州島四・三事件による摘発を逃れるため五〇年に渡日、大阪商科大学の旧制の研究科で学ぶ。総連結成後、大阪朝鮮高級学校講師などを経て近畿学院教員となったが、六八年に職を辞して総連から離れた。その後、朝鮮近代史や思想史に関する研究に取り組み、『朝鮮近代史研究』

（七〇）、『近代朝鮮の変革思想』（七三）、『満州の朝鮮人パルチザン』（九三）ほか、日韓で多数の著書を刊行。『季刊三千里』『季刊青丘』では編集委員を務め、八一年には金達寿らと訪韓した。

金史良（キムサリャン、一九一四〜一九五〇）……本名・金時昌（キムシチャン）。小説家。平壌府仁興町生まれ。在日朝鮮人文学者の嚆矢とされる。一九三一年に〈内地〉に渡り、佐賀高等学校、東京帝国大学文学部で学ぶ。芥川賞候補作となった「光の中に」（三九）ほか、「落照」「天馬」「草深し」（四〇）、「ちぎみ」（四一）、「親方コブセ」（四二）など、日本語と朝鮮語の両方で文学活動を展開した。四五年、学徒兵慰問団員として中国に派遣された際に延安に脱出。朝鮮戦争時は朝鮮人民軍に帯同してルポルタージュを発表したが、人民軍撤退時に落伍し、行方不明となる。

国木田独歩（一八七一〜一九〇八）……小説家、詩人、ジャーナリスト、編集者。下総国銚子生まれ。幼名亀吉、のち哲夫と改める。日本近代文学における自然主義の先駆的存在とされる。一八八八年、東京専門学校英語普通科に入学したが中退。九四年、民友社に入社。日清戦争が勃発すると従軍記者となる。帰京後、「源叔父」（一八九七）、「今の武蔵野」「忘れえぬ人々」（九八）、「空知川の岸辺」（一九〇二）などの小説を発表。第三小説集『運命』（〇七）で文壇に認められたが、翌年死去。

窪田精（一九二一〜二〇〇四）……小説家。山梨県北巨摩郡生まれ。東京工科学校中退。四二年から敗戦までトラック島に流刑。四六年に共産党に入党したが、五〇年問題の中で除名。米軍基地を描いた短編「フィンカム」（五二）や、『ある党員の告白』（五六）で注目される。五〇年代以降、金達寿らと『文学芸術』やリアリズム研究会、日本民主主義文学同盟を主導し、民主主義文学運動の発展に尽力した。主な著作に『海と起重機』（六四）、『文学運動の中で』（七八）など。

坂口安吾（一九〇六〜一九五五）……小説家、評論家。新潟県新潟市生まれ。本名・炳五。東洋大学印度哲学倫理学科で学び、「風博士」など三一年発表の小説三編で文壇デビューした。戦中は「イノチガケ」（四〇）や「島原の乱雑記」（四一）など、キリシタンに関する小説やエッセイの執筆に没頭。戦後、「堕落論」「白痴」（四六）により流行作家となる。五〇年頃から日本各地を探訪する旅を始め、「安吾新日本地理」（五一）を連載。しかし続編「安吾新日本風土記」連載準備中に死去。

志賀直哉（一八八三〜一九七一）……小説家。宮城県牡鹿郡生まれ。一九〇六年、東京帝国大学文科に入学するが、一〇年に中退し、武者小路実篤らと『白樺』を創刊。創刊号掲載の短編「網走まで」を皮切りに本格的に文筆活動を開始し、「大津順吉」（一二）、「城之崎にて」「和解」（一七）、「小僧の神様」（二〇）など数多くの中短編や、長編「暗夜行路」（二一～三七）を発表。俗に「小説の神様」と称されるほど、日本近代文学史上に不動の地位を築いた。

霜多正次（一九一三～二〇〇三）……小説家。沖縄県国頭郡生まれ。旧姓・島袋。東京帝国大学で学んだ後、ブーゲンビル島に配属。五三年に帰郷した際、その惨状に衝撃を受け、『沖縄島』（五七）、『守令の民』（六〇）など、沖縄を題材にした文学作品を発表する。また五〇年代以降、金達寿らと『文学芸術』やリアリズム研究会、日本民主主義文学同盟を主導した。しかし八四年に創刊した同人誌『葦牙』が党から批判されたことから、八七年に同盟を退会、九一年に離党した。

徐彩源（ソチェウォン、一九二一～一九八七）……実業家。全羅南道昇州郡生まれ。四六年頃に渡日。倉敷市や広島市で遊技場を経営しつつ組合や商工会の設立に関わり、役員を務めた。『季刊三千里』創刊号より三千里社社主となり（二一号から奥付に名前を明記）、終刊まで私財を投じて全面支援した。八一年に金達寿らと訪韓。その後まもなく順天市に暁泉徐彩源奨学会を設立、八三年に順天暁泉高校を開校した。

張斗植（チャンドゥシク、一九一六～一九七七）……小説家・実業家。慶尚南道昌原郡生まれ。一九二三年に〈内地〉に渡る。日本大学専門部社会科中退。三七年に金達寿と出会い、一緒に『雄叫び』『鶏林』などを作って文学活動を行った。〈解放〉後、『民主朝鮮』総務部長を務めつつ、同誌に小説や評論等を発表。五一年に会社を興して以降は創作の現場から離れたが、『鶏林』を発行したり、リアリズム研究会の財政を秘密裏に支えた。著書に『定本・ある在日朝鮮人の記録』（七六）、『運命の人びと』（七九）。

鄭詔文（チョンチョムン、一九一八～一九八九）……実業家・高麗美術館理事長。慶尚北道醴泉郡生まれ。一九二五年に〈内地〉に渡る。〈解放〉後、京都でパチンコ店を経営しつつ、京都朝鮮人遊技場組合長として活動、また朝鮮の美術工芸品の収集に熱中した。六九年、『日本のなかの朝鮮文化』を発行、財政を一手に引き受けた。八八年、自宅を取り壊して高麗美術館を開館、理事長を務めた。

鶴見俊輔（一九二二～二〇一五）……思想家・社会運動家。東京市麻布生まれ。一九三九年にハーバード大学哲学科に入学。四六年に『思想の科学』を創刊、五四年には「転向研究会」を発足して中心的存在として活動、研究成果を『共同研究転向』（五九～六二）にまとめて世に問うた。また生涯にわたって大衆に対する知識人の優位性に批判的な立場を堅持し、声なき声の会やベ平連など様々な市民運動にコミットした。哲学・社会思想から大衆文化まで幅広い分野に関する著書多数。

西野辰吉（一九一六〜一九九九）……小説家。北海道天塩国生まれ。一九三四年に上京して築地魚河岸や出版社等で働く。四七年に新日本文学会に入会し、四八年に共産党に入党。「秩父困民党」（五四）で注目を集める。五〇〜六〇年代にかけて、金達寿らと『文学芸術』やリアリズム研究会、日本民主主義文学同盟を主導したが、六九年に同盟や党を離脱、以後、独自に文学活動を行った。著書に『米系日人』（五四）、『戦後文学覚え書』（七一）など。

李進熙（リジンヒ、一九二九〜二〇一二）……歴史学者。慶尚南道金海郡生まれ。四八年に渡日。明治大学文学部史学科や同大学院で考古学を学ぶ。六一年より朝鮮大学で教鞭を執ったが、七一年に職を辞して総連から離れた。以後、日本の古代史学界に大きな衝撃を与えた『広開土王陵碑の研究』（七二）を皮切りに、古代の日朝関係史や朝鮮通信使の研究に取り組み、日韓で多数の著書を刊行。『日本のなかの朝鮮文化』編集委員や『季刊三千里』『季刊青丘』編集長を務め、八一年には金達寿らと訪韓した。

あとがき

本書は、二〇一五年三月に大阪府立大学に提出した博士学位論文「「在日コリアン文学」の始源としての金達寿文学——その総合的研究」に大幅な加筆・修正を行ったものである。拙論を審査してくださった主査の細見和之先生、副査の酒井隆史先生と山崎正純先生に深く御礼を申し上げる。また本書の一部には、日本学術振興会特別研究員奨励費（課題番号二六・七九七四）による成果が含まれている。関係諸機関に対して感謝の意をあらわしたい。

さて、私が本格的に金達寿研究に着手したのは二〇一一年四月のことだが、「はじめに」でも述べたように、それは転向研究の過程で始まったものである。転向研究は、一九九七年に近畿大学文芸学部の修士課程に入学した直後から行ってきたので、既に一九年間にもなる。順風満帆とはほど遠く、成果を出せずに苦しむ期間が長かった。そしてようやく研究の道筋が見え、二〇一一年四月に大阪府立大学に入学した。ところがその二ヵ月後に母親が脳内出血で倒れたため、アルバイトに加えて家事全般と介護に勤しみながら、残った時間で資料を集めて本を読み、論文を書く日々が続いた。このような状況の中でも研究を続けられたのは、数え切れないほど多くの方々が支えてくださったからである。

まず、指導教員として、近畿大学文芸学研究科修士課程では関井光男先生に、名古屋大学人間情報学研究科博士課程では坪井秀人先生に、大阪府立大学人間社会学研究科博士課程では細見和之先生に、それぞれお世話になった。紆余曲折を経ながらも、現在まで学問の道を進んでこられたのは、諸先生の厳しくも温かいご指導があってこそのことである。しかし、残念なことに関井先生は、二〇一四年三月三日に急逝された。博士論文を先生に読んでいただけなかったことが悔やまれてならない。謹んでご冥福をお祈りしたい。

また本書第二章の小伝を書くにあたっては、『イリプスⅡnd』（澪標）のお世話になった。同誌は詩人の倉橋健一氏が主催する文芸雑誌で、指導教授の細見先生も同人として参加されている。その縁で紹介していただき、二〇一二年一一月の第一〇号から、「金達寿伝」の連載を始めた。連載は二〇一六年現在もまだ続いているが、金達寿の足跡や彼が生きた時代を理解する上で、これほど大きな助けになったものはない。拙文の掲載を快く迎え入れてくださった倉橋氏をはじめイリプス同人の皆様に、この場を借りて厚く御礼を申し上げたい。

第三章第二節の訪韓問題について書く上では、当事者の一人である姜在彦先生から直接お話しを伺えたことが非常に大きかった。語りにくい話題であるにもかかわらず、先生は五〇歳も年少の私にも実に丁寧に接してくださり、不躾な質問にも誠心誠意、答えてくださった。また伝記的な出来事に関して、電話を掛けて質問したことも何度もあったが、そのたびに先生は穏やかな口調でお話しくださった。先生のご厚意に、心より感謝したい。

これまで在籍していた大学・大学院、現在所属している学会である日本近代文学会・昭和文学会・社会思想史学会・国際高麗学会、および朝鮮族研究学会・早稲田大学韓国学研究所・青丘文庫研究会・済州島研究会などの研究機関・学会・研究会では、多くの先生方から助言や、個人的な思い出話を含めた数々の貴重な情報を聞かせていただいた。また研究会とは関係なく、個人的にお会いさせていただいた方々も少なくない。いちいちお名前を挙げないが、これらの方々の無償の心遣いのお陰で、私は知見を大きく広げることができた。

文献資料の発掘と収集については、何よりも神奈川近代文学館「金達寿文庫」にお世話になった。貴重な文献を快く閲覧させていただいたお陰で、膨大な新資料を発見することができた。また金達寿の朝鮮語の文章の翻訳希望に対しても、快く許可してくださった。関係者の皆様に感謝する。この他、日本国内はもとより、韓国・ソウル市や釜山市、昌原市内の図書館や役所などの公共施設、さらには中国・延辺大学の諸先生や図書館にもお世話になった。

金花芬・林貞和・新田聡子・橋爪由紀・馬場彩・曹紅梅および藤井薫氏をはじめ水都の会の諸氏など、大学院内外で出会った良き先輩や友人などの存在も、本書を完成させる上で大きな支えになった。出版にあたっては、立命館大学の文京洙先生に図書出版クレインをご紹介いただき、編集作業その他の実務については同社の文弘樹氏にお世話になった。厚く感謝する。

最後に、家族・親戚一同に、あらためて感謝の気持ちを伝えたい。

二〇一六年五月一五日

廣瀬陽一

金達寿関係年譜

※金達寿は何度も自作年譜を発表しているが、それらはすべて著作年譜というべきものであり、知的活動や私生活についてはほとんど何も記されていない。そこで本年譜では、自作年譜に書かれていない事柄に重点を置き、著作に関する記述は最小限にとどめた。
※地名・校名・施設名などは当時のものである。

金達寿関係

１９２０年　0歳
1月17日　慶尚南道昌原郡内西面虎渓里亀尾洞に生まれる。父・金柄奎、母・孫福南、長兄・声寿、次兄・良寿、妹・ミョンス。

１９２５年　**5歳**
11月頃　金柄奎と孫福南、声寿・ミョンスを連れて〈内地〉に渡る。良寿と達寿は祖母とともに、亀尾洞の小さな小屋で暮らす。

１９２８年　**8歳**
初～春頃　良寿が病死。
12月5日頃　柄奎が〈内地〉で病死。

１９３０年　**10歳**
10～11月頃　声寿に連れられて〈内地〉に渡る。

社会動向

１９１０年
5月25日～8月　幸徳秋水ら検挙（大逆事件）。
8月22日　日本の韓国併合。

１９１９年
3月1日　3・1独立運動。
3月2～6日　コミンテルン創立大会。
5月4日　中国で5・4運動。

１９２０年
4月28日　英親王李垠と梨本宮方子が結婚。

１９２２年
12月30日　ソ連邦成立。

1931年
4月　11歳
大井尋常夜学校1年に入学。初めて学校教育を受ける。

1932年　12歳
1～2月頃　東京府荏原郡源氏前尋常小学校3年に編入。
4月　同小学校4年に進級。
10月　校名が「東京府東京市源氏前尋常小学校」に改称。
―　同級生から『少年倶楽部』や「立川文庫」などを借りて読み耽る。金声寿が結婚する。孫福南が再婚する。

1933年　13歳
4月　同小学校5年3組に進級。
―　「国史」の時間に〈神功皇后の三韓征伐〉について教えられる。大佛次郎や吉川英治のようになりたいと思い、横須賀あたりを舞台にした、「ハマのテツ」というマドロスを主人公にした小説をノートに書く。

1934年　14歳
春頃　同小学校6年に進級後、まもなく退学。乾電池工場の見習い工として働く。

1935年　15歳
―　豆電球工場や風呂屋の釜焚き、映画技師見習いなどの職を転々とする。

1923年
9月1日　関東大震災。

1925年
4月22日　治安維持法公布（28年6月29日、改正公布）。
5月5日　普通選挙法公布。
5月8日　朝鮮・台湾・樺太に治安維持法公布。12日施行。

1929年
11月3日　光州学生運動起こる。

1931年
7月2日　万宝山事件起こる。
9月18日　満州事変勃発。

1932年
3月1日　「満州国」建国。

1933年
1月30日　ヒトラー、独首相に就任。
3月27日　日本、国際連盟脱退。
6月7日　日本共産党幹部の佐野学と鍋山貞親、獄中から転向声

1936年 **16歳**

4月　神奈川市立横須賀夜間中学校に入学（「明徳中学」は当時の校名ではない）。しかし住み込みで働いていた仕切り屋の仕事と両立できず、半年ほどで退学。

秋頃　横須賀の母親宅で本格的に屑屋の仕事を始める。

―　古車庫の隅に勉強部屋を作り、早稲田大学から出版されていた文学講義録を取り寄せて読むなど、独学で勉強する。

1937年 **17歳**

―　張斗植と知り合う。集落の朝鮮人青年を集めて「青少年部」を作ったり、ガリ版刷りの同人雑誌『雄叫び』を2号まで刊行するが、特高の「内鮮係」から解散・廃刊を命じられる。母・孫福南に、仕事を屑屋から仕切り屋に転じるとともに、大学に行って勉強したい旨を伝える。

1938年 **18歳**

秋　張斗植・「青少年部」で知り合った朴度相とともに上京（上京予定日に妹・金ミョンスが結婚）。住み込みで屑屋の仕事をしながら神田錦町の正則英語学校初等科に通うが、両立できず二、三ヵ月で挫折。この間、屑の中から『現代日本文学全集』（改造社）の「志賀直哉集」を見つけて読み、熱中する。

1939年 **19歳**

4月　妹の夫の名前と卒業証明書を使い、日本大学専門部法文学部芸術学科に入学。入学後、「近代文学研究会」に参加したり、

明を発表（大量転向現象の端緒）。

1936年

2月26日　2・26事件。

12月12日　朝鮮思想犯保護観察令及び付則公布（21日施行）。

1937年

3月17日　朝鮮総督府、日本語使用の徹底の通牒を各道に発する。

7月7日　盧溝橋事件。

10月2日　総督府、「皇国臣民ノ誓詞」発布。まもなく在日朝鮮人に対しても導入。

1938年

4月1日　国民総動員法公布。

7月7日　国民精神総動員朝鮮連盟（1日創立）、京城運動場で発会式挙行。勤労報告運動開始。

1939年

6月28日　中央協和会設立。

9月頃　同人誌『新生作家』を創刊（全2冊）。金達寿名で日本大学専門部芸術科の編入試験を受けて合格。これを機に、池袋駅西口のアパート「河村荘」で一人暮らしを始める。
11月　『モダン日本　朝鮮版』を読み、民族に向かって目が開かれる思いを受ける。
―　アメリカ西部を舞台にした短編「二人の泥棒」を書いて『芸術科』に投稿するが、没となる。

1940年　20歳

3月　『文藝春秋』に再掲載された金史良「光の中に」を読んでいたたまれない気持ちになり、短編「位置」を書いて夏頃に『芸術科』に投稿。
夏期休暇中　母・孫福南と兄・声寿と故郷を訪問。その足で〈京城〉に行き、強烈な印象を受ける。
8月1日　「位置」（『芸術科』）。
―　『早稲田の友』同人となる（41年か?）。

1941年　21歳

―　『蒼猿』同人となる。
―　河村荘を引き払い、実家に戻る（実家の住所は神奈川県横須賀市春日町4－44か?）
10～11月頃　『蒼猿』などいくつかの同人誌が『文芸首都』に統合される。合同大会で金史良と合う。これを機に二人の交流が本格化する。

9月1日　ドイツ軍、ポーランドに侵攻。第二次世界大戦勃発にいたる。
10月1日　朝鮮で国民徴用令施行。
12月26日　「朝鮮人の氏名に関する件」公布（創氏改名）。

1940年

9月27日　日独伊三国同盟締結。

1941年

3月10日　改正治安維持法公布。
5月10日　朝鮮で国防保安法施行、治安維持法改正。
12月8日　真珠湾攻撃。
12月9日　〈内地〉各地で朝鮮人インテリなどが大量検挙。

1942年

8月1日　金日成、ソ連極東方面軍歩兵第88旅団第1教導営長に任命。

1943年

8月1日　朝鮮に徴兵制令施行。

11月（23日か？）　金達寿たち、横須賀で運動会を開催。金史良を招く。
12月18日　日本大学専門部芸術科で繰り上げ卒業式挙行。
12月19日　金史良が鎌倉警察署に逮捕され、続いて兄・金声寿らが横須賀で逮捕される。

1942年　22歳

1月20日　「金光淳」の通名で神奈川日日新聞社の記者となる（入社後まもなく神奈川新聞社に統合）。
1月31日　釈放された金史良に会いに行く。しかし金史良はまもなく平壌に帰郷し、二人の交流は途絶える。
5月　金声寿が釈放される。
——　神奈川新聞社在職中、「有山緑」という日本人女性と恋愛する。

1943年　23歳

4月　有山との意識のズレに耐えきれず、衝動的に〈京城〉に行く。
5月17日　京城日報社校正局校閲部の準社員となる。いったん〈内地〉に戻って神奈川新聞社を辞め、京城府鐘路区司諫町57のアパートで下宿生活を始めるとともに、有山に離別の手紙を書く。
9月末～10月初頃　社会部に異動して記者になるとともに社員に昇格。
年末～44年始頃　校閲部時代の同僚から、京城日報社が朝鮮総督府の御用新聞社であることを教えられて衝撃を受ける。また校閲部の元上司から学徒出陣への〈志願〉を勧められる。京城日報社を辞める決心をする。

10月1日　朝鮮に在学徴集延期臨時特例公布（学徒出陣始まる）。
10月20日　陸軍特別志願兵臨時採用規則公布。朝鮮人・台湾人学生から「特別志願兵」募集開始。
10月30日　〈京城〉で出陣学徒壮行会挙行。
11月27日　カイロ宣言。
12月14日　朝鮮で徴兵適齢臨時特例公布（徴兵年齢1歳引き下げ）。

1945年

5月7日　ドイツ、無条件降伏。
7月26日　ポツダム宣言。
8月6日　広島に原爆投下。9日、長崎に原爆投下。
8月15日　日本の敗戦＝〈解放〉。（南）ソウルで朝鮮建国準備委員会結成。
8月20日　（南）朴憲永ら、朝鮮共産党再建準備委員会結成。「8月テーゼ」発表。9月11日再建を発表。（北）ソ連軍、平壌へ進駐。布告文「朝鮮

1944年　24歳

2月18日　〈京城〉を去る。横須賀の実家に戻り、ひと月ほどのち神奈川新聞社に復社。

―　張斗植・李殷直・金聖珉と回覧雑誌『鶏林』を作り、「後裔の街」などの小説を書く。

12月（24日か？）　金福順と結婚。

1945年　25歳

5月30日　横浜大空襲で神奈川新聞社社屋が崩壊。失職する。

8月15日　一張羅を着て友人らと金声寿宅に集まり、「玉音放送」を聞く。

9月13日　横須賀市内の安浦館（映画館）で横須賀在住朝鮮人同志会結成大会を開くが、警察により強制解散、金達寿は逮捕される。数日後に釈放され、あらためて横須賀市立山崎国民学校の講堂で結成大会を開催。

10月15～16日　朝連結成大会。同志会は朝連の支部となる。

12月5日　息子・章明誕生。

―　朝連神奈川県本部の情報部長や横須賀支部の常任委員などを務める。

1946年　26歳

4月1日　朝連神奈川県本部を母体に『民主朝鮮』創刊。編集長に就任。「後裔の街」（『民主朝鮮』～47年5月）。

秋頃　新日本文学会に入会。

9月30日　妻・金福順が結核で死去。

10月28～29日　新日本文学会第2回大会開催。常任中央委員に選出。

人民へ」を発表。

8月23日　浮島丸爆沈事件。

9月2日　日本、降伏文書に調印。

9月19日　（南）米軍政庁の統治開始。

10月10日　共産党幹部ら政治犯約500名釈放。

10月14日　（北）金日成、平壌市運動場で開かれた朝鮮人民解放祝賀大会で初めて公の場に出る。

10月16日　（南）李承晩、帰国。

10月24日　国際連合発足。

12月27日　モスクワ宣言発表。朝鮮信託統治で合意。

1946年

2月8日　（北）臨時人民委員会結成。

2月15日　（南）左翼陣営、朝鮮民主主義民族戦線結成。

3月5日　英チャーチル首相、〈鉄のカーテン〉演説（冷戦の始まり）。

3月上旬　（北）平壌などで反共・反ソデモ。

5月3日　極東国際軍事裁判開廷。

1947年　**27歳**

2月　在日本朝鮮人文学者会結成。金達寿、この頃、横須賀市大津1172に暮らす（新婚生活を始めた住所と同じか?）。

7〜9月　『朝鮮新報』紙上で、「日本語で書かれる朝鮮文学」の是非をめぐって魚塘と論争。

10月1日　『朝鮮文藝』（日本語版）創刊（〜48年11月、全6冊）。

1948年　**28歳**

1月17日　在日本朝鮮文学者会、芸術家同盟・白民社・新人文学会などと合同し、新たに在日本朝鮮文学会を結成。

3月1日　『朝鮮文藝』（朝鮮語版）創刊（全1冊）。

4月1日　金達寿と魚塘、『朝鮮文藝』（日本語版）誌上で、再び「日本語で書かれる朝鮮文学」をめぐって自説を披瀝する。

6月頃　阪神教育闘争を特集した『民主朝鮮』が発禁処分を受ける。

10月16日　朝連第16回中央委員会会議で文教部次長に就任（〜49年2月。自伝では8月末からとあるが不明。事実としても非公式的なものだったと推測）。

11月15日　『LIFE』誌に麗水・順天事件の写真掲載。金達寿、高見順から見せられて衝撃を受ける。

1949年　**29歳**

2月1日　『民主朝鮮』1・2月合併号より、編集人が金達寿から尹炳玉に変わる（発行人も韓徳銖から尹に変わる）。

3月頃　初めて奈良・京都を旅行する。

4月　東京朝鮮新制高等学校の教員となり、毎週水曜日に日本語を

7月20日頃　スターリン、金日成と朴憲永をモスクワに呼び、金日成を最高司令官と決定。

8月28日　(北)北朝鮮労働党結成大会。

9月7日　(南)朴憲永ら共産党幹部に逮捕状が出る。

9月24日　(南)9月ゼネスト起こる。

10月3日　在日本朝鮮居留民団(民団)結成。

11月23日　(南)南朝鮮労働党結成。

1947年

3月12日　トルーマン・ドクトリン。

4月12日　GHQ、朝鮮人は日本の法令に服し日本人と同様に就学させる義務はある、同時に「朝鮮人学校の許可は差し支えない」と発言。

5月3日　日本国憲法施行。

7月19日　(南)呂運亨暗殺。

1948年

1月6日　米陸軍長官ロイヤル、「日本を反共の防壁にする」と演説。

担当する（12月20日までか?）。

5〜6月頃　日本共産党に入党。

8月1日　「叛乱軍」（『潮流』〜9月1日）。

9月8日　朝連の強制解散。

1950年　30歳

4月1日　『近代文学』3・4月合併号誌上で第1回戦後文学賞発表。『後裔の街』も候補作となったが落選。

7月1日　『民主朝鮮』終刊（全33冊）。

7月頃か?　朝鮮戦争勃発後まもなく、「国際派」として党を除名される。

年末頃　東京都中野区野方の長屋に転居。崔春慈と再婚。

1951年　31歳

6月8日　李箕永（金達寿・朴元俊共訳）『蘇える大地』（ナウカ社）。

6月23日（24日か?）　朝鮮戦争1周年を記念し、中野重治と広島地方に半非合法的な講演旅行をする。初めて広島の惨状を目にする。

10月頃　中野区本町通のアパートに転居。

12月　在日朝鮮文化人総会（文総）結成。

1952年　32歳

1月1日　『文学芸術』創刊。「玄海灘」（『新日本文学』〜53年11月）。

1月　在日朝鮮文学会総会開催。金達寿、委員長に選出。

5月1日　〈血のメーデー〉事件。参加して頭を負傷する。

12月　文総を再編し、在日朝鮮文学芸術家総会（文芸総）結成。在日朝鮮文学会は文芸総に組み込まれる。

1月24日　日本の文部省、各知事宛に「朝鮮人設立学校の取り扱いについて」通達（民族教育に対する弾圧開始）。

3月12日　国連朝鮮委員会、南朝鮮単独選挙を可決。

4月3日　(南)済州島4・3事件。

4月23〜24日　阪神教育闘争。

8月15日　(韓)大韓民国政府樹立。

9月9日　(北)朝鮮民主主義人民共和国政府樹立。

10月4日　民団、在日本大韓民国居留民団に改称。

10月20日　(韓)麗水・順天事件。

12月1日　(韓)国家保安法公布。49年12月19日、改正公布。

1949年

1月8日　(韓)反民族行為特別調査委員会発足。

6月30日　(北)朝鮮労働党結成。

7月4日　下山事件。以後、7月15日に三鷹事件、8月17日に松川事件起こる。

9月8日　GHQ、朝連など4団体に

1953年　33歳

初　2日会結成。

3月　在日朝鮮文学会、機関紙『月刊文学報』創刊。

同年前半中　東京都中野区相生町34に転居。

8月5日　『月刊文学報』にかわる機関誌『文学報』創刊（創刊号＝通巻4号。編集兼発行人の名義は金達寿。5号以降は不明）。

8月8日　在日朝鮮文学会、新日本文学会などの後援で、「朝鮮停戦を祝う会」を催す。

12月　在日朝鮮文学会第5回大会開催。書記長の金達寿、11月11～13日に開かれた民戦第4回全体大会で、在日朝鮮文学会の活動に関して某氏が発表した報告草案を批判する報告書を出す。

1954年　34歳

3月16日　在日朝鮮文学会、機関誌『朝鮮文学』創刊（～5月16日、全2冊）。

4月1日　『文藝春秋』誌上で第30回芥川賞発表。「玄海灘」も候補作となったが落選。

4月26日　中央労働学院開講。文芸科の講師を務める（授業の詳細や勤続年数などは不明）。

5月16～17日　在日朝鮮文化団体総連盟（文団連）結成大会。金達寿、3名から成る議長団の1人に選出（第2回大会以降における金達寿の地位は不明）。

6月　金達寿編『金史良作品集』（理論社）。

9月頃　吉祥寺で古書店を開く（～55年3月頃）。

解散命令。

10月1日　中華人民共和国樹立。

1950年

1月6日　コミンフォルム、機関誌に日本共産党の平和革命論批判の論評掲載（50年問題の始まり）。

6月25日　朝鮮戦争勃発。

6月28日　祖国防衛中央委員会結成。

7月24日　レッドパージ始まる。

9月15日　国連軍、仁川に上陸して反転攻勢をかける。

12月28日　大村収容所開設。

1951年

1月9日　在日朝鮮統一民主戦線（民戦）結成。

2月23～27日　日本共産党、第4回全国協議会で武装闘争を提起。

7月10日　朝鮮戦争休戦会談の本会議が始まる（戦闘は継続）。

1952年

1月18日　（韓）李承晩大統領、「李ラ

1955年　35歳

1月1日　『新潮』誌上で第1回新潮社文学賞発表、「玄海灘」も候補作となったが落選。

3月1日　『文学芸術』終刊（全11冊。ただし金達寿たち一部の同人は途中で脱退）。

3月19～22日　劇団生活舞台が『玄海灘』を上演。

5月21日　文団連、拡大常任委員会開催。総連に従って路線転換することを決議。まもなく在日本朝鮮人文化団体協議会（文団協）に改編（委員長・許南麒）。在日朝鮮文学会はその傘下に組み込まれる。

5月25～26日　総連結成大会。金達寿、常任委員に選出されるがその場で辞退。

8月下旬～9月上旬頃　新日本文学会10周年を記念し、中野重治・西野辰吉と北海道へ講演旅行に行く。

9月1日　『新朝鮮』創刊、編集長に就任（全1冊）。『群像』9月号の読者投票「読者のえらんだ戦後の傑作」で、「玄海灘」と「富士のみえる村で」が、それぞれ16票と2票を獲得する。

1956年　36歳

8月18日　「日本の冬」（『アカハタ』～12月30日）。

12月8日　東京都練馬区仲町6‐4896に転居。

――　岩波新書で『朝鮮』を出す企画が始まる。

1957年　37歳

6月1日　第4回平和文化賞を受賞。

イン」を宣言。

4月28日　サンフランシスコ講和条約・日米安全保障条約発効。
「外国人登録法」公布・施行。

5月1日　〈血のメーデー〉事件。

6月24日　吹田事件。

7月4日　（韓）〈抜粋憲法〉可決。

12月15～18日　（北）労働党中央委員会第5回全員会議開催。朴憲永たちをアメリカのスパイとして摘発。

1953年

3月5日　スターリン死去。

7月27日　朝鮮戦争休戦協定調印。

7月30日　（北）軍事法廷、李承燁・林和ら南朝鮮労働党幹部12名を反革命容疑で起訴（8月3～6日に裁判、全員に有罪判決）。

8月5～9日　（北）朝鮮労働党中央委員会第6回全員会議開催。朴憲永ら7名を除名・追放。

10月頃　『2日』創刊（〜58年3月、全3冊）。
11月22日　リアリズム研究会結成。

1958年　38歳

1月20日　『リアリズム研究会ニュース』創刊。
1〜8月　『朝鮮』の原稿を集中的に執筆する。
9月24日　『朝鮮——民族・歴史・文化』（岩波書店）。
10月25日　『リアリズム』創刊。林炅相「金達寿著『朝鮮』にあらわれた重大な誤謬と欠陥」（『朝鮮民報』）。これを皮切りに、59年6月頃まで、総連の機関誌紙上などで『朝鮮』批判キャンペーンが展開される。
11月1日　「朴達の裁判」（『新日本文学』）。『鶏林』創刊（〜59年12月、全5冊）。
——　この頃、フォルク・ウント・ヴェルト社（東独）とアンドレ・エッカルト（西独）から、『玄海灘』の翻訳・出版を打診される。

1959年　39歳

3月2日　在日朝鮮文学会の常任委員会で『朝鮮』が誤りの書と〈結論〉づけられる。
4月1日　『文藝春秋』誌上で第40回芥川賞発表。「朴達の裁判」も候補作となったが落選。
4月26日　北朝鮮の朝鮮作家同盟の機関紙『文学新聞』に、『朝鮮』批判の記事が掲載される。
6月7日　文団協、在日本朝鮮文学芸術家同盟（文芸同）に改編。

1954年

8月30日　（北）南日外相、「在日朝鮮人は共和国公民」と声明。在日朝鮮人運動の路線転換始まる。
11月29日　（韓）憲法改正公布（四捨五入改憲）。

1955年

4月28日　外国人登録令に基づく指紋押捺制度開始。
7月27〜29日　日本共産党、第6回全国協議会で「極左冒険主義」を全面的に自己批判。
12月15日　（北）朴憲永に死刑判決（まもなく死刑執行）。
12月28日　（北）金日成首相、初めて〈主体思想〉提起。

1956年

2月24日　フルシチョフ、スターリン批判演説を行う。
5月26日　中国の陸定一党宣伝部長、〈百花斉放百家争鳴〉演説。
10月23日　ハンガリー動乱起こる。

6月頃　日本文芸家協会に加入。
12月14日　北朝鮮への第1次帰国船が新潟港を出港。金達寿、前日から新潟入りし、当日は埠頭で船を見送る。
1960年　40歳
3月11～18日　劇団七曜会が「朴達の裁判」を上演。
4月下旬頃か？　東京の某新聞社が金達寿を特派員として韓国に派遣しようとするが、韓国の駐日代表部に拒否される。
5月頃　妻・崔春慈の弟が北朝鮮に帰国。
夏頃　『リアリズム』が、昔日の『人民文学』と同じ役割を担っている雑誌だというデマが出回る。
12月3～5日　琉球大学演劇クラブが琉大祭で「朴達の裁判」を上演。
12月26～28日　琉球大学演劇クラブがコザ市のコザ劇場で「朴達の裁判」を上演。
1961年　41歳
2月頃　在日朝鮮人の統一行動のための組織作りとして、民団と総連からそれぞれ3名ずつが代表として出席し、6者会談を行う(総連側：許南麒・金民・金達寿、民団側：崔鮮・郭仁植・安雲道)。
5月　東大合同演劇勉強会が東大の5月祭で「朴達の裁判」を上演。
1962年　42歳
1月1日　「日本のなかの朝鮮文化」(『新しい世代』)。
4月30日　『人民日報』社長・趙鏞寿らの追悼会開催。

1957年
4月27日　中国、反右派党争・〈整風運動〉開始。
12月　(北)金科奉ら粛清。
1958年
5月27～29日　総連第4次全体大会。韓徳銖が単独議長となる。
8月17日　小松川事件。
9月8日　(北)金首相、在日朝鮮人の帰国を歓迎し、その生活を保証すると演説。
11月17日　在日朝鮮人帰国協力会結成。
1959年
2月2日　民団、「北韓送還反対闘争委員会」結成。
2月12日　日本の外相、韓国公使に、在日朝鮮人の北朝鮮帰還を認める旨通知。
3月8日　(北)千里馬作業班運動開始。
5月28日　(韓)柳駐日大使、在日朝鮮人の北朝鮮帰還を武力阻止する旨、日本政府に通告。
8月13日　在日朝鮮人帰国のための朝

4月　東京都立大学文学部講師となり、「朝鮮文学史」を担当する（正確な授業科目名や勤続年数などは不明）。

5月1日　『リアリズム』を『現実と文学』（9号＝創刊号）に改題するとともに、発行所も現実と文学社に移る。

―　この頃、文芸同の非専任副委員長になる。

1963年　43歳

1月1日　『朝陽』創刊（～3月、全2冊）。創刊号に「高麗神社と深大寺」発表。

3月5日　青森県職場演劇サークル協議会が「朴達の裁判」を上演。

3月26～31日　劇団七曜会が「朴達の裁判」を上演。

7月2～8日　劇団白鳥座が「密航者」を上演。

10月26～27日　リアリズム研究会第1回全国研究集会開催。

―　関東大震災時に虐殺された朝鮮人を調査する日朝協会に同行して千葉県船橋市を訪れる。この頃、岩波新書で『高麗神社と深大寺』の出版が企画されるが出版されず。

1964年　44歳

6月4日　韓国の学生デモを小説に書こうと思い、「随証治之」という題名や粗筋まで考えるが、書けず。

9月1日　「太白山脈」（『文化評論』～68年9月）。

10月3～4日　リアリズム研究会第2回全国研究集会開催。

1965年　45歳

1月1日～5日　鄭貴文・詔文兄弟らと京都や奈良の古代文化遺跡を巡る

・日赤十字協定調印。

9月30日～10月3日　中ソ首脳会談。意見対立激化。

11月27日　安保改定阻止のデモ隊が国会内に突入。

12月14日　第1次帰国船が新潟港を出発。

1960年

3月15日　（韓）正副大統領選挙実施。馬山で不正選挙糾弾デモ起こる。

4月19日　（韓）4月革命。

4月27日　（韓）李大統領、辞任。

6月23日　日米新安保条約発効。

8月14日　（北）金首相、国民経済発展7カ年計画発表。南北朝鮮連邦制・南北の経済文化交流と南北朝鮮代表の協議開始を呼びかけ。

12月27日　日本政府、国民所得倍増計画を決定。

1961年

1月9日　（韓）祖国統一民族戦線結成。

（文芸同所属の映画人・金順明が映画『飛鳥路』〔仮題〕の製作を企画したことから始まったもの）。

6月1日　「公僕異聞」（『現実と文学』）。

6月18日　母・孫福南が死去。

6月頃　東京都練馬区早宮4－8－2に転居。

8月6日　リアリズム研究会同人総会。研究会を発展的に解消させ、新たに新団体を作ることを決定。7日、新団体設立の発起人会が開かれ、発起人に名前を連ねる。

8月26日　日本民主主義文学同盟創立大会。幹事に選出。

8月31日　新日本文学会に退会届を送付（9月5日、受理）。

夏　鄭貴文・詔文兄弟を連れて、立命館大学夏期講座の上田正昭の講義を聴講しに行く。

10月1日　『現実と文学』終刊（『リアリズム』から数えて全50冊）。

12月1日　『民主文学』創刊。

1966年　46歳

1月3日　薩摩焼本家14代目沈寿官を訪問する。

4月2日　金達寿を激励する集いが催される。

5月3～4日　日本民主主義文学同盟第1回全国支部代表者会議開催。金達寿、討議の内容に危機感を覚え、4日、「文学と指導者意識」に関して意見を述べる。

5月13～14日　劇団労働芸術劇場が「朴達の裁判」を上演。

1967年　47歳

3月19～21日　日本民主主義文学同盟第2回大会開催。役員に再任された

2月25日　（韓）民族自主統一中央協議会結成大会。統一宣言書・南北交流促進決議文を採択。

5月4日　（韓）ソウル大学民族統一連盟、南北学生会談・文化交流を提唱。

5月16日　（韓）軍事クーデター発生。軍事革命委員会が組織され、全土に非常戒厳令布告。19日、国会再建最高会議と改称。

6月10日　（韓）最高会議、韓国中央情報部（ＫＣＩＡ）設置を決定。

7月3日　（韓）朴正煕少将、最高会議議長に就任。

7月4日　（韓）反共法公布。12月5日、改正案可決。13日公布。

8月13日　ベルリンの壁構築。

1962年

12月17日　（韓）大統領中心制改憲案国民投票実施。22日、最高会議、改憲案の国民投票可決を宣布。

が辞退。
秋頃　上田正昭を講師とする「京都のなかの日朝関係遺跡めぐり」に聴衆として参加。
9月27日～10月10日　メキシコ五輪のサッカーアジア地区予選、日本で開催。金達寿、日韓戦を素材にした小説「サッカー」(仮題)を書くため新聞の切り抜きを集めるも、書けず。
―　崔春慈と離婚。またこの頃より、本格的に「日本のなかの朝鮮文化」を探訪する取材旅行を始める。この年、『朴達の裁判』ロシア語版が「進行」出版社より刊行。

1968年　48歳
2月23日　21日、金嬉老がライフル銃を持って寸又峡温泉に籠城したのを受けて、文化人15名とともにNHKに出演して自首を呼びかけ、さらに弁護士ら4名と現場に向かい、説得を試みる。
4月12日　金嬉老公判委員会発足。名を連ねる。
6月30日　日本民主主義文学同盟に退会届を送付。
8月13日　金嬉老事件の裁判の特別弁護人となる。以後、約4年間にわたって裁判にかかわり、意見陳述や質疑応答などを行う。
9月1日　「太白山脈」(『文化評論』)完結。
―　この頃、文芸同の副委員長を辞める。

1969年　49歳
3月1日　「朝鮮遺跡の旅」(『民主文学』～5月、全3回)。
3月25日　『日本のなかの朝鮮文化』創刊。編集長となる。
8月31日　現代文学研究会結成。

12月27日　(韓)朴正熙議長、民政移管手続きを発表。

1963年
1月30日　(北)『労働新聞』社説で中国共産党路線支持を表明。
2月20日　中国の『人民日報』に中ソ対立をめぐる各国共産党の論文を掲載(中ソ対立激化)。
7月15日　(北)在日朝鮮公民の祖国往来に関する声明発表。
10月15日　(韓)大統領選挙。朴正熙当選。12月17日、第5代大統領に就任。

1964年
8月14日　(韓)KCIA、人民革命党事件を発表。
9月7日　(北)『労働新聞』社説で激烈にソ連を批判。
12月3日　(北)『労働新聞』社説で間接的に中国を批判。

1965年
1月8日　(韓)南ベトナム派兵決定。

10月　『現代と文学』創刊準備号発刊。

1970年　50歳

1月1日　「朝鮮遺跡の旅」（『思想の科学』）連載開始。『現代と文学』創刊（〜7月、全4冊）。

5月24日　第1回「トトキの会」（新宿・歌舞伎町の飲み屋「あづま」常連による行楽）を八王子城址で催す。以後、毎年4、5月頃の恒例行事となり、のちには泊まりがけの旅行も行う。

12月16日　『日本の中の朝鮮文化』（講談社）第1巻刊行。

12月頃　東京都調布市西つつじが丘1－26－2に転居。

――　この頃より糖尿病を患う。

1971年　51歳

4月　法政大学文学部文学研究科2部の講師となり、「日本文芸特殊研究(3)」を担当する（〜73年3月）。

10月28日　『毎日新聞』紙上で第25回毎日出版文化賞発表。『日本の中の朝鮮文化』（第1巻）も候補作となったが落選。

12月16日　第162次帰国船を見送りに新潟港に行く。

秋頃〜72年春頃　金達寿、半藤一利から、蘇我氏が朝鮮渡来であることを最初に言ったのが坂口安吾であることを教えられる。

1972年　52歳

1月24日〜2月6日　韓国の新聞や週刊誌に、「総連を正しく建て直すための闘争委員会」に関する記事が書かれ、主導者の一人に金達寿の名前が挙げられる。

2月25日、第一陣サイゴン着。

2月7日　米軍、北ベトナム空爆開始。

6月22日　日韓条約および諸協定正式調印。

12月18日　日韓国交正常化。

1966年

1月17日　在日韓国人の協定永住申請の受付開始。

2月23日　（韓）ハンフリー米副大統領訪韓。韓国政府、南ベトナムに兵力2万名を増派すると約束。

5月16日　中国で文化大革命始まる。

1967年

5月25〜27日　総連第8次全体大会。〈主体思想〉を基本方針と決定。

6月26日〜7月3日　（北）労働党中央委員会第4期16次全員会議で「党の唯一思想体系確立」を強調。

4月1日　法政大学文学部文学研究科1部の講師となり、「日本文芸作品作家研究(5)」を担当する（～77年3月。73年度のみ講座名は「日本文芸作品作家研究(6)」）。
4月9日　金達寿・上田正昭を講師とした「日本のなかの朝鮮文化遺跡めぐり」が始まる。以後、年に2、3回の割合で開かれ、81～82年頃まで32回（？）催される。
4月17日　国分寺市での講演会を承諾するが、総連三多摩本部の妨害にあう。最終的に、5月16日に公民館に中止の意向を伝える。
5月20日　京都市主催の第65回府民土曜文化講座で、この日に開講予定だった講演会が、やはり総連の圧力で中止となる。
6月2～5日　劇団歴史座が「玄海灘」を上演。
6月27～30日　朝鮮総連第9期第3次中央委員会開催。伝聞によればこの時、金達寿ら13名を除名。
7～8月頃　この頃、金達寿が訪韓したというデマが広がる。
11月13日　「東アジアの古代文化を考える会」発足。
12月17日　「東アジアの古代文化を考える会」結成披露と総会を兼ねて、第1回遺跡めぐり「深大寺とその周辺」開催（現地の講師は金達寿と江上波夫）。

1973年　53歳
2月24日　金達寿・司馬遼太郎・上田正昭が発起人となり、『日本のなかの朝鮮文化』掲載の座談会と論文をまとめた書籍の出版を祝う会開催。
8月下旬　『日本のなかの朝鮮文化』の企画のため、三泊四日の日程で、李進熙・鄭詔文・上田正昭たち10名ほどで対馬に行く。

1968年
2月20日　金嬉老事件起こる。
10月23日　明治百年記念式典挙行。

1969年
9月14日　(韓)韓国与党、大統領3選を認める改憲案を可決。

1970年
6月2日　(韓)金芝河、諷刺詩「五賊」により、反共法違反容疑で逮捕。
12月8日　朴鐘碩、日立製作所を相手に就職差別訴訟を起こす。

1971年
1月29～31日　総連第9回全体大会。金炳植、筆頭副議長に就任。
4月20日　(韓)在日留学生徐勝・徐俊植ら51名が北朝鮮のスパイとして逮捕。
6月17日　沖縄返還協定。

1972年
3月21日　高松塚古墳から装飾壁画な

12月5日　金達寿など、日本在住の韓国系・北朝鮮系の作家や評論家、学者ら21名が、東京・文京区の日本出版クラブ会館で「韓国学生・知識人のたたかいを支持する在日朝鮮人の集い」を開き、朴正熙政権に抗議する声明文を発表。

1974年　54歳

5月　金達寿を中心に、李哲・姜在彦・尹学準・李進熙が、のち『季刊三千里』となる雑誌の創刊について話し合う。

7月10日　金達寿・鶴見俊輔ら「金芝河らをたすける会」が午後5時から東京・渋谷の山手教会で記者会見を行い、朴政権に対し、金芝河と民青学連事件関係者の即時釈放を求める訴えを発表。

7月16日　金達寿・金石範らが結成した祖国統一在日知識人談話会が記者会見を行い、「金芝河らを救うため国際的な連帯と支援を訴える」という声明を発表。

7月27〜30日　金芝河の釈放を求めて、鶴見俊輔・針生一郎・李進熙とともに数寄屋橋公園でハンストを行う。

7月頃　東京都調布市菊野台3-17-12に転居。

10月下旬　鄭詔文・李進熙と3名で再度対馬を訪問、朝鮮半島の姿をかすかに眺める。この後まもなく、鄭詔文、のち「高麗美術館」となるものの構想を語る。

――　高淳日ら在日朝鮮人実業家5名が「青丘会」発足。金達寿、第1回青丘賞を受賞。

1975年　55歳

2月1日　『季刊三千里』創刊。

ど発見。

4月1日　『文藝春秋』誌上で芥川賞発表。李恢成「砧をうつ女」受賞。

7月4日　南北共同声明発表。

9月29日　日中国交正常化。

10月17日　(韓)大統領特別宣言発表。国会解散・非常戒厳令宣布。大学休校令（10月維新）。

10月25日　(韓)セマウル運動計画発表。

12月25〜28日　(北)最高人民会議第5期第1次会議開催。朝鮮民主主義人民共和国憲法採択、金日成が国家主席に就任。

12月27日　(韓)維新憲法公布。

1973年

6月23日　(韓)朴大統領、「平和統一外交政策についての特別宣言」発表。(北)金主席、高麗連邦共和国という単一国号による連邦制を主張。

8月8日　(韓)金大中拉致事件。

10月25日　第1次石油危機起こる。

2月15日　『朝鮮新報』に、『季刊三千里』は総連とはなんら関係のない雑誌だという旨の文章が掲載される。
4月1日　「対馬まで」(『文藝』)。
9月9〜15日　グループ・シアターが「位置」を上演。
9月　息子・章明が結婚。
11月1日　『季刊三千里』4号掲載の久野収・金達寿の対談で、久野が、朝鮮人のみなさんと協力してNHKに朝鮮語講座を設けてもらうよう運動をしようと提案し、金達寿も賛同。
12月頃　東京都調布市東つつじ丘3-15-23に転居。

1976年　56歳
5月1日　『季刊三千里』6号に、「NHKに朝鮮語講座の開設を要望する会」の署名活動と今後の交渉に関する報告文が掲載。
9月8〜12日　劇団未踏が「朴達の裁判」を上演。
11月9日　『朝鮮新報』紙上に『季刊三千里』攻撃の文章「事実を歪曲したおろかな反共和国宣伝」が掲載。

1977年　57歳
3月31日　法政大学文学部文学研究科1部の講師を辞める。
4月4日　NHKに朝鮮語講座の開設を要望する会の発起人代表がNHKと講座の開設に向けて交渉を行う。
4月20日　金芝河にロータス賞を伝達する委員会が韓国領事館に渡航ビザの申請をするが、21日に東京の総領事館より、22日に横浜の総領事館より、伝達委員会へのビザは一括して不可、理由は言えないと返答される。

1974年
4月14日　民団主導の「総連系同胞母国訪問団事業」始まる。
4月25日　(韓)民青学連事件の捜査結果発表。
8月15日　(韓)朴大統領夫人射殺事件。
10月1日　(韓)米国務省、韓国の人権抑圧問題で特別報告書を発表。
10月24日　(韓)朴大統領、南北朝鮮国連同時加盟・南北不可侵条約締結を主張する演説。
11月15日　(韓)在韓国連司令部、休戦ラインの南側1㎞地点で北朝鮮軍が掘ったとみられるトンネルを発見したと発表。

1975年
5月3日　ベトナム戦争終結。
11月22日　(韓)KCIA、「学園浸透スパイ団事件」で在日留学生逮捕。
12月13日　(韓)ソウル地裁、金大中に禁固1年の判決(78年12月22日、釈放を発表)。

4月28日　伝達委員会、プレスセンターで記者会見し、韓国大使館に抗議の意思を表明する。
5月26日　劇団未踏が「朴達の裁判」を上演。
9月23日　張斗植が心不全で死去。
―　孫娘・未那が誕生（1982年9月現在で5歳）。

1978年　**58歳**

2月1日　「行基の時代」（『季刊三千里』～81年8月）。
5月15日　司馬遼太郎の招待により、二泊三日の予定で和歌山市古座川の司馬の別荘に行く。この時、訪韓をめぐって金達寿・李進熙と鄭詔文が大喧嘩する。

1979年　**59歳**

3月18日　司馬遼太郎・上田正昭などが発起人となり、「『わがアリランの歌』を出した金達寿の会」が催される。
5月29日　韓徳銖、総連第14回分会熱誠者中央大会で、総連から脱落した変節者たちの雑誌として『三千里』を挙げ、こうした「反動的謀略雑誌」と断固として戦わねばならないと述べる。
7月中旬　在日朝鮮人科学者協会での集会の議長演説で、『三千里』攻撃の方針が突如転換され、彼らを包摂するため接近するようにという指令が出される。
10月頃　法政大学文学部文学研究科1部の講師となり、「日本文芸作品作家研究⑷」（後期のみ）を担当する（～80年3月）。
10月4日　NHK教育テレビ「わたしの自叙伝」で、「金達寿・在日朝鮮人の青春」が放送される。

1976年

9月9日　毛沢東死去。
10月6日　文化大革命終わる（77年8月の党大会で公式宣言）。

1977年

3月22日　最高裁、司法試験に合格した金敬得を韓国籍のまま司法修習生としての採用を認める。

1979年

1月17日　第2次石油危機起こる。
8月12日　総連主導の「短期祖国訪問団」始まる。
9月10日　韓宗碩、外国人登録法の指紋押捺を拒否。
10月26日　(韓)朴大統領射殺。
12月12日　(韓)全斗煥国軍保安司令官、軍の実権を握る（12・12クーデター）。

1980年

4月14日　(韓)ＫＣＩＡ部長代理に全斗煥任命。

１９８０年　60歳
４月10日〜６月30日　画廊茶房ピーコックで「『金達寿小説全集』刊行記念・金達寿展」が開かれる。
４月20日〜10月20日　在日朝鮮人作家初となる個人全集、『金達寿小説全集』（筑摩書房、全７巻）刊行。
６月15日　『くじゃく亭通信』28号で金達寿の特集が組まれる。
７月１日　『潮』誌上で第８回平林たい子文学賞発表。『対馬まで』も候補作となったが落選。
７月20日　『季刊直』11号で特集「金達寿・人と作品」が組まれる。
10月10〜14日　北朝鮮の朝鮮労働党第６回大会で金正日が事実上の後継者に選出。金達寿、社会主義で世襲制などあるべき方向ではないと強く幻滅。
――　孫娘・未耶が誕生（１９８２年９月現在で２歳）。

１９８１年　61歳
１月　下北沢の某演劇グループが「位置」を上演する。
１月26日　金達寿たち、初めて訪韓について話をする。
３月20〜27日　金達寿・姜在彦・李進煕・徐彩源が全斗煥政権下の韓国を訪問する。
４月８日　朝鮮総連中央本部事務局長から組織局長をとおして、金達寿たちの訪韓に対する「緊急指示」文が全国組織に発せられる。
５月14日　在日韓国人政治犯を救援する家族・僑胞の会が記者会見を開き、金達寿たちの訪韓を、「救援運動の基本姿勢とはまったく相容れないものである」と声明。
６月25日　『日本のなかの朝鮮文化』終刊（全50冊）。

５月18〜27日　（韓）光州事件。
９月１日　（韓）全斗煥、第11代大統領に就任。
９月17日　（韓）普通軍法会議、金大中に死刑判決。24日、ＥＣ九ヵ国が死刑判決を非難。11月３日、戒厳高等軍法会議、金大中の死刑判決控訴を棄却。
10月10〜14日　（北）朝鮮労働党第６回大会。金正日を党書記・政治委員会常務委員・軍事委員に選出。

１９８１年
１月23日　（韓）大法院、金大中の死刑確定。閣議、無期への減刑を決定。
２月25日　（韓）大統領選挙で全斗煥が当選。３月３日、第12代大統領に就任。
３月２日　（韓）政府、５２２１名に対し赦免・減刑・復権実施。

１９８２年

7月1日　「故国まで」(『文藝』~82年2月)。

1982年　**62歳**

3月1日　午後、在日韓国大使館が金達寿に、全斗煥政権1周年を記念して、在日韓国人死刑囚5人の恩赦が決定したと連絡。金達寿、同日夜に記者会見を開いてその知らせを伝える。

5月15日　のち『日韓理解への道』(中央公論社)としてまとめられることになる、日韓の歴史教育に関するシンポジウム開催。

10月24日　韓国の週刊誌『週刊京郷』で「京都の開拓者は高句麗人」の連載開始(少なくとも14回連載。訳者・終了日は不明)。

1983年　**63歳**

9月30日　群馬テレビの番組「北陸東海スペシャル　新羅千年の美——韓国古代文化展から」に案内役として出演。

10月7日　TV番組「かがのとスペシャル　能登に古代朝鮮を見た」に案内役として出演。

11月26日　東京都中野区中野5-52-15-1007に転居。以後、亡くなるまでここで暮らす。

1984年　**64歳**

4月2日　NHKで「アンニョンハシムニカ——ハングル講座」放送開始。

8月頃か?　韓国のテレビが崔仁浩(韓国の作家)と金達寿が「日本のなかの朝鮮文化」を巡る番組を放送。

8月31日　金達寿、全斗煥大統領の訪日を歓迎する首相官邸での昼食会

2月22日　(韓)共産主義文献15点の市販解禁。

7月21日　韓国の『東亜日報』と中国の『人民日報』、日本の文部省の歴史教科書検定による書き替えを批判。8月上旬頃、韓国・北朝鮮・中国など、アジア諸国の政府や市民から相次いで抗議。

1983年

10月9日　ラングーン爆弾テロ事件。

1984年

7月4日　安倍晋太郎外相、外務省に中国人・韓国人の名前の現地読み採用を指示。

8月5日　(北)平壌放送、金正日を「金日成の後継者」と正式に呼称。

9月6~8日　全大統領、韓国国家元首として初めて訪日。昭和天皇、「両国間に不幸な過去があったことは誠に遺憾」と表明。

への招待状に対して、欠席届を出す。

9月6日　全斗煥大統領、韓国国家元首として初めて訪日。昭和天皇が宮中晩餐会で「両国間に不幸な過去があったことは遺憾」と述べ、また日本国家の成立は6世紀だと発言する。

12月1日　金達寿「天皇の「お言葉」」(『季刊直』)。

――　この頃、国籍を「韓国」に切り替える。

1985年　65歳

4月29日　在日朝鮮人作家として初めて、9月の外国人登録証切り替え時に指紋押捺を拒否する旨を宣言する。

8月8～13日　『加耶から倭国へ』取材旅行のため、訪韓。

9月18日　中野区役所での外国人登録証切り替え時に指紋押捺を拒否。

12月6日　韓国の新聞『朝鮮日報』で「日本に生きている韓国」の連載開始(～86年2月21日、全43回、訳者不明)。

1986年　66歳

8～9月頃　「沖縄ジャンジャン」で講演するため、初めて沖縄を訪れる。

10月10日　『日本の中の韓国文化』(訳者不明、朝鮮日報社)。韓国で出版された金達寿の最初の単行本。

10月23日　萱沼紀子ら、『日本の中の朝鮮文化』映像化のための製作委員会を発足。

1987年　67歳

2月4日　『日本の中の朝鮮文化』をもとにしたドキュメンタリー映画『神々の履歴書』(監督・前田憲二)の撮影開始(～88年3月

1985年

9月20日　南北相互訪問団、板門店を越え両首都に入る。離散家族訪問団、21日に肉親と再会。

10月15日　ゴルバチョフ書記長、〈ペレストロイカ〉志向。

1986年

10月17日　中曽根康弘首相、日本は〈単一民族国家〉と発言し、アイヌら抗議。

1987年

1月14日　(韓)朴鐘哲(ソウル大生)拷問致死事件。

4月13日　(韓)全大統領、現行憲法での政権委譲・大統領選挙の年内実施を宣言。

6月16日　(韓)反政府デモ、全国に拡散。

7月1日　(韓)全大統領、6月29日の盧泰愚民主党代表による八ヵ条の民主化宣言の全面支持と政権委譲を表明

6日）。
5月1日　『季刊三千里』終刊（全50冊）。
5月22日　木下順二ら26名の発起による、「『季刊三千里』ごくろうさまの会」が、新宿のホテルで開催。
5月30日　司馬遼太郎ら34名の発起による、「『季刊三千里』五十号完結記念パーティ」が、大阪・法円坂会館で開催。
9月18日　徐彩源がゴルフ場で倒れて急死。
――　この頃、韓国・馬山市内の山中に、父・金柄奎の墓を建てる。

1988年　68歳

4月15〜21日　『神々の履歴書』の試写会が、東京・五反田のイマジカで催される。
5月25日　『太白山脈（上）』（イムギュチャン訳、研究社。下巻は5月30日刊行）。韓国で出版された金達寿の最初の小説。
6月22日　韓国文化広報省が金石範『火山島』や金達寿『太白山脈』など「左翼書籍」9点について、国家保安法違反容疑で検察当局に告発する。
6月27〜30日　『神々の履歴書』が東京・銀座ヤマハホールで一般公開される。この後、全国各地の映画館でも上映される。
10月21日　金達寿・李進熙・姜在彦が徐彩源の1周忌に合わせて作った追悼集を捧げるために訪韓。24日、ソウルの中央日報社で『中央日報』企画の特別鼎談を行う。
10月25日　鄭詔文、高麗美術館を開館。
12月　大病を患い、胆石摘出と胃潰瘍の手術を受ける（〜89年6月）。

11月29日　大韓航空機爆破事件。

1988年

2月25日　（韓）盧泰愚、第13代大統領に就任。
7月19日　（韓）越北作家の著作の刊行解禁。
9月17日〜10月2日　ソウルオリンピック。
11月23日　（韓）全前大統領、在職中の不正を認め国民に謝罪、全財産を国庫に返納すると声明。発表後、夫人と江原道百潭寺に隠居。

1989年

1月7日　昭和天皇死去。
3月25日　（韓）文益煥牧師ら、平壌を訪問。27日、金日成主席と会見。
6月4日　天安門事件。
11月10日　ベルリンの壁の取り壊し始まる。
12月2〜3日　米ソ首脳会談。東西冷戦の終結確認。

1989年 **69歳**

2月23日 鄭詔文が肝不全で死去。

3月26日 文益煥牧師の北朝鮮訪問を受け、韓国で北朝鮮を賞賛したり反国家的な行動を行うことに対して国家保安法が適用されることが議決される。金達寿『太白山脈』など15点が「容共利敵図書」として捜査対象となる。

5月 青丘文化社発足。

8月15日 『季刊青丘』創刊。

1990年 **70歳**

4月23日 大沼保昭を代表とする研究会が在日韓国・朝鮮人の処遇改善に関する提言を出し、金達寿も呼びかけ人に名前を連ねる。

1991年 **71歳**

8月5日 『月刊韓国文化』誌上に連載していた「日本の中の朝鮮文化」東北・北海道シリーズが終わる。『日本の中の朝鮮文化』シリーズ完結。

10月5日 『月刊韓国文化』で「新考・日本の朝鮮文化遺跡」の連載開始。

11月20日 『日本の中の朝鮮文化』単行本12巻刊行。

11月25日 『日本の中の朝鮮文化』完結を祝う会が東京・アルカディア市谷で開かれ、約150名が出席。

1992年 **72歳**

7月5日 『日本の中の朝鮮文化』完結と「東アジアの古代文化を考える会」発足20周年の記念会開催。

1990年

3月16日 (韓)国会で「在日韓国人子孫の法的地位保証を求める決議」採択。

8月7日 日本政府、戦前・戦中の朝鮮人強制連行者名簿の調査結果を発表。

10月11日 平壌で南北分断後初の「南北統一サッカー大会」開催。

1991年

1月17日 湾岸戦争勃発。

8月19日 (韓)朝鮮人元慰安婦が日本政府に補償を求め提訴。12月11日、韓国の団体が日本に抗議。

9月18日 韓国・北朝鮮が国連に同時加盟。

11月1日 特別永住制度開始。

12月26日 ソ連消滅宣言採択。

1992年

1月21日 (韓)日本政府に対し、慰安婦問題に対して真相究明と適切な補償等の措置をとる

8月初　「青丘会」発足20周年を祝って「二十周年を祝い、励ます会」開催。金達寿も出席し、祝辞を述べる。

1993年　73歳

2月24日　京都・祇園の富乃井で催された「鄭詔文を偲ぶ会」に出席。

8月15日　「承前・わが文学と生活」連載開始（『季刊青丘』～96年2月15日）。

8月28日　民団本部で開催された民族大学東京教室で「古代武蔵の朝鮮文化」の講演を行う。

1994年　74歳

12月5日　『月刊韓国文化』で「新考・日本の朝鮮文化遺跡」の連載終了。

1995年　75歳

1月5日　『月刊韓国文化』で「摂、河、泉を歩く――新考・日本の朝鮮文化遺跡」の連載開始。

11月28日　NHKドキュメンタリー番組制作のため、訪韓。

1996年　76歳

2月10日　NHK衛星第2放送で、金達寿が故郷を訪問するドキュメンタリー番組「世界・わが心の旅――「韓国・はるかなる故国」」放映。

2月15日　『季刊青丘』終刊（全25冊）。

7月5日　『月刊韓国文化』で「摂、河、泉を歩く――新考・日本の朝鮮文化遺跡」の連載がこの号で中断。

よう求める方針を決定。

1月30日　(北)国際原子力機関（IAEA）と核協定締結。

7月6日　日本政府、従軍慰安婦募集・慰安所管理等への関与を公式に承認。

8月24日　(韓)中韓国交樹立。

1993年

1月8日　改正外国人登録法施行。特別永住者の指紋押捺制度廃止。

2月25日　(韓)金泳三、大統領に就任。

3月12日　(北)核不拡散条約脱退を宣言。6～7月、撤回。

7月20日　(北)朝鮮社会民主党委員長に金炳植選出。

11月6日　日韓首脳会談で細川護熙総理、植民地支配に対し「加害者として」陳謝と反省の意を表明。

1994年

4月20日　民団、在日本大韓民国民団に改称。

夏頃　体調を崩す。

1997年　77歳

1月14日　兄・金声寿死去。

1月17日　体調を崩して入院。2月に退院するも、4月再入院。

5月24日　肝不全のため、中野区の病院で死去。

5月26日　東京都杉並区の堀ノ内斎場で葬儀が行われる。

6月8日　『アプロ21』で追悼特集が組まれる。

7月16日　韓国政府、金達寿への銀冠文化勲章の授与を決定。

7月18日　全国勤労青少年会館で「金達寿さんを偲ぶ会」が開かれる。

7月30日　NHK教育テレビで、「ETV特集　作家・金達寿・海峡からの問いかけ」放映。

10月　金達寿の著作権が「金達寿記念室」設立準備委員会に継承される。

1998年

3月1日　『新日本文学』で追悼特集が組まれる。

5月20日　『追想　金達寿』刊行。

2003年

11月　金達寿の遺品や蔵書など約1万点が神奈川近代文学館に寄贈される。

6月13日　(北)IAEA脱退を表明。

7月8日　(北)金日成主席死去。

1995年

1月17日　阪神淡路大震災。

8月15日　村山富市首相、「植民地支配」と「侵略」につきアジア諸国に「お詫び」を表明(村山談話)。

1996年

8月15日〜12月13日　(韓)旧朝鮮総督府の撤去・解体。

1997年

10月4日　「北朝鮮に拉致された日本人を救出する会」結成。

10月8日　(北)金正日、党総書記に就任。

11月8〜15日　在朝日本人女性(日本人妻)の故国訪問団第1陣訪日。

11月21日　(韓)IMFに支援要請。

12月19日　(韓)金大中、大統領に当選。

参考文献

一、本文で引用・言及した文献を挙げる。
二、日本語文献は著者名の五十音順に、朝鮮語・韓国語文献は著者名の反切表の順に並べた。なおコリアンの姓の中には「李」（リ・イ）や「林」（リム・イム）のように、時代や著者本人によって読み方が異なるものがあり、本文でも統一せずに表記したが、ここでは「李」は「イ」、「林」は「イム」で統一した。
三、金達寿の著作物と彼に関する同時代批評・学術論文は、ここに挙げた以外にも大量にあるが、それらについては別にまとめることを予定しているため、割愛する。

①雑誌

『民主朝鮮』・『文学芸術』・『新朝鮮』・『鶏林』・『リアリズム研究会ニュース』・『リアリズム』・『現実と文学』・『朝陽』・『日本のなかの朝鮮文化』・『現代と文学』・『季刊三千里』・『季刊青丘』・『季刊直』・『くじゃく亭通信』・『青丘通信』各号

②金達寿の著作物（朝鮮語・韓国語で発表したものも含む）

「位置」（『芸術科』一九四〇年八月、日本大学芸術科）
「雑草」（『新芸術』一九四二年七月、日本大学芸術科）
　※「大澤達雄」の筆名で発表。
「祖母の思ひ出」（『民主朝鮮』一九四六年四月、民主朝鮮社）
　※「孫仁章」の筆名で発表。
「独立宣言は書かれつゝある」（『民主朝鮮』一九四六年四月、民主朝鮮社）※「白仁」の筆名で発表。

「編輯室から」（『民主朝鮮』一九四六年一二月、朝鮮文化社）
　※「（キム）」の筆名で発表。
（☆）「朝鮮文学者の立場／「在日本朝鮮文学者会」に就て」
　※金達寿のメモ書きによれば、『国際タイムス』（一九四七年四月一〇日、国際タイムス社）に発表。※「キム・タルス」で発表。
「雑草の如く」（『民主朝鮮』一九四七年六月、朝鮮文化社）
「日本語로 쓰이는朝鮮文学――그意義에대하야」（『朝鮮新報』一九四七年七月二日、朝鮮新報社）
（☆）「日本語로 쓰이는朝鮮文学（下）――그作家들에대하야」（『朝鮮新報』、朝鮮新報社）※発行年月日は不明だが、

一九四七年八月二三日と推測される。
「魚塘氏에答함」(『朝鮮新報』一九四七年九月二〇日、朝鮮新報社)
「文芸時評　昏迷の中から」(『朝鮮文藝』一九四七年一〇月、朝鮮文藝社)
(☆)「不敗のたたかい——朝鮮近代文学の発展と方向(下)」※金達寿のメモ書きによれば、『国際タイムス』(国際タイムス社)に発表。発行年月日は不明だが一九四八年三月ごろと推測される。
「一つの可能性」(『朝鮮文藝』一九四八年四月、朝鮮文藝社)
「挑発者は誰か?——日・鮮反動勢力の連合の正体をばくろ」(『民主朝鮮』発禁)※『メリーランド大学カレッヂパーク校マッケルデン図書館東亜図書部・ゴードン・W・プランゲ文庫　第一期　検閲雑誌(昭和二〇年〜二四年)』(一九八二年、雄松堂書店)。「朴永泰」の筆名で執筆。
「八・一五以後の朝鮮文学運動」(『民主主義文学運動　一九四八年度版』一九四八年九月、新日本文学会)
「叛乱軍(下)」(『潮流』一九四九年九月、彩流社)
『大韓民国』問答——これが『大韓民国』である」※未発表。原稿は神奈川近代文学館所蔵。
「朝鮮文化・文学の問題」(『新日本文学』一九五〇年六月、新日本文学会)
「新聞読み」(『文学芸術』一九五二年一月、文学芸術社)
「しょくみんちてきにんげん」(『近代文学』一九五二年四月、近代文学社)
「戦死した金史良」(『新日本文学』一九五二年一二月、新日本文学会)
「私には尻尾がある」(『文学芸術』一九五三年八月、文学芸術社)
「朝鮮停戦とわれわれの眼」(『文学報』一九五三年八月、在日朝鮮文学会)
「万宝山・李ライン——日本における帝国主義と朝鮮人」(『日本資本主義講座』月報四、一九五三年一二月、岩波書店)
『玄海灘』(一九五四年一月、筑摩書房)
「責任ぼかす客観報道/新聞記者としての後悔」(『新聞協会報』一九五四年二月二五日、日本新聞協会)
「우리 문학운동의 전진을 위하여——재일 조선문학회 제五회 대회 일반 보고」(『조선문학』一九五四년三월、재일 조선문학회)※「김달수」で発表。
「グァテマラの『叛乱』」(『婦人民主新聞』一九五四年七月四日、婦人民主新聞社)
「私の創作体験」(中野重治・椎名麟三編『現代文学Ⅱ　創作方法と創作体験』一九五四年八月、新評論社)
「志賀直哉『小僧の神様』」(『岩波講座　文学の創造と鑑賞　一』一九五四年一一月、岩波書店)
「労働と創作(二)——私の歩いてきた道に即して」(『岩波講座　文学の創造と鑑賞　四』一九五五年二月、岩波書店)

「わが古本屋繁盛記／「理想」は破れぬ「夢」は去りぬ」（『日本読書新聞』一九五五年三月七日、日本出版協会）
「古本屋の話」（『新日本文学』一九五五年四月、新日本文学会）
「創作相談室」（『新日本文学』一九五五年七月、新日本文学会）
「母校を訪ねて／カンニングで点をかせぐ」（『東京新聞』夕刊、一九五六年七月五日、東京新聞社）
『日本の冬』（一九五七年四月、筑摩書房）
「在日朝鮮人の文学」（小田切秀雄編『講座　日本近代文学史　五』一九五七年六月、大月書店）
（☆）「感想」※金達寿のメモ書きによれば、『日本文化人会議　月報』一九五七年六月に掲載。
「事実を事実として――新日本文学会員の十年」（『新日本文学』一九五七年七月、新日本文学会）
「金海金氏の後裔」（『人物往来』一九五七年一〇月、人物往来社）
「文字ノイローゼ」（『2日』一九五七年一〇月ごろ、2日会）
「これは人道問題ではないか――日韓抑留者相互釈放に関して」（『世界』一九五八年三月、岩波書店）
「韓徳銖について」（『学之光』一九五八年七月、法政大学朝鮮文化研究会）
「ある死刑囚の話／孫斗八の訴訟」（『アカハタ』一九五八年八月二六日、日本共産党中央委員会）
『朝鮮』（一九五八年九月、岩波新書）
「視点について――どうかくかの問題・ノオト」（『リアリズム』一九五八年一〇月、リアリズム研究会）
「朴達の裁判」（『新日本文学』一九五八年一一月、新日本文学会）
「日録」（『日本読書新聞』一九五八年一一月三日、日本出版協会）
「私の創作体験――「玄海灘」をめぐって」（日本文学学校編『現代文学講座　Ⅲ』一九五八年一二月、飯塚書店）
「あきれはてた話／私は南に帰らぬ」（『産経新聞』一九五九年二月一四日、産経新聞社）
「帰国する朝鮮人／〝日本人〟も朝鮮へ」（『読売新聞』夕刊、一九五九年二月一九日、読売新聞社）
「北鮮帰国ばなし」（『産経新聞』一九五九年二月二〇日、産経新聞社）
「『朝鮮』にたいする〝批判〟について――白宗元氏の批判（二月六、七日付本紙）にこたえる」（『アカハタ』一九五九年二月二四日、日本共産党中央委員会）
「病院・入院の記」（『鶏林』一九五九年一二月、鶏林社）
「差別の国から希望の国へ」（『婦人倶楽部』一九五九年五月、講談社）
「夫の国朝鮮へ帰る〝日本人妻〟」（『婦人公論』一九五九年五月、中央公論社）
（☆）「回覧雑誌のころ」※金達寿のメモ書きによれば、『文芸山脈』一九五九年五月に発表。
「わが家の帰国――在日朝鮮人の帰国によせて」（『鶏林』一

九五九年六月、鶏林社）
「無題（『朝鮮』を出版した人々）」（『アサヒグラフ』一九五九年九月一三日、朝日新聞社）
「帰るもの残るもの——立つ鳥あとを濁さず、北鮮帰還の悲喜劇」（『文藝春秋』一九五九年一〇月、文藝春秋新社）
「日本にのこす登録証——呉成吉君の帰国準備」（『別冊週刊朝日』一九五九年一一月一日、朝日新聞社）
「帰国の準備にあけくれる朝鮮人部落」（『東京新聞』夕刊、一九五九年一二月二四日、東京新聞社）
「社会主義の祖国に帰る朝鮮の同胞」（『学習の友』一九六〇年一月、学習の友社）
「〝朴達〟ちがい／テレたり、驚いたり、あきれたり」（『図書新聞』一九六〇年四月一六日、図書新聞社）
「朝鮮人のひとりとして思う」（『朝日新聞』一九六〇年四月二三日、朝日新聞社）
「李承晩と学生／新しい歴史の日「4・19」／怒りが身内を吹き抜ける」（『神戸新聞』一九六〇年四月二六日、神戸新聞社）
（☆）「「朴達」問答」※発表年月日は不明。金達寿のメモ書きによれば、東京大学合同演劇勉強会六一年度春期講演パンフレットに収録。
「祖国の息吹をもとめて／久しぶりにいった新潟」（『朝鮮時報』一九六一年五月二〇日、朝鮮時報社）
（☆）「신뢰의 마당으로」※書誌情報は不明だが、一九六一年九月ごろに発表されたと推定。
「正直な、余りに正直な／日韓会談と「七人の指導者」」（『図書新聞』一九六一年一一月二五日、図書新聞社）
「日本のなかの朝鮮文化」（『新しい世代』一九六二年一月、朝鮮青年社）
「孤独な彼ら」（『新日本文学』一九六二年三月、新日本文学会）
「写真について」（『統一評論』一九六二年九月、統一評論社）
「日朝外交の史的責任——日韓会談の妥結気運に際して日本の知識人に問う」（『現代の眼』一九六二年一一月、現代評論社）
「将軍の像」（『文化評論』一九六二年一二月、日本共産党中央委員会）
「高麗神社と深大寺」（『朝陽』一九六三年一月、リアリズム研究会）
（☆）「朝鮮への自由往来を……」※金達寿のメモ書きによると一九六三年七月に配信された共同通信の記事。実際に発表されたかどうかは不明。
「李珍宇の死」（『現実と文学』一九六三年八月、現実と文学社）
「私の「大学」」（『現実と文学』一九六三年九月、現実と文学社）
「どうぞよろしく」（『現代の眼』一九六三年一〇月、現代評論社）
「조국에 대한 생각」（『朝鮮新報』一九六四年二月二六日、朝鮮新報社）※「김달수」で発表。

「一九六四年一月」（『現実と文学』一九六四年四月、現実と文学社）
「「乙巳条約」と同じ状態／日韓会談　在日朝鮮人の対話」（『フクニチ』一九六五年四月七日、フクニチ新聞社）
「文学と指導者意識について――全国支部代表者会議での討論」（『民主文学』一九六六年八月、日本民主主義文学同盟）
「苗代川の「朝鮮」」（『小原流挿花』一九六八年一二月、小原流出版事業部）
「特別弁護人の申請にあたって」（『金嬉老公判対策委員会ニュース』一九六八年一二月、金嬉老公判対策委員会）
「座談会　日本のなかの朝鮮」（『日本のなかの朝鮮文化』一九六九年三月、日本のなかの朝鮮文化社）※上田正昭・司馬遼太郎・村井康彦との座談会。
「朝鮮史跡の旅――北陸路・福井（越前）」（全三回、『民主文学』六九年三～五月）。ただし第二～三回の題名は「朝鮮遺跡の旅――北陸路・福井（越前）」。
「語りつぐ戦後史　第三十一回　盛装したい気持ち」（『思想の科学』一九六九年九月、思想の科学社）※鶴見俊輔との対談。
「金嬉老のこと」（『中央公論』一九六九年一〇月、中央公論社）
「「帰化」ということば」（『日本のなかの朝鮮文化』一九七〇年六月、日本のなかの朝鮮文化社）
「私の八月十五日／光る特高、憲兵の目／〝朝鮮独立〟のことばに感動」（『神奈川新聞』一九七〇年八月一一日、神奈川新聞社）
「紙つぶて　ベトナムの韓国軍」（『中日新聞』夕刊、一九七一年七月一三日、中日新聞社）
「「輸入」ということば」（『日本のなかの朝鮮文化』一九七一年九月、朝鮮文化社）
「紙つぶて　日本人とは――」（『中日新聞』夕刊、一九七一年一二月七日、中日新聞社）
「紙つぶて　盗聴器」（『中日新聞』夕刊、一九七一年一二月二一日、中日新聞社）
「全く知らないこと」（『統一朝鮮新聞』一九七二年三月四日、統一朝鮮新聞社）
「原日本人とは何か――渡来人と「帰化人」」（『歴史と人物』一九七二年六月、中央公論社）
「日本文化と朝鮮文化――玄界灘の歴史的意味」（『別冊経済評論』一九七二年九月、日本評論社）。※谷川健一・岡崎敬との座談会。
「わが戦後史①　南北の雪どけ」（『朝日新聞』一九七二年一〇月一六日、朝日新聞社）
「わが戦後史④　分裂抗争を経て」（『朝日新聞』一九七二年一〇月三〇日、朝日新聞社）
「わが戦後史⑤　さもあらばあれ」（『朝日新聞』一九七二年一一月一三日、朝日新聞社）
「母の教えのこしたもの」（『人生読本4　愛について』一九七二年一一月、筑摩書房）

「古代史家坂口安吾の復活」（『中央公論』一九七三年四月、中央公論社）
「日本の古代文化と「帰化人」」（江上波夫・金達寿・李進熙・上原和『倭から日本へ――日本国家の起源と朝鮮・中国』一九七三年九月、二月社）
「祖父の神位」（『歴史と人物』一九七四年四月、中央公論社）
「小説も書く」（『文藝』一九七四年五月、河出書房新社）
「大化の改新について」（『日本のなかの朝鮮文化』一九七四年六月、朝鮮文化社）
「わが内なる皇国史観――「任那日本府」をめぐって」（『展望』一九七四年八月、筑摩書房）
「壬申の乱について」（『日本のなかの朝鮮文化』一九七四年九月、朝鮮文化社）
「対馬まで」（『文藝』一九七五年四月、河出書房新社）
「対談　相互理解のための提案」（『季刊三千里』一九七五年一一月一日、三千里社）※久野収との対談。
「権力というもの」（『展望』一九七六年四月、筑摩書房）
「『朝鮮新報』の批判に答える――付・『朝鮮新報』による批判全文」（『季刊三千里』一九七七年五月、三千里社）
※姜在彦・金石範・李進熙・李哲との座談会。
『わがアリランの歌』（一九七七年六月、中公新書）
「私の文学修業」（『新日本文学』一九七八年一二月、新日本文学会）
「「帰化人」をめぐって」（『季刊三千里』一九七七年五月、三千里社）
「自分史の中の崔承喜」（『GRAPHICATION』一九七七年七月、富士ゼロックス）
「故国は遠くにありて」（『文學界』一九七七年七月、文藝春秋）
「「帰化人」とはなにか」（『季刊三千里』一九七七年一一月、三千里社）
「無題」（『わがアリランの歌』を出した金達寿の会編『『わがアリランの歌』を出した金達寿の会』一九七九年三月）
「リアリズム研究会の生と死(6)」（『季刊直』一九七九年六月、直の会）※矢作勝美・塙作楽・後藤直との座談会。
「備忘録」（『文藝』一九七九年八月、河出書房新社）
「リアリズム研究会の生と死（最終回）」（『季刊直』一九七九年九月、直の会）※矢作勝美・塙作楽・後藤直との座談会。
「総連・韓徳銖議長に問う」（『季刊三千里』一九七九年一一月、三千里社）※姜在彦・金石範・李進熙・李哲との座談会。
「反権力の個人史と創作活動」（新日本文学会編『作家との午後』一九八〇年三月、毎日新聞社）※針生一郎との対談。
「金達寿氏に聞く――光州事件の意味するもの」（『文学的立場』一九八〇年一〇月、日本近代文学研究所）※聞き手・西田勝。
「あるべき方向ではない」（『朝日新聞』一九八〇年一〇月一八日、朝日新聞社）

「37年ぶりの故国」（『読売新聞』夕刊、一九八一年四月一〇日、読売新聞社）
「〝日人의 対韓偏見 시정에앞장〟——37년만에 祖国을 찾았던 金達寿씨는 말한다」（『中央日報』一九八一年四月一三日、中央日報社）※記録・申成淳。
「ゆうかんインタビュー／独立後初めて祖国の土を踏んで」（『毎日新聞』夕刊、一九八一年四月二八日、毎日新聞社）※聞き手・重村智計。
「朝鮮人作家・金達寿氏、三十七年ぶり訪韓後の四面楚歌」（『週刊朝日』一九八一年一〇月九日、朝日新聞出版）※聞き手・山崎幸雄。
『行基の時代』（一九八二年三月、朝日新聞社）
『故国まで』（一九八二年四月、河出書房新社）
（☆）「京都의 개척자는 고구려인」（『週刊京郷』京郷新聞社）※金達寿のメモ書きによれば、一九八二年一〇月二四日号から少なくとも一四回連載。連載終了年月日は不明。なお二〜一四回のタイトルは、「京都（일본의 옛서울）개척자는 한국인」。すべて金永奎訳。
『日本の中の朝鮮文化　一』（一九八三年七月、講談社文庫）
『日本の中の朝鮮文化　二』（一九八三年一〇月、講談社文庫）
「伊勢神宮と古代朝鮮（四）「民族名ソ」のこと」（『季刊酔筆』一九八三年秋、井坂商店）
『日本の中の朝鮮文化　三』（一九八四年三月、講談社文庫）
「天皇の「お言葉」」（『季刊直』一九八四年一二月、直の会）
「行基」（『歴史の群像7　挑戦』一九八四年一二月、集英社）
「日本古代史と朝鮮」（『日本古代史と朝鮮』一九八五年九月、講談社学術文庫）
「『風土記』の校注について——伊予「御島」のばあい」（『季刊直』一九八六年二月、直の会）
「日本에 살아있는 韓国」（全四三回、『朝鮮日報』一九八五年一二月六日〜一九八六年二月二一日、ソウル・朝鮮日報社）※訳者不明。
「今なお日本に生きる韓国」（『アジア公論』一九八六年三〜七月、韓国国際文化協会）
「金史良と私」（『朝鮮人——大村収容所を廃止するために』一九八六年六月、朝鮮人社）
『日本속의 韓国文化』（一九八六年一〇月、ソウル・朝鮮日報社）※訳者不明。
「八〇年代後半になって」（『東アジアの古代文化』一九八七年一月、大和書房）
「縄文・弥生時代の人口」（『目の眼』一九八七年四月、里文出版）
『태백산맥（上下）』（一九八八年五月、연구사）※「김달수」で発表。임규찬訳。
「思い出の徐彩源さん」（『追想の徐彩源』刊行委員会編『追想の徐彩源』一九八八年九月）※姜在彦・李哲・李進熙との座談会。
『日本の中の朝鮮文化　六』（一九八八年一一月、講談社文庫）

「藤ノ木古墳が証す日韓古代史の秘密／「日韓同祖論」金達寿氏に聞く」（『週刊東大新聞』一九八八年一一月九日、東大新報）※聞き手・(王)。
「シリーズの前と後――「日本の中の朝鮮文化」をおえて」（『月刊韓国文化』一九九一年九月、韓国文化院／自由社）
『일본 열도에 흐르는 한국혼』（一九九三年一月、ソウル・東亜日報社）※「김달수」で発表。呉文泳・金日亨訳。
『日本の中の朝鮮文化　一〇』（一九九三年一一月、講談社文庫）
「見直される古代の日本と朝鮮」（『THIS IS 読売』一九九三年一二月、読売新聞社）
『일본 속의 한국문화 유적을 찾아서』（全三巻、一巻・一九九五年八月、二巻・一九九七年七月、三巻・一九九九年六月、ソウル・大願社）※「김달수」で発表。배석주訳。
「渡来人」とはを求めて――「新考・日本の朝鮮文化遺跡」の背景」（『統一日報』一九九六年一月六日、統一日報社）
『わが文学と生活』（一九九八年五月、青丘文化社）

③日本語文献

青木和夫・稲岡耕二・笹山晴生・白藤禮幸校注『新日本古典文学大系15　続日本紀　四』（一九九五年六月、岩波書店）
秋本吉郎校注『日本古典文学体系　二　風土記』（一九五八年四月、岩波書店）
東潮『倭と加耶の国際環境』（二〇〇六年八月、吉川弘文館）
安宇植「傍観者となりうるか――在日朝鮮人作家の問題点」（『群像』一九七二年五月、講談社）
――「金達寿・人と作品――初期の足跡から」（『季刊直』一九八〇年七月、季刊『直の会』）
安道雲「楽しい夢」（『新しい世代』一九六一年九月、朝鮮新報社）
李殷直「朝鮮人たる私は何故日本語で書くか」（『朝鮮文藝』一九四八年四月、朝鮮文藝社）
――『物語「在日」民族教育・苦難の道　一九四八年一〇月～五四年四月』（二〇〇二年一二月、高文研）
石田英一郎・江上波夫・岡正雄・八幡一郎『日本民族の起源』（一九五八年一月、平凡社）
石母田正『日本古代国家論　第一部――官僚制と法の問題』（一九七三年五月、岩波書店）
李相哲『朝鮮における日本人経営新聞の歴史（一八八一―一九四五）』（二〇〇九年二月、角川学芸出版）
李進熙「三月の訪韓について」（『季刊三千里』一九八一年五月、三千里社）
――・大和岩雄「対談　金達寿氏を悼む」（『東アジアの古代文化』一九九七年八月、大和書房）
――「金達寿さんの足跡」（『新日本文学』一九九八年三月、新日本文学会）
――『海峡――ある在日史学者の半生』（二〇〇〇年四月、青丘文化社）
磯貝治良「抵抗と背信と――金達寿『玄海灘』覚書」（『新

日本文学』一九七八年一二月、新日本文学会）
――「在日朝鮮人文学の世界――負性を超える文学」（『季刊三千里』一九七九年一一月、三千里社）
――「金達寿の位置」（『新日本文学』一九九六年二月、新日本文学会）
――「金達寿文学の位置と特質」（辛基秀編『金達寿ルネサンス――文学・歴史・民族』（二〇〇二年四月、解放出版社）
李成市「古代史研究と現代性――古代の「帰化人」「渡来人」問題を中心に」(http://ksfj.jp/wp-content/uploads/2012721.pdf)
李盛周（木村光一・原久仁子訳）『新羅・伽耶社会の起源と成長』（二〇〇五年五月、雄山閣）
李在東「人を陥入れる為のもの」（『統一朝鮮新聞』一九七二年三月四日、統一朝鮮新聞社）
伊藤成彦「在日朝鮮人の文学とわれわれ」（『文学的立場』一九七二年七月、日本近代文学研究所）
井上薫『行基（新装版）』（一九八七年九月、吉川弘文館）
――編『行基事典』（一九九七年七月、国書刊行会）
井上光貞『日本古代国家の研究』（一九六五年一一月、岩波書店）
――『飛鳥の朝廷』（二〇〇四年七月、講談社学術文庫）
※初版発行は一九七四年。
李無影（☆）「「朴達の裁判」への批評　上　虚構の世界と文学」。※金達寿のメモ書きによれば、『国際タイムス』一九五九年八月一三日に発表された。訳者不明。
李瑜煥『在日韓国人60万――民団・朝総連の分裂史と動向』（一九七一年一二月、洋々社）
――『日本の中の三十八度線――民団・朝総連の歴史と現実』（一九八〇年三月、洋々社）
上田正昭『帰化人――古代国家の成立をめぐって』（一九六五年六月、中公新書）
――「無題」（『追想　金達寿』刊行委員会編『追想　金達寿』一九九八年五月）
――『渡来の古代史――国のかたちをつくったのは誰か』（二〇一三年六月、角川選書）
浮葉正親「在日朝鮮人文学の研究動向とディアスポラ概念」（『名古屋大学　日本語・日本文化論集』二〇一三年三月、名古屋大学留学生センター）
エンゲルス・フリードリッヒ（大内兵衛訳）『空想から科学へ――社会主義の発展』（一九六六年三月、岩波文庫）
※原著の刊行は一八八三年。
大津透・桜井英治・藤井譲治・吉田裕・李成市編『岩波講座　日本歴史　一』（二〇一三年一一月、岩波書店）
大野力・後藤宏行・しまね・きよし・高畠通敏・鶴見俊輔・西崎京子・橋川文三・藤田省三・安田武・山嶺健二・横山貞子（以上、出席者）・石井絵梨・佐貫惣悦・仁科悟郎（以上、誌上参加者）「『転向』以降の転向観〈共同討議〉」（思想の科学研究会編『改訂増補版　共同研究転向　下』一九七八年八月、平凡社）

大橋生己・栗栖智幸・坂本重幸・田中宣美・錦織亮雄・李進熙「暁泉高等学校建設の思い出」（『追想の徐彩源』刊行委員会編『追想の徐彩源』一九八八年九月）
荻野吉和『大阪から釜山へ——内なる国際化の旅』（一九八八年八月、駸々堂出版）
呉圭祥『ドキュメント　在日本朝鮮人連盟——一九四五-一九四九』（二〇〇九年三月、岩波書店）
呉在陽「金達寿著『朝鮮』の近代、現代史部分について」（『朝鮮問題研究』一九五八年一二月、朝鮮問題研究所）
小田切秀雄「この本のこと」（金達寿『後裔の街』一九四八年三月、朝鮮文藝社）
——「一九四九年の総決算(3)　低迷する民主主義文学」（『アカハタ』一九四九年一二月二七日、日本共産党中央委員会）
——「朝鮮戦争と文学」（『講座　日本近代文学史　五』一九五七年六月、大月書店）
——「新日本文学会第八回大会組織報告　組織の問題、その新しい焦点——新しい協同の方式をつくりだすために！」（『新日本文学』一九五八年三月、新日本文学会）
——「解説——金達寿の人と作品」（金達寿『朴達の裁判』一九七三年二月、潮文庫）
魚塘「日本語による朝鮮文学に就て」（『朝鮮文藝』一九四八年四月、朝鮮文藝社）
小野悌次郎「『運命の縮図』」（辛基秀編『金達寿ルネサンス——文学・歴史・民族』二〇〇二年四月、解放出版社）
小原元「ただ一つの道——金達寿「後裔の街」」（『文学時標』一九四八年七月、文学時標社）
——「〝うしなわれたもの〟の恢復」（『民主朝鮮』一九四九年九月、民主朝鮮社）
——「文学的方法における民族の発見——金達寿『密航者』から」（『現実と文学』一九六三年一〇月、現実と文学社）
小山弘健『戦後日本共産党史』（一九六六年一一月、芳賀書店）
カウツキー・カール（栗原祐訳）『キリスト教の起源——歴史的研究』（一九七五年八月、法政大学出版局）※原書の刊行は一九〇八年。
門脇禎二「蘇我氏の出自について——百済の木刕満致と蘇我満智」（『日本のなかの朝鮮文化』一九七一年一二月、日本のなかの朝鮮文化社）
神奈川新聞社編『神奈川新聞小史』（一九八五年五月、神奈川新聞社）
萱沼紀子「『日本の中の朝鮮文化』の映像化にあたって」（『季刊直』一九八七年五月、直の会）
柄谷行人「韓国語版への序文」（『定本柄谷行人集　一　日本近代文学の起源』二〇〇四年九月、岩波書店）
川村湊「植民地文学から在日文学へ——在日朝鮮人文学論序説(1)」（『季刊青丘』一九九五年五月、青丘文化社）
河盛好蔵・神西清・川端康成・亀井勝一郎・中村光夫・河上徹太郎・中島健蔵・小林秀雄「選後評」（『新潮』一九

五五年一月、新潮社）
姜在彦「私は全然関係なし」（『統一朝鮮新聞』一九七二年三月四日、統一朝鮮新聞社）
――「祖国への旅／祖国の一体の「在日」が課題」（『朝日新聞』夕刊、一九八一年四月七日、朝日新聞社）
――「体験で語る在日朝鮮人運動」（姜在彦・竹中美恵子『歳月は流水の如く』二〇〇三年一一月、青丘文化社）
康恵鎮「なぜファッショ独裁を助けるのか／金達寿ら「三千里」関係者の南朝鮮訪問をめぐって」（『朝鮮時報』一九八一年四月九日、朝鮮時報社）
北村耕「「神々」たちの館」（『新日本文学』一九七八年二月、新日本文学会）
北山茂夫「行基論」（平岡定海・中井真孝編『日本名僧論集一　行基・鑑真』一九八三年三月、吉川弘文館）
※初出の発表は一九四九年。
金時鐘「同胞の哀歓、苦悩描く」（『北海道新聞』一九七五年八月二六日、北海道新聞社）
――「「光州事態」の内と外」（『日本読書新聞』一九八一年五月二五日、日本出版協会）
金石範「「親日」について」（『転向と親日派』一九九三年七月、岩波書店）
金錫亨「朴慶植・姜在彦著「朝鮮の歴史」について」（『朝鮮問題研究』一九五八年四月、朝鮮問題研究所）
金徳龍『朝鮮学校の戦後史――一九四五‐一九七二　増補改訂版』（二〇〇四年一月、社会評論社）
金学俊（李英訳）『北朝鮮五十年史――「金日成王朝」の夢と現実』（一九九七年一〇月、朝日新聞社）
金嬉老公判対策委員会『金嬉老公判対策委員会ニュース』（一九六八年六月～七六年一〇月、金嬉老公判対策委員会）
金富山「「在日力」を示した男・徐彩源――『三千里』と「順天暁泉高校」はなぜ創られたか」（『望星』二〇〇〇年一月、東海教育研究所）
金英達『金英達著作集Ⅲ　在日朝鮮人の歴史』（二〇〇三年一月、明石書店）
金錬学「北鮮に更生青年会を組織するまで」（小林杜人編著『転向者の思想と生活』一九三五年九月、大道社）
国木田独歩「空知川の岸辺」（『定本　国木田独歩全集　三（増補版）』（一九九五年七月、学習研究社）※初出の発表は一九〇二年。
――「武蔵野」（『定本　国木田独歩全集　二（増補版）』一九九五年七月、学習研究社）※初出の発表は一八九八年。
窪田精「一つの方策」（『リアリズム』一九五九年七月、リアリズム研究会）
――『文学運動のなかで――戦後民主主義文学私記』（一九七八年六月、光和堂）
――「金達寿氏のこと」（『民主文学』一九九七年八月、日本民主主義文学同盟）
久保田正文「苦しんで到達した文体／作品の方法・技術の

面から見て」（『週刊読書人』一九五九年六月一日、読書人）

――「贖罪主義からの解放」（『季刊三千里』一九八〇年二月、三千里社）

黒古一夫「在日朝鮮人文学の現在――〈在日する〉ことの意味」（『季刊在日文芸民濤』一九八七年一一月、民濤社）

桑原重夫「いったい、何のために／金達寿氏らの「請願訪韓」への疑問」（『朝鮮新報』一九八一年五月一四日、朝鮮新報社）

高銀（編集部訳）「韓国では文学は何を意味するか」（『季刊在日文芸民濤』一九八九年二月、民濤社）

高史明『夜がときの歩みを暗くするとき』（一九七一年九月、筑摩書房）

小島晴則「回想　帰国運動から五二年、作家金達寿さんのことなど」（『光射せ！』二〇一一年一二月、北朝鮮帰国者の生命と人権を守る会）

高淳日編『始作折半――合本　くじゃく亭通信・青丘通信』（二〇一四年六月、三一書房）

後藤直「『太白山脈』論ノート」（『現代と文学』一九七〇年一月、現代文学研究会）

――「『公僕異聞』のもつ現代性」（『季刊直』一九八〇年七月、季刊『直の会』）

高榮蘭「文学と「一九四五・八・一五」言説――中野重治「非圧迫民族の文学」をてがかりに」（『日本近代文学』二〇〇二年五月、日本近代文学会）

――「「共闘」する主体・「抵抗」する主体の交錯――東アジアの冷戦と「小説家・金達寿」「詩人・許南麒」の浮上」（『日本文学』二〇〇七年一月、日本文学協会）

――『「戦後」というイデオロギー――歴史／記憶／文化』（二〇一〇年六月、藤原書店）

近藤康司『行基と知識集団の考古学』（二〇一四年二月、清文堂出版）

坂口安吾「続堕落論」（『坂口安吾全集　一四』一九九〇年六月、ちくま文庫）※初出の発表は一九四六年。

――「高麗神社の祭の笛――武蔵野の巻」（『坂口安吾全集　一八』一九九一年九月、ちくま文庫）※初出の発表は一九五一年一二月。

――「歴史探偵方法論」（『坂口安吾全集　一六』一九九一年七月、ちくま文庫）※初出の発表は一九五一年一〇月。

佐藤「講演会準備に関する若干の経過」※一九七二年五月一三日付で配布された内部資料。

佐藤勝巳「金達寿、姜在彦、李進熙三氏への手紙」（『朝鮮研究』一九八一年五月、日本朝鮮研究所）

佐藤達弥「温故知新　白村江の戦い／最古の集団的自衛権？　ネットで話題」（『朝日新聞』二〇一四年六月二日、朝日新聞社）

佐野学・鍋山貞親「共同被告同士に告ぐる書」（『改造』一九三三年七月、改造社）

11・22在日韓国人留学生・青年不当逮捕者を救援する会編

『11・22通信』（一九七六年一月ごろ〜、11・22在日韓国人留学生・青年不当逮捕者を救援する会）※何号まで刊行されたかは不明。
司馬遼太郎『街道をゆく　七』（一九七九年一月、朝日文庫）
霜多正次「『朴達の裁判』を読んで／独得なパルチザン／〝転向〟に革命的な視点を与える」（『図書新聞』一九五九年六月一三日、図書新聞社）
――「文学運動について」（『リアリズム』一九五九年七月、リアリズム研究会）
――・小原元・金達寿・窪田精・西野辰吉「座談会　現実変革の思想と方法」（『現実と文学』一九六三年二月、現実と文学社）
――「日本文学の民主主義的発展のために――日本民主主義文学同盟創立大会、運動方針報告」（『民主文学』一九六五年一二月、日本民主主義文学同盟）
――「ちゅらかさ――民主主義文学運動と私」（一九九三年、霜多正次全集刊行委員会編『霜多正次全集』第五巻、二〇〇〇年二月、沖積舎）
シロタゲン「失われた風景から――金達寿の〝旅〟に誘われて」（『文藝』一九八六年八月、河出書房新社）
辛基秀編『金達寿ルネサンス――文学・歴史・民族』（二〇〇二年二月、解放出版社）
新日本文学会幹事会「声明　日本民主主義文学同盟の結成について」（『新日本文学』一九六五年一一月、新日本文学会）
鈴木敏夫「相つぐ世界〝最古〟の印刷物の発見」（『潮』一九七三年八月、潮出版社）
関晃『帰化人――古代の政治・経済・文化を語る』（二〇〇九年六月、講談社学術文庫）※初版発行は一九五六年。
先崎金明「多元的視点と文体の問題」（『現実と文学』一九六四年七月、現実と文学社）
徐仲錫（文京洙訳）『韓国現代史60年』（二〇〇八年一月、明石書店）※原著の刊行は二〇〇七年。
徐龍哲「在日朝鮮人文学の始動――金達寿と許南麒を中心に」（『復刻『民主朝鮮』別巻』一九九三年五月、明石書店）
宋恵媛『「在日朝鮮人文学史」のために――声なき声のポリフォニー』（二〇一四年一一月、岩波書店）
瀧井孝作・石川達三・丹羽文雄・佐藤春夫・宇野浩二・川端康成・岸田國士・舟橋聖一・坂口安吾「芥川賞選後評」（『文藝春秋』一九五四年四月、文藝春秋新社）
武井昭夫「今日における文学運動の課題と方向――新日本文学会第十一回大会への一般活動報告　草案」（『新日本文学』一九六四年三月、新日本文学会）
竹内好「新日本文学会への提案」（『新日本文学』一九五九年六月、新日本文学会）
田所泉『新編「新日本文学」の運動』（二〇〇〇年一〇月、新日本文学会）
田中史生「古代の渡来人と戦後「日本」論――一九七〇年代までの歴史学界をめぐって」（『関東学院大学経済経営

研究所年報』二〇〇二年三月、関東学院大学経済経営研究所)
――『倭国と渡来人――交錯する内と外』(二〇〇五年一〇月、吉川弘文館)
玉井伍一「在日朝鮮人文学と現代日本文学――金達寿と長谷川四郎の視座に據って」(『思想の科学』一九七八年一〇月、思想の科学社)
田村圓澄「行基と新羅仏教」『日本のなかの朝鮮文化』一九七五年六月、朝鮮文化社)
田村義也「『朝鮮』刊行の周辺」(『追想　金達寿』刊行委員会編『追想　金達寿』一九九八年五月)
張斗植『定本・ある在日朝鮮人の記録』(一九七六年九月、同成社)
崔孝先『海峡に立つ人――金達寿の文学と生涯』(一九九八年一二月、批評社)
鄭百秀「故郷喪失者の旅――金達寿『対馬まで』、『故国まで』」(『櫻美林世界文学』二〇一五年三月、櫻美林世界文学会)
鶴見俊輔「序言　転向の共同研究について」(思想の科学研究会編『共同研究転向　上』一九五九年一月、平凡社)
――「橋川文三「国体論・二つの前提」」(思想の科学研究会編『改訂増補　共同研究転向　下』一九七八年八月、平凡社)
――『戦後思想三話』(一九八一年七月、ミネルヴァ書房)
――「国民というかたまりに埋めこまれて」(鶴見俊輔・鈴木正・いいだもも『転向再論』二〇〇一年四月、平凡社)
統一朝鮮新聞特集班『「金炳植事件」――その真相と背景』(一九七三年六月、統一朝鮮新聞社)
徳永直「日本語の積極的利用」(『朝鮮文藝』一九四八年四月、朝鮮文藝社)
中島誠「現代における転向論の意義」(『月刊世界政経』一九七五年九月、世界政治経済研究所)。
中島利一郎『日本地名学研究』(一九五九年一〇月、日本地名学研究所)
中根隆行「民主主義と在日コリアン文学の懸隔――金達寿と『民主朝鮮』をめぐる知的言説の進展」(『昭和文学研究』二〇〇一年三月、昭和文学会)
――『〈朝鮮〉表象の文化誌――近代日本と他者をめぐる知の植民地化』(二〇〇四年四月、新曜社)
中野重治「日本文学の現状とわれわれの任務――新日本文学会第八回大会報告」(『新日本文学』一九五八年二月、新日本文学会)
中村光夫『風俗小説論』(一九五四年五月、河出文庫)
――・瀧井孝作・丹羽文雄・舟橋聖一・石川達三・佐藤春夫・井伏鱒二・川端康成・井上靖・永井龍男・宇野浩二「芥川賞選評」(『文藝春秋』一九五九年三月、文藝春秋新社)
南相瓔「NHK「ハングル講座」の成立過程にかんする研究ノート――日本人の韓国・朝鮮語学習にかんする歴史

的研究（その2）」（『金沢大学教養部論集　人文科学篇』一九九四年八月、金沢大学教養部）
西野辰吉「文学創造と組織問題――「新日本文学会」論」（『リアリズム』一九五九年七月、リアリズム研究会）
――・小原元・窪田精・金達寿・霜多正次「座談会　現実変革の思想と方法――民主主義文学運動の再検討」（『リアリズム』一九六〇年一月・四月・七月、リアリズム研究会）
――・小原元・霜多正次「「公僕異聞」について」（『現実と文学』一九六五年九月、現実と文学社）
――『戦後文学覚え書――党をめぐる文学運動の批判と反省』（一九七一年八月、三一書房）
――・矢作勝美「リアリズム研究会の生と死⑴」（『季刊直』一九七七年六月、『直』発行所）
――「文学と政治――そして歴史――窪田精「戦後民主主義文学私記」について」（『季刊直』一九七八年一月、『直』発行所）
日本交通公社『新旅行案内13　大和めぐり』（一九五四年八月、日本交通公社）
日本大学芸術学部五十年史刊行委員会『日本大学芸術学部五十年史』（一九七二年一一月、日本大学芸術学部）
野崎六助『李珍宇ノオト――死刑にされた在日朝鮮人』（一九九四年四月、三一書房）
野村尚吾「同人雑誌作品時評」（『早稲田文学』一九四一年一月、早稲田文学社）
はぎわら・とくし「金達寿論ノート⑵」（『多喜二と百合子』一九五七年九月、多喜二・百合子研究会／岩崎書店）
朴慶植『解放後　在日朝鮮人運動史』（一九八九年三月、三一書房）
――編『朝鮮問題資料叢書　一五　日本共産党と朝鮮問題』（一九九一年五月、三一書房）
――編『在日朝鮮人関係資料集成〈戦後編〉五』（二〇〇〇年九月、不二出版）
朴三文編『在日朝鮮文化年鑑　一九四九年版』（一九四九年四月、朝鮮文藝社）
白宗元「歪めた民族の歴史と文化――金達寿著「朝鮮」を読んで」（『朝鮮総連』一九五八年一一月一一日、在日本朝鮮人総連合会中央本部）
――「金達寿著「朝鮮」をめぐって（上）」（『アカハタ』一九五九年二月六日、日本共産党中央委員会）
朴正伊「金達寿『行基の時代』における「行基」像」（『神女大国文』二〇〇四年三月、神戸女子大学国文学会）
秦恒平「李参平とジュリアおたあ」『こみち通信』一九八五年一二月、径書房）
塙作楽「「私の報告」」（『リアリズム』一九六〇年一二月、リアリズム研究会）
――「苛立ちと焦り」（『現代と文学』一九七〇年一月、現代文学研究会）
林浩治「「金ボタンの朴」と戦後在日朝鮮人文学の終焉」（『ウリ生活』一九九五年八月、在日同胞の生活を考える会（仮称」）

――「革命的民衆像は描けたか――金達寿『朴達の裁判』再読」（『新日本文学』一九九六年一月、新日本文学会）

――『戦後非日文学論』（一九九七年一一月、新幹社）

――「金達寿文学の時代と作品」（辛基秀編『金達寿ルネサンス――文学・歴史・民族』（二〇〇二年四月、解放出版社）

樋口宅三郎『砂に書く』（一九七五年一〇月、神奈川新聞社）

卞宰洙「「故国の人」を読んだ感想」（『青丘』一九五七年八月、青丘文学会）

――「金達寿訪「韓」への疑問　下　苦しむ人々への侮辱」（『朝鮮新報』一九八一年七月二日）

平野邦雄『帰化人と古代国家』（二〇〇七年四月、吉川弘文館）

平野謙「文芸時評　印象に残る私小説（上林暁）／失敗した金達寿の作品」（『図書新聞』一九五四年一一月六日、図書新聞社）

――「今月の小説（下）　ベスト3」（『毎日新聞』夕刊、一九六五年九月二八日、毎日新聞社）

平林一「国民文学の問題――「玄海灘」をめぐって」（『日本文学』一九五五年二月、未来社）

廣瀬陽一「「勝ち組」になりたい！――流行作家・片岡鉄兵の日本回帰」（『昭和文学研究』二〇〇九年九月、昭和文学会）

――「金達寿伝⑷」（『イリプス IInd』二〇一四年五月、澪標）

――「金達寿伝⑸」（『イリプス IInd』二〇一四年一一月、澪標）

――「附・『日本の中の朝鮮文化』異同一覧」（「「在日コリアン文学」の始源としての金達寿文学――その総合的研究」（二〇一五年三月、大阪府立大学、博士学位論文）
※「廣瀬陽一のホームページ」（http://srhyhrs.web.fc2.com/k2-ni3.pdf）に転載。

備仲臣道『蘇る朝鮮文化――高麗美術館と鄭詔文の人生』（一九九三年一二月、明石書店）

藤尾慎一郎『縄文論争』（二〇〇二年一二月、講談社選書メチエ）

藤田省三「昭和八年を中心とする転向の状況」（思想の科学研究会編『共同研究転向　上』一九五九年一月、平凡社）

藤間生大「四・五世紀の東アジアと日本」（『岩波講座　日本歴史　1』一九六七年五月、岩波書店）

本多顕彰「文芸時評　㊦「古い新しさ」と表現」（『東京新聞』一九五四年一〇月二八日、東京新聞社）

本多秋五「ある日の金達寿君」（『追想　金達寿』刊行委員会編『追想　金達寿』一九九八年五月）

洪宗郁『戦時期朝鮮の転向者たち――帝国／植民地の統合と亀裂』（二〇一一年二月、有志舎）

松岡静雄『日本古語大辞典』（一九二九年三月、刀江書院）

松本良子「『日本のなかの朝鮮文化』の十三年」（『季刊三

千里』一九八七年五月、三千里社）
丸山眞男「戦争責任論の盲点」（『思想』一九五六年三月、岩波書店）
丸山友岐子『逆うらみの人生――死刑囚・孫斗八の生涯』（一九八一年九月、社会評論社）
水野明善「「太白山脈」論――戦後朝鮮の全体像への試み」（『民主文学』一九六九年三月、日本民主主義文学同盟）
――「河内飛鳥めぐりの記――日本のなかの朝鮮文化遺跡めぐり」（『日本のなかの朝鮮文化』一九七二年六月、朝鮮文化社）
道場親信・鳥羽耕史「文学雑誌『人民文学』の時代――元発行責任者・柴崎公三郎氏へのインタビュー」（『和光大学現代人間学部紀要』二〇一〇年三月、和光大学現代人間学部）
宮本正明「金達寿――日本敗戦直後における在日朝鮮人作家の役割」（趙景達・原田敬一・村田雄二郎・安田常雄編『講座　東アジアの知識人　五　さまざまな戦後』二〇一四年四月、有志舎）
民団30年史編纂委員会編『民団30年史』一九七七年一二月、在日本大韓民国居留民団）
向英洋『詳解　旧外地法』（二〇〇七年七月、日本加除出版）
文京洙『韓国現代史』（二〇〇五年一二月、岩波新書）
森浩一「無題」（『わがアリランの歌』を出した金達寿の会編『『わがアリランの歌』を出した金達寿の会』一九七九年三月）
文部省『学制百年史　記述編』（一九七二年一〇月、帝国地方行政学会）
――『学制百年史　資料編』（一九七二年一〇月、帝国地方行政学会）
矢作勝美「「中山道」と記録的方法について――金達寿の作品をめぐって」（『現実と文学』一九六三年一二月、現実と文学社）
――「民族的ドラマの幕あき――金達寿「玄海灘」」（『民主文学』一九六七年二月、日本民主主義文学同盟）
山岸嵩「大衆の目と底意をえぐる――金達寿と井上光晴」（梅沢利彦・平野栄久・山岸嵩『文学の中の被差別部落像　戦後編』一九八二年六月、明石書店）
ヤスパース・カール（橋本文夫訳）『戦争の罪を問う』（一九九八年八月、平凡社ライブラリー）※原著の刊行は一九四六年
梁石日・針生一郎「対談：『金達寿から遠く離れて』」（『新日本文学』一九九八年三月、新日本文学会）
梁永厚『戦後・大阪の朝鮮人運動　一九四五－一九六五』（一九九四年八月、未来社）
尹健次「「三つの国家」のはざまでの苦闘と悲惨――作家・金達寿の場合」（『人文研究』二〇一四年九月、神奈川大学人文学会）
尹学準「張斗植の死」（『季刊三千里』一九七八年二月、三千里社）
吉田晶「古代日朝関係史再検討のために」（吉田晶・鬼頭

清明・永島暉臣慎・山尾幸久・門脇禎二『共同研究　日本と朝鮮の古代史』一九七九年四月、三省堂）
吉田靖雄「行基における三階教および元暁との関係の考察」（『舟ヶ崎正孝先生退官記念　畿内地域史論集』一九八一年六月、舟ヶ崎正孝先生退官記念会）
――『行基と律令国家』（一九八七年一月、吉川弘文館）
吉松繁『在日韓国人「政治犯」と私』（一九八七年一月、連合出版）
リアリズム研究会運営委員会「訴えとお願い――年末財政危機突破のために」（『現実と文学』一九六五年一月、現実と文学社）
盧泰敦（橋本繁訳）『古代朝鮮　三国統一戦争史』（二〇一二年四月、岩波書店）※原著の刊行は二〇〇九年。
和島誠一「古墳文化の変質」（『岩波講座　日本歴史　二』一九六七年五月、岩波書店）
和田春樹「韓国内部の声なき声の勝利」（『朝日新聞』一九八一年一月二四日、朝日新聞社）
――『北朝鮮現代史』（二〇一二年四月、岩波新書）
無署名「創刊の辞」（『民主朝鮮』一九四六年四月、民主朝鮮社）
――『劇団生活舞台ニュース』（一九五五年二月二六日、劇団生活舞台）
――（☆）「第十一回　日本文化人会議総会を開きます」（『日本文化人会議　月報』一九五七年五月、日本文化人会議）
――「今年度平和文化賞きまる」（『朝日新聞』一九五七年五月二七日、朝日新聞社）
――「馬耳東風」（『東京新聞』夕刊、一九五七年一〇月三〇日、東京新聞社）
――「深刻化する〝郵便遅配〟」（『朝日新聞』夕刊、一九五八年一〇月四日）
――「ゆがんだイメージ」（『サンデー毎日』一九五八年一〇月二六日）
――「公ろん・私ろん」（『鶏林』一九五九年三月、鶏林社）※「（然）」の匿名で発表。
――「〝革命的伝統を無視〟／在日北鮮系朝鮮人　金達寿『朝鮮』を批判」（『図書新聞』一九五九年三月一四日、図書新聞社）
――「事務局から」（『リアリズム』一九六〇年七月、リアリズム研究会）
――「リアリズム通信No.18」（『現実と文学』一九六四年一月、現実と文学社）
――「リアリズム通信No.37　本誌への発言」（『現実と文学』一九六五年八月、現実と文学社）
――「古墳の〝主〟は男3人／石室から人骨を発見／貴人？大陸の渡来人？」（『朝日新聞』一九七二年三月二八日、朝日新聞社）
――「「総連」、日本人主催講演会に圧力」（『統一朝鮮新聞』一九七二年五月二〇日、統一朝鮮新聞社）
――「講演会中止のおわびとその経過について」（『こく

ぶんじしこうみんかんだより』一九七二年六月一日、国分寺市公民館）

――「「総連」韓・金一派〝怪文書〟口実に卑劣な策動」（『統一朝鮮新聞』一九七二年二月一二日、統一朝鮮新聞社）

――無署名（☆）「朝総連から除名さる」書誌情報不明。※金達寿のメモ書きによれば、「72・8・3（木）東和新聞（大阪で入手）」。

――「両朝鮮の知識人が共同声明／東京で朴政権に抗議」（『朝日新聞』一九七三年一二月六日、朝日新聞社）

――「日仏米などの文化人33氏が「たすける会」／金芝河氏らの行為は当然と訴え」（『朝日新聞』一九七四年七月一一日、朝日新聞社）

――「鶴見俊輔ら参加／金芝河氏釈放要求　ハンストまた四人」（『朝日新聞』一九七四年七月二八日、朝日新聞社）

――「創刊のことば」（『季刊三千里』一九七五年二月、三千里社）

――（☆）「知らせること――総連となんら関係ない　日本語雑誌『季刊　三千里』」（『朝鮮新報』一九七五年二月一五日、朝鮮新報社）

――「死刑判決は三人だけに／光州暴動の軍法会議」（『朝日新聞』一九八一年一月一日、朝日新聞社）

――「在日韓国人政治犯の死刑囚五人／韓国、恩赦で減刑か／在日大使館筋　金達寿氏に連絡」（『朝日新聞』一九八二年三月二日、朝日新聞社）

――「「日本に宿る朝鮮」映画化」（『朝日新聞』夕刊、一九八八年四月一五日、朝日新聞社）

――「治安取り締まり強化／韓国方針　反国家発言に保安法」（『朝日新聞』一九八九年三月二六日、朝日新聞社）

――「「朝鮮」価値回復が目的」（『統一日報』一九九一年七月二七日、統一日報社）

――「金達寿さんおめでとう／21年の苦労実る」（『東洋経済日報』一九九一年一一月二九日、東洋経済日報社）

――「朝鮮文化シリーズが完結／金達寿氏を祝う会」（『神奈川新聞』一九九一年一二月五日、神奈川新聞社）

――「『玄海灘』作家　金達寿さん死去」（『東京新聞』一九九七年五月二六日、中日新聞東京本社）

――「著作権継承者届出」（『文芸家協会ニュース』一九九七年一〇月、日本文芸家協会）

――「昌原産業団地40周年、韓国産業の未来に向かって」（『朝鮮日報』二〇一四年四月一〇日、朝鮮日報社）http://www.chosunonline.com/site/data/html_dir/2014/04/10/2014041003169.html

④朝鮮語・韓国語文献

김학동『재일조선인 문학과 민족――김사량・김달수・김석범의 작품세계』（二〇〇九年四月、국학자료원）

――「재일작가 김달수의『행기의 시대（行基の時代）』와 고대 한반도 도래인의 형상화」（『日本研究』二〇一三

年九月、韓国外国語大学校外国学総合研究센터 日本研究所）
류벽（☆）「偽装은 벗겨지고야 말리리——김 달수 작《支部委員長と新分会長》에 対하여」。※金達寿のメモ書きによれば、『朝鮮民報』（一九五九年三月一四日、朝鮮民報社）に発表。
림경상「김 달수저《朝鮮》에 나타난 중대한 오유와 결함」（『朝鮮民報』一九五八年一〇月二五日、朝鮮民報社）
馬山市史編纂委員会編『馬山市史』（一九九七年二月、馬山市史編纂委員会）
魚塘「金達寿氏의日本말로쓰는朝鮮文学에対하양（ママ）」（『朝鮮新報』一九四七年九月八日、朝鮮新報社）
——「金達寿氏의日本말로쓰는朝鮮文学에対하양（ママ）」（『朝鮮新報』一九四七年九月一〇日、朝鮮新報社）
이재봉「해방 직후 재일한인 문단과 '일본어' 창작문제——『朝鮮文藝』를 중심으로」（『한국문학 논총』二〇〇六年、한국문학회）
崔孝先『재일 동포 문학 연구——1세작가 김달수의 문학과 생애』二〇〇二年一月、문예림）
無署名「朝総連内紛 격화／指導層除去에 暴露전술」『韓国日報』一九七二年一月二五日、韓国日報社）
——「越北작가 百20여명 解禁／文公部 洪命憙 李箕永 韓雪野등 5명제외」（『東亜日報』一九八八年七月一九日、東亜日報社）
——「社説　越北作家 解禁의 의미」（『東亜日報』一九八八年七月二〇日、東亜日報社）
——「『日本 속의 朝鮮文化』完結／金達寿씨 12巻出刊 現地資料바탕 文化伝播 実証」（『한국일보』日本版、一九九一年一二月四日、韓国日報社）

⑤ＨＰ

「源氏前小学校　名前の歴史」
http://school.cts.ne.jp/genjimae/syuunenn/syuunen.html
「源氏前小学校　学校の歴史」
http://school.cts.ne.jp/genjimae/gakkouannnai/rekisi.html
「昌原市」
http://jpn.changwon.go.kr/new/jsp/sub01/01_03_02_n.jsp
「東海自由貿易地域管理院」
http://www.ftz.go.kr/donghae/homeJap/donghaeFreeTradeArea/AFTZ.jsp
「馬山自由貿易地域管理院」
http://www.ftz.go.kr/jap/masanFTZ/aboutMFTZ.jsp
「ＬＩＦＥ」
http://life.time.com/history/korea-photos-from-the-october-1948-rebellion/#1
「ＮＰＯ法人ハヌルハウス」
http://blogs.yahoo.co.jp/hanulhouse5996

⑥映像

『神々の履歴書』（一九八八年、監督・前田憲二）

『世界・わが心の旅——韓国・はるかなる故国』（一九九六年、制作・ＮＨＫ）

⑦**事典・年表等**

姜徹編『在日朝鮮人史年表』（一九八三年四月、雄山閣）
岩波書店編集部『近代日本総合年表　第三版』（一九九一年二月、岩波書店）
市川正明編『朝鮮半島近現代史年表・主要文書』（一九九六年五月、原書房）
韓国史事典編纂会／金容権編著『朝鮮韓国近現代史事典』（二〇〇二年一月、日本評論社）
国際高麗学会日本支部編『在日コリアン辞典』（二〇〇一年九月、明石書店）
姜徹編『在日朝鮮韓国人史総合年表』（二〇〇二年七月、雄山閣）
金容権『増補改訂　韓国姓名字典——韓国・朝鮮の人名を正しく読むために』（二〇〇七年一二月、三修社）
イ・ウンソク、ファン・ビョンソク（三橋広夫・三橋尚子訳）『韓国歴史用語辞典』（二〇一一年九月、明石書店）
権寧珉（田尻浩幸訳）『韓国近現代文学事典』（二〇一二年八月、明石書店）

⑧**施設**

公益財団法人神奈川文学振興会・神奈川近代文学館「金達寿文庫」

初出一覧

序　章■書き下ろし

第一章■「金達寿伝」（『イリプスⅡnd』二〇一二年一一月～、連載継続中、澪標）

第二章第一節

■「金達寿朝鮮語文選　翻訳と解説」（『近畿大学日本語・日本文学』二〇一三年三月、近畿大学文芸学部文学科日本文学専攻）

■「「日本語で書かれる朝鮮文学」概念の形成と実践――金達寿の初期文学活動をめぐって」（『コリアン・スタディーズ』二〇一四年六月、国際高麗学会日本支部）

第二章第二節

■「階級と民族の《間》――金達寿論」（『名古屋大学国語国文学』二〇〇九年一一月、名古屋大学国語国文学会）

第二章第三節

■「「金達寿」という盲点――転向論批判」（『近畿大学日本語・日本文学』二〇一〇年三月、近畿大学文芸学部文学科日本文学専攻）

第二章第四節

■「文学と指導者意識――リアリズム研究会をめぐって」（『人間社会学研究集録』二〇一四年三月、大阪府立大学大学院人間社会学研究科）

第三章第一節・第二節

■書き下ろし

第四章第一節

■「金達寿『日本の中の朝鮮文化』論（『人間社会学研究集録』二〇一三年三月、大阪府立大学大学院人間社会学研究科）

第四章第二節

■「「帰化人」とは誰か——金達寿の古代史研究をめぐって」（『近畿大学日本語・日本文学』二〇一四年三月、近畿大学文芸学部文学科日本文学専攻）

■「再生産される自己差別——金達寿の「帰化人」批判をめぐって」（『人間社会学研究集録』二〇一六年三月、大阪府立大学大学院人間社会学研究科）

第四章第三節

■「金達寿と〈社会主義〉——『行基の時代』をめぐって」（『人間社会学研究集録』二〇一五年三月、大阪府立大学大学院人間社会学研究科）

金《キム》達《ダル》寿《ス》とその時代
文学・古代史・国家

■廣瀬陽一（ひろせ・よういち）
一九七四年、兵庫県生まれ。大阪府立大学大学院博士課程修了。博士（人間科学）。近畿大学国際人文科学研究所特別研究員を経て、大阪府立大学非常勤講師。
編著：『金達寿小説集』（二〇一四年一二月、講談社文芸文庫）。
連絡先：srhyhrs@gmail.com
HP：http://srhyhrs.web.fc2.com

2016年5月15日　第1刷発行

著　者◉廣瀬陽一
発行者◉文　弘樹
発行所◉クレイン
〒180-0004
東京都武蔵野市吉祥寺本町1-32-9-504
TEL 0422-28-7780
FAX 0422-28-7781
http://cranebook.net

印刷所◉シナノパブリッシングプレス

ISBN978-4-906681-45-7

協　力◉渡辺康弘